OVER
45
WALL UM DIE WELT
N
W
O
S
HELLERS
ALDARAN
BURG ALDARAN
CAIR DONN RAUMHAFEN
HOHER KIMBI
RIDENOW
DAILLON
TROCKENLAND
ARDCARRAN
HELLERS
SHAINSA
BURG SCATHFELL
SERRAIS
CARTHON
HAMMERFELL
LTON
STORN
KADARIN
KILGHARDBERGE
CORCOSA
ARILINN
VENZABERGE
LLARD
ERON
WALL UM DIE WELT
KADARIN
INSEL MARMALLOR
DÄMMERUNGSPASS
UTH
WALDLÄUFERLAND
45
50
55
60
65
70

MARION ZIMMER
BRADLEY

DIE SCHATTENMATRIX

MARION ZIMMER
BRADLEY

DARKOVER-ZYKLUS
TEIL 20

DIE SCHATTENMATRIX

WELTBILD

Besuchen Sie uns im Internet:
www.sammelwerke.de

Genehmigte Sonderausgabe für Weltbild Sammler-Editionen

Titel der Originalausgabe: „The Shadow Matrix",
1997 DAW Books, New York
aus dem Amerikanischen übersetzt von Fred Kinzel
Einbandgestaltung: Agentur Zero GmbH, München
Titelmotiv: Corey Wolfe
Agentur Th. Schlück GmbH, Garbsen
Gesamtherstellung: Oldenbourg Taschenbuch GmbH
Printed in Germany

Für Susan Rich,
die alle Entwürfe gelesen und
nach mehr verlangt hat

Prolog

Erzähl mir doch noch mal, wieso wir hierher gekommen sind, um Priscilla Elhalyn zu besuchen«, brummte Dyan Ardais, als er vor Mikhail die Treppe hinabstieg. »Und wieso wir uns auf diese Sache eingelassen haben.«

Mikhail Lanart-Hastur betrachtete seinen Begleiter im flackernden Licht der Laternen, die dunklen Haare und den hellen Teint, und setzte zu einer Antwort an. In diesem Augenblick erleuchtete ein Blitz den abgenutzten Teppich unter seinen Füßen, und ein Donnerschlag ließ die Wände von Burg Elhalyn erbeben. Regen prasselte gegen die Fensterscheiben.

»Wir waren damals eben ein bisschen betrunken«, sagte er schließlich, als der Lärm verebbte. »Außerdem waren da die vielen Mädchen in Thendara, die sich für uns hübsch gemacht hatten.«

»Schön, aber jetzt sind wir nicht betrunken, und eine Séance entspricht nicht gerade meiner Vorstellung von einem lustigen Abend!«

»Woher willst du das denn wissen? Auf wie vielen Séancen warst du denn schon?«

»Auf keiner! Ich finde es abartig, mit toten Leuten zu reden oder es zu versuchen.«

Mikhail lachte leise. Dyan Ardais junior, dessen Friedensmann er war, war ein ziemlich nervöser Achtzehnjähriger. »Was ist denn los? Hast du etwa Angst, dass Priscillas Medium deinen Vater heraufbeschwört?«

»Bei den Göttern! Daran hatte ich nicht einmal gedacht! Ich habe ihn nicht gekannt, solange er lebte, und jetzt will ich seine Bekanntschaft auch nicht mehr machen!«

Mikhail hatte bereits mehrere Tage Zeit gehabt, die spontane Eingebung zu bereuen, die sie zu dem allmählich verfallenden Steinhaufen namens Burg Elhalyn geführt hatte. Er wusste, er war schon zu alt für solche Dinge, und er war für Dyan verantwortlich. Wenn sie sich nur nicht so gelangweilt hätten. Sie waren einfach reif gewesen für ein wenig Unfug, und jetzt ließ sich die Sache nicht mehr rückgängig machen. Sie waren die Gäste von Priscilla Elhalyn, der Schwester von Derik Elhalyn, dem letzten König von Darkover, und sie konnten schwerlich einfach ihre Pferde besteigen und in den Sturm davonreiten.

»Höchstwahrscheinlich wird es ein totaler Reinfall, Dyan, und sie werden den Geist von Derik Elhalyn nicht aus der Oberwelt herüberlocken können. Und auch nicht Priscillas Vater oder meine Großmutter Alanna Elhalyn. Obwohl ich nichts dagegen hätte, sie mal zu sehen. Sie ist lange tot, und ich war schon immer neugierig auf sie. Ich wette, wir können nicht einmal eine gute Geschichte erzählen, wenn wir zurückkommen.«

»Das wäre mir ganz recht.« Dyan klang nicht mehr so gereizt; Mikhails gute Laune hatte ihn besänftigt. »Bis jetzt war es eine ziemlich fade Zeit, wenn man mal von ihren Gefolgsleuten absieht, die wir neulich getroffen haben. Ich habe noch nie gehört, dass jemand einen Knochendeuter und ein Medium bei sich aufnimmt.«

»Die Elhalyns waren schon immer ziemlich exzentrisch.«

»Damit willst du wohl sagen, dass Priscilla fast genauso verrückt ist wie ihr wahnsinniger Bruder. Dieser Burl ist mir jedenfalls unheimlich, und ich bin mir sicher, wir haben es ihm zu verdanken, dass wir bei dieser Geisteranrufung mitmachen müssen.«

Mikhail lachte erneut, aber er teilte Dyans Ansicht über den Knochendeuter. Leute wie ihn traf man auf dem Marktplatz jeder darkovanischen Stadt an, allerdings begegnete man ihnen normalerweise nicht im Hause einer *Comynara*. Andererseits wusste Mikhail, dass es ein absolut menschliches Verlangen war, in die Zukunft sehen zu wollen, und wahrscheinlich verfügte dieser Burl lediglich über ein geringes Talent, ein *Laran,* nicht unähnlich der Aldaran-Gabe des Hellsehens.

Ysaba, die andere Vertraute Priscillas, war seiner Meinung nach die seltsamere von den beiden. Knochendeuter und andere Wahrsager hatte Mikhail schon früher gesehen, aber ein echtes Medium zu treffen war für ihn eine neue Erfahrung. Er spürte, dass sie *Laran* besaß, aber keines, dem er bisher begegnet war; vermutlich war die Frau nie in einem Turm ausgebildet worden. Er hätte sie nur zu gerne danach gefragt, aber das wäre sehr unhöflich gewesen.

Die beiden jungen Männer schritten durch einen staubigen Korridor und wurden von Duncan MacLeod in Empfang genommen, der für die Ställe verantwortlich war, aber auch als *Coridom* Dienst tat. Er war ein grauhaariger Mann mit wettergegerbtem Gesicht und misstrauischen Augen. Immerhin befanden sich die Ställe in gutem Zustand – in einem besseren als die Burg, die unter Priscillas nachlässiger Verwaltung dem Verfall preisgegeben war. Priscillas Personal war schon alt und nicht sehr zahlreich. Es gab weder junge Dienstmädchen, die die Zimmer in Ordnung gehalten hätten, noch Burschen, die lernten, wie man die Stallungen verwaltete, was Mikhail ebenfalls verwunderte. Burg Elhalyn war auf eine entmutigende Weise beinahe menschenleer.

Dies war wirklich der sonderbarste Haushalt, den Mikhail je gesehen hatte. Abgesehen von ihren Kindern und den wenigen Dienern hatte Priscilla seit den Tagen der Sharra-Rebellion und den tragischen Ereignissen, die so viele Mitglieder der *Comyn* in den Tod oder Wahnsinn getrieben hatten, alleine in der Burg gewohnt. Sie schien völlig zufrieden mit ihrer Einsamkeit, ein wenig verwirrt bisweilen, aber nicht so offenkundig verrückt, wie es ihr Bruder gewesen war. Die Elhalyns waren häufig geistesgestört, wie Mikhail wusste.

Er hatte eine ganze Reihe Fragen, die er allerdings nicht stellen konnte, ohne unverschämt zu wirken; eine davon – sicher nicht die unerheblichste – war die nach der Vaterschaft von Priscillas fünf Kindern. Da waren der fast fünfzehnjährige Alain, Vincent mit dreizehn und Emun mit zehn, dazu zwei Töchter, Miralys und Valenta, schüchterne Mädchen von neun und acht Jahren. Priscilla hatte nie geheiratet, und ihre zahlreichen Liebhaber waren stets namenlos und unbekannt geblieben. Da die Frauen der Elhalyns den Status einer *Comynara* innehatten, war Priscilla in ihrer Wahl sehr frei, was den meisten Frauen nicht gestattet war, aber Mikhail fand die ganze Sache dennoch beunruhigend. Er hatte sich nie für prüde gehalten, und dennoch irritierte ihn dieser ungebührliche Lebensstil.

Duncan geleitete sie durch einen schmalen Gang, der den Haupttrakt der Burg mit dem engen Kerker verband, einem Überbleibsel aus einer sehr viel früheren Zeit Darkovers, als die Familien mit Landbesitz noch schreckliche Kriege gegeneinander geführt hatten. Es roch nach Moder, nach uralten Steinen und den Knochen unter der Erde, und Mikhail versuchte das bedrückende Gefühl abzuschütteln, das ihn überkam.

Schließlich öffnete Duncan eine wuchtig gezimmerte Tür, und ein kalter Windstoß fuhr herein. Genau in diesem Moment ertönte ein erneuter Donnerschlag, das Dach des Verbindungsgangs erzitterte und ließ einen feinen Regen aus Sägespänen und Verputz auf den Ärmel seiner Jacke rieseln. Dyan stieß einen angewiderten Laut aus und fuhr sich nervös mit den Fingern durchs Haar.

Sie folgten Duncan in einen runden Raum, der beinahe gemütlich gewirkt hätte, wenn es nicht so kalt gewesen wäre.

Der kleine Kamin war zwar angezündet und duftete nach Balsamscheiten, reichte aber nicht aus, um den Raum zu erwärmen. Die Wände waren aus Stein, und sie waren feucht und kalt. Mikhail sah die zahlreichen Schimmelflecken, deren muffigen Geruch der angenehme Duft des Holzes kaum verdeckte. Auf einem kleinen Tisch in der Mitte des Raumes standen ein paar knisternde Kerzen, die unheimliche Schatten auf die vermodernden Teppiche an den Wänden warfen.

Mikhail versuchte, sich den Raum in der Vergangenheit vorzustellen, mit den längst toten Elhalyns, die hier Zuflucht gesucht hatten, belagert von ihren Feinden. Aber der Raum war zu heruntergekommen, zu kalt und öde für romantische Vorstellungen. Er war ein Relikt aus einer anderen Zeit, und Mikhail war froh, dass sie lange vorüber war.

Priscilla und ihr Medium Ysaba betraten den Raum und unterbrachen seine Träumereien. Mikhail hatte die kleine Hausherrin noch nie so aufgeregt gesehen, ihre Augen leuchteten im flackernden Kerzenschein. Sie strahlte große Vorfreude aus; offenbar stand ein wundervolles Ereignis bevor. Ihr Haar war rotblond, und ihre Haut schimmerte in dieser Beleuchtung beinahe golden. Man konnte sie zwar nicht als Schönheit bezeichnen, aber sie wirkte durchaus anziehend in ihrem unverhüllten Eifer.

»Bitte setzt euch doch an den Tisch«, sagte sie mit einer einladenden Geste.

Mikhail rückte ihr galant einen Stuhl zurecht und sah, dass Dyan dem Medium die gleiche Gefälligkeit erwies, wobei ihm seine Unlust dabei deutlich anzusehen war. Die beiden nahmen die verbleibenden Plätze ein, und Mikhail fragte sich, wo der Knochendeuter Burl blieb.

Der Tisch war erst vor kurzem poliert worden, er glänzte in dem goldenen Licht, und seine Oberfläche duftete angenehm nach Bienenwachs. Mikhail wandte seine Aufmerksamkeit einer großen Quarzkugel in der Tischmitte zu. Sie schimmerte leicht blau, es war jedoch nicht das intensive Blau eines Matrixkristalls. Aus den Augenwinkeln sah er, wie Duncan etwas in den Kamin warf; die Flamme loderte kurz auf. Ein schwerer, blumiger Geruch erfüllte den Raum, ähnlich dem Weihrauch, den seine Schwester Liriel immer benutzte, aber kräftiger und lange nicht so angenehm. Der Rauch brannte ihm in den Augen, und seine Finger wurden allmählich taub.

Ysaba blickte mit blassen, völlig ausdruckslosen Augen in die Kugel. Sie war keine sehr anziehende Frau und hatte den typischen hellen Teint der Trockenstädter, außerdem war Mikhail sich über ihr Alter im Unklaren. Es donnerte erneut, und für einen Augenblick blendete ihn der Blitz, der vor den hohen, schmalen Fenstern aufleuchtete. Der Wind fegte in Böen um den altertümlichen Kerker, und die Wände erzitterten unter dem Wüten des Sturms.

In der Kammer war es, abgesehen vom Knistern des Feuers und dem Heulen des Windes, sehr still. Mikhail spürte dicht über dem Boden einen Luftzug, der von der Tür hinter ihm kam, und wackelte mit den Zehen in seinen Stiefeln. Er hoffte, die Sache dauerte nicht zu lange. Das schäbige Zimmer, das er sich mit Dyan teilte, war zumindest warm, und er wollte so bald wie möglich dorthin zurück und sich ins Bett legen!

»Bitte fasst euch an den Händen«, unterbrach Priscilla seine Gedanken.

Dyan zuckte leicht zusammen, schob aber seine linke Hand widerstrebend in Mikhails rechte, anschließend streckte er die freie Hand aus, und Ysaba ergriff sie. Mikhail spürte, wie Priscilla mit ihren erstaunlich warmen und weichen Fingern seine linke Hand nahm und ihre andere in die des Mediums legte.

»Ihr dürft den Kreis nicht unterbrechen«, sagte das Medium ruhig.

Wieso habe ich mich von dir zu dieser Sache überreden lassen, Mik?

Wir konnten Priscillas Bitte schwerlich ablehnen, was?

Wenn einer von uns beiden auch nur ein wenig Rückgrat hätte, dann hätten wir es mit Sicherheit getan!

Mikhail spürte, wie sich der Jüngere vor Unbehagen beinahe krümmte. Ihm war zwar ebenfalls nicht ganz wohl bei der ganzen Geschichte, aber er teilte Dyans Empfindungen nicht, denn seine stets wache Neugier war nun voll entbrannt. Wenn das hier erst vorbei war, hatte er eine wunderbare Geschichte zu erzählen!

Man hörte ein Stöhnen, und nach einem kurzen Augenblick erkannte Mikhail, dass es diesmal nicht der Wind war, sondern das Medium. Das Geräusch klang sehr merkwürdig, und er vermochte kaum zu glauben, dass es einem menschlichen Körper entstammte. Der dichte, beißende Geruch aus dem Kamin schien intensiver zu werden, und er hatte das plötzliche Bedürfnis zu niesen. Er zog die Nase kraus, und es gelang ihm, den Reflex zu unterdrücken.

Die Kugel in der Mitte des Tisches verdunkelte sich, als wäre sie mit Rauch gefüllt. Langsam formte sich darin eine Gestalt, und Mikhail spürte, wie sich die Härchen in seinem Nacken vor Furcht aufstellten. Ein Teil seines Gehirns wusste genau, dass es sich um eine besondere Form von *Laran* handelte, aber in einem anderen Teil hausten noch immer die Gespenstergeschichten, die man ihm als Kind erzählt hatte.

Die Gestalt verdichtete sich, und etwas Blasses und Dünnes schien aus dem Quarz zu sickern. Das lange, gewundene, zähflüssige Gebilde schwebte einen Augenblick in der Luft und neigte sich dann zu dem Medium hinab. Mikhail hörte Dyan rau und geräuschvoll atmen und sah ihn an. Sein junger Begleiter hatte die Augen fest geschlossen, seine Hand bebte in Mikhails Griff. Trotz des qualmenden Weihrauchs nahm er deutlich den Geruch von Schweiß wahr – seines eigenen und Dyans. Als er seinem Freund aufmunternd – wie er hoffte – die Hand drückte, berührte das Gespenst Ysabas Brust.

Eine kurze Weile herrschte Schweigen, dann drang eine Stimme aus der Kehle des Mediums. »Wer sind diese Fremden?« Es war ein ziemlich zittriger Tenor, schrill und unangenehm.

Mikhail spürte, wie Dyans Hand in seinem Griff zuckte. *Was soll das denn für ein Geist sein, der nicht einmal weiß, wer wir sind?*

Derik – falls er es ist – hat uns nie kennen gelernt.

Ach so. Seine telepathische Stimme klang nur wenig überzeugt, und Mikhail gab ihr Recht, wollte aber erst einmal abwarten, was weiter geschah. Da er seine erste Furcht überwunden hatte, begann ihn die ganze Angelegenheit zu interessieren. *Wie,* fragte er sich, *erzeugte Ysaba diese Stimme?*

»Lieber Bruder, darf ich dir *Dom* Mikhail Hastur, den Sohn von Javanne Hastur und Enkel von Alanna Elhalyn, und *Dom* Dyan Ardais, den Sohn von Dyan-Gabriel Ardais vorstellen?« Priscilla klang wie eine perfekte Gastgeberin, nicht wie jemand, der zu einem Geist spricht, und Mikhail ertappte sich dabei, dass er ihre Ruhe bewunderte.

»Warum sind sie hier? Was wollen sie von mir?« Der weinerliche Tonfall in seinen Worten ging Mikhail auf die Nerven.

»Sie sind hier, um mich zu besuchen, was sehr nett von ihnen ist, da wir nur selten Gäste auf Burg Elhalyn haben. Ohne die Kinder und Ysaba und Burl wäre ich sehr einsam.«

»Sie sind Spione!«

»Unsinn! Das sind ganz normale junge Männer.« Priscilla wirkte weit munterer als in den letzten Tagen seit Mikhails Ankunft; sie schien den Streit mit ihrem toten Bruder zu genießen. »Sie haben mit den Kindern gespielt, sind über die Ländereien geritten und fühlen sich hier schon wie zu Hause.«

»Schick sie weg! Sie stören mich.«

»Ich habe meine Einsamkeit satt, Derik«, antwortete sie verdrießlich. »Es ist so angenehm, endlich mal jemanden zum Reden zu haben.«

»Schick sie weg! Sie wollen mich verletzen.«

»Derik – wie könnten sie dir wehtun?«

Während die beiden weiterstritten, warf Mikhail einen langen Blick auf Ysaba. Im flackernden Kerzenschein beobachtete er ihre Kehle, um zu sehen, ob sich ihre Muskeln bewegten, wenn Derik sprach, und er stellte fest, dass dies nicht der Fall war. Woher zum Teufel kam die Stimme dann? Lauschten sie tatsächlich einem Geist?

Auf einmal sah Mikhail, dass etwas über dem Kopf des Mediums in der Luft schwebte. Es war nur eine flüchtige Bewegung, wie von einer Rauchfahne, und er konnte undeutlich die Züge eines Mannes ausmachen. Im Raum wurde es plötzlich kälter, das flüchtige Etwas verdichtete sich und wurde undurchsichtig, so dass die Wand hinter Ysaba nicht mehr zu sehen war.

»Dyan Ardais war nie mein Freund«, sagte das Wesen. »Alle waren sie meine Feinde, Schwester, alle. Du bist mein einziger Freund. Und ich muss dir noch etwas sagen!« Seine Worte hatten etwas Verschwörerisches und verhießen sowohl ein Versprechen als auch Unheil.

»Aber Derik – du musst es mir erzählen! Ich warte seit Monaten darauf!«

»Es ist eine Verschwörung gegen mich im Gange. Nicht diese Männer ... aber andere. Und diese Jünglinge hier werden alles verraten ... dadurch wird alles zunichte gemacht! Sie werden versuchen, uns davon abzuhalten ...« Die Stimme verlor sich.

Priscilla dachte einen Moment über die Worte nach, wobei sie Mikhail und Dyan mit ihren grauen Augen musterte. Sie legte kurz die Stirn in Falten, entspannte sich aber rasch wieder und sagte: »Mikhail, versprich Derik, dass du niemandem von diesem Abend erzählen wirst.« Sie schien die Ängste ihres Bruders gewohnt zu sein und klang, als würde sie einem nörgelnden Kind mal wieder seinen Willen lassen. Gleichzeitig hatte ihre Stimme einen rauen Unterton, der sich für Mikhail sehr wenig geschwisterlich anhörte.

Mikhail zögerte. Er hatte es immer ernst genommen, wenn er sein Wort gab, und er wollte keinen Eid schwören, den er nicht halten konnte. Aber wem er auch von diesem Erlebnis erzählte, man würde ihn ohnehin für ebenso verrückt wie Derik halten. Außerdem wusste niemand, dass er und Dyan auf Burg Elhalyn weilten, es wäre also nicht sehr schwierig, die Sache geheim zu halten. Und er war so neugierig auf die Worte des Geistes, dass er alles versprochen hätte. »Ich schwöre, dass ich niemandem von diesem Abend erzählen werde.«

Neben ihm rutschte Dyan auf seinem Stuhl hin und her. »Auch ich schwöre, dass ich niemandem etwas sagen werde.« In seiner Stimme lag eine gewisse Heftigkeit, und Mikhail wusste, dass er meinte, was er sagte. *Ich werde die Sache so schnell wie möglich vergessen!*

»Siehst du?«, sagte Priscilla erfreut.

»Schwüre kann man brechen.«

»Aber warum sollten sie das denn tun? Sie wollen dir doch nichts Böses, mein lieber Bruder.«

Darauf folgte ein langes Schweigen, und die neblige Gestalt über dem Medium wirbelte durch die Luft und veränderte elegant ihre Form. Die Wirkung war verblüffend. Dann stürzte sich der Geist ohne Vorwarnung auf Mikhail und Dyan, wobei er lange Dunstbahnen hinter sich herzog. Mikhail spürte, wie ein Nebelschleier über seine Stirn strich, und schrak zurück. Sein Herz klopfte heftig. Neben ihm stieß Dyan einen Schreckensschrei aus und umklammerte Mikhails Hand so fest, dass er ihm fast die Finger brach.

Es dauerte nicht lange, und der Nebel verzog sich wieder, aber Mikhail musste feststellen, dass er nach Luft schnappte und trotz der Kälte schweißgebadet war. Unter dem Tisch schlotterten seine Knie.

»Sie scheinen ganz in Ordnung zu sein«, gab der Geist widerwillig zu.

»Aber natürlich sind sie in Ordnung. Es sind sehr nette Jungs.«

Trotz seines Entsetzens hätte Mikhail beinahe aufgelacht, weil Priscilla ihn einen netten Jungen nannte. Sie war vielleicht elf Jahre älter als er, aber sie benahm sich die meiste Zeit wie ein altes Weib. Er sog die Wangen ein, um das Lachen zu unterdrücken, das aus ihm herauszubrechen drohte. Er hatte immer schon dazu geneigt, aus Angst oder bei Gefahr zu lachen, und seine Mutter hatte einmal gesagt, er würde wahrscheinlich sogar lachend zum Galgen schreiten.

Langsam schwand seine Furcht und mit ihr der Drang zu lachen. Er schluckte trocken und sehnte sich nach einem Glas Wein. Wenn dieser Geist nichts weiter konnte, als ihn mit Nebel einzuhüllen, bestand wahrhaftig kein Grund zur Angst. Und es war ein Jammer, dass er sein Wort gegeben hatte, nichts zu erzählen - schade um die gute Geschichte.

Mikhail war so sehr in Gedanken versunken, dass er Deriks nächste Worte beinahe überhört hätte. »Der Wächter braucht dich. Es ist Zeit!«

»Endlich!« Priscilla sah begeistert aus. Ihr schmales Gesicht leuchtete vor Freude, und sie wirkte plötzlich wie ein junges Mädchen und nicht wie eine Mutter von fünf Kindern. Ihre Reaktion hatte jedoch auch etwas Unheilvolles, und Mikhail senkte rasch den Blick. Wächter? Was bedeutete das? »Bald sind wir wieder vereint, Bruder«, flüsterte sie, gerade laut genug, dass Mikhail sie verstehen konnte.

Trotz seiner gewaltigen Neugier beschloss er, dass er nicht mehr erfahren wollte, als er bereits wusste. Wieder vereint? Wollte Priscilla etwa sterben? Es hatte sich nicht so angehört. Er zuckte die Achseln, um seine Anspannung zu lösen und seine Verlegenheit zu vertreiben. Er war da in etwas hineingestolpert, das ihn nichts anging, und je eher er wieder aus der Sache herauskam, desto besser.

Die schimmernde Gestalt über dem Medium löste sich langsam auf, und die Kugel auf dem Tisch füllte sich wieder mit Nebel. Ysaba öffnete die Hände und ließ ihre Nachbarn los, dann sackte sie nach vorn auf die Tischplatte. Ihr Kopf schlug hörbar auf die polierte Oberfläche; Mikhail zuckte mitfühlend zusammen.

Duncan, der die ganze Zeit über im Halbschatten gestanden hatte, trat vor. Mit einem Glas Wein in der Hand richtete er die Frau auf und hielt ihr das Glas an die Lippen. Dann traf sein Blick den von Mikhail, und ein Ausdruck von Scham und Abscheu lag darin. Das Medium öffnete leicht den Mund und nahm ein wenig Wein zu sich. Das meiste lief ihr allerdings das Kinn hinab.

Mikhail sah aus den Augenwinkeln, wie sich Dyan die Hand, die Ysaba gehalten hatte, an der Hose abwischte. Sein jugendliches, vor Ekel verzerrtes Gesicht erzeugte in Mikhail Gewissensbisse. Er hätte seinen Freund nicht auf Burg Elhalyn mitnehmen sollen.

Mik, ich fühle mich schmutzig! Ich möchte so etwas nie wieder durchmachen! Lass uns beim ersten Morgenlicht aufbrechen – bitte! Es ist schrecklich hier!

Ich glaube, du hast Recht. Aber ich frage mich, wer oder was dieser Wächter ist.

Und wenn es Aldones persönlich ist – es ist mir egal. Ich will nur weg von hier!

Mikhail stimmte Dyans Empfindung schweigend zu.

Am folgenden Morgen ritten sie trotz des Regens zurück nach Thendara. Wie durch eine stillschweigende Vereinbarung sprachen sie weder auf dem Heimritt noch später je über das seltsame Ereignis. Aber von Zeit zu Zeit dachte Mikhail daran, und er fragte sich, ob sie tatsächlich den Geist von Derik Elhalyn gehört hatten und wer dieser Wächter sein könnte.

TEIL EINS

1

Mikhail Lanart-Hastur ritt am Ufer des Valeron entlang und genoss den schönen Herbsttag. Der sanfte Wind zerzauste sein goldenes Haar, und seine blauen Augen spiegelten die Farbe des Wassers wider. Die Luft war frisch, und die Bäume am Ufer trugen ein goldenes und rostbraunes Laubkleid, was ihn an ein gewisses durchdringendes Augenpaar erinnerte, das seiner Base Marguerida Alton gehörte. Aber natürlich erinnerte ihn beinahe alles an Marguerida, und es fiel ihm unglaublich schwer, nicht an sie zu denken und sich stattdessen auf die vor ihm liegende Aufgabe zu konzentrieren.

Er kehrte auf die Ländereien von Elhalyn zurück, die er vor vier Jahren kurz besucht hatte. Damals war er der Friedensmann von Dyan Ardais und der nominelle Erbe von Regis Hastur gewesen – woran sich freilich nichts geändert hatte. Inzwischen war er zum Regenten der Domäne Elhalyn ernannt und mit der Aufgabe betraut worden, die Söhne von Priscilla zu prüfen, damit entschieden werden konnte, ob einer von ihnen die psychische Stärke besaß, das größtenteils zeremonielle, aber dennoch wichtige Amt des Königs auszuüben.

Mikhail dachte an seine letzte Begegnung mit Priscilla, die mit einer Séance geendet hatte, und schüttelte leicht den Kopf. Er fragte sich, ob der Knochendeuter Burl und das Medium Ysaba noch immer ihre Gefährten waren. Er wusste, dass die Elhalyns die Burg kurz nach seinem und Dyans Besuch verlassen hatten und wieder nach Haus Halyn gezogen waren. Dorthin war er nun unterwegs, begleitet von den beiden Wachen Daryll und Mathias. Er hätte eigentlich mit einem größeren Gefolge reiten sollen – seine neue und ungewollte Stellung verlangte es. Aber Priscilla hatte ihn gebeten, allein zu kommen, und so begierig sein Onkel auch darauf war, das Königtum der Elhalyns wiederherzustellen – das kam nun doch nicht in Frage. Regis hatte ihm die beiden Wachen mitgegeben, und Mikhail war froh über ihre Gesellschaft.

Sooft Mikhail an die Sitzung in der Kristallkammer von Burg Comyn kurz vor Mittsommer dachte, sank ihm der Mut. Er war die Ereignisse wieder und wieder durchgegangen und hatte versucht, sie zu entwirren. Als Erstes hatte sein Onkel verkündet, dass er den Telepathischen Rat auflöste, der mehr als zwanzig Jahre an der Regierung Darkovers mitgewirkt hatte, und stattdessen den traditionellen Rat der *Comyn* wieder einsetzte. Dann hatte er Mikhail ohne Vorwarnung oder vorherige Absprache zum Regenten von Elhalyn ernannt, und sein Neffe hatte den Posten aus Pflichtgefühl angenommen. Mikhail hatte nicht die Zeit gehabt, darüber nachzudenken und die möglichen Vorzüge und Folgen abzuwägen. Es war ihm keine andere Wahl geblieben als anzunehmen.

Die unendliche Wut, die schon monatelang in ihm gärte, rumorte auch jetzt in seinem Bauch. Mikhail hatte bisher nie Grund gehabt, wütend auf seinen Onkel zu sein, und er hasste dieses Gefühl. Aber er konnte sich der Erkenntnis nicht erwehren, dass Regis ihn in eine Position manövriert hatte, die er selbst nicht ausüben wollte, und dass er sich weigerte, ihm die wahren Gründe mitzuteilen. Sein tief verwurzeltes Pflichtgefühl hatte Mikhail zähneknirschend gehorchen lassen, obwohl er nicht verstand, was hier vor sich ging. Sein einziger Trost war, dass er mit diesem Gefühl nicht allein war – niemand, außer vielleicht Danilo Syrtis-Ardais, wusste wirklich, was Regis Hastur gegenwärtig vorhatte.

Mikhail kannte seinen Onkel als klugen und gerissenen Mann, dem es gelungen war, Darkover durch ein schreckliches Kapitel seiner langen und blutigen Geschichte zu führen. Er hatte seinem Onkel immer vertraut, aber nun brachten seine zwiespältigen Gefühle und Zweifel dieses Vertrauen ins Wanken. Er hatte das Problem analysiert, so gut er konnte, und so viele Widersprüche darin entdeckt, dass er ziemlich beunruhigt war. Er hatte sich sogar die Überlegung gestattet, ob Regis Hastur überhaupt noch wusste, was er tat – allerdings nur kurz. Dann hatte er den Gedanken eilig wieder verdrängt und in die hinterste Ecke seines Bewusstseins verbannt.

Mikhail dachte an sein letztes Gespräch mit Regis, unmittelbar vor seiner Abreise. Sein Onkel hatte müde und zerstreut gewirkt, und ihm war nicht wohl dabei gewesen, Regis' Zeit und Aufmerksamkeit in Anspruch zu nehmen. Die Regentschaft über Elhalyn war wirklich eine geringfügige Angelegenheit, verglichen mit der Wiederherstellung des Rates, dem Problem der umstrittenen Erbfolge in der Domäne Alton oder einer möglichen Rückkehr der Aldarans in die Gesellschaft der *Comyn*.

Vom familieneigenen Charme der Hasturs, den Regis im Übermaß besaß, was nichts zu spüren gewesen. Mikhail hatte in aller Kürze die Fragen gestellt, die er beantwortet haben wollte – musste –, und weniger als zufrieden stellende Antworten bekommen. Sein Onkel hatte ihm gegenüber nicht die geringsten Andeutungen über seine Absichten gemacht, und im Nachhinein musste sich Mikhail sagen, dass er nicht gerade sehr hilfreich oder auch nur aufmerksam gewesen war. »Du wirst das schon machen, Mikhail, da bin ich mir sicher. Wir reden weiter, wenn du zu Mittwinter wieder nach Hause kommst. Lass dir ruhig Zeit damit, die Burschen zu prüfen. Die Sache eilt nicht.«

Bei diesem Treffen hatte Mikhail deutlich gespürt, dass die ihm zugewiesene Aufgabe nicht besonders wichtig war. Und, schlimmer noch, dass er selbst ebenfalls nicht wichtig war. Er hatte sich ausgeschlossen gefühlt, so wie damals, als Regis' Sohn Danilo geboren wurde; unerwünscht und irgendwie störend. Sein Verstand sagte ihm, dass dies nicht der Fall war – weder damals noch jetzt –, aber er war ehrlich genug, um sich einzugestehen, dass seine Gefühle mehr als nur ein bisschen verletzt waren.

Seiner Ansicht nach bestand das Problem darin, dass Regis offensichtlich versuchte, das Rad der Zeit zurückzudrehen, indem er behauptete, die Wiederherstellung des Königtums der Elhalyns sei notwendig, ebenso wie der Rat der *Comyn*. Gleichzeitig beharrte er darauf, dass diese Maßnahmen nicht reaktionär seien, sondern im Interesse der Zukunft geschähen. Sein Vorhaben klang plausibel, bis Mikhail es einer sorgfältigen Prüfung unterzog.

Er zweifelte keinen Augenblick daran, dass Regis längst irgendeinen ausgeklügelten Plan im Kopf hatte. Die einzige verwertbare Information, die er seinem Onkel abringen konnte, war dessen Überzeugung, dass Darkover vereint werden musste – indem die Aldarans Mitglied im Rat der *Comyn* wurden –, und zwar bald.

Da die anderen Domänen den Aldarans nicht trauten, konnte Regis die übrigen Mitglieder des Rates nur mit Mühe dazu überreden, dem Teil seines Plans, den er enthüllt hatte, zuzustimmen. Selbst Mikhails Eltern standen dem Vorschlag ablehnend gegenüber, ebenso Lady Marilla Aillard und ihr Sohn Dyan Ardais. *Dom* Francisco Ridenow schien seine Meinung täglich zu ändern, lediglich Lew Alton unterstützte die Idee uneingeschränkt.

Mikhail teilte die Vorbehalte seiner Eltern hinsichtlich der Aldarans nicht, die er vor Jahren einmal heimlich besucht hatte. Er war mit dem alten *Dom* Damon bekannt, ebenso mit seinem Sohn und Erben Robert sowie mit dessen Zwillingsbruder Hermes Aldaran, der kürzlich das Amt des darkovanischen Vertreters beim terranischen Senat von Lew Alton übernommen hatte. Und er kannte Gisela Aldaran, die

Schwester der beiden, seinerzeit eine reizende junge Frau. Er hatte die Familie sehr gemocht und wusste ganz genau, dass sie im Grunde anständige Leute waren.

Aber das Vorurteil gegen die Aldarans war alt und saß tief. Die Darkovaner hatten ein sehr gutes Gedächtnis, vor allem wenn es um Verrat ging, und die Aldarans hatten den Rat vor vielen Jahren einmal betrogen. Da mochte Regis noch so oft sagen, dass man die Vergangenheit ruhen lassen solle und dass es an der Zeit sei, alte Wunden zu heilen. Er hatte den hartnäckigen Widerstand, auf den seine Vorschläge stießen, eindeutig unterschätzt.

Mikhail bezweifelte, dass es seinem Onkel trotz dessen großer Überzeugungskraft gelingen würde, die Wogen zu glätten. Je mehr Druck er ausübte, desto mehr Widerstand schlug ihm entgegen, vor allem bei Mikhails Mutter Javanne Hastur. In vielerlei Hinsicht war das Benehmen seiner Mutter seit der Sitzung in der Kristallkammer sogar quälender als das von Regis. Sie war schon immer eine eigensinnige Frau gewesen, aber die Bekanntgabe seiner Regentschaft hatte eine Wut in ihr ausgelöst, die er nicht verstand. Sie war für ihn plötzlich nicht mehr die vertraute Mutter, sondern eine abweisende und distanzierte Fremde. Es hatte Momente gegeben, in denen er sich die Überlegung gestattete, ob sie noch bei Verstand war. Ihre Mutter war nämlich eine Elhalyn gewesen, und die waren schließlich bekannt für ihre psychische Labilität. Er hegte diesen fürchterlichen Gedanken jedoch nicht sehr lange, sonst hätte er womöglich auch noch an seinem Onkel, ihrem Bruder, zweifeln müssen – und das war mehr, als er ertragen konnte.

Der Wind blies das Laub über den Weg, die Blätter hatten dasselbe Rot wie Margueridas Haar. Mikhail beschloss, lieber von seiner Geliebten zu träumen, als sich weiter mit verworrenen Problemen zu beschäftigen.

Der Abschied im Turm von Arilinn vor fünf Tagen war

ihnen sehr schwer gefallen, obwohl sie beide eine tapfere Miene aufgesetzt hatten. Marguerida hatte sich in jene ihr eigene Schüchternheit zurückgezogen, hinter der sie sich immer dann verbarg, wenn sie besonders aufgewühlt war. Sie hatten nicht von ihrer Liebe zueinander gesprochen, das wäre zu schmerzlich gewesen. Stattdessen hatten sie über belanglose Dinge geredet und so ihre Gefühle verschleiert, die sie beide zu überwältigen drohten.

Mikhail und Marguerida waren unmittelbar nach Mittsommer in Arilinn eingetroffen; Marguerida, um ihr Studium der Matrixwissenschaften aufzunehmen, und Mikhail, um sich das nötige Wissen anzueignen, damit er die Elhalyn-Knaben auf *Laran* testen konnte, was sich weit komplizierter als erwartet gestaltet hatte. Es entbehrte seiner Meinung nach nicht einer gewissen Ironie, dass Marguerida ausgerechnet die Matrixwissenschaften erlernen wollte, nachdem die Kristalle in gewisser Weise ein Fluch für sie waren. In den ersten Wochen dort hatte sie einen neuen Anfall der Schwellenkrankheit erlitten. Ausgelöst wurde sie wahrscheinlich durch die Nähe der Matrixrelais im Turm – zumindest war das die einzig mögliche Erklärung.

Sehr zum Missfallen von *Mestra* Camilla MacRoss, die die neuen Schüler in Arilinn betreute, hatte Marguerida die Erlaubnis erhalten, in einem der kleinen Häuser zu wohnen. Diese waren eigentlich nur für Besucher, Gäste und die Familien derer vorgesehen, die zur Heilung in den Turm kamen. Eine solche Übereinkunft war noch nie zuvor getroffen worden, und dass sie nicht mit den anderen im Schlafsaal schlief, hatte Margueridas Lage nur noch schwieriger gemacht. *Mestra* MacRoss mochte es nicht, wenn einer ihrer Schützlinge eine Sonderbehandlung erhielt, es sei denn, sie hatte sie ihm selbst gewährt.

Mikhail schmunzelte bei dieser Erinnerung, denn er kannte

Mestra Camilla noch aus seiner eigenen Zeit in Arilinn. Sie war damals schon sehr alt gewesen; inzwischen musste sie uralt sein. Niemand, nicht einmal Jeff Kerwin, der Bewahrer von Arilinn, wagte es, ihr einen Rückzug von ihrem Amt nahe zu legen. Sie war sehr entschlossen und unglaublich streng, was weiter nicht verwunderte, denn ihrem Kommando unterstanden fast ausschließlich junge Leute. Die Heranwachsenden, die gerade in ihr *Laran* kamen; sie sprühten vor Lebensenergie, hatten nur Unfug im Kopf und waren mit Kräften ausgestattet, die sie noch nicht ganz unter Kontrolle hatten.

Die beiden Frauen hatten sich vom ersten Moment an nicht gemocht. *Mestra* Camilla konnte eigentlich sehr gut mit Jugendlichen umgehen, aber Marguerida war eine Erwachsene und keine besonders gefügige dazu. Oder vielmehr, überlegte Mikhail, war seine unabhängige, selbstständige Base auf ihre Weise sehr diszipliniert und sogar gehorsam, allerdings entsprach diese ganz und gar nicht den Vorstellungen der älteren Frau. Sie stellte einfach zu viele Fragen, eine eingefleischte Gewohnheit nach zehn Jahren akademischer Studien. Sie wollte immer wissen, warum etwas in einer bestimmten Weise geschah, obwohl sie ihre lebhafte Neugier ernsthaft zu zügeln versuchte. ›Warum‹ gehörte nun mal nicht zu den Wörtern, die Camilla MacRoss besonders schätzte.

Die anderen Schüler in Arilinn hatten die Situation auch nicht gerade entspannt. Sie waren alle wild entschlossen, ihre Fähigkeiten unter Beweis zu stellen, und konnten es kaum erwarten, ihren Schülerstatus abzulegen und endlich Mechaniker oder Techniker zu werden oder vielleicht sogar Bewahrer. Gewohnt, sich stets sowohl nach Camilla als auch nach Loren MacAndrews, der ältesten Schülerin, zu richten, behandelten sie Marguerida wie einen Eindringling. Sie waren neidisch auf ihr Alter, ihre Erfahrung und die Geschwindigkeit, mit der sie lernte. Und die Tatsache, dass sie eine Alton und außerdem die

Erbin der Domäne Alton war, behagte ihnen ebenfalls nicht. Die Alton-Gabe des erzwungenen Rapports war gleichermaßen gepriesen wie gefürchtet, und dass ausgerechnet eine Frau sie besaß, die den größten Teil ihres Lebens nicht auf Darkover verbracht hatte, machte alle nervös. Niemand konnte einschätzen, ob sie sich auch anständig benehmen und ihre Gabe moralisch einwandfrei einsetzen würde.

Marguerida, dickköpfig wie ein Esel, hatte mit Stolz und wilder Entschlossenheit reagiert. So krank sie auch war, lehnte sie die Sonderbehandlung ab. Jeff hatte also eingreifen müssen, was Margueridas Verhältnis zu Camilla jedoch nur verschlechtert hatte. Das Ganze roch nach Vorzugsbehandlung, weil sie mit Jeff verwandt war. Die beiden Frauen hatten sich schließlich auf einen förmlich-distanzierten Umgang geeinigt, was die Feindseligkeit zwischen ihnen lediglich verschleierte, anstatt sie abzubauen.

Mikhail war froh, dass er jetzt da war, obwohl es für sie beide schwer gewesen war, sich so nahe zu sein und einander mit nüchterner Sachlichkeit behandeln zu müssen. Ihre Liebe, die sie sich noch vor Mittsommer gestanden hatten, war unverändert groß, aber die Umstände verhinderten, dass es zu mehr kam als zu gelegentlichen gemeinsamen Spaziergängen in einem der Gärten Arilinns oder zu einigen Ausritten an schönen Nachmittagen. Sie sprachen über alles, angefangen von den Sitten, die Marguerida als lächerlich empfand, bis zum Wesen der Gottheiten auf Darkover und in anderen Welten. Mikhail hatte sich immer danach gesehnt, einmal zu den Sternen zu reisen, und er fand es wundervoll und zugleich traurig, wenn sie ihm von den Planeten erzählte, die sie bereits besucht hatte. Er beneidete sie um ihre Reisen und ihre Bildung, und doch schätzte er jeden Augenblick, den er in ihrer faszinierenden Gesellschaft verbrachte. Immerhin war seine Schwester Liriel noch in Arilinn, und sie war eine echte Freundin für Marguerida. Aber Mikhail wusste, dass sie ihn vermisste, und er war insgeheim froh darüber.

Mikhail dachte an Margueridas Stiefmutter, Diotima Ridenow-Alton, die an einer schweren Krankheit litt, die weder terranische Ärzte noch darkovanische Heiler eindeutig diagnostizieren konnten. Es handelte sich wahrscheinlich um eine Art Krebs, aber die Patientin hatte bisher auf keine Behandlung angesprochen. Die Ärzte hatten wochenlang versucht, den Verfall ihres mittlerweile zerbrechlichen Körpers aufzuhalten. Nach heftigen Diskussionen hatte man dann beschlossen, sie in einen künstlichen Dauerschlaf zu versetzen, bis eine neue Therapie entdeckt würde. Diese Maßnahme war jedoch bestenfalls ein Notbehelf.

Seine Geliebte war darüber mehr als besorgt gewesen, denn sie liebte Diotima wie ihre eigene Mutter. Der Versuch, möglichst nahe bei den mächtigen Matrixschirmen zu leben, das Wiederauftreten der Schwellenkrankheit und die tiefe Sorge um ihre Stiefmutter hatten sie abwechselnd rasend vor Angst gemacht oder völlig deprimiert. Und obwohl Marguerida sich die größte Mühe gegeben hatte, so zu tun, als sei sie guter Dinge, und sogar über seine Scherze gelacht hatte, wusste Mikhail, dass sie eigentlich litt. Nur ihr wilder Stolz verhinderte, dass sie die Beherrschung verlor – und ihre Dickköpfigkeit.

Das Rauschen des Wassers erinnerte ihn an ihr Lachen, das er in diesen Tagen nur zu selten hörte, und die frische Brise auf seiner Haut an ihre scharfe Zunge. Er lachte laut auf. Bei dem Geräusch schnaubte Stürmer, sein mächtiger Brauner, als Antwort und stellte die Ohren auf. Mikhail hörte die Glöckchen im Zaumzeug der beiden Wachen und spürte, dass sie sich nach dem Grund für seine Heiterkeit fragten. Die Erklärung war zu kompliziert, selbst für Männer, die er so gut kannte wie Daryll und Mathias. Außerdem wollte er nicht zugeben, dass er auf dem besten Wege war, sich in einen liebeskranken Romantiker zu verwandeln. Mit achtundzwanzig sollte er ein so kindisches Benehmen eigentlich abgelegt haben. Als Nächstes würde er wohl noch Liebesgedichte schreiben!

Es war lange her, dass er in Gesellschaft von Mitgliedern der Garde gewesen war, und ihm war nicht ganz wohl dabei. Wenn er als Kind auf Burg Comyn herumgetollt war, hatte sich immer ein Gardist in der Nähe befunden. Er hatte sie stets als freundliche Männer erlebt, die ihn huckepack reiten ließen oder ihm Geschichten erzählten. Damals hatte er nicht gewusst, dass es einen guten Grund für ihre Wachsamkeit gab und dass sich Mörder in den Straßen von Thendara herumtrieben, die sogar Kinder in ihren Wiegen umbrachten.

Aber nachdem die Weltenzerstörer einmal besiegt waren und sein Onkel Regis Hastur Lady Linnea kennen gelernt und die beiden ihr erstes Kind bekommen hatten, war er von der Anwesenheit der Gardisten einigermaßen befreit gewesen. Nicht ganz allerdings, schließlich war er immer noch der offizielle Erbe von Hastur. Er war vierzehn gewesen, als Danilo Hastur zur Welt kam, alt genug, um zuerst in Arilinn eine kurze Ausbildung zu absolvieren und dann für zwei Jahre in die Kadettengarde einzutreten. Damals war er sich gar nicht im Klaren darüber gewesen, dass sich damit sein Status änderte, dass er nun nicht mehr das bevorzugte Kind war wie in den Jahren zuvor. Erst als er zum Friedensmann für den jungen Dyan Ardais wurde, waren die Mitglieder der Garde nicht mehr ständig in seiner Nähe, wie es Erwachsenen entsprach. Während seiner Zeit in der Garde hatte er einige enge und dauerhafte Freundschaften geschlossen, und die Männer, die hinter ihm ritten, waren eher Gefährten und Waffenbrüder als Wachhunde.

Jetzt wollte er nur noch so schnell wie möglich Haus Halyn

erreichen, die Knaben prüfen, einen geeigneten Kandidaten für das Amt des Königs finden und die Regentschaft wieder loswerden. Er wollte gar nicht daran denken, wie sein Leben aussehen würde, wenn dieser Plan nicht aufging. Er tätschelte den kräftigen Hals seines Braunen und dachte an das letzte Mal, als er diesen Weg geritten war.

Wessen Idee war es damals eigentlich gewesen, loszuziehen und die zurückgezogen lebende Priscilla Elhalyn zu besuchen – seine oder Dyans? Mikhail erinnerte sich nicht mehr. Er wusste nur noch, dass es etwa vier Jahre zurücklag und dass sie beide reif für ein Abenteuer gewesen waren. Sie waren auf ihre Pferde gestiegen und zum Spaß nach Westen geritten, ohne sich auch nur das Geringste dabei zu denken. Dass Priscilla sie nicht gerade mit offenen Armen empfangen würde, war ihnen erst in den Sinn gekommen, als sie schon fast angekommen waren, und keiner von ihnen konnte mehr einen Rückzieher machen, ohne als Trottel dazustehen.

Nach einem dreitägigen Ritt waren sie schließlich unangemeldet auf Burg Elhalyn eingetroffen. Priscilla hatte sich allerdings nicht sehr beunruhigt über die Störung gezeigt. Immerhin war Mikhail der Enkel von Alanna Elhalyn, der Schwester ihres Vaters Stefan. Der Besuch eines Vetters, so hatte ihre Haltung ausgedrückt, war immer willkommen. Und irgendwie wirkte sie auf ihre verwirrte Art beinahe so, als hätte sie die beiden erwartet. Die kleine Frau mit Augen wie graue Glasmurmeln lebte umgeben von ihren Kindern und wenigen Dienern und war durchaus eine nette Abwechslung, aber wohl kaum das Abenteuer, auf das er gehofft hatte.

Burg Elhalyn war ein bescheidenes Anwesen – lange nicht so groß und eindrucksvoll wie Ardais –, aber solide gebaut. Einer der Diener hatte erzählt, dass sie noch aus dem Zeitalter des Chaos stammte, als der Vertrag endlich die Kriege beendete, die den Planeten so lange bestimmt hatten. Mikhail hatte die Steine untersucht und herausgefunden, dass das Gebäude noch nicht so alt war. Doch bei dem Durcheinander, das damals geherrscht hatte, war alles möglich.

In jenen wirren Zeiten war sehr vieles verloren gegangen, viele Aufzeichnungen und auch viel Wissen. Einiges davon blieb allerdings besser für immer verloren, denn wie Mikhail wusste, hatte man Matrizen damals auf eine für ihn unvorstellbare Art und Weise eingesetzt. Da hatte es das Haftfeuer gegeben, das an der Haut kleben blieb und sich bis zum Knochen durchfraß – ein grauenhafter Gedanke. Und das war noch nicht einmal das Schlimmste gewesen. Mikhail konnte sich das alles kaum vorstellen und war froh für Darkover, dass diese schrecklichen Zeiten lange zurücklagen.

Was nicht heißen sollte, dass in jüngerer Zeit nichts passiert wäre. Kurz nach seiner Geburt hatte die Sharra-Rebellion den Planeten erschüttert, und ein paar Jahre später hatten die Weltenzerstörer versucht, die gesamte Ökologie auf Darkover zu vernichten. Doch seit fast zwei Jahrzehnten herrschte nun endlich Ruhe auf dem Planeten. Es bestand demnach kein echter Anlass für den Schutz durch die Gardisten, außer dass Mikhail als Regent von Elhalyn einen gewissen Status besaß und dass es der Sitte entsprach.

Der miserable Zustand von Burg Elhalyn hatte Mikhail schockiert. Das Klima auf Darkover war wirklich unbarmherzig. Die Winter waren grausam, und die Häuser wurden allein deshalb gut in Schuss gehalten, um die Gesundheit ihrer Bewohner während der kältesten Monate zu garantieren. Zugige Flure und Türen, die in den Angeln knarrten, waren eine neue und ziemlich unangenehme Erfahrung für ihn. Dyan hatte ein paar bissige Bemerkungen darüber gemacht, aber Mikhail hatte diese Nachlässigkeit auf die wohl bekannte Verschrobenheit der Elhalyns zurückgeführt.

Mikhail hatte bei Priscillas fünf Kindern immerzu nach Anzeichen für die nachweisliche Geistesgestörtheit der Elhalyn-Linie gesucht, aber trotz ihres eigenartigen Zuhauses wirkten sie alle gesund und durchaus normal. Sie waren keine Fremden gewohnt und deshalb zunächst sehr schüchtern, aber schon nach einem Tag hatten sie die beiden Männer akzeptiert. Die beiden Nesthäkchen Miralys und Valenta versteckten sich nicht mehr hinter den Röcken ihrer Mutter, und die Knaben Alain, Vincent und Emun stellten neugierige Fragen über Pferde, Thendara, die Terraner und viele andere Dinge. Die Jungen hatten damals Valient, den Vater seines jetzigen Pferdes, ebenso bewundert wie Dyans temperamentvolle Stute Roslinda, sie hatten Bemerkungen über ihre Kleidung gemacht und sich alles in allem wie andere junge Burschen benommen, die er kannte.

Bis zur Nacht der Séance war der Aufenthalt ziemlich langweilig gewesen. Wer oder was immer damals gesprochen hatte – Mikhail erinnerte sich noch genau an die kalte Berührung und schauderte. Im Nachhinein war er sehr froh darüber, dass der Geist von Derik – falls er es denn gewesen war – ihm den Eid abgenommen hatte, niemals über das Vorkommnis zu sprechen. Er hätte mit dieser Geschichte bestimmt ernsthafte Zweifel an seiner Zurechnungsfähigkeit geweckt.

Allerdings hatte er bei diesem Versprechen nicht damit gerechnet, je nach Elhalyn zurückzukehren oder Priscilla und ihre Kinder jemals wieder zu sehen. Niemals hätte er sich auch nur träumen lassen, dass er einmal Regent der Domäne Elhalyn werden und von Regis Hastur den Befehl bekommen würde, unter Priscillas Söhnen denjenigen auszuwählen, der den lange verwaisten Thron des Königs von Darkover einnehmen könnte.

Mikhail hatte seit jener tumultartigen Sitzung in der Kristallkammer bereits mehrfach den Wunsch verspürt, die Regentschaft abzulehnen. Diese Entscheidung hätte wahrscheinlich die Beziehung zu seinen Eltern wiederhergestellt und ihn zudem von einer unerwünschten Last befreit. Doch sein Pflichtgefühl war zu stark. Er brachte die Worte einfach nicht heraus. Hätte man ihn doch nur nicht zum Herrscher ausgebildet!

Und wären seine Eltern doch nur nicht so starrsinnig und misstrauisch gegenüber ihm, Lew Alton und Marguerida gewesen, was diese Angelegenheit betraf. Sie argwöhnten nur das Schlimmste! Man hatte Mikhail einst dazu ausgebildet, einmal der pflichtbewusste Erbe von Regis Hastur zu werden und über Darkover zu herrschen, doch dann war ihm alles weggeschnappt worden. Nun blieb ihm nichts weiter übrig, als die vor ihm liegende Aufgabe so gut wie möglich zu meistern, auch wenn er das Gefühl hatte, dass man ihn nur aus dem Weg haben wollte. Jede *Leronis* hätte die Jungen prüfen können, das wusste er genau. Doch Regis hatte darauf bestanden, dass Mikhail es tat, und wollte sich mit keinem anderen begnügen.

Je länger er über die Sache nachdachte, desto sicherer war sich Mikhail, dass ihm entscheidende Informationen fehlten. Man hatte ihn nicht abgeschoben, egal wie er sich fühlte. Er war ein Teil des Plans – ein willenloser Bauer in einem von Regis' bösen Spielen. Es war zum Verrücktwerden! Er war ein Gefangener seiner eigenen Treue, aber auch von Regis' Manipulationen. Er war nicht frei, um seine eigenen Ziele zu verfolgen, und das ärgerte ihn mehr, als ihm bis zu diesem Augenblick bewusst gewesen war.

Das alles war sehr entmutigend. Die Erkenntnis, dass seines Wissens niemand uneingeschränkt glücklich mit den Vorschlägen seines Onkels war, tröstete ihn nur wenig. Er empfand tiefes Mitgefühl für seinen jungen Vetter Danilo Hastur, der inzwischen eigentlich längst zum Erben hätte ernannt werden müssen. Doch seine einzige Information war eine geheimnisvolle Bemerkung von Lady Linnea gewesen. »Regis ist sich mit Dani noch nicht sicher.« Wenn sich Mikhail schon gleichzeitig ausgeschlossen und gefangen fühlte, wie musste es dann erst Danilo Hastur gehen?

Was Regis auch vorgeschlagen hatte, selbst die Teilnahme der Aldarans am Rat der *Comyn*, klang äußerst logisch. Aber die Darkovaner waren kein logisch denkendes Volk. Sie waren sehr leidenschaftlich, und wenn ihre Gefühle mit ihnen durchgingen, wie es bei seiner Mutter offenbar gerade der Fall war, dann hörten sie nur noch auf ihr Herz. Regis schien das allerdings nicht zu begreifen.

Mikhail fragte sich, welche Geheimnisse sein Onkel wohl bewahrte, und dachte dabei ein bisschen schuldbewusst an seine eigenen. Er hatte nie von der Séance erzählt und auch über seine beiden Besuche bei den Aldarans geschwiegen. Aber das waren schließlich nur Kleinigkeiten. Außerdem hatte Regis einmal zu ihm gesagt, die halbe Staatskunst bestünde darin, über Informationen zu verfügen und zu wissen, wann und wie man sie einsetzte.

Mikhail tat seine widersprüchlichen Gedanken mit einem Achselzucken ab. Von der ganzen Grübelei schmerzte ihm nur der Kopf. Er wusste, dass sich Regis in mancherlei Hinsicht verändert hatte, aber er musste sich wohl oder übel damit abfinden. Er konnte die Veränderung nicht genau benennen, und wenn er mal genau darüber nachdachte, schien auch etwas Überstürztes in den Aktionen seines Onkels zu liegen, als folgte er einem geheimen Zeitplan, den er unbedingt einhalten musste.

Genug! Der Tag war zu schön für solche Gedanken. Er konnte die düster aufragende Masse von Burg Elhalyn bereits am Horizont erkennen und war froh, dass Priscilla von dort weggezogen war. Haus Halyn, der alte Landsitz der Familie, lag fünfzehn Kilometer näher am Meer, und Mikhail hoffte nur, er war in besserem Zustand als die zerfallene Burg, die sogar aus der Ferne traurig und heruntergekommen aussah.

Aber selbst wenn der Landsitz nicht besser erhalten war, glaubte er sich damit abfinden zu können. Schließlich war es nicht für immer, er würde lange vor seinem Lebensabend entweder die Regentschaft los sein oder ein für alle Mal die Möglichkeit, den Platz seines Onkels einzunehmen.

Seltsam. Früher hatte er sich sogar einmal danach gesehnt, diese undankbare Aufgabe zu übernehmen, die Regis zwei Jahrzehnte lang trefflich erfüllt hatte. Das war allerdings, lange bevor er Marguerida kennen gelernt hatte. Er stieß ein leises Lachen aus, bei dem Stürmer sofort die Ohren aufstellte. Mikhail gestattete sich einen Gedanken an die Listen, die er als junger Bursche angelegt hatte, mit all den Dingen, die er nach seiner Thronbesteigung tun wollte. Sie waren, so vermutete er, ebenso idealistisch wie töricht gewesen.

Der Wind drehte sich, und der Geruch des Meeres von Dalereuth wehte zu ihm herüber. Es war ein scharfer Geruch, nach Salz und etwas, das er nicht benennen konnte. Marguerida würde es bestimmt wissen, schließlich war sie auf einer Welt mit vielen Ozeanen aufgewachsen, nachdem sie Darkover im Alter von fünf Jahren verlassen hatte. Trotz der Eindrücke von Thetis, die er im Lauf der Monate durch sie gewonnen hatte, konnte Mikhail nicht wirklich nachvollziehen, wie es war, direkt an einem tosenden Ozean zu wohnen. Und auch die sonderbaren Geschöpfe, die wie Sterne aussahen, oder die springenden Meeressäugetiere, die sie *Dolfine* nannte, waren ihm nach wie vor fremd.

Mikhail wusste, dass Marguerida sich manchmal nach Thetis und der Wärme dort sehnte, und er fragte sich, ob sie auf Darkover je glücklich sein würde. Er hoffte es, denn sein Glück war ohne sie nicht vollkommen, und er hätte es nicht ertragen, wenn sie wieder fortgegangen wäre. Sobald sie ihre

Ausbildung im Turm abgeschlossen hatte, würde ihr allerdings freistehen, genau das zu tun – nämlich Darkover zu verlassen. Das war kein erfreulicher Gedanke. Falls sie sich tatsächlich für eine Abreise entschied, würde sie ein großes Chaos verursachen und wahrscheinlich sämtliche Pläne zunichte machen, die Regis gerade ausheckte.

Ein seltsames Krächzen über seinem Kopf ließ ihn aufblicken und verscheuchte seine düsteren Gedanken. Es stammte von einem großen Vogel, einer Art Krähe, wie sie Mikhail noch nie gesehen hatte. Sie war glänzend schwarz, mit vereinzelt weißen Federn am Flügelrand. Das Tier sah ihn aus argwöhnischen roten Augen an, schrie noch einmal und kreiste genau drei Mal über ihm. Mikhail zuckte leicht zusammen, der Vogel sah gefährlich aus mit seinen gewaltigen Klauen und dem scharfen Schnabel.

Mikhail sah ihm zu, wie er seine Kreise drehte, und freute sich an der Vollkommenheit seines Fluges. Er sah ihm nach, bis er endgültig verschwand, dann trieb er sein Pferd an. Bis Haus Halyn waren es noch einige Kilometer, und wenn er vor Einbruch der Dunkelheit ankommen wollte, musste er sich beeilen.

Beim Weiterreiten überlief Mikhail ein leichter Schauder des Unbehagens, doch er schimpfte sich sofort lautlos einen abergläubischen Narren. Diese Seekrähe war bestimmt kein böses Omen, kein Wink des Schicksals. Ihm war nur nicht ganz wohl bei der Sache, weil man ihn mit einer Aufgabe betraut hatte, die er weder angestrebt noch gerne übernommen hatte.

Mikhail stimmte ein Trinklied aus ihrer Studentenzeit an, das er von Marguerida gelernt hatte. Es war ziemlich unanständig, und er hörte die Gardisten hinter sich kichern. Ihre Ausgelassenheit erfreute sein Herz so sehr, dass er seine Sorgen beinahe vergaß, während er auf Haus Halyn zuritt.

2

Es war ein Jammer, dachte Margaret Alton, dass ihr dieser wunderschöne Tag von Kopfschmerzen verdorben wurde. Sie saß auf einer niedrigen Bank im Duftgarten von Arilinn und versuchte die schmerzlindernden Methoden anzuwenden, die sie in den vier Monaten im Turm gelernt hatte. Doch obwohl sie die Technik beherrschte, hämmerte der Schmerz hartnäckig weiter in ihrem Schädel.

Sie zuckte zusammen, als die Stiche noch heftiger zu werden schienen; sie hatte das Gefühl, als bohrte ihr jemand Stilette in die Stirn, direkt über den Augen. Sie spürte den Puls, der heiß durch ihre Adern pochte, bis ihr plötzlich klar wurde, dass es diesmal keine gewöhnlichen Kopfschmerzen waren.

Nein, befand Margaret, das hier war nicht zu vergleichen mit dem scheußlichen Gefühl, das sie überkam, wenn sie mal wieder zu lange im Turm gewesen war. Sie hätte nie gedacht, dass sie sich nicht in der Nähe großer Ansammlungen von Matrizen aufhalten konnte – obwohl schon der Anblick eines persönlichen Sternsteins ihr Übelkeit verursachte. Nichts und niemand hatte sie auf eine Umgebung wie den Turm von Arilinn vorbereitet – auf diese gewaltigen Energien, die hinter steinernen Wänden eingeschlossen waren. Und was noch schlimmer war: Die anderen hatten gar nicht begriffen, was ihr die großen Schirme antaten, bis sie schließlich ernsthaft krank wurde.

Ihre erste Erfahrung damit war sehr qualvoll gewesen, ein heftiger Schub der Schwellenkrankheit hatte sie niedergestreckt, fast so schrecklich wie der vom vorangegangenen Sommer auf Burg Ardais. Immer wenn sie das Gebäude ansah und an die ersten Nächte im Schlafsaal dachte, schauderte sie. Sie wusste, sie hätte sterben können.

Glücklicherweise war sie jedoch nicht gestorben, und das Problem ließ sich überraschend einfach lösen. Außerhalb des Turms und damit abseits der Energien der Matrizen klang die Krankheit sofort ab. Sie wohnte nun in einer kleinen Hütte außerhalb der Mauern, was sie sehr genoss, denn hier war sie das unaufhörliche Geschnatter und die offene Feindseligkeit ihrer Mitschüler ebenfalls los. Sie lebte zum ersten Mal allein, und das Gefühl der Abgeschiedenheit, des Ungestörtseins, linderte etwas in ihr, das sie bisher gar nicht als schmerzhaft empfunden hatte. Sie betrat den Turm jetzt nur noch zum Unterricht. Und der galt im Augenblick weniger dem Studium ihres eigenen *Laran* als vielmehr verschiedenen meditativen Techniken, durch die sie sich in der Nähe einer großen Anzahl von Matrixsteinen aufhalten konnte, wie sie in Arilinn oder in jedem anderen Turm untergebracht waren.

Der Turm war ganz anders, als sie ihn sich vorgestellt hatte. Margaret hatte gedacht, es handle sich um ein einzelnes Gebäude, wie jene, die sie bei ihren beiden Besuchen in der Oberwelt vor ein paar Monaten kurz gesehen hatte. Stattdessen war Arilinn eine kleine, aber geschäftige Gemeinde mit dem Turm als Mittelpunkt. Dort lebten Weber, die Kleider speziell für die Insassen des Turms herstellten, Bauern, die Getreide anbauten, geschickte Kopisten, die in den Archiven arbeiteten und sich bemühten, die noch erhaltenen Schriften aus der Vergangenheit zu bewahren, und viele andere Handwerker.

Margaret fand schließlich heraus, dass es deshalb ein ganzes Leben dauern konnte, bis man die Matrixwissenschaften lernte, weil man immer nur sehr wenig auf einmal aufnehmen konnte. Es war nicht wie in Musik oder Geschichte, wo Studenten sich hinsetzten und ein Dutzend Texte lasen, an mehreren Seminaren teilnahmen und dann ein gewisses Fachwissen für sich in Anspruch nehmen konnten. Der alte Jeff Kerwin hatte sich inzwischen länger damit beschäftigt, als Margaret auf der Welt war, und selbst er lernte immer noch.

Das Haus, in dem sie wohnte, war erst wenige Jahre alt; ihr Onkel Jeff hatte die Anlage einst bauen lassen. Ihr Vater, Lew Alton, wohnte ebenfalls dort, wenn er zu einem seiner häufigen Besuche aus Thendara kam. Er wäre gerne für immer geblieben, um die Fortschritte von Diotimas Behandlung zu verfolgen, aber dem hatte Jeff einen Riegel vorgeschoben, weil er Lews Anwesenheit für störend hielt.

Dem war auch tatsächlich so, denn Lew neigte zu Zornesausbrüchen und Aufgeregtheit und verlangte stets nach Lösungen, obwohl noch niemand genau sagen konnte, welcher Art das Problem eigentlich war. Sie wussten nur, dass Dios Zellen aus irgendeinem Grund zerfielen – trotz aller Versuche, das Fortschreiten ihrer seltsamen Krankheit aufzuhalten.

Jetzt lag Diotima Ridenow in der Mitte des Raumes, in dessen Wänden riesige Kristalle leuchteten, und sie sah aus wie eine schlafende Märchenprinzessin. Margaret hatte es fertig gebracht, sie ein paar Mal zu besuchen, aber sie konnte die vielen Matrixsteine auf engstem Raum nicht lange ertragen. Sie hatte große Schuldgefühle deswegen und war unendlich wütend auf sich selbst. Sie wusste, dass sie sich das alles nur einredete, aber sie war im Innersten überzeugt, dass sie ihre tiefe Abneigung gegen die Matrizen durchaus überwinden und an Dios Seite sitzen könnte, wenn sie nur stark genug wäre.

Es hatte sie rasend gemacht, dass sie nichts für ihre geliebte Stiefmutter tun konnte. Sie war nun mal das Kind ihres Vaters und hatte wie er immerzu den gewaltigen Drang, aktiv zu sein, statt tatenlos zuzusehen. Nach mehreren frustrierten Wochen, in denen sie sich kaum dem Studium ihrer Gabe widmete, verfiel sie auf die Idee, ihre kostbare Aufnahmeausrüstung zweckzuentfremden, damit sie Dio Gesellschaft leisten konnte.

Mit Hilfe der beiden Aufnahmegeräte, die sie besaß – ihrem eigenen und dem von Ivor Davidson –, nahm sie alle Lieder auf, an die sie sich aus ihrer Kindheit auf Thetis erinnerte. Dazu die vielen Lieder, die sie seit ihrer Rückkehr nach Darkover neu oder wieder gelernt hatte, und alles, was ihr sonst noch so in den Sinn kam. Allein schon durch das Singen fühlte sie sich weniger hilflos. Sie wusste, sie war keine großartige Sängerin, nur eine sehr gründlich ausgebildete Musikerin. Margaret fehlte es an jenem gewissen Etwas, das den Künstler vom Liebhaber unterscheidet, aber ihre Stiefmutter würde sich wohl kaum daran stören.

Als sie eine Scheibe voll hatte – etwa sechsundzwanzig Stunden Gesang mit gelegentlichen Geschichten, die zur Musik passten –, hatte sie sich wieder in Dios Kammer gewagt, Ivors Abspielgerät aufgestellt und eingeschaltet. Margaret scherte sich keinen Deut darum, dass sie ein halbes Dutzend terranische Regeln über die Technologiebeschränkungen auf Planeten wie Darkover verletzte oder dass die Geräte eigentlich der Universität gehörten und sie diese eigentlich zurückgeben müsste. Sicher, sie hatte die Musikfakultät nicht darüber informiert, dass sie auf absehbare Zeit nicht an die Universität zurückkehren würde, und dort nahm man wahrscheinlich an, dass sie noch immer fleißig an dem Überblick über die darkovanische Musik arbeitete, wegen dem sie vor fünf Monaten wieder auf den Planeten gekommen war. Aber das waren alles nur Haarspaltereien. Sie war sich ziemlich sicher, dass sie Darkover nicht mehr verlassen würde, und sie hatte gewiss nicht vor, ihre Arbeit der Fakultät zu übermitteln, damit hinterher irgendwer daran herumbasteln konnte.

Die Batterien, mit denen das Gerät lief, reichten etwa für sechs Monate Dauerbetrieb, und notfalls würde ihr der Bruder ihrer Mutter, Captain Rafe Scott, schon neue besorgen, falls sie welche brauchte. Er arbeitete im terranischen Hauptquartier in Thendara, und sie war überzeugt, dass er die Batterien beschaffen konnte. Margaret war klar, dass sie sich allein für solche Gedanken eigentlich verabscheuen müsste, aber sie tat es schließlich für Dio, und damit war es ihr wichtiger als alles andere.

Und so wurde die glitzernde Kammer rund um die Uhr mit Gesang erfüllt. Margaret wusste nicht, ob es wirklich half und ob Dio ihre Stimme, ihre Lieder überhaupt hörte, aber sie fühlte sich besser, wenn sie wusste, dass ihre Stiefmutter nicht völlig von jedem menschlichen Kontakt abgeschnitten war.

Manchmal kam Lew noch zu Margaret, nachdem er den ganzen Tag bei Dio verbracht hatte, er wirkte dann meist recht abgespannt, aber ruhig. Er sagte ihr mehrfach, dass ihre Lieder wunderschön seien und dass es ihm gut täte, ihre Stimme zu hören, selbst wenn es Dio nicht helfen sollte. Sogar einige der Techniker und Schüler in Arilinn, die sich normalerweise von Margaret fern hielten, hatten sie aufgesucht, um ihr zu sagen, dass sie oft ihrer Musik lauschten und sich neben Diotimas im Koma liegenden Körper setzten, wenn sie in die Kammer gingen, um die Frau zu überwachen. Dies war der freundlichste Kontakt, den Margaret je mit den Bewohnern im Turm hatte, und der einzige, der frei von Misstrauen und Abneigung war.

Sie war in der Erwartung hergekommen, eine Umgebung wie an der Universität vorzufinden, und hatte stattdessen feststellen müssen, dass Arilinn eine Brutstätte des Konkurrenzdenkens war. Wer einen hohen Grad an *Laran* besaß, neigte dazu, sich als Herr über diejenigen aufzuspielen, die einen niedrigeren hatten – einschließlich der beiden Töchter von Regis, die zur gleichen Zeit wie Margaret ihre Ausbildung begonnen hatten. Mehrere Frauen besaßen den Ehrgeiz, Bewahrerin zu werden, was nur verständlich war, denn außer zu heiraten oder eine Entsagende zu werden, konnte eine Frau auf Darkover nicht viel tun, wenn sie Einfluss ausüben wollte. Einige der Männer strebten dasselbe Ziel an, wenngleich männliche Bewahrer noch immer eine Seltenheit waren.

Der feindselige Empfang hatte Margaret gekränkt und verwirrt, und es hatte einige Zeit gedauert, bis sie begriff, dass sie genau das in reichem Maße hatte, wonach sich viele junge Menschen sehnten. Margaret wusste genau, sie wären entsetzt gewesen und hätten ihr sowieso nicht geglaubt, dass sie ihnen die Alton-Gabe und was sie von der Aldaran-Gabe der Voraussicht besaß, liebend gerne geschenkt hätte, wenn es nur möglich gewesen wäre. Sie hatte ihr *Laran* nie gewollt und wollte es noch immer nicht. Sie musste sich einfach damit abfinden, aber es bereitete ihr trotz geringer Fortschritte keine Freude.

Margaret rieb sich mit der rechten Hand die Stirn, um den Schmerz aus ihrem Kopf zu verscheuchen. Die linke Hand steckte in einem Handschuh aus mehreren Schichten gesponnener Seide und ruhte in ihrem Schoß. Unaufhörlich öffnete und schloss sie die Finger in dem Handschuh, spürte die Kraftlinien, die in ihre Haut geätzt waren, und versuchte nicht daran zu denken, wie sie zu ihnen gekommen war, als sie damals in der Oberwelt einen Schluss-Stein aus einem Spiegelturm gerissen hatte. In den Monaten, seit sie gegen die längst verstorbene Bewahrerin Ashara Alton um ihr Leben und ihre Seele gekämpft hatte, waren die schrecklichen Erinnerungen ein wenig verblasst, allerdings waren sie immer noch so lebendig, dass ihr angst und bange wurde, sobald sie daran dachte.

Der fingerlose Handschuh aus Seide half. Anfangs hatte sie jeden Handschuh verwendet, den sie zu fassen bekam, bis sie kurz vor Mittsommer in Thendara herausfand, dass ein seidener besser half als einer aus Leder. Allerdings nicht lange. Nach drei oder vier Tagen begann die Seide zu verfallen, als scheuerten die Linien auf ihrer Haut die Fasern durch.

Liriel Lanart-Hastur, ihre Base und vielleicht beste Freundin, hatte bald nach ihrer Ankunft in Arilinn vorgeschlagen, dass die Handschuhe vielleicht mehrere Lagen dick sein sollten. Keine von den beiden konnte mit Nadel und Faden besonders geschickt umgehen - sie waren sich einig, dass Handarbeiten unerträglich langweilig waren –, aber Liriel war hartnäckig geblieben. Sie hatte so lange herumexperimentiert, bis sie herausfand, dass genau vier Lagen Seide dem ständigen Energiefluss aus Margarets Schattenmatrix widerstanden. Ihre Bemühungen hatten ein unbeholfen zusammengeflicktes Etwas hervorgebracht, das unbequem zu tragen war, die Handfläche bedeckte und bis über das Handgelenk reichte, die Finger jedoch frei ließ.

Anschließend hatte Liriel einen Abdruck von Margarets Hand zusammen mit genauen Anweisungen an einen Handschuhmachermeister in Thendara geschickt. Zehn Tage später waren vier fingerlose Handschuhpaare eingetroffen. Die Nähte waren trotz der verschiedenen Lagen so fein gearbeitet, dass die Handschuhe durchaus angenehm zu tragen waren. Der Handschuhmacher schickte jetzt alle paar Wochen eine neue Lieferung und hatte irgendwann begonnen, Verzierungen anzubringen, so dass Margaret außer ihren glatten Handschuhen nun auch welche mit hübschen Stickereien an den Stulpen besaß, und sogar ein Paar, das am Handgelenk mit winzigen Perlen verziert war. Sie trug meistens beide Handschuhe, da sie so weniger auffiel als nur mit einem.

Der sanfte Wind drehte, kräuselte Margarets feines Haar und wehte es ihr in die pochende Stirn. Sie rutschte auf der Steinbank umher, die trotz des sonnigen Tages angenehm kühl war, und biss sich auf die Unterlippe. Dieser eigentümliche Schmerz kam ihr irgendwie bekannt vor, sie bekam ihn aber nicht ganz zu fassen.

Und dann wurde ihr schlagartig bewusst, dass sie am Tag von Ivors plötzlichem Tod genau dieselben Kopfschmerzen gehabt hatte. Sie war mit der Aldaran-Gabe der Voraussicht wirklich gestraft, denn sie reichte gerade aus, um ihr vage Hinweise auf zukünftige Dinge zu liefern – allerdings nicht so viel, dass es ihr genützt hätte, sondern gerade genug, um sie zu erschrecken.

Margaret war übel. Ihr erster Gedanke galt Dio. Was, wenn sie aus dem künstlichen Tiefschlaf plötzlich erwacht war oder wenn er nicht ausreichte, um ihre Stiefmutter am Leben zu erhalten? Sie konnte den Gedanken nicht ertragen. Dio musste weiterleben und endlich wieder gesund werden.

Besorgt erhob Margaret sich von der Bank und machte sich auf den Weg zum Hauptgebäude von Arilinn. Aber nach drei Schritten blieb sie stehen. In ihrem jetzigen Zustand in die Tiefschlafkammer zu stürzen war mehr als dumm. Sie würde nur selber krank werden. Oder Dios Zustand verschlimmern.

Wo war Liriel? Ihre Base war die Technikerin im Turm von Tramontana gewesen, als Margaret nach Darkover kam, aber sie war nach Arilinn übergesiedelt, um in Margarets Nähe zu sein, wenn sie das anstrengende Studium der Matrixwissenschaften und der Alton-Gabe aufnahm. Margaret hatte gar nicht nach Arilinn gewollt, sondern wäre viel lieber nach Neskaya gegangen, wo Istvana Ridenow als Bewahrerin waltete. Sie wusste immer noch nicht recht, wieso sie sich überreden ließ, nach Arilinn zu kommen – ihr Verwandter Jeff Kerwin, auch bekannt als Lord Damon Ridenow, hatte ihr zugeredet, dass ihr ein paar Monate dort gut täten, und sie war so erschöpft gewesen von ihren Abenteuern, dass sie einfach zugestimmt hatte. Außerdem wurde Dio in Arilinn behandelt, und das hatte die Sache entschieden.

Bei ihrer Ankunft in Darkover hätte Margaret nie gedacht, auf wie viele Verwandte sie hier treffen würde. Nach all den Jahren, in denen sie das einzige Kind von Lew Alton war, hatte sie nun Vettern und Onkel im Überfluss – und die meisten von ihnen wohnten sogar entweder in Arilinn oder kamen häufig zu Besuch. Selbst Ariel, Liriels Zwillingsschwester, wohnte zusammen mit ihrem Mann Pedro, ihrem verwundeten Sohn Domenic und den vier anderen Söhnen dort. Sie hatte sich schon bald mit den Kindern angefreundet, vor allem mit dem kleinen Donal, den sie aus Versehen in die Oberwelt geschickt hatte. Er war ein sehr lebhafter Bengel, den es langweilte, bei seinen ängstlichen Eltern eingesperrt zu sein, und Margaret hatte ihm nach und nach die Grundbegriffe der terranischen Sprache beigebracht, wohl wissend, dass sie damit sowohl die Mutter des Jungen als auch ihre Tante verärgerte. Also war es ihr Geheimnis, und bislang hatte es Donal für sich behalten, was Margarets gute Meinung von ihm nur verstärkte. Donal behandelte sie nie wie jemand Außergewöhnliches, sondern schien sie für ihr Alter ganz interessant zu finden. Lady Javanne kam ebenfalls häufig vorbei, um Ariel zu besuchen, aber die meiste Zeit war sie in Thendara, wo sie ihre Intrigen spann und Regis Hastur von diesem und jenem zu überzeugen versuchte.

Liriel! Margaret hatte während ihrer Zeit in Arilinn gelernt, nicht im Geiste zu schreien – ein Problem, vor dem viele junge Telepathen standen. Dank der Alton-Gabe des erzwungenen Rapports besaß sie eine unglaubliche geistige Stimmkraft, und dass sie die Disziplin gefunden hatte, diese zu beherrschen, zählte bislang zu ihren wenigen Triumphen.

Ja, Marguerida.

Ich habe diese Kopfschmerzen, die ich immer bei bösen Vorahnungen bekomme. Ist mit Dio alles in Ordnung?

Ich habe erst vor einer halben Stunde nachgesehen, sie war wie immer. Ich bin noch geblieben, um mir dieses thetische Reiselied bis zum Schluss anzuhören – der Rhythmus ist fast hypnotisch.

Du hast nicht das ganze Lied gehört – nur den Teil, den ich kenne und den die Leute auf unserer Insel besaßen. Der Rhythmus ist der Rhythmus der Wellen, deshalb ist er zwangsläufig hypnotisch. Bist du sicher, dass es Dio gut geht?

Ganz sicher.

Dann stimmt irgendetwas anderes nicht – oder wird bald nicht mehr stimmen. Verdammt! Warum muss ich nur diese blöden unvollständigen Ahnungen haben? Man sollte meinen, man sieht entweder gar nichts oder einen eindeutigen, präzisen Hinweis, mit dem man etwas anfangen kann.

Das würde es sicher leichter machen, Marguerida. Aber wie so oft klafft zwischen Ideal und Wirklichkeit eine große Lücke. Wann hat es denn angefangen?

Ungefähr vor einer halben Stunde. Erst dachte ich, es ist der übliche Kopfschmerz von den Matrizen – dabei war ich heute Nachmittag nicht sehr viel im Turm. Ich habe am Vormittag mit Jeff gearbeitet, mein zweites Frühstück eingenommen und wollte gerade in die Schreibstube gehen, um nachzusehen, wie es mit diesen Aufzeichnungen vorangeht, die Haydn Lindir entdeckt hat, als – Peng! – diese Fleischspieße mein Gehirn attackierten. Also habe ich mich in den Duftgarten gesetzt, weil ich dachte, ich bräuchte nur ein wenig Sonne und Entspannung, aber es wurde immer schlimmer.

Verstehe. Im Augenblick kann ich aber nichts Verkehrtes entdecken.

Wahrscheinlich hat es gar nichts mit Arilinn zu tun. Vielleicht ist Mikhail von einer Klippe gestürzt und hat sich den Hals gebrochen.

Hör sofort auf damit! Solches Zeug lasse ich mir zwar von meiner Schwester gefallen, weil sie eine sehr lebhafte Fantasie und keinen Funken Selbstbeherrschung hat, aber von dir erwarte ich mehr!

Natürlich, Liriel! Margarets Antwort klang beinahe unterwürfig. Sie akzeptierte jede Kritik von Liriel, was sie sonst bei niemandem tat, nicht einmal bei ihrem Vater.

So ist es schon besser. Wenn meinem Bruder etwas zugestoßen wäre, würdest du es wissen, und es gäbe nicht die geringste Unsicherheit.

Du hast wahrscheinlich Recht. Wenn doch nur unsere Väter nicht solche dickköpfigen Idioten wären!

Wahrscheinlich könntest du dich leichter auf den Mond wünschen als das, Chiya. *Die beiden sind schließlich Männer, und Männer müssen immer Recht haben, selbst wenn sie völlig falsch liegen. Am meisten tut mir Onkel Regis Leid, der irgendwie zwischen die beiden geraten ist, und auch die Mitglieder der Cortes, die sich ihren Streit ständig anhören müssen.*

Meinst du, sie werden ihre Beziehung je wieder in Ordnung bringen, zumindest so weit, dass Dom *Gabriel mir erlaubt ...*

Wenn du die Domäne Alton an Vater abtreten würdest, sähe er vielleicht einen Weg, sich nicht länger wie ein Dummkopf zu benehmen, aber ich glaube, er genießt es geradezu, deinen Vater zu übervorteilen. Er denkt wahrscheinlich gar nicht an dich und Mikhail oder an irgendjemanden sonst, sondern nur noch an sich und seinen verletzten Stolz.

Ich würde es zwar sofort tun, nur wäre der alte Herr nicht sonderlich begeistert, und er ist mit der Sorge um Dio schon genug beschäftigt. Warum muss nur alles so kompliziert sein?

Wenn ich darauf eine Antwort wüsste, wäre ich die klügste Frau auf Darkover und verschiedenen anderen Planeten dazu. Hast du schon gegessen, Marguerida?

O ja. Ich kann immer noch nicht fassen, wie viel ich essen kann, ohne ein Gramm zuzunehmen. Ich weiß zwar genau, dass mein Laran *von Körperenergie gespeist wird, aber es widerspricht dennoch allem, was ich über Diät weiß!*

Ich gebe zu, dass ich dich ein bisschen um deine Figur beneide, Marguerida. Und mir ist aufgefallen, dass deine Schat-

tenmatrix pausenlos strahlt. Das ist ein sehr interessantes Phänomen – aus technischer Sicht. Es ist allerdings auch der Grund, warum deine Handschuhe nach etwa zehn Tagen verschlissen sind.

Ich weiß, und ich wünschte, jemand hätte eine bessere Idee, damit ich nicht immer diese Dinger tragen muss. Ich komme mir sehr extravagant vor. Selbst wenn ich beide trage, damit die Aufmerksamkeit nicht auf die linke Hand gelenkt wird, fühle ich mich noch unsicher!

Ach, ich weiß nicht. Maeve Landyn hat neulich gesagt, deine Handschuhe seien ganz entzückend, vor allem seit Meister Esteban sie mit Stickereien verziert.

Ich komme mir vor wie ein Monster.

Ich weiß, Chiya, *aber das solltest du nicht. Jetzt trink einen Tee oder etwas Ähnliches. Oder hol dir Dorilys aus dem Stall und reite ein wenig aus. Danach geht es dir doch immer besser.*

Gut, aber ohne Mikhail wird es nicht dasselbe sein.

Liriel hatte Recht, Margaret brauchte dringend ein bisschen Bewegung. Und die kleine zinnfarbene Stute, die Mikhail ihr geschenkt hatte, um ihr den Aufenthalt in Arilinn ein wenig angenehmer zu machen, war eine wahre Freude. Sie hatte sich auf Anhieb in das Pferd verliebt, als sie es vor Monaten auf der Koppel in Armida gesehen hatte. Es war ein lebhaftes Fohlen gewesen, mit dunkler Mähne und dunklem Schwanz, fast silbrigen Hufen und einem Fell wie poliertes Metall.

Das Studium der Matrixwissenschaften war wirklich sehr anstrengend, und die Ausritte gaben ihr neue Kraft. Die frische Luft und die Sonne schafften es jedes Mal, ihre angeborene gute Laune wiederherzustellen, und Margaret wusste, dass sie sich in den letzten Tagen ziemlich vernachlässigt hatte.

Seit Mikhail nach dem für sie beide schwierigen Abschied nicht mehr da war, hatte sie ihr Pferd kaum noch gesehen. Sie wusste, dass die Stallburschen sich gut um Dorilys kümmerten, sie bewegten, striegelten und fütterten. Die kleine Stute erinnerte sie sehr an Mikhail, und sie war nicht mit ganzem Herzen bei der Sache, als sie zu den Ställen ging, nachdem sie ihren Reitrock angezogen und Lederhandschuhe über die seidenen gestreift hatte.

Die Kopfschmerzen hatten etwas nachgelassen, aber sie waren immer noch spürbar da, wie entfernter Donner, den man mehr fühlt als hört. Margaret gähnte, um ihren Kiefer zu entspannen, und betrat den schattigen Stall. Es roch nach sauberem Stroh, verspritztem Wasser und Mist – eine Mischung, die sie angenehm und irgendwie tröstlich fand. Einer der Pferdeburschen bemerkte sie und kam ihr mit einem breiten Grinsen entgegen.

»*Domna!* Dorilys wird sich aber freuen, Sie zu sehen. Sie sind nicht mehr so lange weggeblieben, seit Sie krank waren.«

»Sie sollten mich ausschimpfen, Martin, weil ich mein kleines Mädchen so vernachlässigt habe.«

»Wieso denn, *Domna*, das würde ich niemals tun. Ich habe hier nichts zu sagen, und Sie waren bestimmt fleißig bei Ihren Studien im Turm.«

Margaret gab es auf. Sie würde sich wahrscheinlich nie richtig wohl dabei fühlen, wenn man sich ihr unterwarf und sie behandelte, als wäre sie etwas Besonderes. Sie war zu viele Jahre Ivor Davidsons Assistentin gewesen und hatte sich um sein Gepäck und Reiserouten gekümmert, hatte mit kleinlichen Bürokraten und korrupten Zollbeamten verhandelt oder sich mit akademischer Rivalität und Eifersucht herumgeschlagen. Sie konnte sich nun mal nicht über Nacht in eine *Comynara* verwandeln. Egal, wie man sie behandelte, sie hatte immer noch das Gefühl, einfach nur Margaret Alton zu sein, ein Mitglied der Universität, und nicht Marguerida Alton, die Erbin einer darkovanischen Domäne, eine Adlige in beinahe jeder terranischen Hierarchie, die ihr einfiel.

Es war ein bisschen entmutigend, zu wissen, dass es ihr auch mit den besten Absichten der Welt wahrscheinlich nie gelingen würde, sich so zu benehmen, wie es ihrer Furcht erregenden Tante Javanne Lanart-Hastur und all den anderen Matronen ihrer Generation gefiel. Sie blieb zu unabhängig, zu eigensinnig, und es mangelte ihr entweder am Willen oder an der Fähigkeit, sich einem Mann zu unterwerfen, oder zumindest so zu tun, als sei sie dumm und schwach. In den engen Grenzen der darkovanischen Gesellschaft war sie eine Außenseiterin und würde wahrscheinlich auch immer eine bleiben, egal, wie sehr sie sich anstrengte.

Aber da sie ihren Charakter nun mal nicht ändern konnte, beschloss Margaret, das Beste aus allem zu machen, und wenn es nur ein netter Spazierritt an einem schönen Herbsttag war. Das Thermometer zeigte fast zehn Grad an, und der Wind blies nur als kühle Brise; er roch nach Laub, das zu Pottasche verbrannt wurde, und nach dem Brot aus den Bäckereien von Darkover.

Martin führte die gesattelte Dorilys, die aufgeregt tänzelte, über das Pflaster zum Tritt. Hinter ihm brachte ein zweiter Stalljunge ein weiteres Pferd, und Margaret begriff verblüfft, dass Martin sie begleiten wollte. Es würde ihr nichts nützen, wenn sie ihn bat, hier zu bleiben – sie war eine Frau, und Frauen, sofern sie keine Entsagenden waren, ritten nicht allein aus. Er würde ihren Wunsch nicht begreifen und, was noch schlimmer war, wäre sicherlich verletzt. Margaret wusste, dass sie oft zu feinfühlig war und dass Martin oder jeder andere Diener sie beeinflussen konnte, deshalb zuckte sie nur die Achseln, kletterte auf den Tritt und schwang sich in den Sattel.

Dorilys warf den Kopf zurück und bäumte sich kurz auf vor

Freude, dass Margaret bei ihr war. Die kleine Stute ließ sich auch von den Stallburschen reiten, aber es gab keinen Zweifel daran, wer ihre bevorzugte Reiterin war. Sie tänzelte noch immer und konnte kaum erwarten, dass es losging. Margaret schlug die Zügel leicht gegen den weichen Hals des Pferdes und ritt aus dem Stallbereich. Martin folgte ihr.

Arilinn lag auf einer Ebene, die sich bis zum Fluss erstreckte, und das Gelände war überwiegend flach. Ein großer Teil war von Wald bedeckt – meist Bäume, die so ähnlich wie Ahorn, Ulme, Eberesche und andere Harthölzer aussahen, im Gegensatz zu den Nadelbäumen, die für die Landstriche weiter nördlich typisch waren. Aber es gab auch ausreichend freies Gelände, das sich gut für einen Ritt eignete.

Die Felder um die kleine Stadt beim Turm waren kahl, die Ernte war längst vorbei, doch die Bäume glühten in den Farben des Herbstes: Rot, Orange, Rostbraun und Gold. Ganz in der Nähe lag eine kleine Köhlersiedlung, und Margaret wusste, dass die Kohlenbrenner fleißig bei der Arbeit waren.

Sie hatte zu ihrer eigenen Überraschung herausgefunden, dass der ruhige Rhythmus des landwirtschaftlichen Jahres auf sie sehr besänftigend wirkte. Sie genoss es, der Gefangenschaft des Turms zu entfliehen, sich von der gewaltigen Energie zu entfernen, die dort herrschte, und über die Felder zu reiten. Oft hatte sie den Bauern dabei zugesehen, wie sie die Felder bestellten und später das Getreide einbrachten. Sie war auch bei der Mühle am Valeron gewesen, wo das Getreide zu Mehl gemahlen wurde. Ein Stück westlich der Mühle gab es ein Sägewerk und dahinter eine Färbersiedlung, in der man das Wasser des großen Flusses zur Arbeit benutzte.

Margaret ließ Dorilys in einen gemäßigten Trab fallen. Sie hätte die Stute nur zu gern losrennen lassen, aber dann hätte Martins Pferd nicht mithalten können. Margaret passte sich dem gleichmäßigen Rhythmus des Pferdes an, und langsam ließen die hartnäckigen Kopfschmerzen nach. Die rötliche Sonne wärmte ihr Gesicht; sie hatte sich inzwischen an die Kälte auf Darkover gewöhnt.

Nach etwa zwanzig Minuten erreichten sie das Ufer des Flusses. Er floss ruhig dahin, das Wasser gurgelte zwischen den Ufersteinen. Einige Binsen, die längst vertrocknet waren, raschelten im Wind und erzeugten ein angenehmes, beinahe melodiöses Geräusch.

Sie wandte den Kopf nach Westen, und ihr Herz floss beinahe über, als sie an Mikhail dachte, der irgendwo hinter dem Horizont vor ihr her ritt. Was sah er wohl gerade, und was dachte er? Margaret verlangsamte das Tempo, denn das Flussufer war uneben und nicht gerade der beste Untergrund für ein Pferd. Martin ritt schweigend hinter ihr her, der gleichmäßige Hufschlag seines Pferdes war ein beruhigender Ton in der Musik, die sie überall um sich herum fühlte. Für Margarets ausgebildete Ohren klang es wie eine gewaltige Symphonie, und zum ersten Mal fragte sie sich, warum diese Art von Musik auf Darkover wohl nicht existierte. Die Darkovaner sangen bei jeder Gelegenheit und noch dazu sehr gut, aber soweit Margaret feststellen konnte, hatten sie nie große Orchesterwerke geschaffen. Sie würde Meister Everard danach fragen, wenn sie wieder in Thendara war.

Der Gedanke an den alten Gildemeister ließ auch die Erinnerung an Ivor Davidson aufleben, ihren Freund und Mentor, der kurz nach ihrer Ankunft auf Darkover gestorben war. Sie vermisste ihn, aber die anfängliche Trauer hatte ein wenig nachgelassen, und sie konnte nun ohne großen Schmerz an ihn denken. Wäre Ivor nicht gestorben, sie wäre nie in den Kilghards gelandet, allein mit Rafaella n'ha Liriel, ihrer Führerin und Freundin, als der erste Anfall der Schwellenkrankheit sie überkam. Wie wäre Ivor wohl damit zurechtgekommen? Sie war in all den Jahren, in denen sie zusammen die Föderation bereisten und die Musik der Einheimischen dokumentierten und studierten, nie krank geworden – von gelegentlichen Erkältungen einmal abgesehen. Bei all ihren großartigen technischen Errungenschaften war es den Terranern nie gelungen, den gewöhnlichen Schnupfen zu besiegen, und Margaret glaubte auch nicht, dass es ihnen je gelingen würde.

Die Spannung in ihrem Körper ließ nach, während sie träge Bäume und fließendes Wasser betrachtete und ihre Gedanken ziellos wandern ließ. Liriels Vorschlag, ein wenig auszureiten, war wirklich eine gute Idee gewesen. Wie klug sie doch war. Margaret lächelte, wie so oft, wenn sie an ihre Base dachte. Liriel und ihr Bruder Mikhail entschädigten sie fast schon wieder dafür, dass sie auch den Rest des Alton-Clans ertragen musste – Tante Javanne und Onkel Gabriel, ihre älteren Söhne Gabriel junior und Rafael sowie Ariel, Liriels Zwillingsschwester. Fast. Ariel bereitete Margaret immer noch Krämpfe mit ihrer ständigen Hektik und Sorge. Die Frau war nun in der Mitte ihrer Schwangerschaft; sie erwartete ihr sechstes Kind, eine Tochter, die sie sich sehnlichst gewünscht hatte.

Margarets Lächeln schwand. Immer wenn sie an dieses ungeborene Kind dachte, überkam sie ein flaues Gefühl im Magen, eine schreckliche Ahnung von Gefahr. Mit dem Mädchen würde es einmal Schwierigkeiten geben. Wie furchtbar, so von einem Kind zu denken, das noch nicht einmal auf der Welt war! Es handelte sich mal wieder um eine dieser Vorahnungen, die Margaret ihre unausgeprägte Aldaran-Gabe der Voraussicht verfluchen ließ, und sie hoffte entgegen ihrer inneren Gewissheit, dass sie sich gänzlich irrte.

Zwischen zwei Atemzügen empfand Margaret plötzlich eine unglaubliche Kälte, einen stechenden Verlustschmerz. Sie riss erschrocken an den Zügeln, und Dorilys wieherte klagend. Sie blieb stehen, und Martin ritt mit besorgtem Gesichtsausdruck neben sie.

»Was ist, *Domna?*«

»Ich weiß es nicht. Es war, als hätte ein Schatten die Sonne gekreuzt. Wir sollten wohl besser zurückreiten.« Sie seufzte. Der Tag war so schön, und sie hatte ihn bis eben sehr genossen. Sie wollte nicht zurück nach Arilinn. Mehr als alles andere wollte sie nach Westen reiten, Mikhail folgen und sich einen Teufel um die Domäne und ihre Studien scheren. Dennoch wendete Margaret pflichtbewusst ihr Pferd, und sie ritten zurück in Richtung Turm, der gerade noch über den Bäumen zu sehen war.

Der Stall sah noch genauso aus, wie sie ihn verlassen hatten, alles schien in Ordnung zu sein. Margaret stieg ab, gab Martin die Zügel und tätschelte Dorilys flüchtig den Hals. »Ein andermal, meine Schöne. Ein andermal machen wir einen hübschen Spazierritt.« Das Pferd wieherte als Antwort und sah sie aus großen dunklen Augen an, als hätte es jedes Wort verstanden.

Margaret eilte zum Turm, ihr Herz klopfte heftig. Ihre Füße flogen nur so über den gepflasterten Gehweg, sie rannte an der Bäckerei vorbei und an der Schreibstube, in der sie ursprünglich den Nachmittag verbringen wollte. Sie blieb auch bei ihrem kleinen Haus nicht stehen, denn je näher sie dem Turm kam, desto größer wurde dieses unangenehme Gefühl in ihr.

Irgendetwas war geschehen, etwas Schlimmes, und in ihrer Fantasie begann sie sich alles Mögliche auszumalen. Dio war aus dem künstlichen Tiefschlaf erwacht, bei Ariel hatten vorzeitig die Wehen eingesetzt, oder Mikhail war ... Nein! Margaret verlangsamte ihr Tempo ein wenig und zwang sich, mit ihren aberwitzigen Theorien aufzuhören. Sie war Akademikerin und kein hysterisches Weibsbild, das bei jeder Gelegenheit aus der Haut fuhr! Sie war Tutorin an der Universität!

Liriel?

Ja, Marguerida. In der Antwort lagen eine unüberhörbare Traurigkeit und Zurückhaltung.

Was ist denn passiert?

Domenic ...

O nein! Margaret blieb abrupt auf dem Gehweg stehen. Sie fühlte förmlich, wie sie zu Eis erstarrte, zu Stein. *Aber er war doch auf dem Wege der Besserung!* Das stimmte allerdings nicht ganz. Ihr eigenes rasches Eingreifen hatte das Leben des Jungen unmittelbar nach dem Unfall gerettet, aber er hatte sich das Rückgrat gebrochen und würde nie wieder seine Arme und Beine bewegen können. Die Heiler hatten ihr Bestes getan – und Margaret wusste inzwischen, dass das Beste der darkovanischen Heiler in vielerlei Hinsicht ebenso gut war wie das, was die terranische Technologie zu bieten hatte – aber der Schaden war dennoch irreparabel. *Wie?*

Er ist erstickt. Es ging so schnell, dass niemand etwas tun konnte.

Margaret spürte, wie eine tiefe Wut in ihr hochstieg, und konnte sie nur mit großer Mühe zurückhalten. Arme Ariel! In einem terranischen Krankenhaus hätten sie dem Kind einen Beatmungsschlauch in den Hals gesteckt, immerhin stellte Erstickungstod die größte Gefahr bei einem Bruch des dritten Halswirbels dar. Margaret hatte das bis zu Domenics Unfall auch nicht gewusst, aber seitdem hatte sie es sich zur Aufgabe gemacht, möglichst viel über solche Verletzungen in Erfahrung zu bringen, um vielleicht doch den Todesfall, den sie vor Monaten in Armida vorhergesehen hatte, zu verhindern. Wenn Ariel doch nur nicht so eigensinnig darauf bestanden hätte, das Kind in Arilinn zu lassen!

Nun war es zu spät, und der Junge war tot. Margaret spürte, wie ihr Tränen über die Wangen liefen, und die gewaltige Trauer um Ivor, die sie für überwunden gehalten hatte, kehrte mit voller Wucht zurück. Aber Ivor war alt gewesen, er hatte auf ein langes und erfülltes Leben zurückgeblickt. Domenic war ein neun Jahre altes Kind gewesen; sein Leben hatte kaum begonnen!

Trotz aller vernünftigen Argumente hatte Margaret immer noch das Gefühl, die Tragödie wäre vermeidbar gewesen, wenn sie nur überzeugender und hartnäckiger aufgetreten wäre. Hätte sie doch nur in Armida nicht diese Vorahnung gehabt oder es zumindest fertig gebracht, sie besser zu verbergen. Wenn Ariel nicht so hochgegangen und bei einsetzendem Sommersturm mit einem schwerfälligen Zweispänner losgefahren wäre. Wenn, wenn ... Hinterher war man immer schlauer.

Sie war sehr traurig, aber stärker noch waren ihre Schuldgefühle, als trüge sie die Verantwortung für den Tod des kleinen Jungen. Margaret kam sich vor wie eine Hexe. Ivor war bereits gestorben, und Dio lag auch im Sterben! Sie schüttelte sich und schimpfte sich eine entsetzliche Idiotin. Niemand konnte etwas dafür, aber sie wollte jemandem die Schuld geben, und die geeignetste Kandidatin war meist sie selbst. Es war nicht einmal Ariels Schuld. Margaret hegte allerdings den Verdacht, dass es ihrer Base nicht anders erging als ihr selbst und dass auch sie nach einem Sündenbock suchte.

Wie nimmt es Ariel auf?

Ganz gut, den Umständen entsprechend. Aber ich würde ihr nicht erlauben, dich jetzt zu sehen.

Nein, das hieße mein Glück herausfordern. Ich gehe jetzt erst einmal zurück in mein Haus.

Margaret machte auf dem schmalen Weg kehrt und ging zu dem kleinen Haus zurück, das seit vier Monaten ihr Zuhause war. Es war aus Stein gebaut und innen mit poliertem Holz verkleidet. Es gab fünf Zimmer, zwei Schlafräume, ein Wohnzimmer, Esszimmer und Küche. Es war gemütlich und kultiviert, was Margaret nach all den Jahren genoss, in denen sie zusammen mit Ivor häufig primitive Umstände ertragen musste.

Als sie das Haus betrat, hörte sie ihre Dienerin Katrin, eine freundliche Frau in den Fünfzigern, in der Küche hantieren und mit Töpfen und Pfannen klappern. Ein verführerischer Duft lag in der Luft – Rabbithorn-Eintopf, glaubte sie. Im Augenblick hatte Margaret zwar keinen Appetit, aber er würde sicher bald wiederkehren. Manchmal kam ihr das Bedürfnis nach einer Mahlzeit als die einzige Konstante in ihrem täglichen Leben vor.

Sie hatte die ganze Zeit über geweint, und jetzt war ihre Nase völlig verstopft. Sie fand ein großes, mit Blumen besticktes Taschentuch aus Leinen, wischte sich damit die Augen und schnäuzte sich. Dann setzte sie sich in einen gemütlichen Sessel neben dem kleinen Kamin im Wohnzimmer und überließ sich schweigend ihrer Trauer. Katrin sollte sie nicht hören und zu trösten versuchen. Sie wollte all dem Kummer freien Lauf lassen, der von ihrem schlanken Körper Besitz ergriff.

Das Licht im Zimmer begann zu schwinden, als die blutrote Sonne hinter den Horizont sank. Das Taschentuch war inzwischen ein durchnässter Stofflappen, aber Margaret hatte nicht die Kraft, aufzustehen und ein neues zu suchen. Ihre Augen brannten vom Weinen, und die Nase war gerötet vom wiederholten Schnäuzen. Um ihren Oberkörper spannte sich ein unsichtbarer Draht, der ihr in die Brüste schnitt, und der Pferdegeruch ihres Reitrocks löste einen Brechreiz in ihr aus.

Margaret wollte nicht mehr traurig sein und noch länger im Selbstmitleid versinken. Sie wollte an Ariel denken, an Piedro Alar, Ariels geduldigen und nachsichtigen Mann, oder an den kleinen Jungen, den sie vor seinem Unfall kaum gekannt hatte. Aber Ivor und Dio gingen ihr nicht aus dem Sinn.

Dann endlich versiegten die Tränen, und Margaret wurde langsam unruhig und kam sich nutzlos vor, weil sie hier in der zunehmenden Dämmerung saß. Sie wollte getröstet werden, doch es gab keinen Trost. Außer der Musik. Die starb nie, verreiste nie an ferne Orte und verkündete keine unerfreulichen Dinge. *Oje, in was für einer schauerlichen Stimmung ich nur bin,* dachte sie und fand durchaus einen gewissen Trost darin, sich elend zu fühlen. Mit großer Anstrengung stand sie auf, ging ins Schlafzimmer und holte ihre kleine Harfe aus der Ecke. Sie suchte vorsichtshalber auch noch ein neues Taschentuch.

Wieder im Wohnzimmer nahm sie die Stoffhülle von ihrem Instrument und stimmte es. Margaret wurde plötzlich bewusst, dass sie die Harfe seit Wochen nicht hervorgeholt hatte und dass sie unter dem Druck der Studien im Turm ihre Musik sträflich vernachlässigte. Sie hatte seit fast einem Monat keine Musik mehr für Dio aufgenommen! Nicht dass sich ihre schöne, schlafende Stiefmutter bald beschweren würde, aber falls Dio die Musik tatsächlich hören konnte, musste sie inzwischen genug davon haben.

Margaret machte sich mit ein paar simplen Tonleitern warm, stimmte das Instrument nach und spielte dann wahllos drauflos. Der Sturzbach von Tönen klang lieblich in ihren Ohren. Nach einigen Minuten griff sie eins ihrer Lieblingsstücke heraus, Montaines *Dritte Etüde.* Sie war ursprünglich für Klavier geschrieben, und Margaret hatte sie als Teil ihrer Diplomarbeit für Harfe adaptiert. Das Stück war vielschichtig genug, um ihre volle Aufmerksamkeit zu beanspruchen, aber auch so vertraut, dass es keine echte Herausforderung darstellte.

Dennoch versuchte sie nach zweimaligem Spielen einige Variationen, als würde die Übung es so erfordern. Völlig in ihr Spiel versunken nahm sie dennoch wahr, dass sie eins der Themen soeben auf eine bisher nie da gewesene Art auf den Kopf gestellt hatte. Genauso hatten sie im Haus von Ivor und Ida Davidson an den Abenden immer gespielt. Die beiden ließen immer einige Studenten in dem großen Haus gleich hinter der Musikschule wohnen. Sie dachte nicht oft an das Haus, denn damit war die Erinnerung an die Schlafsäle verbunden, wo sie ihr ziemlich unglückliches erstes Jahr an der Universität verbracht hatte. Das war, noch bevor Ivor sie in der Bibliothek singen hörte und ihr half, ihrem Leben einen Sinn und eine Richtung zu geben.

Beim Spielen schweiften Margarets Gedanken zu Ivors Begräbnis in Thendara ab. Viele Mitglieder der Musikergilde, die ihn zum Großteil nie kennen gelernt hatten, begleiteten damals seinen Sarg zum Friedhof und sangen ihre Lieder. Margaret hatte an jenem Tag ebenfalls gesungen, aber heute schien ihre Stimme versiegt zu sein, als ließe sich ihre Trauer nicht in Laute fassen. Ivor war alt gewesen und Domenic jung. Das war der Unterschied.

Ihre Finger glitt über die Saiten, und wie von allein ertönte das Klagelied, das sie damals für Ivor gesungen hatte. Es war ein großartiges Musikstück: achtundzwanzigstes Jahrhundert, Centauri. Ein trauriges Stück, aber mit einer Ahnung von Hoffnung, die Margarets Schmerz ein wenig linderte.

Ohne sich dessen bewusst zu sein, hörte Margaret auf, das Klagelied zu spielen, und zupfte eine andere Melodie. Nach einigen Minuten bemerkte sie, dass sie das Stück gar nicht kannte, dass sie es beim Spielen erfand, während sie an den kleinen Jungen dachte, der zu früh aus dem Leben gerissen worden war, und an all die Dinge, die er nie erfahren würde. Es war ein überzeugendes Stück, ein Lied, das sie bewegte noch während sie es erschuf. Und es stammte von ihr, war nicht von jemand anderem geliehen! Ihr jahrelang geschulter Verstand verfolgte die Komposition kritisch und befand sie für gut. Margaret schuf nur selten eigene Stücke, und sie gestattete sich, ausnahmsweise kritiklos, ihre Freude an der Musik, die aus ihren Fingern floss. Das Lied erzählte vom Geräusch des Flusses, an dem sie vor ein paar Stunden entlanggeritten war, von den Binsen, die in der Brise wogten, vom Rufen eines Singvogels, den sie gehört hatte, ohne ihn richtig wahrzunehmen.

Margaret war so vertieft in die Musik, dass sie nicht hörte, wie die Haustür aufging, und sie bemerkte den Besucher erst, als sie zu spielen aufhörte und ein leises Räuspern hinter sich vernahm. Sie drehte sich abrupt um und sah Lew Alton im Eingang zum Wohnzimmer stehen. Er trug eine ziemlich abgewetzte Reituniform und hatte einen leichten Mantel über den Arm gehängt. Sein Silberhaar war zerzaust.

»Vater! Wie lange stehst du denn schon hier?« Sie forschte in seinem Gesicht und war plötzlich wieder angespannt; sie versuchte, seine Stimmung zu lesen, wie sie es als Kind immer getan hatte. Dann fiel ihr ein, dass dazu kein Anlass mehr bestand, da dieser Lew Alton ein völlig anderer Mensch war als damals. Er trank sich nicht mehr um den Verstand und wütete auch nicht mehr wie ein Tier. Aber Gewohnheiten streift man nicht einfach ab, und es fiel ihr schwer, diesem Mann, den sie eben erst kennen lernte, völlig zu trauen.

»Keine Ahnung. Ich war so verzaubert von deiner Musik, dass ich jegliches Zeitgefühl verloren habe. Was war das?« Lew lächelte zaghaft, und seine Augen leuchteten vor Interesse.

»Ich weiß es nicht – ich habe es gerade erfunden.«

»Hoffentlich vergisst du es nicht wieder, es war hervorragend.«

»Bestimmt nicht. Ich habe es beim Spielen gleich in Partitur gesetzt.«

»Das klingt so unglaublich einfach, wenn du es sagst.« Lew legte seinen Mantel ab. »Ich bin jedes Mal aufs Neue beeindruckt, dass du dir all diese Musik merken kannst, aber du hast mir nie erzählt, dass du auch komponierst.« Er setzte sich ihr gegenüber und forschte in ihrem noch immer tränennassen Gesicht.

»Ich komponiere nicht viel. Nicht wie Jheffy Chang oder Amethyst.«

»Wer?«

»Bekannte von der Universität. Jheffy hat die ganze Zeit über komponiert, er und Amethyst unterhielten eine Art Dauerwettstreit, als ich noch bei Ivor wohnte. Es war verrückt, weil sie es selbst überhaupt nicht bemerkten. Musik, neue Musik, schien einfach ständig aus ihnen herauszufließen. Ich habe diese Fähigkeit nie besessen, und das war auch gut so, denn sonst wäre ich niemals Ivors Assistentin geworden.«

»Wieso denn nicht?«

»Vater, man verlangt von einem Rennpferd doch auch nicht, dass es einen Pflug zieht, oder? Und von einem Ackergaul nicht, dass er ein Rennen läuft.«

»Bezeichnest du dich etwa selbst als Ackergaul, meine Tochter?« Er klang ernst, aber auch ein wenig spielerisch.

»Was die Musik betrifft, schon. Ich bin zwar gut genug, um andere nachzuahmen oder zu interpretieren, aber ich bin nicht besonders originell oder kreativ. Jedenfalls war ich es nicht, solange ich an der Universität studiert habe. Und ich bereue es kein bisschen, denn es erfordert eine ganze Menge, ein guter Komponist zu sein. Jheffy war eine Art Wunderkind und sehr eitel dazu, außerdem hatte er die Umgangsformen eines Murmeltiers. Am war da schon besser, sie stammte aus einer alten Musikerfamilie, die sie nicht so verdorben hatte, wie es bei Jheffy der Fall war. Nicht, dass sie ein angenehmer Mensch gewesen wäre – keine Spur –, aber sie musste wenigstens nicht pausenlos beweisen, dass sie die Beste war.«

»Es tut mir Leid, dass ich wegen meiner Arbeit im Senat der Föderation nicht genauer verfolgen konnte, was du dort alles gelernt hast, *Chiya*. Das klingt alles viel interessanter, als ich je gedacht hätte. Ich habe überhaupt das Gefühl, dass ich so viel von deinem Leben versäumt habe. Ich war nicht da, als du zum ersten Mal verliebt warst oder …«

»Aber du warst doch dabei, Vater! Mikhail ist meine erste große Liebe. Und es wird nie eine andere geben, was auch geschieht.« Sie errötete. »Habe ich dir schon gesagt, dass ich mich sehr freue, dich zu sehen?«

»Nein, aber ich habe es an deiner Miene erkannt, als du mich bemerkt hast. Es tut unglaublich gut, diesen Blick in deinen Augen zu sehen. Ich verstehe gar nicht, wie ich so viele Jahre darauf verzichten konnte.«

»Wenn wir uns begegnet wären, während ich noch an der Universität war, hätten meine Augen sicher nicht geleuchtet, sondern zornig gefunkelt. Und wenn ich daran denke, wie unmöglich du damals auf Thetis warst, als du dich geweigert hast, mir etwas über meine Vergangenheit zu verraten, und gehofft hast, ich würde aus meiner geistigen Blockade herauswachsen, aus dem Schatten, den *sie* über mich geworfen hat – dann würde ich dich heute noch am liebsten ohrfeigen und beschimpfen.«

»Und das völlig zu Recht. Ich verdiene bestimmt jede Menge Ohrfeigen, und ich bin froh, dass du dich entschieden hast, auf diese Erfahrung zu verzichten.«

»Bist du hier, um Dio zu besuchen?«

»Natürlich. Aber bei meiner Ankunft habe ich vom Tod des kleinen Domenic erfahren und beschlossen, dass ein Besuch bei dir dringlicher ist. Ich muss allerdings gestehen, dass ich nicht erwartet habe, dich mit einer Harfe am Kamin anzutreffen.«

»Ich habe vorhin geweint und mich gefühlt, als wäre alles allein meine Schuld. Aber dann ist mir eingefallen, was Tante Javanne einmal über dich gesagt hat: dass du dich immer für den Urheber von allem gehalten hättest, was schief ging, und dass ich dir in dieser Beziehung sehr ähnlich sei – zu empfindsam, zu meinem eigenen Nachteil oder so ähnlich. Deshalb habe ich mich der Musik zugewandt.«

Thyra war in Bezug auf Musik genauso. Ich hätte nicht gedacht, dass ich jemals eine positive Erinnerung mit ihr verbinden würde. Er runzelte die Stirn und sah Margaret an. »Wieso?«

»Weil ich der Musik immer trauen konnte. Sie wird nie wütend auf dich, läuft nie weg oder stirbt. Sie ist klar und einfach. Vielleicht verhält es sich anders, wenn man Komponist ist. Wenn ich jetzt so darüber nachdenke, hatte Jheffy schon manchmal etwas leicht Verzweifeltes an sich, als fürchtete er sich davor, eines Morgens aufzuwachen und festzustellen, dass die Musik mit einem anderen Komponisten nach Aldebaran abgereist ist. Aber wenn man Musik nur nachspielt, ist sie sehr zuverlässig und vertrauenswürdig. Und natürlich tröstend. Ich kann viele Dinge durch Musik ausdrücken, die ich mit Worten niemals sagen könnte.«

»Ich verstehe. An dieser Geschichte mit der Musik ist viel mehr dran, als ich gedacht hätte.« Er nickte, dann lächelte er schwach. »Wie geht es dir?«

»Ich bin traurig, aber auch ein bisschen wütend.«

»Wütend?«

»Domenic hätte nicht sterben müssen. Ich meine, wenn er in einem terranischen Krankenhaus gelegen hätte, wäre er nicht erstickt. Ich habe inzwischen sehr viel Achtung vor den Matrixwissenschaften, aber ich glaube nach wie vor, dass man sich nicht ausschließlich auf sie verlassen sollte. Das ist genauso dumm wie die Überzeugung, dass die Technologie die Antwort auf alle Fragen ist. Es muss doch ein Kompromiss möglich sein, eine gemeinsame Basis, allerdings kommt es mir so vor, als hätte sie bisher noch niemand zu erarbeiten versucht.«

»Wenn du einmal die menschliche Geschichte betrachtest, wirst du wahrscheinlich feststellen, dass die Leute aus Gefühlsduselei so sehr daran festhalten, etwas auf die gewohnte Weise zu tun, dass sie sich den Änderungen selbst dort widersetzen, wo sie zu ihrem Besten wären.«

»Ich weiß, aber es gefällt mir trotzdem nicht.«

»Natürlich nicht. Und du hast Recht, Domenic könnte vielleicht noch leben. Aber die Heiler waren nicht in der Lage, ihn wieder völlig gesund zu machen, so dass er für den Rest seines Lebens auf fremde Hilfe angewiesen gewesen wäre. Selbst die terranische Nanotechnik hätte die Sache wahrscheinlich nicht rückgängig machen können. Ich bin mir nicht sicher, aber die Angelegenheit liegt jetzt sowieso nicht mehr in unseren Händen.«

»Ich weiß, aber deswegen ist die Sache nicht leichter zu akzeptieren. Außerdem mache ich mir große Sorgen um Ariel, obwohl ich sie nicht mag. Bis zur Geburt sind es noch ein paar Monate, und nach allem, was ich hier in Arilinn gelernt habe, wirkt ihr Schmerz auf die Psyche ihrer Tochter sehr wahrscheinlich verheerend.« *Ist das vielleicht der Grund, dass Alanna Alar in meiner Vision so zornig war? Vielleicht ist es meine Schuld, weil ich vorausgesehen habe, dass Domenic das Erwachsenenalter nicht erreichen wird, und dann wurde er verletzt, als sich die Kutsche überschlug und ...*

»Marguerida – du kannst weder die Vergangenheit ändern, noch kannst du die Zukunft verhindern.«

»Nein, aber ich wünsche, ich könnte es.« Sie legte die Harfe weg und zupfte nervös an ihrem Reitrock. Nach einer Minute des Schweigens sagte sie heiser: »Ich bin so ungern hier.«

»Meinst du in Arilinn? Oder auf Darkover?«

»Arilinn. Es gefällt mir sehr auf Darkover, obwohl ich manche Bräuche hier recht sinnlos finde. Ich war vorhin reiten, und nur, weil ich eine Frau bin, musste einer der Stallburschen mitkommen, was bedeutete, dass ich nicht wie von Sinnen über die Felder galoppieren konnte, und dabei hätte ich genau darauf Lust gehabt. Ich fühle mich hier einfach nicht wohl, trotz der Bemühungen von Jeff und Liriel und einigen anderen, mir das Leben so angenehm wie möglich zu gestalten. Ich kann nicht in einem Turmkreis sitzen, weil es mir immer noch unmöglich ist, mich in einem Raum mit vielen Matrizen aufzuhalten. Ein paar Studenten halten mich sicher schon für eine Art Monster. Sie starren auf das hier« – sie hob die linke Hand – »und versuchen durch die Seide zu sehen. Sie arbeiten nicht gern mit mir zusammen, und Berana, eine der älteren Heilerinnen, hat sich sogar rundheraus geweigert, irgendetwas mit mir zu tun zu haben. Das Wort ›Abscheu‹ treibt über ihren Geist wie ein Ölfleck. Sie gibt mir immerzu das Gefühl, als wäre ich irgendwie schmutzig.«

»Ich verstehe. Warum hast du nicht schon früher etwas gesagt?«

»Solange Mikhail hier war, ist es mir nicht so schlimm vorgekommen. Es war zwar nicht gut, aber ich konnte mich darauf freuen, mit ihm auszureiten, mit ihm zu reden ... Und ich wollte nicht ständig jammern und mich beschweren. Ich dachte immer, es würde leichter, je mehr ich lerne, aber stattdessen wurde es jeden Tag schwerer. Meine Empfindlichkeit gegen die Kristalle hat eher zugenommen. Ich muss einen großen Teil meiner Energie darauf verwenden, mich zusammenzureißen, weil ich die verdammten Dinger am liebsten in tausend Stücke sprengen würde.«

»Darüber würde ich mir keine Sorgen machen«, antwortete Lew ruhig. Gleichzeitig rutschte er unruhig auf seinem Stuhl umher.

»Ach nein?«, fauchte sie. »Ich schon, schließlich habe ich eine gewisse Vorstellung davon, wozu ich in der Lage bin. Das Ding hier« – sie schüttelte die Faust in Richtung ihres Vaters –

»ist anders als jede Matrix, die es bisher gab, denn es stammt nicht aus der stofflichen Welt. Ich habe mit Jeff darüber geredet und mit Hiram d'Asturien, der mehr über die Geschichte der Matrixwissenschaften weiß als irgendwer sonst, weil ich herausfinden wollte, was mit mir los ist. Was ich hier habe, Vater, ist ein Stück der Oberwelt, das in meine Haut gemeißelt ist. Und nicht nur das, es war früher der Schluss-Stein des Hauptturms von Ashara Alton, der mächtigsten *Leronis*, die je gelebt hat, selbst wenn man die normale Übertreibung berücksichtigt, mit der historische Gestalten zwangsläufig beschrieben werden. Wenn ich die Beherrschung verlöre, könnte ich Arilinn vermutlich vom Angesicht der Welt schießen. Es würde mich nicht einmal überraschen, wenn genau das vor Jahrhunderten in Hali passiert wäre.«

»Ich sehe, du hast viel über die Sache nachgedacht, *Chiya*. Und ich muss sagen, du hast große Geduld und Ausdauer bewiesen. Sehr viel mehr als ich in deinem Alter.« Er seufzte.

»Mag sein«, sagte sie zögernd. Dann holte sie tief Luft und legte los, fest entschlossen, ihm alles zu sagen, was sie loswerden musste, solange sie noch den Mut dazu hatte. »Vater, ich weiß nicht, ob ich noch lange hier bleiben kann. Javanne wird bald auftauchen und mich mit Blicken durchbohren, nur weil ich existiere, und Ariel bekommt wahrscheinlich einen hysterischen Anfall, wenn sie mich nur von weitem sieht, weil sie mir immer noch die Schuld an Domenics Unfall gibt. Ich halte das alles nicht mehr aus. Ich habe die ganze Zeit über das Gefühl, als wäre meine Brust voller Glassplitter. Vor ein paar Monaten dachte ich noch, ich wäre nach Hause gekommen, aber inzwischen zweifle ich ernsthaft daran. Ich fühle mich in Arilinn ebenso fremd wie früher, bevor ich nach Darkover kam.«

»Du hättest Schauspielerin werden sollen, Marguerida. Ich hätte nie vermutet, dass du hier so unglücklich bist.«

»Aber es lässt sich nun mal nicht ändern, nachdem ich wirklich keine wilde Telepathin sein möchte. Offen gestanden möchte ich überhaupt keine Telepathin sein. Ich würde sogar alles geben, wenn ich die Vergangenheit nur ungeschehen machen könnte. Na ja, vielleicht nicht alles. Mikhail würde ich nicht aufgeben und dich auch nicht. Aber das reicht nicht. Ich brauche dringend ein wenig Ruhe und Frieden.«

»Du wolltest doch nach Neskaya gehen und bei Istvana Ridenow studieren, bevor man dich überredet hat, nach Arilinn zu kommen. Willst du das denn immer noch?«

»Wenn ich mich schon in einem Turm aufhalten muss, dann lieber bei Istvana als bei irgendwem sonst. Sie gibt mir wenigstens nicht das Gefühl, als wäre ich eine Gestalt mit zwei Köpfen und einem Schwanz!«

»Gut. Ich denke, das lässt sich arrangieren. Es ist das Mindeste, was ich für dich tun kann.«

Margaret starrte Lew an, zu überrascht, um sofort antworten zu können. Ihr Herz machte einen Freudensprung. Doch dann bekam sie plötzlich Angst, dass sie enttäuscht werden könnte. So einfach war die Sache bestimmt nicht! »Kannst du das denn wirklich?«

Lew sah sie feierlich, doch mit einem leichten Augenzwinkern an. »Ich bin nicht ganz ohne Einfluss.«

Margaret lachte, und dann musste sie wieder weinen. Die Schluchzer entrangen sich ihrer Brust, trotz ihrer heftigen Bemühungen, sie zu unterdrücken. Sie beugte sich vor, hielt sich den Bauch und schrie all ihre Trauer und ihren Verlust heraus. Das Geräusch war fürchterlich, und sie schämte sich sehr dafür, aber sie konnte nicht aufhören, und Lew unternahm keinen Versuch, es zu unterbinden. Stattdessen setzte er sich einfach hin und wartete, als verstünde er, wie wichtig die Tränen für sie waren.

Als sie endlich aufhören konnte, war es bereits völlig dunkel. Ihr Gesicht fühlte sich wund an. Sie wischte sich zum hundertsten Mal über die Wangen, schnäuzte sich die Nase und lehnte sich erschöpft in ihrem Sessel zurück. Zu ihrem eigenen Entsetzen hatte sie großen Hunger. Der Geruch nach Abendessen wehte in den Raum, und Katrin erschien im Eingang, einen weißen Mehlpunkt auf der kurzen Nase. Sie sah Lew an, grinste nur und sagte: »Ich decke lieber für zwei.«

Margaret lachte leise. »Eins muss man Darkover lassen – die Mahlzeiten kommen immer pünktlich und häufig.«

»Allerdings. Und jetzt geh und wasch dir das Gesicht.« Er lächelte plötzlich. »Das habe ich auf Thetis immer zu dir gesagt, stimmt's? Dein Gesicht war einfach immer schmutzig.«

»Ja, Vater, das hast du immer gesagt. Und mein Gesicht war tatsächlich immer schmutzig. Ich danke dir.«

»Wofür?«

»Einfach nur so.« Und dann zog sie sich rasch zurück, denn die Tränen drohten ihr erneut in die Augen zu treten. Sie konnte nicht mit Worten ausdrücken, was ihr Herz zum Überlaufen brachte: die Liebe zu diesem Mann, ihrem Vater, den sie so spät entdeckt hatte. Sie hoffte, es würde noch genug Zeit sein, all dies zu sagen, allerdings nicht mit schmutzigem Gesicht und leerem Magen. Es würde warten müssen.

3

Haus Halyn lag so gut versteckt in einem Wäldchen mit hohen Bäumen, dass Mikhail und seine Gardisten beinahe an ihrem Ziel vorbeigeritten wären. Nur eine dünne Rauchsäule über den Bäumen wies auf eine menschliche Behausung hin, und Darylls scharfe Augen erspähten sie. Mit dreiundzwanzig war er der jüngere von Mikhails Begleitern. Er hatte einen weitaus lebhafteren Verstand, war immer zu einem Spaß aufgelegt und von Mikhails Stellung nicht im Geringsten eingeschüchtert. Mathias, der andere Gardist, war fast vierzig und eher behäbig und nüchtern veranlagt. Mikhail kannte ihn schon seit seiner Kindheit, denn Mathias kam von der Alton Domäne. Er konnte den beiden blind vertrauen, und ihre Anwesenheit beruhigte ihn, da das Unbehagen, das er unterwegs gespürt hatte, immer stärker wurde, je näher sie dem Ziel ihrer Reise kamen.

Sie fanden nur mit Mühe einen Weg zwischen den Bäumen, weil unzählige herabgefallene Äste den schmalen Pfad versperrten; eigentlich hätte dieses Holz gesammelt und für den kommenden Winter zum Trocknen eingelagert werden sollen. Als sie schließlich die Stallungen erreichten, runzelte Mikhail die Stirn. Eine stille Verzweiflung bemächtigte sich seiner. Der alte Duncan, an den sich Mikhail noch von seinem letzten Besuch erinnerte, kroch aus einem ziemlich baufälligen Gebäude, aufgeschreckt vom Geräusch ihrer Rösser. Über dem gesamten Anwesen lag der saure Geruch von verfaulendem Heu. Auf dem Dach fehlten Ziegel, es musste also in die Ställe regnen, und auch die anderen Anzeichen des Verfalls waren unübersehbar. Ein Trog war zur Seite gekippt, ein anderer sah grünlich und schaumig aus, als würde das Wasser bereits seit Tagen darin stehen.

Mikhail konnte inzwischen das Dach und das oberste Stockwerk von Haus Halyn sehen; eine hohe Hecke verdeckte den Blick auf den Rest. Er war mehr als schockiert. Die oberen Fenster hatten keine Scheiben mehr, manche waren mit Brettern notdürftig vernagelt, andere standen offen. Auf dem spitzen Dach fehlten mehrere Ziegel, und ein Schornstein hatte sich gesenkt und sah aus, als würde er jeden Augenblick abstürzen.

Duncan starrte die drei nur an, als wären sie eine Erscheinung. Der Mann war in den letzten vier Jahren stark gealtert und wirkte abgemagert. Seine Kleidung war abgetragen, die Stiefel an den Zehen so dünn, dass ein Strumpf herausschaute. Das Haar des alten Mannes war ungepflegt und klebte an seinem Schädel, und seine Zähne waren verfault.

Bevor Mikhail etwas sagen konnte, drehte der Wind, und ein scharfer, beißender Geruch nach Schwefel stach ihm in die Nase, der von irgendwo hinter dem Haus kam. Er brauchte einen Moment, um ihn einordnen zu können. Er hatte bisher nicht gewusst, dass es in der Gegend eine heiße Quelle gab.

»Guten Tag, Duncan. Wie geht es denn so?«, begann er in fröhlicherem Ton, als ihm zu Mute war.

»Willkommen, *vai Dom*. Könnte nicht besser gehen.« Dann zögerte er, blickte zu Boden und trat nervös von einem Bein aufs andere. »Werdet Ihr erwartet?« Er lachte schaurig. »Das letzte Mal war es nicht der Fall.«

»Ja.« Was, wenn es sich Priscilla inzwischen anders überlegt oder vergessen hatte, ihn anzukündigen? Was, wenn er umsonst gelernt hatte, wie man Menschen auf *Laran* prüft und diese Reise vergeblich unternommen hatte? Regis Hastur hatte ihm zwar noch vor wenigen Tagen versichert, dass alles in bester Ordnung sei, aber es konnte ja etwas vorgefallen sein. Doch nein, das hätte man ihm sicher gesagt.

»*Mestra* Emelda hat mich gar nicht informiert«, murmelte

Duncan, und seine gute Laune verflüchtigte sich, während er die schwieligen Hände rieb. »Für so viele Pferde ist kein Platz. Es gibt nicht genug Futter.«

Mikhail überging die wenig gastfreundlichen Worte des Alten und stieg ab. Er war müde und hungrig, und seine Stimmung wurde immer gereizter. Der unangenehme Geruch in den Ställen störte ihn, und das ungute Gefühl, dass hier etwas nicht stimmte, zerrte an seinen Nerven. Er hatte keine Ahnung, wo das Problem lag, aber er war entschlossen, der Sache unverzüglich auf den Grund zu gehen.

»Wer ist *Mestra* Emelda?« Er hatte noch nie von dieser Frau gehört, doch Duncans Tonfall verhieß nichts Gutes.

»*Mestra* Emelda«, wiederholte der alte Mann, als sei damit alles gesagt.

Daryll stieg ebenfalls ab und nahm die Zügel von Stürmer, da Duncan offensichtlich nicht die Absicht hatte, etwas anderes zu tun, als dazustehen und verwirrt dreinzuschauen. »Ich kümmere mich um die Pferde, *Dom* Mikhail. Wir haben noch genug Futter für heute Nacht – obwohl dem Geruch nach hier kein einziges Büschel sauberes Heu zu bekommen ist. Puh!« Er rümpfte die Nase und verzog angewidert das Gesicht. »Morgen werde ich gleich zu dem Dorf reiten, an dem wir vor etwa fünf Meilen vorbeigekommen sind, und frisches Heu schicken lassen.«

»Morgen?« Duncan sah den Gardisten argwöhnisch an. »Ihr werdet doch wohl nicht etwa bleiben! Das wird ihr aber gar nicht gefallen.«

»Selbstverständlich bleiben meine Männer«, fuhr ihn Mikhail gereizt an.

»Nein, sie bleiben nicht«, knurrte der Alte und sah nun beinahe feindselig aus.

Das Unbehagen, das Mikhail gequält hatte, je näher sie Haus Halyn kamen, schlug mit einem Mal in Angst um. Er unterdrückte sie harsch und sah Duncan genauer an. Der Mann, den er von damals kannte, war schon immer eigenwillig gewesen, aber niemals unverschämt. Außerdem war er ordentlich und auch intelligent. Dieser Bursche hier schien jedoch ein völlig anderer Mensch zu sein – mürrisch und ziemlich dumm. Aus der Nähe betrachtet wirkten seine Augen glasig.

Mathias war inzwischen ebenfalls abgestiegen und ging zu den Ställen, seine Haltung wirkte angespannt, als erwartete er das Schlimmste. Er verschwand in der im Dunkeln liegenden Scheune, und Mikhail hörte einen lauten Fluch. Einen Augenblick später tauchte Mathias wieder auf, sein nüchternes und normalerweise friedliches Gesicht war vor Zorn gerötet. »So behandelt man kein anständiges Vieh!«, polterte er los und sah aus, als wollte er Duncan zu Boden schlagen.

Mathias war mit den Pferden aufgewachsen, für die die Domäne Alton berühmt war, und hatte eine Leidenschaft für die Tiere, wie sie die meisten Männer nur für Frauen empfinden. Sein sonst stets freundliches Gesicht drückte Empörung aus. Die Ställe mussten in einem noch schlimmeren Zustand sein, als Mikhail angenommen hatte.

»Was meinst du damit, Mathias?«

»Ich habe nur einen kurzen Blick hineingeworfen, aber der hat gereicht! Manche Tiere stehen bis zu den Fesseln in Abwasser, und die Boxen sind völlig verdreckt. So etwas habe ich wirklich noch nie gesehen.«

»Ich habe eben keine Zeit, mich um die Tiere zu kümmern«, jammerte Duncan und sah ein wenig beschämt aus. »Ich schaffe es gerade, das Holz für das Feuer zu hacken und ...«

»Es wird eine Menge Arbeit erfordern, diese Ställe auszumisten«, unterbrach ihn Mathias. »Und das Dach muss auch repariert werden. Das Gebäude ist eine wahre Schande!«

Mikhail war ganz seiner Ansicht und hoffte, dass wenigstens das Wohnhaus in einem besseren Zustand war. Er hatte genügend Zeit in Armida verbracht, um alle Feinheiten einer guten Bewirtschaftung kennen zu lernen, und war selbst überrascht, wie viel er mitbekommen hatte, ohne dass es ihm bewusst wurde. Er hatte die Ställe ausgemistet, die Pferde gestriegelt und selbst zugeritten, hatte die ganze Nacht bei fohlenden Stuten gesessen und hatte sich mit Fällen von Kolik und anderen Pferdekrankheiten herumgeschlagen. Aber die Ställe in Armida wurden gut geführt – etwas anderes hätte *Dom* Gabriel Alton auch nicht zugelassen – und die Pferde anständig behandelt. Es machte ihn krank, wenn er an die armen Tiere in diesem Stall hier dachte.

Es dauerte noch eine Stunde bis zur Dämmerung, und er spürte einen gewaltigen Widerwillen, schon jetzt ins Haus zu gehen. Das Gefühl war sehr merkwürdig, eine Art Prickeln auf der Haut, eine Kälte, die nichts mit der kühler werdenden Luft zu tun hatte. Und so nickte er Daryll und Mathias zu: »Mal sehen, was wir vor der Dunkelheit noch tun können, um den Stall erträglicher zu machen.«

Die beiden Gardisten wechselten einen schnellen Blick. Es war eine Sache, wenn Mikhail unterwegs unangenehme Pflichten übernahm, aber eine ganz andere, wenn er es hier tat, schien ihr Blick zu sagen.

Unter normalen Umständen wären auch sie nicht zu Stallarbeiten degradiert worden, dafür waren sonst immer einige junge Burschen zur Stelle, die ihr Handwerk noch lernten. Die ganze Situation war den beiden offenkundig unangenehm, und sie bemühten sich, Mikhails Würde mit der dringenden Notwendigkeit, hier Ordnung zu schaffen, in Einklang zu bringen.

Mikhail wartete nicht, bis die beiden ihm zustimmten, sondern marschierte schnurstracks in das feuchte und düstere Gebäude. Er war froh, dass sein Magen ziemlich leer war, denn von dem beißenden Geruch wurde ihm sofort übel. Er ging zur nächstgelegenen Box, schlüpfte an dem armen Pferd vorbei und nahm das Zaumzeug von dem Haken an der Wand. Er streifte es dem Pferd über den Kopf und führte das Tier vorsichtig rückwärts aus der Box.

Der Gaul war zu mutlos, um sich zu widersetzen. Er hatte offene Stellen an den Beinen und war lange nicht beschlagen worden, deshalb waren die Hufe ausgewachsen, und das arme Ding knickte in den Fesseln um. Die Haut hing ihm schlaff über die Rippen, und das Tier war völlig apathisch, zu schwach, um auch nur irgendeine Regung zu zeigen. Mikhail erkannte in ihm das Pferd, das Vincent vor vier Jahren geritten hatte, ein prächtiges Tier damals, das wahrlich eine gute Behandlung verdient hätte. Mikhail drehte es langsam um, dann führte er es in den Hof hinaus. Er schlang den Strick um ein Geländer und tätschelte den Hals des Pferdes. Es sah ihn aus riesigen dunklen Augen an, dann trat es unbehaglich von einem Huf auf den anderen, als schmerzten seine Beine.

»Kann einer von euch beiden ihm vielleicht die Hufe schneiden? Ich habe den Dreh nie ganz herausbekommen.«

Mathias knurrte, ging zu seinem eigenen Pferd und nahm einen Lederbeutel aus der Satteltasche. Kurz darauf hielt er ein sichelförmiges Messer in seiner schwieligen Hand. »Das habe ich immer dabei – man weiß nie, wann man es brauchen kann.« Dann bückte er sich, nahm einen Huf in die Hand und begann, die überschüssigen Knorpel wegzuschneiden.

Daryll war Mikhails Beispiel gefolgt und hatte ein zweites Tier, ein hübsches kleines Fohlen, aus dem Stall geführt. Nach wenigen Minuten standen alle Pferde im Freien, und Mathias schnitt wie besessen die verwachsenen Hufe. Er fluchte leise bei der Arbeit vor sich hin und besänftigte die Tiere, obwohl sie alle viel zu schwach waren, um ihm Ärger zu machen. Es waren insgesamt sechs Pferde, keines von ihnen in einer besseren Verfassung als das erste. Duncan stand nur dabei und sah ihnen aus trüben Augen zu.

Mikhail und Daryll besorgten sich in der Zwischenzeit Harken und Schaufeln und fingen an, die verdreckten Boxen auszumisten. Der Ammoniakgeruch war fast betäubend, das verfaulte Heu war voller Würmer, größtenteils Regenwürmer, und Parasiten. Auch scheuchten sie mehrere Rattenfamilien auf, die quiekend in dunkle Ecken flüchteten.

Es war harte Knochenarbeit, schmutzig und stinkend, aber Mikhail stellte fest, dass sie ihm half, seine ohnmächtige Wut abzuschütteln. Einige der Boxen waren seit Jahren nicht mehr benutzt worden, und dort war der Lehmboden nicht von der ständigen Bewegung der Hufe zu Wannen ausgehöhlt. Sie waren sogar einigermaßen sauber und wieder brauchbar, wenn sie einmal kurz aufgelockert wurden. Daryll stieg auf den Dachboden und fand einen Ballen Heu, der noch nicht modrig war, und streute ihn sparsam aus.

»Ich kann Mathy seine Wut gut nachfühlen. Das sind anständige Pferde, und es ist nicht richtig, sie so schlecht zu behandeln«, sagte er. Dann sah er zur Decke hinauf. »Hier regnet es rein, wenn wir uns nicht darum kümmern.«

»Ich weiß. So etwas wie das hier habe ich auch noch nie gesehen. Was für ein Schweinestall!«

»Ich reite gleich beim ersten Tageslicht los, besorge frisches Heu und sehe, ob ich jemanden finde, der das Dach reparieren kann. Das heißt ...« Er hielt inne und ordnete seine Gedanken, »... falls wir überhaupt bleiben. Bleiben wir?«

»Sieht nicht so aus, als wären wir sehr willkommen, was?«

»Wenn der alte Kauz hier der Maßstab ist, dann bestimmt nicht. Schau an! Hier ist ja Pferdesalbe. Genau das Richtige für die Wundstellen.«

»Gut. Wir müssen noch den Trog sauber machen, ich glaube kaum, dass den Tieren das faule Wasser bekommt. Der alte

Duncan hat sie vermutlich mit einem Eimer getränkt, sie sehen zwar halb verhungert aus, aber nicht, als wären sie ausgetrocknet. Bring die Salbe bitte zu Mathias, ich schaue mich inzwischen nach Futter um. Die Gäule sind bestimmt seit gut einer Woche nicht gefüttert worden.«

»Für heute Abend haben wir noch genügend Hafer auf den Maultieren, *Dom* Mikhail. Für unsere und auch für diese armen abgemagerten Tierchen. Es geht mir richtig ans Herz, wenn ich sie ansehe. Ich schwöre, als ich die Stute hier aus ihrer Box geführt hab, hat sie ›danke‹ gesagt und wär mir glatt um den Hals gefallen, wenn sie Arme hätte statt Beine.«

Mikhail grinste über die Worte des Gardisten und spürte, wie seine Anspannung nachließ. Daryll war sehr fantasievoll, auch wenn er es immer zu verbergen suchte. Ein guter Mann. Sie waren beide großartige Männer. Die Situation war jedoch anders, als Mikhail es erwartet hatte. Als er Burg Elhalyn vor vier Jahren besucht hatte, war der Haushalt zwar auch schon ein wenig windig, aber die Ställe waren durchaus in Ordnung gewesen, und die Laken auf dem Bett zwar abgenutzt, aber wenigstens sauber. Das Unbehagen, das während der Arbeit fast verschwunden war, kehrte mit einem Mal zurück, und sein Lächeln verflog. Wenn schon der Stall in einem solchen Zustand war, dann musste es auch in Haus Halyn fürchterlich aussehen.

»Wenn du ins Dorf reitest, sieh zu, dass du ein, zwei Burschen findest, die uns bei den Pferden helfen können. Ich vermute, es gibt kein Personal hier – ich will allerdings verdammt sein, wenn ich wüsste, wieso! Als ich vor vier Jahren zu Besuch war, gab es auch schon nicht viele Diener, und Duncan versah sogar den Dienst des *Coridom*, obwohl das nicht seine Aufgabe war.«

»Wieso?«

»Der *Coridom* war nicht ganz bei Verstand – ein bisschen

altersschwach –, aber *Domna* Elhalyn hat es wohl nicht bemerkt. Oder es war ihr egal. Sie ist … ein wenig verschroben.«

»Bekloppt wäre vermutlich der bessere Ausdruck, wenn Ihr meine Offenheit gestattet. Nicht bemerkt!« Daryll sah aufgebracht aus, seine Wangen röteten sich ein wenig, und seine blauen Augen funkelten. »Dieser Duncan hier scheint auch ein ziemlicher Dussel zu sein – altersschwach oder einfach blöde.«

»Ich weiß. Aber vor vier Jahren war er noch nicht so. Er war einigermaßen tüchtig und hatte alles gut im Griff.«

»Ihr werdet bestimmt alles wieder richten, *Dom*.«

»Ich freue mich über deine Zuversicht und wünschte nur, ich würde sie teilen.«

Daryll lachte. »Ich habe noch nie mit einem Herrn zusammen einen Stall ausgemistet, und wenn Ihr das tut, dann bringt Ihr im Handumdrehen auch alles andere hier in Ordnung.«

Mikhail spürte die Woge der Zuneigung, die plötzlich von dem Gardisten ausging, eine Hingabe und unmittelbare Treue – unerschütterlich, wenn es darauf ankam. Bis zu diesem Augenblick war ihm gar nicht bewusst gewesen, dass ihn seine Begleiter eingeschätzt, beobachtet und beurteilt hatten. Er hatte bisher nie ernsthaft darüber nachgedacht, dass die Männer, die seinen Befehlen folgten und taten, was er wollte, eine eigene Meinung haben könnten. Oder besser, er hatte es zwar immer gewusst, aber nie gefühlt. Mathias hatte schon unter seinem Vater gedient, als *Dom* Gabriel noch das Kommando über die Garde hatte, und ihn wahrscheinlich an dem Alten gemessen. Mikhail fragte sich, ob er dem Vergleich schon jetzt standhielt. Würde er es je tun? Zu seinem nicht geringen Erstaunen stellte er fest, dass er sich sehr darüber freuen würde, wenn die Männer ihm ebenso treu ergeben wären wie seinem Vater und seinem Onkel.

Er blickte auf seine Hände. Am Zeigefinger bildete sich eine Blase, und die Handflächen schmerzten von der ungewohnten Arbeit. Er war verschwitzt und stank beinahe so stark wie der Stall. Die Schulter tat ihm weh und die Schenkel ebenso. Am liebsten hätte er sich hingesetzt und sich die nächste Stunde nicht gerührt.

Aber Mikhail wusste, er konnte es nicht länger hinauszögern, ins Haus zu gehen, so gern er es auch getan hätte. Er schleppte sich aus dem düsteren Stall und wusch sich die Hände unter einem Wasserrohr, das aus der Wand kam und einmal bis zu dem noch immer verschlammten Trog geführt hatte. Ein Stück Holz, auf dem das Rohr auflag, war abgebrochen und auf den Boden gefallen, und dem Morast nach zu urteilen, lag es schon seit einigen Wochen dort. Mikhail schüttelte den Kopf.

Dann bemerkte er eine faule Stelle im Holz, dort, wo das Rohr aus der Scheunenwand kam, und machte sich im Geiste eine Notiz, es bald reparieren zu lassen. Er spritzte sich Wasser ins verschwitzte Gesicht, wischte sich mit dem Ärmel ab und hoffte, dass es in Haus Halyn ein funktionierendes Bad gab. Dann drehte er sich um und marschierte auf die Hecke zu, die das Gebäude umgab.

Er ging durch eine Öffnung in der Hecke und fand sich in einem ziemlich verwilderten Garten wieder. Er erkannte die Blätter von Karotten, Zwiebeln und anderem Gemüse, das unter der Erde wächst. Er entdeckte auch ein Netz, das früher einmal die Beeren geschützt hatte, aber es war zerrissen, und es sah ganz danach aus, als hätten die Vögel einen Festschmaus abgehalten.

Mikhail runzelte die Stirn, da hörte er wieder den Schrei einer Krähe. Er sah nach oben und entdeckte einen großen Vogel, der ihn von einem Baum neben dem Haus beobachtete. Der Vogel war sehr hübsch, vielleicht derselbe, den er am

Nachmittag gesehen hatte, und seine weißen Flügelränder leuchteten rötlich im letzten Tageslicht. Er sah Mikhail aus intelligenten Augen an, wechselte von einem Fuß auf den anderen, als würde er einen kleinen Tanz aufführen, und öffnete den Schnabel. Dann flog er zur Hecke, ließ sich auf den obersten Zweigen nieder und spreizte die Flügel, so dass die Federn im verbleibenden Licht glänzten. Die Sonne war gerade untergegangen, und der Himmel leuchtete in einer unheilvollen Farbe, mit dicken Wolken, die sich rot und purpurn bauschten.

Das seltsame Benehmen des Vogels faszinierte Mikhail. Eine Weile war er unfähig, seine Augen von ihm abzuwenden, und es kam ihm vor, als wollte die Krähe ihm etwas sagen. Dann gab sie einen langen krächzenden Laut von sich, wie eine Tür, die geölt werden muss, und klapperte mehrmals mit dem Schnabel. Mikhail lief es eiskalt über den Rücken, so unheimlich waren die Bewegungen und das Geräusch. Er schluckte schwer, schüttelte das beklemmende Gefühl ab und eilte zur Tür.

Die Tür führte in die Küche. Ein älterer Mann zuckte beim Geräusch von Mikhails Stiefeln auf dem Holzboden zusammen. Er rührte gerade in einem Topf auf einem gemauerten Steinherd und fuhr nun herum, einen langstieligen Holzlöffel in der zitternden Hand. Seine Augen weiteten sich beim Anblick des Fremden.

Mikhail hatte nicht erwartet, das Haus durch die Hintertür zu betreten, obwohl der Küchengarten diese Vermutung nahe gelegt hätte. Er blickte sich rasch um. Der Raum hatte hohe Decken, zwei ziemlich große Feuerstellen zum Braten und abgenutzte Holzböden. Ein langer Tisch stand in der Mitte, auf dem eine merkwürdige Sammlung von Kochgefäßen und Servierbesteck angehäuft war. Auf einer Seite des Raumes war eine Pumpe mit einer hölzernen Spüle darunter, in der sich

Geschirr stapelte. Daneben stand ein Regal mit noch mehr Geschirr. Mikhail seufzte erleichtert. Zumindest war die Küche sauberer als der Stall.

»Was macht Ihr hier?« Der alte Mann musterte Mikhails verschwitzte Reisekleidung und die Stiefel, an denen immer noch der Stallmist klebte. Er wirkte nicht ganz so verblüfft wie Duncan zuvor; seine Augen waren wach.

»Ich bin Mikhail Hastur, und ich suche *Domna* Priscilla Elhalyn.«

»Umso törichter von Euch«, murmelte der alte Bursche ziemlich unverschämt und wandte ihm den Rücken zu.

Mikhail zögerte. Zum ersten Mal in seinem Leben hatte der Name Hastur nicht die erwartete Reaktion hervorgerufen. Ihm war durchaus bewusst, dass Diener den Tonfall ihrer Herrschaften übernehmen. Dennoch war es äußerst sonderbar. Das Benehmen von Duncan und dem Koch war mehr als feindselig, und wenn Mikhail sich nicht so müde gefühlt hätte, wäre er beleidigt gewesen. Mit einem derart rüden Benehmen hatte er sich noch nie auseinander setzen müssen, und sein ohnehin bereits großes Unbehagen nahm nur noch zu.

Mikhail war pikiert; auch, weil er noch nie zuvor in einer Situation gewesen war, in der sein Name nicht sofortigen Respekt oder gar sklavische Unterwürfigkeit ausgelöst hatte. Er entspannte sich ein wenig und wollte sich merken, unbedingt Marguerida von der Sache zu erzählen, wenn sie sich das nächste Mal trafen. Sie würde es sicher lustig finden. Alle anderen wären dagegen empört – seine Mutter oder Onkel Regis –, aber seine Geliebte würde der Sache eine komische Seite abgewinnen.

Normalerweise ging es ihm schon beim Gedanken an Marguerida großartig. Doch das war diesmal nicht der Fall, und er fragte sich, wieso. Irgendetwas musste in den letzten Stunden geschehen sein. Es würde warten müssen. Später, wenn er gegessen und gebadet hatte, würde er Kontakt mit ihr aufnehmen. Jetzt musste er erst einmal Priscilla finden.

»Habt Ihr etwa vor, zum Essen zu bleiben?«, fragte der Koch mürrisch.

»Ja. Ich und meine beiden Gefährten ebenfalls.«

Der Koch lachte gackernd. »Da wird sich die Gnädigste aber mächtig freuen – drei Leute zum Essen! Ich hoffe, Ihr seid nicht sehr hungrig, denn bei so vielen Leuten sind die Portionen nicht sehr groß.«

Dem Topf entstieg ein Duft nach Geflügel und Zwiebeln, und obwohl das nicht gerade Mikhails Leibspeise war, knurrte sein leerer Magen vor Hunger. »Wir haben die Ställe ausgemistet und deshalb einen sehr gesunden Appetit.«

»Die Ställe ... ein Hastur mistet Ställe aus!« Der Koch drehte sich wieder um und sah ihn an. »Ich hätte ja nie gedacht, dass ich das einmal erlebe. Es wird Euch allerdings nichts helfen, die *Mestra* lässt bestimmt kein zweites Huhn in den Topf. Sie ist nämlich sehr knauserig.«

Der Koch meinte eindeutig nicht Priscilla, sondern die andere Frau, Emelda, die Duncan bereits erwähnt hatte. Knauserig? Die Domäne Elhalyn war sehr reich, und für Geiz bestand nicht die geringste Notwendigkeit. Diese Emelda musste die Haushälterin sein. Mikhail war im Laufe der Jahre vielen solchen Personen begegnet, sie konnten furchtbar herrische, kleinliche Tyrannen sein. Und wenn er daran dachte, wie geistesabwesend Priscilla bei seinem letzten Besuch gewesen war, hätte es ihn nicht überrascht, sie unter der Knute einer entschlossenen Dienerin anzutreffen. Dennoch war er verstört. Allerdings lebten auch Kinder im Haus, mit einem normalen Appetit, wie er annahm, und er schauderte bei dem Gedanken, dass sie nicht genug zu essen bekommen könnten.

Mikhail zuckte die Achseln. Er würde überhaupt nichts herausfinden, wenn er noch länger hier herumstand. Sein plötzlicher Widerwille, sich zu bewegen und die Küche zu verlassen, überraschte ihn. Sein Kopf war benebelt, als hätte er zu viel Wein getrunken. Das musste die Wirkung der Arbeit im Stall sein.

Er ging gemächlich aus der Küche und trat in einen dunklen Flur, der nach Schimmel und Mehltau roch. Nach etwa fünfzehn Schritten kam er in ein Esszimmer, einen traurigen kleinen Raum, mit einer Ansammlung von Stühlen, die aus verschiedenen Quellen zu stammen schienen und um einen langen Tisch herumstanden, den seit Jahren niemand gewachst hatte. Ein Tischende war mit einer dicken Staubschicht bedeckt, das andere hingegen wies Spuren von kürzlichem Gebrauch auf. Die stumpfe Oberfläche war abgenutzt und fettverschmiert, das Holz war an mehreren Stellen gesprungen, das dünne Furnier abgeblättert. Der Raum wirkte niederschmetternd, und jeder Gedanke an eine fähige, wenngleich tyrannische Haushälterin löste sich in Trübsal auf.

Es war kalt, und als Mikhail zu dem Kamin in der Wand schaute, bemerkte er eine kleine Kohlenpfanne, die auf den Kaminböcken stand. Das Ding würde kaum genug Hitze produzieren, um eine Maus zu wärmen, außerdem musste es sehr stark rauchen. Er sah nur in ein schwarzes Loch und begriff, dass der Kamin vollständig mit Schlacke verstopft sein musste. Noch etwas, das er dringend reparieren lassen musste.

Mikhail trat vom Kamin zurück und warf einen Blick auf die zerschlissenen Tapeten an den Wänden, und ein tiefes Gefühl der Hilflosigkeit und Verzweiflung befiel ihn. Anders als sein Vater oder sein Bruder Gabriel hatte er noch nie einem Haushalt vorgestanden. Burg Comyn, auf der er seine Jugend verbracht hatte, war von einem ganzen Heer von tüchtigen Dienern bewirtschaftet worden; Armida und Burg Ardais ebenso. Er wusste zwar, dass man Lebensmittel von den Bauernhöfen in die Küchen transportieren musste, dass Brennholz gehackt und getrocknet werden musste, dass die Wäsche auf den Märkten in Thendara besorgt wurde, aber er hatte keine Ahnung, wie man einen Kamin in Stand hielt! Oder was man gegen verschimmelte Korridore unternahm. Die Aufgabe kam ihm gewaltig vor, und hungrig und müde, wie er im Augenblick war, schien sie seine Kräfte wahrlich zu übersteigen. Dann sagte er sich jedoch, dass er immerhin der Regent von Elhalyn war und Befehle erteilen konnte. Wenn allerdings alle hier so waren wie Duncan und der namenlose Koch, dann konnte er nicht sicher sein, dass man seine Befehle auch verstand, geschweige denn befolgte.

Mikhail fühlte sich immer noch von einer seltsamen Trägheit ergriffen, und es erforderte seine ganze Entschlusskraft, den kalten Speisesaal zu verlassen und sich im restlichen Haus umzusehen. Mikhail ging durch eine Art Wohnzimmer oder Salon und bemerkte einen Stickrahmen neben dem Kamin, was vermuten ließ, dass entweder Priscilla oder eine ihrer Töchter sich mit einer Handarbeit beschäftigt hatten. Es war zwar nichts Außergewöhnliches, aber der beruhigendste Anblick seit seiner Ankunft.

Er wagte sich ins Foyer, ein ehemals schöner Empfangsraum, der nun schäbig und verfallen war. In den Boden waren große Steinfliesen eingelassen, doch einige waren gesprungen, und andere hatten sich verschoben, so dass sie nicht mehr eben mit dem Boden abschlossen. Ein langes Fenster auf einer Seite des Haupteingangs war mit mehreren Holzbrettern vernagelt worden, die so notdürftig zusammengezimmert waren, dass Mikhail den Luftzug zwischen ihnen spürte. Der leichte Schwefelgeruch von der heißen Quelle wehte herein, und er rümpfte die Nase.

Im Haus war es ungewöhnlich still. Er blickte zur Treppe und horchte angestrengt nach Geräuschen im oberen Stockwerk. Hier wohnten fünf Kinder, und dennoch war alles ruhig. Armida hatte in seiner Kindheit von lauten Schritten, jungen Stimmen und zugeknallten Türen widergehallt. Javanne hatte sich oft beschwert, sie habe keine ruhige Minute, und immer behauptet, wenn sie gewusst hätte, wie laut Kinder seien, hätte sie vielleicht nicht so viele in die Welt gesetzt. Mikhail wäre im Augenblick froh gewesen, das Trampeln zu hören, mit dem er und seine Brüder die Treppen von Armida erzittern ließen. Irgendetwas an der Stille in diesem Haus war nicht in Ordnung, aber er konnte nicht genau sagen, was.

Ein leises Rascheln von Stoff ließ ihn in das Dunkel neben der Treppe blicken, von wo nach einem Augenblick eine Frau auftauchte. Sie war mager, beinahe knochig, und sehr dunkles, fast schwarzes Haar fiel in dichten Locken um ihr schmales Gesicht. Ihre Hautfarbe war irgendwie seltsam – sie hatte einen befremdlichen Grünstich –, aber bei der schlechten Beleuchtung spielten ihm seine Augen vielleicht nur einen Streich. Die Farbe ihres Gewandes jedoch war keine optische Täuschung. Der Stoff war von jenem besonderen Rot, das ausschließlich den feierlichen Gewändern der Bewahrerinnen vorbehalten blieb.

Einen Augenblick lang standen sie beide da und starrten einander an. Dann sprach die Frau mit hochnäsigem Tonfall. »Was tut Ihr hier?«

»Ich bin Mikhail Hastur, und ich bin gekommen, um mich um die Kinder zu kümmern. Wo ist *Domna* Priscilla?«

»Um die Kinder kümmern! Um die braucht sich niemand zu kümmern.« Die Frau sah Mikhail mit ihren grauen Augen an, und er wurde von einem solchen Schwindelgefühl erfasst, dass er den Blick abwenden musste.

»Wer seid Ihr?«, stieß er wütend hervor, als er seine Sinne wieder im Griff hatte. Wie konnte es dieses Weibsbild wagen, ihn direkt anzusehen! Was war hier eigentlich los?

»Ich bin Emelda, und Ihr habt den weiten Weg umsonst gemacht. Ihr solltet besser sofort wieder gehen.«

Bevor Mikhail antworten konnte, trat Priscilla aus dem Flur hinter der Treppe. Ihre Augen wirkten leer, und das rotblonde Haar war grau geworden. Er hatte sie als ziemlich mollige Frau in Erinnerung, aber nun war sie sehr dünn, beinahe hager. »Ich habe Stimmen gehört.« Sie sah Mikhail und blieb stehen. »Ach, du bist es. Du warst mit deinem Freund Dyan schon einmal hier, hab ich Recht? Das heißt – nicht hier, sondern auf Burg Elhalyn. Aber ich erinnere mich noch genau an dich.« Sie schien deshalb sehr zufrieden mit sich zu sein. »Was ist diesmal der Grund für deinen Besuch?«

»Regis Hastur hat mich zum Regenten von Elhalyn ernannt, *Domna*, was man Euch, soviel ich weiß, bereits mitgeteilt hat.«

»Ach das. Ja, ich glaube, ich habe eine entsprechende Nachricht erhalten. Aber das erklärt noch immer nicht deine Anwesenheit. Ich habe dich nicht eingeladen, oder?« Priscilla schaute verwirrt drein, dann ein wenig beunruhigt, als wäre ihr plötzlich etwas Unangenehmes eingefallen. Ihr Blick wanderte nervös zu Emelda.

Mikhail fühlte sich, als würden eklige Insekten wild in seinem Kopf herumschwirren. »Als Regent trage ich immerhin Sorge für das Wohlergehen der Kinder, außerdem muss ich die Knaben prüfen«, brachte er schließlich heraus. »Ich bin mit zweien meiner Männer hierher gekommen und ...«

»Ihr habt auch noch Leute mitgebracht!« Das war Emelda, und sie sah wütend aus. »Das können wir nicht dulden.«

Mikhail war mit seiner Geduld am Ende. »Schweig, wer immer du bist. Die Sache geht dich nichts an!« *Keine verdammte Haushälterin sagt mir, was ich zu tun habe! Und wieso trägt sie die Farbe einer Bewahrerin?*

Die schwarz gelockte Frau warf sich in Positur. »Ich bin

Emelda Aldaran, und es geht mich sehr wohl etwas an. Weil nämlich ohne meine Führung ...«

»*Domna* Elhalyn«, donnerte Mikhail und war selbst überrascht vom Dröhnen in seiner Stimme, »was ist hier eigentlich los?«

Priscilla blickte von Mikhail zu Emelda, als säße sie zwischen zwei hungrigen Raubtieren in der Falle. Ihre blassen Augen funkelten im schwachen Licht des Foyers, und ihre Hände begannen zu zittern. »Ich weiß nicht, was du meinst«, sagte sie kraftlos.

»Ich meine, dass Ihr in diesem baufälligen Haus mit zerbrochenen Fenstern lebt, dass Eure Diener sich unverschämt benehmen und Eure Ställe eine Schande sind!«

»Wenn es Euch nicht gefällt, könnt Ihr ja gehen«, sagte Emelda mit einem affektierten Grinsen. »Ihr seid hier weder erwünscht, noch werdet Ihr gebraucht.«

Erneut hatte Mikhail das Gefühl, als würde ihm die Energie aus dem Leib gesaugt, und er warf der seltsamen Frau einen misstrauischen Blick zu. Sie besaß zweifellos *Laran* und behauptete, eine Aldaran zu sein – wahrscheinlich ein *Nedestra*-Kind, obwohl sie eigentlich zu alt wirkte, um eine Tochter von Robert oder Herm Aldaran zu sein. Allerdings spielte es keine Rolle, und außerdem konnte sie auch lügen. Was hingegen sehr wohl eine Rolle spielte, war die Tatsache, dass sie offensichtlich Macht über Priscilla besaß und Haus Halyn zu ihrem eigenen Nutzen führte. Mikhail hätte sie am liebsten erwürgt, und beinahe im selben Augenblick überkam ihn ein Gefühl von Schwäche und Benommenheit.

Was, bei Zandrus Hölle, war sie? Mikhail war noch nie jemandem wie Emelda begegnet. Er biss die Zähne zusammen und konzentrierte sich auf Priscilla; die andere Frau verbannte er mit aller Kraft aus seinem Bewusstsein. Sofort verließ ihn das Schwächegefühl, und wäre er kein ausgebildeter Telepath gewesen, hätte er diese Empfindung wohl für Einbildung gehalten.

»Mein Platz ist hier, bis sich einer der Knaben als geeigneter Thronfolger erweist – und das kann ein Jahr oder länger dauern. Außerdem habe ich nicht die Absicht, den bevorstehenden Winter in einem Abbruchhaus zu verbringen. Wie konntet Ihr die Kinder nur in einem solchen Schweinestall leben lassen?« Mikhail war so empört, weil er sich von seinem letzten Besuch noch gut an die Kinder erinnerte.

»Es macht ihnen nichts aus«, entgegnete Priscilla, als würde das alles erklären.

»*Domna*«, flüsterte Emelda, »Ihr dürft nicht zulassen, dass er stört, wenn der Wächter Euch ruft. Ihr müsst ihn auf der Stelle zum Gehen bewegen.«

»Emelda hat Recht. Ich habe es mir anders überlegt. Ich hätte mich nicht von Regis Hastur überreden lassen dürfen ...« Sie sprach nun mit größerer Sicherheit als zuvor, aber die Worte klangen monoton und ausdruckslos, als kämen sie von einer Puppe.

»Das liegt nicht mehr in Eurer Hand, *Domna*. Der Rat der *Comyn* hat meiner Ernennung zum Regenten bereits zugestimmt, und ich werde hier nicht weggehen.« Das stimmte zwar nicht genau, da der Rat weiterhin in seine eigenen Probleme verwickelt war und die Sitzungen größtenteils aus Redeschlachten zwischen *Dom* Gabriel und Regis oder Lew und *Dom* Gabriel bestanden. Aber der Rat hatte ihn auch nicht abgelehnt. Die Domäne Elhalyn war nun wirklich ihre geringste Sorge, und Mikhails Sitz im Rat war ordnungsgemäß vorgeschlagen und beschlossen worden – gegen die lautstarken Einwände seines eigenen Vaters.

Mikhail hätte seinen Platz sofort und ohne das geringste Bedauern einem seiner Brüder überlassen. Er konnte sich nur zu gut vorstellen, wie Gabriel Emelda gegenübertreten würde – ein sehr komisches und irgendwie ermutigendes Bild. So wie er Gabriels explosives Temperament kannte, hätte er die Frau längst zur Tür hinausgeworfen. Seltsam – er hatte den Gedanken an seinen ältesten Bruder noch nie so angenehm empfunden.

»Wie könnt Ihr es wagen, so mit mir zu sprechen!« Emelda baute sich drohend vor ihm auf.

»Ich spreche mit dir, wie es mir passt. Und jetzt verschwinde gefälligst hier und lass mich mit der *Domna* allein reden.«

»Wirklich, Mikhail«, mischte sich Priscilla ein, »du weißt überhaupt nicht, was du tust. Nur weil du Regent bist, kannst du doch nicht einfach hier aufkreuzen und über uns bestimmen. Ich habe Emelda immer an meiner Seite – ich muss, denn sie ist meine Führerin.«

Dieser schüchterne Widerstand von Priscilla kam unerwartet, und Mikhail dachte kurz nach. Soviel er wusste, waren seine Vollmachten als Regent uneingeschränkt, jedenfalls, was das Wohlergehen der Kinder betraf. Weniger sicher war er sich, wie viel Macht er über Priscilla hatte, aber er beschloss zu bluffen. Mochte doch Regis später eine Lösung finden, wenn er zu weit gegangen war. Er wollte diese Aufgabe endlich erledigen, und zwar gut erledigen, und diese kleine Tyrannin konnte ihn nicht davon abhalten. Wenn es sein musste, würde er sich wie sein dickköpfiger Bruder Gabriel aufführen.

»Ich übernehme ab sofort das Kommando, *Domna*. Ich werde mich darum kümmern, dass dieses Haus für den Winter hergerichtet wird und dass die Kinder gut versorgt sind. Ihr könnt selbstverständlich tun, was Ihr wollt, und Eure Begleiterin ebenso. Ich bin an Eurem Treiben nicht interessiert.«

»Aber wozu? Wir werden doch sowieso nicht mehr lange hier sein.«

Mikhail sah Priscilla erstaunt an. »Ach? Und wo wollt Ihr hingehen? Vielleicht zurück nach Burg Elhalyn?«

»O nein. Wir werden bald weggehen.« Ihr Blick war nun verstohlen, und ihr Gesichtsausdruck gleichzeitig geheimnisvoll und freudig. Wenn sie eine Katze wäre, würde jetzt Sahne an ihren Barthaaren kleben, dachte Mikhail. »Du brauchst dir wegen der Kinder nicht den Kopf zu zerbrechen. Der Wächter wird sich bald um sie kümmern.«

»Der Wächter? ... Welcher Wächter, *Domna*?«

Mikhail war sich sicher, dass es mit der Séance zu tun hatte, an der er vor vier Jahren teilgenommen hatte und bei der Derik Elhalyn oder etwas, das sich als sein Geist ausgab, Priscilla etwas von einem »Wächter« erzählt hatte. Damals war es Mikhail schon nicht wohl bei der Sache gewesen, und nun ging es ihm nicht anders. »Was ist denn aus Ysaba geworden? Ist sie ebenfalls hier?« Er hatte die Frau nicht gemocht, aber sie hatte immerhin harmlos gewirkt.

In dem zugigen Foyer entstand ein Schweigen, das von Stiefeltritten unterbrochen wurde, die sich vom Salon her näherten. Mikhail beobachtete, wie Priscilla ihre Gefährtin ansah, und zwischen den beiden ging irgendetwas vor sich, etwas Dunkles und Schreckliches. »Sie ist nicht mehr hier«, sagte Priscilla sehr leise. Im gleichen Augenblick betrat Daryll die Eingangshalle.

»Wir haben die Pferde untergebracht und gefüttert, *Dom* Mikhail«, sagte der junge Gardist. Er deutete eine Verbeugung vor den beiden Frauen an und runzelte die Stirn beim Anblick von Emeldas Gewand. *Eine* Leronis*? Hier?*

Mikhail schnappte den Gedanken auf, und dem Ruck nach zu urteilen, der durch Emelda ging, hatte sie ihn ebenfalls gelesen. »Sehr gut. Du solltest lieber noch etwas von dem Essen aus unseren Satteltaschen holen, der Koch ist nämlich der Meinung, dass es nicht für alle reicht.« Er war sehr froh über

Darylls Anwesenheit, wegen der geschulten Wachsamkeit des Gardisten ebenso sehr wie wegen seines gesunden Menschenverstands. Nach nur zehn Minuten mit den beiden Frauen schwirrte ihm bereits der Kopf.

»Ihr könnt nicht erwarten, dass wir auch noch Eure Männer verpflegen!« sagte Emelda mit schriller Stimme. »Das ist unannehmbar. Ich werde es nicht erlauben!«

»Schweig! Wenn du nur noch ein Wort sagst, stopf ich dir einen Lumpen in den Mund. Du bist hier nicht die Herrin!«

»Aber sie spricht in meinem Namen«, murmelte Priscilla und sah sehr verwirrt und besorgt aus.

»Dann seid Ihr eine noch größere Närrin, als ich dachte«, antwortete Mikhail, der inzwischen nicht einmal mehr vorgab, höflich zu sein.

Emelda machte auf dem Absatz kehrt und stolzierte aus dem Raum, das rote Gewand flatterte ihr um die Knöchel. Priscilla folgte ihr, sie rief der Frau ängstlich nach und bat sie um Vergebung.

»Was war denn hier los?« Daryll war neugierig, seine Augen leuchteten vor Interesse.

»Wenn ich das nur wüsste.«

»Wer war denn die Frau in dem roten Kleid?«

»Sie behauptet, sie sei Emelda Aldaran, und das könnte sogar stimmen, soviel ich weiß. Ich bin mir bisher nur in einer Sache sicher, nämlich, dass sie Priscilla in ihrer Gewalt hat, und ich weiß nicht recht, wie ich sie loswerden soll.« Er seufzte. »Höchstwahrscheinlich hat sie auch kein Recht auf das Gewand, das sie trägt.«

Bevor er fortfahren konnte, hörte Mikhail ein leises Knarren am Ende der Treppe. Er schaute nach oben, von wo ihn mehrere Augenpaare beobachteten. Als sich seine Augen an die Dunkelheit gewöhnt hatten, erkannte er die Gesichter von Miralys und Valenta und ihrer Brüder Vincent und Emun. Sie sahen furchtbar aus – verängstigt und schlecht ernährt –, und Mikhail packte die Wut. Er hatte Kinder von Kleinbauern gesehen, die besser genährt waren!

Valenta glitt die Treppe hinab, wobei sie von Zeit zu Zeit über das Geländer spähte, als würde sie sich vor etwas fürchten. Miralys und die Knaben folgten ihr mit vorsichtigen Schritten. Sobald das jüngste Mädchen den unebenen Boden des Foyers erreicht hatte, stürzte sie auf Mikhail zu. Sie legte ihre Hand in die seine und sah mit einem so stummen Flehen zu ihm hinauf, dass er fast zu Tränen gerührt war. Sie kniete nieder und lehnte sich vertrauensvoll an sein Bein. »Ich habe gewusst, dass du wieder kommst«, flüsterte sie.

4

Mikhail verdrängte seine zunehmende Ermüdung ebenso wie seine Empörung und erkundete das obere Stockwerk von Haus Halyn, wo die Kinder zusammen mit den beiden alten Ammen, Becca und Wena, untergebracht waren. Er ärgerte sich über den schlechten Zustand des Hauses, über die zerbrochenen Fensterscheiben und die Stapel schäbiger Kleidungsstücke und Bettwäsche, die überall herumlagen. Die Mädchen, so fand er heraus, teilten sich ein Schlafzimmer und die Knaben ein anderes, wodurch drei Zimmer unbewohnt blieben. Die alten Frauen schliefen in einem kleinen Raum neben den Mädchen, der sauberer als alle anderen war, offenbar interessierten sie sich mehr für ihr eigenes Wohlergehen als für das ihrer Schützlinge.

Zu seiner großen Überraschung und Freude entdeckte Mikhail, dass es ein sehr schönes und funktionierendes Badezimmer gab. Es entschädigte ihn beinahe für das halb verfallene Schlafzimmer, das er sich schließlich im zweiten Stock aussuchte. Die Bettvorhänge waren vergammelt, und die Matratze war seit Jahren nicht gestopft worden. Der Drillich hatte mehrere Löcher, und er hoffte inbrünstig, dass keine Mäuse Wohnung bezogen hatten.

Mit den schweigenden Mädchen im Schlepptau suchte er nach frischem Bettzeug. Keines der Kinder hatte seit Valentas geflüsterter Bemerkung mehr gesprochen, und die Jungen waren wieder in ihr Zimmer verschwunden. Mikhail war zu müde und zu wütend, um den Versuch zu starten, ihnen irgendetwas zu entlocken. Dafür würde später noch genug Zeit sein. Im Augenblick brauchte er saubere Decken und Laken. Er öffnete diverse Türen und fand schließlich einen Wäscheschrank, der mit Bettzeug voll gestopft war. Die Laken, die er entdeckte, waren so dünn, dass er hindurchsehen konnte, und die Decken hätten auch mal wieder eine Wäsche vertragen können, sie waren allerdings eher muffig von der langen Lagerung als schmutzig. Es fiel ihm kaum auf, wie seltsam es war, dass er Hausarbeiten verrichtete, die er sonst immer Dienern überließ, und nur entfernt war ihm bewusst, dass sein Geist nicht allzu klar war. Er konnte gerade mal die einfachsten Aufgaben bewältigen, und er fragte sich, ob er womöglich eine Krankheit ausbrütete.

Daryll und Mathias brachten das gesamte Gepäck herein und beschwerten sich nicht, dass ihnen die Arbeit von Dienstmädchen abverlangt wurde. Becca und Wena, die sich seit dem letzten Mal kaum verändert hatten, waren überhaupt keine Hilfe. Sie schienen ein bisschen dünner zu sein, was nach der Bemerkung des Kochs nicht weiter überraschte, und sie kamen Mikhail ziemlich dumm vor. Auf seine Frage, wo er denn Handtücher fände, gackerten sie nur wie ein Paar Hühner und zogen sich in ihr Zimmer zurück, wobei sie vor sich hin murmelten, dass sie für das Chaos um sie herum nicht verantwortlich seien.

Mikhail bemühte sich, die wachsende Abscheu bei seinem Rundgang zu unterdrücken, aber als er in das Zimmer kam, in dem die drei Knaben ein widerlich stinkendes Bett teilten, war es ihm nicht länger möglich. Alain Elhalyn saß in einem Stuhl und starrte ins Leere. Er trug bereits sein Nachthemd, ein schäbiges Gewand mit Speiseflecken auf der Brust, das nach altem Schweiß roch. Wie alles andere hier war es sehr dünn und an mehreren Stellen notdürftig geflickt. Der älteste Junge schien weder zu wissen, wer Mikhail war, noch sich für ihn zu interessieren.

»Ist Alain krank?«, fragte Mikhail Vincent, der noch der gesündeste der ganzen Bande zu sein schien. Er war ein hübscher Junge mit den markanten Gesichtszügen der Elhalyns und einer selbstsicheren Ausstrahlung, die ihn von seinen Geschwistern unterschied.

Vincent zuckte die Achseln. »Krank? Vielleicht. Emelda sagt, er ist schwachsinnig.« Er wirkte gleichgültig und überhaupt nicht wie der aufgeweckte Junge, den Mikhail in Erinnerung hatte. »Er sitzt immer nur da, und Becca kommt ab und zu und bringt ihn zur Toilette.« Die Antwort war ihm lästig.

»Aber vor vier Jahren war er noch nicht schwachsinnig, Vincent!« Die Verwahrlosung, die Mikhail überall in Haus Halyn vorfand, war mehr, als er ertragen konnte. »Er hatte seine Schwellenkrankheit doch schon hinter sich und war ein großartiger Bursche.«

»War er das? Dann hab ich es wohl vergessen. Es spielt ja auch keine Rolle, oder? Ich bin derjenige, den du suchst.« Vincent grinste, und in seinen Augen lag ein Ausdruck, dem Mikhail sofort misstraute. Es war vorbei, ehe er den Blick des Knaben richtig einschätzen konnte, aber Mikhail hatte ein flaues Gefühl im Magen, das garantiert nichts mit seinem leeren Bauch zu tun hatte. Er glaubte allmählich, dass dieser Ort verflucht war, und er hegte den Verdacht, dass dieser Fluch menschliche Gestalt hatte und Emelda hieß.

Wer war diese Frau, und was hatte sie mit den Kindern gemacht? Das waren nicht mehr die fröhlichen, lärmenden, die er in Erinnerung hatte, sie verhielten sich eher wie ängstliche Mäuschen, außer Vincent, der sich bei jeder Gelegenheit aufspielte und immerzu aufbrauste. Mikhail spielte mit dem Gedanken, sie am nächsten Morgen auf Pferde zu setzen und von diesem fürchterlichen Haus wegzuschaffen. Aber Alain sah nicht so aus, als könnte er auch nur eine Meile reiten, geschweige denn, den langen Ritt nach Thendara bewältigen, und Emuns Verfassung war kaum besser. Der jüngste Knabe wirkte gehetzt, fuhr bei jedem Geräusch zusammen und blickte ständig ängstlich über die Schulter. Außerdem würden die Pferde in diesem jämmerlichen Zustand noch am ersten Tag zusammenbrechen.

Gab es hier vielleicht eine Kutsche? Er erinnerte sich nicht, im Stall eine gesehen zu haben. Alles wäre ihm recht – ein Karren, sogar ein Heuwagen! Er wollte auf der Stelle weg von Haus Halyn! Notfalls ohne die Kinder.

Bei diesen Gedanken merkte Mikhail plötzlich, dass ihm jemand einflüsterte. Er war verblüfft. Konnte diese Frau ihn etwa beeinflussen? Das Flüstern war so zart gewesen, dass er es beinahe nicht wahrgenommen hätte, aber Emelda würde gewiss nichts Gutes im Schilde führen. Zum Glück war sie eine Aldaran – wenn sie nicht gelogen hatte – und keine Alton. Der Gedanke, sie könnte etwas von der Alton-Gabe des erzwungenen Rapports besitzen, war erschreckend.

Wie sollte er sie nur aus dem Haus bringen? Mikhail hatte in seinem ganzen Leben noch nie die Hand gegen eine Frau erhoben, egal, wie groß die Versuchung gewesen war, und er wusste nicht einmal, ob er es überhaupt konnte. Seine Gardisten würden sie vermutlich beseitigen, wenn er es ihnen befahl. Aber sie war eine Frau! Wie konnte er die Demütigung ertragen, dieses dürre Häufchen Ärger zwei starken Männern zu überlassen? Es gab bestimmt eine bessere Lösung. Sie musste ihm nur einfallen, aber sein Verstand schien noch immer benebelt und müde. Morgen, nachdem er richtig ausgeschlafen hatte, blieb noch genug Zeit dafür. Emelda ging ihn nichts an, im Gegensatz zu den Kindern.

Dennoch ließ ihn das Problem nicht los. Was würde sein Vater jetzt wohl tun? Die Frage war wirklich komisch, wenn er seine ziemlich feindselige Beziehung zu *Dom* Gabriel bedachte. Aber mit seinem alten Herrn war nicht zu spaßen, und Mikhail wünschte sich – vielleicht zum ersten Mal in seinem Leben –, er wäre ein wenig wie er. Gabriel fehlte es an dem

Feingefühl, von dem Mikhail seiner eigenen Einschätzung nach zu viel hatte, und er walzte jeden Widerstand ohne zu zögern nieder. Allein der Gedanke an *Dom* Gabriel gab Mikhail Kraft. Er konnte jedes bisschen Energie gebrauchen.

Er würde das Problem nicht lösen, indem er mitten auf dem Flur herumstand. Einen Augenblick lang überlegte er, was er hier eigentlich tat. Was hatte er gleich noch gesucht? Ach ja, Handtücher.

Ihm wurde bewusst, dass er soeben etwas vergessen hatte, aber er konnte den Gedanken nicht in seinen Kopf zurückzwingen, sosehr er sich auch anstrengte. Er wollte jetzt nur noch ein ausgiebiges Bad nehmen und saubere Kleider anziehen. Die hatte er zumindest in seinem Gepäck. Nach einem Bad würde er wieder mehr er selbst sein. Er nahm seine Sachen und ging in die dampfende Kammer. Es war der sauberste Ort, den er in Haus Halyn entdeckt hatte, und er fühlte sich sofort weniger hilflos.

Mikhail glitt in die heiße Wanne und entspannte sich. Er wollte nur noch in das Wasser hinabsinken, den Kopf unter Wasser tauchen, wegtreiben ... Er schoss nach oben, spuckte Wasser, seine Lungen lechzten nach Luft. Warum hatte er das getan?

Seine Verwirrung wich einer reinigenden Wut. Sein Geist wurde wieder klar. Dann drangen Zweifel in die momentane Klarheit. Mikhail fühlte sich plötzlich kraftlos und mehr als schlecht gerüstet für den Umgang mit den Kindern. Er hatte einen großen Fehler begangen, als er sich bereit erklärt hatte, für die Elhalyn-Kinder als Regent zu fungieren. Er hätte darauf bestehen sollen, dass einer seiner Brüder die Aufgabe übernahm. Er würde Hilfe brauchen, jemand musste ihm beistehen, der mehr Erfahrung hatte und besser ausgebildet war. Er würde mit Regis Kontakt aufnehmen müssen und ...

Mikhail zuckte zusammen. Er war noch nicht einmal einen

Tag hier und schon gescheitert. Offensichtlich war er der Aufgabe nicht gewachsen. Zweifel nagten an ihm, wie damals, als er noch ein Heranwachsender gewesen war und Danilo Hastur geboren wurde, wodurch Mikhails Stellung sich verändert hatte. *Wenn* ich *gut genug gewesen wäre, hätte Regis keinen Sohn gebraucht.*

Er versuchte dieses Gefühl der eigenen Wertlosigkeit abzuschütteln, aber er redete sich hartnäckig weiter ein, dass er nicht annähernd der Mann war, für den er sich hielt. Er eignete sich lediglich dazu, den Friedensmann für Dyan Ardais oder irgendeinen anderen Herrn einer der Domänen abzugeben. Aber Regis hatte ihm eine Aufgabe gestellt, und er musste sie irgendwie erfüllen, und er musste es allein tun, egal, wie er sich dabei fühlte!

Seine Schuldigkeit galt vor allem den Kindern. Das hieß, er musste das Haus in Ordnung bringen und sich um ihre Gesundheit kümmern. In ihrem gegenwärtigen unterernährten und schmutzigen Zustand brauchte Mikhail die Jungen gar nicht erst zu prüfen. Er war sich nicht einmal mehr sicher, ob er in Arilinn wirklich genügend gelernt hatte, um die Sache richtig zu machen.

Mikhail rubbelte sich mit einem getrockneten Kürbis ab und machte eine Liste der Dinge, die er dringend erledigen musste: die Fenster reparieren, die Kamine kehren, das Dach ausbessern, die Wäsche machen. Am Morgen würde er Daryll sofort um Arbeitskräfte ins Dorf schicken. Er würde ein paar Dienstmädchen zum Saubermachen anheuern und mehrere Männer für die anfallenden Reparaturarbeiten. Das waren zumindest Aufgaben, denen er sich gewachsen fühlte – obwohl er leicht belustigt feststellte, dass er tatsächlich keine Ahnung hatte, wie das mit der Wäsche in Armida eigentlich funktioniert hatte. Und er hätte gewettet, dass Marguerida solche Dinge wusste, nicht weil sie eine Frau war, sondern weil sie auf anderen Planeten gelebt hatte und als aufmerksame Beobachterin wahrscheinlich Notiz davon genommen hatte. Sie hatte vermutlich sogar die Lieder der Wäscherinnen aufgenommen, und was der Schmied sang, wenn er die Hufeisen bearbeitete.

Er war so sehr in seine Gedanken an Marguerida vertieft, dass er eine Stelle seines Körpers fast wund rieb. Als er es bemerkte, runzelte er die Stirn und beendete sein Bad schneller, als er es üblicherweise tat. Er hüllte sich in ein fadenscheiniges Handtuch und machte sich im Geiste eine Notiz, so bald wie möglich neue Wäsche kommen zu lassen. Dann zog er seine Kleider an und verließ hastig das Bad.

Im Korridor spürte er, dass er beobachtet wurde. Er drehte sich um und schaute den Gang hinauf und hinunter. Das warme Bad hatte ihn schläfrig gemacht, und er strengte sich an, wieder wach zu werden. Auf dem Gang war niemand zu sehen, aber als er aufmerksam lauschte, hörte er das leise Rascheln von Stoff aus dem Zimmer der Mädchen; Miralys und Valenta würde es ähnlich sehen, dass sie ihn beobachteten. Erleichterung jagte durch seine Adern, und ihm wurde bewusst, dass er fast schon erwartet hatte, jemand würde mit einem Messer aus dem Dunkeln stürzen. Er war jedenfalls ganz schön erschrocken, und es wurde höchste Zeit, dass er sich wieder in den Griff bekam.

Einen Augenblick später schlüpfte Miralys aus ihrem Zimmer und gab sich große Mühe, es zufällig aussehen zu lassen. »Geht es dir jetzt besser?«, fragte sie leise.

»Ja, viel besser.«

Sie war ein wunderschönes Kind, trotz ihrer verdreckten Kleidung und den ungewaschenen Haaren. Ihre Haut war beinahe durchsichtig, mit einem Alabasterteint, den andere Frauen mit Hilfe von Milchbädern zu erreichen versuchten, und ihre Augen waren hellgrau, fast silbern. Er vermutete, ihr Haar wäre rot, wenn sie es waschen würde, aber jetzt sah es mehr nach einem schmutzigen Braun aus. Sie hatte einen Mund wie eine Blüte und eine zierliche Nase, und Mikhail fand, sie ähnelte einer Prinzessin aus einem von Liriels Märchenbüchern.

»Das freut mich für dich. Du hast ziemlich komisch ausgesehen, als du die Bettwäsche aussortiert hast.«

»Ich habe eben noch nie ein Bett gemacht. Warum gibt es hier eigentlich keine Dienstboten außer euren Kindermädchen und dem alten Duncan?«

»*Sie* erlaubt es nicht, und die meisten Leute im Dorf fürchten sich auch, hierher zu kommen.«

»Wieso denn?«

»Das darf ich nicht sagen.« Ihre Augen waren geweitet, fast vollständig ausgerissen, als sehnte sie sich danach, ihr Herz auszuschütten, konnte es aber nicht. *Hilf mir!*

Miralys' lautloser Schrei war herzzerreißend, aber noch bevor Mikhail ihr antworten konnte, drehte sie sich um, rannte in ihr Zimmer zurück und warf die Tür mit einem lauten Knall hinter sich zu. Mikhail hörte ihr Schluchzen und dann die Stimme eines der Kindermädchen, die sie beruhigte. Er war schon im Begriff, die Tür zu öffnen, dann überlegte er es sich doch anders. Im Zimmer eines jungen Mädchens hatte er nichts verloren.

Stattdessen ging er in sein Zimmer zurück, suchte seinen Kamm und versuchte sein nasses Haar ein wenig zu ordnen. Der Spiegel über dem Toilettentisch war schwarz vor Staub, und er sah sich nach etwas um, womit er ihn abwischen konnte. Er fand einen Lappen und putzte damit den Spiegel, dann wischte er kurz über den Toilettentisch und vermisste den angenehmen sauberen Geruch nach Wachs und Politur, der den Raum eigentlich erfüllen sollte. Schließlich betrachtete er sein Spiegelbild; er war glatt rasiert, sein dunkelblondes Haar lockte sich bereits über der Stirn. Falls sie den Widerstand seiner Eltern je brechen konnten, würden er und Marguerida garantiert lockige Nachkommen haben, so viel stand fest. Über diesen so neuen und sonderbaren Gedanken musste er lachen, und um seine blauen Augen bildeten sich winzige Fältchen. Es tat gut zu lachen, aber es ließ ihn Marguerida nur umso mehr vermissen, denn Lachen war eine Gewohnheit zwischen ihnen geworden, fast wie eine zweite Sprache.

Wie werden wir sie wohl nennen?, fragte er sich, als er die Treppe hinabging. Es gab bereits eine ganze Menge Gabriels und Rafaels in der Familie, aber er hätte nichts dagegen, seinen Sohn Lewis zu nennen, obwohl seine Schwester Ariel den Namen schon einem ihrer Söhne gegeben hatte. Und Yllana vielleicht, nach Margueridas Großmutter aus der Aldaran-Linie. Das würde allerdings Javanne, seine Mutter, beleidigen.

Mikhail betrat das Wohnzimmer, bevor er seine Namenliste ganz fertig hatte; er würde Marguerida bei der ersten Gelegenheit davon erzählen, und sie würde es bestimmt lustig finden. Priscilla Elhalyn saß mit ihrem Stickrahmen im Salon, hielt eine Nadel über das Wäschestück und starrte ins Feuer. Sie erschrak ein wenig, als er eintrat, steckte die Nadel in den Stoff und faltete geziert die Hände im Schoß.

»Guten Abend, *Domna.*«

»Ist es schon Abend?« Sie schaute sich um, es war inzwischen ziemlich düster im Raum. Im Kamin brannte ein Feuer, aber keine einzige Kerze in den Halterungen war angezündet. »Ich hatte es gar nicht bemerkt. Kein Wunder, dass ich meine Stiche kaum noch sehen konnte.«

Mikhail nahm einen langen Stock vom Kaminsims, hielt ihn kurz ins Feuer und begann die Kerzen anzuzünden. »So dürftet Ihr etwas besser sehen.«

»Vermutlich. Aber es ist verschwenderisch.«

»Verschwenderisch?«

»Kerzen sind sehr teuer.«

»*Domna*, Ihr seid eine Dame von einer großen Domäne. Es gibt absolut keinen Grund, im Dunkeln zu leben.« *Es sei denn, jemand hat es Euch befohlen.*

Mikhail schoss durch den Kopf, dass es wegen all der Bretter vor den Fenstern schon zur Mittagszeit fast so dunkel im Haus war wie am Abend. Er fragte sich, ob die Baufälligkeit nicht vielleicht beabsichtigt war, um Priscilla und ihre Kinder im Dunkeln zu halten. Der flüchtige Gedanke war schon wieder verschwunden, bevor er weiter darüber nachdenken konnte.

»Vielleicht – aber das spielt alles keine Rolle. Ich werde sowieso bald keine Kerzen mehr brauchen.« Sie klang recht schläfrig, träumerisch und viel teilnahmsloser, als er sie in Erinnerung hatte.

»Sagt mir doch, *Domna*, wie lange ist Emelda schon bei Euch? Sie interessiert mich.«

»Wirklich? Das freut mich, sie ist wirklich eine wunderbare Frau. Ich weiß nicht, was ich ohne sie getan hätte. Mal sehen – ich kann mich kaum noch erinnern. Sie kam zum vorletzten Mittsommer, glaube ich. Ja, genau. Und dann ist Ysaba ... weggegangen. Emelda war mehrere Monate hier, dann ist sie noch einmal abgereist und kam nach diesem Mittsommer wieder zurück.«

»Verstehe.« Priscilla musste sich demnach während der Abwesenheit der seltsamen Frau einverstanden erklärt haben, ihre Kinder auf *Laran* prüfen zu lassen. Sie schien äußerst leicht beeinflussbar zu sein, nicht direkt schwach, aber von einer starken Persönlichkeit leicht zu führen. Sicher hatte Ysaba sie beeinflussen können, und jetzt gelang es Emelda.

Priscillas Stimme hatte zögerlich geklungen, als sie das Medium erwähnt hatte, was Mikhails Neugier weckte. Er hatte Ysaba mit ihrer unheimlichen Ausstrahlung nicht besonders gemocht, aber er spürte, dass sich nicht freiwillig weggegangen war, und fragte sich nun, ob er sie vielleicht finden könnte. Er würde ihr sehr gerne ein paar Fragen stellen.

Emelda schwebte in den Raum und zog ihren roten Behang ebenso hinter sich her wie einen leichten Weihrauchduft. Sie ignorierte Mikhail und ging direkt zu Priscilla, beugte sich über den Stickrahmen und machte einige Bemerkungen über den Fortgang der Arbeit. Im Nu hatte sie einen Fehler in der Stickerei gefunden.

»Das geht so nicht! Ihr müsst die ganze Blume wieder aufknüpfen, sie ist zu schlecht gearbeitet.«

»Natürlich«, antwortete Priscilla ruhig, ihre dunklen Augen wirkten verschwommen. »*Dom* Mikhail hat mich hier angetroffen, als ich im Dunkeln arbeiten wollte – wie dumm von mir. Er hat freundlicherweise die Kerzen für mich angezündet.«

»*Domna*, hört mir zu. Das Licht ist nur schlecht für Eure Augen. Ihr müsst Euch mehr Mühe geben, damit Ihr endlich lernt, im Dunkeln zu arbeiten.« Sie flüsterte, aber Mikhail hörte ihre Worte dennoch deutlich.

»Ich lasse ein paar Glaser kommen und die Fensterscheiben ersetzen«, kündigte er an, »dann werdet Ihr gut sehen können, ohne Geld für Kerzen auszugeben.« Die Szene wurde mit jeder Minute unwirklicher.

Ihr werdet nichts dergleichen tun! Das plötzliche Eindringen von Emeldas Gedanken verblüffte ihn.

Raus! Verschwindet gefälligst aus meinem Bewusstsein! Ich bin hier der Herr! Der Nachdruck seiner Antwort freute ihn und löste ein wenig von der Spannung, die ihn noch vor einer Minute gelähmt hatte.

Ihr werdet noch alles zunichte machen!

Nichts würde mich mehr freuen, Mestra *Unheil.*

In diesem Augenblick kamen Daryll und Mathias ins Zimmer, und Emelda funkelte die beiden wütend an. Bei ihrem

Eintreten bemerkte Mikhail augenblicklich, wie sein Geist klarer wurde, als wäre der geistige Nebel, den die Frau aussandte, von der Zahl der anwesenden Leute abhängig. Was, bei Zandrus Hölle, war sie? Keine *Leronis*, das stand fest, was sie auch anhatte. Und wie konnte er sie nur aus dem Haus schaffen?

Ein Ruck ging durch Priscilla. »Ich kann diese Männer nicht in meinem Haus dulden«, sagte sie. »Meine Töchter sind ...«

»... viel sicherer, wenn die beiden da sind«, unterbrach Mikhail. »Und nicht nur meine Männer werden bleiben, *Domna*, sondern ich beabsichtige auch, so schnell wie möglich Dienstmädchen und Dienstboten einzustellen. Dieses Haus braucht dringend Pflege, dafür werde ich sorgen und ebenso für Eure Kinder. Wenn Ihr Euch schon nicht für sie interessiert – ich tue es.«

Priscilla Elhalyns leicht vorstehende Augen wölbten sich noch mehr nach außen, als kämpfte sie mit einem inneren Konflikt. »Nimm Vincent und scher dich weg. Er ist derjenige, den du suchst – ich weiß es. Die anderen müssen mich begleiten, wenn ich fortgehe.«

»Darüber habt Ihr nicht mehr zu bestimmen, *Domna.*« Fortgehen? Was meinte sie damit? Die Verlockung, ihrem Vorschlag einfach nachzugeben, war gewaltig, denn Mikhail hielt Vincent ebenfalls für den aussichtsreichsten Kandidaten, den Thron der Elhalyns einmal zu übernehmen und ihn selbst von der lästigen Regentschaft zu befreien. Aber er konnte doch Miralys' stummen Hilfeschrei nicht vergessen. Verdammt sollte er sein, wenn er die Kinder im Stich ließ, nur weil es der bequemere Weg war.

Außerdem hatte Mikhail verstanden, dass man ihn unauffällig zu einer baldigen Abreise drängen wollte, und je deutlicher er dies spürte, desto entschlossener war er zu bleiben, bis er seinen Auftrag erledigt hatte. *Mich schubst keine verfluchte Kräuterhexe herum!*

Zu seiner Überraschung schien Emelda bei diesem Gedanken ein wenig zusammenzuzucken und zu schrumpfen. Sie zupfte Priscilla am Ärmel und murmelte ihr etwas zu, worauf die beiden Frauen den Salon verließen. Genau in diesem Augenblick kamen vier der Kinder herein.

Alain fehlte, was Mikhail nicht weiter überraschte. Dem ältesten Sohn ging es so schlecht, dass er ohne Hilfe wahrscheinlich nicht einmal die Treppe herunterkam. Mikhail war zu müde und zu sehr mit sich selbst beschäftigt gewesen, um die Kinder mehr als nur flüchtig in Augenschein zu nehmen, ihre schäbige Kleidung und ihre Verwahrlosung zu bemerken und einen Plan aufzustellen, was alles zu tun war. Er hatte leichte Gewissensbisse, weil er ein Bad genommen und saubere Kleidung angelegt hatte, anstatt umgehend die Dinge in Ordnung zu bringen. Aber dann tadelte er sich für seine Schuldgefühle. Er war schließlich kein Zauberer, der mit einer Handbewegung wiederherstellen konnte, was in all den Jahren der Vernachlässigung durcheinander geraten war. Er war auch nur ein Mensch, und in vielen häuslichen Belangen ein sehr unwissender dazu. Aber er war entschlossen, sein Bestes zu tun, auch wenn er damit Priscilla und ihre merkwürdige Gefährtin gegen sich aufbrachte.

Mikhail gefiel, was er sah, als sich die anderen Kinder ihm vorstellten. Offensichtlich hatten sie sich große Mühe gegeben und sich für diese besondere Gelegenheit herausgeputzt. Ihr Haar war gekämmt, Gesichter und Hände gewaschen. Sie sahen zwar immer noch Bettlern ähnlicher als den Kindern einer reichen Domäne, aber Mikhail freute sich dennoch. »Wie der Herr, so die Diener«, hieß ein Spruch in den Bergen, und mehr als je zuvor spürte er die Wahrheit, die darin lag.

Aufmerksam musterte Emun die beiden Gardisten, die nun ihre Uniformen trugen statt ihres Reisegewands; seine jungen Augen waren vor Bewunderung weit aufgerissen. Mikhail wurde bewusst, dass die beiden Jungen, ebenso wie Alain, unter anderen Umständen inzwischen längst bei den Kadetten wären. Wahrscheinlich wäre es das Beste für sie, so bald wie möglich aus diesem düsteren Haus mit seinen Medien und Geistern wegzukommen. Aber Priscilla hatte eine einzige Bedingung gestellt, nämlich, dass ihr die Kinder unter keinen Umständen weggenommen werden durften.

Mikhail glaubte, dass er diese Verfügung sicher wegen Untauglichkeit aufheben lassen könnte, aber dazu müsste er vor das Cortes-Gericht gehen. Dort war man gegenwärtig mit *Dom* Gabriels Rechtsstreit bezüglich der Domäne Alton ausreichend beschäftigt, dazu noch mit der möglichen Rückkehr der Aldarans in den Rat der *Comyn*. Die Richter des Cortes rauften sich angeblich alle zusammen die Haare, weil sie sich Angelegenheiten gegenübersahen, für die es meist nur wenige oder gar keine Präzedenzfälle gab. Ein Prozess würde außerdem bedeuten, dass Mikhail ohne die Kinder nach Thendara zurückkehren musste, und er vermutete, dass er sie damit nur in Gefahr brachte. Er hatte sich noch nie so sehr gewünscht, an zwei Orten gleichzeitig sein zu können, wie in diesem Augenblick – eigentlich an dreien, wenn er sein Verlangen, bei Marguerida in Arilinn zu sein, mitzählte.

Was für ein Dilemma! Er musste dafür sorgen, dass es den Kindern gut ging, und sei es nur, um einen der Jungen auf den Thron zu bringen. Um das bewerkstelligen zu können, musste er noch eine Weile in diesem Tollhaus bleiben. Andernfalls würde er als Marionettenkönig enden, bei dem sein junger Vetter Danilo die Fäden zog. Er mochte Danilo sehr, aber er verspürte nicht das geringste Verlangen, in eine solche Situation zu geraten. Es wäre sehr schwierig für ihn und wahrscheinlich noch schwieriger für Danilo.

Tiefe Zweifel nagten an ihm und verdarben ihm den Appetit. Er spürte, wie die Augen der Kinder ängstlich und erwartungsvoll auf ihn gerichtet waren. Nur Vincent schien zuversichtlich zu sein, und einmal mehr stellte Mikhail ein gewisses Unbehagen bei sich fest, was den mittleren Sohn betraf. Vielleicht tat der Junge auch nur so eingebildet, um seine Unsicherheit zu verbergen, aber irgendetwas war eigenartig an Vincent, allerdings konnte Mikhail es nicht genau benennen. Er wusste einfach nicht genügend über junge Männer – obwohl er selbst einer gewesen war –, um sich in seinem Urteil sicher zu fühlen.

Regis hätte ihn nicht allein hierher schicken dürfen. Er wäre besser in Begleitung von Hauslehrern, einem Fechtmeister und ein paar Erzieherinnen für die Mädchen gekommen. Warum war das eigentlich nicht der Fall? Sein Onkel war ein kluger Mann, und er tat selten etwas Unüberlegtes. Was, wenn ihn Regis nur aus dem Weg haben wollte?

Das unangenehme Gefühl, überflüssig zu sein und abgeschoben zu werden, das er mit vierzehn so oft verspürt hatte, flutete zurück. Mikhail versuchte den unerwünschten und unangenehmen Wust an Empfindungen zu unterdrücken, aber sie nagten während des gesamten armseligen Mahls aus zerkochtem Geflügel und matschigem Getreide an ihm. Abgesehen von den gelegentlichen Fragen Vincents war es ein sehr schweigsames Mahl. Die Mädchen aßen, als wären sie am Verhungern, und auch Emun schlang seine Portion Huhn hastig hinunter und sah sich nach mehr um. Irgendwann im Laufe der Mahlzeit tauchte eins der alten Kindermädchen auf, ging in die Küche und kam mit einem Tablett wieder heraus, das vermutlich für Alain bestimmt war.

Als Mikhail seine Gedanken wieder von seinen eigenen Sorgen ablenken konnte, wurde er wütend. Man hatte ihn immer gelehrt, dass Kinder kostbar seien, und die Art und Weise, wie man diese vier hier und Alain behandelt hatte, empörte ihn maßlos. Er wollte sie immer wieder in ein Gespräch verwickeln, aber die Mädchen blieben stumm, nur Emun antwortete ab und zu einsilbig. Vincent genoss es, sich über alles Mögliche lang und breit auszulassen, als beruhigte ihn der Klang seiner eigenen Stimme, aber im Grunde lohnte sich das Zuhören kaum.

Sobald das karge Mahl aufgezehrt war, stand Mikhail erleichtert von der stumpfen Tafel auf. Er wünschte den Kindern eine gute Nacht und sah ihnen nach, als sie leise hinausmarschierten. Dann wandte er sich an seine Männer. »Daryll, ich glaube, du kannst dich im Wohnzimmer ans Feuer betten, Mathias übernimmt die erste Wache.« Er wusste, wie sinnlos der Vorschlag war, dass keiner von ihnen vor seinem Zimmer auf dem Boden schlafen musste – sie hätten sowieso nicht auf ihn gehört. Sie waren für ihn verantwortlich und fest entschlossen, gut auf ihn aufzupassen, vor allem in diesem Haus.

»Sehr wohl, *Dom*. Und ich werde bei Tagesanbruch ins Dorf aufbrechen und sehen, ob ich ein paar Arbeiter auftreiben kann.«

»Sieh zu, dass du auch eine Wäscherin und ein paar Dienstmädchen findest. Ich habe schon Schweineställe gesehen, die sauberer als dieses Haus waren.«

»Ich werde mein Bestes tun. Komisches Haus, was?«

»Ziemlich.« Er verstand sehr gut, was Daryll nicht sagte, aber er wollte ihn auch nicht dazu ermuntern, Lady Elhalyn offen zu kritisieren.

Mikhail verließ die beiden und ging nach oben. Dort stand er einen Augenblick im Korridor und lauschte. Es war leise, eigentlich zu leise. Irgendetwas an dieser Stille war unnatürlich oder vielmehr beunruhigend. Aber damit würde er sich morgen befassen.

Er betrat sein Schlafzimmer und spürte sofort, dass etwas nicht stimmte. Mikhail konnte zunächst nicht erkennen, was, doch dann bemerkte er den zarten Hauch eines Duftes, eine

Weihrauchwolke, die noch in der Luft hing. Er war sicher, dass Emelda hier gewesen war, wenngleich er sich nicht erklären konnte, zu welchem Zweck.

Mikhail wurde trotz seiner Erschöpfung fuchsteufelswild. Er witterte Unheil und begann drauflloszusuchen; als Erstes sichtete er seine Kleidung. Staubpartikel fielen aus den Falten des Stoffes, allerdings konnte er nicht mit Sicherheit sagen, ob man seine Kleidung absichtlich eingestaubt hatte oder ob es einfach nur der Hausstaub war. Es kam ihm unwahrscheinlich vor, dass seine Kleidung so schnell zugestaubt sein sollte. Er schüttelte sie heftig aus, auch um seine gärende Wut loszuwerden.

Dann deckte er das Bett auf, in dessen Nähe war nämlich der verbleibende Geruch am stärksten. Er zog erst die Decken ab, dann die Laken. Im flackernden Licht des kleinen Kamins tanzten unzählige Staubkörnchen in der Luft. Der Schornstein zog nicht sehr gut, und Mikhail dachte, dass er wahrscheinlich über und über mit uralter Schlacke bedeckt war. Er hätte Daryll auch einen Kaminkehrer rufen lassen sollen, falls es im nächsten Dorf einen gab. Er musste sich unbedingt ein Blatt Papier suchen und all diese Dinge aufschreiben, wenn Daryll oder Mathias nicht jeden zweiten Tag ins Dorf reiten sollten.

Mikhail riss die Kissen aus ihren Bezügen, seine Nase juckte schon von dem feinen Staub. Er hatte zwanzig Minuten gebraucht, um dieses Bett zu machen, und sehr zu seinem Ärger baute er es in nur fünf Minuten wieder auseinander.

Da fiel etwas auf die bloße Matratze: ein kleines, zugenähtes Säckchen, wie sie die Landbevölkerung für Heilkräuter und Breiumschläge verwendete. Die Dienstmädchen in Armida hatten oft Lavendelsäckchen unter ihre Kopfkissen gelegt, um besser schlafen zu können. Dem schwachen Geruch nach war das hier bestimmt kein Lavendel und auch kein Balsam. Mikhail hatte nicht die leiseste Ahnung, was in dem Säckchen war – Liriel kannte sich sehr gut mit Kräutern und Pflanzen aus. Schade, dass sie jetzt nicht hier war.

Aber irgendetwas an dem unschuldig aussehenden Gegenstand verursachte ihm eine Gänsehaut. Er hob ihn vorsichtig auf. Eine Weile ließ er das Ding an den dünnen Schnüren baumeln und widerstand dem Drang, es an die Nase zu halten. Er wusste genau, dass es eine schlechte Entscheidung wäre, ohne seine Ahnung erklären zu können. Schließlich wollte er das Ding in den Kamin schmeißen, doch er stoppte abrupt, als die Schnüre gerade aus seinen Fingern gleiten wollten. Wenn irgendein schädlicher Stoff darin war, würde er durch das Feuer nur in der Luft verteilt. Wieso war er eigentlich davon überzeugt, dass in dem Säckchen Gift war? Wieso nahm er an, dass eine feindselige Absicht dahinter steckte?

Mikhail trieb seinen müden Verstand an. Er hatte sich noch nie einem solchen Problem gegenübergesehen – wie man sich eines unbekannten Gegenstands entledigte, der möglicherweise gefährlich war. Wäre das Fenster nicht mit Brettern vernagelt gewesen, hätte er das Säckchen hinausgeworfen und sich am Morgen damit beschäftigt. Er besaß nun mal nicht dieses besondere *Laran*, das einem erlaubte, Dinge nur durch Anfassen zu analysieren, und bis zu diesem Moment hatte er sich auch nie nach dieser Gabe gesehnt.

Was machte man wohl mit solchen Gegenständen? Wenn Verbrennen nicht in Frage kam, was dann? Versenken oder vergraben, beschloss er nach langem Überlegen; er fühlte sich, als wäre sein Gehirn mit Leim verklebt. Er war gewiss kein abergläubischer Bauer, aber es widerstrebte ihm, das Säckchen einfach in Ruhe zu lassen. Wenn es tatsächlich harmlos war, was er bezweifelte, spielte es keine Rolle, was er tat, aber wenn es gefährlich war, musste er sehr vorsichtig damit umgehen.

Schließlich hielt er das Säckchen auf Armeslänge von sich

gestreckt und trug es zum Abort, wo er es ins Loch fallen ließ. Dann nahm er den Eimer, der neben dem Sitz stand und leerte ihn in die Rinne. Er pumpte den Eimer sogar wieder halb voll für den nächsten Benutzer.

Sobald Mikhail das Ding los war, fühlte er sich weniger dumpf und müde. Möglicherweise bildete er sich das Ganze auch nur ein, aber er entschied, dass er auf jeden Fall besser vorsichtig sein sollte. Auf dem Rückweg zu seinem Zimmer begegnete er Mathias, der gerade die Treppe heraufkam, einen Stuhl aus dem Esszimmer in der einen Hand und eine Decke in der anderen. Sie sahen sich kurz an. Er spürte, dass Mathias, normalerweise ein sehr ausgeglichener Mensch, wegen irgendetwas beunruhigt war. Mikhail hätte ihn gerne gefragt, was denn los sei, aber aus dem verschlossenen Gesichtsausdruck des Gardisten folgerte er, dass Mathias es ihm schon sagen würde, wenn er wollte. Er empfand zu viel Respekt für seine Männer, um sie auszuhorchen.

Als Mikhail das Schlafzimmer wieder betrat, kam es ihm völlig normal vor, und er fand, dass er die Angelegenheit sehr gut gemeistert hatte. Es war zwar nur eine Kleinigkeit, aber sie beruhigte ihn sehr. Er zerrte die Betttücher wieder zurecht und zog die Stiefel aus. Einige Minuten lang saß er einfach nur am Kamin, wackelte mit den Zehen und schwelgte in stillem Vergnügen.

Er sehnte sich nach dem Bett, nach Schlaf. Aber er würde erst ruhen, wenn er Marguerida erreicht, ihre Seele in seiner gespürt und ihr geistiges Lachen gehört hatte. Der Schlaf konnte noch ein paar Minuten warten. Mikhail holte seinen Matrixstein unter dem Rock hervor, nahm ihn vorsichtig aus dem seidenen Beutel und betrachtete ihn eingehend. Das Feuer spiegelte sich in den Facetten des Steins, während Mikhail langsam und tief atmete und sich in Trance versetzte. Gleichzeitig nahm seine Müdigkeit ab, und wenn er jetzt auch nicht aufspringen und eine Gigue tanzen wollte, so war er zumindest nicht mehr so müde, dass er kaum noch aufrecht sitzen konnte.

Mikhail konzentrierte sich, und der Raum schien sich langsam aufzulösen. *Marguerida?*

Er suchte ihre Nähe, das Bewusstsein ihrer einzigartigen Energie, und spürte, wie sie antwortete. Die Antwort war sehr weit entfernt, viel schwächer als sonst. *Mikhail? Bist du das?*

Ja, meine Geliebte.

Geht es dir gut? Du wirkst ein bisschen ... nebelhaft.

Mikhail zögerte. Ein Teil von ihm wollte ihr all die seltsamen Dinge erzählen, die er in Haus Halyn entdeckt hatte, aber der andere Teil war dagegen. Er würde wie ein kompletter Narr dastehen, wenn er über zerbrochene Fensterscheiben und verstopfte Kamine jammerte. Und das Säckchen, das er gerade entsorgt hatte, war bestimmt völlig harmlos gewesen.

Ich bin ziemlich müde. In Haus Halyn geht es drunter und drüber, und ich habe hier als Erstes eine Stunde lang Ställe ausgemistet.

Du hast Ställe ausgemistet? Das verstehe ich nicht, Mik.

Domna *Priscilla hat nur sehr wenig Personal.*

Aha. Jedenfalls bin ich froh, dass du gut angekommen bist. Ich war schon in Sorge und habe mir vorgestellt, wie du von irgendwelchen Klippen stürzt und anderes dummes Zeug.

Sie wirkte tatsächlich gedämpfter als die energische Frau, die er kannte. Vielleicht wurde sie seiner langsam überdrüssig. Oder sie hatte beschlossen, dass sie nicht warten wollte, bis sich ihre unmögliche Situation von allein löste, und steuerte nun einen anderen Kurs. *Tut mir Leid zu hören, dass du einen schlechten Tag hattest.*

O Mik! Ich bin eine totale Idiotin. Sie machte eine Pause, die ihm unendlich lang vorkam. *Ich weiß nicht, wie ich es dir beibringen soll, außer dass ich es dir einfach sage: Domenic ist heute Nachmittag gestorben.*

Ich verstehe. Und wahrscheinlich gibst du dir wieder die Schuld. Er spürte zwar den Schmerz des Verlustes in der Brust, das Leid und die Trauer, aber das alles war weit entfernt. Er wusste, dass es ihn später, wenn er nicht mehr so müde war, härter treffen würde. Aber im Augenblick freute er sich zu sehr darüber, Marguerida zu spüren, als dass er diesem Schmerz erlaubt hätte, ihn vollständig zu ergreifen.

Nur ein bisschen. Wenn ich mir nicht gerade die Augen ausweine oder mit meinem Vater darüber rede, wie sehr ich Arilinn verabscheue, seit du nicht mehr hier bist.

Wirklich? Mikhail fühlte sich ermutigt.

Natürlich. Du weißt doch, dass ich sowieso nie in einen Turm wollte und es nur getan habe, weil mir keine andere Wahl blieb. Und ich wollte auch nie nach Arilinn – es wurde nur dadurch annehmbar, dass du auch dort studiert hast. Und natürlich wegen Dio. Seit du nicht mehr da bist, ist alles viel unangenehmer für mich geworden – die anderen, du weißt schon –, und wenn Liriel nicht wäre ... egal.

Quälen sie dich wieder? Sie sollen verschwinden.

Manche. Aber ich habe meinem alten Herrn alles erzählt, und ich glaube, er will Onkel Jeff davon überzeugen, dass es Zeit für mich ist, nach Neskaya zu gehen und bei Istvana zu studieren. Jetzt könnte ich noch leichter reisen als später im Jahr, und ehrlich gesagt, ich glaube, wenn ich nicht bald von Arilinn wegkomme, werde ich hier still und leise verrückt. Oder vielleicht sogar sehr lautstark!

Das wäre tragisch!

Na ja, ein sehr weiter Weg wäre es nicht – in den Wahnsinn, meine ich. Nach Neskaya wird es allerdings ein weiter Weg, aber vielleicht kann ich Rafaella dafür gewinnen, mitzukommen. Ich würde sie wahnsinnig gern wieder sehen, ich vermisse sie sehr. Bist du sicher, dass alles in Ordnung ist? Du klingst noch immer so nebelhaft.

Ich bin nur müde, meine Liebe. Und ich vermisse dich.

Dann geh jetzt schlafen. Ich freue mich, deine Stimme zu hören, wie weit weg sie auch klingt, aber wenn du kleine Kinder hüten musst, wirst du deine Kraft brauchen.

Allerdings. Sie sind aber nicht mehr ganz so klein, Marguerida. Das jüngste ist zwölf, glaube ich. Valenta. Ein sehr hübsches kleines Mädchen, obwohl ihre Schwester Miralys bestimmt einmal die Schönheit werden wird.

Willst du mich etwa eifersüchtig machen?

Nein. Bist du eifersüchtig?

Nur ein bisschen. Aber gewiss nicht auf ein Kind! Ich glaube, ich war noch nie eifersüchtig, deshalb bin ich mir nicht sicher. Ich weiß, du hast den Reizen einer ganzen Generation sich nach dir verzehrender, schöner Mädchen widerstanden, Mik, aber ich mache mir trotzdem Sorgen. Ich meine, es würde so viele Probleme lösen, wenn du eine der Elhalyn-Töchter heiraten würdest, auch wenn du beinahe alt genug bist, um ihr ...

Genau. Ich bin alt genug, um ihr Vater sein zu können, was jede Verbindung zum Skandal machen würde. Wobei ehrlich gesagt, allein die Vorstellung, mit Priscilla Elhalyn ins Bett zu gehen, widerlich ist.

Gut!

Boshaftes Weib!

Wie alt ist sie eigentlich?

Priscilla? Ungefähr achtunddreißig, aber sie sieht älter aus.

Eine alte Hexe! Da bin ich aber froh.

Noch nicht ganz, aber sie arbeitet anscheinend darauf hin. Marguerida – du bist die einzige Frau auf der Welt für mich!

Ach, Mik. Ich liebe dich so sehr, und ich vermisse dich.

Wenn ich nicht wegen des kleinen Domenic so traurig wäre, würde ich jetzt vor Freude durchs Zimmer tanzen.

Weißt du, was mir gestern in den Sinn gekommen ist – die Namen unserer Kinder. Darüber habe ich in meinem ganzen Leben noch nicht nachgedacht.

Ich auch nicht. Welche Namen hast du denn ausgesucht?

Ich fand, dass es genügend Gabriels und Rafaels in der Familie gibt, aber ich dachte, Lewis wäre ein guter Name für einen Sohn und vielleicht Yllana für ein Mädchen.

Ich hätte nie an Yllana gedacht, aber so hieß meine Großmutter. Würde diese Wahl nicht Tante Javanne furchtbar wütend machen?

Genau mein Gedanke!

Ich würde meine erste Tochter aber gern Diotima nennen.

Warum habe ich bloß nicht daran gedacht? Er wusste, dass er deshalb nicht daran gedacht hatte, weil er den Gedanken nicht ertrug, dass Margueridas Mutter vielleicht schon bald nicht mehr lebte.

Das macht nichts. Aber die Idee war nett – Mik, würde es dir viel ausmachen, falls wir einmal einen Sohn bekommen, wenn wir ihn Domenic nennen?

Mikhail wurde von tiefem Schmerz erfasst, aber auch von der Gewissheit, dass Margueridas Idee richtig war. Und er hatte eine Ahnung, dass *dieser* Domenic, falls er je zur Welt kam, vielleicht lange genug leben würde, um ein echtes Schicksal zu erfüllen – anstatt jung zu sterben oder ermordet zu werden, wie Domenic Lanart-Alton, nach dem die Alars ihren Sohn benannt hatten. Aller guten Dinge sind drei, hieß es. Und er tadelte sich ein wenig, weil er so abergläubisch und betäubt vor Erschöpfung gewesen war.

Nein, Marguerida. Das fände ich wundervoll!

Darüber bin ich aber froh. Ich hatte schon Angst, dir könnte die Idee nicht gefallen.

Sie ist wunderbar und passend. Anscheinend triffst du instinktiv immer die richtigen Worte, meine Liebste.

Das sagst du jetzt nur, weil ich mir dich als Geliebten ausgesucht habe! Er spürte ihr unbeschwertes Lachen. *Aber du schläfst mir noch gleich ein! Geh jetzt zu Bett! Gute Nacht, mein Mikhail, mein Geliebter. Schlaf gut.*

Gute Nacht, Marguerida.

5

Zwei Tage später brachen Margaret und Lew Alton von Arilinn auf. Der Morgen war bewölkt, und die Luft war so kühl wie seit Tagen nicht mehr. Dorilys war ungewöhnlich lebhaft, als würde die frische Herbstbrise sie beleben. Lew ritt einen großen schwarzen Hengst mit einer weißen Blesse, ein älteres Pferd, dem die Mätzchen der Stute lästig zu sein schienen, denn er schnaubte ständig in ihre Richtung.

Margaret war froh, dass sie den Staub von Arilinn endlich aus den Kleidern schütteln konnte, obwohl der Abschied von Liriel sehr traurig gewesen war. Sie wusste nicht, wann sie ihre Base wieder sehen würde. Sicher erst in ein paar Monaten, und ihr war jetzt schon klar, dass sie Liriel sehr vermissen würde. Aber das war wirklich der einzige Wermutstropfen, und falls sie *Mestra* MacRoss oder einige der anderen Leute aus dem Turm nie wieder sehen sollte, wäre sie durchaus zufrieden.

Domenics Tod hatte Margaret mehr beunruhigt, als sie vorausgesehen hatte. Irgendwie war es ihr gelungen, Ariel vor ihrer Abreise aus dem Weg zu gehen, obwohl sie gerne ihr aufrichtiges Beileid ausgesprochen hätte. Aber Liriel, die sich immerzu mit Ariels Schmerz beschäftigen musste, versicherte ihr, dass eine Begegnung mit Margaret ihre Schwester nur quälen würde. Margaret weinte beim Packen, ihre Gefühle sprangen wild zwischen Wut und Kummer hin und her. Warum, fragte sie sich, nahm überhaupt jemand das Risiko auf sich, Kinder zu haben, wenn ihnen so schreckliche Dinge zustoßen konnten? Eine solche Frage war ihr bisher nicht in den Sinn gekommen, was sie ein wenig beunruhigte, bis sie sich klar machte, dass ihre eigentliche Frage lautete, ob sie selbst ein solches Risiko auf sich nehmen konnte.

Denn trotz ihrer Äußerung gegenüber Mikhail, dass sie ihr Kind einmal Domenic nennen wolle, erschreckte sie die Vorstellung, Kinder zu bekommen. Nicht nur der Gedanke, schwanger zu werden, stieß sie ab, sondern auch der eheliche Vollzug, die pure Fleischeslust, die einer Schwangerschaft vorausging. Sie wusste, dass sie nun zwar den Schatten los war, den Ashara Alton über ihre Kindheit geworfen hatte, aber sie schauderte immer noch bei dem Gedanken an Sex. Sie fürchtete sich maßlos davor, selbst wenn sie sich dabei Mikhail als ihren Partner vorstellte. Sie kam im Geiste bis zu dem Punkt, an dem sie sich auszog, aber von da an lief es ihr eiskalt über den ganzen Körper, und die Kehle schnürte sich zu, dass sie kaum noch Luft bekam.

Sie hatte noch nie einen Mann geküsst, bevor sie hoch über der Stadt Thendara ihre Lippen auf Mikhails presste. Es war wundervoll und erschreckend zugleich gewesen. Vielleicht war es gut so, dass *Dom* Gabriel und Lady Javanne einer Heirat zwischen ihr und Mikhail äußerst ablehnend gegenüberstanden, denn sie befürchtete, sie könnte im letzten Augenblick kneifen. Ihr gesamtes Erwachsenenwissen über die ganze Sache stammte aus Videos, die sie gesehen hatte, und was sich da abspielte, war ihr nicht gerade sehr anziehend vorgekommen. Es war so *körperlich*! Verflucht sollte Ashara sein, weil sie Margaret in dieser Hinsicht zum Krüppel gemacht hatte! Dieser Gedanke war jedoch so dämlich, dass sie leise lachte, woraufhin Dorilys die Ohren aufstellte und als Kommentar wieherte.

Ich habe wohl bisher zu sehr in meinem Geist gelebt und nicht genug in meinem Körper. Wenn das Heilmittel dafür nur nicht so ... animalisch wäre. Und so peinlich! Ich weiß nicht, wie die anderen das machen, aber offensichtlich können sie es, sonst wäre unsere Spezies ja schon längst ausgestorben. Wenn ich doch nur jemanden fragen könnte – aber Liriel ist genauso jungfräulich wie ich. Mit Dio hätte ich vielleicht über solche Dinge sprechen können ... aber ... und ich würde eher sterben, als Vater zu fragen. Es wäre uns beiden äußerst peinlich. Vielleicht Lady Linnea ... nein, das könnte ich nicht. Oder gar – Gott steh mir bei – Javanne!

Dennoch wurde sie ruhiger, je weiter sie sich von der riesigen Anlage von Matrixschirmen entfernten. Es war, als würde ihr ein großer Druck auf den Kopf genommen. Wenn sie jetzt noch ihr Herz dazu brachte, sich anständig zu benehmen, damit es endlich aufhörte, sich nach Mikhail zu sehnen und gleichzeitig von diesem Gedanken abgestoßen zu sein, dann würde sie vielleicht ein wenig Ruhe und Frieden finden.

Nach all den Jahren, in denen sie sich von anderen Menschen fern gehalten und nur für die Musik gelebt hatte, ohne echte Freunde, außer Ivor und Ida Davidson, genoss sie die zunehmende Vertrautheit zwischen ihr und Liriel. Es war eine Schande, dass sie keine anderen Freundschaften in Arilinn geschlossen hatte, von Haydn Lindir, dem Archivar, mal abgesehen. Er erinnerte sie ein wenig an Ivor – ein freundlicher, zerstreuter alter Gelehrter mit einem gewaltigen Schatz an Wissen. Wahrscheinlich würde es in Neskaya zwar anders sein, aber nicht unbedingt besser.

Margaret freute sich darauf, für ein paar Tage nach Thendara zurückzukehren. Sie wollte Meister Everard in der Musikstraße besuchen und Aaron und Manuella MacEwan in der Nähnadelstraße. Sie wollte den Stein sehen, den sie für Ivors Grab in Auftrag gegeben hatte und der inzwischen fertig und aufgestellt war. Sie vermisste ihren verstorbenen Mentor sehr, und der Tod von Domenic Alar hatte eine Wunde aufgerissen, die sie für längst verheilt gehalten hatte. Margaret erinnerte sich noch gut an die Toten, die sie gegen Ende der Sharra-Rebellion gesehen hatte, aber damals war sie noch ein Kind gewesen, und sie hatte um diese Menschen nicht wirklich getrauert. Das hier war etwas anderes, sie empfand persönliches Leid, und keine vorhergehende Erfahrung hatte sie auf die Stimmungsschwankungen und die tiefen Gefühle vorbereitet, von denen sie nun erschüttert wurde.

Margaret würde wärmere Kleidung brauchen, denn Neskaya lag viele Kilometer weiter nördlich im Schoß der Berge. Ihren Informationen nach war es zwar nicht so kalt wie Nevarsin, die »Stadt des Schnees«, wo das *Cristoforos*-Kloster lag, aber für ihren Geschmack dennoch viel zu kalt. Sie musste auch unbedingt daran denken, den Handschuhmacher aufzusuchen. Sie bemühte sich allerdings, nicht an den Turm in Neskaya zu denken, denn sie befürchtete, dort derselben stummen Ablehnung zu begegnen wie in Arilinn. Eines Tages würde sie genug wissen, um nie wieder einen Turm betreten zu müssen, aber noch war es nicht so weit. Sie war noch zu ungeschliffen, zu gefährlich, um allein unterwegs zu sein. Natürlich konnte sie Darkover verlassen, niemand würde sie zurückhalten; aber sie wusste auch, dass es nicht der richtige Weg gewesen wäre, sosehr sie sich auch danach sehnen mochte.

Margaret zwang sich, ihren Dämonen nicht weiter nachzujagen. Sie wollte auf die Sonnenseite des Lebens blicken, und deshalb dachte sie an Rafaella n'ha Liriel, ihre Freundin und frühere Führerin. Sie hoffte, dass Rafaella, eine der Entsagenden, gerade in Thendara weilte und nicht unterwegs war, um Händler zu führen oder in welchen Angelegenheiten auch immer. Rafaella war Margarets erste richtige Freundin auf Darkover gewesen, und sie schätzte die Frau sehr. Außerdem war sie neugierig, wie sich die knospende junge Liebe zwischen der Führerin und Margarets Onkel Rafe Scott entwickelte. Margaret hatte schon etwas geahnt, als die beiden Frauen in den Kilghards waren, und fand es amüsant, dass Rafaella, wenn auch nur dem Namen nach, ihre Tante wurde, falls sie Captain Scott tatsächlich zu ihrem Liebhaber erkor. Diese Beziehung würde sie sogar freuen, ganz im Gegensatz zu der Blutsverwandtschaft mit Javanne Hastur, Mikhails Mutter.

Glücklicherweise hatten Margaret und Lew aus Arilinn abreisen können, bevor Javanne dort eintraf. Javanne wollte den Leichnam ihres Enkels zur Beerdigung abholen. Es war gut möglich, dass sie sich auf der Reise begegneten, was Margaret nicht hoffte; auch wenn Javanne viel zu stolz und taktvoll war, um etwas zu sagen, hatte Margaret allein in ihrer Nähe das Gefühl, als würde sie von tausend Nadeln gestochen. Es wäre sicher angemessener gewesen, in Arilinn zu bleiben und den Sarg auf dem Rückweg zu begleiten, aber nachdem sie Jeff Kerwin einmal davon überzeugt hatten, dass Margaret mit einem Studium bei Istvana Ridenow besser gedient war, hatte sie zu viel Angst, er könnte es sich noch einmal anders überlegen.

Es hatte einigen Widerstand gegeben, weil Margaret den Turm schon nach wenigen Monaten wieder verlassen wollte. Arilinn war immer noch der wichtigste Turm auf Darkover, jedenfalls was seinen Ruf betraf, und ein Aufenthalt dort erfüllte jeden Studenten mit einem gewissen Maß an Stolz. Wer den größten Teil seines Erwachsenenlebens in Arilinn gewohnt und gearbeitet hatte, betrachtete die anderen Türme als provinzielle Einrichtungen, denen es an Niveau und Charakter fehlte. Außerdem hatte Margaret herausgefunden, dass Istvana einen gewissen Ruf als Erneurerin besaß, den die älteren Persönlichkeiten wie *Mestra* Camilla MacRoss mit Misstrauen beäugten. Offensichtlich herrschte eine leichte Rivalität zwischen den beiden Türmen. Arilinn nach so kurzer Zeit den Rücken zu kehren roch nach einer subtilen Beleidigung, und natürlich waren entsprechende Stimmen laut geworden. Margaret war nicht in diese Diskussionen eingeweiht worden, Lew hingegen schon, und er hatte Margaret mit einem ziemlich bissigen Kommentar über die ganze Szene aufgeheitert.

Margaret fühlte sich wie üblich hin- und hergerissen. Sie wäre Javanne liebend gern aus dem Weg gegangen, aber dann kam sie sich wie ein Feigling vor. Vor ihrer Ankunft auf Darkover war alles viel unkomplizierter gewesen, und sie sehnte sich nach der Einfachheit ihres früheren Lebens. Aber genauso gut konnte sie sich auf den Mond wünschen; sie beschloss, nicht mehr daran zu denken.

Es gelang ihr nicht. Sie ertappte sich dabei, wie ihre Gedanken zu ihren eigenen Fehlern und der Feindseligkeit der jüngeren Studenten in Arilinn zurückwanderten. Sie hatte zwar studiert, fleißig studiert, aber sie hatte die Zeit nicht so genossen wie damals an der Universität. Zum Teil lag das an der Abneigung der anderen Studenten, die Margaret so schmerzhaft gespürt hatte. Zum Teil lag es aber auch an ihrem eigenen Unmut darüber, dass sie wieder zur Schule gehen musste, um etwas so Fremdartiges wie Telepathie zu lernen. Es wäre viel leichter gewesen, wenn sie das Fach schon als Jugendliche studiert hätte statt jetzt als Erwachsene, aber das ließ sich nun mal nicht ändern. Außerdem war sich Margaret ziemlich sicher, dass sie nicht alt geworden wäre, wenn sie bereits als junges Mädchen versucht hätte, sich dem Schatten von Ashara Alton zu stellen.

Egal, wie oft man ihr sagte, dass sie von der längst verstorbenen Bewahrerin nichts mehr zu befürchten hatte und dass Ashara bei jenem Kampf in der Oberwelt vollkommen vernichtet worden sei, Margaret wusste genau, dass sie mit ihrer Ahnfrau noch nicht völlig abgeschlossen hatte. Und zwar nicht nur wegen des Liniengeflechts auf ihrer Haut, sondern noch aus einem anderen Grund. Ihr Gefühl in dieser Sache war allerdings nicht so deutlich wie ihre gelegentlichen Blicke in die Zukunft, und Margaret war froh, dass sie keine Visionen von der unheimlichen kleinen Frau hatte. Margaret hatte ganz und gar nichts dagegen, wenn sie keine weiteren Erfahrungen mit der Aldaran-Gabe machte. Mit Telepathie konnte sie – gerade noch – umgehen, aber die Fähigkeit, in die Zukunft zu sehen, war für sie einfach unerträglich und grauenhaft.

Von ihren bisher drei Erlebnissen mit der Aldaran-Gabe beunruhigte sie das zweite am meisten. In dieser Vision war es um das Kind gegangen, das Ariel Alar in ihrem wachsenden Leib trug – das Mädchen, das sie Alanna nennen würde. An der Art, wie das Kind in Ariels Leib lag, war etwas sehr beunruhigend gewesen. Margaret hatte die Vision unmittelbar nach Domenics Unfall gehabt, und sie hätte sie nur zu gern ihrer emotionalen Belastung zugeschrieben, aber sie glaubte nicht daran, und sie war zu ehrlich, um es sich einzureden.

Was die letzte Vision anging, der Anblick des Turms von Hali, wie er früher einmal ausgesehen hatte, so war sie darüber nicht im Geringsten beunruhigt. Sie wusste, dass sich Jeff und ihr Vater Sorgen deswegen machten, aber dafür konnte sie nichts. Nicht alle ihre Visionen wurden wahr oder spielten sich in der vorhergesehenen Weise ab. Das hatte ihr Liriel einmal erklärt, sehr zu Margarets Erleichterung. Zumindest hatte sie keine besondere böse Vorahnung, wenn sie an Hali dachte, anders als bei dem ungeborenen Baby. Sie hatte bereits mehr Abenteuer durchgestanden, grübelte Margaret, als die meisten Menschen in drei Lebensspannen; und wenn sie es irgendwie einrichten konnte, würde sie keine weiteren mehr haben.

Margaret lachte leise, und Lew sah sie an. »Darf ich mitlachen?«, fragte er.

»Ich dachte nur gerade, dass ich keine Abenteuer mehr brauche in meinem Leben.«

Lew Alton lachte dröhnend, und Margaret wurde ganz warm ums Herz. Sein Pferd dagegen nahm Anstoß an dem

Lärm, es warf den Kopf nach hinten, dass die Glöckchen am Zaumzeug bimmelten, und schnaubte. »Viel Glück«, sagte Lew, als er seinen Heiterkeitsausbruch beendet hatte. »Ich wünsche dir ein äußerst langweiliges Leben, meine Tochter, allerdings bezweifle ich, dass es auch dazu kommen wird. Mir scheint, wir Altons haben etwas an uns, das Schwierigkeiten förmlich anzieht.«

»Psst! So eine Aussage hätte ich vielleicht von Tante Javanne erwartet, aber doch nicht von dir!«

»Deine Tante ist eine kluge Frau, Marguerida, trotz ihrer charakterlichen Mängel. Sie hat mich oft ›Sturmkrähe‹ genannt, und damit lag sie nicht weit daneben.«

»Sie bringt es immer wieder fertig, dass ich mir wie ein lästiges Insekt vorkomme.« Margaret hielt inne. »Eins, das sie am liebsten zerquetschen möchte.«

»Ganz sicher. Javanne ist eine starke Frau und eine entschlossene Frau. Sie war schon immer so. Sie ordnet die Dinge gerne zu ihrem Vorteil. Aber ich habe den Verdacht, dass sie dich ziemlich beneidet.«

»Wie bitte?«

»Sie würde es natürlich niemals zugeben, aber denk doch mal nach, *Chiya*. Du hattest eine gute Ausbildung, bist zwischen den Sternen herumgereist, hast andere Rassen kennen gelernt – Dinge, die sie sich kaum vorstellen kann. Javanne hat stets in einem begrenzten Umkreis gelebt: in Armida ihre Kinder aufgezogen, Thendara besucht, um Regis zu schikanieren, das Leben ihrer Sprösslinge gedeichselt, ohne großen Erfolg, wie jedem auffällt. Mikhail ist nicht als Einziger ihren Klauen entronnen. Bei ihm ist es nur am augenfälligsten. Liriel hat ihren eigenen Weg gewählt, der in Wahrheit genauso beschränkt ist wie der von Javanne, nur irgendwie bunter. Gabriel und Rafael sind trotz Javannes Bemühungen immer noch nicht verheiratet. Und Regis ist nicht annähernd so willig, wie sie ihn gerne hätte. Ganz zu schweigen von der Strapaze, mit *Dom* Gabriel verheiratet zu sein.«

»Ich glaube, so habe ich die Sache noch nie betrachtet. Aber warum hat sie Mikhail nicht erlaubt, Darkover zu verlassen? Das habe ich nie ganz verstanden. Ich meine, nach der Geburt von Danilo Hastur, als Regis Mik nicht mehr brauchte, warum war Javanne da immer noch dagegen, dass er wegging?«

»Ich vermute, dass sie ihm nicht zubilligen wollte, was sie selbst nicht haben konnte. Javanne ist eine klassische Egoistin, meine Tochter. Das ist nicht sehr schön, aber nachdem ich unter einem ähnlichen Gebrechen leide, kann ich ihre Fehler eher verzeihen als du. Du bist noch jung und unglaublich streng in deinem Urteil.«

»Klassisch? So würde ich dich nie nennen – und Javanne auch nicht, was das betrifft!«

»Nein, aber ich bin sicherlich ein Egoist. Wäre ich keiner, hätte ich gewiss nicht durchgehalten.« Er lachte in sich hinein. »Ich habe natürlich nicht so von mir gedacht, als ich noch jung war, das tut man ja nie. Wenn die Jungen auch nur die leiseste Ahnung von ihrer angeborenen Ichbezogenheit hätten, würden sie sehr viel weniger Fehler machen.«

»Dann bin ich wohl auch ein Egoist.« Was für eine entmutigende Erkenntnis. Margaret war tief getroffen, da sie sich eher als großzügigen und hilfsbereiten Menschen gesehen hatte, ganz anders ihre begabteren Kameraden an der Universität oder gar Ivor, der wahrhaft egozentrisch in seiner Musik aufging.

»Ja und nein. Ich glaube, du bist ein ganzes Stück reifer, als ich es in deinem Alter war. Das kommt sicher daher, dass du anderen Kulturen ausgesetzt warst. Es macht einen immer bescheiden, wenn man sieht, wie andere leben. Und dir fehlt mein Gewohnheitslaster – törichter Stolz. Sehr vieles in meinem Leben hätte anders aussehen können, wenn mein Stolz nicht gewesen wäre, meine Weigerung, um Hilfe zu bitten, und mein Beharren, immer alles auf meine Weise zu tun.«

»Wenn man sich von lauter echten Talenten umzingelt fühlt, wie ich im Haus von Ivor, dann kannst man nicht hochnäsig werden. Du hast ja keine Vorstellung, wie bescheiden es einen macht, wenn man eine ganz nette zweite Geige in einem Haus voller Musikgenies ist! Nicht, dass sie sich mir gegenüber aufgespielt hätten, das haben Ivor und Ida nicht zugelassen. Aber ich wusste immer, dass ich nie wirklich schöpferisch sein würde, so wie Jheffy. Dennoch war es eine gute Sache, an der Universität zu studieren, und ich war äußerst stolz darauf. Ich bin es noch, und manchmal wünsche ich mir, ich könnte einfach zurückgehen und dort weitermachen, wo ich aufgehört habe.«

»Wieso?«

»Forschung ist sehr befriedigend, Vater. Man muss sich nicht mit persönlichen Befindlichkeiten auseinander setzen – außer akademischen Eifersüchteleien, natürlich –, aber man kann sich in die Archive vergraben und einfach studieren. Es gibt Gelehrte an der Universität, die ihr ganzes Leben mit Studieren verbracht haben – und über ihre Forschungsergebnisse schrieben oder Vorlesungen hielten.« Sie seufzte und fragte sich, ob sie ihm je die Freude vermitteln konnte, die sie bei ihrer akademischen Tätigkeit empfunden hatte. »Eine gut belegte wissenschaftliche Arbeit ist etwas Wunderbares. Sie ist echt und etwas, das man fest halten kann. Ein intellektuelles Produkt. Es spielt keine Rolle, von welchem Planeten man stammt, welches Geschlecht man hat oder wie alt man ist. Sie hat etwas sehr ... Reines.«

»Du bist sehr auf der Hut vor emotionalen Bindungen, hab ich Recht?«

»Ich hatte bisher nicht viel Glück damit. Ich habe Ivor sehr geliebt, so wie ich dich wahrscheinlich lieben würde, wenn wir uns besser kennen würden. Er ist viel zu früh gestorben. Ich wünschte, du hättest ihn gekannt.«

»Der kurze Blick, den ich auf ihn werfen konnte, während du versucht hast, Donal Alar in der Oberwelt zu finden, hat mich ziemlich eifersüchtig gemacht, *Chiya*. Einerseits freue ich mich, dass du einen so großartigen Pflegevater hattest, andererseits bedauere ich natürlich sehr, dass ich die Zeit mit dir versäumt habe.«

»Er war wirklich ein guter Vater, wenn auch ein kleines bisschen geistesabwesend. Aber verstehst du, sosehr ich Ivor auch geliebt habe, und er wahrscheinlich auch mich, es gab keine tiefen Gefühle. Ich meine, nicht solche Gefühle, die ich für dich oder Dio empfinde. Wir waren beide Diener der Musik – Priester und Priesterin. Wir haben uns Dinge anvertraut, so wie ich es mit Mik oder Liriel manchmal tue. Wir waren eng verbunden, aber das alles lag mehr an den äußeren Umständen als an irgendetwas anderem. Er hatte so viele Studenten – dreiundfünfzig Jahrgänge von jungen Musikern –, und er hat sie alle auf eine nette, unpersönliche Art geliebt. Und Ida, seine Frau, hat uns ebenfalls geliebt. Sie war stets hilfsbereit und ermutigend, und wir alle fühlten uns in diesem Haus so gut aufgehoben wie nur irgendwo in der Galaxis, aber es fehlte ... an echter Wärme. Das heißt, wenn ich jetzt darüber nachdenke, dann ist Ida schon eine sehr warmherzige Frau, aber ich wollte nicht zulassen, dass wir uns zu nahe kamen. Sie und Ivor hatten nie eigene Kinder, immer nur die von anderen Leuten. Ich weiß nicht, ob sie es bedauert hat oder nicht. Aber wenn sie überhaupt etwas bedauert hat, dann bestimmt, dass sie ihre Karriere zu Gunsten von Ivors aufgegeben hat. Ich weiß, sie war eine aufstrebende Synthipianistin, als die beiden sich kennen gelernt haben. Und ihren gelegentlichen Darbietungen nach zu urteilen, war sie sehr gut, fast brillant. Aber statt als berühmte Musikerin Karriere zu machen, wurde sie

Lehrerin für Tasteninstrumente, und Dutzende von berühmten Musikern haben bei ihr studiert. Bei Ida Davidson studiert zu haben wird in Musikerkreisen als große Ehre angesehen.«

»Glaubst du, sie hat es bereut, dass sie eine private statt einer öffentlichen Karriere gemacht hat?«

»Ich habe sie einmal danach gefragt, und sie sagte, das Leben als berühmter Musiker sei sehr anstrengend und werde immer zu rosig dargestellt.«

»Das klingt, als wäre sie ein großartiger Mensch, und ich bin ihr zutiefst dankbar, dass sie sich so gut um dich gekümmert hat. Als du damals von Thetis weggegangen bist, waren deine Manieren in einem trostlosen Zustand, und ehrlich gesagt, war ich ein bisschen verzweifelt. Aber wenn ich dich in Arilinn so beobachtet habe, warst du ganz und gar eine Dame.«

Margaret spürte, wie sie bis in die Haarspitzen rot wurde. »Eine Dame? Ich? *Domna* Marilla, das ist eine Dame! Oder Linnea. Ich bin nur ein Wildfang und zufällig Erbin einer Domäne – das ist ein großer Unterschied! Die beiden wissen immer genau, was sie sagen und tun müssen.«

»Und Javanne?«, fragte Lew, und seine Stimme bebte vor Belustigung.

»Meine Tante ist sicher ebenfalls eine richtige Dame, aber sie ist ein anderer Typ als Linnea oder Marilla. Sie weiß zwar, was sich gehört, aber sie hält sich nicht immer daran!«

»Mit anderen Worten, sie ist dir ähnlicher als *Domna* Marilla.«

»Du meine Güte! Aber vermutlich stimmt es – sosehr sie diesen Vergleich auch verabscheuen würde!« Margaret hielt einen Augenblick inne. »Ich glaube, man könnte sogar sagen, dass wir beide irgendwie kalt sind.«

»Merkwürdig.«

»Wieso?«

»Weil ich sagen würde, dass du und Javanne beide sehr leidenschaftliche Menschen seid und nicht im Geringsten kalt. Aber du hast vorhin von deiner Zurückhaltung bei Beziehungen gesprochen – ich würde gern mehr darüber erfahren, wenn es dir nicht zu unangenehm ist.«

Leidenschaftlich? Margaret musste kurz darüber nachdenken. Der Gedanke war ihr völlig neu und nicht nur angenehm. Sie wusste, dass sie in Bezug auf Musik sehr leidenschaftlich war und nun auch, was ihren Geburtsplaneten anging. Aber in beiden Fällen hatte ihre Leidenschaft etwas Abstraktes, Distanziertes. Sie liebte Mikhail, daran bestand kein Zweifel, aber sie war sich nicht sicher, ob sie auch Leidenschaft für ihn empfand. Sie war ihm leidenschaftlich *zugetan*, und das war schon etwas ganz anderes als ihre Gefühle gegenüber Musik oder Darkover. Aber das ganze Problem war noch zu neu und zu verzwickt, als dass sie es jetzt lösen könnte, und so schob sie es ein wenig widerwillig beiseite.

Margaret wühlte sich durch das Wirrwarr von Gedanken und Gefühlen, die meisten mit mehr Emotionen befrachtet, als sie zuzugeben bereit war. »Ich glaube, bevor ich nach Darkover kam«, begann sie zögernd, »habe ich nie echte menschliche Wärme gespürt, außer hin und wieder bei Dio. Das lag größtenteils daran, dass mir Ashara ständig befohlen hat, mich abseits zu halten; wie ein schlechter Ohrwurm hat sie es mir immer wieder zugeflüstert, bis ich keinen menschlichen Kontakt mehr gesucht habe. Allmählich konnte ich sehr gut Distanz wahren, vielleicht entspricht eine gewisse Zurückhaltung ja einem Teil meiner Persönlichkeit. Manchmal ist es sehr schwer zu sagen, wo Margaret Alton anfängt und wo Ashara aufhört. Sie muss eine sehr verbitterte Frau gewesen sein, und ich frage mich, ob ich wohl jemals den Grund dafür erfahren werde. Sie ist so rätselhaft, so nah und gleichzeitig so weit weg.« Margaret seufzte. »Und dann muss ich ausgerechnet an dem einzigen Mann auf ganz Darkover Gefallen finden, den ich nicht haben kann. O ja, ich bin wirklich auf der Hut. Und ich habe auch allen Grund dazu.«

»Du musst dich nicht verteidigen. Ich wollte dich bestimmt nicht kritisieren. Ich weiß, dass du wegen deiner persönlichen Vergangenheit anderen Menschen nicht trauen kannst, und ich bin mir meines eigenen Anteils dabei bewusst. Und was Mikhail angeht, da müssen wir einfach abwarten. Aber du darfst die Hoffnung noch nicht aufgeben.«

»Die Hoffnung bricht mir noch das Herz, Vater.« Margaret schämte sich für den Zorn und die Bitterkeit in ihrer Stimme und gab Dorilys kurz die Sporen. Die kleine Stute fiel in Galopp, und Margaret ritt voraus, um eine weitere Unterhaltung unmöglich zu machen.

Als Margaret und Lew kurz vor Einbruch der Nacht auf Burg *Comyn* eintrafen, wurden sie von den Dienern begrüßt. Nachdem die Pferde versorgt waren, gingen sie schweigend zur Suite des Altons. Das Schweigen war allerdings nicht unangenehm, so wie sie es als Kind empfunden hatte, wenn Lew ihr mal wieder ausgewichen war, sondern nur eine respektvolle Stille, in der beide ihre Gedanken für sich behielten.

Lew wurde jedoch weggerufen, kaum dass er seine Reitstiefel ausgezogen hatte, und Margaret war froh, dass sie ein wenig allein war. Sie badete, zog frische Kleider an und bat das Zimmermädchen Piedra, ihr das Essen zu bringen. Sie wusste, dass sie unbedingt Lady Linnea aufsuchen und ihren gesellschaftlichen Pflichten nachkommen müsste, aber sie war zu müde und zu traurig und wollte keinen anderen Menschen um sich herum haben.

Stattdessen holte sie nach dem Essen ihren Recorder hervor und hörte sich die Aufzeichnungen an, die sie vor etwa vier Monaten auf ihrer Reise mit Rafaella gemacht hatte. Sie hatte das Band während ihres Aufenthalts in Arilinn noch erweitert, weil sie eine ganze Folge von Liedern entdeckte, die ausschließlich in Türmen gesungen wurden, geschrieben von Bewahrern, Überwachern und Technikern. Bisher hatte sich niemand die Mühe gemacht, ihr von diesen Liedern zu erzählen. Die Musik war wunderschön, näher an den altertümlichen Sprechgesängen als die meisten darkovanischen Lieder, und sie hatte einen einsamen Ton, der Margaret unglaublich anzog. Sie sah die längst verstorbenen Bewahrer sogar vor sich, die sich in kalten Nächten mit ihren Rylls und Gitarren die Zeit vertrieben und zu ihrem eigenen Trost diese Stücke geschaffen hatten.

Dies war für Margaret die erste Gelegenheit seit langem, sich voll und ganz auf ihre Arbeit zu konzentrieren, und sie schrieb gerade in Gedanken versunken ein paar Zeilen auf, die hoffentlich eines Tages in einer Monografie standen, als Lew schließlich zurückkam. Ein Teil von Margarets Geist war noch völlig von ihrem Thema in Anspruch genommen, und so war sie sich zwar seiner Anwesenheit bewusst, hörte aber nicht zu schreiben auf, bevor sie ihre Gedanken zu Papier gebracht hatte. Dann schreckte sie schuldbewusst hoch. Sie schaltete das Gerät aus und biss sich ängstlich auf die Unterlippe.

»Was treibst du denn da?«, fragte Lew fröhlich.

»Ich habe gerade versucht, meine Aufzeichnungen zu ordnen. Während ich noch gelernt habe, meine Telepathie zu beherrschen, und bei den Kopfschmerzen, die ich immer von den Matrizen bekam, hatte ich nicht die Energie dazu. Ich kann dir gar nicht sagen, wie froh ich bin, diesen Turm endlich hinter mir gelassen zu haben, und ich freue mich auch nicht richtig auf Neskaya, obwohl ich dort bei Istvana Ridenow bin.«

»Du warst wirklich sehr weit weg, als ich hereinkam. Sag, *Chiya,* vermisst du die Universität?«

»O ja. Ich habe ein Drittel meines Lebens dort verbracht. Ich vermisse die Diskussionen, die intensive Neugier der anderen Gelehrten, die Gegensätze.«

»Gegensätze?«

»Ja. Alle Informationen an der Universität werden durch die Parameter von Vergleich und Wechselbeziehung analysiert. Darkover besitzt einige sehr interessante Variationen über die menschliche Norm, und ich habe niemanden mehr, mit dem ich sie diskutieren kann! Sicher, Mikhail ist immer sehr bemüht zu verstehen, was ich sage – er ist auch sehr neugierig auf die Orte, an denen ich war –, aber er begreift oft nicht, was mich daran so fasziniert. Er akzeptiert die darkovanischen Sitten als die Norm, *wie sich Menschen benehmen*, und sieht dabei nicht, dass dies nur ein Ausschnitt aus einem breiten Spektrum möglichen Benehmens ist.«

»Ich weiß genau, was du meinst! Als ich damals Senatsmitglied wurde, war ich am Anfang ständig schockiert über die breite Palette an menschlichen Verhaltensnormen. Und dabei war ich für einen Darkovaner bereits ziemlich weltklug. Einige der Dinge, denen ich begegnete, erschienen mir sehr seltsam, und ich kam um nichts in der Welt dahinter, warum manche Leute sich nach bestimmten Mustern verhielten. Aber nach den ersten Monaten, in denen ich oft zornig angestarrt wurde, weil ich im Flur links an einem Mediniten vorbeiging, anstatt mich rechts zu halten, habe ich mich an alles gewöhnt. Nach ein paar Jahren wurde es mir schließlich zur zweiten Natur, die verschiedenen Eigenarten der Leute zu akzeptieren. Dafür habe ich heute mehr Schwierigkeiten mit dem unnachgiebigen Charakter meiner Kollegen im Rat der *Comyn* als je zuvor!« Er lächelte gequält. »Hier, dieses Fax ist für dich gekommen, während ich weg war.«

Margaret nahm das dünne Blatt Papier entgegen und sah, dass es den Briefkopf der Universität trug. Vielleicht kündigten sie ihr die finanzielle Unterstützung.

Sie grinste, als sie das Schreiben gelesen hatte, und blickte zu ihrem Vater auf. »Es ist von Ida Davidson. Sie glaubt, dass sie bald einen Flug nach Darkover bekommt, um Ivors Leichnam abzuholen. Es gibt nur irgendein Problem mit der Reiseerlaubnis.«

»Das überrascht mich nicht.« Lew klang beinahe zornig.

»Wieso?«

»Die Expansionisten im Unterhaus versuchen, Reisen auf geschützte Planeten zu unterbinden, um sie auf diese Weise zu zwingen, Mitgliedsplaneten zu werden. Seit meinem Ausscheiden aus dem Senat haben sie schon zweimal versucht, ein Gesetz durchzubringen, das den Handel mit Welten beschränken oder ausschließen sollte, die nicht bereit sind, einer expansionistischen Politik die Tür zu öffnen. Dem Senat ist es zum Glück gelungen, beide Anträge abzuschmettern, aber es war eine denkbar knappe Angelegenheit.«

»Aber das ist doch verrückt.«

Lew schüttelte den Kopf. »Während meiner Zeit im Senat habe ich die Geschichte der einzelnen Regierungen eingehend studiert – ohne den Vorteil deiner wissenschaftlichen Ausbildung, wie ich gestehen muss. Sag – arbeitet man an der Universität eigentlich immer noch mit dem Text von Kostemeyer über die Lebensdauer von Staaten?«

Margaret hielt ihre Überraschung zurück. Sie hatte nie daran gedacht, dass jemand wie ihr Vater den Klassiker der Sozio-Historiker gelesen haben könnte. Er war vor zweihundert Jahren von einem Centauri geschrieben worden, und obwohl ihn neuere Arbeiten längst ersetzt hatten, war er immer noch ein viel beachteter Klassiker. »Ja, und er ist immer noch gefragt. Er gehört zur Pflichtlektüre im Fach ›Geschichte der Zivilisation‹, das alle Studenten belegen müssen – sehr zum Verdruss der Ingenieur- und Technikstudenten, die allen Ernstes glauben, Geschichte sei etwas, das nur anderen Leuten zustößt.« Margaret erkannte, dass sie in Lew immer noch den Mann aus ihrer frühen Kindheit sah und nicht den umfassend informierten und intelligenten Senator von Darkover. Natürlich hatten sie auch nie ein solches Gespräch geführt, bevor sie zum Studium auszog. Wie wundervoll es war, diesen Mann zu entdecken, ihren Vater, der ihr als kleines Mädchen verwehrt geblieben war, und festzustellen, was für ein interessanter Mensch er war!

»Weißt du noch, was er über die Zyklen schreibt – wie nennt er sie gleich noch?«

»Die Gezeiten, Vater.«

»Richtig, jetzt fällt es mir wieder ein. ›Es ist die Torheit großer Staaten, dass sie das Auf und Ab des Gezeitenstroms aller Regierungsformen übersehen.‹ Einfach grandios, findest du nicht? Er hatte eine schöne Sprache. Nach meiner Ansicht steht die Terranische Föderation gerade am Beginn einer Ebbe, die sowohl durch Unterdrückung als auch durch verschiedene Erscheinungen von Dekadenz gekennzeichnet ist.«

»Dekadenz? Wie meinst du das?«

»Wenn einer Kultur die Ideen ausgehen, wird sie dekadent. Und meiner Meinung nach gehen der Föderation gerade in rasendem Tempo sowohl die Ideen als auch der Verstand aus!« Seine Wangen röteten sich ein wenig, und seine Augen funkelten leidenschaftlich. »Anstatt zu erkennen, dass jeder Planet eine einzigartige und wunderbare Welt darstellt, wähnen sich die Expansionisten einer umfassenden Herrschaft näher, wenn sie allen Mitgliedsplaneten terranische Technologien und Verhaltensweisen aufnötigen. Sie begreifen anscheinend nicht, dass sie auf diese Weise eher einen Aufstand auslösen als Macht erringen!«

»Wieso?«

»Weil die Föderation nicht wissen kann, was für jeden Einzelnen das Beste ist, und schon gar nicht für Darkover und andere geschützte Planeten! Es wird sogar behauptet, dass geschützte Welten nur die Mittel der Föderation verschlingen und nichts zurückgeben würden.«

»War das mit ein Grund dafür, dass du deinen Sitz im Senat aufgegeben hast?«

»Du meinst, ob ich alles so kommen sah?«

»Ja.«

»Vielleicht. Mir ist aufgefallen, dass die Bürokratie immer umfangreicher wurde, was nach meinem Verständnis von Geschichte immer ein Zeichen für Unterdrückung ist. Genehmigungen, Steuern und Gesetze, die den Verkehr von Menschen und Gütern regeln, wuchsen wie Pilze aus der Erde. Das Ganze fing sehr langsam an, etwa zu der Zeit, als du zur Universität gegangen bist, und zunächst schien es auch nicht ungesund zu sein. Zu der Zeit, als Dio krank wurde, sah ich jedoch schon deutlich die Zeichen an der Wand, und ich wusste, dass ich nicht länger im zunehmend feindlichen Umfeld des Senats tätig sein konnte. Allein die Reisesteuer wurde in den letzten neun Jahren dreimal erhöht.«

»Ich weiß. Vergiss nicht, dass ich immer alle Vorbereitungen treffen musste, wenn Ivor und ich von Welt zu Welt gereist sind.«

»Natürlich. Daran habe ich gerade nicht gedacht.«

»Mir fiel vor allem auf, dass unsere Zuschüsse immer geringer wurden. Als ich mit Ivor zu reisen begann, konnten wir noch zweiter Klasse fliegen, aber auf den letzten beiden Reisen mussten wir die dritte Klasse nehmen, weil wir fast keine Spesengelder mehr hatten. Das konnte ich beim besten Willen nicht verstehen. Mein Stipendium wurde von immer neuen Steuern aufgefressen, und irgendwann werden sie es wohl aufheben ... wenn ich nicht bald zurückgehe. Und das werde ich wohl nie mehr tun.« Sie fühlte sich mutloser, als sie es für möglich gehalten hätte.

»Aber du brauchst doch gar kein Stipendium, Marguerida. Du bist die Erbin der Domäne Alton, und du wirst nie ...«

»Ich habe mir dieses Stipendium aber verdient, Vater! Ich habe hart dafür gearbeitet. Natürlich war es nicht viel Geld, aber es hat mir gehört. Ich will nicht, dass es mir irgendein verdammter Expansionist wegnimmt!«

Er seufzte. »Ich weiß, es ist dir wichtig, aber ...«

»Vater, ich kann der Universität keine Arbeiten vorlegen, wenn ich dort nicht mehr studiere. Ich könnte Ivors Werke nicht vollenden oder selbst aktiv werden. Das wäre untragbar.«

»Du hast deine Arbeit wirklich sehr gemocht, stimmt's?«

Margaret knetete ihre Finger. »Das war es nicht. Aber sie hat ganz allein mir gehört. Ich war nicht wegen dir, nicht einmal wegen Ivor an der Universität. Aber es war etwas, das ich nicht erben konnte. Ich musste sehr hart arbeiten, um eine eigenständige wissenschaftliche Arbeit zu erstellen, die mir das Stipendium einbrachte, und obwohl das Thema sehr exotisch ist und es nur wenige Leute je aus den Archiven hervorholen werden, ist es doch meine eigene Arbeit. Ich will das nicht verlieren. Es klingt vielleicht nicht logisch, aber ich will es einfach nicht!«

»Es geht um mehr als um dein Stipendium, hab ich Recht?«

»Ich werde nie eine gute darkovanische Frau werden, Vater. Ich werde mich nie widerstandslos Männern wie *Dom* Gabriel unterwerfen, die sich einbilden, sie wüssten, was am besten für mich ist. Wenn du mich als Jugendliche hierher zurückgeschickt hättest, wäre ich vielleicht noch ein anderer Mensch geworden. Jetzt ist es zu spät. Ich habe mich zu sehr daran gewöhnt, dass ich tun und lassen kann, was ich will, ohne Rücksicht auf mein Geschlecht, und ich verabscheue jegliche Beschränkungen, zum Beispiel, dass ich ständig einen Aufpasser oder einen Stallknecht haben muss, und das Ganze übrige

Zeug. Ich finde mich nur deshalb damit ab, weil es ein schlechtes Licht auf dich werfen würde, wenn ich mich hier so benähme wie an der Universität.«

»Mir war nicht klar, wie sehr du unter der darkovanischen Kandare leidest«, sagte Lew bedächtig.

»Aber es lässt sich nun mal nicht ändern. Sicher, ich spiele manchmal mit dem Gedanken, meinen Anspruch auf die Domäne aufzugeben, in das nächste Raumschiff zu steigen und den Staub von Darkover abzuschütteln. Weißt du eigentlich, dass ich überglücklich war, als ich hierher kam? Zum ersten Mal in meinem Erwachsenenleben *roch* alles richtig und *klang* alles richtig. Ich hatte mich unbewusst nach Darkover gesehnt. Das war noch, bevor ich begriff, dass ich hier nur eine Figur in einem Schachspiel, dass ich Marguerida Alton bin und nicht einfach nur Margaret.«

Sie holte tief Luft und sprudelte weiter; die gesamte Anspannung der letzten Monate löste sich. »Ich bin eine Erbin.« Das Wort schmeckte widerlich in ihrem Mund. »Ich bin eine Marionette, die du für deine Zwecke benutzt oder Regis für seine, um *Dom* Gabriel oder sonst jemandem einen Strich durch die Rechnung zu machen. Es steht mir nicht frei zu heiraten, wen ich möchte, oder meine eigenen Ziele zu verfolgen. Ich bin keine Person, sondern nur ein Objekt.« Sie bemühte sich, ihre Verbitterung nicht hörbar werden zu lassen, aber es gelang ihr nicht.

»Ich glaube, du irrst dich, was das betrifft.«

»Was würdest du tun, wenn ich mich eines Tages entschließen würde, eine Entsagende zu werden?«

Er sah sie verblüfft an. »Alles, was in meiner Macht steht, um dich davon abzuhalten.«

»Siehst du!«

»Aber du liebst Mikhail, und du willst ihn doch auch heiraten, oder?«

»Und das soll alles sein? Eine Ehe? Soll ich Fesseln tragen, bis ich im Kindbett sterbe oder alt und tatterig werde?«

Er fuhr sich mit den Fingern durchs Haar. »Also, ich wünsche mir tatsächlich, dass du dich irgendwann häuslich niederlässt und ...«

»Und dabei verblöde, während ich Bettwäsche zähle, Mahlzeiten plane und die Dienerschaft herumkommandiere! Ich liebe Mikhail wirklich, aber ich glaube nicht, dass mich allein die Ehe mit ihm – falls du dieses Wunder überhaupt zu Stande bringst – wirklich zufrieden und glücklich macht. Ich bin zu sehr daran gewöhnt, zu denken, zu studieren und zu lernen.« Sie stand vom Schreibtisch auf. »Wir werden in dieser Sache wohl nie einer Meinung sein, Vater. Ich werde mein Bestes tun, um dir eine gehorsame Tochter zu sein, aber ich kann nicht versprechen, dass es mir auch Spaß macht.« Sie seufzte und sah ihren Vater durchtrieben an. »Kannst du Ida Davidson die Reise nach Darkover nicht irgendwie erleichtern? Ich muss ihr noch die Disketten schicken und einen besseren Sprachführer, als ich bei meiner Ankunft hatte. Ich möchte, dass sie sich hier so wohl fühlt wie nur möglich, und es hilft gewaltig, wenn sie die Grundzüge der Sprache beherrscht, bevor sie landet. Ich bin sicher, Onkel Rafe kann mir dabei helfen – er macht sich doch so gerne nützlich, und ich werde es ohne Hemmungen ausnutzen.« Sie grinste ihren Vater an.

Lew sah verwirrt aus. »Hausdrachen«, sagte er liebevoll.

»Was man so hört, entwickle ich mich ganz in diese Richtung. Thyra war nicht umsonst meine Mutter.«

»Und du hast mich nie stärker an sie erinnert als in diesem Augenblick. Gib mir bitte das Fax. Ich gehe gleich morgen früh ins terranische Hauptquartier und sehe, was ich tun kann. Aber erwarte bloß nicht zu viel.«

»Danke.«

»*Mestra* Davidson liegt dir wohl sehr am Herzen.«

»Allerdings.«

»Dann werde ich alle Hebel in Bewegung setzen, um sie nach Darkover zu bringen.« Er seufzte leise. »Ich weiß, du hast es schwer, *Chiya*. Und ich finde es großartig, wie du dich den Gepflogenheiten hier beugst, so gut du kannst. Ich fand die Anforderungen unserer Welt anfangs ebenfalls lästig und habe dagegen aufbegehrt. Aber ich habe wohl vergessen, wie schwer man es hier als Frau hat – wie viele Einschränkungen es gibt. Ich würde den Planeten für dich ändern, wenn ich könnte.«

»Wirklich?«

Er grinste. »Sofort! Aber da ich es nicht kann, müssen wir zusammen das Beste aus der jetzigen Situation machen. Vielleicht können wir es untereinander zumindest anders halten.«

»Schön zu wissen, dass du die soziale Ordnung auf den Kopf stellen würdest, um mich glücklich zu machen – auch wenn du es nicht kannst!«

»Ich glaube, dass ich genau das mein ganzes Leben lang versucht habe – allerdings ohne großen Erfolg, wie ich leider zugeben muss. Deshalb traut man mir auch nicht, und dir ebenso wenig.«

»Wie der Vater, so die Tochter?«

»Genau!«

»Ich habe mich nie für eine Rebellin gehalten, Vater.«

»Ich mich auch nicht, aber anscheinend hat das Schicksal uns zu Revolutionären bestimmt, ob es uns gefällt oder nicht. Du bist die Zukunft, *Chiya*, und ich glaube, es wird eine sehr gute Zukunft, wenn wir nur irgendwie durch die Gegenwart kommen – die wie immer schwierig ist.«

Du bist die Zukunft. Margaret ließ diesen Gedanken auf sich wirken und spürte, wie sich eine große Ruhe in ihr ausbreitete. Vielleicht war sie doch nicht die Schachfigur, für die sie sich gehalten hatte. Sie grinste Lew an, und er lächelte zurück, als hätte er ihre Gedanken erraten.

Am nächsten Morgen waren die Straßen Thendaras mit einer dünnen Schneedecke gepudert, als Margaret mit ihrer Harfe von Burg *Comyn* aufbrach. Sie hatte sich in dem Bewusstsein davongeschlichen, dass es die Sitte verlangt hätte, einen Gardisten oder zumindest ein Hausmädchen mitzunehmen. Aber sie musste allein sein, deshalb hatte sie einfach ihre Stellung missachtet und war über die Treppe zum Stall und einen Hinterausgang aus der Burg entkommen, ohne dass jemand sie gesehen hatte. Die Flucht bereitete ihr ein diebisches Vergnügen, und sie nahm sich vor, ihre Freiheit in vollen Zügen zu genießen.

Margaret sog die kalte Luft tief ein. Es war fast windstill, und ihr Mantel wärmte sie. Thendara roch nach dem ersten Schnee völlig anders – irgendwie frischer. Sie lauschte dem Knirschen unter ihren Stiefeln, den Rufen der Straßenhändler oder Mütter, die ihre Kinder auszankten, und übersah die gelegentlichen Blicke, die man ihr zuwarf, als sie den terranischen Sektor betrat. Sie wusste, dass sie sich mit ihrem Ausflug ohne Begleitung den Vorschriften widersetzte, aber nach dem Gespräch mit Lew am Abend zuvor war ihr regelrecht nach Rebellion und Aufsässigkeit zu Mute.

Sie erreichte das Tor des kleinen Friedhofs, auf dem die Terraner begraben wurden, und suchte in den langen Reihen nach Ivors Grabstein. Der Steinmetz hatte seine Arbeit gut gemacht. Ivors Name war fehlerfrei in terranischer Schrift eingemeißelt.

Die anderen Gräber waren über und über mit Laub oder Kiefernnadeln bedeckt, sie sahen ungepflegt und ein bisschen verlassen aus. Von Ivors Grab hingegen hatte jemand allen Unrat weggeharkt. Margaret sah einen Strauß Herbstblumen am Grabstein lehnen, dessen Blüten nun vom Frost gebleicht waren, und sie fragte sich, ob Meister Everard oder jemand von der Musikergilde sie dorthin gelegt hatte.

Einige Minuten lang stand sie nur da, betrachtete den Stein und dachte an Ivor und all die Dinge, die ihr seit seinem Tod widerfahren waren. Dann nahm sie die Schutzhülle von der Harfe, stimmte die Saiten in der kalten, trockenen Luft nach und begann zu spielen.

Nach mehreren Minuten verfiel sie in das Stück, das sie für Domenic komponiert hatte. Sie hatte noch ein wenig daran gefeilt, aber im Wesentlichen war es noch so, wie es vor einigen Tagen aus ihren Fingern geflossen war. Als sie zu Ende gespielt hatte, blickte sie auf den Stein hinab. Er verlangte nach Worten, aber Margaret hatte noch immer keine gefunden. Vielleicht eines Tages, wenn sie Glück hatte. Sie ließ die Stille des Friedhofs kurz auf sich wirken, dann fragte sie: »Und, was meinst du, Ivor?«

Nur der Wind antwortete ihr, aber sie spürte, dass ihr Lehrer ihr zugestimmt hätte.

6

Margaret Alton und Rafaella n'ha Liriel brachen sechs Tage später nach Neskaya auf, begleitet von mehreren anderen Entsagenden und einem Händler aus den Trockenstädten. Überall standen Pferde und Maulesel mit Gepäckbündeln, Kochtöpfen, Decken, Zelten und genügend Getreide, so schien es Margaret, um eine ganze Herde ernähren zu können. Alles war äußerst chaotisch oder wirkte jedenfalls so. Niemand interessierte sich dafür, dass Margaret *Laran* besaß oder die Erbin einer Domäne und Studentin an der Universität war. Solche Dinge waren auf Reisen nicht wichtig, und nach der Beerdigung des kleinen Domenic und den Spannungen auf Burg Comyn war sie darüber sehr erleichtert.

Nachdem Margaret bewiesen hatte, dass sie ihr Pferd allein satteln, dem Ross vor ihr auf einem schmalen Pfad folgen konnte und selbst bei Zwischenfällen die Nerven behielt, wurde sie schließlich akzeptiert. Es stärkte ihr angeschlagenes Selbstbewusstsein, wenn sie so einfache Aufgaben erledigte wie ein Zelt aufstellen oder das Feuerholz aufschichten. Daniella n'ha Yllana, die Zugführerin, hörte am zweiten Tag endlich damit auf, sie wie ein verweichlichtes Stadtmädchen zu behandeln, und lobte sie am dritten Tag sogar. Wie immer wurde Margaret ganz warm ums Herz.

Am ersten Tag kamen sie an den Ruinen des Turms von Hali vorbei, und Margaret hatte diesmal keine Vision von dem Turm vor seiner Zerstörung. Anders als bei ihrem ersten Besuch vor Mittsommer war die Ruine nur noch ein Haufen rußgeschwärzter Steinquader. Dennoch wurden Erinnerungen an die Reise von Armida nach Thendara wach, die sie gemeinsam mit Mikhail gemacht und bei der sie über so vieles gesprochen hatten. Sie vermisste ihn heftig, allerdings nicht so sehr, dass sie deswegen richtig unglücklich gewesen wäre. Sie war einfach nur froh, dass sie nach Neskaya unterwegs war.

Am vierten Tag verließen sie das Flachland und ritten in die Kilghards hinein, hinter denen drohend die Hellers aufragten. Es war nun viel kälter, der Wind blies von den Bergen herab und stahl sich in die Falten von Margarets Mantel, so dass sie zitterte. Durch den frischen Schnee wurde der Weg glatt und tückisch. Wenn das der Herbst ist, dachte Margaret, dann muss der Winter die Hölle sein. Am Ende des Tages war sie völlig erschöpft, bis auf die Knochen durchgefroren und sehr froh, als sie von Dorilys absitzen und das Lager aufbauen durfte.

Daniella beobachtete den Himmel mit einem geübten Blick für das Wetter und diskutierte sichtlich beunruhigt mit Rafaella und einigen anderen Entsagenden. Margaret war fast zu müde, um sich ernsthaft Sorgen zu machen, aber die sanften Wellen des Unbehagens, die von den Entsagenden ausgingen, drangen dennoch durch ihre Erschöpfung.

Während sie sich zusammen mit Rafaella beim Aufschlagen des Zeltes abmühte, fragte sie: »Gibt es ein Problem?«

Rafaella zuckte die Achseln. Ihr kurzes, lockiges Haar steckte unter einer grünen Wollmütze, und ihre Wangen waren von der Kälte gerötet. »Könnte sein, dass heute Nacht ein Sturm aufkommt. Riechst du es nicht?«

Margaret zog die Bodenplane zurecht und zurrte eine Ecke fest, dann schnupperte sie in die Luft. »Nein, ich rieche keinen Unterschied. Ich weiß nur, dass es höllisch kalt ist und meine Finger schon ganz steif sind.«

Rafaella sah sie liebevoll an. »Ich vergesse immer, dass du erst seit kurzem auf Darkover bist. Das ist noch gar nichts, ehrlich. Bis Mittwinter ist der Weg hier fast unpassierbar.«

Bei dem Wort Mittwinter spürte Margaret einen scharfen Stich, als hätte ihr jemand den Schädel punktiert. Sie richtete sich abrupt auf, und ihre Rückenmuskeln verkrampften. Sie war ernsthaft beunruhigt. »Unpassierbar? Aber genau um diese Zeit muss ich nach Thendara zurück. Die Frau meines Mentors kommt nach Darkover, und ich muss sie unbedingt sehen!« Diese Sache hatte sehr zu Margarets Erleichterung mit einem großen Aufwand an Faxen und Reisegarantien seitens der Domäne Alton geregelt werden können. Sie wollte Ida auf alle Fälle wieder sehen und so eine Verbindung zu ihrem früheren Leben herstellen, und das alles mit einer kläglichen Verzweiflung, die sie gleichzeitig Scham und Freude empfinden ließ.

Rafaella nickte und lächelte grimmig. »Keine Angst, Margaret. Es ist nicht unmöglich, nur sehr schwierig. Die Reise wird eben anstrengend, aber du kommst bestimmt wieder rechtzeitig zurück nach Thendara.«

»Weißt du was, ich wünschte mir aufrichtig, man könnte ab und zu den Flieger nehmen.«

»Pah, den Flieger! So ein Ding besitzen nur die Aldarans und ein, zwei Türme, und es ist mehr als unwahrscheinlich, dass sie dir einen leihen. Außerdem würdest du die ganze wunderbare Landschaft hier versäumen!« Rafaella machte eine weit ausholende Geste zu den zerklüfteten Bergen, und ihre Augen funkelten fröhlich. »Ganz zu schweigen von der angenehmen Gesellschaft.«

»Ich freue mich natürlich über die Gesellschaft. Aber ich muss gestehen, dass mir das Ankommen mehr bedeutet als das Reisen.« Sie verzog das Gesicht. »Sobald wir ein Abendessen bekommen, höre ich auf zu meckern. Ich sterbe nämlich vor Hunger.« Sie lächelte ihre Freundin an, und die beiden bauten das Zelt in Rekordzeit auf. Margaret zerrte die Decken ins Zelt und breitete sie aus.

Danach war ihr gleich ein wenig wärmer, und sie war besserer Stimmung. Nach einer großen Schüssel Eintopf – Trockenfleisch und Gemüse, das man nur noch mit heißem Wasser aufgießen musste – und einer Scheibe von dem Brot, das sie im letzten Dorf gekauft hatten, war sie völlig wiederhergestellt. Sie tunkte das Brot in den kräftigen Eintopf und kaute es, und sie spürte, wie sich ihr Körper langsam erwärmte und die Spannung in ihrem Kiefer verschwand.

Zum ersten Mal seit ihrer Abreise aus Thendara wurde ein Wachposten aufgestellt. Rafaella und eine weitere Entsagende übernahmen die erste Wache, und Margaret lag trotz ihrer Erschöpfung wach in ihrem Bettzeug, bis ihre Freundin wieder ins Zelt kam. Sie spürte die Unruhe im Lager und wusste, dass mehr dahinter steckte als das Wetter. Wetter macht keine Wache erforderlich.

»Was beunruhigt Daniella eigentlich?«, fragte sie, als Rafaella unter ihre Decken kroch.

»Es kann sein, dass sich hier Pumas herumtreiben, Marguerida. Unsere Pferde und Maultiere wären eine hübsche Mahlzeit für sie. Wir haben ein Stück weiter hinten ein paar Exkremente beim Weg entdeckt. Aber mach dir mal keine Sorgen!«

»Oh. Warum habe ich bloß die Universität verlassen!« Margaret zitterte am ganzen Leib, aber nicht vor Kälte, sondern vor Angst. Sie war überzeugt, dass noch etwas anderes Rafaella beunruhigte, und wünschte sich beinahe, sie wäre nicht so ehrenhaft. Margarets Training war schon so weit fortgeschritten, dass sie die gewünschte Information mühelos aus den Gedanken ihrer Freundin hätte herausholen können. Einzig ihr starkes Ehrgefühl hielt sie davon ab.

Leicht verdrießlich dachte Margaret daran, wie sie sich im letzten Sommer Sorgen gemacht hatte, dass man in ihre Privatsphäre eindringen könnte, nachdem sie endlich begriffen hatte, dass sie als Telepathin in einer Welt lebte, in der Telepathie eine kulturelle Eigenart darstellte. Sie hatte befürchtet, dass jeder in ihrem Geist herumstöbern könnte, der Lust dazu hatte, und dabei nicht erkannt, dass das Gegenteil eine viel größere Gefahr und wesentlich wahrscheinlicher war. Von den verschiedenen Arten *Laran*, die auf Darkover verbreitet waren – der Empathie der Ridenows, der Vorausschau der Aldarans, der Katalysatortelepathie der Ardais –, barg keine eine größere Gefahr als der erzwungene Rapport der Altons. Ein Geist, der ihn missbrauchte, war in der Lage, alle Barrieren außer den allerstärksten zu zermalmen, Informationen zu rauben und sogar einen anderen Menschen zu beherrschen. Margaret verstand nun, warum man die Altons mit einigem Misstrauen betrachtete und mit großer Vorsicht behandelte.

Rafaella kicherte in der Dunkelheit. »Das weiß ich nicht, aber ich bin froh, dass du es getan hast. Das Leben war immer sehr interessant mit dir, und ich habe dich ganz schön vermisst, als du in Arilinn warst. Hat es dir dort überhaupt gefallen?« Margaret war am letzten Abend zu müde gewesen, um viel zu erzählen. Sie hatte Rafaella nicht einmal nach Rafe Scott gefragt, obwohl sie sehr neugierig war, was die Neuigkeiten über dieses seltsame Liebespaar anging. Sie hatte sich früher nie besonders für solche Dinge interessiert, aber in letzter Zeit war das anders. Es musste daran liegen, dass sie sich nach Mikhail sehnte – wie dumm von ihr.

»Nein, nicht besonders. Ich meine, ich habe es genossen, die alten Aufzeichnungen in der Schreibstube zu durchstöbern, und es war eine große Erleichterung, neue Methoden kennen zu lernen, mit denen ich mein *Laran* konzentrieren kann. Aber von dem Gebäude bekam ich ständig Kopfschmerzen, und die anderen Leute dort waren auch nicht alle glücklich über meine Anwesenheit. Ich hoffe, in Neskaya ist man weniger feindselig zu mir.«

»Davon gehe ich aus. Arilinn als der erste Turm Darkovers ist sehr ... von sich eingenommen. Neskaya ist vergleichsweise gemütlich. Ich hatte jedenfalls immer einen netten Eindruck, wenn ich dort meine Schwester besucht habe. Ich glaube, das liegt an Istvana Ridenows Einfluss, sie liebt es nun mal ruhig und friedlich und möchte, dass man sich in ihrer Umgebung wohl fühlt.«

»Hoffentlich, es wäre wirklich sehr unerfreulich, wenn ich noch einmal ein bis drei Monate vor mir hätte, in denen mich die Leute ansehen, als wäre ich irgendein widerliches Insekt.« Sie beugte und streckte die Finger ihrer linken Hand und spürte die Energielinien auf ihrer Haut. »Ich konnte mich oftmals nur mit Mühe beherrschen.«

Rafaella kuschelte sich in ihr Bettzeug. »Ich habe dich zwar ein paar Mal zornig werden sehen, aber ich habe dich nie für einen Menschen gehalten, der sich schnell aufregt. Bist du es?«

»O ja. Ich werde sogar ziemlich heftig, wenn ich in Fahrt gerate, deshalb versuche ich es immer zu vermeiden. Und Arilinn ist nun wirklich der letzte Ort, an dem ich wütend werden wollte. Ich hatte immer das Gefühl, als wäre ich nur auf Probe dort, was sehr unangenehm ist. Ich war seit meinem ersten Jahr an der Universität nicht mehr so unsicher.«

»Das liegt ja nun alles hinter dir, Marguerida. Und in ein paar Tagen bist du schon in Neskaya. Gute Nacht.«

»Schlaf gut, meine Freundin.«

Margaret lauschte noch ein paar Minuten den leisen Geräuschen des Lagers. Sie hörte die Pferde aufstampfen und schnauben und das schwache Rauschen des Windes, der kalt und durchdringend war, wenngleich nicht heftig. Das Knacken des Feuers war auch in dem schlafenden Lager zu hören, ebenso wie das gleichmäßige Schnarchen des Händlers im Zelt nebenan. Sie glitt in den Schlaf, ohne es recht zu bemerken, und die Geräusche des Lagers verwandelten sich in einen Traum.

Margaret erwachte von einem Schrei. Sie setzte sich abrupt

in ihrem Lager auf, die Decken rutschten ihr vom Oberkörper. Die Pferde wieherten aufgeschreckt, und vor dem Zelt waren weitere Schreie zu hören. Margaret sprang ohne nachzudenken auf, ihre dicken Strümpfe knirschten in der dünnen Schneeschicht vor dem Zelteingang, und ihre Zehen wurden augenblicklich kalt.

Das kleine Feuer bot nicht viel Licht, dennoch konnte sie mehrere Gestalten erkennen. Daniella und eine der anderen Entsagenden hatten ihre Waffen gezückt und kämpften mit fünf Männern, deren Gesichter mit dicken Schals vermummt waren. Margaret stockte vor Entsetzen der Atem. Dann hörte sie ein Maultier schreien, und ihre Gedanken wanderten zu Dorilys. Sie hörte mehr, als dass sie es sah, wie Rafaella aus dem Zelt stolperte und zu ihren Genossinnen eilte.

Margaret wusste, dass sie in einem Messerkampf keine große Hilfe war, und rannte zu den angebundenen Pferden. Wenn den Tieren etwas geschah, würde die Reisegruppe nur schwer das nächste Dorf erreichen können. Aber Margarets Gedanken galten vor allem ihrer geliebten Stute, während sie über den vereisten Schnee rutschte und schlitterte.

Mehrere Vermummte waren gerade dabei, die Fußfesseln der Pferde zu lösen. Einer hatte Dorilys' Zügel in der Hand, doch die kleine Stute gab sich alle Mühe, ihm zu entkommen. Sie wich zurück, bäumte sich auf und drehte dann den hübschen Kopf, um ihr Gebiss tief in die Schulter des Mannes zu graben. Margaret war verblüfft, denn sie hatte ein Pferd noch nie etwas Derartiges tun sehen.

Der Mann brüllte vor Schmerz und schlug dem Pferd mit der Faust auf die Schulter. Im selben Moment hörte Margaret ein neues Geräusch hinter sich, den gurgelnden Schrei eines Verwundeten, und mit einem Mal war ihre Panik verschwunden. Margaret dachte nur noch an ihr Pferd, Mikhails Geschenk, und die gesamte Wut, die sie während ihrer Zeit in

Arilinn hinuntergeschluckt hatte, kochte in ihrer Kehle hoch. Als sie den Räuber angriff, spürte sie die Hitze ihrer linken Hand unter dem Seidenhandschuh, als wären die Linien darauf lebendig.

Margaret packte den Mann und zerrte an seiner groben Jacke. Er drehte sich um, hob eine Hand und schlug sie so hart ins Gesicht, dass sie rückwärts in den Schnee torkelte. Dann stand er auch schon über ihr, sein Schal war verrutscht und entblößte ein höhnisch grinsendes Gesicht mit gelben Zähnen und funkelnden Augen. Von der Wucht des Sturzes war Margaret kurze Zeit ganz schwindelig, was die schreckliche Fratze des Banditen vor ihren Augen verschwimmen ließ, doch dann explodierte ihre Wut. Sie roch, wie der seidene Handschuh von ihrer Hand gebrannt wurde, als der Mann nach ihrer Kehle griff.

Margaret schwang ihre linke Hand und berührte das Gesicht des Räubers. Es kribbelte, als Haut auf Haut traf, wie bei einem Elektroschock. Dann wand sich der Bandit in heftigen Krämpfen und ließ Margaret los. Er öffnete zuckend die Arme, spreizte die Beine und bog den Oberkörper laut schreiend nach hinten. Der beißende Gestank seiner sich entleerenden Eingeweide und Blase mischte sich mit dem Geruch nach versengtem Fleisch, als der Räuber tot in den Schnee sank.

Von seinen Schreien alarmiert, stürzten zwei andere Banditen, die bei den Pferden gestanden hatten, auf Margaret zu und schwangen bedrohlich ihre Messer. Margaret stand mühsam auf und hob ihre nunmehr unbedeckte Hand. Die Linien der Schattenmatrix leuchteten flammend auf und warfen ein blaues Licht auf den Schnee. Einer der Räuber zögerte. Er schaute erst auf den Toten, dann auf Margarets Hand und trat einen Schritt zurück. Sein Gefährte war jedoch nicht so vorsichtig.

»Giley! Das ist eine *Leronis*!«

»Die sind auch nur aus Fleisch und Blut – sie hat gerade meinen Bruder umgebracht!« Dann stürmte er auf Margaret zu, den Arm mit dem Messer auf Bauchhöhe ausgestreckt.

Margaret trat einen Schritt zur Seite, wie sie es im Kampfsportunterricht an der Universität gelernt hatte, und wäre beinahe auf einer vereisten Stelle ausgerutscht. Dennoch erwischte sie mit der rechten Hand den Führungsarm des Mannes und umklammerte sein Handgelenk, wie es ihr die Ausbilderin vor Jahren beigebracht hatte, und dann warf sie den Banditen mit einem Salto über ihre Schulter. Sie hörte, wie seine Knochen brachen, und zuckte zusammen. Das Geräusch war widerlich, und ihr wurde übel. All die langweiligen Stunden im Sportsaal hatten sich zwar gelohnt, aber sie hatten Margaret dennoch nicht auf die raue Wirklichkeit vorbereitet.

Furcht erregende Geräusche erklangen hinter ihr, wo die Entsagenden in der Unterzahl kämpften. Das Klirren beim Aufeinanderschlagen der Waffen sowie die Rufe und Schreie ließen Margaret herumfahren. Sie konnte im flackernden Schein des Feuers nicht eindeutig unterscheiden, wer Freund und wer Feind war. Sie sah nur kämpfende Gestalten.

Einen Augenblick lang fühlte sie sich entsetzlich hilflos. Sie hatte den Messerkampf nie trainiert, nur einige Verteidigungsgriffe, von denen sie gegen den Banditen gerade einen angewendet hatte. Dann machte sie Rafaellas schlanke Gestalt in der Nähe des Feuers aus, die sich gegen einen hoch gewachsenen Räuber zur Wehr setzte, der auf sie einstechen wollte. Sofort war Margarets Wut wieder da. Sie stieg über die Leiche des ersten Angreifers und stürmte vorwärts, ohne genau zu wissen, was sie als Nächstes tun würde.

Ihr Hals kam ihr furchtbar dick vor, prallvoll mit Energie, und sie versuchte zu schlucken. Doch ihr Mund war sehr trocken, und es gelang ihr nicht. Sie hörte, wie der Mann, der sie nicht angegriffen hatte, hinter ihr, so schnell er konnte, Reißaus nahm. Sie leckte sich die Lippen und machte einen weiteren unschlüssigen Schritt auf das Handgemenge zu.

»HALT!« Das Wort drang zu ihrer eigenen Überraschung aus ihrer zugeschnürten Kehle. Ihre Stirn pochte, als würde ihr jeden Augenblick der Schädel platzen, und sie sah nur noch ganz verschwommen.

Dann wurde ihr Blick wieder klar, und Margaret bemerkte, dass sich vor ihr nichts bewegte. Es sah aus, als hätten sich alle in Stein verwandelt. Die Pferde wieherten nervös, und ein Maultier schrie, aber sonst war alles still. Margarets Verstand war völlig überrumpelt, aber mit einem kleinen noch funktionierenden Rest nahm sie zur Kenntnis, dass ihr Befehl keine Wirkung auf die Pferde und Maultiere gehabt hatte.

Benommen von dieser Wendung der Ereignisse starrte Margaret auf die Szene vor ihr. Dann konnte sie endlich schlucken, und gleichzeitig wurde ihr klar, dass sie einmal mehr die Befehlsstimme benutzt hatte, jene besondere Alton-Gabe, die ihr erlaubte, über andere Menschen zu befehlen. Nicht alle Altons konnten sich ihrer bedienen, aber ihre musikalische Ausbildung hatte das angeborene Talent offenbar noch verstärkt.

Nun hätte Margaret eigentlich erleichtert sein können. Stattdessen fiel ihr siedend heiß ein, dass sie nicht die leiseste Ahnung hatte, wie sie ihr Kommando wieder aufheben konnte. Während ihres Studiums in Arilinn hatte sie sich überhaupt nicht mit der Befehlsstimme befasst, obwohl sie und Liriel ein paar Mal darüber gesprochen und über Möglichkeiten nachgedacht hatten, wie man diese Gabe unter Kontrolle bekam. Niemand in Arilinn war an etwas anderem interessiert gewesen als an ihrer telepathischen Fähigkeit des erzwungenen mentalen Kontakts, und dass sie nicht versehentlich in das Bewusstsein von anderen eindrang. Sie hatte die Befehlsstimme erst einmal benutzt, ebenfalls ohne Absicht, als der kleine Donal sie aus dem Schlaf weckte, und es hatte der vereinten Anstrengungen von ihrem Vater, Jeff Kerwin, Mikhail und Liriel bedurft, das Problem wieder zu beheben.

Margaret scherte sich keinen Deut um die Banditen – falls sie erfroren, würden sie nur bekommen, was sie verdienten. Ganz anders verhielt es sich mit Rafaella und den übrigen Entsagenden sowie dem Händler. Sie musste sich schleunigst etwas einfallen lassen, um sie wieder zu erlösen, sonst würden sie alle sterben, wenn sie noch länger in dieser Kälte herumstanden.

Margarets Füße wurden zu Eisblöcken, und sie fing an zu zittern. Sie ging zum Feuer in der Mitte des Lagers hinüber und warf ein verkohltes Holzscheit ins Feuer. Gleichzeitig überlegte sie, was sie tun sollte.

Bei Donal, diesem Schlingel, hatte sie damals gesagt: »Hinaus«, und er hatte seinen kleinen Körper verlassen und war in die Oberwelt aufgefahren. Aber diesmal hatte sie nur »Halt« gerufen, deshalb sprach einiges dafür, dass sie niemanden an diesen furchtbaren Ort geschickt hatte, wo sie vor Monaten den Spiegelturm entdeckte und den Schatten von Ashara Alton besiegte. So weit, so gut. Jetzt musste ihr nur noch eine gute Lösung einfallen.

Sanft berührte sie Rafaellas ausgestreckten Arm und stellte fest, dass ihre Freundin recht kühl war, aber noch nicht kalt. Wie Margaret trug sie keine Stiefel und würde schnell auskühlen. Auf jeden Fall würden ihr die Zehen abfrieren, wenn sie noch lange hier stand. Dann versuchte Margaret, Rafaellas Arm zu bewegen und stellte fest, dass er zwar nicht steif, aber ein gewisser Widerstand zu spüren war. Margaret rüttelte ihre Freundin an der Schulter. »Wach auf, Rafi!«

Rafaella zeigte keine Reaktion, sie stand weiterhin da und starrte ihren Gegner mit grimmiger und entschlossener Miene an. Margaret runzelte die Stirn. Vielleicht musste sie die Befehlsstimme einsetzen, um ihr Werk rückgängig zu machen. Aber wie? Sie wusste nicht, wie sie die Befehlsstimme bewusst einsetzen konnte – sie schien nur zu funktionieren, wenn sie gebraucht wurde. Was für eine nutzlose Sache!

Warum hatte ihr denn niemand von all den klugen Leuten in Arilinn beigebracht, wie man sich die Befehlsstimme zu Nutze machte? Oder auch, wie man es bleiben ließ! Der ganze Groll über die Feindseligkeiten, die sie hatte erdulden müssen, kochte wieder in ihr hoch, frisch und lebendig. Hatte in den alten Aufzeichnungen, die sie gelesen hatte, denn nichts gestanden, was ihr jetzt helfen könnte?

Während Margaret sich das Gehirn zermarterte, spürte sie, wie die blauen Linien in ihrer linken Handfläche warm wurden. Sie fühlten sich an wie das Knistern von Elektrizität auf ihrer Haut, nicht schmerzhaft, aber störend. Einen kurzen Augenblick überlegte sie, ob sie die Schläfer wohl wecken könnte, indem sie sie einfach mit ihrer Matrixhand berührte. Aber dann fiel ihr der tote Räuber ein, und sie kam zu dem Schluss, dass sie nicht genug über ihre Matrix wusste, um dieses Risiko eingehen zu können. Niemand wusste genug darüber, und das war der Kern des Problems.

Sie stampfte mit den Füßen, um sich zu wärmen. Die Kälte lenkte sie ab; eisig drang sie durch ihre Kleidung, und Margaret wünschte, sie hätte sich den Mantel angezogen. Sie wollte jedoch keine Zeit damit vergeuden, ihn zu holen. Sie brauchte eine Antwort, und zwar sofort! Sie konnte natürlich mit den Banditen experimentieren. Geschähe den Halunken Recht, wenn sie ein wenig schmoren würden! Sie genoss den Gedanken einen Moment lang, dann verwarf sie ihn beinahe widerwillig. *So blutrünstig bin ich nicht – oder etwa doch?*

Was genau war vorhin geschehen, was hatte die Befehlsstimme heraufbeschworen? Margaret versuchte sich an die letzten Momente zu erinnern, ehe sie gerufen hatte. Ihr Hals war vor Energie angeschwollen. Konnte sie das auch bewusst herbeiführen?

Margaret konzentrierte sich, wie man es ihr in Arilinn beigebracht hatte, und dachte nur an ihren Hals. Zu ihrer großen Überraschung spürte sie, wie sich die Muskeln spannten, und auch die Linien auf ihrer Hand fühlten sich nun anders an. Aber wie? Sie versuchte die Empfindungen zu analysieren: Wenn überhaupt, dann waren die Linien kühler als noch vor einem Augenblick und nicht heißer, wie sie erwartet hätte. Aber ihre Kehle war warm, fast heiß, als steckte glühende Kohle direkt unter ihrem Adamsapfel.

»Wach auf, Rafaella!« Margaret sprach die Worte ohne große Hoffnung.

»Was?« Rafaella blinzelte, starrte das Messer in ihrer schwieligen Hand an und sah sich im Lager um.

Margaret war so erleichtert, dass sie gar nichts sagen konnte. Sie eilte zur nächsten Entsagenden und befahl ihr ebenfalls aufzuwachen. Die Frau gehorchte und stöhnte, als Blut an ihrem Arm hinabzulaufen begann. Sie hatte eine Schnittverletzung davongetragen, allerdings lag der Mann, der sie ihr beigebracht hatte, tot zu ihren Füßen.

»Schnell, Rafaella – Samantha ist verletzt!« Margaret lief von der blutenden Frau eilig zu Daniella und Andrea hinüber, die beide in einer abwehrenden Haltung auf dem Boden kauerten und drei Banditen gegenüberstanden. Margaret hatte große Angst, dass sie die Befehlsstimme wieder verlieren könnte, deshalb beeilte sie sich und wollte ihre Gefährtinnen rasch aufwecken. Sie lief von einem zum anderen und nahm kaum wahr, dass sie am ganzen Leib zitterte. Der Händler Rakiel war der Letzte, und er sah sie verwirrt an.

»Was bei Zandrus Helfern ist hier eigentlich los?«, brüllte Daniella und starrte mit vor Zorn geröteten Wangen auf die immer noch unbeweglichen Banditen. Ihre Augen funkelten wütend im Schein des Feuers.

Margaret stand nur schweigend da, während sich der Händler erhob. Sie war zu müde, um eine Erklärung abzugeben, und spürte plötzlich weder Wut noch Angst oder eine andere Empfindung. Daniella starrte sie drohend an. In den Augen der Entsagenden standen eine Frage und kalter Argwohn. Margaret konnte gerade noch die Hände in die frostige Luft strecken und die Achseln zucken. Dann fiel ihr ein, dass ihre seltsam gezeichnete Hand unbedeckt war, und sie versteckte sie schnell hinter ihrem Rücken.

Eine große Leere breitete sich in Margarets Brust aus, und sie schwankte vor und zurück. Entfernt nahm sie Bewegung um sich herum wahr. Sie registrierte, dass die Entsagenden die Banditen gerade erledigten und dass deren Wehrlosigkeit irgendwie ihre Schuld war. Sie wollte gar nicht daran denken, aber trotz ihrer Bemühungen tat sie genau das.

Rafaella bandagierte Samanthas Arm. Für Margaret blieb nichts zu tun. Sie drehte sich um und stolperte ins Zelt zurück, wo sie noch immer zitternd über ihrem Bettzeug zusammenbrach. Sie sah auf ihre Hand hinab, wo noch einige Minuten zuvor blaue Linien über die Haut getanzt waren, und sie hasste sich plötzlich selbst. Sie wollte am liebsten ihre Hand abschneiden, sie einfach abhacken und ihren Körper ausbluten lassen.

In Arilinn hatte man Margaret stets vor dieser Situation gewarnt. Ihr Verstand sagte ihr daher, dass sie gerade eine Reaktion auf den Einsatz ihres *Laran* erlebte, eine Art unmittelbare Depression. Wenn man in einem Kreis arbeitete, in einer geschützten Umgebung, trat diese Reaktion nicht auf. Aber sie konnte gar nicht in einem Kreis arbeiten! Sie konnte nur unabsichtlich irgendwelche Banditen mit Elektroschocks töten. Sie empfand ihren Selbsthass wie einen Gegenstand, den sie nur zu gerne losgeworden wäre. Und alles gründete sich einzig und allein auf die Schattenmatrix.

Hätte sie doch nur nicht den Schluss-Stein aus Asharas Turm in der Oberwelt gerissen. Hätte Mikhail sie doch nur nicht dazu gedrängt, ihn herauszuziehen, nicht seine Phantomarme um ihre Taille geschlungen und ihrem Kampf sein Gewicht geliehen. Es war alles seine Schuld!

Die unfassbare Dummheit dieses Gedankens ließ Margaret wieder zu sich kommen, wie jedes Mal, wenn sie an Mikhail dachte, selbst wenn sie ihn oft ohrfeigen könnte, weil er besonders halsstarrig und weil er Darkovaner war. Wenn sie den Schluss-Stein nicht herausgenommen hätte, dann hätte der Turm weiter existiert und sie wäre wahrscheinlich gestorben. Doch sie lebte, und auch wenn sie nicht ausschließlich glücklich darüber war, kam sie doch zu dem Schluss, dass es selbst in der größten Verzweiflung besser war, am Leben zu sein als tot.

Rafaella steckte den Kopf zum Zelteingang herein. »Zieh endlich diese nassen Strümpfe aus. Du wirst dir noch den Tod holen!« Die Entsagende drängte ins Zelt und zog ihre eigenen Strümpfe aus, dann griff sie nach einem trockenen Paar, das sie zuvor als Kopfkissen benutzt hatte.

Trockene Socken. Der Gedanke kam Margaret lächerlich vor. Wie konnte sie nur an ihre Strümpfe denken, wenn sie sich gerade erst am Tod von zahlreichen Männern schuldig gemacht hatte, selbst wenn es Straßenräuber waren? Was machte es schon, wenn sie eine Lungenentzündung bekam und daran starb? Es wäre für alle das Beste – außer für ihren Vater und Mikhail vielleicht. Der Alte wäre am Boden zerstört, und er würde sich die Sache niemals verzeihen, da sie ohne seinen Einfluss gar nicht auf dem Weg nach Neskaya wäre.

Margaret griff schwerfällig nach ihrem Kissen und zog trockene Socken und einen neuen Seidenhandschuh heraus. Im düsteren Licht des Zeltes sah er eher grün aus, und der an ihrer rechten Hand war blau. Sie sollte wirklich einen passenden suchen, aber sie hatte nicht die Kraft dazu. Stattdessen zerrte sie die durchnässten Strümpfe von ihren Füßen, zog frische an und bewegte die Zehen in der warmen Wolle. Dann streifte sie den Handschuh über die linke Hand.

Ihr Gesäß war kalt, weil sie in den Schnee gefallen war, und ihr war klar, dass sie sich umziehen musste. Aber sie konnte sich vor Müdigkeit kaum bewegen und beobachtete nur Rafaella, die ihre Stiefel anzog und aufstand. »Ich helfe mit, die Leichen wegzuschaffen«, verkündete ihre Freundin und ging.

Die Leichen wegschaffen. Der Satz hüpfte in Margarets Schädel herum, ein kalter Stein aus Schmerz und Entsetzen. Zwei dieser Leichen waren Männer, die sie eigenhändig getötet hatte. Einen hatte sie sogar bei lebendigem Leib verbrannt! Und diese Tatsache ließ sich nicht mehr ändern. Sie würde damit leben müssen. Allerdings würde sie nie jemandem erzählen, was sie getan hatte. Es war leicht gegangen, zu schnell und beunruhigend einfach. Und wenn es ihr nicht gelungen wäre, die Entsagenden zu wecken, hätte sie diese ebenfalls auf dem Gewissen.

Mit verkniffenem Gesicht zog Margaret ihren feuchten Rock aus und einen anderen an, dann setzte sie sich hin und lauschte dem Treiben außerhalb des Zeltes. Sie hörte das schleifende Geräusch, als die Leichen über die dünne Schneekruste gezogen wurden. Die Stimmen der Frauen und des Händlers. Dann vernahm sie ein Zischen, und plötzlich wurde es sehr hell im Zelt. Sie verbrannten die Leichen. Der Geruch von versengtem Fleisch und Gewebe trieb mit dem Wind heran, faulig und abscheulich.

Margaret kroch zitternd unter die Decken. Sie war hungrig, sehr sogar, aber sie wusste, sie würde alles wieder ausspucken, was sie jetzt aß. Sie winkelte einen Arm an, bettete ihren Kopf darauf und starrte in den Feuerschein, der vom Scheiterhaufen durch die Zeltleinwand drang. *Und wenn ich sonst nichts lerne, dann werde ich wenigstens einen Weg finden, die Befehlsstimme zu beherrschen! Zum Teufel mit dieser Scheußlichkeit in meiner Hand und der Alton-Gabe. Aber ich werde die Befehlsstimme nie mehr benutzen, ohne zu wissen, was ich tue! Nie wieder, ich schwöre es!* Entkräftet von Entsetzen, Hunger und Kälte warf sich Margaret noch eine Weile auf ihrem Lager hin und her, dann sank sie in einen unruhigen Schlaf.

Zwei Tage später erreichten sie nachmittags die Stadt Neskaya. Die Sonne von Darkover ging gerade unter und färbte die schweren Wolken blutig rosa. In der Stadt war es bereits ruhig. Sie kamen an Häusern vorbei, in denen vereinzelt Kerzen hinter den wenigen Fenstern flackerten, und sahen Leute, die eilig noch verschiedene Besorgungen machten.

Margaret schaute zum Turm von Neskaya hinauf, dessen weiße Steine die untergehende Sonne in ein rosiges Licht tauchte. Selbst aus dieser Entfernung spürte sie die Anwesenheit der Matrixrelais hinter den Steinen. Sie hätte nie gedacht, dass sie sich einmal freuen würde, einen Turm zu sehen, aber seit der Begegnung mit den Banditen waren alle, bis auf Rafaella, ihr gegenüber ziemlich gereizt und argwöhnisch gewesen. Margaret hatte sich standhaft geweigert, eine Erklärung abzugeben, und sich in ein hartnäckiges Schweigen zurückgezogen, was die Lage nicht gerade verbesserte. Sie wollte nicht zugeben, dass sie über die Befehlsstimme verfügte; den Entsagenden war zwar bekannt, dass sie die Erbin der Domäne Alton war und in den Turm ging, aber viel mehr wussten sie nicht über sie.

Die Reisegesellschaft steuerte auf ein geräumiges Gasthaus

zu. Margaret lenkte ihr müdes Pferd zur Seite. »Ich glaube, ich reite lieber gleich zum Turm, Rafaella.«

Ihre Freundin seufzte. »Ja, das dürfte das Beste sein. Aber ich bringe dich hin. Es sieht nämlich nur so aus, als wäre er leicht zu finden. Die Straßen schlängeln sich wie Bandwürmer, und du könntest dich leicht verirren.« Sie saß kurz ab, spannte eins der Maultiere aus dem Zug aus und stieg wieder auf ihr Pferd.

Sie ritten davon, ohne sich von den anderen zu verabschieden, und Margaret bemerkte die Erleichterung ihrer ehemaligen Weggefährten. Sie machte ihnen nicht den geringsten Vorwurf. Auch wenn sie in eine telepathische Gesellschaft hineingeboren wurden, in der *Laran* als etwas Natürliches galt, konnten sie nicht ohne Unbehagen mit ansehen, was auf der Reise geschehen war. Aber es machte Margaret traurig, denn sie mochte diese starken, unabhängigen Frauen und hatte sich gerade mit einigen von ihnen angefreundet, als sie den Banditen begegneten.

Margaret war dankbar, dass die schrecklichen Ereignisse auf der Reise Rafaellas Gefühle ihr gegenüber nicht verändert hatten. Sie konnte spüren, dass sich ihre älteste Freundin auf Darkover noch immer etwas aus ihr machte, ihr nach wie vor vertraute und sie mochte. Und Margaret wusste, dass sich Rafaella geweigert hatte, ihren Schwestern etwas zu verraten, denn sie hatte sie in zornigem Tonfall sagen hören, die Sache sei Margueridas Angelegenheit und ginge die anderen nichts an. Die Loyalität ihrer Freundin linderte die Trostlosigkeit, die in den letzten zwei Tagen an Margaret gehaftet hatte. Sie wünschte einen Moment lang, Rafaella könnte bei ihr in Neskaya bleiben, dann verwarf sie die Idee als unfair. Rafaella war schließlich kein Familienanhängsel, sondern eine unabhängige Frau, die ihre eigenen Lebensziele verfolgte.

Margaret fühlte eine heftige Bitterkeit. Rafaella konnte tun, was sie wollte, sie konnte sogar eine Beziehung mit Rafe Scott eingehen, wenn ihr danach war. Sie selbst hingegen konnte all das nicht. Sie konnte nicht heiraten, wen sie wollte, und auch nicht leben, wie es ihr gefiel. Sie war die Erbin der Domäne Alton, eine Telepathin mit einer ungewöhnlich starken Macht, und ihr Leben gehörte keinesfalls ihr selbst, solange sie auf Darkover blieb. Tief in ihrem Herzen wusste sie, dass sie diesen Planeten nie mehr verlassen und weder an die Universität noch woanders hin zurückgehen konnte. Sie war zu gefährlich, und selbst wenn sie lernte, ihre seltsame Matrix zu beherrschen, blieb sie ein unberechenbarer Mensch. Wenn die Terraner je auch nur den leisesten Hinweis darauf erhielten, wozu sie fähig war, würden sie Margaret in ein Labor sperren und in ihre Einzelteile zerlegen. Sie seufzte und kam zu dem Schluss, dass sie sich gerade in eine immer üblere Stimmung grübelte, und versuchte an etwas Erfreuliches zu denken. Als ihr das nicht gelang, schaute sie sich um und bemühte sich, ein wenig Neugier für diesen ihr fremden Ort aufzubringen.

Die Straßen waren eng, schmaler noch als in Thendara, als würden die Menschen hier näher zusammenrücken, um Wärme und Geborgenheit zu finden und sich gegen die Berge und den Schnee zu wappnen. Die Ladenschilder hingen nicht außen an den Gebäuden wie in Thendara, sondern waren in die Fassaden eingelassen, und Margaret vermutete, dass der Wind hier viel heftiger war und die Schilder sonst weggeblasen hätte. An einem Haus entdeckte sie das Schild eines Lautenmachers, und in ein anderes war ein Weberschiffchen gemeißelt. Rafaella ritt mit dem Maultier und Margarets Gepäck voran, Margaret bildete die Nachhut.

Doch schließlich wurde der Weg breiter, und Margaret trieb ihr Pferd an, so dass sie neben ihrer Freundin ritt. »Es tut mir alles furchtbar Leid«, begann sie verlegen.

»Dass du mir das Leben gerettet hast? Also wirklich, Marguerida, für eine Frau mit deinem Verstand kannst du manchmal eine ziemliche Idiotin sein.«

»Schuldig im Sinne der Anklage.«

Beide lachten, und die Spannung, die in den letzten beiden Tagen zwischen ihnen bestanden hatte, verschwand mit einem Mal. »Du hast getan, was du tun musstest, und wir genauso. Glaub mir, wir haben diese Banditen auch nicht gerne getötet. Es war schwer, aber es musste sein.«

»Rafaella, ich habe einen Mann getötet – ihm den Hals gebrochen, glaube ich. Und einen anderen habe ich bei lebendigem Leib verbrannt. Ich habe noch nie jemanden getötet, und ich hätte auch nie gedacht, dass ich es je tun würde. Ich fühle mich völlig leer deswegen. Und die übrigen Räuber habe ich nur deshalb nicht wieder aufgeweckt, weil ich Angst hatte, sie würden uns noch einmal angreifen. So gesehen bin ich für ihren Tod ebenfalls verantwortlich, auch wenn es letztendlich eure Schwerter waren, die ...«

»Marguerida, hör endlich auf, dir Vorwürfe zu machen. Du hast nur deine Pflicht getan, um dich und uns zu schützen, und wir sind dir alle sehr dankbar, wenn auch ein bisschen verwirrt.«

»Ich rieche immer noch die brennenden Leichen.«

»Ich auch! Wir waren alle angeekelt – einen Menschen zu töten, der sich nicht wehren kann, widerspricht schließlich allem, woran wir glauben. Daniella hat sich davongestohlen und eine halbe Stunde gekotzt, nachdem wir den Scheiterhaufen angezündet hatten. Aber du wirst schon bald gesund und wohlbehalten in deinem Turm eintreffen und kannst die ganze Sache vergessen.«

»Rafi, ich glaube nicht, dass ich je vergessen kann, was passiert ist – und wenn ich hundert Jahre lebe.«

Rafaella seufzte tief. »Nein, wahrscheinlich nicht. Niemand von uns wird es vergessen können, selbst wenn irgendwann eine von uns ein Lied darüber schreibt.« Dann erschallte ihr vertrautes Lachen. »Aber es war schon sehr ... spektakulär, Marguerida. Ich meine, ich habe schon einige Abenteuer erlebt unterwegs, aber keines war so bemerkenswert. Ich weiß auch nicht. Als ich gesehen habe, wie du ...«

»Was?«

Rafaella wirkte verlegen. »Bevor du gesprochen hast, da ... Ich konnte nur einen kurzen Blick erhaschen, weil ich zu sehr damit beschäftigt war, am Leben zu bleiben. Ich habe dich bei den Pferden gesehen und beobachtet – na ja, mitbekommen –, wie du diesen Kerl in Flammen hast aufgehen lassen. Du hast richtig geleuchtet! Du warst für einen kurzen Augenblick in blaues Licht getaucht, und es war ... einfach fantastisch! Trotz des Schreckens habe ich in meinem ganzen Leben noch nie etwas so Eindrucksvolles gesehen.«

Margaret war wie benommen. »Haben die anderen ...?«

»Sie haben auch ein paar Eindrücke aufgeschnappt, ja. Und sie waren nicht so begeistert wie ich, das steht fest. Aber sie werden es auch nicht herumerzählen, weil sie nicht wollen, dass man sie für verrückt hält.«

»Kein Wunder, dass sie mich dauernd angesehen haben, als wäre ich ein Monster mit zwei Köpfen.«

»Ich weiß. Sie haben versucht, sich nichts anmerken zu lassen, aber sie sind eben auch nur Menschen, Marguerida. Genau wie du.«

»Da bin ich mir aber nicht mehr so sicher.«

»Marguerida – du hast uns das Leben gerettet. Sei zufrieden damit.«

Es war bereits dunkel, als sie endlich die Mauern des Turms von Neskaya erreichten, aber am Eingang wartete ein Stallknecht, um Margarets Pferd in Empfang zu nehmen und das Maultier abzuladen. Die beiden Frauen saßen ab. Einen Augenblick lang sahen sie sich schweigend an.

»Ich werde dich vermissen, Marguerida.«

»Ich dich auch. Ach, wenn du doch nur bleiben könntest.«

Rafaella schüttelte den Kopf. »Ich gehöre nicht hierher. Aber ich werde es so einrichten, dass ich dich wieder nach Thendara zurückbegleiten kann. Die Zeit hier wird bestimmt wie im Flug vergehen.«

»Hoffentlich.« Sie fühlte sich sehr verloren.

»Na, na, Marguerida. Nun schau nicht so traurig.« Rafaella umarmte Margaret zärtlich und küsste sie auf die Wange. »Du brichst mir noch das Herz, *Chiya*.«

Über Margarets Wangen liefen Tränen, und sie schniefte und schluchzte lauthals. Die Freundin strich ihr übers Haar und ließ sie weinen, bis sie endlich aufhören konnte. »Pass auf dich auf! Ich will nicht, dass dir etwas zustößt!«

Rafaella nickte, dann grinste sie. »Ich will auch nicht, dass mir etwas zustößt! Leb wohl fürs Erste.« Sie drückte Margaret noch einen raschen Kuss auf die Wange und stieg auf ihr Pferd. Als sie davonritt, fing Margaret Rafaellas Empfindungen auf und wusste, dass die Trennung für ihre Freundin genauso schmerzhaft war wie für sie selbst. Die Situation erinnerte sie an ihren Abschied von Liriel, und sie wünschte, sie müsste sich nicht ständig von Menschen verabschieden, die ihr etwas bedeuteten. Gleichzeitig war der Gedanke ermutigend, dass Rafaella sie vermissen würde und dass sie gemocht, ja sogar geliebt wurde. Der Schmerz in ihrer Brust ließ nach, und sie war beinahe glücklich.

Als Rafaella außer Sichtweite war, stand Margaret im Hof und versuchte, zur Ruhe zu kommen. Erst als sie bemerkte, wie kalt ihre Füße waren, betrat sie widerstrebend den Turm, wo Istvana Ridenow bereits auf sie wartete, lächelnd und so offenkundig froh, sie zu sehen, dass es ihr auf der Stelle ganz warm ums Herz wurde.

»Breda!« Istvana benutzte die vertraute Anrede, die irgend-

etwas zwischen Schwester und Verwandte bedeutete, und es kam so sehr von Herzen, dass Margaret beinahe wieder zu weinen angefangen hätte. »Wie schön, dass du endlich hier bist.«

»Hallo, Istvana. Wenn ich gewusst hätte, wie kalt es hier oben ist, wäre ich vielleicht doch in Arilinn geblieben ... Nein, selbst dann nicht.«

»Du hattest es ganz schön schwer dort, was?« Die kleine *Leronis*, die Margaret kaum bis zur Schulter reichte, tätschelte ihr freundlich den Arm. »Das habe ich befürchtet.«

»Ja, es war schwer.« Sie spürte eine gewaltige Erleichterung, sich der Verwandten ihrer Stiefmutter anvertrauen zu können, denn sie mochte die zierliche Empathin sehr. »Ich hatte erwartet, dass es ähnlich wie mein erstes Jahr an der Universität würde, stattdessen traf ich nur auf ... Feindseligkeit. Ich versuchte mich anzupassen, aber ich spürte, dass manche Leute die ganze Zeit über böse auf mich waren. Ich habe einige wenige Freundschaften geschlossen, allerdings nicht mit Leuten aus dem Turm. Hiram, der Archivar, und Benjamin im Skriptorium waren ganz nett, weil sie verstanden haben, dass ich Geisteswissenschaftlerin bin. Und solange Mikhail noch da war, war es auch nicht so schlimm. Aber nach seiner Abreise und dem Tod von Domenic, dem armen Jungen, wurde es schier unerträglich. Ich fühlte mich jede Sekunde wie von Dolchen durchbohrt, und ich hasste die Wahrnehmung der Matrizen um mich herum. Allerdings weiß ich nicht, ob es hier angenehmer wird als dort, denn die Energie der Relais macht mit meinem Körper Dinge, an die möchte ich nicht einmal denken, geschweige denn, sie dir beschreiben.«

Istvana lachte in sich hinein und führte Margaret in das unterste Stockwerk des Turms. Sie betraten einen großen Raum, offenkundig der Gemeinschaftsraum für die Bewohner von Neskaya, der mit bequemen Sofas und Sesseln ausgestattet war. In einer Ecke stand sogar eine Gitarre. Margaret sah einen Becher und einen benutzten Teller auf einem kleinen Tisch stehen. Es war auf eine sympathische Weise unordentlich hier. Gemütlich – das war das richtige Wort. Rafaella hatte es so beschrieben, und sie hatte Recht gehabt. Der Teppich war abgenutzt und ein wenig staubig, und obwohl sie auf einem völlig anderen Planeten war, erinnerte die ganze Szenerie Margaret an das Wohnzimmer im Haus von Ivor Davidson.

»Ich weiß dein Taktgefühl durchaus zu schätzen, Marguerida, und ich weiß auch, dass du meine Gefühle schonen willst, aber ich bin ein viel zäherer alter Knochen, als du denkst. Vergiss nicht, dass ich selbst in Arilinn ausgebildet wurde und weiß, wie es dort sein kann.«

»Du meinst, das hatte gar nichts mit mir zu tun?« Margaret war erstaunt.

»Doch, es hatte sehr wohl mit dir zu tun, denn du bist sehr stark, aber es war nicht persönlich gemeint.«

»Jetzt verstehe ich gar nichts mehr.«

»Wir Besitzerinnen von *Laran* sind keine Engel, *Chiya.* Wir sind immer noch Unarten wie Neid, Angst, Misstrauen und allen anderen unschönen Zügen der menschlichen Rasse unterworfen. Und aus meiner Jugend in Arilinn erinnere ich mich, dass die jüngeren unter uns immerzu um Lob und Erfolg wetteiferten und nach einander schnappten wie Möwen, die sich um einen Leckerbissen streiten. Ich habe versucht, solche Zustände hier zu verhindern, weil sie die Arbeit stören, ganz zu schweigen davon, dass es mir auch persönlich gewaltig gegen den Strich geht. Aber jedes Mal, wenn eine neue Kandidatin eintrifft, wird sie argwöhnisch beäugt. Alle mustern die Neue und denken: ›Ob sie wohl stärker ist als ich?‹ Wenn ich ganz ehrlich bin, erstaunt es mich manchmal nicht nur, dass ein telepathischer Kreis so gut funktioniert, wie es bei uns der Fall ist, sondern dass er überhaupt funktioniert! Es ist jedes Mal ein kleines Wunder, weil ich weiß, welchen inneren Kampf es kostet, sein Ego außer Acht zu lassen und sich den Bedürfnissen der Gruppe zu unterwerfen – vor allem, wenn man für die Mitglieder eines Kreises keine Zuneigung empfindet.«

»Ich wünschte, jemand hätte mir das mal in Arilinn erklärt. Das hätte bestimmt einiges leichter gemacht.«

Istvana schüttelte den Kopf, so dass ihr kleiner roter Schleier über dem ausgebleichten blonden Haar erbebte. »Es hilft nichts, einem jungen Menschen all diese Dinge zu erklären – wir sind in diesem Alter sehr ichbezogen, und das Training entspannt normalerweise die Situation. Wenn man täglich mit Menschen zusammenarbeitet, denen man vertraut, tritt das Ego irgendwann zurück, zumindest so weit, dass ein Kreis entstehen kann. Und hat man erst einmal in einem Kreis gearbeitet und die Befriedigung dabei erlebt, wird es einem bald zur zweiten Natur, nehme ich an. Eines hat dein Erscheinen auf Darkover jedenfalls ausgelöst, nämlich dass wir unsere Methoden ein wenig überdenken müssen, und das ist gut so.«

»Warst du denn sehr ichbezogen, als du nach Arilinn gekommen bist?« Margaret stand Istvana sehr nahe, denn die hatte sie während ihres ersten und schwersten Anfalls der Schwellenkrankheit gepflegt. Es war ein ganz ähnliches Vertrauensverhältnis wie zu ihrem verstorbenen Mentor Ivor Davidson. Aber dessen ungeachtet wusste sie so gut wie nichts über Istvanas Vergangenheit.

»Absolut. Ich war ein spindeldürres, pickeliges junges Ding, das an einem Tag noch eine äußerst hohe Meinung von sich gehabt hatte und am nächsten nur noch eine Telepathin unter vielen war. Der Schock war gewaltig, und die Sache hat mir gar nicht gefallen, ich bin nämlich sehr stolz. Und eigensinnig. Ich glaube, meine Eltern waren ziemlich froh, mich endlich los zu sein, denn ich heckte ständig neue Gemeinheiten aus.« Sie lachte leise bei der Erinnerung daran.

Margaret fiel es ausgesprochen schwer, sich die selbstbewusste und beherrschte Frau als junges Mädchen vorzustellen. »Ich verstehe. Jedenfalls bin ich sehr froh, dass ich jetzt hier bin und nicht mehr in Arilinn.«

»Hast du Hunger?«

Zu ihrer Überraschung stellte Margaret fest, dass sie tatsächlich hungrig war. Sie hatte nach dem Raubüberfall jeglichen Appetit verloren und nur gegessen, weil sie musste. Aber das Essen hatte fad geschmeckt, und sie hatte es mechanisch und ohne Genuss verzehrt. »Ja.«

»Gut. Ich nehme an, nach der langen Reise wirst du es genießen, endlich wieder an einem Tisch zu sitzen.«

»Bestimmt. Aber zuerst würde ich gerne baden und aus diesen Kleidern herauskommen. Mir macht der Pferdegeruch zwar nichts aus, aber ich glaube, ich sollte meinen Gestank niemandem beim Essen zumuten.«

Istvana führte Margaret in ihr Zimmer im nächsten Stock, in dem bereits ihr Gepäck stand, und zeigte ihr, wo sich das Badezimmer befand. Dann war Margaret zum ersten Mal seit Tagen allein, und sie empfand eine große Erleichterung trotz der vielen Relais, die sie über sich summen hörte.

Beim Auspacken fiel Margaret auf, dass die Nähe zu den großen Matrizen längst nicht so unangenehm war wie in Arilinn. Sie hielt verblüfft inne und sah sich um. Gab es etwa eine Art Dämpfer im Zimmer?

Dann bemerkte sie, dass Wände und Decke mit breiten Seidenbahnen abgehängt waren, hinter denen die Steine völlig verschwanden. Der ganze Raum sah aus wie ein Harem aus diesen Videos, und Margaret lachte leise. Die Seide war nicht so dünn wie die ihrer Handschuhe, das Gewebe war stärker, und es war im Ton von *Kiriseth*-Likör gefärbt. Der Abschied von Rafaella und Istvanas Enthüllungen hatten Margaret so sehr beschäftigt, dass sie ihrer Kammer zunächst gar keine Aufmerksamkeit geschenkt hatte. Das Zimmer war sehr hübsch, und jemand hatte viele Kosten und Mühen darauf verwandt, es ihr so angenehm wie möglich zu machen. Selbst die Steppdecke auf dem Bett war mit Seide bezogen.

Bei dem Gefühl, dass sich jemand um sie sorgte, traten ihr wieder Tränen in die Augen. Ein heftiges Schluchzen stieg in ihrer Kehle auf, und sie gestattete sich zu weinen, bis sie völlig erschöpft war. Sie fing ihr Bild in dem kleinen Wandspiegel auf und blickte auf eine Fremde mit geschwollenen Augen und roter Nase. Das Haar hatte sich aus der Klammer im Nacken gelöst, und der kurze Pony kräuselte sich in die Stirn.

Margaret streckte der Frau im Spiegel die Zunge heraus, suchte ihre saubersten Kleidungsstücke zusammen und ging ins Badezimmer. Sie war jetzt in Sicherheit, so gut sie es eben sein konnte, und der Bratenduft, der vom untersten Stockwerk aufstieg, trieb sie zur Eile an. Alles würde gut werden, sagte sie sich. Es musste einfach so sein.

7

Margaret stieg die Treppe in den ersten Stock hinab. Nach einem ausgedehnten heißen Bad fühlte sie sich erfrischt, und zum ersten Mal seit Tagen fror sie nicht. Der Bratenduft ließ ihr das Wasser im Munde zusammenlaufen, sie versuchte zu schlucken, doch ihre Kehle war wie zugeschnürt. Den Wintereinsatz ihres dunkelgrünen, wollenen Überrocks hatte sie fest zugezogen, und er fühlte sie fast wie eine Schlinge an, obwohl er aus weichem Stoff war. Drei Unterröcke und ein schwerer Rock stießen beim Treppensteigen auf den engen Stufen gegen ihre Knöchel und zwangen sie zur Vorsicht.

Die Aussicht, neue Leute kennen zu lernen, machte sie ein wenig nervös, und es half ihr auch nichts, dass ihr dieser Umstand bewusst war. Margaret hatte sich ihr ganzes Leben lang bemüht, die angeborene Scheu vor neuen Bekanntschaften zu überwinden. Aber es war jedes Mal das Gleiche – trockener Mund, Schweißausbrüche und ein Anflug von Kopfschmerz. Sie war argwöhnisch, nicht nur gegenüber Fremden, sondern auch gegenüber Menschen, die sie kannte. Es war ein unangenehmes Gefühl, und da sie sich ausschließlich in der Gesellschaft von Telepathen befand, würde sie es noch dazu nur schwer verbergen können. An der Universität hatte zumindest niemand ihre Empfindungen aufgefangen.

Der Gemeinschaftsraum im Turm von Neskaya kam ihr auf den ersten Blick völlig überfüllt vor, dann stellte sich jedoch heraus, dass mit Istvana Ridenow nur sieben Personen anwesend waren. Die meisten hatten rotes Haar, wie es bei den Besitzern von *Laran* sehr häufig der Fall war, eine Frau allerdings hatte goldene Zöpfe, und Margaret sah auch einen Mann mit dunklen Locken über eisblauen Augen. Die Versammelten warteten offenkundig auf sie. Margaret holte tief Luft.

Istvana erhob sich, ihr rotes Kleid schmiegte sich an ihren schlanken Körper. »Marguerida! Du siehst schon viel besser aus. Komm, ich stelle dir meine Leute vor.« Meine Leute. Der Stolz in ihrer Stimme war unüberhörbar, und Margaret spürte auch ihre Gefühle. Es waren freundliche, fröhliche Gefühle, und sie hießen Margaret so herzlich willkommen, dass ihre Ängste fast gänzlich zu schwinden begannen.

Überhaupt stand dieser Empfang in völligem Kontrast zu ihrem ersten Tag in Arilinn. Dort war sie von einem Dutzend misstrauischer, kalt blickender Jugendlicher und *Mestra* Camilla begrüßt worden. Sie hatte sich nicht willkommen gefühlt, keine Freundlichkeit entdecken können. Regis' Töchter Cassandra und Lina waren damals mit ihr in den Turm gezogen, und sie alle begegneten demselben steifen Schweigen. Man hatte sie kurz vorgestellt und sich dann zu einem Mahl an einen langen Tisch gesetzt. Von jungen Leuten umgeben, die ihre eigenen Kinder hätten sein können, hatte sich Margaret neben Camilla, der einzigen anderen Erwachsenen, schließlich einsamer und fremder gefühlt, als sie es je für möglich gehalten hätte.

Sie wäre damals am liebsten aufgestanden und hinausgegangen und hatte sich zwingen müssen, auf ihrem Stuhl sitzen zu bleiben und die Platten mit den Speisen an der langen Tafel weiterzureichen.

»Es geht mir auch schon viel besser, danke.« Beim zweiten raschen Blick stellte sie fest, dass keine der Anwesenden ganz jung war. Ohne Jugendliche, die sie aus harten Augen prüfend musterten, löste sich allmählich die Spannung in ihrem Magen. Nicht dass sie eine Abneigung gegen Jugendliche gehabt hätte, sie war Donal Alar und seinem älteren Bruder Damon während ihres Aufenthaltes in Arilinn sogar sehr nahe gekommen. Aber sie musste feststellen, dass Teenager sie doch ziemlich einschüchterten.

»José, bringst du bitte noch Wein für Marguerida? Dann wollen wir mal sehen. Ich glaube, ich fange mit unserer Jüngsten an.« Istvana setzte ein strahlendes Lächeln auf, wie eine Gastgeberin der gehobenen Gesellschaft, die entschlossen ist, ihr Fest zu einem Erfolg zu machen. »Marguerida, das ist Bernice Storn, sie lebt erst seit einem Jahr bei uns.«

Eine kleine Frau mit feuerrotem Haar und dunkelbraunen Augen stand auf und verbeugte sich leicht. Sie war etwa siebzehn und erinnerte Margaret an jemanden. Das lag an der Struktur ihrer Gesichtsknochen, und nach einer Weile fiel Margaret ein, dass Bernice eine gewisse Ähnlichkeit mit Lady Linnea, der Gattin von Regis Hastur, besaß. »Willkommen in Neskaya«, sagte das Mädchen leise, es war kaum mehr als ein Flüstern.

»Ich freue mich sehr, endlich hier zu sein«, antwortete Margaret und dachte, dass die junge Frau sehr schüchtern, fast wie ein Mäuschen wirkte. Der Mann, den Istvana José genannt hatte, brachte Margaret ein kleines Glas mit goldenem Wein und lächelte sie kurz an.

»Ich bin José Reyes. Istvana saß schon wie auf Kohlen wegen deiner Ankunft, deshalb freue ich mich, dass du nun hier bist.« Er war so groß wie Margaret und sehr attraktiv mit seinem dunklen Haar. Die blassen Augen waren jedoch ein wenig beunruhigend, obwohl er an Margaret vorbeisah, um den direkten Augenkontakt zu vermeiden. Sie spürte seine Neugier ihr gegenüber, doch weiter nichts.

»Danke für den Wein.«

»Saß wie auf Kohlen – so ein Unsinn!« Istvana klang entrüstet. »Ich hoffe doch, dass ich mehr Disziplin besitze.«

Eine der Frauen lachte. »Wenn Ihr weniger diszipliniert gewesen wärt, hättet Ihr uns noch alle in den Wahnsinn getrieben. Ich bin übrigens Caitlin Leynier, eine der Technikerinnen hier, und um ein paar Ecken mit dir verwandt.«

»Leynier? Irgendwie erinnere ich mich verschwommen, dass in der Geschichte der Altons ein solcher Name vorkommt – eine Geschichte, die mich immer noch verwirrt, wie ich zugeben muss, obwohl ich mich tapfer bemüht habe, mir den Stammbaum einzuprägen. Ich freue mich, eine Verwandte kennen zu lernen.« Margaret mochte Caitlin auf Anhieb. Sie hatte etwas an sich, das so klar und rein wie Quellwasser war.

»Es liegt ungefähr sechs oder sieben Generationen zurück und zählt daher kaum noch. Du hast bestimmt schon festgestellt, dass du mit mehr Leuten verwandt bist, als du für möglich gehalten hättest. Istvana hat uns nämlich erzählt, dass du den größten Teil deines Lebens gar nicht auf Darkover verbracht hast, sondern von einem Planeten zum anderen gesaust bist. Stimmt das?«

»Man saust leider nicht – zu schön, wenn es so wäre. Eine Reise auf den großen Schiffen ist ziemlich ungemütlich und äußerst langweilig, so dass man heilfroh ist, wieder zu landen, und am liebsten den Boden küssen würde, wenn man auch dort ankommt, wo man hin wollte.«

»Verstehe.« Caitlin grinste breit, und ihre grünen Augen funkelten. »Ich hatte einen völlig anderen Eindruck, als ich einmal ein Buch meines Bruders las. Da klang alles sehr aufregend. Damals war ich natürlich noch jung.« Margaret schätzte Caitlin etwa auf ihr eigenes Alter, die Bemerkung musste demnach ironisch gemeint sein.

Istvana ergriff freundlich, aber bestimmt Margarets Hand und zog sie zu ihrem großen Bedauern wieder von Caitlin weg. Dann wurde sie zügig den anderen vorgestellt: Baird Beltran, ein Mann, der etwa so alt wie Istvana war, Moira di Asturien, eine hübsche Frau von circa dreißig, Hedwig Hart, die Frau mit dem wunderschönen goldenen Haar, und zuletzt

Merita Rannir, die Margaret aus kurzsichtigen Augen ansah. Alle begrüßten sie freundlich, und Margaret spürte die allgemeine Sympathie, die sie bei ihrem Eintritt in Arilinn so sehr vermisst hatte. Ihr Unbehagen schwand, während sie von dem Wein trank und Fragen beantwortete, und als die Gesellschaft den Gemeinschaftsraum verließ und einige Schritte weiter in den Speisesaal umzog, war sie beinahe gelöst.

An einem langen, mit einem weißen Tuch bedeckten Tisch standen zu beiden Seiten Stühle, und am Tischende ein weiterer für Istvana. Der Tisch war mit dem schönen blau-weißen Porzellan gedeckt, das aus den Brennöfen von Marilla Aillard stammte, der Mutter von Dyan Ardais. Die gläsernen Kelche kamen aus den Trockenstädten. Es gab Platten mit gebratenem Geflügel und gekochtem Fleisch, Schüsseln mit Gemüse und Reis und andere mit eingemachtem Obst.

Alle nahmen Platz, und Istvana deutete mit einer Handbewegung an, dass Margaret zu ihrer Rechten sitzen solle. José Reyes setzte sich neben sie und griff mit anmutiger Hand nach einer Schüssel mit Wurzeln, die wie Kartoffelpüree aussahen. Bevor er sie jedoch nehmen konnte, gab ihm Caitlin, die auf seiner anderen Seite saß, einen spielerischen Klaps auf die Hand.

»Nicht davon! Er ist nämlich versessen auf dieses Gericht, und wenn er sich als Erster bedient, bleibt für uns nichts mehr übrig«, unterrichtete sie Margaret, indem sie sich vorbeugte und an José vorbeischaute.

»Und wer verschlingt immer die Federbeerentorte, wenn man nicht aufpasst?« Caitlins Worte schienen José nicht im Mindesten zu ernüchtern, und Margaret konnte nicht anders, als dieses Essen mit jenen zu vergleichen, die sie in Arilinn durchstehen musste, wenn sie sich mal wieder überwinden konnte, mit den anderen im Turm zu speisen.

In Arilinn hatte eine ziemlich strenge Hierarchie geherrscht, eine Art Förmlichkeit, die hier völlig zu fehlen schien. Die Mahlzeiten wurden getrennt eingenommen, und solange Margaret im Turm gewohnt hatte, musste sie immer mit den Jüngsten essen. Die Techniker aßen zu einer bestimmten Uhrzeit und die Mechaniker zu einer anderen. Mikhail hatte man gleich zu den Überwachern gesetzt, was ihm überhaupt nicht gefiel. Margaret war zutiefst dankbar gewesen, dass ihre Empfindlichkeit gegenüber den Matrixschirmen einen weiteren Aufenthalt im Turm unmöglich machte, und nachdem sie in ihr kleines Haus gezogen war, hatte sie ihre Mahlzeiten meistens dort eingenommen.

In Neskaya war alles ganz anders. Man reichte die Speisen herum, scherzte, und alle langten zu, als könnte es für einige Zeit ihr letztes Mahl sein. Sie waren ein ausgelassener Haufen, mit Ausnahme von Merita, die schweigend ein Stück abseits von den anderen saß. Außerdem war anscheinend die ganze Gruppe sehr neugierig auf sie. Nicht nur Caitlin, sondern auch José, Baird und Hedwig fragten sie von den Raumschiffen bis zum Umfang der Ernte im Süden über alles Mögliche aus. Es war, als sei das Darkover hier nicht zu vergleichen mit dem, was Margaret vor ein paar Monaten betreten hatte.

Schließlich war das Mahl zu Ende, und sie sehnte sich nach ihrem Bett. Der größte Teil der Gesellschaft ging nach oben, um die nächtliche Arbeit an den Schirmen zu beginnen, Caitlin hingegen blieb am Tisch sitzen. »Und, wie gefallen wir dir bis jetzt?«

»Sehr gut. Ich hatte erwartet, dass ich mit den anderen Schülern zusammen sein werde – allerdings scheint es außer Bernice keine zu geben. Es sei denn, ich habe noch nicht alle kennen gelernt.«

»Doch, es gibt schon noch ein paar. Sie sind entweder oben und beaufsichtigen die Relais, oder sie schlafen. Cobal liegt zurzeit mit Fieber im Bett – er ist ebenfalls Techniker. Du wirst sie schon noch alle kennen lernen. Verglichen mit Arilinn sind wir ein kleiner Turm, ein Kreis und noch acht, neun Leute dazu. Und wir wissen alle, wie es in Arilinn zugeht, deshalb wollten wir dir einen möglichst herzlichen Empfang bereiten. Blickt Camilla MacRoss immer noch so hochnäsig auf alle Leute herab?«

Margaret lachte. »Ich fürchte, ja. Die übrigen Studenten schienen sogar Angst vor ihr zu haben, und vermutlich wäre es taktvoller gewesen, wenn ich ebenfalls so getan hätte, als würde ich sie fürchten. Aber ich kenne ihren Menschenschlag, die Universität war voll davon.«

»Wie meinst du das – ihren Menschenschlag? Hier, trink noch ein bisschen Wein.«

»Ich weiß nicht, ob mir das so gut tut, Caitlin. Ich will nicht, dass man mich gleich an meinem ersten Abend hier mit den Stiefeln ins Bett bringen muss. Ach, was soll's, ein kleiner Schluck kann nicht schaden.« Zum ersten Mal seit Monaten war Margaret entspannt, weil sie sich hier sicher war, dass man sie nicht kritisieren oder ihr das Gefühl geben würde, etwas falsch zu machen. Sie nippte an ihrem Glas. »Manche Leute entdecken eine bestimmte Fähigkeit an sich ... sagen wir Jonglieren. Und sie lernen ziemlich gut Jonglieren, werden eines Tages vielleicht sogar meisterliche Jongleure. Und dann hören sie plötzlich aus irgendeinem Grund, den ich nicht verstehe, auf zu lernen und behaupten, dass sie durch ihre Jonglierkunst allen anderen überlegen sind, besonders allen Akrobaten, Seiltänzern, Kunstreitern und Dompteuren.« Als Margaret sich so reden hörte, fragte sie sich, ob das mit dem Wein wirklich eine gute Idee gewesen war. Sie war einem Rausch ziemlich nahe, aber es war so angenehm, ohne Angst vor Zensur zu sprechen, dass sie nur hoffen konnte, dass sie sich nicht zum Narren machte.

Caitlin nickte. »›Dieser Hund kennt nur ein Kunststück‹

heißt es bei uns in den Bergen. So ist Camilla eben, das steht fest.«

»Dann bist du also aus den Bergen?«

»Ja, von den Ausläufern der Hellers. Meine Familie lebt seit Jahrhunderten dort und rackert sich für ein karges Auskommen mit Schafen, Ziegen und ein bisschen Getreide ab. Ich war froh, als ich von zu Hause weg konnte, auch wenn ich meine Leute manchmal vermisse. Als ich nach Arilinn kam, fühlte ich mich wie im Paradies. Die Ebene von Arilinn ist wunderschön, vor allem im Sommer. Ich besaß nur zwei Kleider, eins mit vielen Flicken und eins mit wenigen, und meine Stiefel waren fast durchgelaufen. Einige dort haben mich angesehen, als wäre ich ein Gespenst, denn der Name Leynier ist zwar alt und geachtet, aber ich stamme nicht aus dem wohlhabenden Zweig der Familie. Aber mein *Laran* war stark genug, um mir Respekt zu verschaffen, und sobald ich konnte, verließ ich Arilinn und kam hierher.«

»Warum ausgerechnet nach Neskaya?«

»Meine Mutter ist eine Bekannte von Istvana.«

»Ach so. Erzähl mir doch mal, wenn du magst, wie du an das Buch deines Bruders gekommen bist, von dem du vorhin gesprochen hast.«

»Du meinst, warum ich im Gegensatz zu vielen anderen Frauen richtig lesen und schreiben kann?«

»Ich wollte nicht so unverblümt fragen – aber genau das.«

»Den Aldarans widerstrebt es nicht so sehr, neue Dinge zu lernen, wie den übrigen Domänen, was einer der Gründe dafür ist, warum sie seit Generationen aus dem Rat der *Comyn* verbannt sind. Die Schwester meines Vaters hat bei den Aldarans eingeheiratet, und als sie eines Tages Witwe wurde, kam sie zu uns zurück und brachte mir Lesen und Schreiben und vieles andere bei. Nicht dass wir eine Menge Bücher gehabt hätten, arm wie wir waren. Aber ich lernte, was ich in die Finger bekam, da ich ein sehr neugieriger Mensch bin.«

»Ich dachte schon, auf Darkover gibt es keine wissbegierigen Menschen, außer ...«

»Außer?«

»Na ja, mein Vetter Mikhail Hastur ist sehr interessiert an vielen Dingen, von denen mein Vater behauptet, dass sie vollkommen überflüssig seien.«

»Verstehe. Sieht er wirklich so gut aus, wie immer behauptet wird?«

Margaret spürte, wie sie bei dieser Frage errötete. »Er ist nicht gerade eine Beleidigung fürs Auge«, antwortete sie leise.

Caitlin lachte. »Sag mal, warum trägst du eigentlich diese fingerlosen Handschuhe? Ist das eine neue Mode in Thendara, oder frierst du? Istvana hat uns erzählt, dass du lange in einer sehr warmen Welt gelebt hast – das hört sich interessant und unglaublich toll für mich an. Sie sagte, du hast jahrelang direkt am Meer gelebt.« Caitlins Stimme enthielt einen ungläubigen und auch leicht neidischen Unterton.

»Ja, das stimmt. Manchmal träume ich noch heute davon, obwohl es schon mehr als zehn Jahre her ist, seit ich am Meer der Weine stand und die Blumenboote bei Aufgang des Morgensterns hereinkommen sah. Alle Bewohner der äußeren Inseln treffen mit Blumengirlanden geschmückt in ihren Paddelbooten ein, und sie singen im Chor. Der Wind riecht nach Blüten und Wein, woher das Meer auch seinen Namen hat. Sie haben den ersten *Ferdiwa,* den Frühlingsfisch, gefangen, wickeln ihn in Riementang und errichten große Feuerstellen am Strand. Nichts kommt diesem wundervollen Duft gleich. Der Fisch wird gebraten, bis das Fleisch weiß ist und sich von den Gräten löst. Es schmeckt beinahe süß ... so süß wie Sommerpfirsiche. Und alle essen und trinken, bis sie sich nicht mehr rühren können, außer den Tänzern, die es irgendwie fertig bringen, nicht betrunken zu werden.«

Caitlins Augen glänzten vor Neugierde, und Margaret hoffte, dass sie die Frage nach den Handschuhen wieder vergessen hatte. Sie war Istvana dankbar, weil sie ihren Leuten nichts von Margarets sonderbarer Matrix erzählt hatte, denn es bereitete ihr immer noch großes Unbehagen, auch nur daran zu denken. »Und war das Meer so warm, dass man darin schwimmen konnte?«

»O ja. Alle Leute auf Thetis leben in bequemer Entfernung zum Meer oder zu einem der Flüsse, wenn sie auf der Großen Insel wohnen, und alle gehen schwimmen.«

»Wie seltsam. Wir haben auch ein Meer auf Darkover, aber ich habe noch nie gehört, dass jemand freiwillig hineingegangen wäre. Es ist viel zu kalt.«

Margarets Gedanken wanderten zu Mikhail, der ganz in der Nähe des Meeres von Dalereuth wohnte, und sie fragte sich, ob er es sich je angesehen hatte. Wenn ja, dann hatte er bei ihren spärlichen Begegnungen nie davon gesprochen. An ihn zu denken löste einen unbehaglichen Schauder in Margaret aus. Er war die letzten Male so merkwürdig gewesen – geistesabwesend und ganz in Anspruch genommen von der »El Höllyns«, wie er sie ein paar Mal genannt hatte. »Nein, nach allem, was ich vom Meer von Dalereuth gehört habe, kann ich mir nicht vorstellen, dass jemand freiwillig darin schwimmt.«

»Aber du hast die Handschuhe noch nicht erklärt, Marguerida – du hast doch nichts dagegen, wenn ich dich so nenne, schließlich sind wir Basen.«

»Nein, ich habe nichts dagegen. Als ich klein war, wurde ich immer Marja gerufen, aber dafür fühle ich mich inzwischen viel zu erwachsen. Und ich habe dieses *Domna* hier und *Domna* da gründlich satt, vor allem seit Arilinn, wo alle regelrecht besessen von ihrem Stammbaum waren. Ich hätte jedes

Mal in die Luft gehen können, wenn wieder mal jemand beleidigt war, weil ich seine Vorfahren nicht bis in die siebte Generation zurück kannte, als wäre einer etwas Besonderes, nur weil er diesen oder jenen Großvater hatte.«

Caitlin schwieg einen Moment nachdenklich. »Klar. Weißt du, dass ich bis jetzt noch nie darüber nachgedacht habe, wie viel Zeit man mit Erörterungen darüber verbringt, wer wen geheiratet hat, wie ihre Kinder heißen und welche Geschichte sie haben? Dann sind solche Dinge also kein Gesprächsthema bei den Terranern?«

Margaret lachte erleichtert, weil sie Caitlins lebhaften Verstand einmal mehr von der Frage nach den Handschuhen abgelenkt hatte. »Es gibt Welten, Caitlin, in denen es dich das Leben kosten kann, wenn du einen Mann fragst, wer seine Mutter war. Und andere, in denen du und ich überhaupt nicht miteinander verkehren könnten, weil wir entweder einen unterschiedlichen gesellschaftlichen Rang haben oder weil wir nicht richtig miteinander verwandt sind. Du machst dir ja keine Vorstellung von den vielen kleinen Unterschieden. Ich habe einen kurzen Vers aus der Zeit entdeckt, bevor die Terraner den Weltraum bereisten. Er ist etwa viertausend Jahre alt. Mal sehen. Ach ja.

Es gibt neunundvierzig Arten,
Stammesregeln zu gestalten,
Und jede Einzelne ist richtig.

Jedenfalls habe ich ihn so in Erinnerung. Ich glaube, der Verfasser wollte damit sagen, dass jeder Stamm seine Lebensart für die einzig richtige hält und dass dies nicht richtig ist, weil es zu Kriegen und Fehden führt.«

»Wir müssen dir schrecklich unwissend und rückständig vorkommen.«

»Nein, Caitlin. Ich finde die Menschen hier oft ärgerlich, das ja. Und verwirrend, weil ich nicht verstehe, warum die Darkovaner manche Dinge tun und andere nicht. Aber ich kann den Stolz unseres Volkes begreifen, und manchmal möchte ich *Dom* Gabriel, meinen Onkel, bei seinen breiten Schultern packen und ihm ein bisschen Verstand einbläuen. Er ist wirklich nicht dumm, aber zurzeit benimmt er sich ziemlich dumm.«

»Du meinst, weil er die Angelegenheit der Domäne Alton vor den Cortes bringt?«

»Ja. Ich weiß, dass er glaubt, richtig zu handeln, aber die Sache setzt meinem Vater ziemlich zu, und für mich ist sie auch nicht gerade sehr angenehm. Er will, dass ich zu seinem Mündel erklärt werde.«

»Aha. Selbst wir hier oben haben von der Angelegenheit gehört. Istvana sagt, wenn sich *Dom* Gabriel etwas in den Kopf gesetzt hat, dann braucht es mindestens einen Blitz von Aldones, damit er seine Meinung wieder ändert. Aber das ist sicher ein recht unangenehmes Thema für dich. Also, erzähl mir jetzt mal von den Handschuhen. Sie sind ganz entzückend, ich habe so etwas noch nie gesehen. Diese vielen Schichten bunte Seide!«

Margaret war hin- und hergerissen, ob sie sich dieser Frau anvertrauen oder sofort den Tisch verlassen und auf ihr Zimmer stürzen sollte. Nach einer Weile langte sie nach der Weinkaraffe, goss noch einen Schluck in ihr Glas und sah Caitlin fragend an. Caitlin nickte, und Margaret schenkte ihr ebenfalls nach.

»Ich weiß nicht, wie viel Istvana euch von mir erzählt hat, also unterbrich mich, wenn ich nur wiederhole, was du bereits weißt. Als ich auf Darkover ankam, wusste ich nichts von Gaben, von *Laran* und all den anderen Dingen, und ehrlich gesagt hätte ich von mir aus bis an mein Lebensende nichts davon erfahren müssen. Aber bevor ich mit etwa sechs Jahren Darkover verließ, wurde ich von Ashara Alton überschattet, und sie hat meine Kanäle blockiert. Ich weiß nicht genau, warum sie das tat, aber anscheinend hat sie sich eingebildet, ich wäre eine Art Bedrohung für sie. Und laut Jeff Kerwin in Arilinn sind meine Kanäle immer noch nicht völlig offen. Einen Fall wie mich scheint es bisher noch nie gegeben zu haben. Er sagte, er weiß nicht, ob er mich für ein Wunder oder ein Ungeheuer halten soll.«

Caitlin lachte. »Ich höre förmlich, wie er das sagt. Jeff ist ein guter Mann.«

»Jedenfalls hätte es mich fast umgebracht, dass ich überschattet und blockiert war. Ich verstehe immer noch nicht alle Einzelheiten, und wahrscheinlich werde ich sie nie ganz nachvollziehen können, auch wenn ich im Skriptorium von Arilinn so viel forschte, wie ich nur konnte, und eine Menge dabei gelernt habe. Mit Istvanas Hilfe ging ich schließlich in die Oberwelt – aber davon werde ich dir nichts erzählen!« Margaret schauderte am ganzen Leib, und ihre Stirn legte sich in Falten. »Ich habe immer noch manchmal Albträume deswegen. Aber in der Oberwelt berührte ich eine Matrix, den Schluss-Stein von Asharas Wohnsitz, und als ich wieder zu mir kam, hatte ich ein Muster auf meiner linken Hand, das, soweit sich feststellen lässt, die Facetten jenes Matrixsteines abbildet. Ich halte das Muster immer bedeckt, weil ich sonst ... oder weil es gefährlich ist.«

Caitlin hörte aufmerksam zu. »Hat Istvana deshalb dein Zimmer mit einer Unmenge von Winterseide auskleiden lassen? Wir haben uns alle darüber gewundert, aber sie hat niemandem ein Wort verraten, außer vielleicht Merita, die niemals tratscht.«

»Ja. Die Energie aus den Matrizen läuft wie kaltes Feuer durch meine Nervenbahnen, und schon der Aufenthalt in diesem Raum hier ist mir ein wenig unangenehm. Wenn ich auch sonst nichts in Arilinn gelernt habe, so habe ich zumindest herausgefunden, wie ich das am besten aushalte. Wenn es nach mir ginge, würde ich nie wieder einen Turm betreten, aber solange ich nicht mehr darüber weiß, wie ich mein *Laran* beherrsche, bleibt mir wohl keine andere Wahl – es sei denn, ich finde eine Möglichkeit, woanders als in einem Turm zu studieren.«

»Danke, dass du mir davon erzählt hast. Als ich dir die Frage gestellt habe, hatte ich keine Ahnung, wie neugierig sie ist. Deine Augen werden schon ganz glasig. Du gehst jetzt besser ins Bett!«

»Ich bin tatsächlich müde, aber es hat gut getan, mit jemandem über alles zu reden. Ich bin ein sehr zurückhaltender Mensch, und ich bleibe selbst dann für mich, wenn ich mich danach sehne, anderen Menschen nahe zu sein. Es fällt mir schwer, anderen zu vertrauen, auch wenn sie es gut meinen.«

»Ich werde dein Vertrauen bestimmt nicht enttäuschen, Marguerida.«

Trotz ihrer Müdigkeit war Margaret unruhig, als sie in ihr Zimmer kam. Als sie ihr dickes Nachtgewand angezogen und das Haar gebürstet hatte, fühlte sie sich immer noch nicht bettreif, und nachdem sie eine Weile auf und ab gelaufen war, wurde ihr klar, dass sie Mikhail vermisste und dass sie mit ihm sprechen, die Berührung seines Geistes spüren wollte.

Sie streifte den Handschuh der linken Hand ab, konzentrierte sich, wie sie es gelernt hatte, und atmete tief durch. Zunächst geschah nichts. Margaret fragte sich schon, ob die seidenen Wandbehänge in ihrem Zimmer vielleicht verhinderten, dass sie ihren Geliebten erreichen konnte. Doch gerade als sie aufgeben wollte, fühlte sie, wie seine vertraute Energie schwach, fast matt, die Ränder ihres Bewusstseins streifte.

Mikhail!

Marguerida? Wo bist du?

Ich bin heute in Neskaya angekommen, und jetzt sitze ich gerade in einem Gemach aus Seide wie eine Märchenprinzessin. Wahrscheinlich liegt eine Erbse unter meiner Matratze, weil sie mich auf die Probe stellen wollen.

Wovon redest du? Mikhail klang zerstreut und fast verärgert.

Nichts von Bedeutung, mein Liebster. Wie geht es dir mit deinen jungen Schützlingen?

Es ist sehr anstrengend. Ich glaube nicht, dass ich eine einzige Nacht durchgeschlafen habe, seit ich hier bin. Und Priscilla und ihre Freundin sind ... sehr merkwürdig.

Ihre Freundin? Wer ist das?

Was? Ich habe fürchterliche Kopfschmerzen, Marguerida.

Du hörst dich so komisch an, Mik. Geht es dir gut?

Ja. Nein. Ich bin nur unglaublich müde.

Dann gute Nacht, mein geliebter Mikhail.

Gute Nacht, meine liebste Marguerida.

Sie setzte sich einige Minuten in den Sessel und ging die Unterhaltung im Kopf noch einmal durch. Sie war ziemlich beunruhigt. Irgendetwas stimmte nicht, davon war sie überzeugt, Mikhail war sonst nie so kurz angebunden. Wer war diese Freundin von Priscilla Elhalyn, und warum hatte er sich geweigert, von ihr zu erzählen? War er in Gefahr und wollte nicht, dass sie sich Sorgen machte? War dem Dummkopf denn nicht klar, dass sie sich noch mehr Sorgen machte, wenn sie nicht wusste, was dort vor sich ging? Natürlich nicht! Männer können manchmal solche Idioten sein! Und wahrscheinlich war gar nichts – er war einfach nur müde, und sie ebenfalls.

Dann keimten langsam Zweifel in ihrem trägen Gehirn auf. Es gab eine andere, und Mikhail hatte nicht den Mut, es ihr zu sagen. Wahrscheinlich hatte er an einem Mädchen dort Gefallen gefunden, eine Frau aus guter Familie, gegen die niemand

Einwände erhob, die im Falle einer Heirat mit Mikhail nicht das kostbare Gleichgewicht der Macht zwischen den Domänen stören würde. Wahrscheinlich hatte Regis Hastur oder Lady Linnea genau zu diesem Zweck jemanden nach Haus Halyn geschickt.

Sie hatte einen Geschmack wie von Eisen im Mund, als sie den Handschuh wieder über die Linien auf ihrer Hand zog. Sie schluckte die Verzweiflung hinunter, die in ihrer Kehle aufstieg, und legte sich ins Bett. Die Matratze unter ihren müden Muskeln war weich, und sie roch nach Balsam und Sauberkeit. Margaret legte den Kopf aufs Kissen und ließ die Tränen laufen.

Mein Herz wird nicht daran zerbrechen, sagte sie sich, während sie in einen unruhigen Schlummer sank.

8

Mikhail knirschte frustriert mit den Zähnen und versuchte, die lähmende Müdigkeit nicht wahrzunehmen. Nach mehreren Wochen Aufenthalt in Haus Halyn war noch immer nicht daran zu denken, die Knaben zu prüfen. Seine gesamte und ohnehin beschränkte Energie widmete er dem Versuch, das Haus für den kommenden Winter ausreichend in Stand zu setzen. Es war bereits sehr kalt, auch wenn die ersten starken Schneefälle noch bevorstanden. Der Wind vom Meer fuhr in eisigen Böen um das alte Gemäuer, kroch durch die Fenster herein, die Mikhail zu reparieren versucht hatte, unter den Türen hindurch, die nicht mehr gerade in ihren Rahmen hingen, und rüttelte an den Dachziegeln.

Er hatte gerade ein weiteres, äußerst ärgerliches und vergebliches Gespräch mit Priscilla Elhalyn hinter sich und das Gefühl, als wäre sein Kopf voller Milben, die alle fröhlich an seinem Verstand nagten. Er hatte die junge Frau erneut überreden wollen, dass sie entweder wieder auf Burg Elhalyn ziehen oder die Kinder nach Thendara bringen sollte. Sie hatte ihn jedoch nur wie üblich geistesabwesend angesehen, und ein leichtes Lächeln spielte um ihren Mund. »Aber wir gehen doch alle weg, alle außer Vincent«, hatte sie gesagt.

»Und wo geht Ihr hin?« Mikhail hatte die Frage inzwischen unzählige Male gestellt.

»An einen Ort, an dem wir glücklich sein werden«, antwortete sie wie immer. Dann drehte sie sich um und ging zu dem düsteren kleinen Zimmer zurück, in dem sie die Nächte und den größten Teil ihrer Tage verbrachte, und ließ ihn wütend und hilflos zurück. Im Schatten unter der Treppe drehte sie sich noch einmal um und lächelte süßlich. »Es wäre wirklich besser, du würdest nur Vincent nehmen und wieder verschwinden, weißt du. Er ist derjenige, den du suchst, und außerdem der Einzige, den du haben kannst. Die anderen kommen mit mir, wenn ich gehe.«

»Wenn du *wohin* gehst?«, schrie er sie an, um seiner wütenden Verzweiflung Luft zu machen. Sie hatte schon mehrmals ähnliche schwammige Andeutungen gemacht, die ihn jedes Mal wieder verdrossen. Einmal nur wollte er eine klare Antwort von der *Domna* erhalten!

»Das geht dich nichts an, und ich glaube auch nicht, dass du hier sein solltest, wenn ich gehe. Ich glaube ... es könnte tödlich sein. Und das wäre zu tragisch. Nimm einfach Vincent und reite zu Regis Hastur zurück.«

Mit diesen Worten verschwand sie, und Mikhail blieb mit geballten Fäusten im Flur zurück. Es erforderte seine gesamte Disziplin, ihr nicht zu folgen, sie am Arm zu packen und zu schütteln, bis er endlich eine vernünftige Antwort bekam. Er hatte noch nie Hand an eine Frau gelegt, nicht einmal, wenn seine Schwestern besonders lästig waren, und er wollte es auch nie tun, deshalb war er entsetzt über seine gewalttätigen Gefühle.

Mikhail schüttelte den Kopf und bemühte sich verzweifelt, ein wenig Klarheit in seine Gedanken zu bringen. Das Haus türmte sich drohend über ihm auf, und auch wenn die Fenster auf der Vorderseite neu verglast waren, lag es immer noch dunkel, düster und einsam da. Vincent benahm sich wie ein sadistischer Tyrann gegenüber seinen Geschwistern und schien eine echte Freude daran zu haben, die Mädchen zu quälen, wann immer er konnte.

Darkover hatte schon öfter unfähige Elhalyns überlebt – zu viele nach Mikhails Ansicht. Das konnte jedoch kein Grund sein, einen weiteren faulen Apfel auf den Thron zu setzen. Er fand, sie sollten diese Stellung, die sowieso nur noch rituellen Wert hatte, entweder ganz unbesetzt lassen oder jemanden bestimmen, der geistig gesund und tüchtig war. Vincent machte einen recht intelligenten Eindruck auf ihn, und er war auch nicht augenscheinlich geisteskrank, aber sein Charakter bereitete Mikhail große Sorgen. Sosehr er auch darauf erpicht war, die Regentschaft wieder loszuwerden, war er doch zu ehrenhaft und verantwortungsbewusst, um den leichtesten Weg einzuschlagen, zumal das genau die Lösung gewesen wäre, die auch Priscilla vorschlug.

Mikhail verglich Vincent für einen Moment mit seinen eigenen Brüdern und kam zu der Erkenntnis, dass deren Charakter mit fünfzehn schon deutlich ausgeprägter war. Gabriel war damals bereits sehr rechthaberisch und von sich überzeugt gewesen, und Rafael neigte von Natur aus zu Kompromissen. Sie hatten sich beide nur noch wenig verändert, und Mikhail bezweifelte daher, dass sich Vincent mit zunehmendem Alter noch stark bessern würde.

Das eigentliche Problem, dachte er, bestand darin, dass er seinem eigenen Urteil nicht mehr traute. Ihm fehlte jeglicher Abstand. Gegen Vincent war er voreingenommen, weniger weil der Bursche so eigensinnig, sondern weil er grausam war. Was Alain anging, wusste Mikhail, ohne ihn zu prüfen, dass er nie in der Lage sein würde, den Thron zu besteigen. Der Gedanke an den ältesten Jungen machte ihn verrückt. Er hockte nur tagaus, tagein in seinem Zimmer und wurde von Becca oder Wena mit dem Löffel gefüttert. Und die Ausbildung, die Mikhail in Arilinn erhalten hatte, war noch nicht zum Zuge gekommen. Alain war schlicht unprüfbar, und Emun ebenso. Der jüngste Sohn steckte voller Ängste, fuhr beim kleinsten Geräusch zusammen und hatte auf keinen einzigen von Mikhails Rettungsversuchen angesprochen.

Im Grunde wusste er, dass die beiden Mädchen von den fünf Kindern am stärksten und fähigsten waren, sowohl was den Verstand als auch was den Charakter betraf. In seiner gegenwärtigen Verwirrung wagte er das natürlich kaum zu glauben. Die beiden betrachteten ihn eher wie einen Erlöser, der sie von einem Geschick befreite, das sie nicht enthüllen wollten, aber er war überzeugt, es hatte mit Priscillas Plänen zu tun. Sie hatten ihn wiederholt gebeten, sie von Haus Halyn wegzubringen, und er hätte es vielleicht sogar getan, wenn es nicht das Scheitern seiner angeblichen Regentschaft bedeutet hätte, diesen üblen Ort einfach zu verlassen.

Seit seiner Ankunft war es Mikhail erst zweimal gelungen, mit Regis Hastur Kontakt aufzunehmen, einmal, um ihn davon zu unterrichten, dass er Haus Halyn erreicht hatte, und das zweite Mal, um ihm mitzuteilen, dass dieses Haus eine einzige Ruine war. Beide Male hatte er nichts davon angedeutet, dass er Schwierigkeiten hatte oder dass ihm die Sache langsam über den Kopf wuchs. Und Regis hatte auch kaum Zeit gehabt, ihm zuzuhören, und nur wieder seine Überzeugung betont, Mikhail würde diese einfache Aufgabe schon meistern und die Kinder prüfen und bald einen neuen Herrscher finden.

Nach dem zweiten kurzen Kontakt hatte Mikhail beschlossen, seinen Onkel nicht weiter zu belästigen, komme, was wolle. Er schluckte das beklemmende Gefühl der Zurückweisung hinab, und es vermischte sich mit den Zweifeln an seinen Fähigkeiten, seinem generellen Gefühl der Wertlosigkeit und seiner zunehmenden Mutlosigkeit. Das hier war nun mal sein Problem, und er würde es lösen, allein und ohne fremde Hilfe! Bisweilen erwog er, einfach die Kinder zu nehmen und abzureisen, wenngleich er immer noch im Unklaren darüber war, ob er überhaupt die Berechtigung dazu hatte. Und wen konnte er schon fragen, ohne dabei zu enthüllen, dass er bis zur Hüfte in einer Schlangengrube stand, wie es Margaret bei anderer Gelegenheit so anschaulich ausgedrückt hatte?

Mikhail blieb nicht einmal der Trost eines regelmäßigen

Austauschs mit seiner Liebsten, denn jedes Mal, wenn er mit ihr sprechen wollte, ertappte er sich dabei, dass er über belanglose Dinge redete, etwa den Unfug, den Vincent wieder angestellt hatte, oder wie hübsch die beiden Mädchen waren. Er hatte das Gefühl, dass sie ihre Achtung vor ihm verlieren würde, wenn er ihr die Wahrheit erzählte, und dass er dann schwach und ihrer Liebe nicht würdig erscheinen könnte. Außerdem war es ungewöhnlich schwierig, aus Haus Halyn jemanden auf telepathischem Wege zu erreichen. Er vermutete schon, dass ein telepathischer Dämpfer im Einsatz war, obwohl er vom Keller bis zum Dach nachgesehen und nichts gefunden hatte, was diesen Verdacht erhärtete.

Alle Hinweise liefen auf die rätselhafte Emelda hinaus, und Mikhail hatte keine Idee, wie er mit diesem Problem fertig werden sollte. Es war Priscillas Haus, und wenn sie eine *Leronis* in ihrem Haushalt beherbergen wollte, wie es die Elhalyn und andere Domänen schon früher getan hatten, dann gab es keinen Grund, es ihr zu verwehren. Er gelangte mehr und mehr zu der Überzeugung, dass Emelda nichts von dem war, was sie vorgab zu sein, weder eine Aldaran noch eine richtige *Leronis*. Die Türme führten genauestens Buch über alle Besitzer von *Laran*, und nur selten entging ihnen jemand. Ein paar schlüpften natürlich in jeder Generation durch, aber die hatten normalerweise nur unwichtige Gaben, Leute wie Burl, der Knochendeuter.

Mikhail versuchte Emelda auszufragen, wann immer sich die Gelegenheit bot, aber sie war ebenso wachsam wie feindselig. Mikhail erkannte ihre Stärke, aber es mangelte ihm an der nötigen Ausbildung, um ihr Vermögen wirklich zu beurteilen. Er verzweifelte daran, dass er hier mit einer wilden Telepathin fertig werden musste – er allein mit seinen bescheidenen Talenten.

Und er hatte nur selten die Muße, der merkwürdigen Frau

oder Priscilla Fragen zu stellen, wenn sie sich denn einmal sehen ließen. Er hätte nie gedacht, dass es so anstrengend sein könnte, einen Haushalt zu führen oder für Kinder zu sorgen, und sein Respekt vor seiner Mutter wuchs täglich. Allein das Besorgen von Vorräten für den herannahenden Winter war ein gewaltiger Kampf. Dazu beanspruchten die notwendigen Reparaturen den größten Teil seiner Zeit. Er hatte dicke Schwielen an den Händen und sich beim Versuch, einen Holznagel in einen Fensterrahmen zu hämmern, einen Fingernagel gequetscht. Und so anstrengend die Tage auch waren, die Nächte waren noch schlimmer. Sie waren die reinste Hölle, denn alle Kinder litten unter Albträumen, und er musste pausenlos aufstehen und sie beruhigen. Die beiden alten Frauen, Becca und Wena, rührten sich nicht, wenn die Kinder schrien, und überließen sowohl die Knaben wie auch die Mädchen sich selbst.

Daryll und Mathias, seine Männer, waren ebenfalls völlig erschöpft, weil sie doppelten Dienst als Pferdeburschen und Kutscher taten und sogar manchmal als Wäscherinnen und Zimmermädchen. Sie schliefen abwechselnd vor seiner Tür, aber auch ihr Schlaf wurde von schrecklichen Träumen gestört, und sie erwachten meist müde und unruhig. Mikhails Hoffnung, einige Leute aus dem Dorf als Helfer anstellen zu können, hatte sich nicht erfüllt. Ein paar waren widerwillig tagsüber zur Arbeit erschienen, aber niemand wollte über Nacht bleiben. Und bald weigerten sich auch die Tagelöhner, nach Haus Halyn zu kommen, und behaupteten hartnäckig, der Ort sei verflucht. Es besserte Mikhails Situation nicht gerade, dass er ihnen insgeheim Recht gab. Er war sich sicher, dass der Grund für die Weigerung der Dorfbewohner in Emeldas Anwesenheit lag, aber sein müdes Hirn fand keine Lösung für das Problem. Den wenigen Bemerkungen, die er aufgeschnappt hatte, entnahm er, dass die Dorfbewohner Emelda für eine echte *Leronis* und nicht wie er selbst für eine Betrügerin hielten und sich allesamt vor ihr fürchteten.

Am schlimmsten an der ganzen Sache war Mikhails Wissen darum, dass er nicht mehr klar denken konnte. Sein Gehirn war wie von der Baumwolle aus den Trockenstädten verstopft oder von dem klebrigen, zu lange gekochten Haferbrei, den es immer zum Frühstück gab. Wenn er doch nur einen anständigen Koch finden könnte, um den alten Knaben zu ersetzen, der nur grollend in der Küche herumschlich und sich weigerte, seine Befehle zu befolgen!

Mikhail war niedergeschlagen, weil er noch immer nichts erreicht hatte, und seine Hilflosigkeit wuchs mit jedem Tag. Er versuchte dagegen anzugehen, sagte sich, dass sich der Zustand des Hauses allmählich besserte und dass die Kinder besseres Essen bekamen. Doch er wusste, dass darin nicht seine Aufgabe lag, er war nicht hier, um Fenster zu reparieren, sondern um herauszufinden, ob einer der Jungen für den Thron der Elhalyn in Frage kam.

Wenn er sich doch nur konzentrieren könnte! Er strengte sich wirklich an, doch ständig wurde er von grundlegenden Aufgaben abgelenkt und musste etwa für Nachschub an Nahrungsmitteln sorgen. Er dachte sogar daran, einen der Gardisten nach Thendara zu schicken, damit er zusätzliche Leute holte. Aber wo sollte er sie unterbringen? Haus Halyn war immer noch in einem derart schlechten Zustand, dass es nicht viel mehr Menschen beherbergen konnte als die jetzigen Bewohner. Das Gebäude war von Anfang an nur für die alte Dame und ein paar Diener gebaut worden. Und er sollte doch wirklich in der Lage sein, allein mit ein paar Kindern fertig zu werden!

Er versuchte sich aufzuheitern, indem er aufzählte, was er bereits alles geschafft hatte. Der Kamin im Speisesaal war endlich freigeräumt, so dass der Raum am Abend ein wenig gemütlicher war. Er hatte Glas bestellt und in einen Teil der Fenster eingesetzt. Die Qualität des Essens verbesserte sich leicht, auch wenn es nach wie vor ungenießbar zubereitet wurde. Er hatte eine Frau im Dorf dazu gebracht, einige Kleidungsstücke für die Kinder zu nähen, damit sie nicht mehr wie Gassenkinder aussahen. Die Pferde waren gut versorgt. Nicht viel für mehrere Wochen Aufenthalt, aber immerhin etwas.

Tiefe Verzweiflung nagte an ihm. Er hielt es plötzlich keine Minute länger im Haus aus! Mikhail schaute durch die neuen Fenster und sah, dass es ein freundlicher Tag war. Vielleicht würde ein wenig Bewegung seinem Kopf gut tun. Er schnallte sein Schwert um und ging durch die Küche nach draußen, ohne auf den brummenden Koch zu achten, der ein paar Fische abschuppte, die am Morgen aus dem Dorf eingetroffen waren.

Nur wenige kleine Wolken standen am Himmel, und vom Meer her wehte eine angenehme Brise. Er roch nach Salzwasser, und der Geruch vertrieb seine Erschöpfung ein wenig. Mikhail bemerkte allerdings noch einen anderen Geruch. Der erste Schnee lag in der Luft, und er würde bald kommen. Er blickte in Richtung Norden und entdeckte dunkle Wolken am Horizont. Ja, der Winter war im Anmarsch. Mikhail unterdrückte einen Schauder. Die Vorstellung, in diesem erbärmlichen Haus überwintern zu müssen, war beinahe unerträglich.

Mikhail ging auf die Hecke zu, die den Stall vom Haus abgrenzte, als er den rauen Schrei einer Krähe hörte. Er drehte sich um und sah die weißen Flügelspitzen aufblitzen, die er nun als die einer Seekrähe erkannte. Bestimmt handelte es sich um denselben Vogel, der ihn schon am Tag seiner Ankunft begrüßt hatte. Eine ganze Reihe von Krähen lebten um Haus Halyn herum, aber nur dieser eine Seevogel. Die anderen waren eher gewöhnlich, alle schwarz und ein wenig kleiner als dieses Tier. Mikhail hatte sich längst an das leise Krächzen gewöhnt, mit dem die Schar den Tag ankündigte, an das Trippeln ihrer Klauen auf dem Dach über seinem Schlafzimmer, und er genoss ihre geschwätzigen Unterhaltungen am frühen Morgen. Die Vögel wirkten als Einzige in Haus Halyn normal und angenehm auf ihn.

Mit der Seekrähe verhielt es sich allerdings anders, sie ignorierte alle außer Mikhail und beobachtete ihn jedes Mal genau, wenn er das Haus verließ. Die Intensität dieser gefiederten Aufmerksamkeit beunruhigte ihn ein wenig, und er konnte nicht entscheiden, ob der Vogel nun Freund oder Feind war. Er entdeckte ihn in der Hecke, fast unsichtbar zwischen den dunkelgrünen Zweigen, offensichtlich der Lieblingsplatz der Krähe. Er winkte der Höflichkeit halber und stieß das Tor in der Hecke auf.

Mikhail betrat den mittlerweile sauberen Stallhof, wo Daryll und Mathias eine kleine Stechpuppe aufgebaut hatten, eine Attrappe in Menschengestalt, die an einer Reihe von Seilen und Rollen hing und somit beweglich war. Sie hatten die Füße mit Holzklötzen und zerbrochenen Hufeisen beschwert, und das Ganze war recht geschickt gemacht. Mikhail sah eine Weile zu, wie die Puppe im Wind schaukelte, und bewunderte die Tüchtigkeit seiner Männer. Die beiden Gardisten übten jeden Tag ein wenig entweder an der Attrappe oder trainierten miteinander, und Mikhail dachte, dass er sich schon viel früher hätte beteiligen sollen. Es würde ihm gut tun.

Im Augenblick war der Stallhof jedoch menschenleer. Selbst der alte Duncan schien nicht da zu sein. Mikhail hörte die Pferde in ihren Boxen in dem sauberen und reparierten Stall schnauben und stampfen. Er zuckte die Achseln und zog seine Waffe, dann näherte er sich der Attrappe, wobei er sich schon ein klein wenig albern vorkam.

Mikhail wärmte sich mit ein paar Finten und Paraden auf und genoss die Anstrengung seiner Muskeln. Er wechselte das

Schwert von einer Hand in die andere, wie es ihm sein Lehrmeister beigebracht hatte, als er etwa so alt wie Emun war. Er sollte unbedingt mit Vincent und Emun in den Hof gehen und sie endlich richtig ausbilden. Nur wenige Männer konnten mit beiden Händen gleich gut kämpfen, aber Amday, sein alter Lehrmeister, hatte darauf bestanden, dass er diese Kunstfertigkeit lernte. Mikhail hatte es zunächst gehasst und war sich mit links sehr unbeholfen vorgekommen, aber nach einiger Zeit hatten sich seine Muskeln daran gewöhnt, und bald war er ganz gut zurechtgekommen.

Nachdem seine Muskeln aufgelockert waren, startete er eine konzentrierte Attacke auf die Puppe. Jeder Schlag, den er landete, setzte den mit Stroh ausgestopften Feind an seinen Seilen in Bewegung. Der böige Wind trug auch noch zum Schaukeln bei, und Mikhail musste auf dem leicht unebenen Untergrund förmlich um die Attrappe herum tanzen. Als er die Puppe mit einem Schlag nur streifte, schoss sie, von einer Bö erfasst, auf ihn zu, anstatt zurückzuweichen.

Mikhail konnte gerade noch einen Schritt zur Seite machen. Die Stechpuppe schwang an ihm vorbei und zerzauste sein Haar. Er hörte die Seile ächzen und sich dehnen, als die Attrappe an ihrem Ende ankam und zurückzuschwingen begann. Sein linker Fuß rutschte auf einer nassen Stelle aus, und bevor er sich versah, war er in einem Spagat, der ihm fast die Muskeln in seiner Leistengegend zerriss, zu Boden gegangen. Gleichzeitig sauste die Attrappe auf ihrem Rückweg auf seinen Kopf zu.

Mikhail ignorierte den Protest seiner Sehnen und duckte sich, das Strohding schwang nur einen Fingerbreit über seinen Kopf hinweg. Er spürte, wie die schweren Holzklötze sein Haar streiften. Vielleicht war das Ganze doch keine so großartige Erfindung. Er rappelte sich auf und stolperte aus der Bahn der Puppe. Der Wind schien die Luft geradezu aus seinen Lungen zu saugen: Staub wirbelte auf, so dass ihm die Augen brannten und die Sicht verschwamm.

Als Mikhail sich den Sand aus den Augen rieb, hörte er ein Krächzen. Die Seile, an denen die Stechpuppe befestigt war, spannten sich im Wind. Mikhail fuhr in dem plötzlichen Wirbelwind herum und versuchte, aus der Bahn des Geräusches zu entkommen, aber es schien überall zu sein, und er verlor völlig die Orientierung. Er spürte etwas mit einer schnellen Bewegung auf ihn zukommen, und er versuchte auszuweichen.

Ein zweites Geräusch, ein raues, heiseres Krächzen ließ ihn zusammenfahren. Er hörte den Flügelschlag über seinem Kopf und sah nach oben, wo ein schwarzweißes Etwas vorbeihuschte. Der Wind flaute ab, und Mikhail blinzelte sich den Staub aus den Augen. Einen Moment später landete die Seekrähe auf dem Kopf der Attrappe. Die Puppe stand still, als genügte das geringe Gewicht der Krähe, um ihre Bewegung aufzuhalten.

Der Vogel sah Mikhail aus feuerroten Augen an, als versuchte er eine wichtige Information zu übermitteln. Mikhail sah den Vogel ebenfalls an, dann verneigte er sich tief. »Danke, Meister Krähe. Ihr habt mich womöglich vor einer ernsthaften Verletzung bewahrt.«

In diesem Moment juckte es ihn im Nacken, und er drehte sich um. Der Hof war immer noch menschenleer, aber er war überzeugt, dass ihn jemand beobachtete. Er sah zum Haus hinüber und erkannte für einen kurzen Moment das weiße Oval eines Gesichts in einem der Fenster im zweiten Stock. Dann war es auch schon verschwunden, und er war sich nicht einmal mehr sicher, ob er es tatsächlich gesehen hatte. Außerdem hatte er keine Ahnung, wer es gewesen sein könnte.

Die Krähe stieß einen erneuten Schrei aus, und Mikhail wandte sich ihr wieder zu. Er steckte sein Schwert in die

Scheide und stöhnte. Seine Oberschenkel brannten vor Schmerz, und auch die linke Schulter tat höllisch weh. Er bemerkte, dass er sich bei seinem Sturz eine Hand aufgeschürft hatte, und wischte sie an seinem Überrock ab.

Mikhails Puls verlangsamte sich zu seinem normalen gleichmäßigen Schlag, und sein Atem ging nicht mehr ganz so flach. Er war gewaltig erschrocken, als die Attrappe auf ihn zugeschossen kam, war aber zu beschäftigt gewesen, um es zu bemerken. Jetzt spürte er die Angst wie einen Giftrest durch seine Adern zirkeln, und er begann am ganzen Leib zu zittern.

Die Krähe spreizte ihre mächtigen Flügel, die weißen Federn an den Rändern blitzten im blassen Sonnenlicht auf. Sie machte einen kleinen Satz, einen Flügelschlag und landete so schwungvoll auf Mikhails Schulter, dass er beinahe gestolpert wäre. Der Vogel war schwerer, als er aussah. Mikhail bemerkte den Geruch von Fisch, als die Krähe ihre Klauen in den Stoff seines Rockes grub.

Aus der Nähe wirkte der Vogel riesig. Mikhail war sich des scharfen Schnabels so dicht an seinem Gesicht bewusst, damit hätte ihm das Tier problemlos ein Auge aushacken können. Dennoch war er nicht beunruhigt. Stattdessen empfand er zum ersten Mal seit Tagen Neugier, als wäre sein Kopf endlich klar geworden.

Die Krähe stieg von einem Bein aufs andere, und Mikhail streckte den linken Arm aus. Er war sein ganzen Leben lang mit Falken umgegangen, aber nie mit einem solchen Vogel. Die Krähe lief seinen ganzen Arm entlang, bis sie genau auf seinem Handgelenk stand. Dann öffnete sie ihren gelben Schnabel und wackelte mit der Zunge – ein komischer Anblick, der ihn zum Lachen gebracht hätte, wenn er weniger respektvoll gewesen wäre. Dieser Vogel hatte etwas Achtung Gebietendes an sich, und seine Verbeugung von vorhin kam Mikhail nicht im Mindesten lächerlich vor.

War es wirklich dieselbe Krähe, die er an seinem ersten Tag in Haus Halyn gleich zweimal gesehen hatte? Er hatte ihr raues Krächzen seither mehrmals gehört, war aber zu müde und zu beschäftigt gewesen, um darauf zu achten. Verfolgte sie eine Absicht? Sie benahm sich mit Sicherheit anders als alle Krähen, die Mikhail bisher gesehen hatte – oder als Vögel überhaupt.

Er wusste, dass es vereinzelt Personen gab, deren *Laran* ihnen erlaubte, mit Tieren zu kommunizieren, doch bei ihm waren nie auch nur die leisesten Anzeichen zu Tage getreten. Er spürte – sehr entfernt – ein wenig von der Energie des Tieres und von der Intelligenz, die in dem kleinen Gehirn steckte. Darüber hinaus jedoch handelte es sich um einen hübschen Vogel und weiter nichts.

Die Krähe stieß wieder einen Schrei aus, der fast wie ein Wort klang, und Mikhail zuckte zusammen. Gisela Aldaran, fiel ihm ein, hatte einmal einen Raben besessen, der einzelne Wörter nachsprechen konnte, und er fragte sich, ob die Krähe wohl über die gleiche Fähigkeit verfügte.

»Wie bitte?« Es erschien ihm höflich, zumindest zu sprechen. Die Krähe wiederholte das Geräusch, und es hallte in Mikhails Ohren wider. »*Geh?* Willst du mir sagen, ich soll von hier verschwinden? Das würde ich auf der Stelle tun, wenn ich die Wahl hätte, das kannst du mir glauben!«

Der Vogel starrte ihn aus seinen durchdringenden Augen an, dann war es, als würde er die Schultern zucken, und er schwang sich von Mikhails Arm. Er landete kurz auf den Pflastersteinen im Hof, dann flog er zu den Bäumen davon. Mikhail stand reglos da, beobachtete seinen Flug und fragte sich, was er jetzt tun sollte. Schließlich winkte er dem Vogel nach und ging zurück ins Haus.

Die geistige Klarheit, die er im Stallhof erlangt hatte, hielt während des heißen Bades und des Kleiderwechsels an. Sie war sogar immer noch da, als er nach unten ging, um mit den Kindern und seinen Gardisten zu essen. Wie üblich nahmen Priscilla und ihr Schatten nicht am Mahl teil, sondern aßen in dem kleinen Zimmer im ersten Stock, in dem sie den größten Teil ihrer Zeit verbrachten.

»Ich habe dich im Hof gesehen«, sagte Mira. Sie lächelte, und zwei Grübchen erschienen in ihrem mittlerweile etwas volleren Gesicht. Sie war ein ausgesprochen hübsches Kind, auch wenn sie immer noch sehr ängstlich wirkte. Und auch ihre Schwester Val sah, genau wie Emun, oft gehetzt aus.

»Hast du vorhin aus einem der oberen Fenster geschaut? Hast du gesehen, wie mich die Attrappe beinahe besiegt hätte?« Mikhail sprach mit erzwungener Fröhlichkeit. Es war nicht das Fenster des Mädchenzimmers gewesen, in dem er das weiße Gesicht gesehen hatte, das lag nämlich auf der anderen Seite des Hauses.

Sie schüttelte den Kopf. »Nein, ich war mit Wena im Wäscheraum. Seit du das Fenster repariert hast, ist es ganz nett dort. Und ich habe dich auch nur kurz gesehen, weil ich Wena helfen musste, die Laken zu falten.« Sie stöhnte komisch und streckte die Arme aus. »Man muss aufpassen, dass sie nicht auf dem Boden schleifen. Du bist wie wild herumgesaust und hast das Schwert von einer Hand in die andere gewechselt.«

»Dann könnt Ihr also beidhändig kämpfen, *Dom* Mikhail?« Vincent brüllte die Worte beinahe, er hatte offensichtlich keinen Begriff davon, wie man gemäßigt sprach. Mikhail hatte ihn mehrmals gebeten, leiser zu reden, aber Vincent schrie weiter, so dass sich Mikhail sogar fragte, ob er vielleicht irgendwie taub war.

»Ja, Vincent, das kann ich.«

»Wann bringt Ihr es mir bei? Habt Ihr denn schon einen Mann getötet?«

»Das Ziel der Fechtkunst ist nicht, töten zu können, sondern es vermeiden zu lernen. Wir hatten lange keinen Krieg auf Darkover, und ich hoffe, wir werden auch nie wieder einen haben. Wir üben uns weiterhin im Schwertkampf, weil wir in der Lage sein wollen, uns im Ernstfall verteidigen zu können.« Seine Idee von vorhin, Vincent und Emun in den Grundzügen der Fechtkunst auszubilden, erschien ihm plötzlich weniger verlockend. Vincent war ein bisschen zu blutrünstig, als dass man ihm trauen konnte, und Emun war zu zerbrechlich.

»Dann habt Ihr also noch niemanden getötet?« Der Junge sah enttäuscht aus. »Ich würde es sofort tun, wenn ich wüsste, wie es geht. In den Bäumen lebt eine große Krähe, die würde ich am liebsten auf der Stelle töten. Wann werdet Ihr es mir beibringen? Ich kann wohl kaum ein guter König sein, wenn ich nicht weiß, wie man mit einem Schwert umgeht, oder?«

Mikhail nahm sich ein zu dunkel gebackenes Brötchen aus einer Schale und dachte nach. Je mehr er von Vincent mitbekam, desto weniger konnte er ihn sich auch nur als Marionettenherrscher vorstellen. Er war zu starrköpfig, zu arrogant und zu grausam. Und er war fast ein Jahr älter als Danilo Hastur, der Regis auf jeden Fall ablösen würde. Nach Mikhails Einschätzung waren Danilo und Vincent unvereinbar – ein weiteres Problem, an das er nicht einmal gedacht hatte, als er seine beschwerliche Aufgabe übernahm. Der junge Hastur war nicht sehr energisch und hatte bislang nichts von Regis' Talent erkennen lassen, die Menschen zusammenzubringen. Vincent würde Danilo mit Sicherheit bis aufs Blut tyrannisieren.

Mikhail versuchte sich einzureden, dass es nicht zu seinem Auftrag gehörte, eine Entscheidung darüber zu treffen, welcher von Priscillas Söhnen am ehesten als König geeignet war. Er sollte lediglich einen suchen, der gesundheitlich in der Lage war, den Thron zu besteigen. Aber er verspürte ein tiefes Verlangen, nicht einfach irgendwen auszuwählen, sondern jemanden mit echten Führungsqualitäten. Möglicherweise hatte es gar nicht in Regis' Absicht gelegen, dass Mikhail eine solche Person suchte – sein Onkel war nicht besonders mitteilsam gewesen, was diese Sache betraf. Vielleicht hatte er einfach angenommen, dass jeder Elhalyn, solange er nicht offenkundig geistesgestört war, der Aufgabe gewachsen war. Dass die wahre Macht in Hasturs Händen verblieb, stand sowieso außer Frage, aber je mehr Mikhail darüber nachdachte, desto weniger gefiel es ihm.

Mit plötzlicher Klarheit erkannte er, dass Darkover einen richtigen König verdient hatte, nicht einen behelfsmäßigen, nur weil es die Tradition verlangte und weil man Leute wie seinen Vater damit zufrieden stellte. Und es sollte sich um eine fähige Person handeln, nicht um einen leicht beeinflussbaren Schwächling. Andernfalls konnte man genauso gut auf einen König verzichten.

Wenn er allerdings um den Tisch sah, sank ihm augenblicklich der Mut. Auch ohne die Kinder auf *Laran* und andere Eigenschaften zu prüfen, konnte er behaupten, dass der einzige männliche Anwesende, der gesund und vernünftig genug war, um König zu werden, er selbst war. So wie die Dinge jedoch hier liefen, war er sich neuerdings selbst seines eigenen Verstandes nicht mehr allzu sicher. Es trieb ihn schier zur Verzweiflung, dass er dazu gezwungen sein könnte, den Elhalyn-König zu spielen, eine Attrappe auf einem Thron ohne wirkliche Macht, nur mit hohlem Respekt ausgestattet. Doch er durfte keine voreiligen Schlüsse ziehen! Wenn Vincent nicht geeignet war, lagen immer noch die Hoffnungen auf Emun. Und wer konnte schon wissen, wie sich die Knaben entwickeln würden, wenn sie erst einmal von Priscilla getrennt waren? Vielleicht wurden sie ja angenehmer, ruhiger. Andererseits konnten sie natürlich auch noch schlimmer werden. Der unbändige Appetit, den er beim Kampf mit der Stechpuppe verspürt hatte, schwand dahin.

Sein Pflichtgefühl stand ihm aber auch ständig im Weg! Mikhail lud sich mechanisch zerkochtes Wurzelgemüse auf den Teller und wütete innerlich. Er mochte seinen Vetter Danilo Hastur sehr, aber er konnte den Charakter des jungen Mannes gut genug einschätzen, um zu wissen, dass er nicht so stark war wie er selbst. Mikhail konnte den Thron der Elhalyn nicht besetzen, ohne das eher zarte Selbstwertgefühl seines Vetters zu verletzen. Er wusste, dass er schlussendlich versuchen würde, die Dinge in die Hand zu nehmen, und dass sich Danilo darüber ärgern würde. Das wäre nicht gut für Dani, und es wäre vor allem nicht gut für Darkover, wenn das Gleichgewicht der Macht in eine so bedenkliche Schieflage geriete.

»Wann bringt Ihr mir endlich bei, wie man mit einem Schwert umgeht?«, schrie Vincent in Mikhails Grübeleien hinein. Sein Gesicht war gerötet, wie so oft, wenn er seinen Willen nicht bekam, und die Augen schienen aus den Höhlen zu treten. Mikhail sah, wie die Mädchen zusammenzuckten, obwohl sie Vincents Spektakel inzwischen gewöhnt waren.

»Sobald du gelernt hast, deinen Tonfall zu mäßigen, wenn du im Haus bist«, fuhr ihn Mikhail an.

Vincent öffnete den Mund, doch dann überlegte er es sich offenbar anders. Er funkelte Mikhail nur zornig an und zwickte Val so fest in den Arm, dass sie aufschrie.

Mikhail war aufgesprungen, bevor er recht wusste, was er tat. Er stürmte um den Tisch herum, packte Vincent am Kragen und zerrte ihn vom Stuhl. Der Bursche war beinahe so groß wie Mikhail selbst und wehrte sich heftig. Aber er war so überrascht, dass er nur hilflos mit den Armen umherfuchtelte und Mikhail einen kraftlosen Schlag auf die Schulter versetzte.

»Geh sofort auf dein Zimmer!«

»Nein! Ihr habt kein Recht ...«

Mikhail wartete gar nicht erst ab, was Vincent noch sagen wollte. Er packte ihn an der Schulter und am Gürtel und schleifte ihn zur Tür. Dann stieß er den Jungen aus dem Speisesaal und schloss die Tür hinter ihm. Er hörte Vincent draußen wutentbrannt und unzusammenhängend brüllen. »Wie könnt Ihr es wagen! So behandelt man keinen König!«

Mikhail wartete, ob Vincent versuchen würde, wieder hereinzukommen, aber nachdem er eine Minute lang getobt hatte, stürmte er mit den schweren Schritten eines wütenden Jugendlichen davon. Mikhail drehte sich um und bemerkte, dass die übrigen Kinder und die beiden Gardisten ihn mit aufrichtigem Erstaunen ansahen. Emun zitterte beinahe, seine blassen Wangen waren gänzlich farblos, und er hatte die Augen weit aufgerissen.

»Ich mag es nicht, wenn meine Mahlzeiten durch Streit gestört werden«, sagte Mikhail. »Das bekommt meiner Verdauung nicht.« Das allein war es natürlich nicht. Mikhail hatte fürchterliche Erinnerungen an die Abendessen in Armida, bei denen seine Eltern sich entweder anschrien oder in einem kalten, starren Schweigen dasaßen, das so schlimm war, dass es selbst einem stets hungrigen Heranwachsenden fast den Appetit verdarb. Als er dann auf Burg Ardais wohnte, hatte er zu seiner Erleichterung festgestellt, dass Lady Marilla Aillard, Dyan Ardais' Mutter, keine Diskussionen bei Tisch erlaubte. Das hatte zwar zu vielen langweiligen Abenden geführt, aber die waren Mikhail lieber als Auseinandersetzungen.

»Das hättest du nicht tun sollen«, sagte Miralys leise.

Mikhail kehrte auf seinen Platz zurück und sah sie neugierig an. Die Mädchen verhielten sich die meiste Zeit sehr ruhig, als wollten sie sich vor irgendetwas verstecken. Val schien die Lebhaftere von beiden zu sein, denn sie hatte immerzu ein fröhliches Funkeln in den Augen; Miralys dagegen war die Selbstbewusstere. Doch ihr Tonfall hatte sich gerade alles andere als selbstbewusst angehört. Sie klang verängstigt, und Mikhail merkte, dass sie sich mehr vor ihrem Bruder fürchtete, als ihm bewusst gewesen war. Doch warum? Es steckte mehr dahinter, als Vincents Sticheleien, aber Mikhail wusste beim besten Willen nicht, was.

Er dachte an *Dom* Gabriel und Lady Javanne, dann an Regis und Lady Linnea, die ihm in vielerlei Hinsicht mehr wie seine Eltern vorkamen als seine leiblichen. Sie waren alle streng gewesen, und *Dom* Gabriel brüllte gerne, wenn man sich ihm widersetzte. Aber Mikhail hatte sich vor keinem von ihnen je wirklich gefürchtet, und soweit er es beurteilen konnte, hatten weder seine Brüder noch seine Schwestern ernsthaft Angst vor *Dom* Gabriel. Niemand fand die häufigen Wutausbrüche seines Vaters lustig, aber wenn sie plötzlich ausgeblieben wären, hätte Mikhail ihn für krank gehalten.

»Warum denn nicht, Mira?«

Sie antwortete nicht, sondern schürzte nur die Lippen und senkte den Kopf über ihren Teller. Val schaute auf dem Tisch herum, zuckte mit den Achseln und sagte dann: »Er wird es an uns auslassen. Das tut er immer.«

Tiefes Unbehagen lief wie ein kalter Schauer über Mikhails Nacken. »Wie meinst du das?«

Valenta sah ihn an, als hätte er den Verstand verloren. »Mein Bruder tut gern anderen weh.« Sie sagte es mit kaltem, nüchternem Tonfall, als würde sie eine allseits bekannte Tatsache wiedergeben und verstünde nicht ganz, warum er überhaupt fragte.

Mikhail versuchte das flaue Gefühl im Magen zu ignorieren; er hatte einen sauren Geschmack im Mund. Sie hatte völlig Recht – er wusste es seit Wochen. Aber er hatte es nicht wahrhaben wollen, hatte sich ständig einzureden versucht, dass er Vincent irgendwie falsch einschätzte. Und mit großem Bedauern erkannte Mikhail, dass er es bisher vermieden hatte, diesen Kindern wirklich Beachtung zu schenken, dass er sich nur deshalb von den Problemen bei der Instandsetzung des heruntergekommenen Hauses so vollkommen in Anspruch nehmen ließ, weil er sich der Herausforderung nicht gewachsen fühlte, diese fremden Wesen zu begreifen. Er wusste, dass Vincent grausam war und dass sich die jüngeren Kinder vor ihm fürchteten. Er hatte dieser Tatsache nur nicht ins Auge sehen wollen. Warum hatte Regis ihm diese Aufgabe übertragen – er war ihr einfach nicht gewachsen.

»Das wird aufhören!« Mikhail glaubte selbst kaum, was er da sagte, aber er wollte die Kinder beruhigen. *Na klar – ich werde Vincent Tag und Nacht keine Sekunde aus den Augen lassen! Was für ein Witz!*

Val schüttelte den Kopf, dass die schwarzen Locken nur so um ihr katzenartiges Gesicht wirbelten. »Du kannst Vincent nicht aufhalten. Niemand kann es.«

»Wieso nicht?«

»Weil er macht, dass du Kopfweh oder Grippe bekommst, wenn er dich nicht mit den Händen zu fassen kriegt.«

»Ich verstehe.« Mikhail nahm sein Kelchglas zur Hand und trank einen Schluck von dem süßen und dennoch trockenen Apfelwein aus der Gegend. Er begriff zum ersten Mal seit seiner Ankunft, dass man Vincent hatte verwildern lassen, dass er sich vielleicht anders verhalten würde, wenn man ihn bei den ersten Anzeichen seines *Laran* zur Ausbildung in einen Turm geschickt hätte. Er musste endlich die Tests durchführen, derentwegen er ursprünglich gekommen war, und zwar bald.

Das alles war allein Priscillas Schuld, weil sie sich geweigert hatte, ihre Kinder ausbilden zu lassen; aber für Schuldzuweisungen war es nun zu spät. Die Kinder hätten problemlos nach Dalereuth gehen können, dem nächstgelegenen Turm, der an dem gleichnamigen Meer lag, falls Priscilla sie nicht nach Arilinn schicken wollte. Wenn überhaupt jemand Schuld hatte, dann Regis selbst, weil er die Dinge so viele Jahre lang treiben ließ.

Das ganze Problem ließ sich auf *Laran* zurückführen! Vor seiner Begegnung mit Marguerida Alton hatte Mikhail sich nie ernsthaft damit befasst, was für ein zweischneidiges Schwert die Fähigkeit, Gedanken zu lesen, sein konnte. Er war in einer telepathischen Gemeinschaft aufgewachsen, wo diese Eigenschaft erwartet wurde und auch erwünscht war. Und da er sich – wie seine Geliebte ihn oft genug erinnerte – immer nur innerhalb der darkovanischen Kultur bewegte, war ihm nie aufgefallen, dass diese Fähigkeit auch Nachteile hatte.

Laran gehörte so sehr zur Kultur Darkovers, dass er nie darüber nachgedacht hatte, bis Marguerida ihn ziemlich verärgert darauf hingewiesen hatte, dass es sich auf alle Lebensbereiche auswirkte. Ihrer Meinung nach maß man dieser Fähigkeit viel zu viel Wert bei, bis hin zur Besessenheit. Und bevor seine Schwester Ariel ihren gewaltigen Schmerz und Selbsthass wegen ihres fehlenden *Laran* bloßgelegt hatte, war ihm nicht bewusst gewesen, wie sehr diejenigen litten, die diese Gabe nicht besaßen.

Während seiner Zeit in Arilinn, als Margaret ihr Studium aufnahm, hatte sich Mikhail gezwungen gesehen, viele Dinge kritisch zu hinterfragen, die er bisher immer für selbstverständlich angesehen hatte. Die wissenschaftliche Denkweise seiner Geliebten war ein Phänomen, dem er vorher nie begegnet war, weder bei Männern noch bei Frauen. Sie konnte jeden beliebigen Standpunkt klar und treffend vertreten – und schien sogar Spaß an den Disputen zu haben. Das nannte man Sophisterei, wie sie ihn belehrte, und in akademischen Kreisen runzelte man häufig die Stirn darüber. Doch während mehrerer Nachmittagsspaziergänge und bei ihren wohltuenden Ausritten über die Felder und Wiesen rund um den Turm, hatte sie unbeschwert die darkovanische Kultur in ihre Einzelteile zerlegt. Das schien sie regelrecht zu beleben, denn ihre Augen funkelten dabei immer wie gelbe Achate, und er wusste, dass sie das Akademikerdasein an der Universität mehr vermisste, als sie zugab.

Manchmal vertrat sie den Standpunkt, dass *Laran* eine gute Sache sei, dann wieder behauptete sie, es sei verwerflich. Meist verwies sie auf andere Kulturen, über die sie Bescheid wusste, in denen man im Hinblick auf Kraft, Intelligenz oder Hautfarbe züchtete. Mikhail war fasziniert und voller Verlangen, andere Welten zu besuchen. Bei diesen Diskussionen wuchs sein Verständnis, dass Darkover nicht so einfach war, wie er immer geglaubt hatte. Marguerida war stets fair, aber sie verfolgte ihre Argumentationen stets bis zu einem logischen Schluss, der nicht immer sehr angenehm war.

Eines der Probleme, über das die beiden oft gesprochen hatten, war das der nicht richtig ausgebildeten oder wilden Telepathen. Das Thema beschäftigte Margaret sehr, weil sie selbst einige Zeit zu ihnen gehört hatte. So hatte sie lange Zeit gar nicht gewusst, dass sie die Befehlsstimme besaß, bis sie den kleinen Donal Alar einmal aus Versehen in die Oberwelt schickte. Mikhail wusste, dass es Marguerida immer noch eiskalt über den Rücken lief, wenn sie an diese und all die anderen Gelegenheiten dachte, bei denen sie jemanden hätte verletzen können.

Als einziges Ergebnis war bei diesen Gesprächen herausgekommen, dass die Türme wirklich notwendig waren, da *Laran* auf Darkover nun einmal zum Leben gehörte. Mikhail wusste, wie sehr Margaret die bloße Existenz der großen Relais verabscheute und dass die Steine für sie eine Qual darstellten, und deshalb wusste er auch, wie schwer ihr dieses Eingeständnis fiel.

Doch bis zu diesem Augenblick war Mikhail nie der Gedanke gekommen, dass Vincent sein ungeschultes *Laran* gegen seine Geschwister verwenden könnte, weil er selbst so etwas nie getan hätte. Es war dumm von ihm gewesen, allen Ernstes anzunehmen, dass diese Horde wilder Kinder nach denselben Regeln funktionierte wie er selbst. Er fragte sich, ob Priscilla Elhalyn nicht doch mehr als nur exzentrisch war; eine andere Erklärung für ihr sonderbares Verhalten wollte ihm nicht einfallen.

»Ich glaube, Vincent muss allmählich lernen, dass er nicht immer nur tun kann, was ihm gerade einfällt«, sagte Mikhail leise.

»Aber das kann er doch!«, platzte Emun heraus und sah gleich darauf aus, als würde er sich am liebsten auf die Zunge beißen.

»Sprich weiter.«

Der Junge sah seine Schwestern hilflos an. Einige Minuten lang sagte niemand etwas, und das Knistern des Kaminfeuers und das Klappern von Löffeln und Messern auf den Tellern waren die einzigen Geräusche im Raum. Daryll und Mathias aßen unbekümmert weiter, als wären sie taub, aber Mikhail wusste genau, dass Mathias ihn später darauf ansprechen würde. Der ältere der beiden Gardisten hatte zwar eine schroffe Art, aber er war sehr klug, und Mikhail hatte sich im Laufe der Wochen angewöhnt, seine Ansichten und Beobachtungen stets zu Rate zu ziehen.

Schließlich sprach Miralys. »Es spielt keine Rolle, was er uns antut, wir gehen sowieso alle weg, und Vincent wird König. Das wissen wir alle. Und ehrlich gesagt, kann ich es kaum erwarten.«

»Ihr geht weg? Wohin denn?«

»Darüber dürfen wir nicht sprechen«, murmelte Valenta und sah aus, als würde sie nur zu gern mehr sagen und traute sich jedoch nicht.

Zum ersten Mal in seinem Leben wünschte sich Mikhail, er hätte die Alton-Gabe des erzwungenen Rapports. Er war entsetzt von sich. Er hatte bisher nie den Wunsch verspürt, in die Gedanken anderer einzudringen. Allein dieser Einfall verriet ihm, dass er restlos überfordert war und dringend Hilfe brauchte, erfahrene Hilfe. Er musste sich mit einem wilden Telepathen herumschlagen – oder besser mit zwei von ihnen, wenn er die rätselhafte Emelda mitrechnete.

Während er noch überlegte, was er tun sollte, spürte er, wie sich sein Geist trübte. Das Gefühl von Passivität und Schwäche war kaum wahrnehmbar, aber er bemerkte es sofort. Unbändiger Zorn stieg in ihm auf und ließ ihn erbeben.

Kurz darauf hörte er einen leisen Schrei aus dem hinteren Teil des Hauses und das heisere Krächzen einer Krähe vor dem Fenster des Speisesaals. Plötzlich war sein Verstand wieder klar.

»Seht nur! Es schneit!« Valenta deutete zum Fenster, sie klang erleichtert, dass sie ein harmloses und unverfängliches Thema gefunden hatte.

»Stimmt«, antwortete Mikhail und klammerte sich hartnäckig an seine geistige Klarheit. *Ich brauche Hilfe, und zwar schnell. Aber von wem? Ich kenne die Leute in Dalereuth nicht, und der Turm ist sehr klein. Außerdem, wenn es hier schon schneit, dann stehen sie dort oben bestimmt bis zu den Knien im Schnee. Warum habe ich es nicht früher begriffen? Und warum frage ich nicht Regis? Ich kann es einfach nicht. Aber wen sonst? Was bin ich doch für ein Dummkopf! Liriel! Natürlich!*

9

Als Mikhail auf sein Zimmer ging, spürte er die Strapazen seiner Kampfübung vom Nachmittag – und die Erschöpfung. Seine Knie schmerzten, und er bekam heftige Kopfschmerzen. Er wollte nur noch ins Bett und zur Abwechslung einmal ohne Störungen durchschlafen. Irgendetwas hatte er noch tun wollen, aber er konnte sich um nichts in der Welt daran erinnern.

Er zog sich aus, sah automatisch nach, ob im Zimmer etwas verändert worden war, und sank ins Bett. Es roch leicht muffig, und er sehnte sich nach dem frischen Duft seiner Laken in Armida. Mikhail verabscheute Haus Halyn zusehends und richtete all seine unguten Gefühle gegen das Gebäude und nicht gegen Emelda oder Priscilla. Er wäre im Augenblick fast überall lieber gewesen. Nein, das stimmte nicht. Er wäre am liebsten bei Marguerida in Neskaya gewesen, auch wenn er wusste, dass der Winter dort längst hereingebrochen war. Seine Base hatte sich noch bei ihrem letzten abendlichen Kontakt darüber beklagt. Wann war das eigentlich gewesen? Er konnte sich nicht einmal mehr erinnern, wann er zuletzt mit ihr gesprochen hatte.

Der Gedanke an Neskaya wuchs in seinem Kopf und erfüllte ihn schließlich mit Verlangen. Mikhail hätte am liebsten umgehend das Haus, die Elhalyn-Kinder, einfach alles verlassen. Er wünschte, er wäre ein ganz gewöhnlicher Mann oder Marguerida eine ganz gewöhnliche Frau, und ihrer beider Los wäre völlig ohne Belang für Darkover. Dann müsste er sich nämlich auch nicht in diesem trotz aller Reparaturen noch immer zugigen Haus unter die Decke kuscheln. Einem gewöhnlichen Mann hätte man diese kaum zu bewältigende Aufgabe bestimmt nicht aufgebürdet.

Mikhail Hastur seufzte leise und schmiegte den Kopf ins Kissen, da fielen ihm auch schon die Augen zu. Er hätte so gern mit Marguerida gesprochen, aber er brachte nicht die Energie auf, sich zu konzentrieren, seinen Matrixstein herauszuholen und ihr seine Gedanken zu senden. Er wollte nur noch schlafen. Wenn ihm doch nur wieder einfiele ...

Nach wenigen Augenblicken schlief er tief und fest und träumte von Marguerida Alton. Sie spazierten über eine Sommerwiese und hielten sich an den Händen. Er roch die Blumen und die trockene Erde unter ihren Füßen. Marguerida wandte ihm das Gesicht zu und hob ihren Mund zu einem Kuss. Mikhail näherte seine Lippen den ihren ...

Ein Schrei riss ihn aus dem Schlaf, als hätte man ihm einen Kübel Eiswasser übergegossen. Es klang schrecklich, ein gurgelnder Angstschrei aus tiefster Kehle. Mikhail bekam eine Gänsehaut, auch wenn er wusste, dass nur wieder eins der Kinder einen Albtraum hatte.

Schlaftrunken schob Mikhail die Füße in die pelzgefütterten Hausschuhe und zog den Morgenmantel an. Er fuhr sich mit den Fingern durchs Haar und riss dabei so heftig an einer verfilzten Stelle, dass es wehtat. Als er sich im Spiegel erblickte, verzog er das Gesicht. Er sah abgezehrt und hager aus, weil er einiges an Gewicht verloren hatte. Unter den Augen hatte er dunkle Ringe, und er wirkte irgendwie gehetzt. Wann hatte er bloß so viel abgenommen?

Vor der Tür setzte sich Mathias erschrocken auf und rieb sich die Augen. Mit einem raschen Blick erfasste Mikhail, dass der Mann keinen viel besseren Eindruck machte als er selbst. Auch der Gardist hatte Gewicht verloren, und seine Haare sahen im Licht der Fackeln spröde und trocken aus. Warum war ihm das nicht schon früher aufgefallen?

Er unterdrückte einen Seufzer und trottete über den Flur auf die Quelle der Schreie zu. Entweder Emun oder Alain hatten mal wieder einen bösen Traum, er war sich nur nicht sicher, wer von den beiden. Vincent schien nie Albträume zu haben. Bei diesem Gedanken blieb Mikhail abrupt stehen. Das war wichtig, aber bevor er der Sache weiter nachgehen konnte, hatte er sie auch schon wieder vergessen.

Er hörte, wie eines der alten Kindermädchen aus ihrem Zimmer stürzte und sich wie üblich beschwerte. Vor seiner Ankunft waren die Frauen nicht einmal aufgestanden, sondern hatten die Kinder einfach schreien und weinen lassen. Erst durch Mikhails Beharrlichkeit bequemten sie sich widerwillig zu diesen immer wiederkehrenden Schauspielen. Als Mikhail sie gefragt hatte, weshalb sie sich nicht um die Kleinen kümmerten, hatte ihn Becca aus ihren vom beginnenden grauen Star getrübten Augen angesehen und verkündet: »Sie müssen aus diesen Dingen herauswachsen – es hilft nichts, wenn man sie verhätschelt!«

Die Antwort war ihm damals sehr merkwürdig vorgekommen, und da die beiden Alten vor vielen Jahren auch Priscillas Kindermädchen gewesen waren, hatte er sie gefragt, ob sie als kleines Mädchen in der gleichen Weise vernachlässigt worden war. Das würde zumindest Priscillas eigentümliches Verhalten erklären. Da Mikhail während seiner gesamten Kindheit die volle Aufmerksamkeit von liebevollen und stets besorgten Bediensteten genossen hatte, fiel es ihm schwer, sich die Vernachlässigung auszumalen, die er nur vermuten konnte.

Er hörte ein Murmeln und wusste, es musste Becca sein. Wena war fast immer schweigsam, während Becca scheinbar nie zu reden aufhörte. Beide hatten ihre beste Zeit längst hinter sich und sollten eigentlich ihren Ruhestand genießen. Aber da sich die Dorfbewohner weigerten, in Haus Halyn zu arbeiten, war Mikhail froh um ihre Anwesenheit, so wenig hilfreich sie auch waren.

Sie behaupteten, bereits die Kindermädchen von Alanna

Elhalyn gewesen zu sein, die seit über einem halben Jahrhundert tot war. Mikhail schätzte sie auf annähernd achtzig, obwohl keine der beiden das zugeben wollte. Auch besaßen sie all die ärgerlichen Eigenarten von alten Faktoten – sie behandelten alle Leute, als wären sie kleine Kinder und ein bisschen schwer von Begriff, wussten hartnäckig alles besser und weigerten sich, ihre eingefleischten Gewohnheiten zu ändern.

Die Bewunderung für seine Mutter war immer größer geworden, während er sich bemühte, mit diesem unmöglichen Kinderhaufen zurechtzukommen. Er hatte ihr in einer freien Minute einen liebevollen Brief geschrieben und einen Boten damit losgeschickt, jedoch nie eine Antwort erhalten. Entweder saß sie noch schmollend in Armida und fühlte sich sowohl von ihrem Bruder Regis als auch von Mikhail verraten, oder sie war bereits in Thendara, um neue Intrigen zu spinnen. Mikhail schob seine Überlegungen unnachgiebig beiseite und folgte dem Heulen, das er inzwischen nur zu gut erkannte.

Emun saß mitten auf seinem Bett, hatte die Fäuste in die Decken gekrallt und den Kopf nach hinten geworfen, und ein dünnes, schreckliches Geräusch drang aus seinem schlanken Hals. Er war sehr dürr, nur Haut und Knochen, und die Augen wirkten viel zu groß für das schmale Gesicht. Das helle rötliche Haar war völlig zerzaust und verfilzt, weil er sich im Bett herumgeworfen hatte, außerdem hatte er sich die Unterlippe blutig gebissen. Unter den blauen Augen schimmerten dunkle Ringe, und Mikhail wusste, dass er sich die Handflächen mit seinen kurzen Fingernägeln aufgerissen hatte.

Emun zeigte erste Anzeichen der Schwellenkrankheit, aber noch war die Krankheit nicht richtig ausgebrochen. Diese Tatsache beunruhigte Mikhail sehr. Das erste Auftreten von *Laran* wurde normalerweise von dieser Krankheit begleitet, manchmal ziemlich heftig, dann wieder weniger schlimm. Bei

Mikhail war es ein relativ harmloses Ereignis gewesen, aber er wusste noch genau, wie krank Marguerida im Sommer auf Burg Ardais gewesen war. Trotz seiner Ausbildung in Arilinn zweifelte er an seiner Fähigkeit, mit der Krankheit fertig zu werden.

Heute Nacht, da sein Verstand ausnahmsweise fast klar war, wunderte er sich, warum die Schwellenkrankheit bei Emun nicht mit voller Stärke ausbrach. Aus eigener Erfahrung und entsprechenden Unterweisungen in Arilinn wusste Mikhail, dass alles auf einmal kam, wenn es soweit war. Emuns ganz offensichtliche Fehlstarts waren rätselhaft, und während Mikhail einerseits dankbar war, dass es noch nicht zum Schlimmsten gekommen war, machte er sich andererseits Sorgen, er könnte ihm nicht gewachsen sein, wenn es wirklich soweit war.

Es war, als würde irgendetwas Emun daran hindern, das *Laran* zu erreichen, das er als Erwachsener einmal besitzen würde, falls ihn diese Albträume nicht vorher umbrachten. Das war natürlich unmöglich, es sei denn, Priscilla oder Emelda machten sich irgendwie an den Kanälen des Jungen zu schaffen. Mikhail hielt das eigentlich für undenkbar, aber er wusste, dass Ashara Alton in den Jahrhunderten seit ihrem Tod nicht nur Marguerida, sondern noch zahlreiche andere Frauen überschattet hatte. Auch wenn ihm diese Vorstellung ein Gräuel war, so gab es offenbar Menschen, die nicht von denselben moralischen Prinzipien geleitet wurden wie er.

Liriel wüsste bestimmt die Antwort auf seine Fragen. *Liriel!* An sie hatte er sich zu erinnern versucht, als er ins Bett ging! Sie war eine hervorragende Matrixtechnikerin, wenngleich ihre angeborene Bescheidenheit verhinderte, dass sie ihr Potenzial vollends ausschöpfte. Und sie könnte auch die Mädchen prüfen, was für ihn äußerst unschicklich wäre. Sie könnten seine Töchter sein, und damit waren sie für ihn tabu.

Wenn er doch nur einen Gedanken richtig zu Ende denken könnte!

Kaum hatte Mikhail diese Überlegung angestellt, fühlte er wieder die vertraute geistige Erschöpfung, die Teilnahmslosigkeit und die Verzweiflung. Er kämpfte gegen dieses Gefühl des Verlorenseins, der Nutzlosigkeit und der Angst an, das jede wache Stunde an ihm nagte. Er hatte ja keine Zeit für seine eigenen Sorgen.

Mikhail setzte sich auf den Rand von Emuns Bett und ergriff die kleine, zitternde Hand. Die anderen Jungen schliefen in dem großen Bett oder taten zumindest so. Emuns nächtliche Albträume traten so häufig auf, dass seine Schreie die anderen kaum mehr aufweckten.

Er musterte das Kind eingehend. Emuns Pupillen waren wie glühende Nadeln im flackernden Licht der Kerze neben dem Bett, und er starrte Mikhail an, ohne ihn zu erkennen. Tränen liefen ihm über die Wangen, und er war eiskalt und schweißgebadet. Becca schlurfte brummelnd ins Zimmer. Sie stöhnte und warf ein kleines Holzscheit in das Feuer im Ofen. Dann stellte sie einen Topf mit Wasser darauf, um Tee aufzubrühen.

»Was ist denn los, Emun?«

Der Junge antwortete nicht sofort. Er blickte in die dunklen Zimmerecken und schien nur darauf zu warten, dass ihn jeden Moment etwas ansprang. Er hielt Mikhails Hand fest, als klammerte er sich ans Leben. Dann normalisierte sich sein Blick jedoch wieder, und seine schmalen Schultern entspannten sich. »Ich weiß es nicht. Etwas Böses ist hier drin.«

Mikhail wartete. Die jüngeren Kinder waren alle fest davon überzeugt, dass Geister durchs Haus spukten. Er hatte sich seit seiner Ankunft ein wenig mit der Geschichte von Haus Halyn vertraut gemacht. Es war vor vier Generationen für die Mutter eines Elhalyn gebaut worden, die ihre Schwiegertochter nicht ausstehen konnte. Einer der Arbeiter aus dem Dorf hatte behauptet, die längst verstorbene Frau wandle immer noch umher, und geschworen, er habe sie schon oft gesehen. Wie man sich erzählte, war Maeve Elhalyn eine entschlossene Frau gewesen, die keinen Widerspruch duldete, sie war der Schrecken ihrer Kinder und Enkel. Es könnte tatsächlich ihr Geist gewesen sein, dachte Mikhail, oder der jener Magd, die sie angeblich in einem Wutanfall ermordet hatte. Das Haus war so abgelegen, dass Maeve eine ganze Schar von Dienern hätte umbringen können, ohne dass es jemandem aufgefallen wäre.

Manchmal hatte er das Gefühl, dass es hier wirklich spukte, genau wie in Armida, wenngleich die Gespenster der Altons alle eher gutmütiger Natur waren. Er hatte ein paar Mal irgendwelche Gegenstände durch die Flure schweben sehen, dass er eine Gänsehaut bekam, und ein Stöhnen gehört, das sicher nicht einem kindlichen Streich entsprang. Mikhail hatte keine besonders lebhafte Fantasie, deshalb versuchte er stets logische Erklärungen zu finden, etwa dass sich das Haus senkte oder der Wind durch die Mauern pfiff. Aber er konnte nicht leugnen, dass Haus Halyn mit dem Schwefelgeruch, der bei Nordwind von den Quellen herüberwehte, und mit all den dunklen Ecken ein unheimlicher Ort war.

»War es ein Traum oder etwas anderes?« Mikhail stellte die Frage sehr leise. Er griff hinter Emun und schüttelte die Kissen auf, dann bettete er den Jungen wieder darauf. Becca stellte eine gesprungene Tasse mit süß duftendem Tee auf den Nachttisch. Die alte Frau zupfte die Decken zurecht, wobei sie Mikhail mit einem finsteren Blick klar machte, dass er dazu nicht fähig war, dann deckte sie Emun leise murmelnd zu. Der Gestank nach faulen Zähnen drang aus ihrem Mund, und Mikhail versuchte nicht weiter darauf zu achten.

»Da war etwas im Zimmer – ein Geist –, und der wollte mich holen«, antwortete Emun. Er nahm die Tasse vom Nachttisch und trank hastig, dann hustete er, weil er sich am Tee verschluckt hatte.

Mikhail klopfte dem Knaben auf den schmalen Rücken. Als Emun wieder Luft bekam, fragte Mikhail: »Warum sollte ein Geist dich holen wollen, Emun?«

»Er war zornig«, antwortete der Junge, als erklärte das alles.

»Ach so. Zornig auf dich oder einfach nur so?«

Emun dachte über die Frage nach und sank dabei in die Kissen zurück. Er schien sich langsam zu beruhigen, worüber Mikhail sehr dankbar war. In der letzten Zeit war er oft nur noch durch starke Kräuter zu beruhigen gewesen, die ihn für den nächsten Tag träge und benommen machten.

»Er hat versucht mich aufzufressen.«

»Dich aufzufressen?« Das war neu und beunruhigte Mikhail.

»Wie ein Banshee.«

»Emun, Banshees kommen nicht so weit von den Bergen herunter.«

»Das weiß ich doch, Mik!« Von einer Sekunde zur nächsten wurde aus dem verängstigten Kind ein normaler Heranwachsender, und er versuchte ein schwaches Grinsen. »Ich sagte ja auch wie ein Banshee.«

»Schon. Aber da du noch nie ein Banshee gesehen hast, weiß ich nicht, wie du einen solchen Vergleich anstellen kannst.«

»Doch, das kann ich. Vincent hat mir alles über sie erzählt.«

»Und wie vielen Banshees ist Vincent schon begegnet?«

Emun lachte. »Keinem natürlich. Ich kenne niemanden, der eins gesehen hat, es sei denn, du hast eins gesehen.«

»Ich habe auch noch kein Banshee gesehen, und ich bin aufrichtig froh darüber. Mein Vater hat vor vielen Jahren hoch droben in den Hellers mal eins gesehen, und seiner Beschreibung nach verzichte ich mit Freuden darauf, ihre Bekanntschaft zu machen.«

Emun lächelte kraftlos über Mikhails Scherz. »Vielleicht war es auch nur der Geist eines Banshees.« Er sah jetzt wie ein ganz normaler junger Bursche aus.

Mikhail überlegte einen Moment, wie seltsam ihre Unterhaltung doch war, aber eigentlich ging es ihm nur darum, Emun zu beruhigen und wieder ins Bett zu kommen. Nein, irgendetwas musste er vorher noch tun. Warum fiel ihm bloß nicht mehr ein, was es war? »Das ist aber eine beängstigende Idee – und ich glaube kaum, dass dir das selbst eingefallen ist. Hat Vincent dir vielleicht erzählt, dass Banshees einen Geist haben?«

»Ja«, gab Emun widerwillig zu. »Er sagte, nichts kann den Geist von einem Banshee aufhalten.«

»So etwas habe ich ja noch nie gehört! Und wenn es wahr wäre, wüsste ich es. Jetzt vergiss den Traum, junger Mann. Trink deinen Tee aus, und dann schlaf weiter.«

»Ich muss mich erst noch um diese Schnitte kümmern, *Dom* Mikhail«, warf Becca ein, »die sind ziemlich schlimm, und ich will nicht, dass der kleine Emun eine Entzündung bekommt. Du bist doch mein Augapfel, Emun, das weißt du.« Sie zwickte ihn mit ihren dürren Fingern in die Backe, und Emun sah aus, als würde er sie am liebsten erwürgen, weil sie ihn wie ein kleines Kind behandelte.

»Ja, natürlich«, sagte Mikhail und schaute weg, um Emun die Peinlichkeit zu ersparen. Er spürte, dass die Wut des Jungen auf die alte Frau seinen kläglichen Rest an Lebenskraft wiederherstellte. Mehr konnte er nicht erhoffen. »Ich lasse euch jetzt allein.«

Mikhail ging rasch aus dem Zimmer, er war froh, dass der Albtraum des Jungen keinen schweren Anfall ausgelöst hatte. Er würde wegen Vincent Elhalyn dringend etwas unternehmen müssen, aber wusste noch immer nicht recht, was. Eine logische Lösung wäre, ihn nach Arilinn zu schicken, falls es dazu nicht bereits zu spät war. Er runzelte die Stirn bei der Vorstellung, wie der tyrannische Vincent auf *Mestra* Camilla MacRoss traf. Doch obwohl Priscilla ihn dazu drängte, Vincent umgehend mitzunehmen, bestand sie gleichzeitig unnachgiebig darauf, dass er nicht zur Ausbildung in einen Turm geschickt wurde. Als hätte sie Angst, dort könnte man etwas über den Burschen herausfinden oder ihm könnte etwas zustoßen. Und wie bei ihren anderen strikten Weisungen auch, gab sie keine vernünftige Erklärung dafür ab. Vincent hätte dringend nach Arilinn oder in einen anderen Turm gehen müssen, als sich sein *Laran* zum ersten Mal bemerkbar machte.

Val hatte ihn vor ein paar Stunden noch gewarnt, dass Vincent garantiert eine Möglichkeit finden würde, sich für den Rausschmiss aus dem Speisesaal zu rächen, und er hatte sie nicht ernst genommen. Er war ein Narr und ein Versager. Er schaffte es nicht einmal, einen Jugendlichen zu disziplinieren! Wozu taugte er überhaupt? Wie hatte er sich nur einbilden können, er sei zum Herrscher geeignet!

Während Mikhail sich müde in sein Zimmer zurückschleppte, beschloss er, Hilfe zu rufen, und zwar sofort. Er fühlte sich als Versager, weil er ohne Unterstützung nicht mit der einfachen Aufgabe fertig wurde, die Elhalyn-Kinder zu prüfen und festzustellen, welcher von ihnen am ehesten als König geeignet war. Dann fiel ihm plötzlich ein, was Lew Alton bei einem Spaziergang im Tagesgarten von Arilinn zu ihm gesagt hatte. Die beiden hatten dort viel Zeit miteinander verbracht und waren sich in einer Weise nahe gekommen, wie es Mikhail mit seinem eigenen Vater nie erlebt hatte. Wie verärgert *Dom* Mikhail wohl wäre, wenn er das wüsste, und wie verraten er sich fühlen würde.

»Ein kluger Mann kennt seine Grenzen«, hatte Lew gesagt. Dann hatte er trocken hinzugefügt: »Ich habe Jahrzehnte gebraucht, um das zu begreifen.«

Diese Erinnerung beruhigte Mikhail, und das dumpfe Gefühl ließ etwas nach. Er wünschte, er könnte jetzt mit Lew sprechen, denn der Ältere hätte bestimmt einen weisen Rat für ihn. Wo er wohl gerade war? Wahrscheinlich in Thendara oder in Arilinn, um Diotima zu besuchen. Mikhail hielt unschlüssig inne, wie so oft in letzter Zeit. Er konnte sich nicht überwinden, mit seinen Problemen zu Lew Alton oder zu jemand anderem zu gehen. Es musste einen anderen Weg geben.

In diesem Moment juckte es ihn im Nacken, und er hob den Arm, um sich zu kratzen. Doch sofort wurde ihm klar, dass es sich nicht um ein körperliches Jucken handelte, sondern um ein geistiges. Liriel! Das Bild seiner Schwester flackerte wie hinter einem Schleier in seinem Bewusstsein auf, verschwand aber gleich wieder. Es war, als würde sich sein Verstand schon beim Gedanken an sie wie Blätter im Wind zerstreuen.

Mit düsterer Entschlossenheit konzentrierte er sich und holte das geistige Bild seiner Schwester zurück. Er dachte an ihren üppigen Körper, weich und doch sehr kräftig. Er erinnerte sich daran, dass ihre Kleidung immer nach wilder Melisse roch, vermischt mit einem ihrer Düfte – ein scharfer, erfrischender Geruch. Er spürte, wie sich seine Hände ballten, als er an Mathias vorbeikam, der wieder im Flur saß. Der Gardist hob neugierig eine Augenbraue.

»Wie geht es dem Jungen?«

»Wie es jemandem geht, der sich die ganze Zeit fürchtet.«

»Da bin ich aber froh. Er ist nämlich so ein braver Junge, wenn er nicht gerade in seinem Schlafanzug zittert.«

»Ja, ich weiß, und es geht mir sehr nahe, dass er immer so gequält wird. Ich sage dir, Mathias, dieses Haus ist ...«

»Verflucht, Herr?«

»Ich wollte sagen ›ungesund‹, aber ›verflucht‹ passt auch.«

»Werden wir denn hier bleiben?«

»Ich weiß es wirklich nicht.« Wieder fühlte er sich von einer dumpfen Unentschlossenheit beherrscht.

»In ein paar Wochen werden wir hier nämlich eingeschneit sein.« Mathias redete bedächtig wie immer, als versuchte er eine äußerst wichtige Information zu übermitteln, ohne sie direkt auszusprechen.

»Ja, ich weiß.« *Aber ich weiß nicht, ob ich einen ganzen Winter in diesem Haus überlebe.*

Mikhail öffnete die Tür zu seinem Zimmer und trat ein. Er stand eine Weile vor dem verlöschenden Feuer, die Hände hinter dem Rücken verschränkt, unbewusst hatte er diese für Regis typische Haltung eingenommen. Er fühlte sich inzwischen weniger unsicher, und seine Entschlusskraft wuchs, während er wartete. Er würde mit Liriel Kontakt aufnehmen und sie um Rat fragen, schließlich hatte sie mit solchen Dingen viel mehr Erfahrung. Mikhails Mund verzog sich unwillkürlich zu einem bedächtigen Lächeln. Er hatte Liriel noch nie um etwas gebeten, doch er wusste, dass sie sich sehr darüber freuen würde.

Er legte ein paar Holzscheite nach, setzte sich und zog seinen Matrixstein unter dem Nachthemd hervor. Seine Finger fummelten hektisch an den Riemen des seidenen Beutels herum, und fast hätte er ihn fallen gelassen. Er nahm einen geistigen Druck wahr, eine so vage und feine Spur, dass er an ihrer Echtheit zweifelte. Ohne weiter darauf zu achten, konzentrierte er sein ganzen Denken und seine Energie nur darauf, den Edelstein in die Hand zu bekommen.

Als Mikhail in die facettierten Tiefen seiner Matrix starrte, ertappte er sich dabei, dass er nicht an seine Schwester, sondern an Marguerida dachte. Er warf einen Blick auf sein zerknülltes Bett und runzelte die Stirn. Die Laken sollten besser vom Liebesspiel durcheinander geworfen sein. Er fragte sich, ob es ihm je gelingen würde, die Frau zu heiraten, die er so sehr liebte und nach der er sich mit jedem Atemzug sehnte.

Es war eine angenehme Ablenkung, an Marguerida zu denken, aber er hatte den Verdacht, dass er es später bereuen würde. Jetzt war es nur wichtig, Liriel zu erreichen. Langsam, mit gewaltiger Konzentration, zwang er seinen Geist, sich von allen Gedanken zu befreien, außer dem Wunsch, mit seiner Schwester Kontakt aufzunehmen.

Liriel!

Was ist? Es ist mitten in der Nacht! Du hörst dich an, als würdest du aus der Tiefe eines Brunnens rufen, Bredu.

Sein Mund verzog sich unwillkürlich zu einem breiten Grinsen. Die verspannten Gesichtsmuskeln schienen diese mittlerweile ungewohnte Bewegung allerdings nur unwillig auszuführen. Liriel schlief für gewöhnlich tief und wachte nur langsam auf. Er spürte ihren Missmut deutlich und fand ihn sehr erfrischend, denn es war ein einfaches Gefühl ohne versteckte Bedeutungen.

Verzeih mir, Liri.

Was willst du?

Er zögerte, nun wieder unsicher. *Rat. Hilfe.*

Von mir? Du hast mich in meinem ganzen Leben noch nie um Rat gefragt, außer wegen der besten Diät für deine Frettchen. Geht es dir gut, Mik?

Nicht besonders. Hier geht etwas vor sich, das meine Fähigkeiten übersteigt, und ich brauche dich wirklich. Kannst du nicht nach Haus Halyn kommen?

Ob ich ... machst du Witze? Nein, wohl kaum. Du hast mich noch nie um Hilfe gebeten, also muss es sehr ernst sein. Wieso ausgerechnet ich?

Das berührt den Kern der ganzen Sache, Liri.

Hat es etwas mit den Kindern zu tun? Marguerida hat mir erzählt, dass du sie »El Höllyns« nennst. Sind sie denn wirklich so furchtbar?

Wenn sie es doch nur wären! Eine gesunde Wildheit könnte ich ja noch ertragen, aber diese ... fürchten sich zu Tode, Liri. In diesem Haus geht etwas Schreckliches vor sich, und ich ...

Was meinst du damit?

Als Mikhail seinen nächsten Gedanken formulierte, spürte er eine leichte Verwirrung, die zwar nur einen Augenblick dauerte, ihn aber frösteln ließ und nervös machte. *Das ist schwer zu beschreiben.*

Mik, was war das eben? Du ... bist für einen Moment verblasst.

Das ist ein Teil des Problems. Priscilla lebt mit dieser Frau hier, eine gewisse Emelda, die sich wie eine Leronis *kleidet und ...*

Sie tut was?

Liri, wenn du mich ständig unterbrichst, schaffe ich es nie, dir die Sache zu erzählen.

Tut mir Leid, Mik. Du weißt ja, wie ich bin, wenn man mich mitten in der Nacht aus dem Schlaf reißt.

Ja. Jedenfalls hat diese Frau großen Einfluss auf Priscilla und die Kinder, und ich habe keine Ahnung, was ich dagegen tun soll. Sie besitzt Laran, *aber darüber hinaus kann ich dir nicht viel sagen. Sie behauptet, eine Aldaran zu sein, aber das bezweifle ich sehr.* Er zögerte wieder. *Ich glaube, sie hat meinen Verstand getrübt.*

Willst du damit sagen, du lebst mit einem anderen Telepathen in einem Haus und hast nie daran gedacht, es jemandem zu erzählen? Sie klang sehr verstimmt.

Ja. Jedes Mal, wenn ich beginne, daran zu denken ... werde ich so ... hilf mir, Liri!

Bei Zandrus Hölle! Du klingst wie von einem bösen Zauber besessen!

Da könntest du Recht haben. Wirst du kommen?

Allein? Soll ich nicht ... Nein, ich weiß jetzt Bescheid. Ich glaube, ich verstehe dich.

Bring eine staatliche Kutsche mit, Liri, und ... verdammt, ich werde schon wieder schwächer.

Ich werde kommen, Bredillu! *Ich breche auf, sobald ich kann.*

Der Kontakt riss ab, und Mikhail saß reglos da und schwelgte in dem Ausdruck ›*Bredillu*‹, kleiner Bruder. Er war ein gutes Jahr älter als seine Schwester, aber im Augenblick fühlte er sich tatsächlich wie der Jüngere. Die Zuneigung, die in dem Wort lag, rührte ihn und machte ihm Mut. Es würde gut tun, Liriel hier zu haben, mit ihr sprechen zu können und ihren klugen Rat zu hören. Komisch. Er hatte seine Schwester nie für besonders klug gehalten, aber sie war es. Und es wurde Zeit, dass er diesen Umstand endlich respektierte!

10

Liriel traf sechs Tage später während eines leichten Schneesturms in Halyn ein. Noch bevor sie das Haus betrat, wusste Mikhail, dass sie schlechte Laune hatte. Das war recht ungewöhnlich, denn Liriel war ein bemerkenswert ausgeglichener Mensch und meist ruhig und fröhlich. Er hatte allerdings vergessen, wie sehr sie das Reisen verabscheute.

Mikhail konnte es ihr nicht verübeln, denn zu dieser Jahreszeit war selbst eine Reise über die verhältnismäßig flache Ebene von Arilinn und am Ufer des Valeron entlang kein Vergnügen. Seit er Liriel gebeten hatte zu kommen, plagten ihn heftige Zweifel, und er wünschte, er hätte es nicht getan. Doch er hatte die Zähne zusammengebissen und einfach gehofft, dass ihr Besuch nicht vergeblich sein würde.

»Ich bin in diesem Jahr schon mehr gereist als in meinem ganzen Leben zuvor«, ließ ihn die große Frau wissen, als sie aus der geschlossenen Kutsche stieg, »und es gefällt mir mit jedem Mal weniger. Ich schwöre, dass mein Kutscher keinen Stein ausgelassen hat, über den er fahren konnte.«

Sie war in einen Mantel aus schwerer grüner Wolle gehüllt, über den sie ein dickes Umhängetuch drapiert hatte, so dass sie im gedämpften Licht des späten Nachmittags beinahe unförmig wirkte. Ihre für gewöhnlich blassen Wangen waren von der Kälte ganz rosig. Mikhail war unendlich froh, sie zu sehen. Bis zu diesem Augenblick war ihm gar nicht bewusst gewesen, wie sehr er seine Familie vermisste, selbst seine Mutter und seinen Vater.

Als der Kutscher ihre Worte hörte, grinste er Mikhail breit an. Liriels Kutsche war groß und gut gefedert, sie hatte verglaste Fenster und dichte Vorhänge, um die Kälte abzuhalten. Hinter ihr ritten vier Männer, zwei in der Uniform der Gardisten und zwei in normaler Kleidung. Wo sollte Mikhail nur so viele Leute unterbringen? Haus Halyn war nicht groß, und die Quartiere der Dienerschaft waren immer noch in einem beklagenswerten Zustand. Doch Mathias und Daryll würden ihm sicher helfen, alles rasch in Ordnung zu bringen, außerdem war es nicht so wichtig. Jetzt zählte nur, dass seine Schwester endlich angekommen war und dass er jemanden hatte, dem er sich anvertrauen konnte.

»Ich freue mich riesig über deinen Besuch, Liri! Komm herein und nimm erst einmal ein heißes Bad. Das wird deinen müden Knochen gut tun und deine gute Laune wiederherstellen.« Er bot ihr einen Arm dar, um ihr die schlüpfrigen Stufen zum Haus hinaufzuhelfen, und Mikhail war über ihren kräftigen Griff überrascht.

Sie schmiegte sich kurz an ihn, dann streckte sie die Nase in die Luft und schnüffelte. »Mir war gar nicht klar, wie nahe wir hier am Meer von Dalereuth sind. Komischer Geruch.« Sie betraten die Eingangshalle von Haus Halyn. »Der Geruch des Meeres stört mich, Mik, aber ich weiß nicht, wieso. Ich bin mir allerdings sicher, dass Marguerida ihn mögen würde. Sie hat oft Sehnsucht nach ihrem geliebten Thetis, nach den warmen Winden und den sanften Meeren dort.«

»Ja, ich habe sie ein paar Mal darüber nachsinnen hören. Und sie singt immer diese Lieder ... Manche von denen, die sie für Diotima aufgenommen hat, sind einfach wundervoll. Meinst du, Dio kann ihre Stimme wirklich hören?« Er achtete nicht auf den Knoten in seiner Brust, den die bloße Erwähnung von Margueridas Namen auslöste, und versuchte möglichst gleichgültig zu klingen. Außerdem wollte er nicht daran denken, wie schwierig die Kommunikation mit seiner Geliebten in den letzten Wochen geworden war. Es ärgerte und frustrierte ihn, dass er an den meisten Abenden zu müde war, um sie zu erreichen, und wenn er es doch tat, kam sie ihm distanziert vor und von irgendetwas in Anspruch genommen, über das sie nicht sprechen wollte. Sie erzählte zwar von Istvana Ridenows unorthodoxen Ausbildungsmethoden, von ihrer neuen Freundin Caitlin Leynier und den anderen in Neskaya, doch er spürte genau, dass irgendetwas sie beunruhigte. Er hatte sie ein paar Mal fragen wollen, aber seine Konzentration hatte jedes Mal nachgelassen oder eins der Kinder war aufgewacht. Es war, als wäre irgendeine Kraft wild entschlossen, ihm keine Ruhe zu gönnen.

»Ob sie die Lieder hört? Ein interessanter Einfall.« Liriel sah ihren Bruder warmherzig an. »Aber ich bin überzeugt, du und Marguerida habt andere Dinge zu besprechen als ihren Gesang.« Ihre Worte enthielten keine versteckten Andeutungen, nur eine geschwisterliche Zuneigung, die ihm ans Herz ging.

Mikhail ließ seine Schultern ein wenig sinken. Er konnte seiner Schwester nichts vormachen. Sie kannte seine Gefühle für seine Geliebte und Margueridas Gefühle für ihn besser als irgendjemand sonst, mit Ausnahme von Lew Alton. Aber sie war sehr taktvoll, und er konnte sich darauf verlassen, dass sie ihn nur ein wenig aufziehen würde. »Da wäre immer noch das Wetter.«

Liriel lachte leise, hängte ihren Schal an einen Haken und zog ihren Mantel aus. »Wenn ihr beiden auch nur einen Augenblick über das Wetter redet, dann will ich ein *Cristoforo* sein.« Sie blickte hinauf zu den geschwärzten Dachsparren, dann auf die Wände mit den mottenzerfressenen Tapeten und schüttelte den Kopf. »Es ist nicht gerade gemütlich hier, was?« Einer der Männer trug hinter ihr das Gepäck ins Haus.

Mikhail schüttelte den Kopf. »Du hättest das Haus mal sehen sollen, bevor ich die Fensterrahmen richten und die Kamine säubern ließ. Priscilla und die Kinder scheinen das raue Klima gewöhnt zu sein, aber als ich hier ankam, haben sie nur notdürftig in fünf Zimmern gehaust.«

»Aber wieso denn?«

»Wenn ich das wüsste. Priscilla will mir einfach nicht sagen, warum sie darauf besteht, in dieser vermoderten Baracke zu wohnen. Vielleicht kannst du ihren Äußerungen mehr Sinn entnehmen als ich.«

Er zögerte. Wenn er Liriel von der Séance erzählte, würde er seinen Eid brechen, auch wenn er diesen nur einem Geist geschworen hatte. Trotz all seiner Zweifel konnte er sich nicht dazu überwinden. Er hatte jedoch nicht versprochen, nichts von dem zu erzählen, was er von den Dorfbewohnern erfahren hatte.

Mikhail räusperte sich. »Ich glaube, es hat etwas mit dem Aberglauben der Einheimischen hier zu tun, Liriel. Ungefähr eine Meile weiter oben an der Straße gibt es eine heiße Quelle, von der die Dorfleute behaupten, sie hätte heilende Kräfte. Und ein Schutzgeist soll auch dort wohnen. Priscilla scheint irgendeine fixe Idee hinsichtlich dieses Wächters zu haben, aber frag mich bitte nicht, worum es genau geht. Ich habe leider nicht mehr herausbekommen können als das. Ich wollte schon seit langem mal hingehen und mir die Sache ansehen, aber ehrlich gesagt haben mich die Kinder so auf Trab gehalten, dass kaum noch Zeit für etwas anderes blieb. Ich weiß nicht, wieso Frauen das immer so gut bewältigen. Mein Respekt vor unseren Eltern und ihren haushälterischen Fähigkeiten ist in der letzten Zeit gewaltig gestiegen.«

»Ja, ich weiß. Mutter hat mir deinen Brief gezeigt, als sie letzten Monat aus Armida kam. Er klang sehr freundlich, aber ich glaube nicht, dass sie ihn wirklich geschätzt hat. Sie will deine Loyalität, nicht deine Bewunderung, fürchte ich – aber du kennst ja Mutter.«

Mikhail schüttelte den Kopf. »Ich kann nicht zwei Herren dienen, und es war mehr als schwierig, mich zwischen Regis und Mutter entscheiden zu müssen. Aber nun habe ich Regis und damit Hastur einen Eid geschworen, und das hat Vorrang vor allen anderen Überlegungen.«

»Ich weiß, Bruder, aber sie kann es eben nicht verstehen. Ich glaube, einer der Unterschiede zwischen Männern und Frauen ist der, dass euch ein Eid wichtiger als das eigene Blut sein kann.« Sie seufzte tief, dann lächelte sie. »Zum Glück ist sie im Augenblick vollauf mit Ariels Schwangerschaft beschäftigt und hat alles andere vorübergehend vernachlässigt. Sobald das Kind auf der Welt ist, kann man davon ausgehen, dass sie ihre Intrigen weiterspinnen wird. Sie ist fest entschlossen, Rafael als Regent von Elhalyn vorzuschieben, wenn sie nach Thendara geht. Im Moment wohnt sie in Arilinn, weil das Reisen jetzt im Winter immer beschwerlicher wird. Sie war ziemlich neugierig, was meine Abreise anging, da ich mit Ariel besser umgehen kann als irgendwer sonst, und ich vermute, sie hat mir nicht geglaubt, dass ich nach Thendara fahre. Es ist schrecklich, die eigene Mutter zu belügen.« Sie klang nicht, als würde sie es wirklich schrecklich finden, und Mikhail grinste. Liriel hatte immer schon der Schalk im Nacken gesessen, und er hatte vergessen, wie herrlich diese Eigenschaft war.

»Vielen Dank! Allerdings kann Rafael von mir aus liebend gern Regent werden, obwohl er mir bestimmt nicht dafür danken würde. Ich glaube, Mutter unterschätzt die Entschlossenheit von Onkel Regis, alles auf seine Weise zu regeln. Aber egal. Wie geht es Ariel?« Es überraschte Mikhail nicht, dass seine Mutter ihn unbedingt als Regent von Elhalyn absetzen lassen wollte, und auch wenn es ihn ein wenig traurig stimmte, begriff er, dass sie ihr Handeln nicht als Untreue oder Verrat ansah. Javanne erwartete von ihren Kindern bedingungslose Treue, schien aber nicht zu wissen, dass diese eigentlich auf Gegenseitigkeit beruhen sollte.

»Ariel wirkt viel ruhiger als unmittelbar nach Domenics

Tod. Aber sie ist immer noch sehr zerbrechlich. Ich wollte Mutter überreden, sie nicht zu Mittwinter nach Thendara zu holen, aber sie ist überzeugt, dass Ariel in die Stadt gehört und dass sie ihre erdrückende Fürsorge braucht. Immerhin hat die Hoffnung auf eine Tochter, nach der sie sich all die Jahre gesehnt hat, Ariel sehr dabei geholfen, mit dem schweren Verlust fertig zu werden, und sie näht pausenlos irgendwelche Kleidchen und Decken. Du wärst erstaunt über ihren Arbeitseifer. Ganz zu schweigen von den ganzen Stickereien, die sie dem Kind aufbürden will.«

»Ariel hat doch immer schon gern jede glatte Fläche verziert. Weißt du noch, wie sie die Wände eures Zimmers mit Ranken und Blumen bemalt hat?«

Liriel gluckste. »Ich weiß noch, dass Vater einen furchtbaren Anfall deswegen bekam, obwohl es eigentlich ganz hübsch aussah.«

Priscilla Elhalyn kam ihnen auf dem Flur entgegen. In dem Halbdunkel unter der Treppe wirkten ihre Augen größer, als sie waren, und die ausgebleichten roten Haare und die vorspringende Nase der Elhalyn ließen sie irgendwie grotesk aussehen. Ihr Mund war fest verschlossen, als hätte er vergessen, wie man lächelt. Sie trug ein unförmiges braunes Wollkleid mit ausgefranstem Saum, ihr Gesicht wurde von einem rechteckigen Schleier verdeckt, der mit Haarnadeln über der Stirn befestigt war. Der Schleier hatte sich an mehreren Stellen in der Schmetterlingshaarspange verfangen, so dass er verrutscht und teilweise sogar zerrissen war.

Priscilla blieb stehen und sah Liriel an. Sie wirkte nicht sonderlich erfreut über den Neuankömmling, aber sie schniefte nur und streckte mit steifer Geste ihre dünne Hand aus. »Willkommen in Haus Halyn. Ich hoffe, die Reise war nicht allzu anstrengend.« Dann bemerkte sie den Mann mit dem Gepäck und runzelte die Stirn. Im selben Moment kam einer der beiden Gardisten, die Liriel begleitet hatten, herein und klopfte sich die Stiefel ab. Priscilla sah Mikhail fragend an.

»Danke, *Domna* Elhalyn. Abgesehen davon, dass der Wind seinen Weg durch jede Ritze der Kutsche gefunden und mächtig geheult hat, war die Fahrt nicht unangenehm.«

»Ich habe mich seit vielen Jahren nicht weiter als zehn Meilen von Haus Halyn entfernt, und ich beabsichtige auch nicht, es je zu tun. Ich finde, man sollte besser immer in der Nähe seines Zuhauses bleiben. Diese Herumtreiberei von einem Ort zum anderen scheint mir eine recht törichte Beschäftigung für eine vernünftige Frau zu sein.«

»Das stimmt natürlich, aber manchmal geht es eben nicht anders. Mikhail kann schlecht auch Eure Töchter auf *Laran* prüfen, deshalb hat er mich gebeten, zu kommen.«

Bevor Priscilla etwas erwidern konnte, ging die Haustür auf, und der alte Duncan trat mit Liriels restlichem Gefolge ein. Sie hatten noch weiteres Gepäck dabei, und plötzlich wirkte die Eingangshalle überfüllt. Der Geruch von nasser Wolle und Schnee wehte herein, als ein eisiger Windstoß die Halle noch mehr abkühlte.

Duncan schniefte, rieb sich die rosige Nase und sagte: »Ich weiß nich', wohin mit den vielen Leuten, *Domna*. Und es gibt nich' genügend Futter für so 'ne Menge Pferde. Obwohl die Ställe fertig sind.« Er grinste Mikhail an, als wäre er stolz darauf, dass der Stall nun sauber und in einem so guten Zustand war, wie es sich mit den knappen Arbeitskräften und einer nicht eben großen Menge an Material bewerkstelligen ließ. Das Dach war nicht mehr undicht, die Getreidekammer trocken, und die Pferde hatten es fast gemütlicher als die Menschen im Haus.

Der Gardist, der als Erster hereingekommen war und den Mikhail nun als Tomas MacErald, den jüngsten Sohn des derzeitigen Waffenmeisters von Thendara erkannte, nickte ihm zu und sagte: »Wir können unser Nachtlager auch im Stall aufschlagen, wenn es sein muss.«

»Nein«, antwortete Mikhail. »Ich glaube, wir können die hinteren Zimmer in der Dienstbotenunterkunft schnell herrichten – allerdings werden sie nicht sehr viel wärmer sein als die Ställe, wenn ich ehrlich bin. Und wundere dich bitte nicht, wenn dir Daryll und Mathias mit Jubelrufen um den Hals fallen, Tomas. Sie haben die ganze Zeit über Wache gestanden und werden froh sein, diese Aufgabe endlich mit jemandem teilen zu können. Und wenn du außerdem noch den neuesten Klatsch aus Thendara mitbringst, werden sie überfließen vor Glück.«

Domna Elhalyn blickte die Anwesenden wütend an, dann wandte sie sich an Liriel, als wären sie allein. »Ich weiß nicht, warum Ihr meine Töchter prüfen solltet«, sagte sie. »Ich werde ihnen sowieso nicht erlauben, in einen Turm zu gehen, nur damit sie dort Dinge lernen, die sie gar nicht wissen müssen. Ich hätte Regis Hastur nie gestatten dürfen ...« Sie hörte abrupt zu sprechen auf.

Liriel sah ihren Bruder wachsam an. *Du meine Güte – sie ist ja noch exzentrischer, als du erzählt hast.*

Ich weiß, und es bereitet mir große Sorgen. Ich habe ihr mehrmals zu erklären versucht, dass wilde Telepathen gefährlich sind, aber sie sagt immer, dass sich der Wächter schon um alles kümmern wird. Wer das sein soll, kann ich mir allerdings nicht vorstellen.

Eine weitere Gestalt näherte sich am Ende des Flurs. Mikhail musste ein Zittern unterdrücken. Er sah Emelda an und bemerkte den wilden Gesichtsausdruck, den sie unablässig aufgesetzt hatte. Ihre Augen leuchteten grünlich im fahlen Licht der Eingangshalle und mit einer beunruhigenden Intensität. Abgesehen von ihrem kurzen Gedankenaustausch am Tag seiner Ankunft, war es Mikhail nie mehr gelungen, ihren

Geist zu spüren, nicht den leisesten Gedanken. Sie war wie ein leerer Punkt im Raum. Emelda sah erst Liriel an, dann Mikhail und schließlich wieder die hoch gewachsene Technikerin. »Das ist der Störenfried, vor dem ich Euch immer gewarnt habe, *vai Domna*. Wir müssen jetzt vorsichtig sein, damit wir den Wächter nicht verärgern«, flüsterte sie Priscilla zu. Dann bemerkte sie bestürzt die Männer, die Liriel begleitet hatten. »Die hier dürfen auf gar keinen Fall bleiben. Sie müssen unverzüglich abreisen!« Ihr Zischen klang wie Dampf auf einem heißen Blech.

»Meine Schwester ist müde von der Reise«, verkündete Mikhail, ohne auf Emelda zu achten. »Ich bringe sie jetzt auf ihre Zimmer. Duncan, zeigst du Tomas und den anderen bitte, wo die alte Mägdekammer ist, und hilfst ihnen, sich einzurichten.«

Tomas seufzte. »Ich nehme mal an, es sind keine alten Mägde in der Kammer, und junge schon gar nicht«, murmelte er leise, und seine Begleiter lachten schallend. Priscilla sah verwirrt aus, und Emeldas Miene nahm einen mörderischen Ausdruck an.

Mikhail hielt die Spannung keinen Augenblick länger aus. Er hätte am liebsten laut geschrien und damit der Wut Luft gemacht, die in ihm kochte. Er drehte sich um, nahm Liriels Gepäck, das auf dem Boden stand, und stieg die Treppe hinauf. Gleich darauf hörte er die Schritte seiner Schwester hinter sich. *Sie ist wie eine Hexe aus einem alten Märchen, Mik.*

Wer – Priscilla oder Emelda? Sie kommen mir beide wie alte Weiber vor, obwohl sie nicht sehr viel älter sind als wir. Ich hätte dich warnen sollen, aber ehrlich gesagt ist alles hier so seltsam, dass ich gar nicht gewusst hätte, wo ich anfangen soll. Priscilla wählt nicht einmal ihre Kleidung aus, ohne Emelda um Rat zu fragen. Sie scheint ihr völlig ausgeliefert zu sein. Und die Kinder ...!

Wer ist sie? Sie hat etwas an sich ... Ich kann es gar nicht benennen.

Emelda? Nun ja, sie behauptet, mit den Aldarans verwandt zu sein, allerdings weigert sie sich, genauer zu werden. Sie könnte natürlich auch ein uneheliches Kind sein. Aber ich werde nicht im Mindesten klug aus ihr, was mich sehr beunruhigt.

Hmm. Aldaran. Woran erinnert mich das nur? Ich fühlte mich, als hätte ich Watte im Hirn.

Auf mich scheint sie die gleiche Wirkung zu haben.

Was? Du meinst ...?

Ich glaube, dass sie mich beeinflusst, aber anscheinend kann ich nichts dagegen tun.

Verstehe. Das klingt logisch – du scheinst wirklich nicht ganz du selbst zu sein. Weiß Regis, was vor sich geht?

Ehrlich gesagt, nein. Ich konnte nur wenige Male mit ihm Kontakt aufnehmen, und er wirkte jedes Mal sehr beschäftigt. Ich wollte ihn nicht noch mit meinen Problemen belästigen. Er hat mir eine Aufgabe übertragen, und ich werde sie auch zu Ende führen! Und er hat zurzeit genug am Hals, in Anbetracht dessen, dass Vater solche Schwierigkeiten macht und im Rat der Comyn *alles drunter und drüber geht. Ich ... war mir auch nicht sicher, ob ich mir das alles nur einbilde. Alles ist so seltsam hier, Liri!*

Du bist ein Idiot, Mik! Diese Frau würde nach Laran *stinken, wenn man* Laran *riechen könnte, und sie hat Priscilla offenkundig völlig in ihren Bann geschlagen. Du hättest viel früher um Hilfe bitten sollen. Und man hätte dich niemals allein hierher schicken dürfen. Mir ist absolut schleierhaft, was Onkel Regis eigentlich vorhat!*

Mikhail zögerte. Er würde Regis Hastur nie kritisieren, nicht einmal vor seiner eigenen Schwester, egal wie er sich fühlte. Nichts könnte die Treue zu seinem Onkel zerstören.

Und nachdem sich seine Mutter bei der Ratssitzung so schlecht gegenüber ihrem Bruder benommen hatte, war er umso entschlossener, ein treuer Vasall zu sein. Aber Regis hatte diesmal ihn in eine unhaltbare Situation gebracht – er hatte ihm eine Aufgabe gestellt, die er unmöglich zur allgemeinen Zufriedenheit erfüllen konnte, ganz zu schweigen von seiner eigenen. *Soviel ich weiß, hat Priscilla eingewilligt, dass ich so lange Regent bleibe, bis sich herausgestellt hat, welcher ihrer Söhne geeignet wäre, den Thron zu besteigen, aber nicht mehr.*

Und damit war Regis einverstanden? Mik, das ergibt doch überhaupt keinen Sinn!

Ich weiß. Es macht mich wahnsinnig, wenn ich überhaupt mal klar denken kann. Er hat mich bei der Ratssitzung in eine Ecke gedrängt, ohne mir zu erklären, wieso. Ich habe fast das Gefühl, er hat mich aus irgendwelchen Gründen, die ich nicht verstehe, hierher geschickt, damit ich aus dem Weg bin. Ich habe Regis bisher immer vertraut, mehr als irgendwem sonst. Und ich wollte hier bestimmt gute Arbeit leisten, um meine Nützlichkeit zu beweisen.

Deine Nützlichkeit? Du brauchst doch nichts zu beweisen!

Danke, Schwester. Aber würdest du auch so denken, wenn wir nicht verwandt wären?

Was soll dieser Unsinn? Du bist einer der fähigsten und klügsten Männer, die ich kenne.

Ich muss versuchen, mich hier irgendwie über Wasser zu halten. Ich komme mir dabei nicht gerade besonders fähig vor, von klug ganz zu schweigen! Und die nackte Wahrheit ist, dass ich einen geeigneten Elhalyn finden will, damit ich die Regentschaft endlich wieder los bin! Ich will auf gar keinen Fall den Thron besteigen und für den Rest meines Lebens auf Danilo Hastur hören.

Ich verstehe. Unter diesem Aspekt habe ich es natürlich

noch nie gesehen. Dann erzähl mir doch mal von Priscillas Söhnen.

Sie sind zu dritt – Alain, Vincent und Emun. Was Alain anging, hatte ich schon so meine Zweifel, bevor ich hierher kam; ich bin ihm vor einigen Jahren mal begegnet, und er machte damals schon einen etwas labilen Eindruck auf mich. Und ich habe mich nicht getäuscht. Alain ist unmöglich, ein Wrack, allerdings nicht wegen seines Laran, *glaube ich zumindest, sondern wegen etwas anderem, das ich noch nicht entdecken konnte. Bei Vincent hatte ich hingegen wenigstens Hoffnung.*

Und jetzt hast du keine mehr. Und Emun?

Er ist ein sehr ängstliches Kind, und ich weiß nicht, ob man das heilen kann. Ich will dir nicht zu viel erzählen, denn ich möchte deinen eigenen Eindruck hören.

Liriel lächelte. *Wie ich sehe, hat Marguerida einen guten Einfluss auf dich.*

Was willst du damit sagen?

Nur, dass du dir früher nicht gerade viel aus Objektivität gemacht hast, Bruderherz. Sie schnupperte in der Luft, als sie ans Ende der Treppe kamen. *Du hast mich nicht richtig auf dieses gottverlassene Haus vorbereitet. Kein Wunder, dass die Elhalyns so eigenartig sind, wenn sie hier wohnen.*

Du hättest es mal bei meiner Ankunft sehen sollen! Es war früher ein sehr schönes Haus. Es ist mir ein Rätsel, wieso Priscilla es verfallen ließ, aber sie ist überzeugt, dass sie sowieso bald von hier weggehen wird, auch wenn völlig im Dunkeln bleibt, wohin sie gehen will. Hier wachsen eine Menge Pflanzen, die ich anderswo noch nie gesehen habe, und die Brise vom Meer von Dalereuth ist sehr belebend. Jedenfalls war sie es noch, als hier ankam. Ich hatte ja keine Ahnung, wie schrecklich dieser Ort im Winter ist.

Mikhail, hör endlich auf, um den heißen Brei herumzure-

den, und sag, was dir so zu schaffen macht! Du kannst einen manchmal rasend machen.

Schlimmer als Gabriel?

Hm. Nach meiner Erfahrung kann einen wirklich niemand so wütend machen wie unser Bruder. Aber du stellst meine Geduld gerade auf eine harte Probe!

Tut mir Leid, Liri. Das war keine Absicht. Dieses Haus hat mich völlig deprimiert, mehr als mir bis zu diesem Augenblick bewusst war. Als mich Regis vor Mittsommer fragte, ob ich Regent werden will, war ich zwar nicht sonderlich erfreut, aber ich habe mir diese Aufgabe lange nicht so schwierig vorgestellt. Ich hatte ja keine Ahnung, wie sehr sich die Kinder in den rund vier Jahren seit unserem letzten Zusammentreffen verändert haben, und ganz bestimmt habe ich nicht erwartet, dass sich Vincent in diese Richtung entwickeln würde.

In welche Richtung denn?

Ich weiß nicht recht, wie ich es beschreiben soll, weil mir so etwas noch nie begegnet ist. Priscilla hat Vincents Vater nie erwähnt, aber ich habe immer angenommen, dass er auch Alains Vater ist. Sie will jedoch unter keinen Umständen seinen Namen nennen und sagt nur, dass es ihre Söhne sind.

Was! Kein Wunder, dass sie nicht nach Thendara kommen will und sich die letzten zwanzig Jahre hier oben verschanzt hat. Sie könnte ein Dutzend Liebhaber gehabt haben!

Sehr viel Gelegenheit zu sexueller Zügellosigkeit gibt es hier draußen nicht gerade, Liri.

Das stimmt allerdings. Hat sie denn gesagt, warum sie von hier weggehen will?

Es hat etwas mit diesem Wächter zu tun, von dem sie ständig redet oder vielmehr nicht reden will. Ich habe sie gefragt und gefragt, aber nie eine vernünftige Antwort bekommen.

Rätsel über Rätsel.

Das war einer von Margueridas Lieblingsausdrücken, und es verwirrte Mikhail ein wenig, ihn in Liriels Geist zu hören. Er holte tief Luft und stellte eine der Taschen ab, damit er die Tür zu Liriels Zimmer öffnen konnte. »So. Schöner konnte ich es dir leider nicht herrichten. Ich schlafe am anderen Ende des Flurs, und die Kinderzimmer liegen zwischen uns, so dass du wahrscheinlich auch von ihren Albträumen geweckt werden wirst.«

»Na, das ist doch mal eine schöne Aussicht«, sagte sie trocken. *Erzähl mir, was dir an Vincent so zu schaffen macht.*

Mikhail zögerte einen Augenblick. Er hatte völlig vergessen, dass Liriel immer direkt zum Kern der Sache vorstieß, ebenso ihre Ungeduld und ihren klaren Verstand. Außerdem schien sie sich verändert zu haben, sie wirkte viel selbstsicherer, auch wenn vielleicht nur sein eigenes Selbstbewusstsein nachgelassen hatte. *Es bereitet ihm anscheinend großes Vergnügen, seinen niederen Gefühlen freien Lauf zu lassen, und er tyrannisiert besonders seinen jüngeren Bruder Emun. Neulich habe ich ihn dabei erwischt, wie er kleine Tiere quälte – einmal hat er sogar eine Katze am Dachbalken aufgehängt, und sie wäre gestorben, wenn Daryll sie nicht entdeckt hätte. Er hat einfach etwas zutiefst Gemeines an sich, und das war damals garantiert noch nicht da.*

Hältst du ihn für die Ursache der Albträume, von denen du gesprochen hast?

Ja und nein. Er schläft als Einziger tief und fest, aber er ist völlig unausgebildet, deshalb weiß ich nicht genau, wie er das zu Wege bringen könnte. In der Nacht, in der ich mit dir Kontakt aufnahm, hatte Emun einen schlimmen Albtraum. Darin wollte ihn angeblich ein Wesen auffressen, das einem Banshee ähnlich sah. Vincent hatte ihm irgendein Märchen erzählt, dass man die Geister von Banshees nicht aufhalten kann – wie kommen Kinder nur auf solche Gedanken? Aber ich bin noch nicht sicher, ob Vincent nur die Fantasien seiner Geschwister füttert oder tatsächlich aktiv wird.

Verstehe. Du bist mit dir selbst uneins in dieser Sache. Ich habe dich noch nie so konfus erlebt, Mik.

Da hast du verdammt Recht, Liri. Ich bin mit meiner Weisheit am Ende, wenn nicht sogar darüber hinaus! Ich weiß einfach nicht, wie ich mit der Situation fertig werden soll, und deshalb habe ich dich um Hilfe gebeten. »Dieses Zimmer geht nicht aufs Meer hinaus, der Wind wird dich also nicht sehr belästigen, und das Bettzeug ist sauber – ich habe mich höchstpersönlich vergewissert.«

»Das ist sehr nett von dir, mein Bruder. Aber nachdem es mich vier Tage lang in dieser Kutsche durchgeschüttelt hat, wäre ich sogar mit einer Matratze und einer einfachen Decke zufrieden. Ich war in meinem ganzen Leben noch nie so froh, aus einem Fahrzeug herauszukommen – und der Gedanke an die Rückreise ist nicht gerade ermutigend.« *Und wenn ich Priscilla Elhalyn richtig verstanden habe, wäre es ihr sowieso am liebsten, ich würde morgen abreisen.* Sie hielt inne und richtete den Blick auf die offene Tür. »Und wer ist das hier?«, fragte sie in verändertem Tonfall.

Strahlende Augen leuchteten im flackernden Schein der Fackeln im Flur unter einem dunklen Lockenkopf hervor. Bald darauf tauchte ein ganzes Gesicht auf, und Valenta trat aus ihrem Versteck hinter der Tür. Sie sah zugleich neugierig und schüchtern aus. Ihre hohen Wangenknochen und der schmale Mund unter einer winzigen und für eine Elhalyn recht untypischen Nase waren bemerkenswert.

»Hallo, Valenta. Liebste Schwester, darf ich dir Valenta Elhalyn vorstellen? Valenta, das ist meine Schwester, Liriel Lanart-Hastur.«

Liriel beugte sich vor, bis sie fast auf Augenhöhe mit dem Kind war. Sie streckte langsam die Hand aus, und Valenta ergriff sie. Liriel blickte hinab auf die kleine Hand mit den sechs Fingern und nickte, als würde endlich etwas einen Sinn für sie ergeben.

»Du bist nach dem Mond benannt«, sagte Valenta leise. Ihre Stimme war kaum mehr als ein Flüstern.

»Genau.«

»Das ist aber ein hübscher Name.«

»Danke.« *Was für ein bezauberndes Mädchen, Mikhail. Und ich glaube, ich weiß sogar, wer ihr Vater sein könnte – auf jeden Fall kein Ridenow. Sie könnte ein halbes* Chieri *sein.*

Chieri? *Seit Jahren hat doch niemand mehr eins gesehen! Ich dachte immer, sie sind verschwunden oder waren nur eine Legende. Aber jetzt, da du es sagst, klingt es einleuchtend. Ich habe nicht einmal daran gedacht – mein Hirn muss sich wohl langsam in Brei verwandeln!*

Was ist mit der anderen Schwester? Ist sie auch so hübsch? Sieht sie ihr ähnlich?

Nein. Sie ist rothaarig – typischer im Aussehen als Valenta. Aber auch ein sehr hübsches Mädchen. Wenn ich sie getroffen hätte, als ich siebzehn war, hätte sie mir bestimmt das Herz gebrochen. Sie stellt Valenta ziemlich in den Schatten – allerdings scheint das kein Problem zwischen den beiden zu sein, denn sie sind sich sehr zugetan.

»Mutter ist sehr aufgebracht, weil du gekommen bist«, verkündete Valenta. »Wieso eigentlich? Bringst du uns denn weg von hier?« *Hoffentlich – ich hasse dieses Haus.*

»Niemand will euch eurer Mutter wegnehmen.« Liriel klang beschwichtigend, aber nicht so, als sei sie überzeugt, die Wahrheit zu sagen. »Es tut mir Leid, dass sie sich so aufregen muss.«

Valenta zuckte mit typisch jugendlicher Gleichgültigkeit die Achseln. »Mutter regt sich fast immer über irgendetwas auf, deshalb ist es mir egal. Aber ich wäre so froh, wenn du mich von hier wegbringen würdest. Bald. Noch vor Mittwinter.«

»Wieso denn das?«

Valentas Augen füllten sich mit Tränen, und sie schüttelte heftig den kleinen Kopf, bis die Locken tanzten. Sie begann am ganzen Leib zu zittern. »Ich darf es dir nicht erzählen«, flüsterte sie und biss sich auf die Unterlippe. Dann drehte sie sich um und schoss hinaus auf den Flur. Mikhail und Liriel hörten, wie sich ihre trippelnden Schritte eilig entfernten.

Die beiden starrten einander an. Liriel war von Valentas Benehmen noch verblüffter als er. Sie verdrehte leicht die Augen und hob eine ihrer blassroten Augenbrauen. Es sah so komisch aus, dass Mikhail einen freudigen Stich in der Brust verspürte, wahrscheinlich die Erleichterung und Freude über die Anwesenheit seiner unerschütterlichen Schwester. »Ist sie immer so, oder hat sie irgendetwas?«

Die Frage, wenngleich völlig ernst gestellt, war einfach zu viel, und Mikhail lachte herzhaft, während Liriel verärgert dreinblickte. »Für hier war es ziemlich normal. Valenta ist ein braves Mädchen, sehr intelligent und am wenigsten problematisch von dem ganzen Haufen. Tatsächlich scheinen sie und ihre Schwester Miralys ganz normale Kinder zu sein. Wenn ich eine Frau statt einem Mann für den Thron aussuchen dürfte, kämen durchaus beide in Frage. Bis jetzt habe ich nie richtig begriffen, was Marguerida meinte, wenn sie über unsere Sitten schimpfte.«

»Wirklich?« Liriel sah ihn durchdringend an, und ein leichtes Grinsen umspielte ihren Mund.

»Ja. Am Anfang nahm ich an, dass sie sich einfach nur wie eine Terranerin benahm, dass sie die Dinge so sah, wie sie auf anderen Welten waren, nicht dass sie tatsächlich vernünftig dachte. Wenn sie zu mir sagt, ungeachtet des Geschlechts sollte die geeignetste Person eine bestimmte Aufgabe übernehmen, dann ist das, als würde mein Gehirn zu zerbröseln beginnen. Und das, obwohl ich viel Zeit bei Lady Marilla verbracht und dabei zugesehen habe, wie sie ihr Töpfereigewerbe von einem Brennofen auf ein Dutzend ausbaute, obwohl ich sehr wohl wusste, wie bemerkenswert diese Leistung war. Gleichzeitig dachte ich immer, sie würde sich nur irgendwie beschäftigen und habe es nie als ... ernsthafte Arbeit angesehen.«

»Zumindest erkennst du deinen Irrtum, was man von Vater nicht gerade behaupten kann. Er tobt und verflucht Lew Alton und Marguerida, als wären sie nur deshalb auf Darkover, um ihn zu ärgern. Sein neuester Plan ist es, vor den Cortes zu ziehen und zu verlangen, dass Gabriel zum Erben der Domäne Hastur ernannt und Marguerida gezwungen wird, ihn zu heiraten. Mutter sagte, er solle nicht so dumm sein und besser sie die Sache regeln lassen, was zu einem Streit führte, den man in ganz Arilinn hören konnte, auch wenn man kein *Laran* besitzt. Vater hat unseren Bruder nicht gefragt, sonst wüsste er, dass Gabriel unsere Base bereits in Augenschein genommen hat und sie selbst dann nicht haben wollte, wenn sie die letzte Frau auf Darkover wäre. Er fürchtet sich richtig vor ihr – seit sie Donal mit der Befehlsstimme in die Oberwelt geschickt hat.«

»Wie hat er denn das herausgefunden? Ich dachte, es wäre uns gelungen, die Sache geheim zu halten. Ich habe Gabriel gewarnt, dass man Marguerida lieber nicht wütend macht, aber ich glaube nicht, dass ich ihm auch von der Befehlsstimme oder dem Rest unseres seltsamen Abenteuers erzählt habe.« Mikhail hielt inne und dachte an die Nacht in Armida, als Donal Margaret Alton erschrecken wollte, indem er sich mit einem Bettlaken verkleidet und gespenstische Geräusche von sich gab. Er hatte sie plötzlich geweckt, obwohl er wusste, dass er das besser nicht tun soll, und sie hatte gesprochen, ohne zu wissen, dass ihre Stimme eine so große Macht besaß.

Wie viele andere Eigenschaften von *Laran* war auch die Befehlsstimme unmöglich vorherzusehen. Doch Marguerida besaß sie in vollem Umfang.

»Gabriel ist nicht dumm, auch wenn er lange nicht so gescheit ist wie du, und es ist endlich in seinen Dickschädel gegangen, dass Marguerida keine der Frauen ist, die er zu seiner Zufriedenheit bändigen kann.«

»Ich kann mir überhaupt niemanden vorstellen, der sie bändigt, nicht einmal ich. Wie sehr sie sich auch bemüht, sie wird immer äußerst eigensinnig und freiheitsliebend bleiben.«

»Natürlich kannst du sie nicht bändigen!« Liriel schnaubte belustigt. »Sie ist nicht hier aufgewachsen, und es ist lächerlich zu erwarten, dass sie sich an unsere Sitten anpasst. Du siehst es wenigstens ein. Wenn doch nur Vater ebenso realistisch wäre. Aber ich kann mir nicht vorstellen, dass er je Vernunft annimmt. Er ärgert sich so sehr über Lew, dass er kaum noch essen kann. Und er will Armida behalten, koste es, was es wolle. Es ist fast schon zu einer fixen Idee für ihn geworden.«

»Wenn er doch nur nicht so dickköpfig wäre!«

»Wenn doch nur der Wind nicht so kalt wäre. Jetzt musst du mich aber mal alleine lassen. Ich möchte baden und frische Kleidung anziehen. Dieses Kleid ist so schmutzig, dass es bald ein Eigenleben annehmen wird. Nach allem, was ich bisher von Haus Halyn gesehen habe, würde mich sowieso nichts mehr wundern.«

»Selbstverständlich. Das Bad ist zwei Türen weiter auf der linken Seite, und du wirst feststellen, dass es der luxuriöseste Teil des ganzen Hauses ist. Nur die Handtücher sind ein bisschen dünn und abgenutzt. Ich habe in Thendara neue bestellt, aber sie sind noch nicht eingetroffen.«

Liriel lachte leise. »Ich wette, du hast in deinem ganzen Leben noch keinen Gedanken an Handtücher verschwendet, bevor du hierher kamst.« Dann wurde ihre Miene wieder ernst. »Diese Emelda kommt mir irgendwie bekannt vor – ich weiß nur nicht mehr, woher. Aber ich bin mir sicher, dass ich sie schon einmal gesehen habe.« Sie hörte sich besorgt an, als sie das sagte.

»Tatsächlich? Das ist ja interessant. Es ist mir nicht gelungen, irgendetwas über sie in Erfahrung zu bringen, außer dass sie seit etwa einem halben Jahr hier bei Priscilla und den Kindern lebt und eine Menge Einfluss besitzt, dem ich nicht traue. Und ich würde nicht mit dir wetten wollen«, fügte er hinzu. »Ich verliere nicht gern.«

Damit drehte er sich um und ging hinaus. Im Flur entdeckte er Miralys und Valenta, die ihn aus neugierigen Gesichtern ansahen. »Was treibt ihr denn hier?«

»Wir haben auf dich gewartet«, unterrichtete ihn Valenta. »Erzähl uns alles über deine Schwester!«

»Ja, bitte! Valenta sagt, sie ist so groß wie du und sehr breit.« Miralys war das völlige Gegenteil ihrer jüngeren Schwester, nicht nur in ihrer hellen Hautfarbe, sondern auch in ihrem guten Benehmen. Wo Valenta keck und fast frühreif war, war Mira ruhig und zurückhaltend. Sie bewegte sich mit vollkommener, wenn auch unbewusster Anmut und besaß eine beachtliche Selbstsicherheit. Mikhail hatte erlebt, wie sie Vincent einmal Paroli geboten hatte, und bei einer anderen Gelegenheit schlug sie ihm sogar die Nase blutig. Das war durchaus bemerkenswert, denn Vincent war groß und stark, und Miralys war mit ihren vierzehn Jahren höchstens eins sechzig und sah zerbrechlich wie eine Lilie aus. Aber sie war schnell, und ihre Hände waren erstaunlich kräftig für ihre Größe.

»Meine Schwester ist in der Tat sehr breit gebaut, aber dafür kann sie nichts. Sie war immer so, schon als Kind. Sie ist ein Jahr jünger als ich und hat eine Zwillingsschwester namens

Ariel. Ihr seht also, meine Familie ist eurer ganz ähnlich – ich habe zwei Brüder und zwei Schwestern.«

»Ja, ja. Aber was ist sie? Sie ist keine *Leronis*, oder?«

»Nein. Liriel ist Technikerin. Die meiste Zeit lebt sie im Turm von Tramontana, aber neulich war sie in Arilinn, um unserer Base Marguerida Alton bei ihrer Ausbildung zu helfen und sich um unsere Schwester zu kümmern, die nicht so stark ist wie sie.«

»Warum ist sie hier?«, fragte Miralys. »Mutter sagt, sie ist gekommen, um uns von Haus Halyn wegzubringen, aber Val sagt, das stimmt nicht!« *Wenn mich nicht bald jemand hier herausholt, wird Vincent mir wehtun!*

Mikhail wankte bei dem Gedanken, den er von Miralys auffing, denn er spürte, dass das Mädchen von etwas sprach, das ihm bisher nicht in den Sinn gekommen war. In ihrem Geist war ein Gefühl von Gefahr, als fürchtete sie, geschändet zu werden. Mikhail war so bestürzt, dass er nicht sofort antworten konnte. »Sie ist natürlich hier, um euch beide auf *Laran* zu prüfen.«

»Ach so. Und wenn wir genug davon besitzen, können wir dann weggehen und *Leroni* werden?«

»Möchtet ihr das denn? Es ist nicht leicht, müsst ihr wissen. Man muss eine Menge lernen dafür.«

»Ich wäre lieber auf einem Mond, als noch einen Winter hier zu bleiben«, unterbrach ihn Miralys. Sie wirkte ganz ruhig, aber ihr Geist bebte vor Unbehagen, und ihre Angst enthielt eindeutig eine sexuelle Komponente, die Mikhail auf Grund seiner Ängstlichkeit bisher übersehen hatte. Er war sehr vorsichtig mit den Mädchen gewesen, weil ihm bewusst war, dass seiner Anwesenheit im Haus etwas Unschickliches anhaftete, das durch Klatschgeschichten schnell falsch ausgelegt werden könnte.

Mikhail schimpfte sich einen Dummkopf. Er hätte viel früher darauf kommen müssen, dass Vincent bei der Isolation, in der die Elhalyn-Kinder lebten, eine Gefahr für jedes weibliche Wesen darstellte, die eigenen Schwestern nicht ausgenommen. Alain war kein Problem, da seine völlige Unfähigkeit, eigene Entscheidungen zu treffen, ihn davon abhielt, anderen Schaden zuzufügen, und Emun war noch zu jung. Aber bei Vincent, dem Tyrannen, verhielt sich die Sache natürlich ganz anders. Mikhails eigene Erziehung hatte verhindert, dass er sich so etwas auch nur vorstellte, denn sosehr er seine Schwestern auch liebte, war ihm nie der Gedanke gekommen, sie im Mindesten begehrenswert zu finden. Als Heranwachsender hatte er sie für grässliche Nervensägen gehalten, und erst in den letzten Jahren hatte er erkannt, dass Liriel eine faszinierende und eigenständige Persönlichkeit war. Aber er neigte immer noch dazu, sie aus seinen Gedanken zu verbannen, weshalb es umso erstaunlicher war, dass er ausgerechnet Liriel um Hilfe gebeten hatte.

Inzest war in der langen Geschichte der Domänen nicht unbekannt, und aus diesem Grund gab es sehr strenge Beschränkungen, was die Verhältnisse zwischen den Geschlechtern anging. Mikhail war darauf gedrillt worden, seine Schwestern nicht als Frauen anzusehen, und er entdeckte zu seiner Bestürzung, dass er sie immer noch wie kleine Mädchen, wie Kinder betrachtete, selbst Liriel, die inzwischen so erwachsen war wie er selbst. Ebenso hielt er Frauen aus der Generation seiner Mutter nicht für begehrenswert, da man das für gleichermaßen unschicklich hielt. Die wenigen Partnerinnen, die er sich bisher ausgesucht hatte, waren immer Mädchen in seinem Alter gewesen, aber nicht näher mit ihm verwandt als Basen und für gewöhnlich nicht einmal das.

Doch hier, so weit entfernt von den Zentren der darkovanischen Kultur, gab es keine große Auswahl an Frauen. Das Dorf, das zwischen Burg Elhalyn und Haus Halyn lag, was klein und ernährte etwa zweihundert Leute, von denen die meisten im Sommer auf den Feldern arbeiteten, wo sie den widerstandsfähigen Weizen anbauten, der hier gedieh. Die Weigerung der einheimischen Mädchen, in Haus Halyn zu arbeiten, ergab nun einen düsteren Sinn, der nichts mit Emelda oder irgendwelchen Geistern zu tun hatte.

Es war eine Sache, falls ein Mitglied des *Comyn* mit einem Bauernmädchen ein uneheliches Kind zeugte, wenn sie einverstanden war, und eine völlig andere Sache, wenn sie gegen ihren Willen genommen wurde. Die jungen Frauen in der Umgebung von Armida empfingen seit Generationen die Gunst verschiedener Altons – Gabriel hatte mindestens einen Sohn, von dem Mikhail wusste, und Rafael eine Tochter –, aber zwischen beiden Seiten herrschte ein stillschweigendes Einverständnis, dass solche Handlungen mit Respekt vor den beteiligten Frauen durchgeführt wurden. Für die Kinder aus solchen Verbindungen wurde gut gesorgt, und in einigen Fällen zog man sie sogar in der herrschenden Familie der Domäne auf. Soviel Mikhail wusste, war *Dom* Gabriel in seiner Ehe mit Javanne nie fremdgegangen, so dass er sich einigermaßen sicher sein konnte, keine Halbgeschwister zu haben. *Dom* Gabriels Zurückhaltung war allerdings recht ungewöhnlich.

Ahnte Priscilla vielleicht, dass Vincent eine Bedrohung für seine Schwestern darstellte, und forderte sie Mikhail aus diesem Grund immerzu auf, ihn mitzunehmen? Und wenn es so war, warum hatte die närrische Frau Vincent dann nicht schon längst nach Thendara oder Arilinn geschickt? Dann fiel ihm plötzlich die Séance wieder ein und der Tonfall in *Domna* Elhalyns Stimme, als sie zum Geist ihres Bruders sprach. Was wenn ... Mikhail wurde bei dem Gedanken ganz unwohl. Er riss sich von diesen unerfreulichen Spekulationen los und fühlte sich unbehaglich und beinahe schmutzig. Nein, er musste sich irren! Priscilla würde nie etwas so Unziemliches tun.

Er sah die beiden jungen Frauen an. Beide hatten während der Wochen seines Aufenthalts um seinen Schutz gebeten, aber er hatte die Ursache für ihre Angst nicht erkannt. Mikhail hätte sich am liebsten selbst geohrfeigt. Dass er die Hilferufe fast im selben Augenblick wieder vergessen hatte, in dem er sie hörte, trug nicht gerade zu seinem Wohlbefinden bei.

Mikhail verspürte ein flaues Gefühl im Magen. Als Regent von Elhalyn war er eidlich dazu verpflichtet, diese beiden Mädchen zu beschützen, und er wusste, dass er seine Sache bisher nicht sehr gut gemacht hatte. Stets war er bemüht, alles so zu regeln, dass er Priscilla Elhalyn nicht verletzte oder gegen ihren Wunsch verstieß, nicht von ihren Kindern getrennt zu werden. Er war ein Idiot! Er musste die Kinder wegbringen, und zwar bald.

Doch was würde Regis Hastur dazu sagen? Er hatte Mikhail nicht befohlen, die Kleinen nach Thendara zu bringen. Er hatte im Gegenteil darauf bestanden, dass Mikhail nichts unternahm, was Priscillas Absichten störte, er sollte sich nach ihren Wünschen richten und lediglich dafür sorgen, dass die Kinder wohlauf waren, sowie einen geeigneten Sohn für die Thronfolge suchen. Er hatte, kurz gesagt, Mikhail die Hände gebunden. Mikhail hatte die Andeutung seines Onkels sicher nicht missverstanden, dass er erst dann in die Stadt zurückkehren durfte, wenn er die Jungen geprüft und einen Thronkandidaten bestimmt hatte, und sicher trog ihn auch nicht das Gefühl, dass ihn sein Onkel in eine völlig unhaltbare Situation manövriert hatte. Die ganze Regentschaft war ein Schwindel, und Regis hatte sie sich ausgedacht, um Javanne und andere Reaktionäre von seinem Plan abzulenken, die Domäne Aldaran wieder mit den anderen zu verbinden.

Mikhail bekam nicht häufig Wutausbrüche. Aber in diesem Augenblick wäre er nur zu gern explodiert, um seinem wochenlang aufgestauten Zorn Luft zu machen. Nur die Anwesenheit der beiden Mädchen hielt ihn davon ab, gegen die nächste Wand zu treten oder den Stuhl zu packen, auf dem die Gardisten in der Nacht saßen, und Kleinholz aus ihm zu machen. Es blieb ihm nichts anderes übrig, als sich mit einem gedachten *Verflucht sollst du sein, Regis* zu begnügen.

Es war schon schlimm genug, dass sich irgendeine kleine Kräuterhexe ungefragt in seinen Geist drängte, aber dass ihn sein Onkel so geschickt manipuliert hatte, erschien ihm als ein gewaltiger Verrat. Vor allem auch, weil ihm beim besten Willen kein Grund einfiel, warum Regis ihm diese Aufgabe gestellt hatte, die von Anfang an zum Scheitern verurteilt war. Was würde es denn beweisen, wenn es ihm gelang, den Thron mit einem von Priscillas Söhnen zu besetzen? Dass er brav und treu war und immerzu tat, was Regis wollte? Dazu bedurfte es keines Beweises mehr, und wenn sein Onkel an ihm zweifelte, hätte er sicher einen anderen Weg gefunden, um es ihm zu zeigen.

Wie viel Autorität hatte er wirklich, und warum hatte er seinem Onkel diese Frage nicht gestellt, als noch Gelegenheit dazu war? Oder hatte er sie gestellt und war nur geschickt vertröstet worden? Konnte er sich Priscillas Wünschen widersetzen und die Kinder von Haus Halyn wegbringen?

Mikhail sah das Problem vielmehr darin, dass er seine Stellung nicht als Machtposition ansah, sondern nur als eine Verpflichtung, von der er so schnell wie möglich wieder befreit werden wollte. Er war hierher gekommen, weil Regis es ihm aufgetragen hatte, nicht weil er selbst es wünschte oder weil es ihn auch nur im Mindesten interessierte, ob ein weiterer Elhalyn den Thron von Darkover bestieg. Er hatte im Gegensatz zu Regis, *Dom* Gabriel und all den anderen aus dieser Generation nie einen Elhalyn-König erlebt und entdeckte zu seiner Bestürzung, dass er dieser Aussicht praktisch emotionslos ge-

genüberstand – abgesehen von der Tatsache, dass er die Aufgabe dann nicht selbst übernehmen musste.

Er seufzte und war tief in seine sorgenvollen Gedanken versunken, als Liriel aus ihrem Zimmer kam und in Richtung Bad ging. Die beiden Mädchen beobachteten sie aus großen Augen. Sie war mit einem weiten grauen Nachthemd bekleidet, und sie warf den beiden ebenfalls einen Blick zu, bevor sie an ihnen vorbeiging und den dampfenden Raum mit der riesigen Wanne betrat.

»Sie ist ziemlich imposant, nicht wahr?« Miralys' Bemerkung rief Mikhail wieder in die Gegenwart zurück.

»Ja, das ist sie. Imposant ist genau das richtige Wort für sie. Das war sehr gescheit von dir, Mira.«

Das Mädchen schenkte ihm einen strahlenden Blick, einen Augenaufschlag und ein Lächeln, das ein ganzes Zimmer erhellt hätte. Mikhail kannte diesen Blick gut, er hatte ihn schon häufig bei anderen Mädchen gesehen, allerdings waren die nicht so jung gewesen. Die Kleine war auf dem besten Weg, ihn anzuhimmeln, dachte er mutlos.

Gleichzeitig überraschte es ihn nicht, schließlich gab es keine anderen Männer, an die sie denken konnte, es sei denn, man zählte seine Wachen mit. Mathias war schon zu alt, um für die Mädchen von Interesse zu sein, aber Daryll war ein gut aussehender Mann. Allerdings war er jedoch kein Hastur. Mikhail wusste, dass dies sogar hier einen Unterschied machte.

Er schob diesen Gedanken für den Augenblick beiseite. »Ihr beide solltet euch lieber für das Abendessen hübsch machen. Ihr wollt doch sicher nicht, dass meine Schwester euch für Wildfänge hält, oder?« Es war zwar nur ein lahmer Trick, aber etwas Besseres fiel ihm spontan nicht ein.

Mira durchschaute ihn offenkundig, denn sie bedachte ihn mit einem erneuten Augenaufschlag. Val beobachtete die kleine Szene und stieß ihre Schwester leicht an die Schulter. »Los, Mira! Ich brauche Hilfe mit meinem Haar, und du weißt doch, dass Wena zwei linke Hände hat.«

Mikhail sah ihnen nach, als sie in ihr Zimmer huschten. Er war niedergeschlagen, aber das ging sicher schnell vorüber. Jetzt, da Liriel hier war und ihm half, schaffte er vielleicht endlich, wozu ihn Regis hergeschickt hatte. Es war eine schwache Hoffnung, aber zum ersten Mal seit Tagen hoffte er überhaupt wieder. Er drehte sich zufrieden um und ging in sein Zimmer, um sich für das Abendessen umzuziehen.

11

Mikhail stand vor dem Kamin im Esszimmer und wärmte sich die Hände. Der Raum war noch immer recht freudlos, aber das einzige Fenster war repariert, so dass keine Zugluft mehr die Füße auskühlte, wenn der Wind von Westen blies, und Mikhail hatte persönlich die Oberfläche des abgenutzten Tisches gewachst, der in der Mitte des Zimmers stand.

Die Erinnerung an diese Arbeit hellte seine Stimmung ein wenig auf. Er streckte die Hände vor und betrachtete sie. Seit seiner Ankunft hier hatten sie Dinge getan, die er sich nie hätte träumen lassen, und sie waren ganz rau und ein wenig schwielig. Aber er mochte das Gefühl, dass er seine zehn Finger für so vieles gebrauchen konnte, sei es, um Wachs in einen Tisch zu reiben oder Holznägel in einen Fensterrahmen zu hämmern. Wenn er an die vollbrachte Arbeit dachte, die nötig gewesen war, um Haus Halyn halbwegs herzurichten, empfand er eine stille Genugtuung. Die düstere Stimmung, die immer wieder aufflackerte, verließ ihn schließlich ganz.

Mikhail stützte einen Ellbogen auf den Kaminsims und betrachtete die Sammlung von kleinen Zierfiguren, die dort aufgereiht war. Es gab aus Stein gemeißelte Hirsche und eine schöne Herde hölzerner Pferde, bei denen die Maserung im Holz geschickt dazu verwendet worden war, den Eindruck von Muskeln oder Fell entstehen zu lassen. Er bemerkte die Staubschicht zwischen den Figuren und hätte fast sein Taschentuch hervorgeholt, um sie wegzuwischen. Er lachte in sich hinein und schüttelte verwundert den Kopf. Er wurde noch richtig häuslich! Erst die Entschuldigung wegen der abgenutzten Handtücher und jetzt das.

Mikhail drehte sich vom Kamin weg und sah dem alten

Duncan dabei zu, wie er hölzerne Schneidebretter und Besteck auf dem Tisch verteilte. Er hörte das freundliche Gemurmel von Männerstimmen aus der Küche und hoffte, die Anwesenheit der Gäste könnte den Koch zu größeren Anstrengungen als sonst inspiriert haben. Sehr klug von Liriel, dass sie sowohl männliche Diener als auch Wachen mitgebracht hatte. Er fühlte sich plötzlich weniger verwundbar, und sein Geist wirkte klarer. Jetzt musste er nur noch seine Gefühle in den Griff bekommen. Es war anstrengend, ständig zwischen Hoffnung und Verzweiflung hin und her zu pendeln.

Er schnupperte versuchsweise und seufzte. Den Düften nach zu urteilen, die aus der Küche drangen, hatte Ian sich wegen Liriel keine besonders große Mühe gegeben. Es gab wahrscheinlich die übliche Kost: das ewig gleiche zerkochte Geflügel und Getreide, dem es völlig an Gewürzen oder Kräutern fehlte. Nicht dass es Liriel etwas ausmachen würde. Sie aß stets mit gutem Appetit, egal, was man ihr vorsetzte.

Mikhail hätte gern einen Rabbithorn-Eintopf gegessen, mit getrocknetem Obst darin, oder ein Hirschragout, so wie es der Koch in Armida immer zubereitete. Wenn das nicht ging, hätte er mit Freuden Fisch gegessen, im Fluss wimmelte es davon, selbst um diese Jahreszeit. Aber Ian hatte ein Talent dafür, jeden Fisch, der in seiner Küche landete, absolut zu ruinieren. Entweder er briet sie so hart, dass man sie als Türstopper benutzen konnte, oder er kochte sie so lange, bis Geschmack und Struktur gleichermaßen verloren gingen.

Er dachte sehnsüchtig an das Esszimmer in Armida und an den großen Speisesaal in Ardais, doch dann verscheuchte er diese Fantasien. Sie erinnerten ihn zu sehr an Marguerida. Er konnte nicht an diese Räume denken, ohne sich an eine der ersten Mahlzeiten zu erinnern, die er in ihrer Gegenwart eingenommen hatte. Sie hatte eine besondere Art, Fisch zu verzehren, die ebenso elegant wie geschickt war. Aber sie war ja auch auf einem Wasserplaneten aufgewachsen, deshalb hatte sie darin wahrscheinlich so viel Übung.

Es würde bestimmt auch wieder gekochten Lauch geben, der in einer glänzenden Brühe schwamm, und harte Brötchen, die man hervorragend als Geschosse verwenden konnte, sollte Haus Halyn je angegriffen werden. Er wünschte, er würde mehr vom Kochen verstehen, und lachte dann aber über sich selbst. Erst die Wäsche und jetzt Kochtöpfe – was für eine gute Figur er doch als Mann abgab.

Liriel rauschte ins Esszimmer, Mira an einem Arm und Val am anderen. Sie lachte und hatte sich offenbar schon mit den Mädchen angefreundet. Kurz darauf erschien Emun, der Alain am Ärmel hinter sich herzog. Das Haar des Jüngeren war noch feucht vom Waschen, und es klebte an seiner Stirn und ließ sein schmales Gesicht noch ängstlicher aussehen. Seine großen Augen hasteten zum Halbdunkel der Zimmerecken, als erwartete er, dass ihn von dort etwas anspringen könnte.

Alains Anwesenheit freute Mikhail sehr, denn es kam nur selten vor, dass der älteste Elhalyn aus seinen schmutzigen Decken stieg und einen anderen Raum als sein Schlafzimmer betrat. Hinter den Jungen tauchte Daryll auf; Mikhail wusste, dass der junge Gardist sich angewöhnt hatte, einen großen Teil seiner Freizeit mit Alain zu verbringen. Er sprach oft leise mit ihm oder erzählte ihm unglaubliche Geschichten. Bisweilen schienen diese Geschichten Alain fast aus seinem Stumpfsinn herauszureißen. Zunächst hatte Mikhail gedacht, dass sich Daryll nur langweilte und nach einer anderen Beschäftigung suchte, statt zu schlafen, vor seiner Tür Wache zu halten, Wände auszubessern oder beim Erneuern des Scheunendachs zu helfen. Doch inzwischen wusste er, dass Daryll echte Zuneigung für den armen Kerl empfand, und er freute sich, dass es ihm gelungen war, Alain zum Abendessen nach unten zu holen.

Duncan teilte gerade Schalen mit Brötchen aus, als Vincent eintraf, wie immer großspurig und laut. Er sah sehr gut aus im Licht der Kerzen auf dem Tisch und an den Wänden, und seine blauen Augen funkelten. Vincent überflog den Raum mit einem anmaßenden Blick, dann ging er auf Liriel zu, jeder Zoll ganz der Herr des Hauses.

»Ich heiße Euch in Haus Halyn willkommen, *Domna.* Es tut mir Leid, dass ich bei Eurer Ankunft nicht anwesend war – ich hatte etwas zu erledigen.« Er stand sehr nahe bei Liriel, viel dichter, als es höflich gewesen wäre.

Mikhail war schockiert und auch ein wenig verärgert, aber Liriel sah den jungen Mann ruhig an. »Danke für dem Empfang«, sagte sie höflich.

»Und wie findet Ihr Euer Zimmer?«

Die Frage schickte sich nun wirklich nicht, aber Liriel lächelte amüsiert. »Es ist einwandfrei.«

»Ich frage nur deshalb, weil Ihr doch bestimmt an großen Luxus gewöhnt seid. Hier in Haus Halyn gibt es keinen, weil meine Mutter meint, dass er den Willen schwächt.«

»Luxus? Mein Zimmer in Tramontana ist zwar gemütlich, aber ich würde es keinesfalls als luxuriös bezeichnen.«

Vincent schien über diese Antwort ein wenig verdutzt zu sein. »Ich meinte in Armida oder ...«

»Ich fürchte, ich achte nur selten auf solche Dinge. Meine Güte, hier riecht es aber gut. Ich habe einen riesigen Appetit von der Reise.«

Ein Spannungsknoten, der Mikhail gar nicht bewusst gewesen war, löste sich plötzlich in seiner Brust. Er hatte eine gute Entscheidung getroffen, als er Liriel um Hilfe bat. Sie hatte die allerbesten Manieren und ließ sich durch fast nichts aus der Ruhe bringen. Nicht einmal von einem ungehobelten Jungen, der mit ihr zu flirten versuchte. Merkwürdig, dass ihm das früher nie aufgefallen war.

Inzwischen hatte Emun Alain an ein Tischende gesetzt und eine Serviette auf seinen Schoß gebreitet. Mira zupfte an Liriels Ärmel, aber Vincent nahm Liriel bei der Hand und zog sie zu einem Stuhl, schob ihn der jungen Frau zurecht und nahm dann neben ihr Platz. Es war ein alter Stuhl mit hoher Lehne, der wieder einmal geleimt werden musste, und er knarrte hörbar unter dem Gewicht der Technikerin. Mira ergatterte den Platz auf der anderen Seite von Liriel, obwohl sie normalerweise möglichst weit entfernt von Vincent saß.

Mikhail widerrief seine Einschätzung von Miralys. Sie fürchtete sich genauso vor ihrem Bruder wie die übrigen Geschwister, allerdings konnte sie es besser verbergen. Nun schien sie wild entschlossen zu sein, im Schatten von Mikhails Schwester Schutz zu suchen, komme, was wolle. Die Mischung von Entschlossenheit und Bewunderung auf ihrem Gesicht ließ sie noch schöner aussehen. Zweifellos hatte sie entschieden, dass Liriel eine wertvolle Verbündete war.

Mikhail sah Emun und Valenta auf der gegenüberliegenden Tischseite Platz nehmen und wartete auf das Erscheinen von Priscilla Elhalyn. Das tat er immer, wenngleich sie nur selten zu den Abendmahlzeiten kam. Er hoffte, Liriels Ankunft würde sie zu höflichen Umgangsformen veranlassen. Wenn sie kam, führte er sie immer erst an ihren Platz, bevor er sich selbst setzte.

Duncan kam gerade mit einer Servierplatte kläglich aussehenden Geflügels, dessen Beine ausgerenkt waren und schlaff herabhingen, aus der Küche, als Emelda aus dem Salon hereinrauschte. Sie trug ein blaues Kleid, das Mikhail noch nie an ihr gesehen hatte, und ihr Haar war zur Abwechslung ordentlich nach hinten frisiert. Ihre vorspringenden Augen musterten ihn unruhig.

»*Domna* Priscilla ist viel zu aufgeregt, um mit uns zu essen«, verkündete Emelda. »Sie hat mich an ihrer Stelle geschickt.« Mit diesen Worte marschierte sie an den Kopf der Tafel auf Priscillas Platz zu und setzte sich mit hochnäsiger Miene. Sie legte die Hände neben den leeren Teller und lächelte die Anwesenden an.

Mikhail runzelte die Stirn. Emeldas plötzlicher Kleiderwechsel stimmte ihn misstrauisch. Sie führte garantiert etwas im Schilde, denn er hatte sie seit seiner Ankunft immer nur in dem Rot einer Bewahrerin gesehen. Irgendetwas an ihrem Auftreten störte ihn, eine Spannung, die er früher nie an ihr wahrgenommen hatte. Vielleicht hatte Liriels Ankunft sie durcheinander gebracht. Wenn ja, war er aufrichtig froh darüber.

Dann fragte er sich, ob Priscilla wirklich zu aufgeregt war oder ob sie vielmehr dazu gezwungen wurde, in ihrer ungesunden Kammer zu bleiben. Er hegte schon seit geraumer Zeit den Verdacht, dass Emelda ihre Herrin mit dem einen oder anderen üblen Gebräu betäubte, das er jedes Mal roch, wenn er sich in den hinteren Teil des Hauses wagte. Mikhail war seinem Verdacht jedoch nie nachgegangen – schließlich war nicht Priscilla sein Schützling, sondern die Kinder. Oder hatte er sich nur deshalb geweigert, weiter nachzuforschen, weil Emelda so offenkundig feindselig und wachsam war, wenn es um ihre Herrin ging? Es war zu spät, sich jetzt noch über die Vergangenheit den Kopf zu zerbrechen. Wie sollte er bloß mit der Gegenwart umgehen?

Plötzlich fiel ihm ein, wie er in Margueridas ersten Tagen in Arilinn mit ihr im Garten gesessen hatte. »Wenn es doch nur ein richtiges Lehrbuch gäbe – am besten gleich mehrere! Es macht mich wahnsinnig, dass ich die Matrixwissenschaften ohne Nachschlagewerke studieren muss! Die Aufzeichnungen im Skriptorium sind meinen Vorstellungen nach absolut unbrauchbar, denn wo sie nicht völlig unklar sind, flüchten sie sich in Verschwommenheit!« Dann hatte sie ihn angelächelt, und er hatte gespürt, wie sein Herz einen Sprung machte.

Als Mikhail sich nun diese Worte in Erinnerung rief, wünschte auch er sich, er hätte ein Buch zur Hand, das ihm sagte, was er als Regent tun durfte und was nicht. Er war nie zuvor in einer Lage gewesen, in der er nicht gewusst hatte, wo sein Platz im Gefüge des Ganzen war, und er stellte fest, dass ihm das überhaupt nicht behagte. Nie hatte er die Frustrationen besser verstanden, die Marguerida erlebt haben musste, als sie versuchte, sich die darkovanischen Gebräuche ohne ihre gewohnten Hilfsmittel anzueignen.

In diesem Augenblick wäre ein netter Text über alle Winkel und Ecken von *Laran* wirklich sehr hilfreich gewesen. Hätte Mikhail etwas Derartiges besessen, wäre er wahrscheinlich allein mit Emelda fertig geworden, ohne dass seine Schwester ihm aus der Patsche helfen musste. So froh er über Liriels Anwesenheit auch war, musste er dennoch immer daran denken, dass sie die lange und anstrengende Reise nicht hätte auf sich nehmen müssen, wenn er nicht an seiner Aufgabe gescheitert wäre.

Mikhail stellte erneut fest, dass sein Geist nicht mehr so getrübt war, auch wenn seine Gefühle weiterhin miteinander im Widerstreit lagen. Was machte Emelda hier, und warum war Priscilla nicht hier? Irgendwie kannte er die Antwort, kaum dass er die Frage formuliert hatte. Emelda konnte wahrscheinlich nur wenige Menschen auf einmal beeinflussen, und die Ankunft von Liriel und den vier Männern hatte ihre Fähigkeiten, andere zu beeinflussen, durcheinander gebracht. Sie wagte es nicht, Priscilla die Teilnahme am Essen zu gestatten, ohne selbst anwesend zu sein. Emelda musste in ihrem eigenen Interesse hier sein. Aber glaubte sie denn wirklich, Macht über Liriel ausüben zu können, die gut ausgebildet und trainiert war?

Mikhail erstickte den Impuls, an den Kopf der Tafel zu treten, die zierliche Frau am Arm zu packen und aus dem Raum zu weisen. Es war schlimm genug, dass sie auf dem Platz ihrer Herrin saß, obschon sie – theoretisch – nicht mehr als eine Dienerin war. Doch er war auch neugierig, was sie vorhatte. Falls sie versuchen sollte, Liriels Geist auf dieselbe Weise zu zersetzen, wie sie es bei ihm getan hatte, stand ihr eine böse Überraschung bevor!

Mikhail bemerkte, wie Emelda ihn aufmerksam beobachtete; ihre dunklen Augen waren schmal vor Argwohn. Er beachtete sie nicht weiter und nahm Platz, als wäre alles in bester Ordnung. Dann zuckte er die Achseln, schob alle sorgenvollen Gedanken beiseite und reichte die Schüssel mit dem Lauch weiter, dem heute Abend immerhin ein paar Karotten beigemengt waren, vermutlich um Liriels Anwesenheit zu feiern.

»Ich gehe davon aus, dass Ihr nicht lange hier bleiben werdet«, verkündete Emelda und sah Liriel viel zu direkt an, um noch höflich zu erscheinen, »da Eure Anwesenheit störend ist und Ihr auch nicht willkommen seid. Tatsächlich wünscht die *Domna*, dass Ihr beide morgen oder spätestens übermorgen abreist. Ihr alle!« Sie funkelte Daryll finster an, der neben Alain saß und ihm gerade eine Portion gekochtes Gemüse auf den Teller lud.

»Was für ein ausgemachter Blödsinn«, antwortete Vincent, und seine laute Stimme dröhnte durch den Raum. »Erst gestern sagte sie noch zu mir, sie freue sich darauf, mal wieder eine neue Gesprächspartnerin zu haben.«

»Sie hat so etwas niemals gesagt«, entgegnete Emelda, und ihre dunklen Augenbrauen zogen sich zusammen.

»Emelda«, begann Mikhail, »ich bin der Regent für die Familie Elhalyn. Praktisch ist das mein Haus und weder Eures noch Priscillas.«

»Ach, das!« Die Wahrsagerin schnaubte beinahe. »Die *Domna* hat beschlossen, ihre Meinung zu ändern – es wird keine Regentschaft geben und ...«

»Das wird sie nicht«, dröhnte Vincent, und sein blasses Gesicht rötete sich vor Wut. »Du lästiges altes Weib – halt endlich den Mund, bevor ich ihn dir stopfe!«

Liriel schluckte ihren Bissen hinab. »Ich glaube nicht, dass ich die Mädchen in so kurzer Zeit prüfen kann, und ich gehe auch nicht davon aus, dass ich in den nächsten Tagen abreisen werde.«

»Niemand wird hier geprüft! Das erlaube ich nicht!«, fauchte Emelda.

»Ihr habt in dieser Angelegenheit nichts mitzureden«, sagte Mikhail ruhig. Er spürte die Kälte im Raum, die nichts mit der Temperatur zu tun hatte. Emelda versuchte, ihn zu beeinflussen – ein kaltes, unheimliches Gefühl machte sich in seinem Hirn breit. Ihn schauderte, und er begriff, dass die Mädchen und Emun stumm vor Angst waren. Alain schien jedoch völlig unberührt von der Spannung im Raum, er kaute langsam und bedächtig sein Getreide und starrte aus hellen, ausdruckslosen Augen in das Kaminfeuer.

Die Stille im Raum schien mit Energie geladen zu sein. Mikhail sah kurz zu Daryll, der weiterhin Alain im Auge behielt, und dachte, dass der junge Gardist entweder ein hervorragender Schauspieler war oder die ganze Sache nicht verstand. Darylls unerschütterliche Ausstrahlung war allerdings sehr beruhigend.

Liriel ließ den Blick ruhig über die Tafel schweifen. Mikhail beobachtete sie dabei und genoss ihre spürbare Autorität und die Gewissheit, dass er nun endlich Unterstützung hatte. »Jeder nicht ausgebildete Telepath stellt eine Gefahr dar, und Euer Widerstand, die genaue Gabe dieser Kinder zu ermitteln, kommt mir reichlich töricht vor. Ich verstehe *Domna* Priscillas Verhalten nicht. Und ich glaube auch nicht, dass Ihr das Recht habt, für sie zu sprechen.«

Emelda fletschte die Zähne. »Wenn die vier Monde zu Mittwinter zusammentreffen, wird der Wächter alle notwendigen Prüfungen durchführen und ...« Sie hörte abrupt auf, weil sie bereits mehr gesagt hatte, als sie wollte. Eine Schweißperle glänzte auf ihrer Stirn, sie war blass und saß stocksteif vor kaum verhüllter Wut auf ihrem Stuhl. Sie biss sich auf die Unterlippe.

Miralys zitterte und drängte sich dichter an Liriel. »Lass bitte nicht zu, dass mich der Wächter holt«, wimmerte sie.

Mik, diese Kinder haben schreckliche Angst, nur Vincent empfindet abgesehen von seinem Egoismus offensichtlich nichts. Wer ist dieser Wächter?

Ich habe dir alles erzählt, was ich weiß, Schwester.

»Nanana, *Chiya*, wir passen schon auf, dass dir nichts geschieht«, sagte sie laut.

»Er wird uns auffressen«, verkündete Emun plötzlich mit angstverzerrtem Gesicht. »Niemand kann uns beschützen.«

»Du dummer Jammerlappen«, verspottete Vincent seinen jüngeren Bruder. »Es gibt nichts zu befürchten – weder von den Monden noch von dem Wächter.«

Mikhail holte tief Luft. »Ich glaube, wir lassen uns hier gerade fortreißen«, sagte er selbstsicherer, als ihm zu Mute war. »Aus der Prüfung der Kinder kann kein Schaden entstehen. Liriel wird die Mädchen untersuchen, und ich werde dasselbe mit den Jungen tun, und dann werden wir alles in Ordnung bringen.« Er spürte etwas aus Emeldas Richtung, eine Energie, die er bisher nie wahrgenommen hatte; es war, als würde sein Gehirn Feuer fangen. Glücklicherweise dauerte es nur einen kurzen Augenblick.

Bevor er die Empfindung analysieren konnte, unterbrach Vincent seine Gedanken. »Es gibt nichts zu prüfen – ich bin der Einzige, der den Thron einnehmen kann, und ich will ihn auch!«

Emelda sah erst Vincent, dann Mikhail wütend an, sie erhob sich halb von ihrem Stuhl und setzte sich wieder. »Der Wächter will nicht, dass hier jemand geprüft wird. Er ist bereits jetzt sehr wütend – und er wird Euch töten, wenn Ihr bleibt. Ich bestehe darauf, dass Ihr und Eure Schwester unverzüglich von hier weggeht und ...«

»Genug!« Mikhail war von seiner eigenen Heftigkeit überrascht. »Ihr vergesst, wer Ihr seid, Emelda. Wir reisen hier erst ab, wenn ich es sage.« *Liriel, die Situation gerät außer Kontrolle.*

Dessen bin ich mir durchaus bewusst, mein lieber Bruder. Dieses Weib gibt sich die größte Mühe, uns beide zu überschatten – es wundert mich eigentlich, dass sie es nicht schon eher versucht hat.

Vielleicht hat sie das. Ich merke, dass ich große Schwierigkeiten habe, Entscheidungen zu treffen – und ich frage mich, ob Alains Schwäche nicht auch daher rührt. Immer wenn ich etwas in Bewegung setzen wollte, kam mir die Konzentration abhanden.

Was meinst du damit?

Es hat mich eine gewaltige Anstrengung gekostet, auch nur die Arbeiter hierher zu bestellen, damit sie das Haus reparieren. Ich kam mir vor, als würde ich durch tiefen Schlamm waten. Ich bin seit Monaten hier, aber erst letzte Woche kam ich auf die Idee, wegen der Mädchen um Hilfe zu bitten – was ich vernünftigerweise nach spätestens zehn Tagen hätte tun müssen.

Hmm. Ja. Ich spüre es auch. Es ist, als würde etwas die Kraft aus meinem Körper saugen, es ist sehr fein und zart, und ich glaube, wenn ich allein hier gewesen wäre, hätte ich es erst gar nicht bemerkt. Wir müssen unbedingt diesen Wächter finden, wer immer er ist. Das Ganze fühlt sich an wie eine Matrixfalle und doch auch wieder nicht. Mir ist so etwas noch nie begegnet.

Emelda sah die beiden aus großen, dunklen Augen an, und ihre kleinen Hände waren gekrümmt wie Klauen. »Ihr wisst gar nicht, was Ihr da tut«, höhnte sie. »Ihr werdet alle sterben.« Dann lachte sie, als würde sie diese Aussicht genießen. »Eure erbärmlichen Gaben können es mit dem Wächter nicht aufnehmen.«

»Können Eure es denn?«, fragte Liriel mit trügerischer Ruhe.

»Ich bin eine Dienerin des Großen. Ich kann in die Zukunft sehen und weiß, was geschehen wird.«

»Dann unterliegt Ihr einer Täuschung. Niemand kennt die Zukunft. Wir können bestenfalls einen Blick auf sie erhaschen, und selbst der lässt meist verschiedene Deutungen zu. Ihr habt ja nicht einmal gewusst, dass ich kommen würde, bevor Mikhail es Euch sagte.« Aus Liriels Stimme klang beißende Verachtung, und zur allgemeinen Überraschung zuckte Emelda zusammen.

»Ich weiß, dass Ihr sterben werdet«, murmelte die kleine Wahrsagerin.

»Ihr wisst nichts dergleichen. Ihr wünscht es Euch nur, damit Ihr mit Eurem widerlichen kleinen Spiel fortfahren könnt.« Liriels Gesicht wandelte sich plötzlich, ihr Ausdruck wechselte so schnell von gelangweilt zu hellwach, dass Mikhail vor Schreck zusammenfuhr. »Ich weiß, wer Ihr seid, Emelda, und ich weiß auch, was Ihr seid!« Liriels Stimme war streng und kraftvoll, Mikhail hatte das Gefühl, als säße eine unbekannte Person vor ihm.

»Was?« Die kleine Wahrsagerin sah aufgeschreckt aus, ihre Augen weiteten sich. Frischer Schweiß glänzte auf ihrer Stirn, sie grub ihre Fingernägel in die Handflächen und kaute dabei auf ihrer Unterlippe, so dass sie aussah wie ein Wiesel.

»Ich seid eine gewöhnliche Kräuterhexe und nichts anderes! SCHLUSS DAMIT!«

Mikhail hatte den flüchtigen Eindruck, dass eine Dunkelheit aus Emeldas Kopf entwich, eine Schlierenbildung lag plötzlich in der Luft, die er schon einmal beobachtet, aber sofort wieder vergessen hatte. Auf Liriels Befehl hin beruhigte sich die Luft augenblicklich. Unter anderen Umständen hätte er es für Einbildung gehalten.

Wie hast du das denn gemacht?

Seit jener schrecklichen Nacht in Armida, als Marguerida die Befehlsstimme benutzte, habe ich mit ihr geübt, sooft ich die Gelegenheit dazu hatte – ich habe ihr geholfen, die Stimme beherrschen zu lernen. Daran war sonst niemand in Arilinn sonderlich interessiert, aber ich hielt es für einen Fehler, wenn wir uns ausschließlich auf ihre Schattenmatrix konzentrierten. Zu meiner großen Überraschung entdeckte ich, dass der Trick von Zeit zu Zeit auch bei mir funktioniert. Mikhail spürte Liriels Freude über diese Leistung und ihr Triumphgefühl.

Aber ich dachte immer, die Befehlsstimme lässt sich nicht erlernen.

Das dachte ich anfangs auch. Marguerida ist eine ausgebildete Sängerin, deshalb überrascht es nicht, dass sie die Stimme fast instinktiv beherrscht. Aber ich weiß inzwischen, dass jeder, der über Laran *verfügt, sie bis zu einem gewissen Grad erlernen und entwickeln kann. Ich werde nie besonders gut darin sein, aber immerhin habe ich Mutter damit schon einige Male zum Schweigen gebracht.*

Emelda war auf ihrem Stuhl zusammengesunken, sie sah überrascht und wütend aus. Die Kinder beobachteten sie ängstlich und nervös, aber auch neugierig. Ihren Mienen war deutlich abzulesen, dass sie kein Mitleid mit der gedemütigten Wahrsagerin empfanden, sondern vielmehr erleichtert waren, weil ihr tatsächlich jemand Einhalt gebieten konnte.

Dann sammelte sich die zierliche Frau wieder und beugte sich über den Tisch. Sie richtete ihren Blick auf Liriel, und Mikhail sah, wie die Schlieren wieder aufstiegen, denen der

Rauch des Feuers Form und Substanz gab. Sie sahen dicker aus als vorher und schienen mehr Energie zu besitzen. Am Tischende stürzte Alain plötzlich vornüber in seinen Teller und begann zu zucken. Im gleichen Augenblick schauderte Emun, schlug die Hände vor das schmale Gesicht und heulte vor Schmerz laut auf.

Mikhail handelte, ohne nachzudenken. Er nahm seinen Teller, auf dem noch immer das unappetitlich gekochte Geflügel lag, und schleuderte das unhandliche Objekt aus dem Handgelenk los, wie er früher als Kind Steine über den See von Armida hatte hüpfen lassen. Das Essen ergoss sich auf die Tafel. Der Teller glitt flatternd knapp über Emeldas Kopf hinweg, so dass ihr das Fett in die Haare tropfte, und er durchschnitt die Schlieren wie eine hölzerne Klinge.

Es gab einen Blitz, ein schwaches Aufleuchten, und die Wahrsagerin brach zusammen. Ihre offenen Augen starrten ins Leere, ihre Mundwinkel hingen schlaff und sabbernd nach unten, und das Geflügelfett lief ihr über die Wange. Allein die Hände zuckten noch an dem reglosen Körper.

»Gut gemacht!« jubelte Valenta und schlug auf den Tisch.

12

Mikhail stand rasch auf, ging zu Alain und setzte ihn wieder aufrecht auf seinen Stuhl. Er bettete den Kopf des Jungen an seine Brust und überprüfte den Puls. Der Anfall war anscheinend vorüber, Alains Atem ging schon wieder regelmäßig. Selbst seine Gesichtsfarbe wirkte gesünder als sonst. Emun hatte sein Geheul ebenfalls eingestellt und wirkte ein bisschen verlegen wegen seines Ausbruchs. Nur Vincent blieb äußerlich unbewegt, er schaufelte weiter Essen in sich hinein, als wäre nichts Außergewöhnliches vorgefallen.

Der Tumult schien bis in die Küche vorgedrungen zu sein, denn einen Moment später platzten Mathias, Tomas und die übrigen Männer mit der Hand an der Waffe in den Speisesaal. Sie blieben stehen, erblickten die bewusstlose Frau auf Lady Elhalyns Platz und waren unsicher, was sie tun sollen. Mikhail freute sich über ihre Wachsamkeit und die ständige Bereitschaft, ihm zu Hilfe zu kommen.

Da sich die Lage wieder entspannt hatte, blickte sich Mikhail im Raum um und lehnte Alain in seinen Stuhl zurück. Er sah, dass Liriel Mira an ihre üppige Brust drückte, dabei sanft über das Haar des Mädchens strich und so leise mit ihr sprach, dass Mikhail ihre Worte nicht verstehen konnte. Duncan stand mit entsetztem Blick im Eingang zur Küche, vor sich ein Tablett mit gekochtem Getreide. Schließlich zitterten seine Hände so heftig, dass die Schüssel zu Boden fiel.

Valenta tätschelte Emuns Hand, und ihre Augen funkelten immer noch vor Freude. »Du warst wundervoll, Mikhail«, sagte sie. »Wenn ich gewusst hätte, dass ein Teller mit Huhn eine solche Wirkung hat, hätte ich schon längst einen nach Emelda geworfen.«

»Das glaube ich dir gern.«

Alain regte sich, hob den Kopf und wirkte ein wenig orientierungslos. Er blickte an sich hinab. »Wieso bin ich denn so schmutzig? Mutter wird wütend sein. Das sind meine besten Sachen. Daryll hat mir noch geholfen, sie auszusuchen.« Er klang verwirrt und unkonzentriert und hatte den quengelnden Tonfall eines kleinen Kindes.

Mikhail tätschelte Alains Schulter und dachte, dass seine schäbigen Kleider reif für den Lumpensack waren, und das nicht erst, seit sich Alain von oben bis unten mit Essen bekleckert hatte. Mikhail, der nie besonders auf seine Kleidung geachtet hatte, außer dass er zur jeweiligen Gelegenheit passend angezogen war, empfand Empörung angesichts der Aufmachung des Jungen. Priscilla war einfach unfähig, für ihre Kinder zu sorgen. Das war keine neue Erkenntnis, er hatte sie schon mehrfach gehabt und nur wieder vergessen.

Wie, fragte er sich, hatte die Wahrsagerin das wohl fertig gebracht? Er war ein ausgebildeter Telepath, und zwar ein durchaus fähiger, wenn auch kein bemerkenswerter. Mikhail fühlte sich unwohl und zweifelte mal wieder an seinen Fähigkeiten, denn er war überzeugt, dass er Emeldas Tun hätte voraussehen und sie aufhalten müssen. Sie hatte es geschickt angestellt, aber das schien ihm keine akzeptable Entschuldigung dafür zu sein, dass er die Natur dieser Vernebelung nicht durchschaute. Er hatte sogar seine Schwester holen müssen. Wie ließ ihn denn das als Mann aussehen? Er war plötzlich wütend auf jedermann, einschließlich sich selbst.

Aber zum ersten Mal fühlte er sich an diesem Ort wirklich klar im Kopf. Unglücklicherweise übte diese Klarheit gnadenlose Kritik an der Langsamkeit, mit der er das Wesen dieses Nebels in seinem Hirn erfasst hatte. Marguerida hatte gesagt, dass er gleichgültig klinge, aber er hatte zu wenig darauf geachtet, hatte ihr nicht richtig zugehört. Er hatte seine Tüchtigkeit so unbedingt unter Beweis stellen wollen und daher gar nicht bemerkt, dass er sich seltsam benahm, Dinge übersah und alles Mögliche vergaß. Nun fühlte er sich, als wäre er aus einem schrecklichen Traum erwacht, um sich in einem neuen Albtraum als Versager wieder zu finden. Die Erleichterung, die er noch vor wenigen Minuten über die Klarheit seines Denkens empfunden hatte, wandelte sich in blinde Wut über seine eigene Dummheit.

Dann wurde ihm die Vergeblichkeit dieses Grübelns bewusst, und er musterte wieder Alain. Der junge Mann starrte mit herabhängendem Unterkiefer ins Leere. Das klare Bewusstsein, das er für einen allzu kurzen Moment gezeigt hatte, war verschwunden, als hätte es nie existiert. Mikhails Wut über sich selbst machte dem Zorn auf *Domna* Elhalyn Platz. Wie hatte Priscilla es nur zulassen können, dass ...

Emelda bewegte sich, und Mikhail unterbrach seine Gedanken. Er wusste nicht genau, was sie war, nur dass er eine Telepathin wie sie noch nie erlebt hatte. Er war sich allerdings sicher, dass sie eine große Gefahr für die Kinder darstellte. Bisher hatte er alles fürchterlich verpfuscht, aber nun konnte er ein wenig Wiedergutmachung leisten.

Nimm ihren Stein – sofort! befahl Liriel schroff. Mikhail handelte, ohne nachzudenken. Mit wenigen Schritten hatte er das Tischende erreicht, seinen Ekel überwunden und die Hand um den Lederriemen geschlossen, der um den dürren Hals der Wahrsagerin hing.

Emelda öffnete die Augen, sie krallte sie in seine Hand und schürfte sie mit ihren Fingernägeln blutig. Sie kratzte ihm über die Wange, als er ihr den Beutel mit dem verborgenen Stein vom Hals riss. »Wie könnt Ihr es wagen!«, kreischte sie schrill.

Es kostete Mikhail größere Anstrengung, als er gedacht hätte, und er empfand heftigen Widerwillen. Sein ganzes Leben lang war ihm eingeschärft worden, niemals einen fremden Matrixstein zu berühren oder auch nur daran zu denken.

Es war gegen alles, woran er glaubte. Aber nun baumelte das Ding an dem zerrissenen Lederband in seiner Hand.

Emelda versuchte nach dem Stein zu greifen, aber Mikhail hielt ihn außerhalb ihrer Reichweite. Der Beutel, der den Stein umschloss, war nur wenige Schichten dick und damit viel dünner als gewöhnlich, und der Stein war unter der Seide sogar undeutlich zu erkennen. Er schien allerdings nicht leuchtend blau zu sein, wie er angenommen hatte, sondern trüb und verschwommen. Mikhail hätte eher eine giftige Natter berührt.

Liriels Hand schloss sich ein gutes Stück oberhalb des baumelnden Steins um den Lederriemen und nahm ihn Mikhail weg. Emelda schrie aus vollem Halse, die Beschimpfungen flossen wie Gift von ihren Lippen.

»Gebt ihn mir zurück, Ihr Bastarde! Ihr habt kein Recht, mich zu berühren – ich werde Euch töten! Ich werde Euch langsam sterben sehen, Ihr dreckigen Bastarde.« Sie versuchte, sich den Beutel zu schnappen, doch Liriel, die viel größer war als die zierliche Frau, zog ihn fast neckend außer Reichweite.

Was sollen wir tun? Wenn wir den Stein berühren, stirbt sie, und wenn wir es nicht tun ...

Überlass das ruhig mir, antwortete Liriel. Dann drehte sie sich um und warf den kleinen Beutel ins Feuer. Er fiel in die Flammen, und die Seide brannte im Nu weg, während der Stein unbeschädigt auf einem lodernden Scheit liegen blieb.

Emelda stürzte zum Kamin. Sie wollte nach dem Stein greifen, aber Mikhail packte sie und hielt sie fest. Sie war ziemlich stark für ihre geringe Größe, und sie wehrte sich wie ein Tier, kratzte und schrie. Mikhail erwartete, dass sie nun, da ihr Stein im Feuer glühte, zusammenbrechen würde, aber sie enttäuschte ihn und blieb nicht nur bei Bewusstsein, sondern war bereit, ihm die Augen auszukratzen, wenn er sie nur ließe.

Mikhail hielt Emelda noch eine Weile fest, dann ballte er eine Faust und versetzte ihr einen Kinnhaken. Der Schlag schmerzte seine ohnehin angeschlagenen Knöchel, und Mikhail verabscheute sich, weil er großes Vergnügen empfand, als seine Faust ihr Ziel traf. Die Wahrsagerin wurde ohnmächtig. Genau das hatte er seit Wochen tun wollen, wie ihm nun bewusst wurde, und er schämte sich.

»Sie kommt schon wieder in Ordnung«, sagte Liriel beruhigend. »Jedenfalls so weit sie es je war.«

»Aber erleidet sie denn keinen Schaden, wenn ihr Stein brennt?«

»Die Hitze des Feuers wird den Stein nicht wirklich beschädigen, und offenbar löst sein Verlust auch keinen ernsthaften Schock bei ihr aus. Aber das Feuer wird den Stein läutern.«

»Läutern? Wie meinst du das?« Mikhail hatte den Ausdruck noch nie gehört und fragte sich, ob seine Schwester noch bei Verstand war.

»Vertrau mir.« *Das Ding ist ein Stück von einer alten Matrixfalle. Und wie die Kräuterhexe dazu gekommen ist, weiß ich auch nicht. Neulich habe ich einige Dinge erfahren, von denen man besser die Finger lässt. Es gibt eine Kiste mit Aufzeichnungen in Arilinn, in die seit Generationen niemand mehr geschaut hat, und das ist auch gut so. Ich habe sie gefunden, als ich mit Jeff nach Möglichkeiten suchte, um Diotima zu helfen. Nach Margueridas Abreise aus Arilinn ernannte ich mich zur Forscherin und habe dabei dieses faszinierende alte Manuskript entdeckt, das schon so verblasst und zerfleddert war, dass man es kaum noch lesen konnte. Und ich habe neues Wissen über die Matrixfallen gewonnen, die seit Generationen niemand mehr vermutet oder benutzt hat.*

Du bist eine erstaunliche Frau, liebste Schwester.

Ja, das stimmt. »Heb sie bitte wieder auf.«

»Ungern.« Mikhail war verblüfft über die Ruhe und Sicherheit seiner Schwester. Sie hatte sich seit ihrem letzten Zusammentreffen wirklich sehr verändert. Früher hatte sie nicht die geringste Neigung zu Prahlerei gezeigt und sich selbst ganz gewiss nicht für etwas Besonderes gehalten. Lag es an Marguerida oder an etwas anderem? Er wollte es wissen, er musste es wissen, denn Liriel strahlte genau die Art von Selbstsicherheit aus, die ihm zurzeit fehlte.

Plötzlich erschien Priscilla in der Tür des Speisesaals. Ihr Gesicht war blass, das Haar zerzaust. »Was ist denn hier los? Was habt ihr denn mit Emelda gemacht?«

»Wir haben sie daran gehindert, Eure Kinder zu terrorisieren«, antwortete Liriel. »Was habt Ihr Euch eigentlich dabei gedacht, dieser Kreatur zu erlauben ...«

»Wie könnt Ihr es wagen!« Priscilla richtete sich zu voller Größe auf, was immer noch sehr viel kleiner war als Liriel oder Mikhail. Eine Würde glitt über ihr Gesicht, wie sie Mikhail seit seiner Ankunft noch nicht gesehen hatte. »Ihr habt kein Recht, mir etwas zu befehlen, dumme Kuh.« Dann ging sie zu der Wahrsagerin, kniete nieder und bettete die Frau in ihren Schoß. »Ich will, dass Ihr beim ersten Morgenlicht verschwindet – alle beide. Wenn Ihr nicht geht, lasse ich den Wächter los, und ...«

»Ihr werdet nichts dergleichen tun«, unterbrach Mikhail. Er stellte fest, dass ihn die sonderbare Frau inzwischen ernsthaft anwiderte. Außerdem hatte er es satt, immerzu bedroht zu werden. Er hatte eine Grenze erreicht, von deren Existenz er bisher nichts gewusst hatte. Wenn er sich jetzt nicht beherrschte, würde er am Ende noch gewalttätig, und sei es nur, um seiner Empörung wegen der Behandlung der Kinder Luft zu machen.

Seit er in der Eingangshalle von Armida über dem verletzten Körper von Domenic Alar gekniet hatte, waren seine Gefühle gegenüber Kindern wie verwandelt. Er betrachtete sie nicht mehr als dreckstrotzende Störenfriede, sondern als neugierige Geschöpfe, die ihrerseits ganz interessant sein konnten. Sein Neffe Donal etwa war ein so heller Bursche, wie man ihn sich nur wünschen konnte.

Er hatte sich früher nie zu Kindern hingezogen gefühlt, nicht einmal zu Danilo Hastur, das Kind, das er wahrscheinlich am besten kannte. Aber seit er sich in Haus Halyn mit den Elhalyn-Kindern auseinander setzen musste, hatte er eine engere Bindung zu ihnen entwickelt. Der Wandel war nicht plötzlich vonstatten gegangen, vielmehr hatte jeder Tag seine Entschlusskraft gestärkt, die zwar von Emeldas Einmischung unterdrückt wurde, aber dennoch vorhanden war. Nun war sie voll entwickelt, und er war unfassbar wütend auf die Frau, die vor ihm auf dem Boden kniete. Sie hielt die reglose Emelda in den Armen, wie sie ihre Kinder hätte umarmen sollen, und Mikhail hätte am liebsten die Hände um ihren Hals gelegt und zugedrückt, bis sie keine Luft mehr bekam.

Priscilla blickte zu ihm auf, als wäre sie sich seines Zorns bewusst. »Ich will, dass Ihr mein Haus verlasst!«

»Seid still! Ihr habt zugelassen, dass diese armselige Kreatur Eure Kinder beeinflusst. Wie konntet Ihr nur?«

»Ihr versteht das nicht! Ihr könnt es nicht verstehen. Emelda hat gesagt ...«

»Emelda hat wahrscheinlich eine Menge dummes Zeug geredet. Warum habt Ihr diese kleine Kräuterhexe beinahe Eure Kinder zerstören lassen?«

»Nein, nein – sie hat sie doch nur für ihre Verwandlung gestärkt!«

Es ist sinnlos, mit ihr zu streiten, Mik. Sie ist nicht mehr bei Verstand – falls sie es je war. Anscheinend glaubt sie, die Kinder werden bald in ... na ja, so etwas wie Engel verwandelt. Irgendetwas Unsterbliches jedenfalls, soviel ich aus ihren Gedanken herauslesen kann.

Na wunderbar. Was soll ich jetzt tun?

Deine Verantwortung beschränkt sich auf die Kinder. Alain wird nie mehr gesund werden, aber vielleicht gelingt es uns, die Übrigen zu retten. Wir müssen sie sofort von diesem fürchterlichen Ort wegbringen!

Was ist mit Priscilla und Emelda? Und mit diesem Wächter, von dem sie dauernd reden?

Emelda ist vorübergehend neutralisiert, weil ihr Stein im Feuer liegt. Ich vermute allerdings, sie ist schon so weit, dass sie zu ihren früheren Gewohnheiten zurückkehren wird, sobald sie kann.

Wer ist sie? Du kennst sie wohl?

Ja, allerdings habe ich eine Weile gebraucht, bis ich sie wieder erkannt habe. Sie war früher blond und wog etwa zwanzig Pfund mehr. Sie kam vor ungefähr dreieinhalb Jahren nach Tramontana, um sich dort ausbilden zu lassen, und die Bewahrerin hat sie geprüft. Ich kenne die Einzelheiten nicht, jedenfalls wurde sie abgewiesen.

Aber sie ist eine hervorragende Telepathin. Ich kann gar nicht so recht glauben, dass die Leronis *sie einfach gehen ließ.*

Ich weiß, was das angeht, leider nichts Genaues. Eines Nachts verschwand sie einfach. Vielleicht werden wir nie erfahren, was damals geschehen ist.

Priscilla ließ Emelda zu Boden gleiten und mühte sich auf die Füße. Sie atmete flach, und ihre Augen sahen aus wie zwei große, gefrorene Teiche. »Ich erlaube Euch nicht, noch länger als Regent für meine Kinder zu fungieren! Wenn Ihr auch nur versucht, sie mitzunehmen – und ich weiß, dass Ihr das vorhabt –, lasse ich den Wächter los, und mit ihm kann es nichts und niemand aufnehmen! Er ist stärker als jeder Sterbliche und liebevoller.« Sie drückte die zitternden Hände an ihren flachen Busen. »Jetzt kommt zu Eurer Mutter, Kinder. Wir werden uns in meine Räume zurückziehen, bis diese Leute morgen abreisen.«

Einzig Alain rührte sich, und auch er nur mit großem Widerwillen. Er rutschte auf seinem Stuhl umher, stand halb auf und sah sich dann verwirrt um. Die übrigen Kinder zögerten und warteten auf einen Befehl.

»Still, Alain«, bellte Vincent. »Mir ist, als wäre ich gerade aus einem schrecklichen Traum erwacht.«

»*Domna* Priscilla«, begann Mikhail, er wollte wenigstens den Versuch unternehmen, den Grund für ihr Verhalten herauszufinden, »warum habt Ihr Regis' Vorschlag überhaupt zugestimmt?«

»Aber Emelda hat doch gesagt, ich soll es tun. Sie meinte, es würde so oder so keinen Unterschied machen. Sie war überzeugt, Ihr würdet Vincent auswählen und innerhalb von zehn Tagen wieder verschwunden sein. Hätte ich mich gegen Euren Besuch gewehrt, dann hätte Regis Hastur – verflucht sei sein Name – nur versucht, mir seinen Willen aufzuzwingen. Emelda hat behauptet, er würde das tun, wenn ich mich sträube. Sie wollte Euch dazu bringen, dass Ihr wieder geht, aber Ihr wart wohl stärker, als sie erwartet hat. Und die Zeit wurde langsam knapp.«

»Emelda hat das alles getan, nicht dieser Wächter?«

»Selbstverständlich nicht! Er gibt sich nicht mit solchen gewöhnlichen Dingen ab.« Allein die Vorstellung schien Priscilla zu beleidigen. »Er ist ein großes Wesen.«

Mikhail, sie ist einem schrecklichen Irrglauben aufgesessen. Du kannst sie im Augenblick unmöglich erreichen.

»*Domna*, die Kinder unterstehen nicht mehr Eurem Befehl«, sagte Mikhail bedächtig. Er wusste tief in seinem Inneren, dass er die Kinder nicht einfach von Haus Halyn wegbringen konnte. Er wünschte, er könnte sich von einer älteren und erfahreneren Person Rat holen, aber Liriel und er waren auf sich allein gestellt. Liriels Eintreffen hatte die Krise herbeigeführt, denn hätte Mikhail sie nicht geholt, wäre er sehr wahrscheinlich der langsamen Vergiftung seines Geistes durch Emelda unterlegen. »Ich werde die Kinder und Euch ebenfalls wegbringen müssen.« Er konnte nichts gegen das Bedauern in seiner Stimme tun, gegen die Traurigkeit, die er angesichts dieser armen, verrückten Frau empfand. »Ihr seid krank, und wir müssen dafür sorgen, dass man sich um Euch kümmert.«

Einen Augenblick lang herrschte Stille im Raum. Dann richtete sich Priscilla zu voller Größe auf. »Zittere, kleiner Mensch, zittere. Du wirst sterben, so wie alle zu Grunde gehen, die sich mir widersetzen.«

Bevor Mikhail eine passende Antwort einfiel, stürmte Priscilla in ihren wallenden Umhängen aus dem Raum und ließ Emelda auf dem Boden liegen, als wäre die Wahrsagerin ein abgelegtes Kleidungsstück. »Was, bei Zandrus Hölle, hat sie damit wohl gemeint?«

»Sie hat gemeint«, antwortete Vincent, »dass sie den Wächter rufen wird.« Er schauderte leicht. »Allerdings ist es nicht leicht, ihn zu wecken, selbst im Sommer, wenn er am aktivsten ist.«

»Was ist dieser Wächter, Vincent?«

Vincent zuckte die Achseln. »Ich weiß es auch nicht genau. Ich habe ihn immer nur in Trancen gesehen, und meine Erinnerung daran ist sehr blass. Er hat nichts mit mir zu tun, nur mit den anderen.« Vincent warf einen verächtlichen Blick auf seine Brüder und Schwestern.

»Was hast du gesehen?«, fragte Liriel.

»Etwas Langes und Dünnes, das leuchtet.«

Miralys schauderte. »Er kriecht in dein Hirn, hab ich Recht, Emun? Das hast du mir erzählt.«

»Mutter hat mir verboten, darüber zu reden«, flüsterte Emun, er sah immer ängstlicher aus. »Ich hätte dir das nie erzählen sollen – jetzt wird er bestimmt kommen und uns holen.« Emuns Angst war offensichtlich, selbst für die verdutzten Gardisten. Alain schluchzte geräuschvoll.

Was meinst du, Liri? Haben wir es hier mit etwas Ähnlichem wie der Sharramatrix zu tun – wovor uns die Götter bewahren mögen!

Nein, es fühlt sich nicht so an. Aber die Kinder sind keine guten Zeugen. Sie wurden jahrelang mit diesem Schreckgespenst eingeschüchtert, und ich kann nicht feststellen, welchen Anteil daran dieser Wächter und welchen Emeldas Einmischung hat. Aber ich glaube, es könnte sich um ein Chieri *handeln.*

Die sind doch aber nicht feindselig, oder?

Soviel ich weiß, nicht. Doch die beiden Mädchen haben nicht gerade wenig Chieri-*Blut in den Adern, wenn ich mich nicht irre. Und nach dem Eindruck, den ich von Priscilla empfangen habe, hält sie den Wächter für sehr liebevoll.*

Wenn er liebevoll ist, warum hat er dann die Kinder terrorisiert?

Ich glaube, dahinter steckt mehr der schlechte Einfluss von Priscilla oder Emelda als irgendetwas anderes. Fürchten die Dorfbewohner eigentlich diesen Geist an der Quelle?

Nein, soviel ich weiß, nicht. Sie scheinen großen Respekt vor ihm zu haben, aber sie reden nicht gern darüber.

In diesem Augenblick rührte sich Emelda, und Liriel bückte sich und zerrte die kleine Wahrsagerin an ihren Kleidern hoch. Mit einer Unbarmherzigkeit, die Mikhail seiner Schwester nie zugetraut hätte, untersuchte sie die Frau, als handelte es sich um ein Insekt. Mikhail konnte spüren, dass Liriel alles andere als freundlich in Emelda hineinhorchte.

Schließlich ließ sie die Wahrsagerin wieder los und drehte sich zu Mikhail um. »Wir werden diese Nacht wohl auf bleiben müssen.«

»Einverstanden. Und wir lassen die Kinder hier.«

Emelda wirkte nun auf einmal viel kleiner und älter als noch wenige Stunden zuvor. Ihre schmalen Schultern waren nach vorn gebeugt und ihre schwarzen Augen stumpf und glanzlos. »Es wird Euch nichts nutzen«, murmelte sie. »Ob schlafend oder wachend, Ihr werdet tot sein, bevor die Sonne aufgeht.« Dann warf sie einen sehnsüchtigen Blick auf das Holzscheit im Feuer, auf dem immer noch ihr Stein ruhte. Die Flammen des halb verbrannten Scheits waren inzwischen kleiner, und der Stein leuchtete deutlich in dem tanzenden Licht und wirkte völlig harmlos.

Um Mitternacht war es still im Speisesaal. Die Kinder hatten es sich, so gut es ging, in den Stühlen bequem gemacht, die sie zuvor nahe an den Kamin gezogen hatten. Mikhail hatte Duncan einige Decken aus den Schlafzimmern holen lassen, in die sie die Kleinen gepackt hatten. Die Kinder wirkten alle ängstlich, außer Alain, der nicht ganz zu verstehen schien, was hier vor sich ging.

Val stand abrupt auf, und Mikhail fuhr zusammen. Aber das Mädchen legte nur ihre Decke auf den Fußboden. Sie blinzelte Mikhail zu und lächelte. Er wusste, dass sie nicht annähernd so fröhlich war, wie sie aussah, nur ein wenig belastungsfähiger als die Übrigen.

Mikhail nahm noch ein kleines Scheit und warf es ins Feuer. Das Knistern der glühenden Holzkohle im Kamin hörte sich in der Stille des Raumes unglaublich laut an. Draußen hatte sich der Wind zu einer leichten Brise abgeschwächt.

Mikhail ging im Geiste die Vorbereitungen durch, die er für die Abreise von Haus Halyn am nächsten Morgen treffen musste. Er wusste, dass er die Kinder möglichst rasch wegschaffen musste – Wächter hin oder her. Er war froh über die Männer, die Liriel mitgebracht hatte, denn er vermutete, dass sich Priscilla mit Händen und Füßen gegen eine Abreise aus Haus Halyn wehren würde. Seine vornehmliche Sorge galt jedoch dem Wohlergehen der Kinder. Er musste für ihre Sicherheit sorgen – nicht wegen des Königreichs oder damit er endlich von der Regentschaft erlöst wurde, sondern weil sie nicht in der Lage waren, sich selbst zu schützen.

Dieses Maß an Hingabe an einen Haufen Bälger, die er vor zwei Monaten noch kaum gekannt hatte, war ein sonderbares Gefühl. Sie waren ihm tatsächlich ans Herz gewachsen, selbst der bemitleidenswerte Alain. Er hatte vorher nie etwas wie die stille Leidenschaft gekannt, die er nun für diese merkwürdigen Kinder empfand, und er fragte sich, ob er eines Tages für seine eigenen Kinder ebenso empfinden würde. Elternschaft war offenbar weitaus vielschichtiger, als er immer gedacht hatte.

Sie würden Decken brauchen, Essen, Mäntel und alles, was die Kinder an warmer Kleidung besaßen. Er würde nicht nur die Pferde nehmen, die Liriels Kutsche gezogen hatten, sondern noch ein zweites Gespann. Er überlegte, ob es im Stall wohl ein Geschirr für einen Vierspänner gab.

Plötzlich verdüsterte sich der Schein des Feuers. Alain schreckte in seinem Stuhl auf. Der Raum wirkte kälter, und ein fremder Geruch lag in der Luft, ein leichter, angenehmer Duft nach Minze.

WER STÖRT MEINE RUHE? Mikhail spürte, wie die Frage seinen Geist erschütterte – eine dröhnende Stimme, die wie Donnergrollen klang.

Niemand, antwortete Liriel rasch. Sie warf Mikhail einen kurzen Blick zu.

WER RUFT MICH AUS DEM SCHLAF? Mikhail hatte das Gefühl, als würde er blitzschnell untersucht und dann ebenso schnell wieder fallen gelassen. Die Kinder hingegen waren wie vom Donner gerührt.

Val schoss unter ihrem Kokon aus Decken hervor, Mira dagegen zog ihre über den Kopf, als könnte sie der Stimme entkommen, wenn sie sich versteckte. Vincent sprang auf, brüllte und schüttelte die Faust. »Raus aus meinem Kopf!«, heulte er.

Dann zuckte Alain wieder, und Mikhail ging schnell zu ihm hinüber. Emun wimmerte leise, er steckte die Knöchel in den Mund und biss fest darauf.

Bis Mikhail Alain erreicht hatte, war dessen Rücken bereits völlig durchgedrückt, und er würgte an seinem eigenen Speichel. Der schlanke Körper wurde von Krämpfen geschüttelt, ganze Wellen von Zuckungen liefen seine Arme und Beine hinab. Mikhail drehte den jungen Mann zur Seite und fühlte sich so hilflos wie noch nie.

Vincent taumelte brüllend umher und rammte plötzlich den Kopf gegen die Wand. Daryll und Tomas stürzten auf ihn zu, packten ihn an den Armen und zogen ihn von der Wand weg. Blut lief ihm über die hohe Stirn. Vincent wehrte sich mit erstaunlicher Kraft, und es gelang ihm, sich von Daryll loszureißen. Er ballte die Faust und schlug wild nach dem Gardisten.

Gelächter hallte durch den Raum, so laut, dass es sogar Vincents Raserei und die Schreie der jüngeren Kinder übertönte. Das Lachen stammte von Emelda, und es hörte sich wie das schrille Pfeifen des Windes an.

»Jetzt werdet Ihr sterben!« Sie klang sehr erfreut über diese Aussicht und nicht im Geringsten ängstlich. Mikhail hätte sie eigenhändig umbringen können.

WER STÖRT MICH? Die dröhnende, körperlose Stimme warf Mikhail fast um.

Ich, Priscilla Elhalyn, deine Dienerin, habe dich gerufen. Vernichte diese unverschämten Eindringlinge! Damit ich mit meinen Kindern zu dir kommen kann, wie es uns bestimmt ist.

ICH VERNICHTE NICHT!

Diese Leute sind Feinde, und sie werden mich daran hindern, die Kinder zu dir zu bringen!

ICH WILL KEINE KINDER! LASS MICH IN RUHE, FRAU. DU HAST MICH SCHON GENUG BELÄSTIGT!

Der Wächter klang nun vor allem sehr verärgert. Vincent versuchte immer noch verzweifelt, sich von den Gardisten loszureißen. Die jüngeren Kinder waren still, zu still.

Aber du hast mir doch versprochen, dass ich ...

VERBLENDETES WEIB! ICH HABE GAR NICHTS VERSPROCHEN. VERSCHWINDE.

Ich muss die Kinder zu dir bringen, damit sie ...

RUHE!

In diesem Moment wurde es totenstill im Speisesaal, und selbst Vincent wehrte sich nicht mehr. Das Knistern des Feuers und der raue Atem der Anwesenden waren die einzigen Geräusche. Sogar Alains Anfall war vorbei, der Junge erschlaffte in Mikhails Händen.

Dann hörte man einen einzelnen Klagelaut aus dem hinteren Teil des Hauses, einen halben Schrei, bei dem sich Mikhail die Nackenhaare aufstellten und sein Körper starr vor Angst wurde. Der Schrei endete abrupt, und Mikhail wusste, dass Priscilla Elhalyn in diesem Augenblick gestorben war.

Emelda wusste es ebenfalls, und ihre Augen weiteten sich vor Entsetzen. Sie versuchte, von dem Stuhl aufzustehen, auf den sie gefesselt war, ihre klauenartigen Finger rissen an den Stricken. »Nein, nein! So war es nicht geplant! Wir sollten ewig leben! Wir sollten Götter sein!«

Liriel erhob sich von Miras Seite und richtete sich zu ihrer vollen, imposanten Größe auf. Ein feuchter Glanz leuchtete auf ihrem Gesicht, und ihr Gewand klebte an ihrem Busen. Um ihren Mund hatten sich vor Müdigkeit Falten gebildet, und ihr rotes Haar war zur Hälfte aus der Schmetterlingsspange geschlüpft, so dass sie aussah, als wäre sie gerade erst aufgestanden. Dennoch war sie eine würdevolle Erscheinung, stark und selbstbewusst, und Mikhail betrachtete sie ehrfurchtsvoll.

»Nur Götter sind wahre Götter. Menschen sind keine«, sagte sie zu Emelda.

Draußen vor dem Fenster erklang ein raues Krächzen, als wollte die Krähe ihr zustimmen.

13

Das sanfte Licht eines neuen Wintermorgens kroch durch die Fenster des Speisesaals und weckte die Schlafenden, die während der ganzen Nacht dort geblieben waren. Das Feuer glühte nur noch schwach, und der saure Geruch der Essensreste auf dem Tisch erfüllte den Raum. Doch es gab auch noch andere Düfte, denn Alain hatte sich bei einem seiner Anfälle beschmutzt, und eins der Mädchen hatte erbrochen. Niemand brachte die Energie auf, sich um die Schweinerei zu kümmern.

Mikhail sah sich um und schluckte; sein Mund war trocken und roch sehr unangenehm. Seine Muskeln schmerzten, und die Stelle, an der Emelda ihn gekratzt hatte, juckte heftig. Er fühlte sich mehr denn je als Versager und schämte sich maßlos. Es kostete ihn seine gesamte Willenskraft, diese Gefühle zu verbannen und seinem müden Gehirn den Befehl zum Denken zu geben. Er wusste, er würde nur noch mehr Fehler machen, wenn er seinen wirren Gefühlen völlig übermüdet nachgab.

Die Männer von der Garde wirkten am wenigsten mitgenommen von den Ereignissen der letzten Nacht. Mit Ausnahme von Daryll, dem es gelungen war, bis zum Morgengrauen hellwach und auf dem Posten zu bleiben, wachten sie einer nach dem anderen auf, streckten ihre Beine aus, gähnten, grunzten und benahmen sich ganz so, als wäre der Speisesaal von Haus Halyn eine Kaserne. Mikhail sammelte sich so weit, dass er seine Gedanken auf die vor ihm liegende Aufgabe richten konnte.

»Füttert die Pferde und macht euch bereit, wir werden in wenigen Stunden aufbrechen.«

»Und was machen wir mit ihr?«, fragte Tomas und deutete

auf die schnarchende Emelda, die immer noch auf den Stuhl gefesselt war. Sie sah auf einmal ganz klein und ungefährlich aus.

»Das habe ich noch nicht entschieden.«

Valenta setzte sich inmitten ihres Bündels von Decken auf und sah Mikhail aus rot geränderten Augen an. »Sie hat Ysaba getötet. Sie hat sie die Treppe hinuntergestoßen.«

»Was? Ihr ... habt mir doch erzählt, dass Ysaba weggegangen ist.«

»Das sollten wir sagen. Die beiden haben sie zusammen getötet, Mutter und Emelda, und unter der Hecke vergraben. Sie dachten, niemand weiß es, aber ich habe es gesehen. Deshalb kommen auch die Krähen immer zum Haus. Sie riechen ...« Valentas schmales Gesicht zerfloss plötzlich in Tränen. »Ich habe Ysaba sehr gemocht«, wimmerte sie.

»Wann ist das passiert?«

»Dieses Frühjahr. Sie haben allen erzählt, dass Ysaba überraschend weggegangen ist, aber ich wusste, sie liegt tot im Garten.« Sie begann heftig zu weinen, und Liriel rieb sich den Schlaf aus den Augen und streckte die Hand aus, um das jüngere der Elhalyn-Mädchen zu trösten.

Mikhail war bestürzt. Er zweifelte nicht an Vals Geschichte, denn sie passte nur zu gut zum allgemeinen Wahnsinn in Haus Halyn. Er hatte großes Glück gehabt, dass ihn nicht ein ähnliches Schicksal ereilt hatte, er durfte gar nicht daran denken, wie benebelt sein Verstand damals bei der Stechpuppe gewesen war. Es hätte wie ein tragischer Unfall ausgesehen, und niemand hätte Verdacht geschöpft.

Emelda war zweifellos gefährlich, ob mit oder ohne ihr Stück Kristall. Aber Mikhail vertrat praktisch das Gesetz hier, und er konnte mit ihr verfahren, wie es ihm beliebte. Er war noch nie in einer solchen Position gewesen und stellte fest, dass sie ihm ganz und gar nicht behagte. Die Macht über

Leben und Tod lastete schwer auf seinen Schultern, und er wusste, dass er dieser Verantwortung nie gewachsen sein würde.

Duncan, der in der Küche geschlafen hatte, kam herein, seine faltigen Hände zitterten. Er schien in der Nacht um zehn Jahre gealtert zu sein. Doch er warf sich in die Brust und sah Mikhail an. »Bringt Ihr die Kinder weg, ich werde mich um die *Domna* kümmern.«

»Die *Domna* ist tot, Duncan«, antwortete Mikhail.

»Ich weiß. Es ist das Beste für sie. Ich werde ihr ein Grab ausheben, bevor der Boden zu hart ist, und sie dort zur letzten Ruhe betten. Ich begrabe sie neben ihrem ersten Pony und ihrem Vater, der ihr schon vorausgegangen ist. Ich schulde ihr ...« Seine Stimme verlor sich für einen Moment. »Sie war nicht immer so. Einst war sie eine feine Frau.«

»Aber ihr könnt doch nicht hier bleiben, du, die Kindermädchen und Ian.«

»Ach, wir kommen schon zurecht. Wir können jederzeit ins Dorf gehen.« Duncan sah die Kinder an, die kalkweiß im Gesicht und völlig erschöpft waren, und er schüttelte den Kopf. »Bringt sie weg von hier, *vai Dom.*«

»Das habe ich auch vor.« Mikhail zögerte einen Augenblick, dann fragte er. »Duncan, weißt du, wer der Wächter ist?«

Das alte Faktotum runzelte die Stirn. »Er ist der Vater der Mädchen, jawohl.« Er gestikulierte mit seiner schwieligen Hand in Richtung von Mira und Val. »Glaub ich jedenfalls.« Er hatte offenbar keine Lust, mehr zu erzählen.

Das erklärt eine Menge, Mik. Ein Chieri *– ein sehr altes, vermute ich. Der Geisterwind muss ...*

Ja, Liriel. Aber wie konnte sich Priscilla einreden, dass es sie unsterblich machen würde?

Auch auf die Gefahr hin, voreingenommen zu klingen, kann ich nur sagen, dass sie durch und durch eine Elhalyn war, lie-

ber Bruder. Und wir werden niemals die ganze Geschichte erfahren – welch eine Schande.

Du hast Recht. Aber zumindest ein Teil des Rätsels ist gelöst, und wir können das arme Ding in Frieden ruhen lassen.

Der restliche Morgen verging mit Reisevorbereitungen. Kleider und Decken wurden eingesammelt. Sie aßen schweigend ein hastiges Mahl aus Haferbrei ohne Honig und Milch. Anschließend begannen die Gardisten damit, die Kutsche zu beladen. Die Kinder waren angespannt vor Furcht, selbst Vincent, und Mikhail war nach wie vor unschlüssig, was er ihnen erzählen sollte. Sie schienen verstanden zu haben, dass ihre Mutter gestorben war, aber Mikhail konnte keine Gefühlsregung entdecken, es sei denn Erleichterung. Er beschloss, sich später damit zu befassen.

Es war ein chaotischer Morgen nach einer erschreckenden und anstrengenden Nacht, und Mikhails Nerven waren zum Zerreißen gespannt. Lediglich sein Verantwortungsbewusstsein hielt ihn davon ab, die Männer oder Liriel anzufahren oder sich an Emelda zu vergreifen. Er hatte noch nie das Bedürfnis gehabt, einem anderen Menschen absichtlich Schmerzen zuzufügen; seine schäumende Wut überraschte ihn und störte ihn erheblich.

Was soll ich nur mit Emelda tun, Liri?

Das ist eine gute Frage, und ich habe keine Antwort darauf parat. Wenn wir sie hier lassen, wird sie wahrscheinlich neues Unheil anrichten, und über eine Rückfahrt nach Thendara mit ihr wäre ich auch nicht gerade begeistert.

Ganz recht! Und was sollen wir mit ihrem Kristall machen? Mir ist nicht wohl bei der Vorstellung, dass wir eine Matrixfalle einfach so hier herumliegen lassen. Auch wenn das Feuer den Stein neutralisiert hat, vermute ich, dass man ihn auch weiterhin benutzen kann.

Hmm, ja. Ich habe das Gefühl, als wäre mein Kopf heute Morgen voller Blei, Bruderherz. Und meine Augen brennen so sehr! Ich glaube, der Sternenstein muss als Allererstes zerstört werden. Ein Hammer und ein Amboss sollten genügen.

Aber was wird das für Emelda bedeuten?

Zertrümmere den Stein! Wenn sie dadurch stirbt, dann stirbt sie eben.

Liriel!

Ich habe nicht die Geduld, mir um irgendwen außer den Kindern Sorgen zu machen. Ich habe sie letzte Nacht überprüft, und es scheint ihnen den Umständen entsprechend ganz gut zu gehen. Aber heute Morgen zeigt Vincent Anzeichen für eine Kopfverletzung – wahrscheinlich, weil er seinen Schädel gegen die Wand geschlagen hat –, und ich kann nichts dagegen unternehmen! Es könnte nur eine leichte Gehirnerschütterung sein, aber auch etwas Ernsteres. Und Alain ist ... hinüber.

Hinüber? Ich finde, er sieht ganz gut aus.

O ja, körperlich ist er völlig in Ordnung, aber ich glaube, er wäre beinahe mit seiner Mutter gestorben. Sein Geist war von Anfang an sehr zerbrechlich. Ich glaube, dass er zerstört wurde, als ...

Mikhail wurde von einer neuerlichen Woge von Gefühlen überwältigt. Er spürte das bleischwere Gewicht der Verantwortung für Priscilla Elhalyns plötzlichen Tod, für Alains zerstörte Seele. Das Gefühl des Versagens, das er während der morgendlichen Vorbereitungen noch hatte unterdrücken können, kehrte mit voller Wucht zurück, und ihm war, als müsste er gegen den Teil von sich kämpfen, der wusste, wie unvermögend er in Wirklichkeit war. Er mühte sich, die Stimme jenes anderen Mikhail zum Schweigen zu bringen, und fragte sich zugleich, wie er Priscillas Tod Regis Hastur erklären sollte. Wenn er doch nur sein Schatten-Ich vertreiben könnte – doch es ließ sich nicht so einfach hinauswerfen. Mikhail kam sich vor, als wäre er in einer tiefen Höhle der Angst und des Abscheus über seine eigene Unzulänglichkeit eingesperrt.

Der Sumpf des Elends in seinem Inneren hielt noch einige Minuten an. Dann riss sich Mikhail unter Aufbietung seiner gesamten Willenskraft zusammen, holte mit Hilfe der Feuerzange den leuchtenden Kristall aus der Asche und stapfte durch die Küche in Richtung Ställe davon.

Der Himmel war klar, doch im Norden zogen dichte Wolken auf. Als guter Wetterprophet, der er war, hoffte Mikhail, der Sturm würde sich bis zum Abend und vielleicht sogar bis in den nächsten Tag hinein Zeit lassen. Den Schnee vom letzten Unwetter hatten die Stiefel der Männer bereits verunstaltet, er war aufgewühlt und schmutzig; dieses sichtbare Zeugnis für die Anwesenheit von weiteren Menschen war äußerst ermutigend. Nach der verrauchten Atmosphäre des Hauses roch die Luft sauber, und sie kühlte Mikhails Gesicht Er blieb stehen, atmete tief ein und ließ sich von der kalten Luft erfrischen. Es war ein angenehmes Gefühl.

Als Mikhail sich der Hecke näherte, die den Garten vom Stall trennte, sah er, dass die große Seekrähe ihn aus einem leuchtenden Auge beobachtete. Sie hob ihre Flügel, so dass die weißen Ränder im blassen Sonnenlicht aufblitzten, und krächzte laut.

»Wenn ich dich doch damals nur verstanden hätte«, sagte Mikhail zu dem Vogel und war ein wenig verlegen, weil er mit einem Tier sprach. Die Krähe zog die Flügel wieder ein und presste sie fest an ihren Körper, so dass es aussah, als würde sie mit den Achseln zucken. »Du hast getan, was du konntest«, schien sie zu sagen.

Die Geste war so menschlich, dass Mikhail unwillkürlich lachen musste, was in der Stille des Morgens erschreckend laut klang. Aber es tat gut zu lachen, und die Krähe schien nichts dagegen zu haben. Schließlich flog sie weg, und Mikhail setzte seinen Weg zu den Ställen fort.

Dort roch es nach Dung und Stroh und den warmen Ausdünstungen der Pferde. Er hörte die Stimmen der Männer in der Nähe und das Begrüßungswiehern von seinem Hengst Stürmer. Alles war beruhigend normal. Dinge wie ein uraltes *Chieri* und Matrixfallen gehörten der vergangenen Nacht an und nicht diesem Tag. Mikhails Weg war endlich klar. Und so groß auch seine Neugier war, mehr über das seltsame Wesen bei der Quelle herauszufinden, so hatte er doch kein Verlangen, es noch einmal zu stören.

Er war froh, dass er sich um die Kinder kümmern durfte. Es grenzte an ein Wunder, dass sie überlebt hatten, und Mikhail war unendlich dankbar dafür. Und sobald er die Matrix zerstört hatte, die in seiner Hand baumelte, würde auch Emelda kein Problem mehr darstellen.

Mikhail ging zum Amboss, der an der hinteren Wand des Stalles stand. Sein Pferd wieherte enttäuscht, als er an ihm vorbeiging. »Ich kümmere mich gleich um dich, versprochen«, sagte er zu dem großen Braunen.

Mikhail legte den funkelnden Stein auf das dunkle Eisen des Ambosses und nahm einen mittelschweren Hammer zur Hand. Der Stein leuchtete auch in der düsteren Scheune von innen heraus, ein klarer Beweis dafür, dass er immer noch sehr mächtig war, auch wenn das Feuer ihn geläutert haben mochte. Mikhail roch das Schmiedefeuer, in dem die Hufeisen zum Glühen gebracht wurden, das angenehm nach Asche duftete. Er hob den Hammer und hielt inne. Es widerstrebte ihm, seine Aufgabe zu vollenden.

Entscheidungen zu treffen ist leicht, dachte er, danach zu handeln dagegen schwer. Und hatte er nicht ohnehin alles gründlich verpfuscht? Musste er es noch schlimmer machen, indem er möglicherweise die armselige kleine Frau umbrachte, die noch immer gefesselt und geknebelt im Speisesaal saß?

Nicht, dass er noch nie getötet hätte, denn er hatte einst in den Bergen oberhalb Ardais mit Dyan junior Banditen gejagt. Aber das waren Männer gewesen und gefährliche dazu. Die Sache hier verhielt sich anders, nicht nur weil Emelda eine Frau war, auch wenn ihm allein dieser Umstand gehörig zu schaffen machte. Man hatte Mikhail gelehrt, Matrixsteine mit Respekt zu behandeln, und er hatte noch nie ernsthaft in Erwägung gezogen, einen zu zerstören. Doch dann dachte er an die Sharra-Rebellion und dass jene alte Matrix Darkover beinahe vernichtet hätte, und er hob entschlossen den Arm und schlug hart zu.

Der Hammer sprengte den leuchtenden Stein in mehrere kleine Stücke, die Mikhail anschließend zu Staub zermalmte. Er empfand dabei eine unbeschreibliche Befreiung, als hätte er sich endlich von etwas gelöst, das ihn die ganze Zeit über in Schach gehalten hatte. Dann fegte er die funkelnden Reste in die Asche des Schmiedefeuers und mischte sie unter. Als er den Hammer zurück an seinen Platz an der Wand hängte, fühlte er sich von einem schrecklichen Wachtraum erlöst. Er war wieder Mikhail Hastur, und er hatte einige Pflichten zu erfüllen.

Bis zum späten Vormittag waren die Vorbereitungen getroffen. Mikhail, der diesmal auf Stürmer ritt, drehte sich für einen letzten Blick auf Haus Halyn im Sattel um. Es sah schon jetzt traurig und verlassen aus, obwohl Duncan und die übrige Dienerschaft noch dort waren. Eine schwache Rauchsäule stieg aus dem Küchenkamin auf. Mikhail war nicht traurig, den Ort zum letzten Mal zu sehen, aber er wünschte, die Ereignisse dort wären weniger tragisch verlaufen. Priscilla Elhalyn war tot, Emelda atmete zwar noch, aber sie stellte für niemanden mehr eine Bedrohung dar. Die Vernichtung des Steines hatte sie so geistes- und seelenlos zurückgelassen, wie es auch der arme Alain Elhalyn war. Mikhail konnte nur hoffen, dass die Heiler in Arilinn noch etwas für den Jungen zu tun vermochten. Mikhail hatte sogar überlegt, die Wahrsagerin mit nach Thendara zu schleppen, aber die Kutsche war bereits überfüllt, und er glaubte nicht, dass er seine Mittel noch weiter strapazieren durfte. Als guter Diener, der er war, würde Duncan sich um Emelda kümmern, solange sie noch lebte. Und Regis würde sicherlich ein paar Leute nach Haus Halyn schicken, die alles Weitere regelten.

Mikhail gab dem Kutscher das Zeichen zum Aufbruch. Da hörte er ein Flügelschlagen, und die große Krähe flog laut krächzend auf ihn zu. »Bist du hier, um Lebwohl zu sagen?«, rief er. Er achtete nicht auf die erstaunten Blicke von Tomas und Will und auf das Grinsen von Daryll und Mathias. Sie hielten den Vogel für einen gelungenen Witz.

Dann ließ sich die Krähe auf dem Dach der Kutsche nieder, ihre großen Klauen setzte sie in ein Bündel Gepäck. Sie trippelte vor und zurück, als suchte sie einen festen Ansatzpunkt, wobei sie in der Krähensprache vor sich hin murmelte und immer wieder einen Flügel hob. Als sie sich zu ihrer Zufriedenheit eingerichtet hatte, sah sie Mikhail heiter aus ihren roten Augen an.

»Ich glaube, sie mag Euch, *Dom*«, sagte Daryll, der nur mit Mühe einen Lachanfall unterdrücken konnte.

Mikhail stieß einen leichten Seufzer aus, dann lachte er leise. »Ich fürchte, du hast Recht, und ich hoffe, es macht dir Spaß, den Vogeldreck vom Gepäck zu wischen, wenn wir für die Nacht Halt machen, Daryll.«

Daryll grinste unbeeindruckt. »Bestimmt Herr. Vogeldreck wegmachen ist eine meiner Lieblingsbeschäftigungen.«

Das Wetter hielt während des gesamten ersten Tages der

Rückreise, und sie kamen gut voran, trotz des schlechten Straßenzustandes und der Langsamkeit der schwer beladenen Kutsche. Liriel fuhr mit den Kindern in der Kutsche, und Mikhail und die Männer begleiteten sie zu Pferde. Die Krähe zeigte ebenfalls keine Neigung, die Gruppe zu verlassen, und fuhr auf dem Dach der Kutsche mit oder flog voraus, als wollte sie auf verschiedene Sehenswürdigkeiten am Wegrand aufmerksam machen.

Am Abend kehrten sie in einem Gasthaus ein, etwa fünfzehn Meilen von Haus Halyn entfernt. Es war ein wunderbares Gefühl, vom Pferd zu steigen, die Hände am prasselnden Kaminfeuer zu wärmen, den Duft von Braten und den leichten Hefegeruch vom Gebräu des Wirtes zu riechen, der in der rauchigen Luft hing. Mikhail war dankbar für einen Krug von dem dunklen, schweren Bier, denn in Haus Halyn hatte es nur schlechten Wein gegeben.

Sie langten mit gutem Appetit zu. Mikhail beobachtete erstaunt, wie Miralys mit ihren zierlichen Händen ein gebratenes Huhn zerlegte, die Brust, beide Flügel und ein Bein verzehrte und zufrieden rülpste, bevor sie sich den Mund an der mittlerweile fettigen Serviette abwischte. Ihre blasse Haut glänzte im flackernden Licht des Kamins, und zwei zartrosa Flecken erschienen auf den glatten Wangen. Ihre Schwester aß mit nicht weniger Eifer, und Emun, der gewöhnlich nur lustlos in seinem Essen herumstocherte, verschlang ebenfalls eine ansehnliche Portion. Daryll fütterte wie schon so oft Alain mit Suppe und sah den Jungen aus traurigen Augen an.

Vincent, der normalerweise ein herzhafter Esser war, stocherte im Essen und schlief fast in seinem Stuhl ein. Er war die ganze Fahrt über sehr still gewesen, gar nicht mehr der lärmende Jugendliche vom Tag zuvor. Ständig rieb er sich die linke Schläfe, als hätte er Kopfschmerzen. Seine plötzliche

Fügsamkeit bereitete Mikhail Sorgen, und fast wünschte er sich den großspurigen jungen Kerl zurück, der wegen jeder Kleinigkeit gleich losbrüllte. Mikhail hoffte, dass Vincent nur wegen seiner Kopfschmerzen so still war und dass nichts Ernsteres dahinter steckte. Wenn sie doch nur einen fähigen Heiler dabeihätten; sowohl er als auch Liriel konnten zwar Kleinigkeiten beheben, aber keiner von beiden besaß die besondere Gabe des Heilens.

Bis auf Mikhail gingen alle früh zu Bett. Liriel nahm die Mädchen mit in ihre Kammer, und Daryll trug Alain die enge Treppe hinauf, während Emun und Vincent wie Entenküken hinter ihm herliefen. Mathias sah Mikhail an, der mit ausgestreckten Beinen vor dem Kamin saß und einen Bierkrug in der Hand hielt. Der Gardist setzte zu sprechen an, doch dann zuckte er bloß die Achseln. Er bezog Stellung an der Tür zum Gemeinschaftsraum und richtete sich auf eine lange Wartezeit ein.

Mikhail saß nur da und nippte an seinem Bier. Er fühlte sich allein – allein und trübsinnig. Er wünschte, er hätte jemanden, mit dem er sprechen konnte, aber seine Schwester schlief schon, und sie brauchte ihre Ruhe dringend. Genau wie er. Seine Augen brannten vor Müdigkeit, doch er fand keine Ruhe. Wie sollte er Regis das Durcheinander erklären, das er angerichtet hatte?

Im Gasthaus wurde es still, und das Feuer loderte um die Scheite im Kamin. Draußen hörte Mikhail das leise Seufzen des Windes. Er würde während der Nacht möglicherweise auffrischen und die bevorstehende Reise erschweren. Mikhail war ganz froh, dass der erste Tag so annehmbar verlaufen war. Er fühlte sich gleich besser, als er daran dachte, und trank noch einen Schluck von seinem Bier.

Er kostete seine Müdigkeit aus und spürte, wie das Bier seine schmerzenden Muskeln lockerte. Er war immer noch nervös und viel zu unruhig, um schlafen zu können, obwohl sich sein Körper nach Erlösung sehnte. Schließlich nahm Mikhail seine Matrix vom Hals, entfernte die Seidenhülle und konzentrierte seinen Geist auf die einzige Person, die seinen inneren Aufruhr vielleicht verstehen würde.

Marguerida, Geliebte!

Mik, mein Liebling! Wie schön! Ich kann dich leider kaum wahrnehmen. Diese Wandbehänge, mit denen Istvana mein Zimmer verkleidet hat, schützen mich zwar wunderbar vor zu viel Matrixenergie, aber sie treiben auch ihr Schindluder mit der Telepathie. Ich gehe besser hinunter ins Gesellschaftszimmer – warte einen Moment.

Sie klang so fröhlich und glücklich, wie Mikhail sie während ihrer gesamten Zeit in Arilinn nicht gehört hatte. In seiner Brust löste sich ein dicker Knoten, von dem er gar nicht gewusst hatte, dass er existierte.

Da bin ich wieder. Wie steht es in Haus Halyn? Wecken dich die Höllenkinder immer noch mitten in der Nacht auf?

Wir haben Haus Halyn heute Morgen verlassen, Chiya.

Was ist denn geschehen?

Das ist eine lange Geschichte und eine traurige dazu. Mikhail erzählte ihr alles von Anfang bis Ende, ohne sich selbst zu schonen. Er konnte ihre Anwesenheit spüren, sah sie förmlich vor sich in ihrer gespannten Aufmerksamkeit, mit der sie ihm zuhörte. *Es ist mir also nicht gelungen, die Kinder vor ... diesem Wächter zu schützen, wer immer er war, auch nicht vor ihrer Mutter oder vor dieser scheußlichen Emelda. Alain Elhalyn ist praktisch geistesgestört, und Liriel und ich machen uns beide große Sorgen um Vincent. Ich kann nur hoffen, dass er nichts Gefährlicheres als eine leichte Gehirnerschütterung hat. Ich habe alles gründlich verpfuscht und ...*

Mik, sei doch nicht so ein Dummkopf!

Ihre herben Worte trafen ihn wie ein Kübel Eiswasser, erfrischend und abschreckend zugleich. Fast war er zu verdutzt, um etwas zu entgegnen. *Wie meinst du das?*

Ich meine, dass du in einer unmöglichen Situation dein Bestes getan hast, man könnte dir höchstens vorwerfen, dass du versäumt hast, früher Hilfe zu holen. Und jetzt weiß ich wenigstens auch, warum du so komisch warst.

Komisch?

Unkonzentriert und ausweichend. Ich habe mir schon alle möglichen kindischen Dinge eingebildet.

Zum Beispiel?

Na ja, Emelda ist schließlich eine Frau ...

Marguerida, für mich gibt es doch nur dich.

Schon gut! Nun hör endlich auf, dir Vorwürfe zu machen. Überlass das besser meinem Vater. Er tut sich selbst so viel an, dass es für uns alle reicht, und er hat sehr viel mehr Übung darin!

Das sage ich ihm aber, wenn ich ihn das nächste Mal sehe. Er wird sich bestimmt freuen.

Ich habe es ihm selbst schon ein paar Mal gesagt und Javanne ebenfalls! Hör zu, du bist müde, und dann sieht immer alles schlimmer aus. Schlaf jetzt ein wenig. Du wirst noch einige Tage unterwegs sein, und dafür brauchst du deine Kraft. Du kannst dich ein andermal wieder selbst ohrfeigen!

Wie praktisch du denkst, meine Liebe. Aber du hast Recht.

Und es bringt dich fast um, das zuzugeben!

Ich kann dich wohl nicht einen Moment hinters Licht führen, oder?

Mikhail Hastur, du bist ein wundervoller Mann, selbst wenn du dich wie ein Idiot benimmst.

Ich habe dir noch nicht von der Krähe erzählt.

Von der was?

Er freute sich über die Genugtuung, sie überrascht zu haben.

Als ich in Haus Halyn ankam, saß dort eine große Seekrähe, die mich ständig beobachtet hat. Jedes Mal, wenn ich das Haus verließ, war sie da und hat mich angesehen wie ein Falke.

Guter Trick – eine Krähe, die sich wie ein Falke benimmt.

Ruhe, oder ich erzähle dir die Geschichte nicht zu Ende. In Haus Halyn gab es eine ganze Menge gewöhnlicher Krähen. Ich gewöhnte mich mit der Zeit an das Geräusch ihrer Füße auf dem Dach, das ich jeden Morgen hörte. Aber diese eine war anders. Sie schien ernsthaft an mir interessiert zu sein, und als ich gegen die Stechpuppe kämpfte, rettete sie mein Leben oder verhinderte zumindest, dass das verdammte Ding mich für eine Woche lahm legte. Meine Männer halten die Krähe für einen gelungenen Witz. Bei unserer Abreise kletterte das Vieh doch tatsächlich auf das Dach unserer Kutsche und fuhr mit uns. Die Sache ist höchst merkwürdig.

Wir hatten Seekrähen auf Thetis, und sie waren ziemlich intelligent. Meinst du, der Vogel folgt dir bis nach Thendara?

Ja – er scheint mich adoptiert zu haben.

Na, dann freue ich mich schon darauf, ihn kennen zu lernen.

Wie läuft es in Neskaya?

Ich glaube, ich mache Fortschritte, und dennoch kommt es mir immerzu vor, als würde mir alles, was ich lerne, gleich wieder durch die Finger gleiten. Es ist sehr frustrierend, vermutlich mehr noch für Istvana als für mich, obwohl sie sich nie etwas anmerken lässt. Aber ich bin froh, dass ich jetzt hier bin und nicht mehr in Arilinn. Die Leute bei Istvana sind freundlich, und sie lachen mich nicht aus, wenn ich einen Fehler mache ... Und jetzt ins Bett mit dir! Wir können ein andermal weiterreden. Ich liebe dich, Mik.

Es geht mir schon viel besser, weil ich mit dir geredet habe, aber falls du vorhast, mich herumzukommandieren, wenn wir ... wenn wir ver...

Das habe ich vor, deshalb solltest du dich lieber gleich daran gewöhnen. All deine Titel beeindrucken mich nicht im Geringsten, und ich bin sehr energisch veranlagt! Wie deine Mutter!

Ich weiß, meine Geliebte, ich weiß. Gute Nacht.

Mikhail legte seinen Stein weg, dann schaute er ins Feuer und trank sein Bier aus. Er genoss Marguerida Altons Kraft, ihre Stärke und die Leidenschaft, die er dahinter deutlich spürte. Er fragte sich, wie es wohl war, wenn er diese Leidenschaft endlich direkt spüren konnte? Er stellte sich vor, wie ihre Hände über seinen nackten Rücken strichen, und war trotz seiner Erschöpfung auf der Stelle hellwach. Würde er je erfahren, wie es war, sie ohne Einschränkung zu lieben? Mikhail wagte es nicht zu hoffen.

Er stieg langsam die Treppe hinauf, seine Beine waren steif von dem langen Tag im Sattel. Nachdem Mikhail sich ausgezogen hatte, lag er zwischen den Decken, roch die frische Bettwäsche und lauschte dem Wind in den Dachziegeln. Kurz bevor der Schlaf ihn ereilte, hörte er noch den rauen und vertrauten Ton seiner Krähe, als wollte sie ihm eine gute Nacht wünschen. Dann fiel er in einen tiefen, traumlosen Schlaf.

Am nächsten Morgen hatte sich der Himmel zugezogen; bei ihrem Aufbruch schneite es. Die Kinder waren unruhig, und Liriel wurde jede Minute verdrießlicher. Mikhail, der in seinem Leben noch nie in einem Luftauto gefahren war, sehnte sich plotzlich nach einem, das ihn und seine Gesellschaft in einer Stunde nach Thendara bringen würde, statt der mindestens drei oder vier öden Tage, die noch vor ihnen lagen.

Am späten Vormittag fiel der Schnee gleichmäßig, wenn auch nicht sehr dicht. Sie fuhren am Fluss entlang, und das Gurgeln des Wassers, das noch nicht gefroren war, klang angenehm zum leisen Knirschen des Schnees. Ein leichter Wind kühlte Mikhails Wangen und zerzauste sein Haar, und er war dankbar dafür. Er kannte sich gut genug mit dem Wetter aus, um ein wenig besorgt zu sein.

Die Krähe, die immer noch auf der Kutsche mitfuhr, hob plötzlich ab und flatterte durch die Luft. Sie landete mit einem dumpfen Geräusch auf Mikhails Schulter. Er spürte, wie die scharfen Klauen durch die Wolle seines Mantels drangen, und roch den leichten Fischgeruch des Vogels. Die Krähe wechselte von einem Bein aufs andere, bevor sie einen Platz fand.

»Willst du das jetzt etwa ständig machen?« Er ging immer unbefangener mit dem Vogel um, vermutete jedoch, dass ihm nie ganz wohl sein würde, wenn er diesem Schnabel so nahe war. Die Krähe war schon aus der Ferne ein Respekt einflößendes Tier und erst recht aus der Nähe. Sie krächzte rau, was Mikhail als ein Ja auffasste.

Er war froh über diese Ablenkung, da die Beschäftigung mit der Krähe ihn davon abhielt, über die Kinder nachzudenken. Er überlegte ständig, was er hätte anders machen sollen, und fand keine Antwort. Er suchte vergeblich danach, und das wusste er nur zu gut.

»Erwartest du etwa, bei Hofe vorgestellt zu werden?«, fragte er die Krähe leise und erhielt als Antwort ein weiches Trillern, dem musikalischsten Geräusch, zu dem das Tier fähig war. »Ich werde bestimmt eine nette Figur abgeben, wenn du die ganze Zeit auf meiner Schulter sitzt.«

Plötzlich hatte er das Gefühl, als würde etwas seine Gedanken streifen, nur ganz leicht, wie eine Feder an seiner Stirn. Die Berührung enthielt keine Worte, nur eine Art von Gedankenaustausch, die er bisher nie erlebt hatte. Es fühlte sich ruhig an, aber stark.

Mikhail wandte langsam den Kopf, um die Krähe anzusehen, und blickte in rote Augen, die ihn aufmerksam musterten. Der gewaltige Schnabel war nicht mehr als eine Handspanne von Mikhails Nase entfernt, und er sah scharf und gefährlich aus. Doch Mikhail fühlte sich nicht bedroht, er empfand nur eine tiefe Gewissheit, als versicherte ihm jemand, dass alles in Ordnung war.

TEIL ZWEI

14

In der Abenddämmerung des fünften Tages erreichten sie die Tore von Thendara, der nasse Schneefall durchweichte die Mäntel der Reiter und ließ die Pferde vor Feuchtigkeit glänzen. Es erforderte eine weitere Stunde und mehrere Umwege, bis sie Burg Comyn erreicht hatte, da die Kutsche einige der engeren Straßen nicht passieren konnte. Mikhail schickte jedoch Daryll und Mathias voraus, damit alle Vorkehrungen für die Ankunft der fünf Kinder, darunter zwei kranke, getroffen wurden.

Während sie die Tavernen und Buden passierten, aus denen der Duft nach Eintopf und Braten und ein leises Stimmengewirr drang, fragte sich Mikhail, warum er im Laufe der Reise nicht mit seinem Onkel Kontakt aufgenommen hatte. Nach einigen Minuten des Nachdenkens entschied er, dass er sich wohl immer noch zutiefst seines offenkundigen Versagens in Haus Halyn schämte. Auch das gute Zureden von Marguerida und Liriel änderte nichts daran.

Als Mikhail mit einer Seekrähe auf dem Sattelknauf und in düsterer und gedämpfter Stimmung in den Stallhof von Burg Comyn ritt, wusste er nicht, was ihn erwartete. Doch im Licht der Fackeln, die auf den gefegten Steinen des Hofes flackerte, sah er nicht nur Stallburschen und Diener auf ihn warten, sondern auch Regis persönlich, der am Absatz einer niedrigen Treppe stand, den Kopf trotz der Kälte unbedeckt, so dass sein weißes Haar im rötlichen Feuerschein leuchtete. Danilo Syrtis-Ardais stand einige Schritte hinter seinem Herrn, wachsam wie immer, doch mit dem Anflug eines Lächelns um den Mund.

Mikhail saß ab, warf dem am nächsten stehenden Stallburschen die Zügel zu und stieg die Treppe hinauf, um seinen Onkel zu begrüßen. Hinter sich hörte er die Stimmen der Kinder, besonders der beiden Mädchen, und Liriel, die ihnen zu schweigen gebot, während sie aus der Kutsche stieg. Als Mikhail schließlich vor Regis stand, brachte er keinen Ton heraus. Er war seit Jahren nicht mehr derart befangen gewesen.

Doch sein Onkel umarmte ihn so warmherzig, und auf seinem Gesicht spiegelte sich die offenkundige Freude über ihr Wiedersehen, dass Mikhails Ängste verschwanden. Die beiden standen stumm in der kalten Nachmittagsluft und kosteten den Augenblick aus.

Dann flatterten schwarze Schwingen durch die Luft, und die Krähe ließ sich auf Mikhails Schulter nieder; sie sah Regis aus ihren roten Augen so durchdringend an, dass er sofort einen Schritt zurücktrat. »Ich habe versprochen, sie bei Hof vorzustellen, und sie scheint ganz begierig auf diese Ehre zu sein«, sagte Mikhail erleichtert, weil er seine Sprache wieder gefunden hatte. Regis' Willkommensfreude war so echt, dass er sich nicht länger unwohl fühlte.

Regis lachte. »Du warst immer ein äußerst eigenwilliger Junge, Mikhail, und ich stelle fest, dass es dir noch heute gelingt, mich zu überraschen. Allerdings weiß ich nicht, was Lady Linnea von einer Krähe in ihrem Speisesaal halten wird!«

»Ach, ich glaube, deswegen müssen wir uns keine Sorgen machen. Sie zieht es vor, im Freien zu bleiben und Küchenreste zu schnorren. Ich hoffe, du bist nicht enttäuscht, weil ich mit allen Kindern zurückkehre, lieber Onkel.«

»Ich bin doch nie enttäuscht von dir, Mikhail. Und als du nach Liriel geschickt hast, habe ich schon erwartet, dass etwas nicht stimmt. Komm, gehen wir nach drinnen.« *Ich will nicht mehr Klatsch provozieren als nötig.*

Natürlich, Onkel Regis. Und es tut mir Leid, dass ich alles so verpfuscht habe.

Unsinn! Ich habe dich in eine unmögliche Lage gebracht. Im Nachhinein bedauere ich es sehr. Er lächelte Mikhail an.

Was weißt du darüber?

Nur, was mir Liriel erzählt hat, und das war eine ganze Menge. Mehr zu deinem Ruhm als zu meinem. Warum hast du nicht früher um Hilfe gebeten?

Ich konnte es nicht.

Mikhail drehte sich um und sah zu seiner Schwester, die mit den beiden Mädchen an der Hand die Treppe heraufkam. Sie hatte ihm nicht erzählt, dass sie mit Regis Kontakt aufgenommen hatte, und Mikhail fühlte sich gleichzeitig erleichtert und irgendwie hintergangen. Liriel hatte ihn schützen wollen; dennoch ärgerte er sich ein wenig, weil er hinter ihren wallenden Röcken Schutz suchte, außerdem war er wütend auf sich selbst wegen seiner Undankbarkeit.

Zwei Diener hoben Alain auf eine Trage, während Emun ihnen mit großen Augen zusah. Er nahm die schlaffe Hand seines Bruders und tätschelte sie. Vincent stand neben ihm, inzwischen wieder völlig ruhig, nachdem er während der Reise mehrere plötzliche Wutanfälle gehabt hatte. Mikhail und Liriel hatten nicht gewusst, was sie tun sollten, weil sie eine mögliche Katastrophe befürchteten, falls sie dem jungen Mann ein Schlafmittel verabreichten. Vincent war durchaus in der Lage, Fragen zu beantworten, auch wenn er ständig über Kopfschmerzen klagte und bei dem kleinsten Geräusch und hellem Licht zusammenfuhr.

Emun, der wesentlich älter als seine vierzehn Jahre wirkte, begleitete Vincent hinter den Männern mit der Trage die Treppe hinauf. Mikhail dachte daran, was für ein guter Junge er doch war, dass er Vincent nach all den Schikanen, die er von ihm erduldet hatte, noch so freundlich behandelte.

Sie gingen weiter bis zur Burg, ein Haufen müder Reisender. Als sie durch die Tür schritten, flog die Krähe mit einem

Schrei davon, zweifellos auf dem Weg zur Küche. Mikhail legte seinen nassen Mantel ab, schüttelte ihn aus und gab ihn einem der Diener. Dann stampfte er mit seinen kalten Füßen auf und sah seinen Onkel wieder an.

Regis fing seinen Blick auf, lächelte und zuckte die Achseln. »Ich nehme mal an, ein heißes Bad und frische Kleidung werden ganz oben auf der Tagesordnung stehen.«

Mikhail bemerkte den vorsichtigen Tonfall in den Worten seines Onkels und musterte ihn prüfend. Irgendetwas war anders an Regis, allerdings konnte er die Veränderung nicht genau benennen. Er wirkte wesentlich älter und ernster. Doch Mikhail war zu müde, um dieses Rätsel auf der Stelle zu entwirren. »Allerdings.«

In diesem Augenblick ließ Valenta Liriels Hand los und ging auf die beiden Männer zu. Sie sah Regis sehr scharf an, und ihre dunklen Augen funkelte. »Werden wir jetzt hier wohnen?«, fragte sie.

Regis beugte sich vor, so dass er auf Augenhöhe mit dem Mädchen war. Seine Miene war gütig, so wie sie bei seinen eigenen Kindern und Mikhail immer gewesen war. »Würde dir das denn gefallen?«

»Ich weiß nicht. Es ist hübsch und warm hier. Aber ich habe mich noch nicht entschieden.«

»Weißt du eigentlich, wer ich bin?«

»Natürlich! Mit diesem weißen Haar könnt Ihr nur Regis Rafael Felix Alar Hastur y Elhalyn sein, und Ihr seid mein Vetter.«

»Du hast mir voraus, dass du alle meine Namen kennst, an die ich, ehrlich gesagt, nur selten denke.«

Was für eine energische junge Frau! Ist sie immer so ... ungestüm, Mikhail?

Sie ist so, seit wir Haus Halyn verlassen haben. Aber selbst vorher zeigte sie schon einen lebhaften Verstand. Sie und ihre

Schwester werden sicher einmal bemerkenswert – das Problem sind eher die Knaben.

Ach so. Wir sprechen später darüber.

»Ich freue mich sehr, dass ich dich endlich kennen gelernt habe.« Regis nahm Valentas Hand und beugte sich anmutig darüber – so gut es in seiner gebückten Haltung eben ging –, und dann lächelte er sie an. Er stand auf und blickte zu dem anderen Mädchen.

Miralys strahlte nicht wie ihre Schwester, sondern blieb im Hintergrund stehen und hielt sich weiter an Liriels Hand fest. Der Tod ihrer Mutter hatte sie mehr erschüttert als Valenta und sie einen Teil ihrer ruhigen Selbstsicherheit gekostet. Dennoch schaute sie Regis fest in die Augen, schluckte heftig und machte einen kleinen Knicks. In Miralys' Haltung lag eine unglaubliche Würde, als wäre sie schon weit älter. Mikhail verspürte eine tiefe Traurigkeit bei dem Gedanken, dass sie nie eine richtige Kindheit hatte. Er wusste, wie schlimm das war, denn er hatte selbst keine gehabt.

»Das ist Miralys, Regis«, sagte Liriel. Sie sah zu dem kleinen Mädchen hinab. »Ich kenne nicht alle ihre Namen, denn darüber haben wir noch nicht gesprochen.«

»Auf jeden Fall ein sehr hübscher Name. Willkommen auf Burg Comyn.«

»Danke«, sagte Mira sehr leise. »Es sieht prächtig aus hier.«

»Im Vergleich zu Haus Halyn sieht alles prächtig aus«, warf Valenta grinsend ein. »Was ist nun mit diesem Bad und frischer Kleidung?«

»Selbstverständlich. Wie unhöflich von mir, euch hier warten zu lassen.« Regis winkte einem Dienstmädchen, das geduldig beim Eingang wartete. »Bitte führe die jungen Damen zur Elhalyn-Suite und hilf ihnen, es sich bequem zu machen.«

Das Dienstmädchen, eine Frau in den Zwanzigern, nahm die beiden Mädchen an der Hand und führte sie weg. Valenta warf im Weggehen einen fröhlichen Blick über die Schulter zurück, und Mikhail war erleichtert, dass es ihnen wieder ganz gut zu gehen schien. Miralys würde sich bestimmt bald erholen, und Valenta war eindeutig zu allem bereit – vielleicht sogar zu Abenteuern. Nach den Ereignissen in Haus Halyn hoffte Mikhail allerdings auf eine gesegnete Langeweile auf Burg Comyn.

Emun, der schweigend in Liriels Schatten gewartet hatte und immer noch Vincents Hand fest hielt, trat nun vor. Er wirkte noch weißer als sonst, als würde er sich vor Regis fürchten. Vincents Gesicht war im Gegensatz dazu ausdruckslos und seine Wangen rosig. Er war jeder Zoll ein Mann, eine Gestalt wie der König, der er hatte werden wollen. Der glasige Blick seiner Augen trübte die eindrucksvolle Wirkung allerdings ein wenig.

Emun machte eine steife Verbeugung und stand vor Regis Hastur, als erwartete er ein Urteil – und zwar kein günstiges. Sein hellrotes Haar fiel ihm stumpf und lose in die schmale Stirn. »Ich bin Emun-Estavan Mikhail Elhalyn, und das ist mein Bruder Vincent-Regis Duvic Elhalyn y Elhayln. Ich hoffe, Ihr seid nicht gekränkt, weil er nichts sagt – er ist im Augenblick nicht er selbst.« Das Beben in seiner Stimme glich einem Piepsen.

Regis' Gesicht war der Schock nicht anzusehen, aber Mikhail wusste, dass er über Vincents Namen bestürzt war. Er bemerkte den raschen Blick, den sein Onkel Danilo Ardais zuwarf. Mikhail war fassungslos – Elhalyn y Elhalyn! Wenn er die vollständigen Namen der Kinder doch nur früher herausgefunden hätte! Warum hatte er sie nicht danach gefragt? Aber wahrscheinlich hätten sie ihm die Namen sowieso nicht verraten. Selbst bei seinem früheren Besuch hatte keines der Kinder seinen vollständigen Namen genannt, und Mikhail nahm an, dass ihnen Priscilla sehr strenge Anweisungen in dieser Sache gegeben hatte. Doch Derik war lange vor Vincents Geburt gestorben, er konnte unmöglich der Vater des Jungen sein. Trotzdem wurde Vincents felsenfeste Überzeugung, er werde der künftige König sein, verständlicher, wenn er sich Elhalyn y Elhalyn nannte. Es war schade, dass Priscilla ihre Geheimnisse mit ins Grab genommen hatte.

Regis blickte sich um, aber keiner der Diener stand so nahe, dass er Emuns leise Vorstellung hätte hören können. Wer war Vincents Vater, dass der Junge einen solchen Namen geltend machte – er konnte eigentlich nur ein *Nedestro* von Priscilla sein? Und was würde der *Rat der Comyn* davon halten, falls Regis diesen Umstand je öffentlich werden ließ? Mikhail wusste nicht, ob Vincent jemals wieder geistig gesund würde – falls er überhaupt je gesund gewesen war –, aber es war völlig klar, dass er mit einem derart skandalösen Erbgut niemals als König akzeptiert würde. Mikhails Empfindungen schwankten zwischen Bedauern und Erleichterung. Natürlich bedauerte er Vincents gegenwärtigen Zustand, aber da er keine ernsthaften Hoffnungen mehr hegte, dass der junge Mann jemals den Thron bestieg, und sei es auch nur als Marionette der Hasturs, war er beinahe erleichtert, dass diese neuen Umstände ihn als zukünftigen König ohnehin ausschlossen. Damit blieb nur noch Emun als geeigneter Kandidat, doch der Bursche war so dünn und zerbrechlich, dass Mikhail große Zweifel hatte, ob er das Erwachsenenalter überhaupt erreichen würde.

Mikhail überging die Verzweiflung, die sich in seiner Brust breit machte. Alles sah danach aus, als sollte er tatsächlich an einem Thron hängen bleiben, den er nicht haben wollte. Der Zorn, den er während der Reise gar nicht gespürt hatte, regte sich wieder und mit ihm ein tiefer Widerwille. Eine düstere Stimmung legte sich über sein Gemüt. Himmel, war er müde. Er konnte nur einen einzigen Vorteil an der ganzen Sache erkennen, und zwar dass der Widerstand gegen eine Hochzeit mit Marguerida geringer werden dürfte, da mit dem Elhalyn-Thron keine wirkliche Macht verbunden war und das Gleichgewicht zwischen den Domänen somit nicht gestört wurde. Doch selbst das schien ihm nicht ganz sicher.

»Ich verstehe, und ich werde sofort eine Heilerin nach Vincent sehen lassen – und nach deinem anderen Bruder ... Alain, nicht wahr?«

»Ja, *Dom*!« Emun zitterte nun am ganzen Körper und sah aus, als wollte er gleich losweinen. Mikhail konnte sich beim besten Willen nicht vorstellen, was den Jungen so beunruhigte oder warum er so große Angst vor Regis Hastur hatte.

»Du musst sehr müde von der Reise sein«, sagte Regis ruhig.

»Die Kutsche hat ganz schön gerumpelt.«

Liriel schnaubte. »Emun ist sehr taktvoll. Ich kenne mittlerweile jeden einzelnen Stein zwischen hier und der Küste, da ich innerhalb von zehn Tagen zweimal darüber gefahren bin. Meine Knochen werden sie garantiert nie vergessen. Mikhail und die Männer hatten es da schon leichter.«

Emun drehte sich um und sah Liriel über die Schulter hinweg an. Sein Blick war voller Dankbarkeit, die sein hageres junges Gesicht aufhellte und ihn wie das Kind aussehen ließ, das er immer noch war. Liriel grinste verschwörerisch zurück, und Mikhail erkannte, dass seine Schwester ein Talent für Kinder hatte, das ihm bisher verborgen geblieben war. Dann sah Emun Mikhail an, als suchte er Anleitung, was er als Nächstes tun sollte. Er fürchtete sich offenkundig, wenngleich sich Mikhail nicht vorstellen konnte, weshalb.

An Regis Hastur war nun wirklich nichts Bedrohliches, nicht einmal an Danilo Ardais, der hinter ihm stand.

Ich glaube, er wirft mich doch nicht in den Kerker, wie Mutter immer gesagt hat.

Emuns Gedanke verblüffte Mikhail, und er merkte Regis an,

dass der ihn ebenfalls aufgefangen hatte. Sein Onkel sah sehr verstört aus, doch bevor Mikhail zum Nachdenken kam, erschienen zwei männliche Diener, nahmen die Jungen bei der Hand und führten sie hinaus. Als sie gegangen waren, stießen alle Zurückgebliebenen einen Seufzer der Erleichterung aus.

Was hat er damit gemeint, Mikhail?

Ich bin mir nicht sicher, Onkel Regis, aber Priscilla hat die Kinder ganz schön eingeschüchtert. Sie hatte anscheinend die Vorstellung, du wolltest ihr die Kinder entreißen und fürchterliche Dinge mit ihnen anstellen.

Verstehe. Ich frage mich, wie sie darauf kam.

Mikhail konnte sich nur zu gut vorstellen, dass Derik Elhalyns Geist der Übeltäter war, wenn er an die Séance zurückdachte, aber er hatte nicht vor, darüber zu sprechen. Jedenfalls nicht mitten im Eingang, umringt von allen Dienern. Und er war schlicht zu müde, um die Angelegenheit im Augenblick weiter zu verfolgen. »Komm, Liri. Als Buße für meine Sünden darfst du zuerst baden.«

Liriel lachte leise. »Das ist doch ein guter Anfang, allerdings ist deine Schuld viel größer, als sich an einem Tag wieder gutmachen lässt.«

»Du meine Güte«, antwortete Mikhail spielerisch, auch wenn ihm nicht danach zu Mute war. »Ich fürchte, diese Reise wird mir bis an mein Lebensende vorgehalten werden.«

»Noch länger«, antwortete Liriel fröhlich. »Ich habe vor, ein aktives Leben in der Oberwelt zu führen.«

Mikhail starrte sie einen Augenblick entsetzt an, dann wurde ihm klar, dass sie ihn nur neckte, wie sie es früher immer schon getan hatte, als die beiden noch Kinder waren. Liriel konnte nicht wissen, dass sich ihm bei der bloßen Erwähnung der Oberwelt die Eingeweide zusammenzogen. Er hoffte, keinen Geist mehr zu sehen, solange er lebte.

»Ich liebe Familientreffen!«, verkündete Regis und zwinkerte seiner Nichte und seinem Neffen zu. »Und jetzt ab mit euch beiden. Ihr könnt euch bis zum Abendessen nach Herzenslust kabbeln, dann allerdings erwarte ich ein zivilisiertes Benehmen.«

»Wird außer dir, Lady Linnea und Dani denn noch jemand anwesend sein?« Mikhail wurde plötzlich unbehaglich zu Mute, da Regis im Familienkreis sonst nicht die besten Manieren verlangte. Die ungezwungenen Unterhaltungen gefielen ihm mit am besten an den Mahlzeiten auf Burg Comyn.

»Ja, wir haben Gäste.«

»Sagst du uns auch, wer es ist, oder willst du uns bis zum Abendessen zappeln lassen?« Mikhail spürte Zorn in sich aufsteigen, da er wusste, dass ihn Regis absichtlich provozierte.

»Francisco Ridenow ist hier.«

Die Anwesenheit des Vertreters der Ridenows im Rat der Comyn überraschte Mikhail nicht besonders, und für einen kurzen Moment war er sogar erleichtert. Aber Francisco war eindeutig nicht der einzige Gast auf Burg Comyn. »Und?«

»Eine Überraschung, Mikhail.«

Mikhail sah seinen Onkel wütend an. »Ich hatte in letzter Zeit genug Überraschungen für ein ganzes Leben«, fauchte er und machte endlich und verdientermaßen seiner schlechten Laune Luft. Dann stapfte er hinter Liriel die Treppe hinauf, ohne seinen Wutausbruch zu bereuen. Der ging sowieso schnell wieder vorbei, niemand konnte Regis lange böse sein. Und außerdem war Mikhail endlich wieder dort, wo er hingehörte, und seine Erleichterung darüber kannte keine Grenzen.

Nachdem Mikhail seine schmerzenden Muskeln im Wasser entspannt und frische Kleidung angezogen hatte, war er fast wieder so gut gelaunt wie eh und je. Nach Regis' herzlicher Begrüßung musste er weder fürchten, dass man ihn bestrafen noch verbannen würde. Alle seine Ängste hatten sich in nichts aufgelöst, und er ärgerte sich ein wenig über sich selbst, weil er so töricht gewesen war. Möglicherweise hatte er nicht einmal besonders harte Kritik wegen seines Umgangs mit Priscilla und den Kindern zu erwarten.

Deshalb pfiff er eins von Margueridas Lieblingsliedern vor sich hin, als er zu dem kleinen Speisesaal im zweiten Stock der Burg ging. Er verstummte, als er eine vertraute Frauengestalt und rotem Haar vor sich stehen sah. Marguerida! Kein Wunder, dass Regis so geheimnisvoll getan hatte! Doch wie war das möglich? Er hatte vor genau drei Nächten mit ihr gesprochen, und da war sie noch in Neskaya gewesen.

Dann drehte sich die Frau um und sah ihn an, und Mikhail erkannte, dass es nicht Marguerida Alton, sondern Gisela Aldaran war. Er hatte vergessen, wie ähnlich sich die beiden sahen, was eigentlich kaum überraschte. Schließlich war Marguerida zur Hälfte eine Aldaran. Gisela lächelte, und Mikhail bemerkte, dass ihre Augen grün und nicht golden waren und ihre Zähne eine Idee weiter vorstanden als die seiner Liebsten. Aber für einen unwissenden Betrachter konnten sie glatt als Schwestern durchgehen. Der herzhafte Appetit, den Mikhail auf dem Weg zum Speisesaal verspürt hatte, war wie weggeblasen.

Was zum Teufel tat diese Frau hier? Und was hatte Regis diesmal wieder vor? Mikhail zweifelte nicht im Geringsten daran, dass Giselas Anwesenheit kein Zufall war, sondern einen ganz bestimmten Zweck in Regis' Ränkespielen und Plänen für Darkover erfüllte. Und da er wusste, wie der Verstand seines Onkels arbeitete, kitzelte ihn eine böse Vorahnung.

»Mikhail – wie schön, dich wieder zu sehen!« Giselas Stimme war tiefer als die von Marguerida, ein kehliger Tonfall, der viel zu schmeichelnd klang und Mikhails Argwohn nur verstärkte. Sie war noch ein junges Mädchen gewesen, als er sie zuletzt getroffen hatte, und nun war sie unübersehbar eine Frau.

»Gisela! Was für eine Überraschung! Hat Regis also den Rat endlich dazu gebracht, dass die Aldarans die geheiligte Luft der Kristallkammer atmen dürfen? Ich war nämlich verreist.« *Verdammt sei Regis, mich derart zu überfallen.*

»Noch nicht«, antwortete sie und ging anmutig auf ihn zu, um ihn zu begrüßen. Gisela trug ein grünes Kleid aus feinster Wolle, das am Saum und an den Ärmelaufschlägen mit Rosen bestickt war. Es schmiegte sich eng an ihren Körper, so dass ihre schlanke Figur beinahe unanständig zur Geltung kam. »Doch die Dinge entwickeln sich zu beinahe jedermanns Zufriedenheit.«

Mikhail beugte sich über ihre Hand. »Es freut mich, das zu hören. Wir waren alle sehr erstaunt, als Regis letzten Sommer die Rückkehr der Aldarans in den Rat der *Comyn* vorschlug – aber mein Onkel tut ja nie das, was man erwartet, hab ich Recht? Wer, wenn ich fragen darf, ist denn nicht so glücklich mit der Situation?«

»Ich fürchte, Lady Marilla sträubt sich noch, und dein Vater ist ...«

»Du brauchst nicht weiterzureden. Meinem Vater macht es anscheinend Spaß, immer und überall zu widersprechen. Meine Mutter hat oft so etwas gesagt, und sie ist eine sehr kluge Frau.«

Gisela lächelte wieder. »Lass uns nicht von solchen Dingen reden. Wie geht es dir?«

»Ganz gut, wenn man bedenkt, dass ich gerade fünf Tage mit einem Sturm im Nacken durchs Land geritten bin, mehrere kleine Kinder in einer zu engen Kutsche dabeihatte und dazu eine Schwester, die mich am liebsten umgebracht hätte. Und dir?«

»Wusstest du, dass ich geheiratet habe?«

In Mikhails Brust machte sich Erleichterung breit. »Nein, das hatte ich noch nicht gehört. Wir hatten eine ganze Weile keinen Kontakt mehr ... seit fast sechs Jahren, oder? In der ganzen Zeit ist nur eine Neuigkeit über die Aldarans bis zu uns vorgedrungen, nämlich dass dein Bruder Hermes die Position von Lew Alton im Terranischen Senat übernommen hat. Wer ist dein Ehemann?« Mikhail sah sich um, aber sie waren allein, bis auf einen Lakai, der an einer Anrichte Wein einschenkte.

»Es waren eher sieben Jahre, aber ich bin froh, dass es dir kürzer vorkommt.« Ihre Stimme war belegt und klang honigsüß, sie rückte näher an ihn heran und musterte ihn so eingehend, dass er ganz unruhig wurde. Er hatte diesen Blick schon bei vielen jungen Frauen gesehen. Bisher hatte er nie genau gewusst, wie er ihn beschreiben sollte, aber in diesem Moment fiel ihm schlagartig das Wort ›räuberisch‹ ein. Er kam sich wie ein fetter Gänserich vor, den ein hungriger Fuchs anstarrt. »Ich habe vor vier Jahren Bertrand Leynier geheiratet. Inzwischen bin ich Mutter von zwei Kindern.«

»Zwei, das ist ja wunderbar.« Mikhail wünschte, jemand würde ihn von dieser unangenehmen Unterhaltung befreien, aber er war auch erleichtert, dass Gisela nicht auf Männerjagd war, sondern nur übertrieben freundlich. »Ich kenne deinen Gatten nicht – ich glaube, ich habe schon mal von ihm gehört, aber wir sind uns nie begegnet. Ich freue mich darauf, seine Bekanntschaft zu machen.« Es gelang ihm, interessiert und höflich zu wirken, aber sein Mut schwand gleich wieder. Bertrand hatte einen äußerst zweifelhaften Ruf, er war ein kleiner Gutsherr oben in den Hellers, der mindestens so alt war wie *Dom* Gabriel und bereits zwei Frauen beerdigt hatte. Die Aldarans hätten sicher etwas Besseres für Gisela finden können, auch wenn sie in der darkovanischen Gesellschaft nicht akzeptiert waren. Selbst ein Terraner wäre da noch besser gewesen! Dann schalt er sich, weil er so unbarmherzig und engstirnig war – ein Terraner, ja sicher!

Gisela schüttelte so heftig den Kopf, dass die sanften Locken, die sich um ihr Gesicht rankten, in Bewegung gerieten. »Dieses zweifelhafte Vergnügen wird dir erspart, Mik. Bertrand war vor zwei Jahren so gnädig zu stürzen und sich sehr zu meiner Freude den Hals zu brechen.«

»Ich sehe, du hast deine alte Gewohnheit beibehalten und sagst noch immer, was du denkst«, erwiderte Mikhail, so ruhig er konnte. An einer jungen Witwe, die nachweislich fruchtbar war, einer Frau in etwa seinem Alter, die er kannte und deren Gesellschaft er sogar schon einmal genossen hatte – wobei er allerdings nicht gedacht hätte, dass jemand davon wusste –, würden sicher viele Männer Gefallen finden. Davon mal ganz abgesehen, dass sie eine Aldaran war.

Obwohl sein Verstand völlig ermattet war, prüfte er dennoch alle Möglichkeiten. Mikhail vermutete, dass Regis die Hand bei Giselas Anwesenheit im Spiel und dabei den Hintergedanken hatte, den Bruch zwischen den Aldarans und den übrigen Domänen durch eine Ehe zu kitten, und Mikhail war vermutlich das Werkzeug dafür. Doch vielleicht irrte er sich auch, und Regis hatte einen seiner Brüder für Gisela vorgesehen. Mikhail stellte sich einen vergnüglichen Augenblick lang vor, wie Gabriel versuchte, mit ihrem flinken Verstand Schritt zu halten, und entschied, dass Rafael den besseren Ehemann für sie abgeben würde. Der war zumindest schlau.

»Bertrand war alt, er trank zu viel und unterhalten konnte man sich mit ihm auch nicht. Es änderte auch nichts an diesen Tatsachen, wenn man so tut, als sei alles anderes gewesen. Außerdem habe ich nie gelernt, mich damenhaft zu geben, da ich keine Mutter als Vorbild hatte.«

Ihr Lächeln, das Mikhail vor ein paar Jahren noch betörend vorgekommen war, hatte seine Anziehungskraft verloren, und ihre grünen Augen kamen ihm nun berechnend vor. »Und weshalb bist du gerade in Thendara?«

»Mein Sohn Caleb, der schon immer etwas anfällig war, braucht mal wieder ärztliche Behandlung, deshalb habe ich ihn hierher gebracht. Im Augenblick richtet er ein furchtbares Chaos im terranischen Krankenhaus an. Du hast ja keine Ahnung, wie anstrengend Kinder sein können.« Gisela klang ein wenig bestürzt, als wäre Calebs Gebrechen böse Absicht.

»O doch, die habe ich. Ich habe mich gerade zwei Monate lang mit der Elhalyn-Brut herumgeschlagen, ohne übrigens sonderlich erfolgreich zu sein. Wenn du glaubst, dass kleine Kinder anstrengend sind, dann warte erst mal, bis sie halbwüchsig sind!«

»Du machst mir Angst.« Sie wirkte jedoch nicht im Mindesten verängstigt, sondern lächelte noch breiter und rückte ihm ein Stückchen näher, als versuchte sie, zu ihrer früheren Intimität zurückzukehren. Die hatte allerdings lediglich aus einigen angenehmen Ausritten in den Bergen bestanden, aus Schachspielen und langen Gesprächen über alles Mögliche, von Pferdezucht bis zu darkovanischer Politik, soviel die beiden mit einundzwanzig beziehungsweise siebzehn davon verstanden. Das war nicht gerade viel, wie Mikhail im Nachhinein erkannte – alles bloß jugendliche Einbildung.

Zum Glück kam Liriel in diesem Augenblick mit Miralys und Valenta in den Speisesaal. Die Mädchen hatten ausgiebig gebadet und waren geschmackvoll gekleidet und zurechtgemacht. Selbst Vals wilder Haarschopf wirkte gezähmt, und beide trugen lange Röcke in Rosenrot und Grau, mit hellrosa Unterröcken darunter.

Mikhail war erleichtert, Liriel zu sehen, und stellte seine Schwester und die Mädchen Gisela Aldaran vor. »Liriel, das ist Gisela Aldaran, eine alte Freundin aus meiner vergeudeten Jugend. Gisela, meine Schwester Liriel Lanart-Alton und zwei meiner Schutzbefohlenen, Miralys und Valenta Elhalyn.«

Die Aldaran zeigte ihr strahlendes Lädchen und streckte

ziemlich herablassend die Hand aus. »Ich freue mich, deine Bekanntschaft zu machen«, sagte sie in gedehntem Tonfall zu Liriel. Die Mädchen übersah sie völlig.

Da Liriels Hände fest im Griff der Kinder waren, sah sie sich nicht gezwungen, die Geste zu erwidern. Sie nickte Gisela ruhig zu. »Das ist aber eine freudige Überraschung. Wann bist du denn angekommen? Wie ist die Reise von Aldaran hierher um diese Jahreszeit?«

»Oh, wir haben Vaters Flieger genommen und sind mitten auf der Rollbahn des Raumhafens von Thendara gelandet. Mein Vater ist nämlich nicht der Ansicht, dass wir die Annehmlichkeiten der terranischen Technik meiden sollten, nur weil ein Haufen verkalkter Knaben sie für undarkovanisch hält. Der Flug von den Bergen herunter war ziemlich aufregend – die Winde sind so heimtückisch –, aber wir sind heil angekommen, und ich für meinen Teil bin froh, dass mir die ermüdende Reise zu Pferd erspart geblieben ist.«

»Da ich gerade mehrere Tage in einer schlecht gefederten Kutsche verbracht habe, stimme ich dir durchaus zu.« *Was zum Teufel tut sie hier, Mik? Ich habe wirklich nicht erwartet, eine Aldaran im Speisesaal anzutreffen. War das die Überraschung, von der Regis ...*

Ich weiß es nicht, aber ich befürchte das Schlimmste.

Das solltest du auch. Sei bloß vorsichtig.

Ich bin immer vorsichtig, Schwester, außer wenn ich übermütig bin.

Ich weiß, und genau das macht mir Sorgen.

Der Lakai kam mit einem Tablett Weingläsern auf sie zu, deren Inhalt golden leuchtete. Im selben Augenblick traten Regis Hastur und seine Gemahlin Lady Linnea ein, gefolgt von Francisco Ridenow und Danilo Syrtis-Ardais, dem Friedensmann von Regis. Kurz darauf gesellte sich noch Giselas Vater dazu, Lord Damon Aldaran.

Während der Wein serviert wurde und *Dom* Damon Mikhail mit augenscheinlicher Freude und Begeisterung begrüßte, bemerkte dieser mit einiger Bestürzung, wie sehr der Mann seit ihrem letzten Zusammentreffen gealtert war. Er war nicht viel älter als Regis, aber er wirkte wie ein Greis. Das einstmals rote Haar war voller grauer Strähnen, auch sein Bart war grau, und er hatte tiefe Falten um die Augen, die zu einem wesentlich älteren Mann zu gehören schienen. Die Hand, die er Mikhail mit Schwung reichte, war rau, dafür drückte er aber Mikhails Hand so kräftig, als wollte er damit seine Vitalität unter Beweis stellen.

Dom Damon war ein älterer Halbbruder von Beltran, der vor der Sharra-Rebellion zu den Erben des alten Kermiac Aldaran gezählt hatte. Aber Damon war ein *Nedestro*, und er wäre nie zum Herrn der Domäne geworden, hätte nicht Beltran ohne Nachkommen das Zeitliche gesegnet und Captain Rafe Scott auf den Titel verzichtet. Er hatte drei eheliche Kinder: Robert, sein Erbe, Herm, der inzwischen Senator von Darkover war, und Gisela, die Jüngste. Von verschiedenen Gefährtinnen und Geliebten hatte er noch weitere Kinder, darunter einen Sohn namens Raul, der sein Stallmeister war, und Renald, der Pilot des Fliegers, von dem Gisela zuvor gesprochen hatte. Jedenfalls hatte es sich bei Mikhails Besuch damals so verhalten. Mikhail hatte kurzfristig den Gedanken, *Dom* Damon nach Emelda zu fragen, aber er unterdrückte ihn. Es war weder die richtige Zeit noch der passende Ort dafür.

»Du siehst gar nicht übel aus für deine Abenteuer«, dröhnte *Dom* Aldaran, und Mikhail fragte sich, ob das Hörvermögen des Mannes wohl schon nachließ.

»Nein, Sir, es geht. Ich freue mich, Euch zu sehen.« Das stimmte, denn Mikhail hatte den Mann schon immer gemocht. Er war intelligent, neugierig und hatte für einen Darkovaner sehr fortschrittliche Ansichten. Das würde ihm allerdings im Rat keine Freunde einbringen, immer vorausgesetzt, dass es Regis überhaupt gelang, einen Aldaran als Mitglied durchzusetzen. Robert war, soweit sich Mikhail erinnerte, ein nüchterner Mensch, ziemlich langweilig, aber schon eher der Typ, der in den Rat passte.

Dom Damon klopfte Mikhail auf die Schulter und griff zu einem Glas Wein. Er nahm einen kleinen Schluck, dann bemerkte er die beiden Mädchen, die an Liriel klebten, als fürchteten sie, ihr jeden Moment entrissen zu werden. Damon bückte sich und betrachtete die beiden aus kurzsichtigen Augen.

In diesem Moment betrat Danilo Hastur, Regis' Sohn, den Speisesaal; seine Unpünktlichkeit war ihm offensichtlich peinlich. Er sah sich um, und sein Blick fiel auf Miralys. Mikhail hörte ihn scharf Luft holen und beobachtete amüsiert, wie der junge Mann seine blaue Uniform zurechtzupfte und mit nervöser Hand sein helles Haar glatt strich.

Regis Hastur bemerkte es ebenfalls, und auf sein Gesicht trat ein Ausdruck, als freute ihn die Reaktion seines Sohnes. Lady Linnea ging zu Danilo, glättete sein Haar überflüssigerweise noch einmal und führte ihn zu den Mädchen, um ihn den beiden vorzustellen. Sie machte die jungen Leute leise miteinander bekannt, und Miralys streckte die Hand mit gewohnter Würde aus, während Valenta alle Mühe hatte, nicht loszukichern.

Mikhail sah sie streng an; sie war immer noch sein Mündel, und er wollte, dass sie sich anständig benahm. Val blinzelte ihm zu, aber sie presste die Lippen aufeinander und senkte sittsam den Blick, als wollte sie sagen: ›Das hier ist zwar alles ziemlich albern, aber ich werde versuchen Haltung zu bewahren.‹ Was für ein fabelhaftes Kind, dachte Mikhail. Wenn doch nur einer der Jungen auch halb so viel Intelligenz an den Tag legen würde wie ihre Schwestern! Er bedauerte einmal mehr, dass eine Elhalyn-Königin niemals akzeptiert würde. Es wäre sicher die beste Lösung, allerdings wagte er sie nicht einmal vorzuschlagen.

Die Gesellschaft ging zu Tisch. Mikhail wurde ein Platz neben Gisela zugewiesen, neben der wiederum Francisco Ridenow saß, und wappnete sich für ein langes und anstrengendes Mahl. Dani stellte seine ausgezeichneten Manieren unter Beweis, indem er beiden Elhalyn-Mädchen an ihren Platz half, auch wenn er für niemanden im Raum außer Mira Augen hatte. Er setzte sich zwischen die beiden. Liriel, die nie lange zögerte, nahm auf der anderen Seite von Valenta Platz und lächelte Mikhail an.

Das könnte interessanter werden, als ich dachte.

Auf einen interessanten Abend kann ich gut verzichten. Liri!

Armer Mikhail!

Mikhail konnte die gedankliche Unterhaltung mit seiner Schwester nicht fortsetzen, weil er merkte, dass Gisela etwas zu ihm gesagt hatte. Er bot all seinen Witz auf – im Moment nicht gerade berauschend viel –, warf seine jahrelange Erfahrung mit Frauen auf der Jagd nach Ehemännern ins Feld und brachte eine Antwort zu Stande. Dann bedachte er seinen Onkel mit einem tadelnden Blick, und es bereitete ihm großes Vergnügen, Regis Hastur bis an die Haarwurzeln rot werden zu sehen, als hätte man ihn bei einer Betrügerei erwischt.

Die Suppe wurde serviert. Danach folgten frischer Fisch, eine Rabbithorn-Farce in zartem Blätterteig und verschiedene Beilagen. Mikhail, dessen Appetit zurückgekehrt war, langte herzhaft zu, und Gisela, von seiner offenkundigen Gleichgültigkeit leicht entmutigt, wandte ihre sinnlichen Aufmerksamkeiten nun voll und ganz Francisco Ridenow zu. Als das Dessert aufgetragen wurde – Honigkuchen mit getrockneten

Früchten –, war Mikhail schon wieder bester Laune und amüsierte sich prächtig.

Als sich Liriel am Ende des Mahls erhob und die Elhalyn-Mädchen mitnahm, überschattete ein verzweifelter Blick Dani Hasturs junges Gesicht, als wäre das Licht im Raum ausgegangen. Gisela unternahm noch einen letzten Versuch, Mikhails Aufmerksamkeit zurückzugewinnen, aber Lady Linnea fing sie ab und zog sie mit sich fort. Mikhail fühlte mit dem jungen Dani und dankte Linnea wortlos. Er war zu müde, um sich länger mit Gisela abzugeben. Und was noch wichtiger war: Er sah, wie ihm Regis Hastur zunickte, und wusste, es war an der Zeit, dass sich die beiden unterhielten.

15

Regis' Arbeitszimmer lag auf derselben Ebene wie der kleine Speisesaal. Dorthin folgte ihm Mikhail, während Danilo Syrtis-Ardais einen Schritt hinter ihnen ging, um Regis Hastur Rückendeckung zu geben, wie er es nun seit mehr als zwei Jahrzehnten tat. Regis schenkte lediglich seinem Friedensmann und seiner Frau blindes Vertrauen, und Mikhail war in seinem Leben noch nie allein mit seinem Onkel gewesen. Er fragte sich, ob es Regis nicht manchmal auf die Nerven ging, ständig bewacht zu werden, und ob er das Alleinsein nicht vermisste. Ober hatte die unzertrennliche Beziehung mit Danilo sie zu zwei Teilen eines Ganzen zusammengeschweißt?

Mikhail wusste, dass Regis' Sorge um seine Person auf die Zeit zurückging, als die Weltenzerstörer zahlreiche Mitglieder der *Comyn* ermordet hatten und sogar so weit gegangen waren, Babys in ihren Wiegen zu töten. Sie hatten diese Kräfte besiegt, aber es war eine Narbe zurückgeblieben, ein Verfolgungswahn, den Mikhail allerdings nicht ganz verstand, weil er damals noch zu klein gewesen war, um zu begreifen, was da eigentlich vor sich ging. Und da er keinesfalls wollte, dass seinem Onkel etwas zustieß, war er froh über Danilos unaufdringliche Anwesenheit.

Regis nahm hinter einem breiten Schreibtisch Platz und sah seinen Neffen an. Der Raum war karg möbliert, und Mikhail hatte dort schon einige Vorträge über seine Pflichten oder Schelte wegen kindlicher Streiche erhalten. Er zweifelte nicht daran, dass sein Onkel absichtlich diesen Ort für ihr Gespräch ausgewählt hatte, um diese Erinnerungen wachzurufen. Regis ließ sich eine solche Chance auf keinen Fall entgehen.

Während Danilo jedem von ihnen einen Becher Glühwein einschenkte, lehnte sich Mikhail im Sessel zurück und streckte die langen Beine aus. Er betrachtete die zerschlissenen braunen Vorhänge vor dem Fenster, den Teppich, dessen Muster fast nicht mehr erkennbar war, und die einzige Dekoration im ganzen Zimmer, ein etwa zwanzig Jahre altes Porträt von Lady Linnea. Inzwischen hatte sie ein paar Falten mehr um die blauen Augen, und ihr Gesicht war etwas voller geworden. Sie war ein sehr hübsches Mädchen gewesen, und nun war sie eine erwachsene Frau, aber ihre Augen funkelten noch immer wie in alten Zeiten.

Mikhail zwang sich zur Ruhe und weigerte sich, die Unterhaltung zu beginnen. Er hatte während der Reise pausenlos überlegt, was er zu seinem Onkel sagen würde, und sich Szenarios ausgemalt, die von wütend bis kalt reichten, jetzt im Ernstfall waren sie alle verschwunden. Danilo beobachtete ihn mit kaum verhüllter Belustigung, als wisse er, dass sie gerade ein Spiel miteinander trieben, und sei gespannt, wer als Erster sprach. Sie lächelten sich an, als der Friedensmann Mikhail einen Becher reichte.

Nach vielleicht fünfminütigem Schweigen fühlte Regis, der immer zur Unruhe neigte, sich erkennbar unwohl. Er spielte mit seinem Becher, rutschte in seinem Armsessel umher und ließ seinen Blick durchs Zimmer schweigen, als suchte er nach einem Thema, mit dem er anfangen konnte. »Ich freue mich, dass du zurück bist«, sagte er schließlich.

Mikhail war entschlossen, keine Handbreit nachzugeben. »Und ich bin froh, wieder hier zu sein. Nach den Strapazen in Haus Halyn fühle ich mich hier wie im Himmel.«

»Ich habe dir wahrlich einen schlechten Dienst erwiesen, als ich dich ohne jegliche Unterstützung dorthin schickte. Aber ich war mir über die Lage leider nicht richtig im Klaren – und ich bin es noch nicht.«

»Priscilla Elhalyn hätte dir auch wohl kaum erzählt, dass sie einer Kräuterhexe ausgeliefert war.«

»Erzähl mir von ihr. Wie hieß sie noch gleich – Esmeralda?«

»Emelda, und sie behauptete, eine Aldaran zu sein. Ich hätte beinahe *Dom* Damon nach ihr gefragt, aber dann siegte doch meine Vernunft.« Nach dem Gesichtsausdruck seines Onkels war Mikhail froh, dass er seine lebhafte Neugier gezügelt hatte. »Liriel sagt, dass Emelda vor ein paar Jahren nach Tramontana kam, um sich dort ausbilden zu lassen, und unter nebulösen Umständen wieder von dort verschwand. Man müsste die Bewahrerin von Tramontana vielleicht mal nach Einzelheiten fragen.« Mikhail kam seine ruhige und beinahe harte Stimme fast schon unheimlich vor. Der Zorn, der wochenlang in ihm gelodert hatte, war zu einer fremden Eiseskälte geworden. Er wollte Regis nicht anschreien – oder jedenfalls nur ein bisschen.

»Ich werde sie fragen. Man hätte mich besser informieren müssen, aber ich versuche immer, die Leitung der Türme den *Leroni* zu überlassen. Und *Mestra* Natasha hielt es offensichtlich nicht für notwendig, mich zu unterrichten. Es beunruhigt mich sehr, wenn ich daran denke, dass womöglich noch weitere nicht ausgebildete Telepathen auf Darkover herumlaufen. *Laran* ist zwar selten, aber so selten nun auch wieder nicht, und in letzter Zeit taucht es plötzlich an den unwahrscheinlichsten Orten auf.«

Mikhail nickte. »Das ist kein Wunder, wenn man bedenkt, wie oft die Männer der Domänen ihre Gunst wirklich jeder hübschen Frau erweisen, die sie verführen können.«

»Ich meine es ernst, Mikhail.«

Mikhail schnaubte. »Wenn ich dir nicht ernst genug bin, dann solltest du einmal mit meiner Base Marguerida über dieses Thema diskutieren. Sie wird dir mehr über die Übel männlicher ... wie nennt sie es noch ... Privilegien erzählen, als du hören möchtest. Ich habe mich am Ende fast geschämt, ein Mann zu sein. Aber ich warne dich: Du musst darauf gefasst sein, den Streit zu verlieren, denn sie liebt scharfe Debatten.«

Danilo wandte sich ab, und Mikhail sah, wie seine Schultern vor Lachen bebten. »Das scheint mir kaum ein geeignetes Thema für eine Unterhaltung zwischen dir und Marguerida zu sein«, antwortete Regis und bemühte sich um einen ernsten Blick, was ihm jedoch nicht gelang.

»Wir reden über alles, und das ist auch einer der Gründe, warum ich sie so schätze, Onkel Regis. Sie hat nicht die geringste Scheu davor, die heikelsten Tabus anzupacken, sie zu zerlegen, die Teile zu sortieren und ihre eigenen Schlüsse zu ziehen. Ich glaube, unter anderen Umständen wäre meine Mutter wahrscheinlich genauso geworden, und möglicherweise mag sie Marguerida deshalb nicht, weil sie sich so ähnlich sind.«

»Stimmt, Javanne war schon immer sehr gescheit.« Regis verstummte und trank nachdenklich von seinem Wein. »Erzähl mir noch mehr von Emelda«, sagte er schließlich, um nicht weiter von seiner Schwester oder Marguerida Alton reden zu müssen.

»Bei meiner Ankunft war sie gekleidet wie eine *Leronis* – so gut sie es jedenfalls fertig brachte. Der Stoff war wohl mehr aus Verlegenheit rot als in Wirklichkeit und schlecht gefärbt dazu. Das kam mir sehr seltsam vor, da Haus-*Leroni* nicht mehr üblich sind. Aber in Priscillas Haushalt war einfach alles sonderbar! Emeldas Kleidung war nebensächlich, und ich musste mich um wichtigere Probleme kümmern – zerbrochene Fenster, Schornsteine, die nicht zogen, reparaturbedürftige Ställe. Ich weiß nicht, ob die Kinder einen weiteren Winter dort überlebt hätten – aber nachdem die *Domna* sie sowieso mitnehmen wollte, hat sie darüber wahrscheinlich gar nicht mehr nachgedacht.«

»Mitnehmen? Wohin wollte sie denn?« Regis beugte sich in seinem Sessel vor, und Mikhail war klar, dass Liriel ihm noch keine Einzelheiten erzählt hatte.

»Als Dyan Ardais und ich vor etwa vier Jahren einmal zum Spaß nach Burg Elhalyn ritten, lebten außer ein paar älteren Dienern und den Kindern auch noch ein Knochendeuter und ein Medium aus den Trockenstädten bei Priscilla.« Mikhail hielt inne und dachte an den Eid, den er Priscilla damals geschworen hatte. Sie war tot, genau wie Ysaba, und er war sich unschlüssig, wie bindend ein Eid sein mochte, den man einem Geist gegeben hat. Dennoch war es ihm unangenehm, von dem Vorfall zu reden. »Wir haben sogar einer Séance beigewohnt, bei der Derik Elhalyns Geist anwesend war oder auch nicht.«

»Das hast du mir nie erzählt!«

»Dyan und ich hatten damals Geheimhaltung gelobt, und ich halte mein Wort! Außerdem wusste niemand von unserem Besuch auf Elhalyn, und ich dachte, ich bekomme vielleicht Schwierigkeiten, wenn ich unseren Ausflug erwähne. Ehrlich gesagt, glaube ich, dass wir beide die ganze Sache schnell wieder vergessen wollten. Es war ... beunruhigend.«

»Aber du hättest ...«

»Ich breche mein Wort nicht, Onkel Regis.« Mikhail war überrascht, wie ruhig seine Worte klangen und zugleich bestürzt über den bedrohlichen Unterton in seiner Stimme.

»Ich verstehe.« Regis wirkte nachdenklich – und auch ein wenig besorgt.

»Damals hielt ich das Ganze für die harmlose Verschrobenheit einer einsamen Frau. Ich führte es auf das eigentümliche Wesen der Elhalyn-Linie zurück, da ich nicht an Geister glaube – nicht einmal an die in Armida.« Mikhail lächelte über sich selbst, weil er merkte, dass er sich gerade selbst widersprochen hatte. »Doch bei dieser Séance wurde ein gewisser Wächter erwähnt. Ich weiß noch, dass ich hin und wieder an ihn dachte und mich fragte, wer zum Teufel er wohl sein mochte. Wäre ich schlauer gewesen, hätte sich die Tragödie größtenteils vermeiden lassen. Ich hätte dir besser vor meiner Abreise von der Séance erzählen sollen. Aber ich hatte nun mal mein Wort gegeben!«

»Mir scheint, du hast die Lektion, mit dir selbst Rat zu halten, nur zu gut gelernt, Mikhail.«

»Ich hatte schließlich einen guten Lehrer«, gab Mikhail zurück und funkelte Regis herausfordernd an.

»Jetzt hat er dich aber erwischt«, bemerkte Danilo.

»Du scheinst meine Verlegenheit ja sehr zu genießen«, erwiderte Regis. Obwohl er Danilo anlächelte, konnte er seinen leichten Zorn kaum verbergen.

»Ich habe so selten Gelegenheit dazu«, murmelte der Friedensmann.

Diese Bemerkung löste die Spannung wieder, und alle lachten. Als das Gelächter abebbte, sagte Regis: »Fahr mit deiner Geschichte fort – und lass bitte nichts aus.«

Mikhail holte tief Luft und begann. Er erzählte von den sonderbaren Vorkommnissen und echten Gefahren der vergangenen Monate, bis sein Mund trocken war, und er durchlebte noch einmal die Schrecken der letzten Nacht in Haus Halyn.

Als er geendet hatte, wechselten sein Onkel und Danilo einen Blick, die beiden tauschten etwas aus, das Mikhail nicht deuten konnte. Regis sah traurig und müde aus, er saß reglos da und war völlig in Gedanken versunken. Schließlich fragte er: »Hat diese Emelda nicht sofort dein Misstrauen geweckt?«

»Ja und nein. Ich war ständig geistig benebelt und habe auch wiederholt gedacht, dass sie der Grund dafür sein könnte. Aber dann habe ich es irgendwie jedes Mal vergessen. Das Ganze ging kaum wahrnehmbar vonstatten, und ich bin tagelang in einer Art Nebel herumgelaufen, obwohl es mir nicht bewusst war. Liriel sagt, ich war von einem Zauber in Bann geschlagen. Jedenfalls weiß ich, dass alles ganz anders ausgegangen wäre, wenn ich meine Gardisten nicht dabeigehabt hätte. Emeldas Fähigkeiten hatten ihre Grenzen, und je größer die Anzahl der anwesenden Personen war, desto beschränkter waren sie. Ich habe noch nie so sehr wegen ihrer Überschattung mit Marguerida gefühlt, wie ich es jetzt tue. Es ist wirklich eine Ungeheuerlichkeit, jemanden so etwas anzutun.« Er gab nur äußerst widerwillig zu, dass es der kleinen Frau wochenlang gelungen war, ihn zu verwirren. Das vorzügliche Mahl, das er soeben noch genossen hatte, lag ihm plötzlich wie Blei im Magen.

»Und du hattest keine klare Vorstellung davon, was da vor sich ging?«

»Nein. Allerdings war auch meine eigene Sturheit daran schuld. Ich war wild entschlossen, die Aufgabe zu erfüllen, die du mir gestellt hattest, obwohl ich die Regentschaft über die Domäne Elhalyn nie übernehmen wollte. Ich habe mich einfach immer weitergeschleppt, wie ein kompletter Idiot. Marguerida hat einige Bemerkungen über meine geistige Unschärfe gemacht und mich gefragt, ob ich krank sei, aber sie konnte den Nebel nicht durchdringen, hinter dem ich mich verbarg. Es war eine sehr demütigende Erfahrung.« So. Jetzt hatte er sich alles von der Seele geredet. Doch warum empfand er keine Erleichterung? Warum hatte er das unangenehme Gefühl, dass er gerade geprüft wurde – und mit Pauken und Trompeten durchfiel?

»Wie war das genau?«

»Das ist schwer zu beschreiben. Wenn mir mal wieder Zweifel kamen – was nicht selten der Fall war –, dann schwollen sie in meinem Kopf an wie ein nasses Fass. Es war, als hätte Emelda die Gabe, alle meine Ängste zu riesigen Monstern zu vergrößern. Deshalb habe ich wahrscheinlich meine Aufmerksamkeit auf kaputte Fenster und andere greifbare Probleme konzentriert. Das waren zumindest Missstände, die ich beheben konnte.«

Danilo räusperte sich, und sowohl Regis als auch Mikhail sahen ihn an. Sie hatten seine Anwesenheit schon fast vergessen, so ruhig verhielt er sich. »Das war sicher sehr schmerzlich für dich, Mikhail. Und es muss auch sehr heimtückisch gewesen sein, weil es dir nicht bewusst war.« Danilos Stimme klang angespannt, und Mikhail wusste, dass er sich an seine frühen Begegnungen mit dem älteren Dyan Ardais erinnerte, der ihn mittels der Alton-Gabe des Öfteren genötigt hatte, als Danilo bei den Kadetten war.

»Ich habe abwechselnd gedacht, dass ich den Verstand verliere, mir die ganze Sache nur einbilde und zu überhaupt nichts tauge.« Die Spannung war wieder da, und Mikhail hätte sie gern gelöst, traute sich jedoch nicht.

»Aber warum hast du denn nicht mit mir Kontakt aufgenommen?« Regis klang wütend und enttäuscht. »Das verstehe ich immer noch nicht!«

Mikhail sah seinen Onkel direkt an, kniff die Augen zusammen und bemühte sich, seinen Zorn zu unterdrücken. »Jedes Mal, wenn ich an dich dachte, überkamen mich ... die schlimmsten Selbstzweifel. Ich dachte, ich würde dich enttäuschen, wenn ich um Hilfe bitte. Es kostete mich meine ganze Kraft, Liriel zu rufen, und ich glaube nicht, dass es auf ganz Darkover auch nur einen Menschen gibt, den ich sonst noch hätte fragen können. Nicht einmal Marguerida. Du hast mir nicht einen schlechten Dienst erwiesen, Onkel Regis, weil du mich zum Regenten von Elhalyn ernannt und mich in dieses Haus geschickt hast, sondern weil dir die Umstände nicht ausreichend bekannt waren. Ich glaube nicht, dass du die Sache bis zum Ende durchdacht hattest.« Die Bitterkeit in seiner

Stimme war nicht zu überhören, und innerlich zuckte Mikhail zusammen. Wie kam er dazu, so mit Regis Hastur zu sprechen? Er musste sich anhören, als wollte er die Schuld für sein eigenes Versagen auf andere schieben.

»Genau das habe ich ihm auch schon gesagt«, bemerkte Danilo und goss sich noch einen Becher Glühwein ein.

Mikhail starrte den Friedensmann mit offenem Mund an und spürte eine tiefe Erleichterung. Seine Nerven waren zum Zerreißen gespannt, und er sah, dass er die freie Hand im Schoß ballte. Dann zuckte er mit den Achseln. Vielleicht war es weniger schlimm, als er gedacht hatte.

Regis runzelte die Stirn. »Wenn ich nicht genau wüsste, dass ihr beiden mir treu ergeben seid, könnte ich glauben, ich hätte Nattern an meiner Brust genährt. Aber ich bin klug genug, um zu erkennen, dass ich einen schweren Fehler gemacht habe, und ich bin dankbar, dass die Sache so glimpflich ausgegangen ist. Jetzt erzähl mir bitte noch ein wenig mehr über die Kinder.« Die Angelegenheit war damit erledigt, und Mikhail war nicht sonderlich zufrieden damit. Zumindest aber musste er sich keine Strafpredigt anhören.

»Viel kann ich dazu nicht sagen. Alain, der Älteste, ist ein hoffnungsloser Fall. Das Eingreifen des Wächters hat jede Chance zunichte gemacht, dass er sich von den Versäumnissen seiner Erziehung noch erholen könnte. Vincent wurde ebenfalls verletzt, ich kann allerdings nicht abschätzen, wie schwer. Er ist ohnehin kein sehr angenehmer Zeitgenosse; seine Mutter hat ihm allerlei Flausen in den Kopf gesetzt, und er bildet sich ein, einmal den Elhalyn-Thron zu besteigen, den er meiner Meinung nach für mächtiger hält, als er ist. Er neigte schon vor dem Zwischenfall zu Gewalttätigkeit und seelischer Grausamkeit, und obwohl er inzwischen fügsamer ist, hatte er unterwegs ein paar Anfälle, die uns allen einen gehörigen Schrecken eingejagt haben. Die arme Liriel. In einer engen

Kutsche mit einem kräftigen Jugendlichen eingesperrt zu sein, der versucht, die Fenster herauszureißen ... Ich hätte auch nie vermutet, dass er ein Elhalyn y Elhalyn ist, und habe nicht die geringste Ahnung, wer sein Vater sein könnte, falls Emun Recht hat. Die ganze Situation war ... undenkbar.« Mikhail konnte sich nur mit großer Anstrengung auf seinen Bericht konzentrieren, und er spürte seine Müdigkeit mit jedem Augenblick deutlicher.

»Ja, ich weiß. Die Heiler haben sie beide untersucht, und Vincent hat ein irreparables Gehirntrauma erlitten. Aber was ist mit dem Jüngsten, Emun Elhalyn?«

»Das weiß ich nicht. Es würde noch einige Jahre dauern, bis er den Pflichten des Throns nachkommen könnte. Sein *Laran* ist noch eine unbekannte Größe, und ich hatte bisher keine Gelegenheit, einen der Jungen tatsächlich zu prüfen. Emun ist gerade dabei, sein *Laran* zu entwickeln, er zeigte erste Symptome der Schwellenkrankheit, aber sie ist nie richtig ausgebrochen. Ich glaube, dass entweder Priscilla oder Emelda es verhindert haben, und welchen Schaden das bei dem Jungen angerichtet hat, kann ich nur raten.«

Mikhail hatte Regis nie verlegener erlebt. Er trank noch einen kleinen Schluck Wein, der seine Zunge lockerte, und fragte sich, ob er fortfahren sollte. In seiner Jugend hatte Mikhail seinem Onkel sehr nahe gestanden. Seine gegenwärtigen Gefühle und die beißende Kritik, die ihm auf der Zunge lag, überraschten ihn selbst. Er sehnte sich einen Augenblick lang nach der Unschuld und dem Vertrauen, die ihre gemeinsame Vergangenheit geprägt hatten. Doch Mikhail war kein kleiner Junge mehr, sondern ein Mann, und er hatte sich seitdem sehr verändert. Mehr noch, Mikhail wurde klar, dass sich sein Onkel im Laufe der Jahre ebenfalls verändert hatte. Sie waren sich zwar nicht fremd geworden, aber sie waren beide nicht mehr dieselben.

»Priscilla war so beansprucht von ihrem Vorhaben, unsterblich zu werden, dass ihr die Anwesenheit der Kinder kaum bewusst zu sein schien, allerdings wollte sie die fünf mitnehmen, wenn sie sich dem Wächter anschloss. Ich kann allerdings nur raten, was in ihrem Kopf vorging. Emun hat ebenfalls vieles durchgemacht: Er wurde von Vincent terrorisiert, von der Kräuterhexe manipuliert und was weiß ich noch alles. Wenn er sich jemals von alldem erholt, dann könnte es möglich sein, den Thron der Elhalyn wieder zu besetzen. Ich muss jedoch zugeben, dass ich ernsthaft daran zweifle.«

»Wieso?«

»Es ist nur so ein Gefühl, mehr nicht.« Mikhail hielt inne und versuchte, seine Empfindungen über den jüngsten Knaben in Worte zu fassen. »Ich glaube, du musst auf die nächste Generation warten, lieber Onkel, bis sich deine Pläne verwirklichen lassen. Und meiner Meinung nach sind die Kinder von Miralys oder Valenta und nicht Emun die geeignetsten Kandidaten. Da sie Elhalyn sind und den Status einer *Comynara* besitzen, werden ihre Kinder das Vorrecht auf den Thron haben.«

»Begreifst du eigentlich, was das bedeutet?«

Nun waren sie endlich zum Kern der Angelegenheit vorgestoßen, und Mikhail ließ sich mit seiner Antwort Zeit. Er spürte, wie Danilo ihn mit der gewohnten Aufmerksamkeit beobachtete, mit der kühlen Objektivität, die der Friedensmann jeder Situation entgegenzubringen schien. »Falls du damit sagen willst, dass ich dann mehr als nur die Regentschaft für die Domäne Elhalyn am Hals habe, begreife ich es sehr wohl. Aber ich warne dich, ich werde mich nie mit dieser Aufgabe anfreunden.«

»Wieso denn nicht? Du bist tüchtig, gesund und wurdest zum Herrscher ausgebildet.« Regis war eher verwirrt als zornig.

»Genau da liegt das Problem. Glaubst du denn wirklich, ich

könnte eine bloße Galionsfigur sein oder die nächsten zehn bis zwanzig Jahre Danis Befehlen folgen? Ich begreife immerhin so viel, dass ich das nicht kann. Lass einen meiner Brüder die Aufgabe übernehmen. Sie ist nichts für mich, Onkel Regis.«

»Du wirst tun, was man dir sagt.«

Du hast ihn selbst dazu erzogen, sein eigener Herr zu sein, Bredu! Nun ist er es, und du kannst ihn nicht mehr ändern! Wie kannst du nur von ihm verlangen, dass er sich Dani beugt?

Verdammt! Ich hasse es, wenn du Recht hast! Was für ein erbärmliches Durcheinander habe ich da wieder angerichtet.

Mikhail war zu sehr mit seinen eigenen Gefühlen beschäftigt, um wirklich wahrzunehmen, was er da mithörte. Nein – nicht nur mit seinen eigenen Gefühlen, sondern auch mit denen der beiden anderen Männer. Ihm war nicht ganz wohl dabei, einen so persönlichen Augenblick zwischen den beiden Älteren mitzuerleben. Und er war überrascht, dass Danilo für ihn eintrat. Vielleicht war er doch kein Versager.

»Wir müssen das nicht jetzt entscheiden, oder?«, fragte Mikhail. Er spürte in seinem tiefsten Innern, dass er in seinem eigenen Interesse, aber auch im Interesse von Regis, die Ereignisse hinauszögern musste. Einmal mehr hatte er den Eindruck, dass sein Onkel aus Gründen, die Mikhail nicht verstand, zu unüberlegt handelte, und er hielt es für seine vornehmste Pflicht, den Gang der Ereignisse zu verlangsamen. Zum ersten Mal im Leben kam sich Mikhail beinahe weise vor. Es war ein sonderbares Gefühl, durchaus nicht unangenehm und anders als alles, was er kannte.

»Nein, du hast Recht«, räumte Regis widerstrebend ein. »Ich spüre wahrscheinlich schon meine Sterblichkeit und den Zeitdruck, noch alles zu regeln ... was sehr töricht ist. Und ich mag es überhaupt nicht, wenn ich mir töricht vorkomme!«

Danilo, der gerade von seinem Wein trank, musste erst lachen und dann husten. Regis stand auf und klopfte ihm auf den Rücken, wobei er gleichzeitig besorgt und verblüfft aussah. Als Danilo wieder bei Atem war, sah er Regis an und schüttelte den Kopf. »Von Zeit zu Zeit benehmen wir uns alle töricht, da kann man leider nichts machen.«

Regis schnitt eine Grimasse. »Schade. Und ich hatte so sehr gehofft, ich wäre die Ausnahme.«

Danilo brach erneut in Gelächter aus, und Mikhail lachte mit, wohlwissend, dass der richtige Moment verstrichen war und an diesem Abend keine wichtigen Entscheidungen mehr fallen würden. Er war unbeschreiblich erleichtert.

Er spürte einen inneren Zwiespalt zwischen seiner Treue zu Regis und der Familie Hastur einerseits und dem Verlangen, seine eigenen Ziele zu verfolgen andererseits. Da er ein Stein im Gefüge der Macht war, erwartete man von ihm, dass er seine eigenen Bedürfnisse hinter die der Domänen zurückstellte. Das war sehr schwer, vielleicht sogar unmöglich, wie er sich eingestehen musste.

Dann bemerkte er den besorgten Gesichtsausdruck seines Onkels. »Was ist denn los?«

Regis runzelte die Stirn. »Ich versuche gerade das Gefühl loszuwerden, dass all das möglicherweise nicht passiert wäre, wenn ich besser aufgepasst oder überhaupt an Priscilla und ihre Kinder gedacht hätte. Aber hätte ich mich in ihre Angelegenheiten gemischt, dann hätten die übrigen Domänen vielleicht angenommen, ich könnte die ihren auch regeln wollen. Ich fühle mich schuldig, das gebe ich zu.«

Das war zu viel. Mikhail war vom Glühwein so gelöst, dass er alle Vorsicht in den Wind fahren ließ. »So ist es recht! Du wolltest dich nicht in Priscillas Angelegenheiten mischen, aber bei mir scheinst du es völlig in Ordnung zu finden!«

Danilo sah wieder aus, als würde er gleich die Beherrschung verlieren. Sein ansonsten blasses Gesicht lief rot an, und er hatte offensichtlich Probleme mit seiner Atmung. »Weißt du, er hat Recht«, brachte er schließlich heraus.

»Nein, das weiß ich nicht. Wie meinst du das?«

»Regis, alter Freund, du mischst dich seit Jahren fröhlich in Mikhails Leben ein!«

Regis sah Mikhail an und verzog das Gesicht. »Stimmt das etwa, Mik? Komm, zähl mir alle meine Sünden auf.« Er wirkte weder zornig noch verstimmt, sondern nur interessiert und ungemein neugierig.

Mikhail antwortete nicht sofort, er wunderte sich nur darüber, dass sein Onkel keinen einzigen Fehler zugegeben hatte. Das hätte Regis auch überhaupt nicht ähnlich gesehen. Doch er hatte Mikhail aufgefordert, sich den ganzen Kummer von der Seele zu reden, und wie er Regis Hastur kannte, würde er diese Gelegenheit nicht so bald wieder bekommen. Er beschloss jedoch, seine Worte vorsichtig zu wählen. »Ich bin kein Idiot, Onkel, und deine Überraschung mit Gisela und ihrem Vater ist mir durchaus nicht entgangen.«

Regis setzte eine unbeteiligte Miene auf, als wollte er seinen Verdruss darüber verbergen, dass man ihn wieder einmal bei einem Schachzug zur Verfolgung seiner persönlichen Interessen ertappt hatte. »Ich dachte, du würdest dich freuen, sie zu sehen – ihr seid doch alte Freunde?«

Es überraschte Mikhail nicht, dass Regis darüber Bescheid wusste, aber es ärgerte ihn ein wenig. »Ja, wir waren mal befreundet. Aber ich bin nicht mehr derselbe, der ich mit einundzwanzig war, und sie ist auch nicht mehr die Frau von damals. Ich habe es mir immer wieder gefallen lassen, dass du und Linnea mir irgendwelche hübschen Mädchen untergejubelt habt, seit ich im richtigen Alter dafür war, und ich habe immer versucht, höflich und nett zu ihnen zu sein. Aber ich empfinde nichts mehr für Gisela – meine Gefühle für sie hielten sich auch damals schon in Grenzen, gelinde gesagt.«

»Ich bin mir sicher ...«

»Ich bin nicht deine Schachfigur, Regis. Und ich möchte mir die Bemerkung erlauben, dass ich nicht der einzige unverheiratete Sohn von Gabriel Lanart-Hastur bin, auch wenn ich vermute, dass du diesen Umstand bequemerweise übersehen hast. Dein Plan ist glasklar: Du willst die Aldarans in den Rat zurückholen, indem du mich mit Gisela verheiratest. Der Gedanke ist sogar nachvollziehbar. Aber solltest du die Idee anderen Ratsmitgliedern unterbreiten, würdest du meiner Ansicht nach auf noch größeren Widerstand treffen als von meiner Seite.«

Regis schaute verblüfft drein. »Wie meinst du das?«

Mikhail nippte an seinem Wein und bemühte sich, seine Gedanken zu ordnen. »Als wir letzten Sommer nach Thendara ritten, hatte ich mit Marguerida eine sehr fruchtbare Diskussion über das Gleichgewicht der Macht zwischen den Domänen. Ich versuchte ihr zu erklären, weshalb sich meine Eltern einer Heirat mit ihr so sehr widersetzten.« Er hielt inne und nickte. »Marguerida schafft mit ihren Fragen oft Klarheit. Der Mann, der sie einmal zur Frau bekommt, wird in ihr eine kluge Beraterin haben.«

»Sie hat sich während des Tumults in der Kristallkammer wirklich bemerkenswert verhalten«, unterbrach Danilo, »und ich erinnere mich, dass ich damals genau den gleichen Gedanken hatte.«

Er grinste, als er an die Szene zurückdachte. »Ihr habt euch alle angeschrien, und sie konnte euch Einhalt gebieten, indem sie erklärte, dass ihr euch gerade wie Dummköpfe und nicht wie intelligente Menschen benehmt. Dass sie Klarheit schafft, ist das richtige Wort.«

»Ja, ja, ich weiß, du hältst sie für ein Vorbild unter den

Frauen, Danilo! Vielleicht wäre es die beste Lösung, wenn *du* sie heiratest!«

Regis sah sich zwei erstaunten und wütenden Augenpaaren gegenüber und wurde feuerrot im Gesicht.

»Das wäre sicher eine Lösung«, sagte Danilo gedehnt, »allerdings würde ich ihr nicht zustimmen. Marguerida hat Angst vor mir, zwar nicht mehr ganz so viel wie bei unserer ersten Begegnung, aber ihr ist in meiner Gegenwart immer noch alles andere als wohl zu Mute. Und was noch schlimmer ist – ich fürchte sie ebenfalls. Eine Heirat kommt also unter keinen Umständen in Frage!« In seinen Worten lag eine ruhige Endgültigkeit. »Fahrt bitte fort, Mikhail. Ich bin an Euren und Margueridas Gedanken sehr interessiert, auch wenn Regis nicht die Geduld zum Zuhören hat.«

»Jetzt weist du mich aber in die Schranken«, beschwerte sich Regis. »Dieses Treffen verläuft ganz anders als beabsichtigt.«

Mikhail hatte Danilo Syrtis-Hastur nie als einen möglichen Verbündeten angesehen, erst recht nicht, wenn es um Regis ging. Das Eingreifen des Friedensmannes überraschte und rührte ihn, und er warf Danilo einen dankbaren Blick zu. »Ja, ich weiß. Du hast sicher erwartet, dass ich mich deinen Wünschen beuge und zum Wohle Darkovers in eine Heirat mit Gisela einwillige. Ich weiß, ich bin keine Privatperson, ich habe gewisse Pflichten und Verpflichtungen, solange ich dein rechtmäßiger Erbe und außerdem Regent von Elhalyn bin.«

»Es war nur so eine Idee«, murmelte Regis und schoss giftige Blicke gegen die beiden. »Ich hatte gehofft, den Aldarans auf die übliche Weise zu mehr Ansehen verhelfen zu können, durch eine anständige Heirat eben. Ehrlich gesagt, habe ich nicht erwartet, dass sie tatsächlich so schnell vor der Tür stehen würden – vielleicht hat die *Damisela* ihren Vater überredet, die Dinge ein wenig zu beschleunigen. Ich hatte eigentlich nicht die Absicht, die beiden vor Mittsommer hierher nach Thendara einzuladen. Ich stehe seit mehr als einem Jahr in sehr vorsichtigen Verhandlungen – sehr schwierigen, denn Damon gerät bestenfalls leicht in Wut. Du bist nicht mehr der Mann, den ich nach Haus Halyn geschickt habe, Mikhail!«, fuhr Regis fort. »Ich werde mich erst daran gewöhnen müssen – bitte lass mir Zeit. Deine Erfahrungen haben dich verändert, und offen gestanden weiß ich im Augenblick nicht so recht, was ich mit dir anfangen soll.« Er machte ein gequältes Gesicht. »Ich nehme an, ein Appell an dein Pflichtgefühl würde nichts nutzen, oder? Das habe ich mir schon gedacht. Warum sind meine besten Pläne nur immer zum Scheitern verurteilt? Ich hielt es für eine so nette Lösung.«

»Ich nicht«, fauchte Danilo. »Wie konntest du dir einbilden, dass Mik Gisela heiraten würde, obwohl sowohl Lady Linnea als auch ich dir erklärt haben, dass es entweder Marguerida wird oder keine? Wirst du langsam taub, oder hörst du nur noch auf deinen eigenen Rat?«

»Du bist aber sehr streng, mein Freund, und vielleicht habe ich es auch nicht anders verdient. Fahr bitte fort, Mikhail, ich werde versuchen, dir zuzuhören.« Er lächelte plötzlich, und sein Gesichtsausdruck war bezaubernd. »Und Danilo läutet zweifellos eine Glocke über meinem Kopf, wenn ich es nicht tue.«

Mikhail war sehr erstaunt über diese plötzliche Wendung. Er hatte sich immer vorgestellt, Danilo würde Regis immer nur zustimmen, und dass es nicht so war, vermittelte ihm einen tiefen Einblick in die lebenslange Freundschaft zwischen den beiden. Wie viele andere neigte Mikhail dazu, Danilo Syrtis-Ardais nicht besonders ernst zu nehmen und zu vergessen, dass er ein äußerst intelligenter Mann mit sehr klugen eigenen Ansichten war. Zum Teil lag das an Danilos Geschick, stets im

Hintergrund zu bleiben, er konnte die meiste Zeit geradezu unsichtbar wirken.

»Ich habe Marguerida erklärt, dass das Gleichgewicht der Macht eine große Rolle in der Geschichte der Domänen spielte, damit keine Familie mächtiger als eine andere wurde. Und seit der Verbannung der Domäne Aldaran aus unseren Räten wurde es bedeutend schwieriger, dieses Gleichgewicht zu erhalten. Die Aldarans waren schon sehr mächtig, als sie noch mit im Spiel waren, und sind in gewisser Weise noch mächtiger geworden, seit man sie ausgeschlossen hat. Wenn wir irgendwann einmal wieder die Sieben Domänen sein wollen, statt sechs, müssen wir danach streben, eine möglichst gute Balance zwischen den Familien zu bewahren. Andernfalls führen wir wieder zahlreiche Fehden, wie zur Zeit der Hundert Königreiche und früher, und werden somit zu einer leichten Beute für die Terraner. Indem du eine Heirat zwischen Gisela und mir vorschlägst, würdest du die anderen Domänen außerordentlich provozieren. Lady Marilla Aillard wäre garantiert außer sich, und mein Vater würde sich einer solchen Verbindung ebenfalls widersetzen, weil aus seiner Sicht dadurch viel zu viel Macht in meine schwieligen Hände gelegt würde.« In der Tat waren Mikhails Hände inzwischen so rau wie die eines Bauern.

»Wie sind sie überhaupt in diesen elenden Zustand geraten, Mik? Das wollte ich dich schon seit deiner Ankunft fragen.« Danilos Frage entsprang durchaus echter Neugier, aber Mikhail wusste, dass er Regis dadurch auch Zeit geben wollte, das eben Gehörte zu verdauen.

»Ach, wenn du den ganzen Tag Ställe ausmistest, Strohballen in die Scheune hievst und Getreidesäcke in die Küche schleppst, wenn du Nägel in die Wand hämmerst und noch ein Dutzend andere Hausarbeiten erledigst, dann sehen deine Hände bald auch so aus.«

»Ich hatte ja keine Ahnung, dass die Zustände in Haus Halyn so schlimm sind.«

»Es hat mir nichts ausgemacht, außerdem hat es eine große Sympathie für das arbeitende Volk in mir geweckt, die ich sonst vielleicht nie entdeckt hätte. Ich habe die Arbeit sogar fast genossen, Danilo. Es war etwas Handfestes und man konnte ein Ergebnis sehen. Nicht dass ich mein ganzes Leben auf der faulen Haut gelegen hätte, aber man hat mich zumeist von den schmutzigen Arbeiten fern gehalten. Außer dass ich hin und wieder einen Brand bekämpft habe, hatte ich es recht einfach. Mist schaufeln lässt einen die Dinge völlig anders sehen.«

Regis und Danilo lachten dröhnend. »Ich hätte nie gedacht, dass ich dich einmal so reden höre«, sagte Regis, als er sich wieder im Griff hatte. Dann wurde er nachdenklich. »Ich hätte wohl Dani schon längst zu meinem offiziellen Erben erklären und die Situation damit regeln sollen, hab ich Recht?«

Danilo und Regis wechselten einen Blick, den Mikhail nicht ganz deuten konnte. Eine tiefe Traurigkeit lag in ihren Augen. Mikhail fragte sich wie schon einige Male zuvor, ob er vielleicht nicht alles über Regis' Sohn wusste und ob er einen Fehler hatte, der ihn als Erben ungeeignet machte. Der Junge schien ganz in Ordnung zu sein, bis auf den permanenten ängstlichen Blick und seine ausgeprägte Vorliebe für Poesie.

»Du wirst irgendwann noch mal für deine vorschnellen Aktionen bezahlen müssen, Regis. Du hast schließlich einen Eid geleistet, und wenn du ihn brichst, wirst du einen großen Teil des Vertrauens einbüßen, das du dir über die Jahre erworben hast.« Danilo sprach ernst und sehr langsam, als wüsste er genau, dass er sich auf gefährlichen Grund begab.

»Wovon redest du?«, fragte Mikhail äußerst verwirrt.

Regis hielt seinen leeren Becher hoch und reagierte nicht, bevor Danilo ihm nachgeschenkt hatte. »Ich habe versprochen, dass du mein Erbe sein wirst, wie du weißt, und zwar bevor ich meine liebe Linnea traf und eigene Kinder bekam.«

»Das weiß ich.«

»Ja und nein. Der Wortlaut war ziemlich verzwickt und seine Interpretation noch mehr. Wie Danilo mich nur zu gern erinnert, habe ich das Versprechen überhastet und unüberlegt abgegeben, und es besagt, dass du mein Erbe sein wirst, egal, was geschieht. So deuten es zumindest Javanne und eine Reihe anderer Leute. Deshalb habe ich bisher nichts unternommen – in der Hoffnung, die ganze Angelegenheit würde sich irgendwann von selbst erledigen. Ich will nicht als Regis der Wortbrecher in die Geschichte eingehen, Mikhail. Als du mich vorhin angefaucht hast, dass du dein Wort niemals brichst, war ich von mir selbst angewidert.«

»Das tut mir Leid, Onkel Regis. Ich hatte ja keine Ahnung. Das wollte ich nicht.«

»Schon gut. Jedenfalls sitze ich in der Klemme und muss sowohl dich als auch meinen Sohn im Unklaren lassen. Ich hoffte das Problem dadurch lösen zu können, dass ich dich zum Regenten von Elhalyn bestimmte. Javanne hat mir beinahe den Kopf abgerissen – sie hat meine Pläne wie immer durchschaut.« Er seufzte. »Danilo hat mir noch davon abgeraten, aber ich habe nicht auf ihn gehört.«

»Jetzt ist mir zumindest einiges klarer. Wenn ich dich recht verstehe, kannst du dieses Dilemma nur lösen, wenn ich von einer Steilwand stürze und mir den Hals breche oder wenn Dani dasselbe widerfährt?«

Regis nickte bekümmert. »Ich habe dich wohl alles andere als fair behandelt, Mikhail?«

»Ja und nein. Du warst mir immer ein guter Onkel und ein besserer Vater als mein eigener, ein Lehrer und ein Führer. Viel schlimmer finde ich, was du deinem Sohn angetan hast.

Kein Wunder, dass er mich immer so gereizt ansieht. Es überrascht mich, dass er mir nicht den Tod wünscht – na ja, wahrscheinlich hat er es schon getan.«

»Vielleicht hat er es wirklich getan, und zweifellos war ihm hinterher schrecklich zu Mute, denn er ist ein sehr ernster Junge. Zu ernst, fürchte ich.«

»Dabei sah er nicht ernst aus, als er Miralys Elhalyn vorhin angestarrt hat, Regis – er sah eher wie vom Donner gerührt aus!« Danilo lächelte in sich hinein und wirkte dabei auf Mikhail wie ein gerissener Fuchs.

»Ja, ich habe es bemerkt, einerseits war ich unglaublich erleichtert, weil er bisher nicht das geringste Interesse für Mädchen gezeigt hat, andererseits fühlte ich mich unglaublich alt! Natürlich ist Miralys sehr hübsch, aber ich halte ihre Schwester für den wahren Schatz.«

»Als ich in Haus Halyn war, Onkel Regis, habe ich oft bedauert, dass wir keine Königin aus der Elhalyn-Linie bestimmen können, statt eines Königs. Die beiden Mädchen schlagen ihre Brüder um Längen.«

»Na, da würde der Rat aber lautstark protestieren!«

»Warum hatten wir eigentlich nie eine Königin, wenn ich fragen darf?«

»Ich weiß es nicht, mein Junge. Aber es widerspricht jeglicher Tradition, und ich denke, ich habe schon so oft gegen Traditionen verstoßen, dass ich es mir nicht ein weiteres Mal erlauben kann.«

»Wann denn?«

»Zum Beispiel, als ich Herrn Aldaran vor acht Jahren ins terranische Abgeordnetenhaus geschickt habe. Und als ich ihm den Senatorenposten angeboten habe, als Lew Alton zurücktrat.«

»Das war doch kein Verstoß gegen die Tradition, Regis, das war einfach nur eigenmächtig!«

»Was für eine scharfe Zunge du heute Abend hast, Danilo. Was hättest du an meiner Stelle getan?«

»Nichts anderes, aber ich wäre vielleicht ein wenig feinfühliger vorgegangen«, antwortete der Friedensmann vollkommen ungerührt.

»Manchmal ist eben Feinfühligkeit angebracht und manchmal Kühnheit – das Problem ist nur, dass man wissen muss, wann welche Zeit ist.« Regis wandte sich an seinen Neffen. »Deiner Meinung nach, Mikhail, wäre eine Heirat zwischen dir und Gisela Aldaran also nicht nur unpassend, sondern sie würde auch mehr schaden als nützen. Vielleicht hast du sogar Recht. Hast du denn einen besseren Vorschlag?«

Mikhails Gesicht verzog sich zu einem breiten Lächeln. »Ich kann nur immer wieder darauf hinweisen, dass meine Brüder Gabriel und Rafael noch unverheiratet sind und – da sie keinen Anspruch auf den Thron haben – beide viel eher für eine solche Heirat in Frage kommen.«

»Die Vorstellung scheint dich zu erheitern.«

»Na ja, Gabriel und Gisela ergeben schon ein komisches Bild, oder? Obwohl er sicherlich ein besserer Ehemann wäre als der alte Bertrand. Was hat sich *Dom* Damon nur dabei gedacht, sie an diesen alten Säufer wegzugeben?«

»Vermutlich war die Auswahl an geeigneten Gatten für seine Tochter nicht sehr groß, aber du hast Recht, ich hätte auch nicht zugelassen, dass meine Mädchen an so einen alten Kerl gekettet werden. Angeblich hat Damon es nur getan, damit sie nicht mit irgendeinem Terraner durchbrennt. Ich wollte, ich wüsste die genauen Einzelheiten! Nur der Anstand hält mich davon ab, zu fragen. Anscheinend treiben sich eine Menge Terraner oben in den Hellers herum, mehr als ich dachte, und einige sind wohl ganz annehmbar.« *Das gefällt mir übrigens auch nicht. Die Dinge entgleiten mir mehr und mehr. Verdammt!*

Mikhail sah seinen Onkel wütend an. »Meinst du, wir werden auf Darkover je so weit kommen, dass wir unsere Frauen nicht mehr wie unmündige Kinder behandeln, sondern sie ihr Leben selbst bestimmen lassen?«

Regis sah verblüfft aus. »Nein, das glaube ich nicht. Nicht solange es *Laran* gibt und wir es so hoch schätzen. Ich höre Marguerida Alton aus deinen Worten heraus – sie hat einen großen Einfluss auf dich, und nicht immer zu deinem Besten, wie ich finde.«

Mikhail war getroffen und spürte, dass er rot wurde. »Sie ist die großartigste Frau, die ich kenne, und ihr Einfluss auf mich hat bewirkt, dass ich Darkover mit neuen Augen sehe und unsere Stärken und Schwächen deutlicher erkenne.«

Regis starrte seinen Neffen einen Augenblick ernsthaft wütend an. Dann entspannte sich seine Miene wieder, und ein gequältes Lächeln stahl sich auf seine Lippen. »Verdammt, ich fühle mich unglaublich alt, wenn ich dich so höre!«

16

Margaret wachte auf.

Im ersten Moment wusste sie nicht genau, wo sie war. Dann ließ das leise Stöhnen des Windes vor ihrem Zimmer sie wieder zu sich kommen. Sie lauschte den Böen und roch den nassen Schnee, vermischt mit dem Rauch von Holzfeuer, und dem ganz eigenen Duft der seidenen Wandbehänge in ihrem Zimmer. Sie war im Turm von Neskaya, und der Sturm, der die letzten beiden Tage gegen die Mauern gepeitscht hatte, zog langsam ab. Margaret fiel auf, wie wetterkundig sie in der kurzen Zeit geworden war, und hatte das angenehme Gefühl, vorangekommen zu sein. Das Wetter vorauszusehen war sehr viel leichter, als telepathische Fähigkeiten beherrschen zu lernen.

Sie hatte wieder geträumt. Erst dachte sie, sie hätte von den Schlafsälen an der Universität geträumt, aber nun erinnerte sie sich wieder an den Ort mit den endlosen Fluren. Sie hatte wieder nach etwas gesucht. Sie seufzte, drehte sich zur Seite und kuschelte sich in die Decke.

Was hatte sie wohl gesucht? Wenn sie sich doch nur erinnern könnte!

Sie hatte das Gefühl, als ob sie ihr ganzes Leben lang durch düstere Flure an verdunkelten Zimmern vorbeigelaufen wäre und nach etwas gesucht hätte. Früher waren diese nächtlichen Ausflüge oft voller Schrecken gewesen. Inzwischen kannte sie die Quelle dieser Erinnerungen, und sie jagten ihr keine Angst mehr ein. Oder, wenn sie ehrlich war, nicht mehr ganz so viel.

Istvana Ridenow, ihre Lehrerin und inzwischen auch ihre Freundin, war der Meinung, dass Margaret den Schatten, den Ashara Alton all die Jahre über sie geworfen hatte, wahrscheinlich nie mehr ganz loswürde. Sie hatte Margaret in

Techniken unterrichtet, die Geist und Seele beruhigten, und das hatte viel geholfen. Doch immer noch genügte allein der Gedanke an jene schreckliche Frau, die Margaret als Kind in ihren Bann geschlagen hatte, und sie zitterte am ganzen Körper. Der Verstand sagte ihr, dass Ashara nicht mehr existierte. Sie selbst hatte vor Monaten zerstört, was von der Bewahrerin übrig gewesen war. Gefühlsmäßig war sie hingegen noch nicht restlos überzeugt.

Margaret Alton roch die mit Balsam parfümierten Decken und Laken, die ihren Körper einhüllten, aber sie bemerkte auch den seltsamen Geruch der großen energiegeladenen Matrizen, die über ihr arbeiteten. Wenn sie nach oben blickte, sah sie die Seidenbahnen, die von der Decke hingen und riesige Schatten ins Zwielicht des Zimmers warfen. In einer Ecke stand ihre kleine Harfe und daneben eine Holografie von Lew und Dio, darüber hinaus enthielt die Kammer jedoch nur wenig Persönliches. Margaret hatte auf dem Markt, den sie mit Caitlin Leynier besucht hatte, zwar einige nette Dinge entdeckt, aber sie kaufte nur ein paar Umhängetücher und einen Satz Unterröcke. Sie konnten nicht der Qualität von Aarons Kleidung standhalten, und Margaret wusste, dass sie in dieser Hinsicht einfach zu verwöhnt war. Sie wäre in weniger als einer Stunde zur Abreise von Neskaya bereit gewesen. Warum widerstrebte es ihr nur so, sich hier häuslich einzurichten?

Vielleicht lag es daran, dass ihr Leben so unstet gewesen war, bevor sie nach Darkover kam. Margaret wusste, dass diese allzu simple Erklärung nicht der wahre Grund für ihr Unbehagen war, Neskaya für einige Zeit zu ihrem Zuhause zu machen. Trotz Istvanas Bemühungen und des herzlichen Empfangs durch die anderen Bewohner des Turms blieb sie eine lustlose Schülerin.

Ungeachtet ihrer gegenteiligen Anstrengungen war Margaret sehr unruhig. Tief in ihrem Innern wusste sie, dass sie nicht lange in Neskaya bleiben würde. Sie konnte dieses Gefühl nicht genau benennen, aber es war da, weniger stark als eine Vorahnung, aber deutlich genug, um sie zu beunruhigen. Sie hatte ihre Gefühle Istvana gegenüber nicht erwähnt und sich die größte Mühe gegeben, sie zu verbergen. Doch Caitlin hatte Margaret schon mehrmals gefragt, was sie quälte, und sie hatte irgendwelche Ausreden erfinden müsse und kam sich hinterher furchtbar verlogen vor. Ihr Gefühl war nicht logisch erklärbar, und nachdem sie sich jahrelang auf die Logik verlassen hatte, stand sie ihm sehr misstrauisch gegenüber.

Bereits nach sechs Monaten kam es Margaret so vor, als hätte sie ihr ganzes Leben auf Darkover verbracht, und ein nicht eben ruhiges Leben dazu. Nein, es waren jetzt schon fast sieben Monate, und Margarets Herz schlug eine Spur schneller. Bald würde Rafaella kommen und sie zu Mittwinter nach Thendara begleiten. Es war alles schon vorbereitet. Wenn ihr die Winterstürme keinen Strich durch die Rechnung machten, würde sie schon bald ihren Vater und Mikhail wieder sehen. Margaret verscheuchte mit aller Strenge ihre Ängste. Der Gedanke an Mikhail war zu schmerzlich, um bei ihm zu verweilen.

Margaret streckte die Hand in dem Handschuh unter der Decke hervor und betrachtete sie im düsteren Licht des Zimmers. Die Matrix, die unter der Seide verborgen lag, kennzeichnete einen neuen Abschnitt in ihrem Leben, einen, mit dem sie sich noch nicht recht angefreundet hatte. Sie war immer noch Margaret Alton, eine wissenschaftliche Mitarbeiterin der Universität. Doch mit jedem Tag wurde sie mehr und mehr zu dieser anderen Person, dieser Marguerida Alton. Ihre entstellte Hand schien alles zu verkörpern, was sie bisher verloren und gewonnen hatte.

Es war schlimm genug gewesen, plötzlich eine Telepathin

zu sein, aber als sie auch noch die Befehlsstimme entdeckte, war es Margaret beinahe zu viel geworden. Sie hatte in Arilinn mit Liriel hart daran gearbeitet, aber nach ihrem Abenteuer in den Bergen schien es ihr ratsam, Istvana auch noch um Hilfe zu bitten. Sie hatte der *Leronis* nichts von den Banditen erzählt, aber sie hatte ihr gebeichtet, wie sie den kleinen Donal in die Oberwelt geschickt hatte. Istvana spürte mit Sicherheit, dass sie etwas zurückhielt, doch die Empathin war zu taktvoll, um sie zum Reden zu drängen.

Hierher zu kommen war eine gute Entscheidung gewesen, denn Istvana mit ihrem wohlverdienten Ruf der Erneuerin hatte einige nützliche Übungen ersonnen, die Margaret diesen Teil ihres *Laran* besser verstehen ließen. Wenn nur der Rest ebenso leicht zu zähmen wäre!

Margaret streckte ihre Hand wieder unter die Bettdecke. Die Überreste des Traums drängten machtvoll in ihren Geist. Sie hatte einige Minuten absichtlich nicht daran gedacht. Sie spürte den Traum wie einen Topf mit Wasser im Hintergrund ihres Bewusstseins köcheln, kurz vor dem Siedepunkt.

Wonach hatte sie nur gesucht? Der Traum war sofort verschwommen, als sie langsam wach wurde, aber ein beunruhigendes *Etwas* war hängen geblieben, wie der Geruch nach Rauch in einem leeren Haus. Sie hatte nicht wirklich nach etwas gesucht, nein. Es war vielmehr, als hätte ihr jemand zugerufen.

Bei dieser Überlegung schweiften Margarets Gedanken sofort zu Mikhail Hastur. Er weilte im Augenblick in Thendara und versuchte wohl kaum mitten in der Nacht sie zu erreichen. Das hatte er während seines Aufenthalts in Haus Halyn zwar gelegentlich getan, aber seit seiner Rückkehr in die Stadt hatte er nur tagsüber mit ihr Kontakt aufgenommen. Es konnte natürlich sein, dass er von ihr geträumt hatte. Das wäre nicht ihr erstes Stelldichein in einem Traum gewesen. Es war jedes Mal so süß und zärtlich, dass sie mit einem Lächeln auf den Lippen erwachte.

Nun ja, nicht immer nur zärtlich, räumte sie ein und spürte, wie ihr Gesicht im Dunkeln heiß wurde. Er war immerhin ein Mann mit einer gesunden sexuellen Energie. Sie hatte Bilder von ein paar Träumen aufgeschnappt, die so leidenschaftlich, so zutiefst freizügig waren, dass sich Margaret fast vergewaltigt vorkam, wenn sie aufwachte. Es war sehr erregend, aber gleichzeitig krümmte sie sich dabei. Sie konnte sich immer noch nicht überwinden, an den Ernstfall zu denken – dieses heiße, verschwitzte, stöhnende Ereignis, das eines Tages vielleicht auf sie wartete. All die Jahre des Überschattetseins hatten eine tiefe Abneigung gegen alles Körperliche in ihr hervorgerufen, die sie möglicherweise nie überwinden würde.

Margaret riss sich von diesen Erinnerungen los und versuchte an etwas anderes zu denken. Der arme Mikhail! Er litt so sehr darunter, wie er die Angelegenheit mit Priscilla und ihren Kindern gehandhabt hatte, obwohl Margaret ihm mehrfach versicherte, dass er sein Bestes getan habe. Sie kam zu dem Schluss, dass er ein bisschen wie ihr Vater war – ein übergroßes Verantwortungsgefühl und ein Perfektionist dazu. Der Gedanke ließ sie im Dunkeln lächeln. *Wie gewöhnlich von mir, dass ich mich ausgerechnet in einen Mann verliebe, der wie mein Vater ist. Nach all den Problemen, die ich mit Lew hatte, sollte man meinen, ich hätte sofort zugepackt, als ich einen normalen Mann wie Rafael Lanart haben konnte. Gabriel allerdings nicht. Langeweile ist eine Sache, Wahnsinn eine andere. Gabriel Lanart-Alton hätte mich innerhalb von zehn Tagen zur Raserei getrieben.*

Es passte Margaret nicht, wie sehr sie Mikhail vermisste, wie sehr sie seine Abwesenheit als ein Loch in ihrem Innern empfand. Sie fühlte sich jedes Mal ohnmächtig, wenn sie an ihn dachte, und das gefiel ihr nicht. Alle Gefühle, die sie als

Heranwachsende hätte lernen müssen – die gesunde, natürliche Lust, die rasende Verliebtheit in einen hübschen Jungen –, waren durch Asharas Einmischung unterdrückt worden. Doch Margaret konnte der Sehnsucht nach Mikhails Lachen nicht entkommen, nach dem Klang seiner Stimme und den Fältchen, die er dann um die Augen hatte. Und Mikhail war der einzige Mensch, mit dem Margaret über alles sprechen konnte – nicht einmal ihr Vater war so zugänglich.

Widerstrebend lenkte Margaret ihre Gedanken von Mikhail weg und versuchte sich wieder auf den Traum zu konzentrieren, der immer noch in ihrem Kopf herumspukte. Sie hatte schon viele solche Träume gehabt, jede Menge Flure und geschlossene Türen, düstere Orte. Manchmal träumte sie auch von den Schlafsälen an der Universität, doch dann ging sie wieder durch ein Labyrinth, das sie an Burg Comyn erinnerte. Sie hatte dabei immer den Eindruck, dass sie nach etwas suchte, auch wenn sie nicht wusste, wonach.

Dieser Traum war anders. Sie hatte weniger das Gefühl, dass sie etwas suchte, als dass etwas nach ihr suchte. Ihren Namen rief. War es nur irgendein Träumer, Mikhail oder sonst jemand, oder war es etwas völlig anderes?

Beim Gedanken an ihren Namen, Margaret Alton, hatte sie den Eindruck, dass es kein Träumer war. Was es auch war, es fühlte sich alt an. Oder altertümlich, besser gesagt. Sie schauderte und zog die Bettdecke fester um ihre Schultern. Wenn sie an etwas Altertümliches dachte, kamen die Erinnerungen an eine funkelnde Kammer und an Ashara Alton wieder auf. Hatte sie vielleicht doch nicht den letzten Rest dieser alten Frau in der Oberwelt zerstört?

Margarets Handfläche brannte unter dem weichen Handschuh, und sie verspürte entlang der Energielinien ein Pochen. Es war nicht besonders schmerzvoll, aber von durchschlagender Kraft. *Nichts ist je völlig zerstört, oder? Ich will nicht zurück in die Oberwelt, weder jetzt noch irgendwann! Was willst du von mir? Wer du auch bist, lass mich in Ruhe!*

Sie zitterte und keuchte so heftig, als wäre sie kilometerweit gerannt, statt in ihrem Bett zu liegen. Margaret versuchte, ihre wachsende Hysterie zu besänftigen. Es war Wochen her, seit sie ihren letzten Angstanfall gehabt hatte, und sie hatte gedacht, das wäre vorbei. Ashara Alton lebte nicht mehr, und sie konnte ihr nicht mehr wehtun. Tränen liefen Margaret übers Gesicht, während sie mit ihren Ängsten kämpfte.

Da klopfte es leise an der Tür, und Margaret fuhr zusammen. »Was ist?«, rief sie mit hoher, kindlicher Stimme.

Istvana Ridenow öffnete die Tür und trat ein. »Dasselbe wollte ich dich fragen. Liebes Kind, der Hälfte aller Techniker im Turm schlottern die Knie. Ein Glück, dass wir gerade nichts Lebenswichtiges getan haben. Was ist denn los?«

»Zum Teufel mit der Alton-Gabe! Ich wollte nicht senden, und man sollte meinen, mit der vielen Seide um mich herum könnte ich es auch gar nicht. Ich hatte einen Traum, keinen wirklich bösen, aber einen recht unheimlichen. Es war die gleiche alte Geschichte, die ich seit Jahren träume. Ich war an einem Ort mit vielen Gängen und verschlossenen Türen. Ich hatte diese Träume schon immer, aber in letzter Zeit scheinen sie sich zu häufen.«

»Ja, ich weiß. Du hast mir von einem oder zwei erzählt. Inwiefern war dieser hier anders?«

»Ich hatte das Gefühl, als würde mich jemand rufen, und da musste ich an ... *sie* denken! Das hat mich wahnsinnig erschreckt!«

»Schon gut, *Chiya*. Ashara lebt nicht mehr, und sie kann dir auch nicht mehr wehtun.«

»Erzähl das mal meinem Unterbewusstsein!« Der Zorn kochte in ihren Adern, und ihre Angst zerstreute sich wieder. Wut half, aber sie wollte nicht wütend sein. Es erinnerte sie allzu sehr an Lew Altons unerklärliche Tobsuchtsanfälle, die sie als Kind miterlebt hatte, auch wenn sie im Gegensatz zu ihm nie Geschirr zertrümmerte oder die halbe Nacht schrie. Die Wut ließ in Margaret ein Gefühl der Hilflosigkeit zurück, trotz ihrer reinigenden Kraft.

Istvana antwortete nicht. Stattdessen setzte sie sich in den Sessel gegenüber von Margarets Bett und schloss die Augen. Margaret wartete still, und die Angst verblasste nun vollends. Sie betrachtete die zierliche Frau, deren blondes Haar langsam grau wurde, und ein zartes Lächeln spielte um ihren Mund. Istvana sah Dio sehr ähnlich, und sie hatte dieselbe beruhigende Ausstrahlung, die auf Margaret stets gewirkt hatte. Allerdings schmerzte es, sie anzusehen, denn Margaret wusste nicht, ob sie Dio je wieder lebend und wohlauf sehen würde.

»Ja, du hast Recht. Irgendetwas hat nach dir gerufen. Ich habe es ebenfalls gehört, aber ich habe nicht weiter darauf geachtet. Ich habe angenommen, dass es Mikhail war.« Istvana sprach langsam, als sei sie tief in Gedanken.

»Wieso das denn?« Margaret spürte, wie sie feuerrot wurde.

»*Chiya*, wir alle wissen ... es ist kaum zu übersehen, wie sehr ihr beiden euch mögt. Aber es ist unglaublich süß. Normalerweise ist es doch mit einer jungen Liebe, als würde man die Ziegen im Frühjahr beobachten: lustig, aber ein bisschen derb. Deine Traumbegegnungen mit Mikhail sind hingegen sanft und zärtlich und zurückhaltend, größtenteils.« Istvana senkte für einen Augenblick den Kopf, und Margaret wusste, dass sie auch die Bilder jener anderen, fast pornografischen Träume aufgefangen hatte.

»Oh, verdammt! Ich habe fast schon befürchtet, dass ich meine grenzenlose Begierde im ganzen Turm herumschreie.«

Istvana lachte so heftig, dass ihr die Augen tränten. »Es tut mir Leid, Marguerida. Es ist nicht nett von mir zu lachen«, sagte sie, als sie wieder bei Atem war. »Mit unverhüllter Begierde wäre übrigens leichter umzusehen. Aber dein Verlangen gleicht einem anhaltenden Schmerz. Meinst du, dein Onkel Gabriel wird jemals nachgeben?«

»Er ist wahnsinnig stur.«

»Ich habe Maultiere gekannt, die umgänglicher waren«, stimmte die *Leronis* trocken zu.

Dom Gabriel und Istvana hatten sich vor einigen Monaten auf Burg Ardais wegen Marguerida fast geprügelt. Sie schien nichts als Ärger zu machen, wo sie auch hinkam. Sie wünschte, sie könnte weglaufen und dem ganzen unglaublichen Durcheinander entfliehen. Aber im Augenblick lag fast ein Meter Schnee rund um den Turm – und das war angeblich sogar noch wenig, und der Winter sollte mild werden! Die Wege in den Bergen waren jetzt bereits schwierig und würden bald unpassierbar sein. Wo wollte sie außerdem hin? Zum Mond?

Bei diesem Gedanken musste Margaret lachen, und es ging ihr gleich wieder besser. »Als mein Vater nach Darkover kam, dachte ich, alles würde geregelt, aber irgendwie herrscht immer noch ein großes Durcheinander. Und anscheinend kann ich es nicht entwirren, egal, wie viel ich darüber nachdenke. Ich glaube, es ist wie mit dem Berge versetzen – eine nette Metapher, aber wesentlich leichter gesagt als getan.«

»Hier herrscht zwar kein völliges Durcheinander, aber ... Doch zurück zu diesem Rufen. Ich halte es für sehr wichtig. Ich dachte, es ist Mikhail, und wahrscheinlich habe ich deshalb erst darauf geachtet, als du dich so aufgeregt hast, aber wenn ich mich jetzt recht erinnere, habe ich seine Stimme gar nicht gehört. Es war allerdings ein Mann, keine Frau, also kannst du ruhig aufhören, dir wegen Ashara Sorgen zu machen.«

»Ja, du hast Recht. Es war eine tiefe Stimme – Basso profundo, nicht ein heller Tenor, wie der von Mik. Sie klang fast wie das Grollen der Erde. Und ich kenne niemanden, der eine solche Stimme hat. Glaub mir, ich weiß über Stimmen Bescheid. Manchmal wünsche ich mir sehnlichst, ich würde wieder umherziehen und alte Lieder aufnehmen, anstatt den richtigen Umgang mit meinen Gaben zu lernen. Es tut mir Leid. Alle Leute hatten große Geduld mit mir, sehr viel Verständnis und alles. Aber ich fühle mich immer noch eingesperrt.« Margaret hielt inne. »Und wenn ich von diesen Fluren und Labyrinthen träume, ist es sogar noch schlimmer. Das war mir gar nicht bewusst, bevor ich es ausgesprochen habe.«

»Labyrinthe? Die hast du früher schon mal erwähnt – als du dich von der Schwellenkrankheit erholt hast. Ich hatte es schon wieder vergessen.«

»Ich auch – und ich habe absolut nichts vermisst dabei! Es gibt eine Menge Dinge, die ich sehr gern aus meiner Erinnerung verbannen würde.«

»Bitte erzähl mir noch einmal von den Labyrinthen.« Istvana lehnte sich in ihrem Sessel zurück und hüllte sich fester in ihre Gewänder. Es war kühl im Raum, wenn auch nicht richtig kalt, denn der Turm war gut beheizt. Margaret zog ein gestricktes Umhängetuch aus der Kommode neben dem Bett und warf es der Bewahrerin zu, dann nahm sie sich ebenfalls eins. Sie hatte inzwischen ein halbes Dutzend davon, alle aus weicher Wolle oder mit feiner Seide durchsetzt und in den grünen oder rotbraunen Farbtönen, die sie bevorzugte. Manchmal trug sie sogar mehrere auf einmal.

Als beide ihre Tücher umgelegt hatten, runzelte Margaret die Stirn. »Als ich das erste Mal auf Burg Comyn war – als Rafe Scott mich begleitete, meine ich, nicht als kleines Mädchen –, hatte ich das Gefühl, dass ich ein Labyrinth sehe, das durch die ganze Burg verläuft. Ich dachte, ich hätte es mir nur eingebildet, aber später fand ich heraus, dass es in der Burg tatsächlich ein Labyrinth gibt. Ich vermute, es handelt sich dabei um einen Teil von Asharas Erinnerung, denn ich konnte nicht viel darüber in Erfahrung bringen. Ich weiß nur, dass ich mich notfalls mit verbundenen Augen auf Burg Comyn zurechtfinden würde.«

»Interessant. Ich habe schon mal von dem Labyrinth gehört, aber wie du nicht viel an verwertbaren Informationen darüber entdeckt. Warst du in deinem Traum in diesem Labyrinth?«

»Nein. Aber es war ähnlich. Hat der Architekt von Burg Comyn noch etwas anderes gebaut?«

Istvana lachte wieder. »Architekt? Falls es tatsächlich einen gab, ist sein Name längst vergessen. Soviel ich weiß, wurde die ursprüngliche Burg Comyn über einen langen Zeitraum gebaut, zwei oder drei Generationen. Wie die meisten Gebäude auf Darkover ist sie im Laufe der Jahre immer weiter gewachsen. Und das Gebäude, das du kennst, wurde erst sehr viel später darüber errichtet.«

»Das habe ich mir schon gedacht. Wer könnte etwas darüber wissen?«

»In Nevarsin könnte es Aufzeichnungen über die Geschichte der Burg geben. Die *Christoforos* besitzen sehr viele alte Texte.«

»Die zweifellos in irgendeinem feuchten Keller verschimmeln«, sagte Margaret säuerlich.

»Na, na. Die Mönche in Nevarsin gehen sehr pfleglich mit ihren Büchern um. Warte mal! Da meldet sich irgendetwas. Mein Kopf ist schon die ganze Nacht voller Geschichten. Tanzende Steine. Irgendetwas über tanzende Steine. Ah, jetzt weiß ich es wieder. Mein altes Kindermädchen hat mir die Geschichte vor vielen, vielen Jahren erzählt, um mich zu beruhigen, wenn ich mal wieder quengelig war. Wahrscheinlich ist sie mir deshalb nicht eher eingefallen. Wer erinnert sich schon an seine schlechte Laune, stimmt's? Sie erzählte mir, wie die

Altons die heutige Burg Comyn in einer Nacht errichtet haben, indem sie die Steine zum Tanzen brachten. Das mit der einen Nacht ist natürlich Unsinn. Aber sie ließ keinen Zweifel daran, dass die Burg von den Altons erbaut wurde.«

»Du meinst, ich könnte eine Art ... vererbte Erinnerung davon haben?«

»Na ja, wenn du es so ausdrückst, klingt es schon recht weit hergeholt.«

Margaret kaute auf der Unterlippe und bemerkte, dass sie hungrig war. Sie hatte den Eindruck, als hätte sie seit ihrer Ankunft auf Darkover insgesamt zu viel Zeit mit Essen verbracht, aber sie wusste, dass ihr Körper noch nicht an das raue, kalte Klima und die körperlichen Anstrengungen der Telepathie angepasst war. Das Pfeifen des Windes erweckte in Margaret die Sehnsucht nach der Wärme von Thetis und dem Duft des Meeres. Schnee war dort etwas Exotisches. Überhaupt waren die meisten Planeten, die sie mit Ivor besucht hatte, tropischen oder zumindest gemäßigten Klimas gewesen. Darkover war nach Margarets Ansicht alles andere als mäßig, was das Wetter anging, und sie fragte sich, ob sie sich je daran gewöhnen würde. Sie befahl ihrem Magen, Ruhe zu geben, denn ihr kam plötzlich eine wichtige Frage in den Sinn. »Was ist eigentlich Gedächtnis?«

Istvana sah sie ein wenig verwirrt an. »Wieso, das woran wir uns erinnern natürlich.«

»Aber woher kommt das Gedächtnis? Ich meine, es gehört zu unserem Körper und ist deshalb physiologisch. Und wenn die terranischen Wissenschaftler Recht haben, besitzen alle unsere Zellen eine Art Gedächtnis – sie wissen, wie sie sich reproduzieren und auch wie sie sich reparieren können. Wer weiß, woran sie sich sonst noch zu erinnern vermögen?« Margaret hielt inne, überfordert von der Aufgabe, in *Casta* über DNA sprechen zu müssen. Auch wenn die Darkovaner seit

Jahrhunderten ihr *Laran* vererben, hatten sie offenbar nie ein geeignetes Vokabular entwickelt, um genetische Zusammenhänge zu beschreiben. »Ich vermute, ich kann das Labyrinth auf Burg Comyn deshalb sehen, weil es als Überbleibsel von Ashara oder einer der von ihr überschatteten Bewahrerinnen in meinem Gedächtnis blieb. Das ist jedenfalls die einzige Erklärung, die ich in Betracht ziehen kann, ohne mir um meinen Geisteszustand Sorgen zu machen.«

»Du bist enorm gewachsen seit unserer ersten Begegnung auf Burg Ardais, Marguerida. Ich hätte nie gedacht, dass du ihren Namen einmal ohne ein Beben in der Stimme aussprechen kannst.«

»Es fällt mir nicht leicht, das kannst du mir glauben!« Margaret versuchte, ihre große Freude über dieses Lob zu verbergen und ihren Hunger nach mehr. Sie mochte vielleicht den Hunger in ihrem Magen stillen, dachte sie, aber ihr Bedürfnis nach Anerkennung würde ein Leben lang unbefriedigt bleiben. »Ich komme mir immer noch oft wie ein kleines Kind vor.«

»Das tun wir doch alle. Ich glaube, wir wachsen nie aus dem kindlichen Gefühl des Nicht-Wissens heraus. Wie viel wir auch lernen, es gibt immer noch mehr. Sag, kannst du dich abgesehen von der Stimme, die deinen Namen rief, noch an etwas erinnern?«

»Da war noch etwas ... eine Art tiefer Gesang. Es klang fast wie ein Summen.«

»Ein Summen?«

Margaret runzelte die Stirn und konzentrierte sich, um die bruchstückhafte Erinnerung an diesen zum Verrücktwerden flüchtigen Klang zurückzuholen. Es war ein Wort, dessen war sie sich sicher. Ihre Handfläche wurde ganz warm unter dem Handschuh, die Energielinien pulsierten. Sie konnte das Wort beinahe auf der Zunge spüren, und sie ging verschiedene Laute durch. Ah, ba, da, fa, ga ... »ha!«

»Ha? Weißt du jetzt, was du gehört hast?«

»Nein. Das Wort fing mit einem ha-Laut an. Wie Hastur, aber das war es nicht. Kein kurzes ›ha‹ wie in Hastur, sondern ein ›hah‹, ein lang gezogener Klang. Ich glaube, an Hastur hätte ich mich problemlos erinnert. Der Rest des Wortes ist nur schwer fassbar.«

Istvana seufzte. »Ich hasse es, wenn mir mein Verstand solche Streiche spielt. Wenn mir ein Wort auf der Zunge liegt, und ich ...«

»Psst!« Margaret spürte wieder, wie sie rot wurde. Wie unhöflich, der *Leronis* das Wort zu verbieten. Aber Istvana hatte gerade etwas gesagt ... was war es noch gewesen? Sie versuchte sich, an den genauen Wortlaut zu erinnern: ... auf der Zunge *liegt*. Das war der Laut. »Lie.«

»Was?«

»Die Stimmte sagte *Hali*. Ich hab`s!« Sie atmete erleichtert auf.

»Hali? Du meinst den See auf dem Weg nach Thendara? Komische Gegend. Es läuft mir jedes Mal kalt über den Rücken, wenn ich dort vorbeikomme.«

»Nein, ich meine nicht den See. Habe ich dir denn nie von dem Ritt von Armida nach Thendara erzählt?« Sie sah in Istvanas ziemlich ausdruckslose Miene. »Ich ritt neben Onkel Jeff, und plötzlich fragte ich ihn, ob dieser Turm dort drüben Arilinn sei. Er machte ein sehr befremdetes Gesicht und sagte, nein, dort drüben sei nichts als die Ruine des Turms von Hali. Für meine Augen existierte der Turm in diesem Augenblick ganz real, und ich hatte das Gefühl, ich könnte hingehen und an die Tür klopfen. Tatsächlich hatte ich fast das Gefühl, ich müsste einfach hingehen und an die Tür klopfen. Es dauerte jedoch nicht lange, und später habe ich es so gut wie vergessen. Ich meine, es war nichts im Vergleich mit den Zwängen, die mir ... Ashara auferlegt hatte.« Margaret schauderte am ganzen Körper. »Ich fragte Jeff, was passieren würde, wenn ich den Turm betrat, und er sagte, er wüsste es nicht, und dann redeten wir über Zeit und Raum und eine Menge anderer Dinge.«

Istvana sah äußerst verwirrt aus. »Dort steht seit Hunderten von Jahren kein Turm mehr, Marguerida. Nur eine Ruine. Es muss eine Luftspiegelung gewesen sein. Der See von Hali ...«

»Mikhail hat ihn doch auch gesehen!«

»Wirklich? Oder hat er nur das Bild in deinem Kopf gesehen? Die Kraft der Einbildung kann sehr stark sein zwischen zwei ...«

»Er glaubte, den Turm zu sehen, und er spürte denselben Zwang, zu ihm zu gehen, wie ich. Ich weiß noch, dass ich damals dachte, ich würde eines Tages zurückkommen und ...«

»Und was?«

»Ich weiß nicht. Als ich den Turm sah und Jeff und ich über die Zeit sprachen, erwähnte er etwas namens Suche in der Zeit.«

Nun war Istvana offen besorgt. »Suche in der Zeit! Marguerida, du bist viel zu unerfahren, um auch nur an so etwas zu denken ... Ich weiß, dass Damon Ridenow – der Ältere, nicht Jeff – es einmal getan hat, aber er war sehr gewandt und hatte dafür jahrelang studiert. Und dennoch wäre er fast umgekommen dabei! Bitte, schlag dir diese Idee aus dem Kopf.«

Margaret fühlte die tiefe Sorge der *Leronis* und wollte ihr nicht noch größeren Kummer bereiten. *Aber wie zum Teufel soll ich mir die Sache aus dem Kopf schlagen? Das geht nicht – je mehr ich mich anstrenge, nicht daran zu denken, desto mehr dringt es in mein Hirn.* Sie zuckte die Achseln und wechselte das Thema. Sie kannte Istvana inzwischen gut genug, um zu wissen, dass es keinen Sinn hatte, mit ihr zu streiten, wenn sie sich einmal entschieden hatte. Hinter all ihrem Mitgefühl und ihrer Freundlichkeit war sie eine sehr entschlossene Frau. »Ich habe Hunger.«

Istvana sah erleichtert aus. »Du hast immer Hunger. Ich weiß, dass man von der Arbeit mit den Matrizen einen gesunden Appetit bekommt, aber du bist die beste Esserin, die mir je begegnet ist. Ich weiß wirklich nicht, wie du es schaffst, deine Figur zu halten. Wenn ich so oft essen würde wie du, ich würde aus allen Nähten platzen. In der Küche ist noch Suppe. Komm mit.«

Margaret stieg aus dem Bett, zog einen dicken Morgenmantel über und konzentrierte ihre Gedanken auf das sanfte Rumoren in ihrem Bauch. Sie wusste, dass sie sich verstellte, und sie hasste sich selbst dafür. Sie würde den Traum nicht vergessen und auch nicht die Stimme, die nach ihr gerufen hatte. Aber sie konnte im Moment nichts weiter tun, als das alles tief in ihrem Bewusstsein zu verstecken. Immerhin war es nur ein Traum.

Eine Stunde später, nach zwei Schüsseln kräftiger Suppe und mehreren dick mit Butter und Honig bestrichenen Scheiben Brot, war Margaret zum Bersten satt und sehr viel weniger ängstlich. Sie ließ Istvana allein und ging in ihr Zimmer zurück. Kaum hatte sie die Tür hinter sich geschlossen, begann ihre Hand zu pochen, und über den Augen juckte es höllisch. Im Laufe der letzten Monate hatte sie des Öfteren die Kontrolle über ihren Geist im Wachzustand erlangt; wenn jemand sie zu erreichen versuchte, verursachte das neuerdings dieses Jucken. Es war nicht angenehm, aber es weckte ihre Aufmerksamkeit.

Margaret setzte sich in den Sessel, lehnte sich zurück und lockerte ihre sorgsam gewahrte mentale Kontrolle ein wenig. Schon nach wenigen Sekunden hörte das Jucken auf, und sie spürte, wie sich eine vertraute Wärme in ihren Körper schlich. Manchmal konnte sie ein fremdes Bewusstsein nicht vom anderen unterscheiden, aber Mikhails erkannte sie immer sofort.

Wieso bist du um diese Zeit noch wach, Mik? Die seidenen

Wandbehänge in ihrem Zimmer erschwerten die Kommunikation, aber sie war im Augenblick zu träge von ihrem reichhaltigen Mahl, um noch woanders hinzugehen.

Wenn ich das nur wüsste. Ich war wohl niedergeschlagen und hatte Sehnsucht nach dir.

Ach, Mik! Margaret spürte, dass ihn etwas quälte, das ihm seit seiner Rückkehr nach Thendara auf der Seele lag, und sie fragte sich, was es wohl sein könnte. Sie dachte daran, dass er ihr nie richtig erzählt hatte, was in Haus Halyn vor sich ging, bevor alles vorüber war, und wurde ein wenig unruhig, weil er sie schon wieder ausschloss. Sie hatte gedacht, sie und Mikhail könnten über alles miteinander sprechen! Wahrscheinlich hatte es etwas mit den Elhalyn-Kindern zu tun, und er dachte wohl, dass es Margaret nicht interessierte.

Ich liebe es, wenn du so mädchenhaft auf mich reagierst.

Ich weiß. Das schmeichelt deinem männlichen Ego, richtig?

Werde nur nicht boshaft! Wie geht es dir?

Immer das Gleiche. Ich lerne und lerne und finde heraus, wie wenig ich weiß. Und ich träume. Apropos Träume: Du musst aufhören, dich so sehr nach mir zu sehnen. Die Leute reden schon über uns!

Lass sie doch reden. Außerdem kann ich sowieso nichts dagegen machen. Ich wollte nie ein Romeo sein, aber zwischen deinem Vater und meinem …

Ich weiß, ich weiß. Wenigstens sind wir nicht jung und dumm, und wir werden auch kein Gift nehmen oder dergleichen.

Nein. Falls ich jemanden vergiften sollte, dann nicht mich selbst. Aber weil du gerade von Träumen sprichst, ich hatte vor wenigen Nächten einen.

Ja, ich erinnere mich.

Den meine ich nicht, du verdorbenes Weibsstück. Gelegentlich träume ich noch von etwas anderem als von dir. Und die-

ser Traum war besonders, auch wenn ich mir zunächst nicht viele Gedanken darüber gemacht habe. Seit ich in Thendara bin, ist so viel geschehen, dass ein Traum nicht so wichtig war. Aber heute Nacht träumte ich ihn wieder, vor etwa zwei Stunden. Es war vielleicht nicht genau derselbe Traum, aber ... da war beide Male diese Stimme.

Tief und volltönend, als würde die Erde stöhnen?

Ja. Woher ...

Ich habe sie auch gehört. Und ich hörte meinen Namen, oder besser eine Abwandlung davon. Lass mich nachdenken. Ach ja, die Stimme rief »Margarethe«.

Aha. Ich hörte in meinem Traum Mikhalangelo statt Mikhail. Die Aussprache war sonderbar.

Na, du bist doch einer der Lanart-Engel. Hast du sonst noch etwas gehört?

Nur ein Wort – Mittwinter.

Mittwinter? Margaret war überrascht und ein wenig enttäuscht, denn sie hatte erwartet, dass Mikhail ebenfalls »Hali« gehört hatte. Es war, als hätten sie verschiedene Puzzleteile bekommen, die sie nun zusammenfügen mussten, um das Rätsel zu lösen. *Ist an Mittwinter irgendetwas Besonders? Ich kenne mich mit den darkovanischen Gebräuchen noch nicht so gut aus.*

Es ist eine Zeit der Feste, aber das Besondere am kommenden Mittwinter ist, dass die vier Monde von Darkover am Vorabend des Mittwinters alle gleichzeitig am Himmel zu sehen sein werden – oder auch nicht, denn meistens ist es im Winter noch bewölkter als im Sommer.

Wie oft erscheinen die Monde gleichzeitig, Mik? Astronomie war und blieb Margaret ein Rätsel. Sie kannte sich mit Musik aus, aber in drei Dimensionen zu denken überstieg ihre Fähigkeiten.

Nur ein paar Mal in jeder Generation, aber genau zu Mitt-

winter ist es seit Hunderten von Jahren nicht mehr vorgekommen. Die Wahrsager an den Straßenecken sind völlig aus dem Häuschen deswegen, sonst hätte ich es gar nicht gewusst. Priscilla Elhalyn hatte eine Vorliebe für Wahrsager, vielleicht achte ich deshalb mehr auf solches Geschwätz als früher. Mikhails geistige Stimme nahm einen düsteren Ton an.

Mein armer Mik! Wenn doch nur …

Wenn mir Onkel Regis doch nur nicht diese Regentschaft aufgehalst hätte.

Hör zu, Mik, wir hatten ähnliche Träume, aber in meinem war kein einziges Wort von Mittwinter zu hören.

Was hast du denn gehört?

Hali.

In Margarets Geist war eine Art mentales Seufzen zu vernehmen. *Ich hätte es mir denken können, oder? Wir wussten beide, als wir den Turm sahen, dass wir eines Tages zu ihm gehen würden.*

Mik, niemand wird uns zu dem Gespenst eines Turms laufen lassen, das weißt du genau! Du suchst doch nur nach einer Ausrede, um dem Durcheinander zu entfliehen, in das dich … dein Onkel gebracht hat. Sie kritisierte Regis Hastur nur ungern, nicht einmal maßvoll, aber manchmal konnte sie nicht anders. Gleichzeitig spürte sie, dass Mikhail noch aus einem anderen Grund beunruhigt war.

Natürlich! Aber ich entkomme ihm weder hier noch dort. Glaubst du denn wirklich, wir haben eine Wahl? Benütze deine Aldaran-Gabe und sage mir, dass wir nicht zu dem Turm gehen, und ich schwöre, ich werde ihn mit keinem Wort mehr erwähnen.

Ich weiß nicht, ob ich das kann, Mik. Die Alton-Gabe ist ziemlich unkompliziert, ich kann sie an- und abschalten und den Rapport erzwingen oder nicht, wie ich will. Aber die Aldaran-Gabe der Vorausschau … das ist eine völlig andere Ge-

schichte. Sie kommt zufällig. Ich habe noch kaum Kontrolle über sie, keinen Zugang wie zu einem Computer oder so.

Nein, vermutlich nicht. Ich weiß nur noch, wie du damals in Armida Ariels ungeborene Tochter gesehen hast, am gleichen Tag als ...

... als Domenic seinen Unfall hatte. Du kannst es ruhig aussprechen. Der Kummer der Erinnerung riss eine frische Wunde in ihre Seele. *Ich war halb von Sinnen, wegen Gabriels Forderung, ihn auf der Stelle zu heiraten und allem anderen. Ich hatte nie wieder eine so starke Vision, und offen gestanden wäre ich froh, wenn ich auch in Zukunft keine mehr hätte.*

Das kann ich gut verstehen. Es ist wohl nicht so wichtig – aber der Traum hatte etwas so Dringliches!

Plötzlich wollte Margaret nicht mehr über den Traum sprechen, und sie wechselte das Thema. *Wie machen sich die Elhalyn-Kinder in Thendara?*

Alain und Vincent wurden nach Arilinn gebracht, wo man sich angemessen um sie kümmern kann. Ich gestehe, dass ich froh bin, endlich von dieser besonderen Verantwortung entbunden zu sein. Emun scheint es ganz gut zu gehen – er hat ein paar Pfund zugenommen und sieht nicht mehr wie ein Gespenst aus. Ich wünschte nur, ich wäre ein wenig zuversichtlicher, was ihn betrifft. Und die Mädchen sind wunderbar. Dani junior hat sich hoffnungslos in Miralys verliebt, und Lady Linnea beobachtet sie, als wären sie ein brütendes Raubvogelpärchen. Valenta hingegen hält mich für einen Ausbund an Männlichkeit. Ich muss dich warnen, Liebste, sie wird wahrscheinlich ziemlich unhöflich zu dir sein und dich als eine Rivalin betrachten, wenn du nach Thendara kommst.

Ein Jammer, dass du sie nicht heiraten und mich als deine Barragana *halten kannst.*

Marguerida! Was für ein empörender Einfall! Ich liebe es, wenn du solche unschicklichen Sachen sagst.

Ich weiß – und das ermutigt mich nur! Wir müssen einfach abwarten, denke ich. Ich werde bald in Thendara sein.

Nicht bald genug für mich! Gute Nacht.

Schlaf gut, Mikhail, und lass dich von keinen Träumen mehr stören.

Mikhail verschwand aus Margarets Geist und ließ nur die Zärtlichkeit seines Abschiedsgedankens zurück. Sie saß noch lange da und genoss dieses Gefühl in dem Wissen, dass es möglicherweise alles war, was sie je von Mikhail Hastur besitzen würde. Aber falls Neskaya nicht eingeschneit wurde, kamen sie ja bald zusammen.

In ihrem Zimmer war es inzwischen richtig kalt, und es wurde mit jeder Minute noch kälter. Margaret bemerkte es und erkannte, dass nicht die Temperatur fiel, sondern dass irgendetwas anderes sie bis auf die Knochen frieren ließ. Es war nur ein Traum, und sie brauchte nicht daran zu denken. Aber ein Gefühl von Schicksal ergriff sie, trotz aller Anstrengungen, es zu vertreiben.

»Hali zu Mittwinter«, flüsterte sie.

17

Der Winter traf unmittelbar nach Mikhail in Thendara ein und hielt ihn wochenlang auf Burg Comyn fest. Zuerst hatte es ihn nicht weiter gestört, er war froh, ein warmes Schlafgemach zu haben, in regelmäßigen Abständen eine anständige Mahlzeit serviert zu bekommen und die Kinder von Leuten versorgt zu wissen, die mehr davon verstanden als er. Doch nach dem seltsamen Traum, den er mit Margaret geteilt hatte, wurde er unruhig und gereizt. Was bedeutete das? Und wer hatte ihn gerufen?

Mikhail entdeckte, dass seine jüngsten Erfahrungen in Haus Halyn eine gewaltige Abneigung gegen alles Übernatürliche in ihm hervorgerufen hatten – und gleichzeitig eine große Neugier daran. Die Stimme in seinem Traum erinnerte ihn nur zu sehr an das Gebrüll des Wächters. Mikhail hatte das entmutigende Gefühl, dass ihm keine Wahl blieb – irgendetwas würde demnächst geschehen, ob er es wollte oder nicht.

Da Mikhail nun über genügend Zeit verfügte, hatte er Yoris MacEvers, den Archivar von Burg Comyn, zu Rate gezogen und so viel wie möglich über den Turm von Hali vor seiner Zerstörung gelesen. Die Suche war niederschmetternd, denn das meiste war im Laufe der Jahrhunderte verloren gegangen, und die vorhandenen Informationen waren schwammig und nicht übermäßig nützlich. Vielleicht gab es in Arilinn mehr, aber selbst wenn es das Wetter erlaubt hätte, konnte Mikhail nicht einfach wegreiten und Regis mit einer Burg voller Aldarans und kleiner Kinder zurücklassen.

Die Menschen in der eingeschneiten Burg waren gereizt, einzig die Elhalyn-Kinder lebten sich gut ein. Und Mikhail wusste, dass sich die Lage gewiss nicht bessern würde, wenn seine Eltern eintrafen.

Nachdem er tagelang sein bestes Benehmen an den Tag gelegt, mit Gisela Schach gespielt und *Dom* Damons Ansichten zu allem und jedem angehört hatte, versank er in eine trübsinnige Stimmung. Mikhail zeigte es nicht, aber es erschöpfte ihn, den ganzen Tag zu lächeln, obwohl er eigentlich nur seine Ruhe haben wollte.

Je mehr Zeit er mit *Dom* Damon verbrachte, desto mehr fragte er sich, ob der Vorschlag seines Onkels, die Aldarans in die darkovanische Gesellschaft zurückzuholen, wirklich so klug war. Es war nicht wegzureden, dass der alte Knabe ein paar Ideen hegte, die Mikhails Vater und einige andere Konservative in Rage bringen würden. Außerdem gierte Giselas Vater nur so nach Macht und war frustriert von der langen Verbannung seiner Familie. Im Gegensatz zu seinem Sohn Robert, der noch nicht in Thendara eingetroffen war, schien es *Dom* Damon an Geduld zu mangeln.

Außerdem war es klar, dass *Dom* Damon fest von einer bevorstehenden Heirat zwischen Mikhail und Gisela ausging. Seit seiner Unterhaltung mit Regis hatte sich Mikhail gezwungen gefühlt, den Mund zu halten. Er verschwieg, dass er sich einer solchen Verbindung widersetzen würde, dass er wusste, dass sein Onkel Damon bei Laune halten wollte. Und es gab im Moment auch keinen höflichen Weg, Gisela mitzuteilen, sie sollte etwaige Hoffnungen fahren lassen. Es war ohnehin schon schwer genug, ihre ständigen Aufmerksamkeiten zu ertragen.

Eines Abends, als *Dom* Damon zu tief ins Glas geschaut hatte, äußerte er seine Ansichten über Regis, und sie waren nicht besonders respektvoll. Mikhail fragte sich, ob Regis eigentlich wusste, was Lord Aldaran von ihm hielt. Da nur sehr wenig, was auf Burg Comyn geschah, der Aufmerksamkeit seines Onkels entging, nahm Mikhail an, er musste es wissen. Er konnte nur hoffen, es störte Regis nicht.

Gisela hatte ihre beiden Kinder mit nach Thendara gebracht, und während der ältere Junge im terranischen Hospital dahinsiechte, war der jüngere auf Burg Comyn. Mikhail hatte den Burschen in den ersten Tagen gar nicht gesehen, und als es eines Nachmittags dann so weit war, stellte er fest, dass sich der kleine Rakhal gerade in der Erkundungsphase befand. Kaum kam er frisch aus der Badewanne, war der Kleine auch schon wieder schmutzig. Wie er das immer anstellte, war Mikhail ein Rätsel. Aber auf Grund seines neuen Interesses an Kindererziehung erlaubte er dem Knaben, auf seinem Schoß zu sitzen, in sein Gesicht zu patschen und Vorträge über die Dinge zu halten, die seinem jungen Geist anziehend erschienen.

Mikhail stellte fest, dass sich Gisela von Rakhal zurückzog und dass sie ungeduldig mit ihm war. Es war offensichtlich, dass sie das Kind nicht mochte oder vielleicht Kinder im Allgemeinen nicht. Mikhail gab sich große Mühe, nachsichtig zu sein, aber die noch frische Erinnerung an Priscilla Elhalyns Vernachlässigung ihrer Kinder hatte ihn äußerst sensibel für dieses Thema gemacht. Er führte Giselas Verhalten auf die Abneigung gegen ihren toten Ehemann zurück und biss sich auf die Zunge, wenn sie sich mal wieder von dem schmuddeligen, aber süßen kleinen Jungen abwandte.

Mikhail dagegen verbrachte möglichst viel Zeit mit den jüngsten Elhalyns, die nun gesünder und nicht mehr so ängstlich waren.

Eines Nachmittags machte er mit Emun und mit seinen Schwestern eine Führung durch Burg Comyn – sie hatten noch nicht einmal die Hälfte geschafft, bevor die Kinder müde wurden –, und Mikhail war überrascht, welche Fragen die Kinder stellten. Einige konnte er nicht beantworten, etwa, wer das große weiße Gebäude erbaut hatte. Andere konnte er beantworten und tat es. Emun blieb nervös und angespannt und erschrak vor Schatten und lauten Geräuschen. Mikhail bekämpfte die Verzweiflung, die jedes Mal in seiner Kehle aufstieg, wenn er den jungen Burschen ansah.

Er empfand eine große Erleichterung, als er eines Morgens aufwachte und die ersten Sonnenstrahlen durch die Wolken dringen sah. Mikhail schlug die Bettdecke zur Seite, zog sich eilig an und ging zu den Ställen, ohne sich mit einem Frühstück aufzuhalten. Ein anständiger Ritt würde ihm die Spinnweben aus dem Kopf blasen, ihm Bewegung verschaffen und ihn von den Intrigen in der Burg wegbringen.

Als Mikhail auf die verschneite Außentreppe trat, die in den Stallhof führte, sog er als Erstes die saubere Luft tief ein und spürte die frische Kälte auf den Wangen. Dann stieg er in den gepflasterten Hof hinab.

Als Mikhail die Gestalt in Reiterkleidung auf dem Pflaster stehen sah, sank ihm der Mut. Offenbar hatte Gisela den gleichen Gedanken gehabt wie er, oder vielleicht hatte sie seinen Entschluss vorausgeahnt. Sie wandte ihm den Rücken zu, und beinahe wäre er wieder ins Haus gegangen, um sich hinter der Tür zu verstecken, bis sie fort war. Doch er verkniff sich seinen Ärger. Der Morgen war zu schön, als dass er ihn in der Burg vergeuden wollte. Er seufzte, als ein Stallbursche ein Pferd für Gisela auf den Hof führte, eine kleine braune Stute mit weißen Fesseln. Ein Damensattel thronte auf dem Rücken des Pferdes, und der Stallbursche half Gisela gerade beim Aufsitzen, während Mikhail sich näherte.

Gisela setzte sich zurecht, sah Mikhail und warf ihm einen ihrer funkelnden Blicke zu. In seinem Leben waren schon viele Frauen hinter ihm her gewesen, aber keine hatte eine solche Entschlossenheit an den Tag gelegt wie diese hier. Mikhail sank das Herz in die derbe Reithose; es ließ sich nun nicht mehr umgehen, sie zu begleiten.

In dem Versuch, das Unvermeidliche hinauszuschieben,

blieb er stehen und betrachtete sie einen Augenblick. Gisela trug schwere, dunkelgrüne Wollkleidung und einen kleinen, unpraktischen Hut mit einer Habichtfeder daran, rosa Kinderhandschuhe, so dünn, dass sie fast wie eine zweite Haut waren, und Reitstiefel in dem Blau, das man in den Hellers und den Trockenstädten bevorzugte. Sie gab durchaus ein anziehendes Bild ab, musste er einräumen, aber die blauen Stiefel bissen sich mit dem Grün ihrer Reitkleidung. Und ihre Handschuhe erinnerten ihn an Marguerida, deren Hände immer bedeckt waren, selbst wenn sie über die Saiten ihrer Harfe strichen. Es erhitzte sein Blut, wenn er an Margueridas Hände dachte, und er zwang sich, die äußerst erotischen Bilder auszublenden.

»Wie ich sehe, bin ich nicht als Einzige reif für einen Ausritt«, sagte sie und lächelte Mikhail an. »Noch ein Tag mit Rakhal und seinem Geplapper und ich wäre verrückt geworden.«

Mikhail unterdrückte seinen aufsteigenden Ärger und sagte nur: »Guten Morgen, Gisela.«

In diesem Augenblick streifte die Morgensonne Gisela und tauchte sie mit ihren Strahlen in ein goldenes Licht. Sie war jeder Zoll eine Dame, gebieterisch und sich ihrer Stellung bewusst. Sie war wirklich eine sehr attraktive Frau, und Mikhail mochte sie, aber sie rührte nicht im Geringsten an sein Herz. Das gehörte eindeutig einem Paar goldener Augen, nicht diesen grünen. Mikhail machte dem Burschen ein Zeichen, und der Mann verschwand im Dunkel der Ställe, um Mikhails großen Braunen zu satteln.

»Ja, es ist wirklich ein guter Morgen! Riech doch nur die Luft! Im Augenblick deutet rein gar nichts auf Schnee hin!« Sie schien sehr glücklich zu sein, viel sorgenfreier als zuletzt. Ihre Haltung strahlte eine große Zuversicht aus, die Mikhail vorher nicht an ihr bemerkt hatte, und er schauderte leicht vor Unbehagen.

»Dann kannst du doch zum Medizinischen Zentrum der Terraner reiten und nachsehen, wie es deinem Sohn geht?«

Gisela sah mit äußerstem Unverständnis zu ihm hinab, als hätte er gerade vorgeschlagen, sie könnte nackt durch die Straßen der Stadt reiten. Dann fing sie sich wieder. »Äh, ja, natürlich. Aber nicht heute. Morgen vielleicht. Was hältst du davon, wenn wir zusammen ausreiten?«

Bevor Mikhail antworten konnte, hörte er ein Flügelschlagen und das mittlerweile vertraute Krächzen seines gefiederten Freundes. Die Seekrähe ließ sich auf seiner Schulter nieder und plauderte munter drauflos. Mikhail hatte sich angewöhnt, ein Fenster in seinem Schlafzimmer einen Spalt offen zu lassen, und die Krähe hatte ihn schon mehrmals besucht und sich jedes Mal mit ähnlichen Lauten angekündigt. In seinem Zimmer war es dadurch immer ziemlich kühl, aber Mikhail war richtiggehend vernarrt in die Krähe und fühlte sich geschmeichelt von ihrer Aufmerksamkeit und Hingabe.

Der Vogel trat von einem Fuß auf den anderen, schlug mit den Flügeln und sah ihn aus großen roten Augen an. Mikhail streckte behutsam den Arm aus, und die Krähe sauste auf ihm hinab, bis sie wie ein Falke auf seinem Handgelenk stand. »Hat man dich gut behandelt?«, fragte Mikhail. Er bekam eine heisere Antwort und entschied, dass es offensichtlich nach dem Geschmack des Vogels war, was in Thendara für ihn abfiel.

»Hast du denn keine Angst, dass er dir die Augen aushackt?«, fragte Gisela und klang ein wenig nervös.

»Nein.« Mikhail bemerkte die Ungeduld in seiner Stimme und wünschte, er hätte sich besser in der Gewalt. Schlimmer noch, er hatte das Gefühl, in einer unhaltbaren Situation zu sein, und empfand einen tiefen Groll. Als der Stallbursche endlich den Braunen in den Hof führte, war Mikhails gute Laune wie weggeblasen, und er stieg mit einer verärgerten, ruckartigen Bewegung auf. Die Krähe kreischte protestierend, flog auf, kreiste ein wenig und ließ sich auf dem Sattelknopf nieder, als Mikhail aufgesessen war.

»Kommt sie mit uns?«, fragte Gisela. Ihre grünen Augen waren leicht geweitet, und ihre schwüle Stimme klang ein wenig höher als gewöhnlich.

»Aber ja. Sie scheint meine Gesellschaft zu genießen. Ich lasse in meinem Zimmer stets ein Fenster offen, wenn der Wind nicht zu heftig bläst, und sie kommt oft vorbei und erzählt mir alles Mögliche. Schade, dass ich die Vogelsprache nicht beherrsche, ich bin mir sicher, die Krähe kennt inzwischen alle Geheimnisse Thendaras.« Er wendete sein Pferd und ritt in Richtung Straße.

Gisela holte ihn ein und beäugte die Krähe voller Abscheu. »Das scheint mir aber nicht der richtige Vogel für einen Herrn und zukünftigen König zu sein«, bemerkte sie trocken. Mikhail sah sie an, ihr Tonfall behagte ihm gar nicht, und eine Weile ritten sie schweigend weiter. Die engen Straßen Thendaras waren von den Hausbesitzern und Kaufleuten zwar vom Schnee geräumt worden, aber an manchen Stellen war das Pflaster noch vereist. Sie ritten durch ein angenehm emsiges Treiben, Fensterläden öffneten sich mit Schwung, Waren wurden ins Freie gestellt. Mikhail hörte Stimmen, Geplauder und Feilschen – ein tröstlicher Radau und so ganz anders als die unterschwelligen Strömungen auf der Burg. Einige Leute beobachteten die Reiter neugierig, und einige winkten ihnen zu, weil sie Mikhail erkannten.

»Du ähnelst wirklich nicht mehr dem Mann, der vor so vielen Jahren bei uns war, Mik.«

»Nein? Inwiefern habe ich mich denn nach deiner Ansicht verändert?«

»Damals warst du mir gegenüber nie so reserviert.« Sie klang zutiefst verwirrt und ein wenig gekränkt.

»Verzeih mir, wenn ich distanziert wirke, Giz. Ich hatte in letzter Zeit sehr viel um die Ohren.«

»Ach, herrje! Das sagen die Leute immer, wenn sie nicht aufrichtig sein wollen. Magst du mich denn nicht mehr?«

»Selbstverständlich mag ich dich! Wie kannst du nur so etwas Dummes sagen!« Es stimmte und stimmte gleichzeitig nicht. Er fand Gisela Aldarans Gesellschaft bezaubernd, sie besaß einen flinken Verstand und nahm kein Blatt vor den Mund. Aber daneben gab es so vieles, was er nicht sagen konnte, und all das lag ihm bitter, abscheulich und schwer auf der schweigenden Zunge.

Anstatt dem unguten Gefühl nachzugeben, dass man ihn missbraucht hatte, dachte er lieber über ihre Bemerkung nach. Hatte er sich wirklich verändert? Mikhail hatte zwar nicht den Eindruck, aber er wusste, dass andere Menschen, die ihm nahe standen, auch nicht mehr dieselben waren wie vor zehn Jahren. Sah er sie mit anderen Augen, oder hatten sie sich tatsächlich verändert? Marguerida behauptete hartnäckig, dass Lew ein völlig anderer Mann sei als der, den sie als Kind gekannt hatte, und Mikhail empfand in geringerem Maße dasselbe bei Regis und Javanne. *Dom* Gabriel hingegen schien derselbe zu sein wie eh und je, höchstens noch ein wenig mürrischer und schlechter gelaunt.

»Doch falls sich Mikhail tatsächlich verändert hatte, was war dann der Grund dafür? Mikhail war der Ansicht, dass sein Leben bisher reichlich normal verlaufen war – abgesehen von den Ereignissen in Haus Halyn oder seinen beiden Ausflügen in die Oberwelt mit Marguerida. Außer zu heiraten hatte er meistens getan, was man von ihm erwartete.

Marguerida behauptete, er habe einen neugierigen Verstand, ganz im Gegensatz zu seinem Vater, den sie als engstirnig abtat. Vielleicht war es so. Er interessierte sich für viele Dinge, angefangen von der Lebensweise der Terraner bis hin zu der Frage, wie Darkover moderne Technik einsetzen könnte, ohne seine einzigartige Identität zu verlieren. Vielleicht hatte ihn das Ausmisten der Ställe in Haus Halyn verändert. Er hatte sicherlich seine Achtung vor all den Menschen vergrößert, die auf den Feldern und kleinen Höfen schufteten und ihm dadurch ermöglichten, ein bequemes Leben zu führen.

Gisela lehnte sich aus dem Sattel und streckte die Hand aus, als wollte sie nach Mikhails Handgelenk greifen. Sie hatte für seinen Geschmack eine viel zu vertrauliche Miene aufgesetzt. Die Krähe nahm Giselas Bewegung sofort wahr, spreizte ihre Schwingen und hackte mit dem scharfen Schnabel nach ihr. Die Frau schrie auf und zog ihre Hand mit einem Ruck zurück, wobei sie in ihrem Damensattel beinahe das Gleichgewicht verlor. Als sie wieder richtig sah, funkelte sie den Mann und die Krähe zornig an. »Diese Krähe ist ein abscheuliches Biest, Mik. Du weißt doch, dass diese Vögel Unglück bringen. Schick sie weg!«

»Ich weiß zwar, dass so etwas von den Krähen in den Hellers behauptet wird, aber es überrascht mich dennoch, aus deinem Mund einen so dummen Aberglauben zu hören. Du bist schließlich klug und gebildet. Außerdem ist das hier eine Seekrähe, und das ist etwas ganz anderes.« Mikhail war in seinem ganzen Leben noch nie so froh über eine Anstandsdame gewesen. Solange sie über den Vogel diskutierten, konnten sie nicht über ernstere Angelegenheiten reden. »Dieser prächtige Bursche hier hat mich bei meiner Ankunft in Haus Halyn begrüßt, mich an der Stechpuppe wahrscheinlich vor einem harten Schlag auf den Kopf bewahrt und sich entschieden, mich – weit weg von seinem natürlichen Zuhause – hierher zu begleiten. Bestimmt war er dort der König, und irgendeine Aufsteigerkrähe hat jetzt seine Position eingenommen.«

Als hätte sie seine Worte verstanden, gab die Krähe einen heiseren Kommentar ab. Sie funkelte Mikhail aus ihren kleinen Knopfaugen an, als wollte sie sagen: »Ich werde mit jedem Eindringling fertig.« Sei sah ernst und komisch zugleich aus, und Mikhail lachte leise; seine gute Laune vom frühen Morgen war wiederhergestellt.

Inzwischen hatten sie das Tor der Nordstraße erreicht, an dem reger Morgenverkehr herrschte. Viele Fuhrwerke kamen in die Stadt hereingefahren, sie waren voll beladen mit Stroh, Getreide, Wurzelgemüse und Käfigen mit Geflügel. Mikhail erspähte einen Wagen von fahrendem Volk, farbenfroh bemalt und von bunt gekleideten Menschen begleitet. Auf die Seitenwände des Wagens waren Marionetten gemalt, und Mikhail musste grinsen. Es war eine ganze Weile her, seit er eine solche Vorstellung gesehen hatte.

Die grelle Kleidung der fahrenden Leute war an manchen Stellen schon zerrissen, so dass die Unterwäsche sichtbar wurde. Mikhails Vater missbilligte sie und sagte ganz wahrheitsgemäß, dass sie keine achtbaren Leute seien. Doch Mikhail fand ihre kurzen Stücke, in denen sie Herrn und Bauern gleichermaßen verspotteten, sehr amüsant.

Er hatte sich schon mehr als einmal Gedanken über sie gemacht, da sie eine vergleichsweise neue Entwicklung waren. In Mikhails früher Kindheit waren alle Unterhaltungskünstler aus der Umgebung der Burg gekommen, und erst mit acht oder neun Jahren, wenn er sich recht erinnerte, hatte er eines Tages im Sommer den ersten bunt bemalten Wagen mit diesen fröhlichen Menschen auf Burg Comyn eintreffen sehen. Das war kurz nach den Weltenzerstörern gewesen, und man war ihnen – wie allen Fremden – mit großem Misstrauen begegnet. Aber sie schienen völlig normal zu sein, und Mikhail hatte die akrobatischen Kunststücke, das Jonglieren und die gänzlich respektlosen Komödien, die sie aufführten, wirklich sehr genossen.

Mikhail fragte sich, ob Marguerida wohl über die fahrenden Leute Bescheid wusste, er würde ihr beim nächsten Mal von ihnen erzählen. Es würde sie sicher sehr interessieren, wie fast alles andere auch. Er war so in Gedanken versunken, dass er Gisela fast vergaß, die seit dem Angriff der Krähe kein Wort mehr gesagt hatte. Mikhail bemerkte einen Zug von schwer beladenen Maultieren, begleitet von einigen Trockenstädtern und einem Quartett von Entsagenden als Führern, die sich mühsam einen Weg durch das Gewühl von Karren und Tieren auf der Straße bahnten. Dann kehrte er plötzlich in die Gegenwart zurück, als er ein vertrautes Profil entdeckte, einen kupferfarbenen Lockenkopf unter einer Strickmütze, eine kurze Stupsnase und ein entschlossenes Kinn.

»Rafaella n'ha Liriel!«, rief er über den Lärm der Menge hinweg, und die Angesprochene blickte auf und lächelte.

»*Dom* Mikhail!« Sie ritt auf ihn zu, und ihr Lächeln wurde immer breiter. »So ein Zufall! Was für eine angenehme Überraschung! Ich wusste nicht, dass Ihr wieder in Thendara seid – allerdings war ich auch den ganzen letzten Monat unterwegs im Westen.« Sie ritt neben ihn, brachte ihr Pferd zum Stehen und tätschelte ihm den Hals.

»Wie schön, dich zu sehen, Rafaella. Wie lange ist es her?«

»Ach, eine Ewigkeit. Ich war in letzter Zeit mehr beschäftigt als in den letzten drei Jahren zusammen und bin hierhin und dorthin mit irgendwelchen Kaufleuten gesaust, die augenscheinlich immer alle im gleichen Moment beschlossen, nach Thendara zu reisen oder es zu verlassen. Das ist aber ein hübscher Vogel!« Sie kicherte. »Ich muss sagen, Ihr gebt ein sehr merkwürdiges Bild ab, mit einer Krähe auf dem Sattelknauf. Werdet Ihr etwa langsam exzentrisch?«

Gisela räusperte sich auf sehr damenhafte, aber auch unmissverständliche Weise, und Mikhail spürte, wie er errötete. Er hatte sie vor lauter Begeisterung über die Begegnung mit Rafaella gar nicht beachtet. »Das nicht, hoffe ich, allerdings vergesse ich offenbar gerade meine guten Manieren. Daran muss dieser schöne Morgen schuld sein! Viel zu schön für Förmlichkeiten. Rafaella, das ist *Domna* Gisela Aldaran. Gisela, meine Freundin Rafaella n'ha Liriel.«

»Sehr erfreut, *Domna.*« Die Entsagende neigte leicht den Kopf, aber ihr Gesichtsausdruck sprach Bände. Mikhail war sehr dankbar dafür, dass Margueridas Freundin so diskret war, und lächelte ihr zu.

»Ganz meinerseits«, antwortete Gisela und klang nicht im Geringsten erfreut.

Mikhail bemerkte die Frage in Rafaellas Augen, sagte aber nichts. Dennoch war er sehr verlegen, als hätte man ihn bei etwas Verbotenem ertappt, und er wünschte Gisela in eine von Zandrus Höllen. Warum war nur immer alles so kompliziert? Warum war Gisela nicht in der Burg geblieben und hatte ihn in Frieden ausreiten lassen? Mikhail fühlte sich mit einem Mal missbraucht und bedrückt, aber es war ein so lächerlicher Gedanke, dass er ihn umgehend wieder fallen ließ.

»Hat Marguerida Euch von den Banditen erzählt?«, fragte Rafaella, die von der Spannung zwischen Gisela und Mikhail zum Glück nichts bemerkte.

»Banditen?«

»Aha, also nicht.« Rafaella sah für einen Augenblick verwirrt und dann leicht verlegen aus, und ihre blassen Wangen röteten sich. »Sie hat wohl angenommen, Ihr würdet Euch nur unnötige Sorgen machen, obwohl es mir ein Rätsel war, warum sich die Leute auch über Dinge Sorgen machen, die längst vorbei sind. Wozu noch daran denken, dass man im Sturm hätte erfrieren können, wenn der Sturm vorbei und man gar nicht tot ist?«

»Du bist sehr weise für dein Alter, Rafaella. Aber was war nun mit den Banditen?«

»Auf dem Weg nach Neskaya wurde unser Lager von einer

Bande Abschaum überfallen, die es nicht besser wusste. Es gelang ihnen allerdings, uns zu überraschen, und für eine Weile hatten sie die Oberhand. Aber Marguerida ... verflucht! Ich muss meine Kaufleute wieder einholen. Außerdem ist es sowieso Margueridas Geschichte, und ich sollte sie Euch nicht ohne ihr Einverständnis erzählen. Ich bin noch für ein, zwei Tage in Thendara, bevor ich wieder aufbreche – Ihr wisst, wo Ihr mich findet.« Sie gab ihrem Pferd die Sporen und trabte davon.

Mikhail und Gisela bahnten sich schweigend ihren Weg durch den Verkehr, der Lärm von Stimmen, Karren und Pferden machte eine Unterhaltung fast unmöglich. Endlich ließen sie den Krach hinter sich, und vor ihnen lag die leere Straße. Die zarte Schneedecke war von den vielen Füßen und Hufen längst zu einer festen, glatten Fläche getrampelt worden.

»Du hast aber merkwürdige Freunde, Mik. Erst eine Krähe und jetzt noch eine Amazone! Es war mir sehr peinlich, als du ihr zugerufen hast – was werden nur die Leute denken?«

»Sie werden denken, dass ich sie kenne. Und das ist nichts, was dir peinlich sein müsste. Du wirst ziemlich spießig, Giz. Fast wie meine Mutter«, fügte er unfreundlich hinzu.

»Ich nehme an, sie meinte Marguerida Alton«, begann Gisela, ohne auf Mikhails Bemerkung einzugehen, ihre sinnliche Stimme klang jetzt tief und ein wenig bedrohlich. »Stimmt das, was ich über sie gehört habe?«

»Das kann ich nicht sagen, weil ich nicht weiß, was du gehört hast.« Seine Stimme war kalt und förmlich, eine unbewusste Nachahmung von Danilo Syrtis-Ardais, der mit nur wenigen Worten sehr verletzend sein konnte, wenn er wollte.

»Dass sie entstellt ist.«

Mikhail sah seine Begleiterin entsetzt an. »Entstellt? Sicherlich nicht!« Er wusste, mit welcher Abscheu die meisten

Darkovaner jedes körperliche Gebrechen betrachteten, aber von Gisela hatte er etwas anderes erwartet.

»Warum verhüllt sie dann immerzu ihre Hand, wenn sie keine hässliche Missbildung zu verbergen hat?«

»Du hast auf das Gerede der Diener gehört, Gisela, und du weißt, dass sie immer alles falsch verstehen oder übertreiben.« Er hatte nicht die Absicht, mitten auf der Straße über Marguerida's Schattenmatrix zu reden, am wenigsten mit Gisela Aldaran.

»Was versteckt sie?«

Mikhail schürzte die Lippen. »Ich fühle mich nicht berechtigt, darüber zu sprechen«, antwortete er und lenkte sein Pferd ein bisschen von Giselas weg, um den Abstand zwischen ihnen zu vergrößern.

Davon hielt Gisela jedoch gar nichts. Sie trieb ihr Pferd näher zu Mikhail und fragte: »Machst du dir denn etwas aus ihr?«

»Auch das ist kein Gesprächsthema.«

»Dann stimmt es also! Ich habe immer wieder Klatschgeschichten über euch gehört, aber ich habe sie nicht geglaubt. Und es ist ein Jammer, dass du nie in der Lage sein wirst, sie zu ...«

»Sei still, Gisela, bevor du etwas sagst, was dir Leid tut. Die Sache geht dich nichts an!«

»O doch, und du bist ein Narr, wenn du es nicht endlich begreifst! Du glaubst doch wohl nicht im Ernst, dass du sie heiraten kannst! Sie ist die Alton-Erbin und muss unter ihresgleichen heiraten.« Die Bitterkeit ihrer Stimme schmerzte Mikhail. »Ich kenne mich in diesen Dingen aus, schließlich habe ich mein ganzes Leben lang darüber nachgedacht.«

»Ich sagte, ich will nicht darüber sprechen, Giz!«

»Nein, Mikhail! Es gilt Brüche zu heilen, und das lässt sich am besten durch uns beide bewerkstelligen. Abgesehen davon habe ich bereits entschieden, dass ich dich haben will – und ich bekomme immer, was ich will. Immer!«

»Wenn du das tatsächlich glaubst, bist du eine größere Närrin, als ich je ...« Er hörte auf zu reden, bevor er etwas sagte, das nicht zu widerrufen war. *Sie klingt wie mein Bruder Gabriel*, dachte er und konnte der ganzen unerfreulichen Situation plötzlich eine komische Seite abgewinnen. »Jetzt benimm dich nicht länger wie ein verzogenes kleines Kind und verdirb uns den schönen Ritt nicht.«

Gisela wandte abrupt den Kopf ihres Pferdes und kam so nahe an Mikhail heran, dass die Krähe aufgeschreckt die Flügel spreizte. Sie starrte ihn wütend an und verkündete: »Ich träume davon, dich zu besitzen, seit wir uns zum ersten Mal begegnet sind, und ich werde bekommen, was ich will! Außerdem habe ich die Aldaran-Gabe, und ich habe gesehen, dass ich einen Hastur heiraten werde!« Trotz der Leidenschaft in ihrer Stimme vernahm Mikhail auch den zweifelnden Unterton.

Gisela versetzte ihrer Stute einen kräftigen Schlag mit der Gerte, das Pferd zuckte zusammen und trabte zurück in Richtung der Stadttore. Mikhail war zuerst verblüfft und dann sehr verärgert, weil er nicht das letzte Wort gehabt hatte. Unter seinem warmen Mantel wurde ihm plötzlich kalt.

Mikhail wusste, dass er besser umdrehen und Gisela folgen sollte. Aber er war einfach zu wütend. Er überlegte, dass sie ihn sehr stark an Javanne erinnerte, wenn sie sich mal wieder etwas in den Kopf gesetzt hatte; diese Eigenschaft war ihm bei Gisela bisher gar nicht aufgefallen.

Einen Hastur heiraten? Gewiss nicht diesen Hastur, solange er es verhindern konnte! Außerdem würde der Rat der *Comyn* niemals zustimmen. Die Zukunft war nicht in Stein gemeißelt, sondern fließender, als er es sich je vorgestellt hatte. Er hätte in Haus Halyn sterben oder sich unterwegs den Hals brechen können, was jeder möglichen Zukunft ein Ende gesetzt hätte.

Er dachte einen vergnüglichen Augenblick darüber nach, welcher seiner Brüder wohl das schwere Opfer bringen und Gisela zur Frau nehmen könnte, und in seinen Mundwinkeln zuckte der Anflug eines Lächelns.

Wesentlich ruhiger und zufrieden, dass er mit Gisela so gut fertig geworden war, stieß Mikhail die Knie in Stürmers Flanke und ritt auf der Nordstraße in Richtung der Ruine von Hali. Die Straße führte weiter nach Neskaya, wo sich Marguerida gerade aufhielt. Wenn er seinem Herzen folgte, könnte er nach einem scharfen Ritt innerhalb von fünf oder sechs Tagen bei ihr sein. Doch die Pflicht rief, und nach einer Stunde hielt er den großen Braunen an und kehrte um nach Thendara.

18

Begleitet von zwei Mitgliedern der Garde traf Margaret Alton und Rafaella n'ha Liriel kurz vor der Unwetterfront in Thendara ein. Sie hatte ihnen seit zwei Tagen bedrohlich im Nacken gesessen, sie aber nie ganz eingeholt. Margaret war sämtlichen Göttern, die sie mit Namen kannte, dafür sehr dankbar, auch wenn sie nicht an jeden von ihnen glaubte. Die Gardisten behaupteten, es sei der mildeste Winteranfang, an den sie sich erinnern könnten, doch für Margaret war es die reinste Hölle. Ihre Finger fühlten sich wie Eiszapfen an, und sie war überzeugt, dass ihre Füße nie wieder warm werden würden.

Der Anblick der Mauern von Thendara ermutigte Margaret. Die Reise war zum Glück ereignislos verlaufen – keine Banditen, keine Banshees und nur gelegentliches Schneetreiben –, doch Margaret war todmüde. Am Gesäß hatte sie bestimmt schon Schwielen vom Reiten, und ihre Wirbelsäule schmerzte vom Steißbein bis zum Nacken. Doch bald würde sie auf Burg Comyn sein, und wenn sie die Tage nicht völlig durcheinander gebracht hatte, würde auch Ida Davidson am nächstem oder übernächsten Tag von der Universität eintreffen. Seit der Abreise von Neskaya hatte Margarets Angst, sie könnte zu spät kommen und ihre liebe Freundin würde bei der Ankunft niemanden zur Begrüßung vorfinden, ihren Schlaf in den kalten Nächten empfindlich gestört.

Die Stadt wirkte wie verwandelt auf sie. Schnee bedeckte die Häuser, und lange Eiszapfen hingen an den Dachkanten. Die Straßen waren frei, allerdings lagen große Schneehaufen an beiden Seiten und behinderten die wenigen Fuhrwerke, die unterwegs waren. Aber Margaret kam noch etwas verändert vor, und sie blickte sich trotz ihrer Müdigkeit aufmerksam um.

Was war es nur?

Dann bemerkte sie, dass lange Girlanden aus Grün, verflochten mit Goldstoff vor den steinernen Fassaden der Häuser und Geschäfte hingen und der Stadt eine festliche Stimmung verliehen, die ihr im Sommer fehlte. Außerdem kam es ihr vor, als würden sich die Einwohner in grellere Farben kleiden, als wollten sie mit ihrer betont schrillen Aufmachung ein Gegengewicht zum Grau und Weiß des Winters bilden.

Als sie an einem Marktplatz vorbeikamen, fielen Margaret fünf oder sechs farbenfroh bemalte Wagen auf. Sie hatte auf Darkover noch nie etwas Vergleichbares gesehen. Die Seitenwände der Wagen konnte man herablassen, so dass kleine Bühnen aus ihnen wurden; auf einer davon fand gerade eine Vorstellung statt. Ihr Respekt vor den Darkovanern wuchs beträchtlich, als sie etwa ein Dutzend Leute bemerkte, die dem kalten Tag trotzten und der kleinen Vorführung mit großem Interesse folgten. Von Zeit zu Zeit rief jemand aus dem Publikum den Akteuren etwas zu und erhielt eine Antwort.

»Was tun diese Leute, Rafaella?«

»Wie? Ach, du meinst das fahrende Volk? Sie dürfen nur zu Mittsommer und Mittwinter nach Thendara kommen – die übrige Zeit halten sie sich auf dem Land oder in den kleineren Städten auf. Du hast sie zu Mittsommer verpasst, weil du bereits in Arilinn warst. Die Gilden mögen sie nicht, deshalb halten sie sie meist fern.«

»Das verstehe ich nicht. Wieso haben die Gilden etwas gegen sie – ich nehme an, du meinst die Musiker und Schauspieler –, gibt es eigentlich eine Schauspielergilde? Ich habe mich noch nie damit befasst.«

»Aber natürlich. Es gibt eine Puppenspielergilde, eine für Tänzer und sogar eine für Kostümschneider.« Die Entsagende machte ein Gesicht, als wollte sie etwas sehr Kompliziertes in die richtigen Worte fassen.

Remy, einer der Gardisten, die ihnen Regis zu ihrem Schutz mitgegeben hatte, antwortete: »Die Musiker in der Stadt mögen die Konkurrenz nicht, weil einige der Sänger unter dem fahrenden Volk genauso gut, wenn nicht sogar besser sind als die Sänger in der Gilde. Aber der eigentliche Grund ist der, dass die Fahrenden eine Bande von Rüpeln sind und singen, was ihnen gefällt, oder Stücke aufführen, die ...«, er verzog das Gesicht, »... ein bisschen derb sind. Sie treiben ihre Späße auf Kosten von allem und jedem. Die Leute lachen nun mal gerne über andere. Deshalb spielen sie Stücke über fette Kaufleute, die immerzu betrügen, oder Ehefrauen, die ihre Männer schlagen, und alle lachen, außer den Kaufleuten und den Ehemännern. Oder sie singen Lieder, bei denen jede *Comynara* erröten würde, wenn Ihr gestattet, und alle kichern darüber.«

»Aber ich habe noch nie von ihnen gehört.«

»Es gab immer schon fahrende Unterhaltungskünstler, Marguerida, aber erst in den letzten fünfzehn oder zwanzig Jahren wurden sie so zahlreich. Ich habe gehört, dass Meister Everards Sohn Erald einige Zeit bei ihnen verbracht hat, und das ist auch der wahre Grund dafür, dass er nicht Gildemeister wird, wenn Everard stirbt. Er soll angeblich Lieder schreiben, die sich über die *Comyn* lustig machen.«

»Ich weiß von Meister Everard, dass sein Sohn etwas geschrieben hat, das verboten wurde, aber ich kannte den Grund dafür nicht.« Sie betrachtete erneut den Wagen, ihr Forschungsdrang war erwacht, und sie bedauerte, dass sie nie wieder die Freiheit haben würde, ihren Interessen zu folgen.

Helgar, der andere Gardist, ein mürrischer, wortkarger Mann, fügte hinzu: »Diese Schauspieler haben wirklich vor niemand Respekt – sie spotten über alles und jeden. Freilich sind sie völlig unparteiisch.«

Remy grinste seine Begleiter an. »Und zu ihren bevorzugten

Zielscheiben gehören die Entsagenden, deshalb spricht *Mestra* Rafaella auch so ungern über sie.«

»Gibt es denn manchmal Ärger wegen ihnen – bringen sie die Leute auf oder so?« Margaret hatte von Planeten gelesen, auf denen es wegen einer so scheinbar harmlosen Sache wie einem Lied heftige Unruhen gegeben hatte.

Rafaella schüttelte verwirrt den Kopf. »Nein, aber ihre Lieder und Scherze sorgen für allerlei heftige Diskussionen auf den Marktplätzen.«

Sie ritten eine enge Straße entlang, als Margaret das Dach der Burg über der Stadt entdeckte, und das Herz wurde ihr leichter. Bald würde sie ihren Vater und Mikhail wieder sehen, worüber sie unendlich froh war. Und sie würde Ida Davidson treffen. Was Ida wohl von Darkover hielt?

Als sie eine halbe Stunde später in den Stallhof ritten, versperrte ihnen eine große Kutsche den Weg. Sie wurde von sechs Pferden gezogen, und auf dem Dach türmten sich Kisten und Koffer, unter deren Last sie fast zusammenbrachen. Ganze Schwärme von Knechten und Dienern wuselten um die Kutsche herum, schrien und standen sich gegenseitig im Weg. Es war ein organisiertes Chaos, aber niemanden schien es zu stören. Vielmehr hatte Margaret den Eindruck, dass es alle Beteiligten genossen.

Margaret war zu glücklich, endlich am Ziel zu sein, um sich über diese Verzögerung zu ärgern. Sie lehnte sich im Sattel zurück, streckte ihren Rücken und hob die Arme über den Kopf. Sie spürte, wie sich die einzelnen Wirbel bewegten und mit einem befriedigenden kleinen Schnalzen wieder an ihren Platz fanden.

Als sie die Arme senkte, schlug etwas gegen ihre Schulter und warf sie fast aus dem Sattel. Als sie ihr Gleichgewicht wiedererlangt hatte, bemerkte sie einen festen Griff an der linken Schulter und wandte rasch den Kopf.

Sie sah sich roten Augen und einem Furcht erregenden Schnabel gegenüber, so nahe, dass sie sogar die feinen schwarzen Federn erkannte, die vom Schnabel bis zu dem wohlgeformten Kopf nach oben stiegen. Der Vogel krächzte leise, wie um ihr zu sagen, dass sie sich nicht zu fürchten brauchte, während Dorilys aufgeregt schnaubte und stampfte.

Margaret holte tief Atem und nahm einen öligen Fischgeruch in der frostigen Luft wahr, der eine Flut von Bildern in ihr wachrief, Bilder von den warmen Meeren auf Thetis und einem Wind, der nie kalt war. »Guten Tag, mein Hübscher«, sagte sie leise. Sie hatte auf Thetis schon oft solche Vögel gesehen, und sie hatte keine Angst vor ihnen, sondern war nur vorsichtig.

Das war also Miks Krähe. Hübscher Bursche. Er stieg von einer Klaue auf die andere und schlug sanft mit den Flügeln. Schließlich streckte Margaret den linken Arm aus, und der Vogel flitzte daran hinab, bis er auf ihrem Handgelenk saß.

Zunächst bewegte sich die Krähe nicht, doch dann berührte sie den Handschuh mit dem Schnabel. Sie pickte nicht, sondern bewegten den Schnabel in anmutigen Linien, wobei sie den Verlauf der Schattenmatrix nachfuhr, die unter dem Leder und der Seide verborgen war. Margaret hielt verblüfft den Atem an, während ihre Begleiter die Szene mit großer Neugier beobachteten. Offenbar befriedigt hob die Krähe den stolzen Kopf und stieß einen schrillen Schrei aus.

Genau in diesem Augenblick ging die Tür der Kutsche auf, und Lady Javanne Hastur stieg heraus. Sie bemerkte Margaret mit der Krähe auf dem Arm, und ihre Augen weiteten sich. »Was machst du denn da mit diesem Vogel?«, schrie sie beinahe. Dann eilte sie, ohne links und rechts zu schauen, über den Hof. »Sch, sch«, zischte sie im Näherkommen und fuchtelte auf lächerliche Weise mit den Armen.

»Sei gegrüßt, Tante Javanne.« Margaret konnte ein Lachen

kaum unterdrücken. Hinter sich bemerkte sie, dass Rafaella und die Männer in ernster Gefahr waren, auf der Stelle in Ungnade zu fallen, weil sie über Lady Javanne kicherten.

»Woher hast du denn dieses Tier?«

»Es ist soeben auf meiner Schulter gelandet, Tante Javanne. Und wenn ich mich nicht irre, ist es Mikhails Vogel. Es gibt keinen Grund, sich deswegen so ... aufzuplustern.«

Das war zu viel für den jungen Remy. Er schlug die Hand vor den Mund und gab ein Geräusch von sich, das man durchaus für Husten halten konnte, wenn man nicht genau hinhörte. Die Krähe sah auf Lady Javanne hinab, gab einen seltsamen Laut von sich und hob dann mit einem großartigen Flügelschlag ab, dass das Weiß ihrer Flügelränder im Fackelschein des Hofes aufblitzte.

»Ich hätte es mir denken können«, murmelte Javanne düster. Dann drehte sie sich um und ging zur Kutsche zurück, ohne ihre Nichte wirklich zu begrüßen. Piedro Alar half gerade Ariel aus dem Gefährt, und Margaret hörte nun auch die Stimmen der Kinder, die es kaum erwarten konnten, der Enge zu entfliehen. Ein Kindermädchen, das Kennard und den kleinen Lewis im Arm hielt, mühte sich die Trittleiter der Kutsche hinab, und hinter ihr kletterten Donal und Damon Alar heraus.

»Marguerida!« Donal, kaum zu bändigen wie immer, trabte auf sie zu, und sein junges Gesicht strahlte vor Freude. Das dunkle Haar, das ihn von seinen Brüdern unterschied, war ihm in die Stirn gefallen, und Margaret dachte, dass er mal wieder einen Haarschnitt vertragen könnte.

Margaret stieg ruhig ab. Sie stampfte mit den Beinen auf, in denen das Blut nicht mehr zu zirkulieren schien und die von oben bis unten kribbelten. Dann war Donal bei ihr, und sie beugte sich zu ihm hinab. Sie spürte den typischen Geruch eines kleinen Jungen, ein warmer, schwerer Duft nach Jugend und Lebenskraft. Margaret erwiderte die Umarmung, dann hielt sie Donal ein Stück von sich weg. »Ich glaube, du bist diesen Sommer ein paar Zentimeter gewachsen. Hast du Stangenbohnen gegessen?«

»Von denen habe ich noch nie gehört, aber ich würde sie bestimmt essen, wenn ich könnte. Ich bin jetzt fast so groß wie Damon und trage seine alten Kleider auf. Aber zu Mittwinter bekomme ich eine neue Jacke. Vater hat es mir fest versprochen.« *Mutter ist zu sehr mit dem neuen Baby beschäftigt, als dass sie meine kaputten Sachen bemerken würde und dass meine Zehen zu lang für meine Stiefel sind!*

Margaret überhörte seine Gedanken höflich. »Wie schön. Vielleicht möchtest du mitkommen, wenn ich die Schneider in der Nähnadelstraße besuche. Falls es deinem Vater recht ist.«

»Ach, ich bin sicher, er lässt dich – er hat im Moment so viel um die Ohren.« Mit gesenkter Stimme fügte er hinzu: »Ich habe mit Onkel Jeff Terranisch geübt, und er meint, ich kriege den Dreh langsam raus.« Donal schob seine Hand in die von Margaret und strahlte sie an. Sie hatte gelegentlich bezweifelt, ob es klug gewesen war, ihn zu unterrichten, aber der Junge hatte sich in Arilinn so gelangweilt, und wenn sie ehrlich war, war sie froh gewesen, außer dem Studium der Matrixwissenschaften noch etwas anderes zu tun zu haben. Donal fand Margaret augenscheinlich sehr nett für eine Erwachsene, und sie erwiderte dieses Gefühl. Der Junge war intelligent und bezaubernd – vielleicht mehr, als ihm gut tat.

Nach Margarets Ansicht waren Donal und seine Brüder die wahre Zukunft Darkovers, und sie hoffte, er würde lernen können, seinen Verstand zum Nutzen des Planeten einzusetzen. Bei der überängstlichen Mutter und dem schwermütigen Vater der Kinder war sich Margaret jedoch nicht allzu sicher, ob es dazu kommen würde, und sie wollte nur zu gern dabei behilflich sein. Aber ihre eigene Position war noch zu unklar und zu verworren, als dass sie sich den Vorschlag erlauben konnte, Donal sollte zu seinem eigenen Besten vielleicht in eine andere Familie zur Pflege gegeben werden, wie es auf Darkover gängige Praxis war.

Mit Donal an der Hand überquerte Margaret den Hof, wobei sie um die vielen Diener herumsteigen mussten, die sich mit dem Gepäck der Reisegruppe Hastur-Alar abmühten. Plötzlich kam ihr der Gedanke, dass sie den kleinen Burschen selbst gern in Pflege nehmen würde, auch wenn ihre Tante und die Mutter des Jungen davon ganz und gar nichts halten würden. Ariel konnte es nicht ertragen, wenn auch nur eins der Kinder außer Sichtweite war, und seit Domenics tödlichem Unfall war sie noch besitzergreifender geworden.

Nachdem Margaret endlich um die Kutsche herumgegangen war, entdeckte sie ihren Vater auf der Treppe, die in den Stallhof führte. Er pfiff leise vor sich hin, wie er es immer dann tat, wenn er sich langweilte. Im flackernden Licht der Fackeln wirkte er müde, aber zur Abwechslung auch ziemlich gelöst.

Lew Alton sah seine Tochter und kam die Treppe herab, als er sie mit seinem schiefen Lächeln bedachte, tanzten kleine Falten um seine Augen. Sie stürzten beinahe aufeinander zu, doch dann standen sie einfach nur in einer schweigenden Begrüßung da. Margaret freute sich sehr, ihn zu sehen, und wenn sie auch ein wenig enttäuscht war, dass Mikhail nicht ebenfalls anwesend war, so blieb es doch nur ein kleiner Kummer.

»*Chiya!*« Lew legte seine einzige Hand auf Margarets Schulter, und sie spürte, wie sich die Finger in den Stoff ihrer Kleider bohrten; in dieser Geste und dem einen Wort lag all die Wertschätzung, nach der sie sich als Kind immer so gesehnt hatte. *Du siehst großartig aus, wenn man bedenkt, dass du einen so langen Ritt hinter dir hast. Schön, dass du endlich da bist.*

Ich freue mich auch, Vater. Ich bin froh, wenn ich mal für zehn Tage nicht auf einem Pferd sitzen muss. Dorilys ist ein glänzendes Pferd, aber selbst der beste Gaul wird einem mit der Zeit zu viel. »Hallo, alter Herr.« Sie sprach laut, um die Woge an Gefühlen aufzuhalten, die sie zu überwältigen drohte. »Du siehst gut aus.«

»Hallo, Onkel Lew«, mischte sich Donal ein und grinste. »Marguerida nimmt mich zu den Schneidern mit, weil ich zu Mittwinter eine neue Jacke bekomme. Ich will unbedingt eine blaue!«

»So, so. Ja, ich glaube, eine blaue Jacke würde dir ganz gut stehen.« Er lächelte den Jungen an. »Wie war die Reise, meine Tochter?«

»Zügig und völlig ereignislos, danke. Keine verlorenen Hufe, gerissenen Sattelgurte, Banditen, Schneestürme oder sonstigen erwähnenswerten Vorkommnisse.«

»Gehen wir nach drinnen.« Lew hakte sich bei Margaret ein, dann streckte er Donal die Hand hin, der sie sofort ergriff und die schmale Brust aufblähte, als wäre er sich der erwiesenen Ehre bewusst. Sie stiegen in stiller Harmonie zusammen die Treppe hinauf, wobei sie auf Donals kürzere Beine Rücksicht nahmen, und betraten die Vorhalle, die in die Burg führte.

Drinnen herrschte praktisch ein Chaos, denn Lady Marilla und Dyan Ardais waren ebenfalls gerade erst eingetroffen, und der kleine Zwischenraum war voller Diener und Gepäck. Hinter ihnen wurde das Gepäck der Alars unter Murren und Rufen in die Burg getragen.

Margaret, die sich plötzlich ihrer Verpflichtungen als Angehörige der darkovanischen Gesellschaft bewusst wurde, verließ die Seite ihres Vaters, um Lady Marilla Aillard und *Dom* Dyan zu begrüßen. Margaret freute sich aufrichtig, die beiden zu sehen. Auch die kleine Frau strahlte, als sie Margaret sah, hörte auf, die Diener umherzuscheuchen, die sich durchaus selbst organisieren konnten, und umfing Margaret in einer duftenden Umarmung. »Neskaya scheint dir zu bekommen, Isty hat mir nur Gutes über deine Fortschritte berichtet.«

»Das höre ich aber gern, denn ich habe eher den Eindruck, dass ich für jeden Schritt nach vorne wieder zwei oder drei zurück gehe. Ihr seht gut aus. Wie kommt die Ausweitung Eurer Töpferei voran? Im Turm freuen sich alle sehr über das neue Geschirr, das Ihr uns geschickt habt. Wir benutzen es jeden Tag, und ich denke jedes Mal an Euch und jenes erste Mahl, das ich an Eurem Tisch eingenommen habe.« Sie wusste, dass sie aus Müdigkeit und vor Erleichterung über ihre Ankunft einfach drauflosplapperte.

Plötzlich nahm Margaret eine unangenehme Spannung im überfüllten Eingang wahr und versuchte, deren Ursache zu ergründen. Doch sie sah nur eine neue Phalanx von Dienern, die Lady Javannes eindrucksvollen Berg an Gepäck schleppten, und Piedro Alar, der sich mit wie immer gequälter Miene in Ariels Nähe herumdrückte. Ariel durchbohrte Margaret zur Abwechslung mal nicht mit Blicken, und Javanne war zu sehr damit beschäftigt, die Diener herumzukommandieren. Die Spannung musste ihrer Einbildung entspringen.

Die Schwangerschaft bekam Mikhails jüngster Schwester offensichtlich, denn auch wenn sie kurz vor der Niederkunft und bereits recht unbeweglich war, hatte sie eine gesunde Gesichtsfarbe und nicht allzu viel zugenommen. Selbst ihr sonst stumpfes Haar hatte einen seidigen Glanz. Sie sagte etwas zu Piedro, und die beiden begannen sich ihren Weg durch das Gedränge in Richtung der Treppe, die nach oben führte, zu bahnen. Das erschien Margaret sehr vernünftig, und sie beschloss, den beiden zu folgen.

Während sie auf die Treppe zuging, zog Margaret die Reithandschuhe aus und steckte sie in den Gürtel. Die blauen

Seidenhandschuhe, die sie darunter trug, waren ein wenig schmutzig von der Reise, und sie rümpfte in hilfloser Abscheu die Nase. Dann löste sie die Klammer am Kragen ihres Umhangs und stieß einen erleichterten Seufzer aus.

Sie stieg um eine Truhe mit den aufgemalten Federn der Domäne Aillard herum und blickte ins Halbdunkel der Treppe hinauf. Einen Augenblick hatte Margaret den Eindruck, als würde sie in einen Spiegel schauen. Sie hatte ihre lebenslange Furcht vor spiegelndem Glas in den letzten Monaten zum großen Teil überwunden, doch immer noch fand sie den Anblick ihrer eigenen Züge ein wenig beunruhigend. Dann erkannte sie leicht erstaunt, dass sie dort oben im Halbdunkel der Treppe nicht in ihr eigenes Gesicht sah, sondern nur in eines, das ihrem sehr ähnelte.

Und hinter der Gestalt, die ihr so glich, entdeckte Margaret Mikhail Hastur, dessen attraktive Gesichtszüge von heftiger Wut entstellt wurden. Augenblicklich wusste sie, dass die Spannung, die sie vorhin gefühlt hatte, von ihm ausgegangen sein musste. Er versuchte offenbar sich aus dem Griff der Frau zu befreien, die seine Hand fest umschlungen hielt. Er wirkte, als wollte er einen Mord begehen. Die Miene der unbekannten Frau wirkte ebenfalls alles andere als freundlich. Margaret sank der Mut. Das entsprach ganz und gar nicht dem freudigen Wiedersehen, auf das sie sich schon den halben Tag gefreut hatte. Dann riss sie sich zusammen, um nur keine Gefühlsregung zu zeigen und um distanziert und abweisend zu bleiben, wie sie es ihr ganzes Leben lang getan hatte. Zum ersten Mal war sie beinahe froh, dass die Überschattung durch Ashara sie dazu erzogen hatte, Distanz zu wahren und ihre Gefühle nicht zu enthüllen.

Lew, der Margarets inneren Aufruhr trotz ihrer angestrengten Bemühungen wahrnahm, eilte zu ihr. Er war an ihrer Seite, gerade als Mikhail und die Frau das Ende der Treppe erreicht hatten und Margaret auf Augenhöhe gegenüberstanden. Energisch entzog Mikhail seine Hand dem Griff der Fremden und strahlte über sein hübsches Gesicht, als er Margaret ansah. Er wirkte gequält, aber es bestand kein Zweifel, dass er sich freute, sie zu sehen.

Marguerida!

Mikhail – wer ist diese Frau? Und warum hängt sie an dir wie eine Klette?

Später, mein Liebling, später.

Er begrüßte sie nicht – er blieb nicht einmal stehen. Stattdessen durchquerte er die Eingangshalle und verbeugte sich tief vor seiner Mutter. Javanne reagierte nicht sofort, sondern ließ einen raschen Blick durch den Raum schweifen und nahm sofort alle unausgesprochenen Spannungen darin wahr. Ihre Augen wurden schmaler, als sie auf die unbekannte Frau fielen. Dann setzte sie ein wildes Lächeln auf. »Mikhail! Wie nett von dir, dass du kommst, um mich zu begrüßen!« Sie streckte eine Hand aus und strich ihm mit einer so mütterlichen Geste eine Locke aus der Stirn, die jeden getäuscht hätte, der nicht wusste, wie es in Wirklichkeit um die beiden stand.

Bravo, Javanne! Sie weiß immer das Beste aus einer Situation zu machen, wenn sie es nur will.

Lews Gedanke dröhnte durch Margarets Geist, und sie stimmte ihm zu. Sie mochte ihre Tante nicht besonders, aber sie musste zugeben, dass die Frau Stil und ein sicheres Auftreten besaß. Sie würde in der Öffentlichkeit niemals die Haltung verlieren. Margaret hielt das für eine sehr nützliche Fertigkeit, die sie selbst noch besser lernen musste. *Wer ist diese Frau, die wie ein thetischer Blutegel an Miks Arm hängt?*

Das ist bedauerlicherweise unsere Base Gisela Aldaran. Sie wohnt schon eine ganze Weile hier, sehr zum Missvergnügen von Lady Linnea, die befürchtet, sie könnte einen Kuckuck in ihrem Nest beherbergen.

Aldaran? Das ist es also, was ... Ich wusste nicht ... Was, wenn ich diesem Miststück sage, sie soll die Finger von Mik lassen?

Aber, aber meine Tochter! Es ist wirklich nicht nötig, dass ihr euch hier ganz ordinär in die Haare kriegt ... noch nicht. Man sieht ihm doch an, wie wenig er sich aus ihren Aufmerksamkeiten macht.

Das ist mir egal! Was geht hier eigentlich vor sich?

Sagen wir mal, sie unterhält gewisse ehrgeizige Ziele, die sie leider nicht erreichen wird, einverstanden? Ich weiß, dass dir die Situation nicht gefällt, aber das muss sie auch nicht, Margaret. Du musst sie nur für eine Weile ertragen.

Natürlich, Vater, wenn du es verlangst! Ich werde mich bemühen, dich nicht mit meinen schlechten Manieren in Verlegenheit zu bringen. Aber ich weiß nicht, ob ich ihr gegenüber höflich sein kann.

Du kannst mich gar nicht in Verlegenheit bringen, Marguerida. Und ich erwarte auch nicht, dass du höflich zu ihr bist, es reicht, wenn du dich zivilisiert benimmst. Denk daran, wie Dio mit der Situation umgehen würde.

Du meinst, ich darf die Nase rümpfen, als würde etwas schlecht riechen, solange ich so tue, als wäre ich erfreut darüber.

Genau!

Selbst über den Radau hinweg vernahm Margaret Mikhails Stimme, der weiter mit seiner Mutter sprach, als wären sie die einzigen Menschen im Raum. »Ich bin Ariel schon auf der Treppe begegnet. Sie scheint in guter Verfassung zu sein, wenn man bedenkt, wie weit sie schon ist und wie krank sie im Sommer war. Deine Fürsorge bekommt ihr offenbar, Mutter.«

»Danke, Mikhail. Ehrlich gesagt, ermüdet mich die ganze Sache, und ich bin froh, wenn das Kind endlich zur Welt kommt. Ich glaube, ich bin zu alt für solche Dinge.«

»Alt? Nun hör aber auf, nach Komplimenten zu fischen, Mutter!« In Mikhails Stimme lag ein freundlich neckender Ton, und Javanne antwortete mit einem Lächeln. Offenbar genoss sie es, im Mittelpunkt des Interesses zu stehen, selbst wenn dieses von ihrem jüngsten Sohn ausging, den sie offenkundig nicht mochte und dem sie auch ständig misstraute.

»Ich bin noch keine alte Hexe, oder?«

»Gewiss nicht! Nur ein Blinder könnte übersehen, dass du ein Bild von einer Frau bist und noch viele Jahre sein wirst. Du siehst nicht im Geringsten wie eine Großmutter aus.« Mikhail schien fast mit seiner Mutter zu flirten, wenn auch auf eine gänzlich höfliche Art und Weise.

»Das höre ich aber gern. Ich bin mir schon fast vorgekommen, als könnte ich bald in Richtung Grab tattern. Du siehst gut aus, mein Sohn. Über deinen Brief habe ich mich übrigens sehr gefreut und ihn immer wieder gelesen. Ich wünschte, deine Brüder würden auch endlich mal die Mühen der Kindeserziehung begreifen.«

Während sie diese etwas gestelzten, aber dennoch aufrichtig gemeinten Höflichkeiten austauschten, legte Gisela Aldaran mehrmals besitzergreifend die Hand auf Mikhails Arm, und er zog ihn ebenso oft verärgert zurück. Margaret beobachtete die Szene, und ihre schlechte Laune machte langsam einer leichten Belustigung Platz. Endlich wurde es die Frau leid, dass man sie nicht beachtete, und sie sagte: »Mikhail! Willst du mich denn nicht mal deiner Mutter vorstellen?«

Als Margaret die schwüle und anzügliche Stimme der anderen Frau hörte, wurde aus ihrer spontanen Abneigung regelrechter Hass. Ein langer Moment des Schweigens entstand, nur die Dienerschaft schnatterte ringsum pausenlos, während Javanne und ihr Sohn Gisela ansahen, als wäre sie soeben aus den Fliesen der Vorhalle gewachsen.

Als niemand etwas sagte, schob Gisela ihre Hand wieder in

Mikhails Armbeuge und sagte zuckersüß: »Ich bin Gisela Aldaran.«

»Das mag sein«, antwortete Javanne schroff, dann raffte sie ihre weiten Röcke, rauschte an der verdutzten Gisela vorbei und stieg mit feierlicher Würde die Treppe hinauf, die allerdings von dem brennenden Rot auf ihren Wangen Lügen gestraft wurde.

Margaret verfolgte diese Arroganz mit sprachloser Bewunderung und unterdrückte ein lautes Lachen, das ihr zu entschlüpfen drohte. Lew gab dagegen seinen niedrigeren Instinkten nach und kicherte neben ihr mit gesenktem Haupt leise in sich hinein.

Javanne hatte schon immer ein Talent dafür, die Umgangsformen zu ihrem Vorteil einzusetzen.

Aber warum war sie so ... bissig, Vater?

Denk doch mal nach, Marguerida. Wenn du bereits eine schlechte Partie für Mikhail bist, um wie viel schlimmer mag dann wohl dieser Spross der Aldarans sein?

Ich werde die darkovanische Politik nie begreifen, Vater! Ich dachte immer, jede außer mir wäre akzeptabel.

Nein, nicht jede. Und so ungern ich dir das Vergnügen vorenthalte, Mikhail zu begrüßen, schlage ich dennoch vor, wir ziehen uns nun in unsere Suite zurück.

Ich werde ihn doch noch oft genug sehen können, oder?

Das verspreche ich dir, Marguerida.

Eine Stunde später kam Margaret gebadet und in einem weißen Wollkleid, das am Saum und den Ärmeln mit einem schwarzen Blattmuster verziert war, aus ihrem Zimmer, um ihren Vater zu treffen. Trotz des erfrischenden Bades war sie müde und schlecht gelaunt. Sie hatte nicht mit einem offiziellen Abendessen am Tag ihrer Ankunft gerechnet, und als Lew ihr sagte, dass sie daran teilnehmen müsse, beugte sie sich widerwillig seinen Wünschen mit allem Anstand, den sie aufbringen konnte.

Das neue Kleid half ein wenig, ebenso die beruhigende Anwesenheit von Piedra, dem Dienstmädchen, das sich jedes Mal um Margaret kümmerte, wenn sie auf Burg Comyn kam. Sie hatte das Kleid noch nie gesehen, aber es lag für sie bereit, als sie aus der Wanne steig. Margaret hielt geduldig still, während Piedra ihr widerspenstiges rotes Haar bürstete und mit einer hübschen Spange in Schmetterlingsform zusammenhielt, die Margaret ebenfalls nicht kannte.

»Hast du wieder in den Schränken gewühlt, Piedra?«, fragte sie, während sich die Magd mit ihrem Haar abmühte.

»Ja und nein. Euer Vater hat das Kleid bestellt, als er von Eurer Rückkehr erfuhr. Und dazu, glaube ich, diese passenden Handschuhe, denn sie kamen erst gestern vom Handschuhmacher. Aber ich gebe zu, dass ich diese Haarspange beim Aufräumen in den Gemächern der Elhalyn gefunden habe. Für die Mädchen dort ist sie viel zu alt. Die beiden sind sehr hübsch, aber bei weitem zu jung für solchen Schmuck. Ich weiß nicht, wem die Spange gehörte, aber sie ist gewiss sehr kostbar, dass sie zu Eurer großen Perle passt, deshalb dachte ich, es kann nicht schaden, wenn ich sie mir ausleihe.« Das Mädchen lächelte Margaret im Spiegel liebevoll an.

»Du sorgst immer so gut für mich, Piedra.«

»Es freut mich ungemein, dass Ihr meine Dienste schätzt, *Domna*. Die Wirtschafterin wollte Euch eine der Kammerfrauen schicken, die manchmal für Lady Linnea Dienst tut, aber ich sagte zu ihr, dass Ihr keine Fremden um Euch haben wollt und an mich gewöhnt seid.«

»Genau! Wer sonst würde mir so schöne Schlaflieder auf dem Kissen hinterlegen, damit ich gut schlafe?«

Piedra strich Margarets Haar glatt und befestigte die Schmetterlingsspange, dann griff sie nach der großen schwarzen Perle, die Lew Alton seiner Tochter bei ihrem ersten Aufenthalt auf Burg Comyn geschenkt hatte. Die Perle hatte einst ihrer Großmutter, Yllana Aldaran, gehört. Margaret fühlte sich durch sie Yllana sehr verbunden, obwohl sie sie nie kennen gelernt hatte, und eine ungewöhnliche Sicherheit dazu. Yllana war bei der Geburt von Lews jüngerem Bruder Marius gestorben.

Das war eine sehr traurige Geschichte. Tragisch war vielleicht ein noch besseres Wort. Der Rat der *Comyn* hatte der Ehe zwischen Kennard Alton und Yllana damals die Anerkennung verweigert, und sie besaß nur den Status einer *Barragana*, nicht den einer Ehefrau. Das war eine grausame Erfahrung gewesen, und wenn Lew – was sehr selten geschah – darüber sprechen mochte, hatte stets eine uralte Wut in seiner Stimme gebrodelt.

Margaret runzelte die Stirn. Auch wenn sie Mikhail manchmal damit aufzog, wusste sie doch, dass sie sich mit einer solchen Stellung nie abfinden könnte. Es wäre zu erniedrigend, nicht nur für sie, sondern auch für ihren Vater.

»Warum schaust du denn so traurig, *Chiya*?«

»Ich habe gerade meine Perle betrachtet und an Großmutter Yllana und ihr schweres Leben gedacht.«

Lew lachte leise, dann schüttelte er den Kopf. »Meine Mutter würde schmunzeln, wenn sie dich hören könnte, denn sie und mein Vater liebten sich sehr, und sie fand ihr Leben gar nicht so schrecklich. Ich wünschte, du hättest sie gekannt – Teufel, und ich hätte sie länger gekannt. Ich war noch so jung, als sie starb!«

»Wir beide haben wohl kein Glück mit unseren Müttern, stimmt's?«

»Ich könnte nicht behaupten, dass ich mit Glück besonders gesegnet war, Marguerida. Zurzeit allerdings schätze ich mich sehr glücklich, dass ich dich wieder gefunden habe und mir vorstellen kann, wie du später werden wirst.« Lew lächelte über seine Bemerkung, und Margaret sonnte sich in seiner unverhüllten Freude.

»Erzähl mir von Gisela Aldaran.«

»Muss das sein?« Er sah drollig missvergnügt aus. »Also gut. Ihr seid, wie du wahrscheinlich schon erraten hast, über mehrere Ecken miteinander verwandt. Sie ist vierundzwanzig, Witwe, mit zwei kleinen Kindern. Und soweit ich bisher beobachten konnte, ist sie eine intelligente, wenn auch recht unangenehme junge Frau. Ihr älterer Sohn ist drüben im Medizinischen Zentrum der Terraner und erholt sich von einer Operation, der jüngere ist hier. Ihr Vater, *Dom* Damon Aldaran, ist ebenfalls auf der Burg zu Gast, und er und Regis haben sich lange in den verschiedensten Räumen eingesperrt und versucht, eine Vereinbarung auszuhandeln, die eine Rückkehr der Aldarans an den Ratstisch ermöglicht. Was mich angeht, habe ich da allerdings im Moment keine großen Hoffnungen.«

»Und Gisela hat es auf Mikhail abgesehen?«

»Allerdings. Und sie macht auch kein Geheimnis daraus. Sie und Mikhail waren befreundet, als sie noch viel jünger waren – er hat die Aldarans besucht, ohne dass jemand davon wusste –, und vielleicht haben sie damals auch ein wenig geflirtet, ich weiß es nicht.«

»Aber warum hat er mir nie etwas davon erzählt?« Margaret hörte den Kummer aus ihrer Stimme heraus. Sie hatte gespürt, dass Mikhail seit seiner Rückkehr nach Thendara über irgendetwas beunruhigt war, doch damit hatte sie nicht gerechnet. Sie dachte eigentlich, sie und Mikhail könnten einander alles sagen, aber darin hatte sie sich anscheinend getäuscht. Ihr einziger Trost, ein kalter Trost, war der, dass er sich nichts aus Gisela zu machen schien. Das würde allerdings keine Rolle spielen, falls Regis entscheiden sollte, dass die beste Lösung für das Problem mit den Aldarans eine Heirat zwischen seinem Neffen und dieser Frau war. Margaret war lange genug auf Darkover, um zu wissen, dass eine solche Entscheidung durchaus im Bereich des Möglichen lag, und sie fragte sich, ob Mikhail so gehorsam sein würde, sie hinzunehmen. Bei diesen schmerzhaften Überlegungen musste sie heftig schlucken.

Lew schwieg und wurde für einen Moment ganz nachdenklich. »Du hast Mikhails Neugier immer für einen Vorzug, nicht für eine Belastung gehalten, hab ich Recht? Überleg doch mal, wie die Dinge standen. Er wurde dazu erzogen, einmal Regis' Platz einzunehmen, und dann aufs Abstellgleis geschoben, wenn auch nie offiziell. Wir haben es daher mit einem intelligenten jungen Mann zu tun, der zu viel Freizeit und kein bestimmtes Ziel im Leben hat.«

»Er hat mir erzählt, dass die Tätigkeit als Dyan Ardais' Friedensmann keine besondere Herausforderung für ihn war«, räumte Margaret ein.

Lew brummte zustimmend. »Ich vermute, das Anstrengendste dabei war, zu verhindern, dass Dyan junior zu viele Skandale heraufbeschwor – dass er zu viel trank oder mit den falschen Frauen ins Bett ging.«

Margaret lachte unwillkürlich. »Mit den falschen Frauen ins Bett ging? Meinst du Huren oder jene, die er verführte?«

»Beides! Lenk mich nicht vom Thema ab. Wir müssen bald zum Abendessen nach unten, und ich will vorher noch zu Ende kommen. Wir haben auf der einen Seite Mikhail, frei und ungebunden, und auf der anderen die Aldarans, die man jahrelang von der darkovanischen Gesellschaft ausgeschlossen hat. Was hättest du getan?«

»Ich hätte mich davongeschlichen und mir die Leute angesehen.«

»Genau das hat Mikhail auch getan und sich mit Herm und Robert Aldaran, Giselas älteren Brüdern, angefreundet. Das war, kurz bevor Herm als Abgeordneter ins Parlament der Föderation berufen wurde, dabei hat er Gisela kennen gelernt. Mehr war damals nicht.«

»Und jetzt?«

»Jetzt ist alles ganz anders, und die Sache wird wahrscheinlich in viel empörtem Geschrei enden. Trotz ihres klugen Kopfes scheint Gisela die simple Tatsache nicht zu begreifen, dass aus Gründen der Machtbalance niemand eine Heirat zwischen ihr und Mikhail erlauben würde.«

»Mir ist nur zu bewusst, dass auf Darkover alles auf Macht hinausläuft und dass sich nicht mal der geringste Teil dieser Macht in der Hand von Frauen befindet.« Margaret war ein wenig verbittert, weil sie erkannte, dass Gisela Aldaran wie sie selbst nur eine Schachfigur war, die über ihr Handeln nicht eigenmächtig bestimmen konnte. Und was Margaret anging, konnte Gisela jedoch tun, was sie wollte, solange sie die Finger von Mikhail ließ.

»Ich weiß, es ist nicht gerecht, *Chiya*. Es war auch nicht gerecht, dass ich mich in Marjorie Scott verliebt habe, die wie meine Mutter sowohl eine Aldaran als auch Terranerin war. Und jetzt wollen wir in den großen Speisesaal hinabgehen und uns von unserer besten Seite zeigen.«

»Ja, Vater.«

Lew sah sie scharf an. »Ich misstraue dir selten mehr, als wenn du vorgibst zu gehorchen.«

Margaret lächelte ihn an. »Das beweist nur, dass du ein sehr kluger Mann bist.«

Lew Alton seufzte, verdrehte die Augen und nickte schließlich. Als er Margaret wieder ansah, wirkte er ernst und schalkhaft zugleich. »Frauen!«

»Und was soll das nun schon wieder heißen?«

»Dass Frauen sowohl der größte Segen als auch der größte Fluch sind, der je erfunden wurde.«

»Komisch. Ich denke über Männer genauso – und ich bin außerdem der Ansicht, wir hätten ihnen nie das Sprechen beibringen dürfen!«

Lew Altons raues Lachen hallte von den Wänden wider, als sie auf den Flur hinaustraten. »Es heißt zu Recht, dass ihr weder mit uns leben könnt noch ohne uns – und uns geht es nicht anders.«

19

Margaret war noch nie im großen Speisesaal von Burg Comyn gewesen, deshalb sah sie sich interessiert um, als sie ihn mit ihrem Vater betrat. Er war sehr geräumig, mit einem dick gewebten Teppich auf einem Schachbrettmuster aus blauen und weißen Fliesen. An den Wänden hingen Gobelins, auf denen Szenen aus der darkovanischen Vergangenheit dargestellt waren, darunter einer mit Hastur und Cassilda, dem beliebtesten Thema in der Musik und den anderen Künsten des Planeten. Der Wandteppich war das prächtigste Exemplar, das Margaret bisher gesehen hatte. Die Weber hatten Tausende von feinen, gefärbten Fäden verwendet, um die Figuren darzustellen; im Vordergrund entdeckte Margaret winzige Blumen, nicht größer als ihre Fingerspitze, die in dem Licht tanzten, das von der mächtigen Gestalt des legendären Hastur ausstrahlte.

Margarets Aufmerksamkeit wurde jedoch nicht von der riesigen Figur Hasturs angezogen, sondern von einer Gruppe Musiker, die in einer Ecke spielten. Sie musste dem Drang widerstehen, hinzugehen und diesen Teil des Wandteppichs genauestens zu untersuchen. Sie hätte die Instrumente liebend gern aus der Nähe studiert, auch wenn der Gobelin so hoch hing, dass sie dazu eine Leiter gebraucht hätte.

Margaret seufzte bedauernd, dann blickte sie sich im Raum um. In der Mitte stand ein unendlich langer Tisch. Sie zählte rasch und stellte fest, dass er nur für dreißig Personen gedeckt war, allerdings war sie überzeugt, dass irgendwo noch Ausziehplatten verstaut waren, mit denen man ihn auf hundert Leute erweitern konnte. Die Stühle, die um den Tisch herum standen, hatten hohe Lehnen, waren mit allerlei Schnitzwerk verziert und sahen ziemlich unbequem aus.

Die Höhe der Decke ließ alles andere zwergenhaft erscheinen. Zu Margarets Überraschung gab es ein Deckengemälde mit den vier Gottheiten Darkovers, jede in einem eigenen Quadranten. Was für ein merkwürdiger Einfall, dachte sie, und auch das Bild von Zandru in seiner winterlichen Hölle, das sich drohend über ihr erhob, gefiel ihr überhaupt nicht.

»Ist das ein Staatsereignis hier?«, flüsterte Margaret ihrem Vater zu.

»Nicht ganz. Ich glaube, Regis will eine offizielle Atmosphäre schaffen, um die tobende See der Emotionen zu bändigen.« Er deutete mit einer weiten Geste über den Raum.

»Ich wünsche ihm viel Glück dabei. Offensichtlich will er alle beeindrucken und zeigen, wer hier der Herr im Haus ist.« Sie seufzte leicht, spürte ihre schmerzenden Beine und war plötzlich zu müde, um sich noch länger über Regis Gedanken zu machen. »Ist das hier so wie bei den Staatsbanketten, an denen du als Senator teilgenommen hast?«

»Ja. Aber hoffentlich wird das Essen hier besser sein, und wir werden nicht unzähligen Reden lauschen müssen.«

»Hast du es denn so gehasst?«

»Mit Dio an meiner Seite ging es, sie hat ein unglaubliches Geschick im Umgang mit Menschen, das mir völlig fehlt. Sie könnte den größten Langweiler im ganzen Universum ertragen, ohne eine Miene zu verziehen – wahrscheinlich hat sie es sogar einige Male getan. Nur ohne sie wurde es unerträglich.«

»Dann werde ich versuchen, ein angemessener Ersatz zu sein.« Margaret hatte sich bereits nach der Gesundheit ihrer Stiefmutter erkundigt, aber ihr Zustand war unverändert. Wenn sie doch nur einen Weg finden könnte, die Frau zu heilen, um Lews willen und um ihretwillen. Der Wunsch zu helfen brannte so frisch und heiß in ihr wie an jenem Tag, an dem sie erfahren hatte, dass Dio im Sterben lag. Doch dann wurde ihr klar, dass es sie in eine tiefe Verzweiflung stürzen würde, wenn sie anfing darüber nachzudenken, und das kam ihr sinnlos vor.

Auf der Suche nach Ablenkung ließ Margaret den Blick durch den riesigen Saal schweifen. Sie entdeckte Francisco Ridenow, ins Gespräch versunken mit Dyan Ardais. Javanne Hastur redete mit Lady Linnea, aber ihrem Gesichtsausdruck nach widmete sie der Unterhaltung nicht ihre volle Aufmerksamkeit. Lady Marilla Aillard beobachtete wie so häufig mit besorgter Miene Dyan, und neben ihr stand völlig ruhig Liriel Lanart. Die beiden bildeten einen starken Kontrast, denn Liriel war so groß, wie sie rund war, und Marilla war wahrhaft zierlich.

Margaret hörte ein Räuspern hinter sich und drehte sich um. Im Eingang stand Mikhail Hastur, bekleidet mit einem rosenfarbenen Überrock mit silberner Borte. Er hielt ein Mädchen an jeder Hand, und neben ihm stand ein nervös wirkender junger Mann. Das mussten Emun Elhalyn und seine Schwestern sein, allerdings hatte Margaret keine Ahnung, welche die jüngere und welche die ältere der beiden Mädchen war. Trotzdem war es eine große Erleichterung, Mikhail mit diesen Kindern zu sehen statt mit Gisela Aldaran.

Mikhail lächelte Margaret an, und sie dachte, das Herz würde ihr gleich aus der Brust springen. Dann trat er vor, machte eine sittsame Verbeugung und sah ihr in die Augen wie ein Verdurstender, vor dessen Füßen sich soeben alle Flüsse dieser Welt aufgetan hatten. Sie standen da und starrten einander an, ohne ihre Umgebung wahrzunehmen.

Schließlich kehrte Mikhail mit einem sichtbaren Ruck ins Hier und Jetzt zurück und erinnerte sich seiner Pflichten. »Liebe Marguerida, darf ich dir *Damisela* Miralys Elhalyn, ihre Schwester Valenta und ihren Bruder Emun vorstellen. Kinder, das ist *Domna* Marguerida Alton.«

Emun machte eine ziemlich unbeholfene Verbeugung, bei

der ihm der Schweiß auf die schmale Stirn trat. Miralys machte einen vollendeten Knicks, als hätte sie ihr Leben lang nichts anderes getan, Valenta hingegen betrachtete Margaret nur auf fast schon unhöfliche Weise, bevor sie die Knie eine Idee beugte. Dann sah das jüngere Mädchen zu Mikhail auf, der immer noch völlig verwirrt war, und nickte, als wäre nun ein Rätsel zu ihrer Zufriedenheit gelöst.

Valenta ließ Mikhails Hand los und trat auf Margaret zu. »Ich weiß alles über dich«, sagte sie leise.

»Tatsächlich?« Margaret wusste nicht recht, was sie davon halten sollte. In den Augen des Mädchens lag ein beunruhigender Ausdruck, und sie schien Margaret mit großer Sorgfalt zu prüfen. Valentas Blick war sehr viel intensiver, als es auf Darkover für schicklich gehalten wurde, aber nachdem Margaret sogar schon einmal vor einer Prüfungskommission der Universität gestanden hatte, spürte sie nicht das geringste Bedürfnis, den dunklen Augen des Kindes auszuweichen. »Das ist ja interessant, denn ehrlich gesagt, glaube ich nicht einmal, dass ich selbst alles über mich weiß.«

Valenta grinste, und ihre dunklen Augen funkelten schalkhaft. »Du bist diejenige, die in Neskaya lernt, wie man eine *Leronis* wird.«

»Es stimmt, dass ich in Neskaya lerne, mit meinem *Laran* umzugehen, aber ich habe nicht vor, eine *Leronis* zu werden, Valenta. Wenn ich Glück habe, könnte ich in ein paar Jahren eine passable Technikerin abgeben, aber wahrscheinlich eher nicht.«

»Wieso denn nicht?«

»Ich bin schon ziemlich alt, um noch mit dem Studium der Matrizen zu beginnen, und außerdem würde es mir überhaupt nicht behagen, eine *Leronis* zu sein.« Die Vorstellung, den Rest ihres Lebens inmitten dieser unheimlichen Steine zu verbringen, war ihr unerträglich, aber das sagte sie natürlich nicht.

»Du musst mir alles darüber erzählen, denn ich glaube, mir würde es sehr behagen. Sie schicken mich nächstes Jahr nach Arilinn, und du warst doch diesen Sommer dort, stimmt's? Wird es mir denn gefallen?«

Bevor Margaret sich eine taktvolle Antwort zurechtzimmern konnte, betrat Danilo Hastur den Raum, dicht gefolgt von Regis und seinem Friedensmann. Emun Elhalyn strahlte sichtbar, als er Dani sah, seine ernste Miene schwand. Doch Dani hatte nur für Miralys Augen, und sie für ihn.

Mik, die beiden jungen Leute sind verliebt.

Ich weiß, und alle anderen im Raum wissen es ebenfalls. Das Benehmen der beiden wäre ein absoluter Skandal in Gegenwart all dieser Menschen, wenn Dani nicht ein so galanter Mann und Mira nicht eine perfekte junge Dame wäre. Ich habe dir doch bereits erzählt, dass sie einander schöne Augen machen.

Ja, aber bevor ich die beiden sah, war mir nicht klar, wie ernst die Sache ist. Sehen wir für andere Leute etwa auch so aus?

Höchstwahrscheinlich, Marguerida. Aber ich bin wirklich sehr froh, dich zu sehen. Und dein Kleid ist wunderbar! Du siehst großartig aus!

Oh, vielen Dank, mein Herr! Und wo ist Eure schöne Begleiterin von vorhin?

Gisela wird nur allzu bald hier sein. Ich konnte ihrer Aufmerksamkeit entfliehen, indem ich darauf bestand, die Kinder zu begleiten. Ich habe mich in meinem ganzen Leben noch nicht hinter einem Weiberrock versteckt, und jetzt ducke ich mich ausgerechnet hinter zwei kleinen Mädchen. Ist das nicht ein großartiger Witz?

Nein, eigentlich nicht. Soll ich dir zu Hilfe kommen und dem Miststück sagen, dass sie sich in Zandrus kälteste Hölle scheren soll?

Lieber nicht, sosehr ich es genießen würde. Die Dinge sind schon kompliziert genug, auch ohne dass einer von uns das familientypische Temperament vorführt.

»Onkel Lew, du musst sehr froh sein, dass Marguerida wieder hier ist, wo du ein Auge auf sie haben kannst. Rafaella hat mir erzählt, dass sie auf dem Weg nach Neskaya eine Begegnung mit Banditen hatten. Weißt du etwas darüber?«

»Marguerida erwähnte kurz, dass sie auf der Reise Banditen begegnet sind, sie hat mir bisher aber keine Einzelheiten erzählt.« Lew klang eher belustigt als verärgert.

Margaret sank der Mut. Die Geschichte mit den Räubern wollte sie jetzt nun wirklich nicht diskutieren. Sie hatte sich geschworen, niemandem je von der Sache zu erzählen, und sie war ziemlich wütend auf Rafi, weil sie die Katze aus dem Sack gelassen hatte. Was sollte sie nun sagen? Sie stand schweigend da, während ihr Vater und Mikhail sie erwartungsvoll ansahen.

Miralys hatte Mikhail losgelassen, sie unterhielt sich mit Dani und Emun und schien ganz in ihrem Element zu sein. Dann hörte man Stimmen vom Flur her, und Margaret erkannte Donal Alars Piepsen. Doch daneben erklang unverwechselbar die dunkle, verführerische Stimme von Gisela Aldaran.

Mikhail, der aussah, als würde er von einem Rudel Wölfe gehetzt, trat rasch an Margarets Seite, und alle Fragen über die Banditen waren vergessen. Margaret war erleichtert und für einen Augenblick sogar dankbar, dass Giselas Erscheinen ihn abgelenkt hatte. »Du hast doch sicher nichts dagegen, oder? Ein paar Minuten Aufschub von unserer Base wären ein wahrer Segen.«

»Noch ein Weiberrock?« Margaret schob ihre Hand in Mikhails Armbeuge, obwohl sie wusste, dass diese Geste Javannes Unmut herausforderte. Beinahe fand sie nun Spaß an der Sache. Ihre Laune besserte sich, die Niedergeschlagenheit verging und wurde von einer Unbeschwertheit ersetzt, die sie gerne in eine Schachtel gesteckt und für immer aufbewahrt hätte. Margaret wusste, dass sie das zum Teil dem gelassenen und sicheren Auftreten ihres Vaters verdankte. Und mit Mikhail an ihrer Seite konnte sie ohnehin alles durchstehen.

Ja, aber der einzige Rock, der mich wirklich ...

Mikhail! Hinter meinem Rock ist eine Sache, aber unter ihm ist eine ganz andere!

Stimmt, aber kannst du es mir denn verübeln? Du bist die schönste Frau der Welt, vielleicht sogar des ganzen Universums. Ich habe mich mehr als einmal an unseren Kuss auf der Terrasse im letzten Sommer erinnert.

Hör auf! Mein Gesicht fühlt sich an, als wäre es rot wie das Kleid einer Bewahrerin!

Unsinn. Man sieht nur einen leichten Anflug von Rosa auf deinen Wangen, sonst nichts, und niemand würde vermuten, dass wir unaussprechliche Gedanken füreinander hegen.

»Ich bin deinem Vogel begegnet, als ich in den Stallhof kam, Mikhail – oder besser gesagt, er flog einfach auf meine Schulter und warf mich fast vom Pferd. Was für ein wunderschönes Geschöpf. Wir haben auf Thetis ähnliche Vögel – nicht ganz so groß, wenn ich mich recht erinnere, aber genauso hübsch. Ich bekam gleich ein bisschen Heimweh.«

»Schön und eine echte Plage. Er scheint beschlossen zu haben, dass ich zu ihm gehöre, und was ich auch tue, er weicht mir nicht von der Seite.«

In diesem Moment kam Donal Alar in den Saal gerannt, ihm folgten mit etwas mehr Würde sein Bruder Damon und seine Eltern. Hinter ihnen schritt Gisela Aldaran mit einem älteren Mann, der ihr Vater sein musste. Daneben ging ein weiterer Mann, der seinem Vater sehr ähnelte, und Margaret nahm an, dass es sich um einen Bruder Giselas handelte. Sie verstärkte ihren Griff auf Mikhails Arm für einen Augenblick, bevor sie die Hand wegzog.

Sie standen Schulter an Schulter da, fast gleich groß, einander nicht berührend und doch innig vereint. Es fühlte sich vollkommen richtig an, und als Lew Alton neben sie trat, fühlte Margaret sich so beschützt, wie sie es sich ihr ganzes Leben lang gewünscht hatte. Mit ihrem Vater und Mikhail an ihrer Seite wurde sie mit allem fertig. Doch warum dann schlug ihr Herz so schnell und war ihr Mund so trocken?

Gisela blieb stehen, funkelte die Gruppe mit ihren lebhaften grünen Augen an und zwang sich zu einem Lächeln, das keine Wärme enthielt. »Hallo, Mikhail«, begann sie in ihrem verführerischen Tonfall und hatte eindeutig die Absicht, Margaret zu ignorieren. Sie ging auf Mikhail zu. Der wäre fast zurückgewichen, schien sich dann jedoch zu entsinnen, dass er ein Hastur war, und nickte ihr höflich zu.

Margaret musterte die andere Frau, sie bemerkte das schöne Seidenkleid in einem tiefen Granatrot, das in anmutigen Falten auf die zierlichen Lederschuhe an ihren Füßen fiel. Die Ärmel des Kleides waren halblang, so dass man die glatte Haut ihrer Arme und der weichen Hände deutlich sah. An einem Handgelenk trug sie einen dicken Goldreif mit roten Steinen, und Margaret war für einen Moment überrascht. Dann erinnerte sie sich, dass Gisela eine Witwe und keine Jungfrau mehr war und bereits Kinder hatte. Dennoch sah das Ding an ihrem Arm nicht im Entferntesten wie eins der wenigen *Catenas*-Armbänder aus, die sie gesehen hatte. Vielleicht stammte es von einem anderen Planeten.

»Gisela, Robert, Lord Aldaran.« Mikhail schien nicht recht zu wissen, wie er fortfahren sollte. »Verzeiht mir, aber ich hatte noch nicht die Gelegenheit, meine Schwester Ariel zu begrüßen. Würdest du bitte die Vorstellung übernehmen, Onkel Lew?«

»Selbstverständlich, Mikhail.«

Feigling!

Richtig, liebe Marguerida, ganz richtig. Da siehst du, was für ein Schwächling ich in Wirklichkeit bin. Ich würde lieber hundert Banditen gegenüberstehen als jetzt Gisela. Abgesehen davon sind sie Lews Verwandte, nicht meine, deshalb ist es ohnehin angemessener, wenn er sie vorstellt.

So eine Spitzfindigkeit habe ich in meinem ganzen Leben noch nicht gehört, mein Geliebter.

Falls Lew Alton von Mikhails plötzlichem Abgang verdutzt war, zeigte er es zumindest nicht. Margaret sah, wie Mikhail zu Ariel und Piedro hinüberging, augenscheinlich ganz der besorgte Bruder, und Lew lächelte feierlich. »*Dom* Damon, darf ich Euch meine Tochter Marguerida Alton vorstellen. Marguerida, das sind *Dom* Damon Aldaran, sein Sohn Robert und seine Tochter Gisela.«

Die Situation behagte Gisela offenkundig überhaupt nicht, stocksteif stand sie da, wohl wissend, dass sie gerade eine raffinierte Abfuhr erhalten hatte. Ihre Miene gefror, und sie suchte verzweifelt nach einem Weg, sich wieder zu fangen. Sie machte eine heftige Armbewegung, dabei verfing sich das Armband in der Seide ihres Kleides. Gisela schaute finster.

»Lord Aldaran, Lord Robert, Lady Gisela«, sagte Margaret förmlich und machte einen sittsamen Knicks.

Gisela war es inzwischen gelungen, das Armband aus dem Stoff zu befreien, und sie hob den Kopf mit einem wilden Lächeln. »Ihr seid also Marguerida Alton. Wir haben schon viele Geschichten über Euch gehört.« Sie starrte sehr unhöflich auf die Handschuhe.

»Geschichten? Ich kann mir gar nicht denken, worüber. Mein Leben war alles in allem bisher nicht sehr bemerkenswert.« *Jedenfalls nicht, bevor ich nach Darkover kam*, fügte sie schweigend an.

Robert Aldaran warf seiner Schwester einen nicht zu deutenden Blick zu, und *Dom* Damon sah aus, als würde er seiner Tochter am liebsten den Hintern versohlen. »Ihr seid zu bescheiden«, begann Robert. »Selbst uns da droben in den Hellers haben die Nachrichten von Euren Heldentaten erreicht.«

Margaret entschied mit einer für sie ungewöhnlichen Spontaneität, dass sie den jungen Mann mochte. Er hatte etwas Gesundes an sich, eine Selbstsicherheit, die ihn vertrauenserweckend wirken ließ. Gleichzeitig fühlte sie jedoch, wie sich ihre übliche Zurückhaltung zeigte. Sie merkte, wie ihre Sympathie für Robert ihre gewohnte Scheu vor Gefühlen auslöste, unter der sie gelitten hatte, solange sie zurückdenken konnte. Warum musste Mikhail sie auch im Stich lassen! Zumindest ihr Vater blieb in der Nähe, und der kleine Donal Alar verfolgte neben ihr alles mit wachsamen Augen.

»Heldentaten? Meint Ihr vielleicht, wie ich den Drachen getötet habe oder wie ich in einer einzigen Nacht von Ardais nach Thendara geritten bin?« Was wurde über sie geredet? Sie schauderte, auch wenn ihre Antwort voller Ironie steckte.

Robert Aldaran lachte und schlug sich auf die Schenkel. »Auweia! Jetzt nehmt Ihr mich aber ganz schön auf den Arm!«

»Hast du wirklich einen Drachen getötet, Marguerida?«, fragte Donal hingerissen. Seine Augen wurden vor Bewunderung ganz groß, offenbar traute er Margaret alles zu.

»Nein, Donal. Es gibt gar keine Drachen auf Darkover, aber wenn es welche gäbe und ich hätte vor, einen zu töten, würde ich dich bestimmt mitnehmen. Ich habe eben nur ein wenig herumgealbert.«

»Gut. Ich würde es nur ungern verpassen.«

»Ich habe eher«, fuhr Robert fort und nickte dem Jungen freundlich zu, »von Eurer Begegnung mit einigen Banditen zwischen den Weißen Quellen und Neskaya gesprochen.«

»Banditen!« Lord Aldaran, der bisher nicht sonderlich geduldig zwischen seinen Kindern gestanden hatte, wurde hellwach. »Sie werden jedes Jahr dreister. Sie stehlen Pferde und Vieh und alles, was sie sonst noch in die Finger kriegen. Man muss endlich mal etwas unternehmen.«

Robert nickte. »Es stimmt allerdings, dass die Diebesbanden immer zahlreicher werden. Erzählt uns von der Bande, die Ihr besiegt habt.«

Margaret hatte sich geschworen, nie über diese schreckliche Nacht zu reden, aber sie sah keine Möglichkeit, das Ereignis zu leugnen. Wie zum Teufel hatte Robert nur davon erfahren? Anscheinend wussten es alle. Margaret wurde klar, dass der Kaufmann die Geschichte in jedem Gasthaus auf dem Rest seiner Reise erzählt haben musste, und wahrscheinlich kannte man sie inzwischen überall in den Hellers. Von wegen Geheimhaltung.

Margaret riss sich zusammen und fing an. »Ihr stellt es so dar, als wäre ich ganz allein gewesen, was jedoch nicht der Fall war. Außer mir waren noch vier Entsagende dabei und ein Kaufmann aus den Trockenstädten, dazu Maultiere und Pferde. Die Banditen waren zahlenmäßig leicht überlegen, und es gelang ihnen, uns mitten in der Nacht zu überraschen. Ich muss sagen, es ist wohl der Winterfestigkeit der Darkovaner zuzuschreiben, dass sie überhaupt bei dieser Kälte an einen Angriff denken konnten – es hatte ein wenig geschneit und war für mein Gefühl sehr frostig. Manchmal dachte ich schon, ich werde nie mehr warm.

Aber Dorilys, mein Pferd, hat mich gewarnt. Es hat mich richtiggehend geweckt, und dann weiß ich nur noch, dass alles voller Räuber war. Schließlich konnten wir sie zurückschlagen. Da ich mit dem Schwert nicht besonders geschickt bin, schlug ich sie mit dem in die Flucht, was ich am besten kann, nämlich dem unbewaffneten Kampf, den ich an der Universität gelernt habe. Ich brach einem Mann das Genick, was äußerst unschön war! Und das Schlimmste dabei war, dass es fast schon zu leicht ging.«

Robert Aldaran sah sie neugierig an. Er war ein groß gewachsener Mann, älter als Margaret, mit dunkelrotem Haar und einem ernsten Gesicht, das sich vollkommen veränderte, wenn er lächelte. »Aber, *Domna*, ich habe allerdings noch einiges mehr gehört.«

Margaret schluckte heftig. Sie wollte nur ungern alle Einzelheiten enthüllen, aber es war klar, dass sich Robert nicht mit weniger zufrieden geben würde. Und wenn die Annahme stimmte, dass man sich die Geschichte bereits überall erzählte, sollte sie jetzt besser dafür sorgen, dass es keine Übertreibungen gab. Wenn nur ihr Gewissen endlich Ruhe gäbe. Nach dem darkovanischen Sittenkodex hatte sie schließlich nichts Verwerfliches getan.

»Es war alles ziemlich chaotisch, die Entsagenden kämpften mit den Banditen, und ich wusste nicht recht, was ich tun sollte. Nachdem ich es fertig gebracht hatte, dem Mann das Genick zu brechen, bin ich wohl in Panik geraten, weil ich nur noch wollte, dass es aufhört! Ich rief nur ›Halt!‹, ohne weiter nachzudenken, wie es jeder andere unter diesen Umständen vielleicht auch getan hätte.« Sie merkte, dass ihr Mund trocken war, und merkte, wie ihr Vater ihr den Arm tätschelte, als spürte er ihre Erregung.

Margaret schluckte wieder und verstärkte den Griff am Arm ihres Vaters. »Ich besitze nämlich die Befehlsstimme, bin aber noch nicht ganz an sie gewöhnt.« Sie unterbrach sich wieder und schaute auf Donal hinab, der zu ihr herauf grinste.

»Das stimmt! Weckt nie, nie Marguerida plötzlich auf – es sei denn, ihr wollt ...«

»... mitten in der Nacht im Freien schlafwandeln«, beendete Lew den Satz. Er warf Donal einen Blick zu, und der Junge fügte sich mit einem verständigen Funkeln in den Augen.

Robert und Gisela sahen vom Vater zur Tochter, selbst Lord Aldaran betrachtete Margaret interessiert. »Was geschah dann?«, fragte er, und seine Augen leuchteten.

»Zu meiner großen Überraschung blieben alle stehen. Besser gesagt, sie erstarrten, als wären sie Statuen im Schnee. Ich war entsetzt, weil ich nicht wusste, wie ich wieder ungeschehen machen konnte, was ich getan hatte. Doch zum Glück hatte ich den richtigen Einfall, und es gelang mir, meine Gefährten wieder zurückzuholen. Die Banditen weckte ich allerdings nicht.«

»Ihr meint, Ihr habt sie erfrieren lassen?«, fragte Gisela, und ihre Stimme war heiser vor Entsetzen. Sie hatte eine Gänsehaut an den Armen und zuckte plötzlich zurück, ein ängstliches Flackern in den Augen. »Wie konntet Ihr nur?«

»Hatte ich denn die Wahl?« Margaret glaubte selbst nicht, was sie da sagte. Sie klang prahlerisch, und das war das Letzte, was sie dabei empfand. »Sie waren uns zahlenmäßig weit überlegen, und eine der Entsagenden wurde verwundet.«

»Hast du sie denn im Schnee stehen gelassen, Marguerida?«, piepste Donal. »Das hätte ich sehen mögen.«

»Die Entsagenden haben sie ins Jenseits befördert und ihre Leichen verbrannt.« Ihr wurde übel, als sie das sagte, und sie kam sich unglaublich feige vor.

»Sehr gut«, verkündete Lord Aldaran, offenkundig nicht im Mindesten entsetzt. »Das war noch ein besseres Ende, als es die Kerle verdient hatten!«

Gisela war aus zarterem Holz geschnitzt, denn sie zitterte am ganzen Körper und zog sich zurück, näher zu Mikhail, der noch immer mit Ariel sprach. Margaret beobachtete sie und registrierte, dass Mik Giselas Anwesenheit neben sich gar nicht wahrzunehmen schien.

Gerade als Robert Aldaran im Begriff war, Margaret eine

weitere penetrante Frage zu stellen, betraten die Lanarts den Saal. *Dom* Gabriel furchte die Stirn, und Gabriel junior schien sich in seiner formellen Kleidung gar nicht wohl zu fühlen, doch Rafael lächelte. Ohne auf weitere Fragen zu hören, verließ Margaret den Schutz ihres Vaters und eilte auf ihren Onkel zu. »*Dom* Gabriel! Rafael! Was für eine nette Überraschung. Ich wusste gar nicht, dass ihr hier seid. Und Gabriel – wie geht es euch?«

Margaret hakte sich bei ihrem Onkel ein und legte ihm die Hand auf den Arm. Gabriel schien die warmherzige Begrüßung zu überraschen, obwohl er sich kaum etwas anmerken ließ.

»Ganz gut, ganz gut«, brummte er. »Du siehst glänzend aus.«

Sie neigte den Kopf ein wenig näher zu ihm, wild entschlossen, das Beste aus der Situation zu machen. Sie liebte ihren Onkel zwar nicht gerade, aber er war wenigstens ungefährlich und würde sie nicht wegen ihrer Rolle beim Tod der Räuber quälen. »Und Ihr seht aus, als wärt Ihr überall lieber als hier«, antwortete sie sehr leise. »Schmerzt Euer Bein wieder?«, flüsterte sie beinahe. Margaret wusste, dass *Dom* Gabriel im Herbst an Ischias gelitten hatte, und die Art, wie er ein Bein nachzog, verriet ihr, dass er es immer noch tat.

»Ein bisschen. Nett, dass du fragst.« *Dom* Gabriel entspannte sich ein wenig. »Du bist ein gutes Mädchen, auch wenn du ein bisschen eigensinnig bist und kein Benehmen hast. Wir sind vor etwa einer Stunde angekommen, mit einem gewaltigen Sturm im Nacken, und ich hatte kaum Zeit zum Atemholen. Der Wind blies noch nicht allzu stark, aber es war dennoch sehr lästig. Dann bestand Javanne auch noch darauf, dass ich zum Abendessen mitkomme, obwohl es meine Verdauung nicht gerade fördert, mit einem Rudel Aldarans bei Tisch zu sitzen!«

Margaret lachte über diesen leichten Scherz ihres Onkels. »Nein, das ist bestimmt nicht verdauungsfördernd. Ich glaube,

Dom Damon würde sogar den Magen eines Drachen in Schwierigkeiten bringen.«

Margaret freute sich, als ihr Onkel laut und bellend loslachte, so dass sich mehrere Leute nach ihm umdrehten. »Ein Jammer«, sagte er so leise, wie es seine kräftige Stimme zuließ, »dass sie ausgestorben sind. Ich würde gern mal einen jagen, oder noch besser, ich würde gern mal einem beim Fressen zuschauen, wenn er ... egal. Unterhalt dich mit Rafael und Gabriel, ja, nachdem du heute offenbar freundlich sein willst. Und glaub bloß nicht, dass ich dich nicht durchschaue – du willst mir doch nur Honig um den Bart streichen.«

»Ich freue mich aufrichtig, Euch zu sehen, Onkel Gabriel, egal, was Ihr glaubt. Wir sind zwar in vielem unterschiedlicher Ansicht, aber ich weiß, dass Ihr nur die besten Absichten habt.«

»Die wahrscheinlich vollständig zunichte gemacht werden, jetzt, mit den Aldarans auf Burg Comyn und vielleicht bald sogar im Rat, auch wenn ich mich diesem Plan bis zum letzten Atemzug widersetzen werde. Wenigstens benimmst du dich anständig. Wer ist eigentlich dieses Mädchen, das an Mikhails Arm hängt – ich kenne sie nicht.«

»Das ist Gisela Aldaran, Onkel.«

Seine ohnehin vorstehenden Augen traten aus den Höhlen, und sein Gesicht wurde dunkelrot. »*Was*!«

»Ja. Sie hat anscheinend beschlossen, dass ...«

»Es ist mir egal, was sie beschlossen hat – ich werde es nicht dulden!« Er starrte Margaret wütend an, als könnte sie etwas dafür. Dann wurden seine Züge weicher, und er bedachte sie mit einem Blick, in dem so etwas wie Zuneigung lag. »Immer wenn ich denke, es kann nicht mehr schlimmer kommen ...«

Margaret tätschelte seinen Arm, ihr Onkel tat ihr wirklich Leid. »Ich weiß. Aber das ist nun wenigstens etwas, woran ich wirklich keine Schuld habe.«

»Es war wohl schwer für dich, was? Ich habe es dir ganz schön schwer gemacht. Manchmal habe ich das Gefühl, ich bin der einzige Mensch auf Darkover, der noch nicht völlig den Verstand verloren hat!«

Margaret war überrascht und gerührt von diesem Mitgefühl, das so gar nicht dem Wesen ihres Onkels entsprach. Er war immer noch stur gegen Aldarans im Rat der *Comyn*, gegen Lews Aufnahme und gegen eine Heirat zwischen Margaret und Mikhail, und wahrscheinlich würde sich daran so schnell nichts ändern. Aber er war ein braver Mann, ein anständiger Mann, und Margaret musste das anerkennen. Sie gab ihm rasch einen flüchtigen Kuss auf die ziemlich raue Wange.

Dom Gabriel fuhr bei dieser Zärtlichkeit leicht zusammen, dann hellte sich seine Miene ein wenig auf.

»Was hältst du davon, wenn du jetzt hinübergehst und Mikhail aus dem Griff dieser Frau befreist, Onkel Gabriel, ich unterhalte mich solange freundlich mit Rafael und Gabriel. Lady Javanne wäre sicher stolz auf uns.«

»Also gut.« Er seufzte. »Ariel wird mir wahrscheinlich mehr über ihre Schwangerschaft erzählen, als ich hören will. Ich kann dir nicht sagen, was für ein Segen es war, dass sie in den letzten Monaten in Arilinn und *nicht* in Armida gewohnt hat. Aber du hast Recht. Javanne wirft mir schon wieder einen dieser Blicke zu, und wenn ich meiner Pflicht nicht nachkommen, kann ich mir wieder ihr Gezänk anhören.« *Weiber! Ich bin umringt von Frauen. Mögen die Götter mir Kraft geben!* Er verdrehte die Augen zur bemalten Decke, tätschelte flüchtig Margarets Hand und ging.

Rafael und Gabriel junior kamen lächelnd auf sie zu. »Danke, dass du so freundlich zu dem Alten bist«, begann Rafael. »Er benimmt sich seit Tagen wie ein gehetzter Bär, und von der Reise wurde es nicht eben besser. Und auch wenn er sich noch so große Mühe gibt, es zu verbergen, es gefällt ihm, wenn ihn schöne Frauen umsorgen.«

»Wem würde das nicht gefallen? Wie geht es dir, Marguerida?« Gabriel, der sie nicht mehr als potenzielle Ehefrau betrachtete, musterte sie von Kopf bis Fuß. »Du siehst dünner aus.«

»Kann sein, aber so etwas sagt man doch nicht, Gabriel. Ich kann essen, soviel ich will, es reicht nicht, um mein Gewicht zu halten. Istvana sagt schon immer, ich esse für zwei.«

»Wie gefällt es dir in Neskaya?«, fragte Rafael.

»Ganz gut, obwohl ich mich vermutlich niemals in einem Turm wirklich wohl fühlen werde. Die Leute dort sind sehr freundlich, und ich habe noch eine Verwandte kennen gelernt, Caitlin Leynier – die meine Freundin wurde. Nach Arilinn kommt es mir dort himmlisch vor. Wie steht es in Armida?«

»Wir hatten eine riesige Ernte«, fing Gabriel an, »und nächstes Frühjahr gibt es einen gewaltigen Schwung Fohlen. Aber wir hatten in diesem Herbst eine Menge Probleme mit Räuberbanden. Außerdem haben wir das Dach repariert – im Blauen Zimmer regnet es nicht mehr durch!« Er grinste Margaret an. Sie dachte daran, wie man sie im Sommer in diesem Zimmer einquartiert hatte und wie Liriel sehr zu Javannes Verdruss enthüllte, dass die Decke undicht war.

»Ich bin mir sicher, dass ihr Armida gut in Schuss haltet, Gabriel. Bekommt die kleine Schwester von meiner Dorilys etwa auch ein Fohlen? Sie sah mir nach einer prächtigen Stute aus, als ich sie im Sommer gesehen habe, allerdings kam ich nicht dazu, sie näher anzusehen.«

»Ja, sie wurde von Schwarzer Blitz gedeckt, das Ergebnis müsste also schön und stark zugleich sein. Ich hoffe auf ein schwarzes Fohlen, Rafael dagegen auf ein silbergraues. Wir haben sogar eine kleine Wette darüber abgeschlossen.«

Margaret holte tief Luft. »Ich kann euch gar nicht sagen, wie schön es ist, über Pferde und Ernten zu reden statt über *Laran*. Und es ist schön, bei meiner Familie zu sein. Es tut so gut, euch beide zu sehen!«

»Weißt du, mir geht es ganz genauso, liebe Base, und ich hätte nicht gedacht, dass ich das je sagen würde.« Gabriel nickte ihr zu, er sah ungewohnt nachdenklich aus. »Du hast mich im Sommer dazu gebracht, dass ich einmal einen Blick auf mich selbst geworfen habe, und ich hatte noch keine Gelegenheit, dir zu sagen, wie froh ich darüber war.« Sein wettergegerbtes Gesicht rötete sich. Dann straffte er seine breiten Schultern und fuhr fort. »Ich bin ein besserer Mensch, nur weil du mich einen verdammten Dummkopf genannt hast, Marguerida, und ich glaube, ich bin Manns genug, es zuzugeben.«

Margaret wechselte rasch einen Blick mit Rafael, sie war ziemlich verblüfft von diesem unerwarteten Eingeständnis. Der mittlere Bruder zwinkerte mit den Augen. »Er hat sich sehr gebessert, Marguerida, er hört neuerdings sogar zu, bevor er selber spricht. Er wird mit jedem Tag einem Engel gleicher.«

»So weit würde ich jetzt nicht gehen«, polterte Gabriel.

Margaret trat zwischen ihre Cousins, berührte beide leicht am Arm und lächelte von einem zum andern. »Ich finde es wunderbar, was auch immer zu deinem besseren Benehmen geführt hat, Gabriel. Ich freue mich für dich, und ich freue mich noch mehr, dass wir endlich Freunde sein können.«

»Schaut nur, wie Gisela Aldaran den Alten mit Blicken durchbohrt«, sagte Gabriel. »Schöne Frau, allerdings nichts gegen dich, liebe Base.«

»Hat einen leichten Überbiss«, meinte Rafael.

»Hat es wohl auf Mikhail abgesehen, was?«

»Das scheint der Stand der Dinge zu sein.« Margaret fand Gabriels unbeholfene Bemerkungen amüsant. Und sie war im Moment zu müde für heftige Emotionen. Ihr früherer Zorn war wie weggeblasen, sie wollte nur noch die Mahlzeit hinter sich bringen und bald zu Bett gehen.

»Sie wird nicht sehr weit kommen. Vater würde es nie erlauben und der Rat ebenfalls nicht. Außerdem wissen wir doch alle, woher der Wind weht, oder? Ich will dich nicht verlegen machen, liebe Base, aber ich kenne Mikhail, und wenn er sich erst einmal etwas in den Kopf gesetzt hat, bleibt er auch dabei.«

»Sie sieht ein bisschen aus wie du, nicht wahr?«, fragte Rafael und forderte seinen Bruder mit einem Blick auf, das Thema zu wechseln.

»Ich denke schon. Als ich sie vorher die Treppe herabkommen sah, glaubte ich erst in einen Spiegel zu sehen. Aber ihr Haar ist eine Spur dunkler als meines, findet ihr nicht?«

Rafael nickte und sah sie nachdenklich an. »Ja. Wie war deine Reise nach Thendara?«

»Ohne Zwischenfälle, und genau so ist es mir recht! Bei meiner Ankunft hier habe ich ein paar Schauspieler gesehen, und ich hoffe, ich finde mehr über sie heraus, solange ich noch in der Stadt bin. Ich erwarte einen Gast, der mit dem nächsten Raumschiff eintreffen soll, und wenn ich ihn abhole, werde ich wohl kurz auf dem Marktplatz Halt machen und mir die Leute ansehen.«

»Du meinst das fahrende Volk? Sie waren gegen Ende des Sommers in Armida und haben ein Stück aufgeführt, eine Zaubervorführung mit Akrobatik.« Gabriel lächelte bei der Erinnerung. »Es war ganz nett, allerdings war das Stück ... nichts für Damen! Aber die Tänzer waren gut.«

»Ich glaube, wir können uns jetzt zu Tisch setzen. Hoffentlich bringen wir das Mahl zu Ende, ohne dass sich Vater und *Dom* Damon mit den Streichmessern abzustechen versuchen«, sagte Rafael. »Komm, Gabriel. Führen wir Marguerida an ihren Platz und zeigen ein wenig familiären Zusammenhalt.«

Margaret holte tief Luft, wappnete sich für die bevorstehende Marter und betete zu allen Göttern, die sie kannte, dass das Mahl schnell und ohne Zwischenfälle vorübergehen möge. Dann ließ sie sich von den beiden Brüdern zum Tisch geleiten, die sie zwischen Lew Alton auf der einen und Gabriel junior auf der anderen Seite platzierten. Margaret hatte sich Gabriel nicht als Tischnachbarn ausgesucht, dazu war er geistig nicht rege genug, aber er war zumindest harmlos. Bei all den gegensätzlichen Strömungen im Raum fand sie es wundervoll, zwischen ihrem Vater und ihrem Vetter zu sitzen.

Sie spürte, dass Mikhail, der zwischen den beiden Elhalyn-Mädchen saß, sie über den Tisch hinweg ansah. Sein Blick wirkte fröhlich.

Ich liebe dich, Marguerida!

Ich dich auch, aber wenn du mich zum Erröten bringst, fängst du dir eine Ohrfeige!

Welch süße Worte!

Er lachte, und die beiden Mädchen schauten ihn verwirrt an. Dann sah Valenta zu Margaret, setzte eine belustigte Miene auf und stimmte in Mikhails Lachen ein, als hätte er etwas Lustiges gesagt. Der Augenblick verging, ohne dass jemand etwas bemerkte, und dann wurde das Essen aufgetragen.

20

Am nächsten Morgen machte sich Margaret in ihrer wärmsten darkovanischen Kleidung, doch mit ihren terranischen Papieren in der Tasche auf den Weg. Sie hatte erst überlegt, ob sie zu Ida Davidsons Begrüßung noch einmal ihre mittlerweile verhasste Gelehrtenuniform anziehen sollte, aber die Vorstellung war einfach zu abscheulich. Allein der Gedanke, die kalte Kunstfaser auf der Haut zu spüren und ihren Geruch wahrzunehmen, stieß sie ab. All die Jahre, in denen sie die Uniform mit so viel Stolz getragen hatte, erschienen ihr nun wie ein Traum, und sie war fest entschlossen, das Teil nie wieder anzuziehen. Sie war noch immer müde von der langen Reise, und das Abendessen am Vortag war ihr endlos vorgekommen. Sie hatte Kopfschmerzen – im Grunde doppelte. Zum einen kamen sie daher, dass Margaret ein bisschen zu viel Wein getrunken hatte, zum anderen waren sie ein Schattenbild der Spannung bei Tisch. Nach der Ruhe und Harmonie von Neskaya wirkte die Burg Comyn unglaublich laut, sowohl wörtlich als auch auf der mentalen Ebene.

Sie war äußerst froh gewesen, dass sie Gabriel Lanart-Hastur junior als Tischnachbar hatte. Sein *Laran* war minimal, und seine Gesprächsthemen beschränkten sich auf die alltäglichen Dinge. Er nahm an, dass Margaret als Alton-Erbin alles wissen wollte, was seit ihrer Abreise von Armida dort passiert war. Margaret nahm tatsächlich mit Interesse und Erstaunen zur Kenntnis, wie viel Arbeit es machte, die Liegenschaften zu unterhalten. Der Respekt für ihren Vetter und ihren Onkel Gabriel wuchs beträchtlich, und zwar in einem Maße, das die beiden überrascht hätte. Gabriel junior verzieh ihr großherzig ihre grenzenlose Unkenntnis, was die Bewirtschaftung von Land anging, und sein nicht enden wollender Vortrag bildete eine angenehme Barriere zwischen Margaret und den Furien, die über der Tafel wüteten.

Margaret durchquerte den Stallhof in Richtung Kaserne, in der die Garde wohnte. Als sie die Schranke erreichte, salutierte ihr ein grauhaariger Mann in der grünen Uniform der Stadtgarde elegant. Über seiner Brust kreuzten sich zwei schwarze Ledergürtel, und er trug ein Schwert an der Hüfte. »Kann ich Euch helfen, *Domna?*«

»Ja. Wisst Ihr zufällig, ob Remy heute Dienst hat? Ich bin unterwegs zum Raumflughafen und brauche eine Eskorte.« Sie hatte sich notgedrungen daran gewöhnt, nicht überall allein hinzugehen, auch wenn sie sich nie ganz damit abfinden würde.

»Selbstverständlich, *Domna.* Remy ist allerdings nicht hier. Es gab irgendein Problem auf dem Pferdemarkt, und er sieht dort mit seiner Mannschaft nach dem Rechten. Aber ich werde jemanden finden. Wartet bitte kurz.«

Er ging, und Margaret bewunderte die Bögen und Schwerter, die in den weißen Stein des Tores gemeißelt waren. Dann kam der Wachmann mit einem jungen Mann in einem langen Mantel zurück.

»Das ist Daryll MacGrath, *Domna.*«

»Daryll? Seid Ihr etwa einer der Männer, die mit Mikhail in Haus Halyn waren?«

»Ja, Mylady.« Er verbeugte sich vor ihr, doch seine Augen funkelten, als er sich wieder aufrichtete.

»Ich bin Marguerida Alton.«

Der Gardist lächelte sie breit an. »Das habe ich mir fast gedacht.« Dann bedeutete er ihr mit einer Geste, voranzugehen. »Wohin gehen wir, *Domna?*«

»Zum Raumflughafen. Ich hole dort eine Freundin ab.«

Sie wandten sich von der Kaserne in Richtung der Stadt. Es hatte leicht geschneit, und ein bitterkalter Wind blies durch die engen Straßen. Margaret beschloss, ihre Neugier über die fahrenden Leute an einem angenehmeren Tag zu befriedigen. Sie war sich mit der genauen Ankunftszeit des Raumschiffs nicht sicher, und sie wollte lieber ein wenig warten als zu spät kommen.

Der Vormittag war schon halb vorbei, als sie den Platz erreichten, an dem das John-Reade-Waisenhaus stand. Margaret warf einen kurzen Blick auf die graue Fassade des Gebäudes, dachte an die Qualen, als sie an diesem strengen Ort ausgesetzt war, und lenkte ihre Gedanken eilig weiter. Sie musste nie wieder einen Fuß in dieses Haus setzen, und sie bemühte sich, nicht an die Kinder, die Abkömmlinge von terranischen Männern und darkovanischen Frauen, zu denken, die immer noch hinter jenen Mauern eingesperrt wurden. Man fütterte sie und kleidete sie ein und machte gute Terraner aus ihnen, falls sich die Lage in gut zwanzig Jahren nicht gebessert hatte.

Margaret fragte sich, ob es wohl immer noch verboten war, Darkovanisch zu sprechen, oder ob eine verständigere Heimleitung diese Regel inzwischen geändert hatte.

Binnen hundert Schritten lag das trostlose Gebäude hinter ihnen, und Margaret spürte, wie ihre Anspannung nachließ, die ihr bis dahin gar nicht bewusst gewesen war. Sie hatte eine gewaltige Wut im Bauch, und ein tiefes Gefühl der Einsamkeit war beim Anblick des Waisenhauses in ihrer Kehle aufgestiegen. *Werde ich mich je ganz von meiner Kindheit befreien können? Kann das überhaupt jemand?*

Als sie sich der Mauer näherten, die den Raumhafen vom Rest von Thendara trennte, nahm eine Anzahl terranischer Wachen in ihren schwarzen Uniformen Haltung an und musterte sie äußerst misstrauisch. Einer von ihnen trat vor, versperrte den Weg und sah sie finster an. Mit lauter Stimme befahl er ihnen, stehen zu bleiben.

Margaret sah den Mann überrascht an, während sie ihre Papiere aus der Gürteltasche kramte. Er wirkte angespannt, als würde er Schwierigkeiten erwarten. Das verwirrte Margaret, bis ihr klar wurde, dass der Mann sie in ihrer Aufmachung für eine Einheimische gehalten hatte.

Sie hielt ihm ihre verschiedenen Dokumente hin, die der Beamte keines Blickes würdigte. »Teilen Sie uns den Grund für Ihr Kommen mit«, forderte er in stockender Amtssprache mit erhobener Stimme.

»Ich hole jemanden vom Raumschiff von Coronis ab«, antwortete Margaret und sah mit Genugtuung, wie der Mann die Augen aufriss und die Mundwinkel hängen ließ.

Dann fing er sich wieder, musterte sie von Kopf bis Fuß und schüttelte den Kopf. »Niemand darf ohne Papiere in den Raumhafen.«

»Aber ich habe doch Papier, Sie Tölpel!«

»Und wo haben Sie die gestohlen?«, fragte er höhnisch.

»Gestohlen? Ausgerechnet ... Wie heißen Sie?« Margaret merkte, wie sie wütend wurde und war entsetzt darüber, wie gerne sie ihren wirren Gefühlen von diesem völlig Fremden freien Lauf gelassen hätte. Der Vorabend musste einen höheren Tribut gefordert haben, als Margaret bewusst gewesen war. Sie riss sich stark zusammen.

»Wie ich heiße?«

»Ja. Ich brauche Ihren Namen, damit ich meinem Onkel Rafe Scott genau sagen kann, wer sich hier so rüpelhaft benommen hat. Ich glaube, ›Dienstlicher Vermerk‹ ist der richtige Ausdruck, oder? Der bleibt dann für immer in Ihrer Personalakte, hab ich Recht?« Margaret wusste genau, wie die terranische Bürokratie funktionierte und dass es nahezu unmöglich war, etwas wieder rückgängig zu machen, sobald es einmal in einer Akte stand, selbst wenn es sich um einen Irrtum handelte.

Ein zweiter, schwarz gekleideter Mann eilte herbei. »Was gibt es denn für ein Problem?«

»Dieser Mensch hier scheint entschlossen zu sein, mir den Zugang zum Raumhafen zu verweigern, obwohl meine Papiere in Ordnung sind und ich jemanden von dem Schiff abholen möchte, das anscheinend gerade landet, während wir hier stehen und uns die Füße abfrieren.« Am Himmel blitzte ein Licht auf, und man hörte den Überschallknall eines Raumschiffs beim Eintritt in die Atmosphäre.

»Lassen Sie mich mal sehen«, sagte der zweite Mann und streckte die Hand aus. Rasch überflog er die Dokumente. »Die scheinen in Ordnung zu sein.« Er reichte sie Margaret zurück.

»Aber Sir, sie ist eine ... eine Einheimische!«, protestierte der erste Mann, weiß vor Wut. »Wir haben doch unsere Befehle ...«

»Sie müssen noch viel über Cottman Vier lernen, Ritter.«

»Woher wollen Sie wissen, dass sie die Papiere nicht gestohlen hat?«

»Seien Sie still, Ritter! Sie müssen ihn entschuldigen, Miss Alton. Er ist erst seit einer Woche hier und kennt sich noch nicht aus.«

»Selbstverständlich, Leutnant.« Sie wusste, was die Abzeichen auf seinem Uniformrock zu bedeuten hatten. »Allerdings verstehe ich das nicht. Vergangenen Sommer herrschte noch nicht eine solche Aufregung.« Margaret sah den Mann an, und anstatt ihren Blick zu erwidern, betrachtete er die Steine zwischen seinen Füßen.

»Nein, Miss. Aber ein paar hohe Tiere sind der Ansicht, dass ... Vor wenigen Wochen gab es im Raumhafen auf Ephebe Drei einen Fall von Sabotage, daraufhin wurden wir alle in Alarmbereitschaft versetzt.«

Margaret blieb entsetzt der Mund offen stehen. Sie konnte es kaum glauben, solche Ereignisse waren wirklich selten. Dann zwang sie sich zu einem beiläufigen Lachen. »Ich hätte nie gedacht, dass man mich einmal für einen Saboteur halten würde.«

»Sie können gern darüber lachen, aber die Sache ist sehr ernst.«

»Davon bin ich überzeugt, allerdings kann ich nicht umhin, die ganze Sache auch ein wenig belustigend zu finden.« Margaret genoss die Situationskomik und fühlte, wie ihre Wut verflog. »So – darf ich jetzt gehen? Das Schiff kann jede Minute landen.«

»Ja, aber Ihr Mann hier wird warten müssen. Wir dürfen ihn nicht in den Raumhafen lassen. Befehle, Sie verstehen.«

»Ich verstehe, dass die Föderation selbst vor Schatten erschrickt.« Sie drehte sich um. »Wartet bitte hier auf mich, Daryll, ich bin bald zurück«, sagte sie in *Casta* zu ihrem Begleiter.

»Domna?«

»Schon in Ordnung. Im Raumhafen wird mir nichts geschehen, und je schneller wir die Sache hinter uns bringen, desto schneller seid Ihr wieder zurück in der warmen Kaserne!«

»Ja, *Domna*. Aber passt bitte auf Euch auf. Ihr wisst ja, wie die Terraner sind.« Seine Stimme war düster vor Misstrauen, als erwartete er, dass man ihr etwas zu Leide tun könnte.

Margaret seufzte. »Ja, Daryll, das weiß ich in der Tat.«

Sie ging durch den Torbogen, der von der Stadt in den Raumhafen führte, passierte zwei weitere Kontrollpunkte ohne Zwischenfall und betrat das Gebäude. Die Flure, die sie zu durchqueren hatte, waren überheizt und rochen schal, doch endlich erreichte sie den Zollbereich. Auf der anderen Seite der Schranke stand eine lange Warteschlange, Margaret stellte sich auf die Zehenspitzen und hoffte, Ida Davidson in der Menge zu erspähen.

Und da war sie tatsächlich, ihre schlanke Gestalt verschwand fast hinter einem Schwerweltler, der eine Art Koffer vor seine Brust hielt. Margaret winkte und versuchte Idas Aufmerksamkeit zu erlangen, aber die zierliche Frau sah sie nicht. Ida wirkte kleiner, als Margaret sie in Erinnerung hatte, kleiner und älter. Verlebt, das war die treffende Bezeichnung. Margaret trat ungeduldig von einem Fuß auf den anderen und mahnte sich zur Ruhe, aber sie war viel zu aufgeregt über Idas Ankunft. Glücklich war sie nicht wirklich, da Ida die Reise nach Darkover gar nicht erst gemacht hätte, wenn Ivor nicht gestorben wäre, aber ermutigt. Sie empfand eine große Verbundenheit mit dieser Frau, die für den größten Teil ihres Erwachsenenlebens ihre Leitperson gewesen war.

Die Schlange kroch nur langsam vorwärts. Die Zollbeamten musterten Papiere, stellten unverschämte Fragen, wühlten in Reisetaschen und machten die richtigen Stempel auf die vorgesehenen Stellen. Endlich kam Ida an den Kopf der Schlange, bemerkte Margaret, winkte ihr müde zu und wartete, bis sie abgefertigt wurde.

Hinter der Schranke umarmte Margaret die kleinere Frau so heftig, dass sie vom Boden abhob. Dann drückte sie ihr einen dicken Kuss auf die Wange und bekam ihrerseits einen. »Ich glaube, du bist der schönste Anblick seit Tagen«, murmelte Ida.

»Danke! Du siehst ebenfalls wundervoll aus! Komm, wir holen dein restliches Gepäck und machen, dass wir von hier verschwinden. Hier entlang.« Margaret nahm Ida sanft am Arm und führte sie durch ein Labyrinth von Gängen, bis sie die Gepäckausgabe erreichten. Sie fanden Idas Koffer und waren nach wenigen Minuten draußen an der frischen Luft.

»Meine Güte! Kein Wunder, dass du Wollsachen trägst. Ich hatte ja keine Ahnung, dass es hier so kalt ist. Ich meine, ich wusste natürlich, dass Cottman ein kalter Planet ist, aber darauf war ich dann doch nicht vorbereitet, Maggie! Ist es hier etwa immer so?«

»Heute ist eigentlich ein ganz angenehmer Tag für diese

Jahreszeit. Aber ich weiß, was du meinst. Komm, bis zur Burg ist es ein hübsches Stück, und es gibt kein Transportmittel. Dein Allwettermantel wird dich warm halten.«

»Wenn du meinst«, antwortete Ida zweifelnd und bibberte am ganzen Leib.

»Ich hätte besser einen dicken Mantel für dich mitnehmen sollen, Ida. Aber ich habe nicht daran gedacht, tut mir Leid.«

Keine der Wachen versuchte sie aufzuhalten, als sie durch das offene Tor traten, aber der Mann namens Ritter warf Margaret einen giftigen Blick zu, als sie an ihm vorüberkamen. Margaret ignorierte ihn. Sie dachte nur daran, wie sie Ida möglichst schnell zur Burg bringen konnte, und verfluchte sich, weil sie keine Kutsche bestellt hatte.

Daryll wartete lässig an einer Mauer gelehnt, aber er nahm sofort Haltung an, als er Margaret sah. Nach einem Blick auf Ida, die den dünnen Stoff des Allwettermantels mit beiden Händen umklammert hielt, zog er seinen eigenen Mantel aus und legte ihn mit einer einzigen anmutigen Bewegung um ihre Schultern, als wäre es die selbstverständlichste Sache der Welt. Ida schreckte bei der schnellen Bewegung zusammen, aber dann hüllte sie sich in das Kleidungsstück. »Danke. Ich bin über das Alter hinaus, in dem ich Ritterlichkeit erwarte, aber noch nicht so alt, dass ich sie nicht zu schätzen wüsste.«

Der Gardist sah Ida fragend an, da sie Terranisch sprach, nicht *Casta*. Er schien jedoch zu verstehen, dass sie froh über den Mantel war, und grinste.

»Ist ihm denn jetzt nicht zu kalt?«, fragte Ida besorgt.

»Daryll kommt bestimmt zurecht. Gib ihm deine Taschen. Die Straßen sind ziemlich glatt, und ich will nicht, dass du ausrutschst und hinfällst. Hier, nimm meinen Arm.«

»Na gut«, antwortete Ida leicht mürrisch. »Ich bin aber noch nicht ganz kraftlos, Maggie – noch nicht.«

»Natürlich nicht, aber wenn du dir ein Bein brichst, landest du im terranischen Krankenhaus, und es wäre schade, wenn dein Besuch dadurch verdorben würde.«

»Hast du Ivor etwa auch immer so gegängelt?« Ihr strenger Ton wurde dadurch entschärft, dass sich die kleine Frau mit einem Mantel abmühte, der für eine wesentlich größere Person gedacht war.

Margaret lachte leise. »O nein. Ivor musste ich nie gängeln, er hat einfach alles mir überlassen und erwartet, dass ich mich darum kümmere.«

»Ja, das sieht ihm ähnlich. Er war ein sehr zielstrebiger Mensch.« Sie klang, als sei sie den Tränen nahe, und Margaret spürte, dass Ida ihre Gefühle nur mit großer Willenskraft in Schach hielt. »Habe ich dir eigentlich schon gesagt, wie gut mir die Nachricht getan hat, die du mir zu seinem Tod geschickt hast?«

»Ja, Ida.«

»Ich bin so müde, dass ich kaum mehr klar denken kann. Nachdem ich tagelang im Raumschiff gesessen habe und nichts anderes getan habe, als zu dösen und auf dem Sitz herumzurutschen, klinge ich nicht gerade geistreich. Aber ich bin wirklich hundemüde, durch und durch.«

»Ich weiß, Ida, und ich wünschte ...«

»Es gibt nichts, was du für mich tun könntest, mein Kind. Nur die Zeit kann meine Wunden heilen.«

Langsam überquerten sie den Platz, und Ida sah sich, leicht auf Margarets Arm gestützt, mit mäßigem Interesse um. Sie kamen wieder am Waisenhaus vorbei, an den Tavernen und Imbissbuden, die sich in der Nähe des Eingangs zum Raumhafen ballten, und erreichten schließlich die engen Straßen Thendaras. Das Eis knirschte unter ihren Füßen, und ihr Atem bildete kleine Nebelwolken vor ihren Gesichtern.

»Wohin gehen wir eigentlich?«, fragte Ida nach einer Weile.

»Siehst du das große weiße Gebäude dort über der Stadt? Das ist Burg Comyn, und dorthin bringe ich dich.«

»Oh. Wenn du mir von der Burg erzählt hast, dachte ich immer, du meinst ein Gasthaus oder ein Hotel, nicht eine richtige Burg.« Ida keuchte ein wenig und blies Nebelwölkchen in die Luft. »Wieso wohnst du auf eine Burg?« brachte sie schließlich heraus.

Margaret hatte Ida nicht viel von ihren Abenteuern auf Darkover berichtet, da das Faxen unglaublich teuer war und weil sie ihre Erlebnisse nicht neugierigen Blicken aussetzen wollte. Angeblich war diese Form der Kommunikation zwar persönlich, aber Margaret hatte eine dunkle Ahnung, dass es nicht ganz zutraf. Sie hatte Ida zwar von Ivors Tod informiert, aber weder erwähnt, dass sie eine Erbin war oder *Laran* besaß, und auch sonst nicht viel berichtet. Nun kam sie sich ein wenig komisch vor und hatte ein richtig schlechtes Gewissen, weil sie so wenig von sich erzählt hatte.

»Genau genommen wohne ich gar nicht auf der Burg. Ich halte mich nur dann dort auf, wenn ich in Thendara bin. Zurzeit lebe ich in Neskaya, das ist ganz im Norden, und ich studiere dort. Normalerweise müsste ich auch jetzt dort sein, aber das Mittwinterfest und dein Besuch haben mir eine kleine Unterbrechung erlaubt.«

Wie zum Teufel sollte sie Ida die Türme von Darkover erklären?

»Du studierst? Ist dieses Neskaya ein Musikzentrum?« Ida hatte ein gutes Gehör, und sie hatte sich offenkundig die Sprachdisketten angehört, die ihr Margaret vor Monaten geschickt hatte, denn sie sprach das Wort Neskaya korrekt aus.

Margaret lachte. »Auf Darkover ist überall Musik, Ida. Ich habe seit meiner Ankunft so viel Material gesammelt, dass es mir eine Professur einbringen würde, wenn ich genügend Zeit und Energie hätte, alles zu ordnen. Aber da ich nicht damit rechne, je an die Universität zurückzukehren ...«

»Du kommst nicht zurück?«

»Nicht in absehbarer Zukunft, Ida.« Das Problem war, dass sie überhaupt keine Zukunft absehen konnte. *Von wegen Aldaran-Gabe. Ob Gisela sie wohl hat? Schade, dass ich sie nicht einfach danach fragen kann. Aber das würde ich nie über mich bringen.*

»Ach so. Ich habe mir immer vorgestellt – und Ivor auch –, dass du einmal seinen Lehrstuhl übernimmst, wenn er in den Ruhestand geht. Wir haben uns wirklich darauf gefreut, muss ich gestehen, denn von allen Studenten warst du mit Abstand die beste Wissenschaftlerin. Ganz zu schweigen davon, dass du eine bessere Musikerin bist, als du wahrhaben wolltest. Ich glaube, Jheffy und ein paar andere haben dich so sehr eingeschüchtert, dass du nicht mehr an dich geglaubt hast.«

Wie immer freute sich Margaret über das Lob, doch sie schreckte auch gleichzeitig davor zurück. Sie versuchte die alten Gewohnheiten abzuschütteln. »Das höre ich gern, Ida. Und es tut mir Leid, dass ich dich enttäusche.«

»Vielleicht ist es am besten so.«

»Wieso?« Die Straße vor ihnen sah einigermaßen eisfrei aus, deshalb lockerte Margaret ihren Griff ein wenig, und Ida lächelte ihr zu.

»Die Dinge haben sich sehr verändert, seit du nicht mehr da bist. Und nicht gerade zum Besseren. Man munkelt, dass die Zuschüsse gestrichen werden sollen, nicht nur in der Abteilung Musik, sondern bei allen Künsten, selbst bei einigen Naturwissenschaften. Diese philisterhaften Expansionisten behaupten, Kunst sei Luxus und keine Notwendigkeit, und öffentliche Gelder müssten für so wichtige Dinge wie noch mehr moderne Technik und Waffen ausgegeben werden. Als bräuchten wir noch mehr Kanonen! Wir hatten seit Generationen keinen Krieg mehr! Sie versuchen, alle Stellen für emeritierte Professoren zu streichen – sie halten es für Geldverschwendung, alte Kauze durchzufüttern, die nichts mehr leisten. Und nächstes Semester verdoppeln sie die Unterrichtsstunden und streichen außerdem eine große Anzahl an Stipendien. Der Verwaltungsrat ist in hellem Aufruhr, und alles ist ganz schrecklich.« Ida hatte tiefe Sorgenfalten im schmalen Gesicht.

Margaret dachte an die mutmaßliche Sabotage auf Ephebe und an einige Dinge, die Lew ihr erzählt hatte, beschloss jedoch, nichts davon zu erwähnen. »Ich verstehe. Mein Vater vermutete bereits, dass sich die Dinge in diese Richtung entwickeln könnten, deshalb bin ich nicht ernsthaft überrascht, aber es macht mich dennoch traurig.« Sie drückte Idas Hand. »Bald sind wir da, und dann kannst du dich ausruhen, ein schönes heißes Bad nehmen und den ganzen Unsinn vergessen, Ida.«

Ida fing trotz Darylls Mantel an zu zittern und verstummte, sie beachtete nicht einmal die Läden, die inzwischen geöffnet hatten. Margaret war froh, dass sie nichts über Ephebe gesagt hatte, und biss sich nervös auf die Unterlippe, während sie ihre Freundin beobachtete. Idas Atem ging stoßweise, und sie erinnerte Margaret nur zu sehr an Ivor, einen Tag vor seinem plötzlichen Tod. Sie spürte, wie sich ihr Herz vor Angst zusammenzog. Was, wenn sie Ida nur nach Darkover geholt hatte, damit sie ihr wie Ivor wegstarb?

Dann blitzte zu ihrem Erstaunen ein Bild in ihr auf, und sie hatte wie schon dreimal zuvor, das Gefühl, einen Blick in eine andere Zeit zu werfen. Sie sah Ida als mittlerweile unglaublich gealterte Greisin am großen Kamin von Armida sitzen und ruhig mit einem sehr hübschen Mädchen von etwa zwölf Jahren sprechen. Sie war sehr merkwürdig gekleidet – weder darkovanisch noch terranisch – und schien sich vollkommen heimisch zu fühlen. Margaret lauschte angestrengt, um etwas von der Unterhaltung in der Vision zu verstehen, aber die beiden flüsterten nahezu, und sie hörte lediglich das behagliche Knistern des Feuers und das Heulen des Windes um das Haus.

Margaret war so überrascht, dass sei beinahe ins Stolpern geraten wäre. Die Vision war vorüber, kaum dass sie begonnen hatte. Früher hätte Margaret Zweifel gehabt, aber inzwischen war sie bereit, das Fantasiebild als eine Möglichkeit zu akzeptieren, wenn schon nicht als unmittelbare Realität. Es könnte irgendwann einmal tatsächlich so kommen. Das Erlebnis machte sie ganz benommen, und sie wünschte, sie hätte ordentlich gefrühstückt.

Sie erreichten den Eingang von Burg Comyn, durch den Rafe Scott Margaret geführt hatte; es kam ihr vor, als wäre es in einem anderen Leben gewesen. Die Treppe, die bis zur Tür reichte, war vom Schnee gesäubert worden, mehrere Wächter standen vor dem Eingang. Sie verbeugten sich, als Margaret eintrat, und Ida zuckte leicht zusammen.

»Liebste Maggie, bist du eine wichtige Persönlichkeit hier? Ich meine, ich weiß, dass du die Tochter von Senator Alton bist, aber …«, flüsterte Ida, als sie die Eingangshalle betraten. Daryll folgte ihnen mit dem Gepäck, und unverzüglich erschien ein Diener, um es ihm abzunehmen.

»Das könnte man so sagen, Ida«, murmelte Margaret und kam sich komisch vor. Sie hatte sich noch immer nicht daran gewöhnt, sich selbst als eine wichtige Persönlichkeit zu betrachten.

Ida stand eine Sekunde lang vollkommen still und betrachtete die Wandteppiche und Gemälde. Dann hakte sie mit zitternden Händen Darylls Mantel auf. Am Saum hingen Eisklumpen, denn sie war viel kleiner als der junge Gardist, und die weiße Wolle war an manchen Stellen ganz schmutzig, weil sie den Mantel über das Pflaster geschleift hatte.

Sie setzte eine besorgte Miene auf, als sie die Bescherung bemerkte, und sie schaute zu dem großen Mann hinauf. »Danke fürs Leihen. Ich hoffe, Sie haben nicht zu sehr gefroren, und es tut mir Leid, dass ich Ihren Mantel so schmutzig gemacht habe.«

Daryll sah Margaret fragend an, deshalb übersetzte sie Idas Worte. »Sagt bitte der *Mestra*, es war mir eine große Ehre, ihr zu Diensten zu sein, und dass es heute recht mild für diese Jahreszeit ist.«

Margaret lachte, und Ida wartete, bis sie sich wieder beruhigt hatte. »Was hat er denn gesagt? Ich habe mir die Disketten angehört, die du mir geschickt hast, und ich habe auch schon ein paar Worte gelernt, aber ich bin so müde, dass ich ihm nicht folgen kann. Und es hört sich ganz anders an, wenn er die Sprache spricht. Was hat er denn nun gesagt?« Sie klang erschöpft und ein wenig quengelig.

»Nur, dass es ihm eine große Freude war, dir seinen Mantel zu leihen, und dass es ziemlich mild für einen Wintertag ist.«

»Mild! Ich schaudere bei dem Gedanken, was er dann als kalt empfindet.« Ida sah Daryll durchdringend an, als befürchtete sie, er könnte sie auf den Arm nehmen.

»Komm mit. Wir haben noch unendlich lange Gänge vor uns, ehe wir die Suite erreichen. Okay, das war leicht übertrieben. Es wird dir nur unendlich lang vorkommen, aber wenigstens hast du es hier wärmer, Ida.«

»O ja, ich fühle mich auch schon wohler.« Sie riss sich den Allwettermantel vom Leib, den sie unter Darylls getragen hatte, und hängte ihn sich über den Arm. »Gehen wir. Das heiße Bad, das du mir versprochen hast, klingt himmlisch.«

Der Diener war ihnen vorausgegangen, und als sie die Alton-Suite erreichten, standen die Türen weit offen. Lew Alton wartete im Eingang. Er war mit einem dunkelbraunen Überrock und passender Hose bekleidet, und Margaret fand, er sah sehr gut aus im blassen Licht, das durch die Fenster hereinströmte.

»Ida, darf ich dir meinen Vater vorstellen, Senator Lewis Alton. Vater, das ist Ida Davidson, die während meiner Zeit an der Universität wie eine Mutter zu mir war.«

Lew verbeugte sich, denn reichte er Ida seine einzige Hand. »Es ist mir eine große Freude, endlich die Person kennen zu lernen, die so gut für mein kleines Mädchen gesorgt hat.«

»Freut mich, Sie kennen zu lernen, Senator. Ivor und ich haben sicher unser Möglichstes getan, aber ich glaube, Margaret wäre so oder so ein wunderbarer Mensch geworden.« Ida lächelte zu ihm hinauf, während sie die Hand schüttelte, und ihre Augen funkelten. Sie war jetzt äußerst gelöst und zweifellos nicht übermäßig beeindruckt. Warum sollte sie auch? Ivor und Ida Davidson hatten die Söhne und Töchter von Königen ganzer Planeten in Pflege gehabt – und sie auch nicht anders behandelt als den Rest ihrer Schützlinge. »Jetzt zu dem versprochenen Bad, Margaret. Der Gestank des Raumschiffs scheint mir bis unter die Haut gekrochen zu sein, und ich möchte ihn endlich loswerden. Ich bin lange nicht mehr gereist und hatte schon vergessen, wie schrecklich es ist.«

»Man sollte meinen, dass die Terranische Föderation bei all ihrer fortschrittlichen Technologie in der Lage sein müsste, ein Raumschiff zu bauen, das nicht wie ein Kuhstall riecht.«

»Ein Kuhstall, Senator, hat eigentlich einen guten, gesunden Geruch. Das weiß ich genau, denn ich wurde auf dem Planeten Doris geboren, und wir sind berühmt für unser Vieh. Hätte ein Stall bei uns je wie diese Schiffe gestunken, ich hätte eine schlimme Krankheit dahinter vermutet.«

»Komm, Ida, ich bringe dich jetzt zu deinem Zimmer und stelle dich Piedra, meinem Dienstmädchen vor. Sie hat inzwischen bestimmt schon die Hälfte deiner Sachen ausgepackt, sie ist nämlich sehr tüchtig.«

»Danke.«

»Und während du badest, bestelle ich etwas zu essen – richtiges Essen, nicht dieses abgepackte Zeug, das sie einem immer in den Raumschiffen geben. Möchtest du eine Suppe oder lieber etwas Kräftigeres?«

»Ach, irgendetwas, wenn es nur heiß ist und satt macht.« Ida schien wirklich sehr erschöpft zu sein, aber ihr Wangen waren rosig, und ihre Augen strahlten. »Wenn ich bloß nie mehr einen Nutroriegel essen muss, bin ich schon ganz zufrieden.«

Was? Nutroriegel sind doch die Dinger, die sie den Elitesoldaten des Imperiums geben!

Ich weiß nicht, Vater, aber nach allem, was Ida erzählt hat, scheint sich die Föderation in eine sehr merkwürdige Richtung zu entwickeln. Ich erzähle später mehr davon, versprochen.

Margaret führte Ida Davidson zu einem Zimmer im Westteil der Alton-Suite, das neben ihrem eigenen lag, und überließ sie Piedras Obhut. Das Mädchen hatte das wenige Gepäck, das Ida mitgebracht hatte, bereits ausgepackt und wartete schon auf sie. Zum Glück beherrschte Piedra einige terranische Ausdrücke, die ihr Margaret einmal beigebracht hatte, und sie kümmerte sich sofort rührend um die alte Frau.

Als Margaret zurück in den Salon kam, wartete Lew dort auf sie; er hatte es sich in einem Lehnstuhl bequem gemacht und die Füße zum Kamin gestreckt. In der Hand hielt er einen dampfenden Becher, dem der liebliche Geruch nach Kräutertee entstieg. Die Teekanne und zwei weitere Becher standen auf einem kleinen Tisch; Margaret bediente sich und setzte sich ihrem Vater gegenüber.

»Hast du gewusst, dass sie Zuschüsse für die Universität streichen mussten?«

»Herm hat etwas in der Art erwähnt. Es war verglichen mit den anderen Kürzungen, die die Expansionisten durchsetzen wollen, eine so unbedeutende Sache, dass ich nicht weiter darüber nachgedacht habe.«

»Findest du es denn etwa nicht wichtig, dass sie den emeritierten Professoren die Pensionen wegnehmen wollen? Oder dass sie Stipendien streichen?«

»Da sind noch ganz andere Dinge im Gange, Marguerida, als solche Kleinigkeiten.«

»Für diejenigen, die es betrifft, sind es aber keine Kleinigkeiten!« Margaret empfand eine Leidenschaft für die Universität, die sie ihrem Vater oder jemand anderen, der nie dort gewesen war, nicht vermitteln konnte. »Und was wird aus den Witwen? Ida und Ivor haben sich ihr ganzes Leben lang um die Studenten gekümmert, wovon soll Ida denn leben, wenn die Pensionen gestrichen werden? Sie ist zu alt, um wieder Klavierstunden zu geben, würde ich mal sagen.«

»Wie alt ist sie denn? Bei all diesen lebensverlängernden Medikamenten ist das heutzutage schwer zu sagen.«

»Ivor war fünfundneunzig, und Ida ist, glaube ich, zwei Jahre jünger. Sie sieht nicht aus, als könnte sie deine Großmutter sein, oder?«

»Ganz und gar nicht. Ich hätte sie eher auf sechzig geschätzt.« Er hielt inne, trank einen Schluck und seufzte. »Aber nicht nur alte Professoren und ihre Witwen sind bedroht, Marguerida. Was die Expansionisten vorschlagen, ist eine Generalüberholung der wirtschaftlichen Grundlagen der Föderation. Im Augenblick können sie ihren irrsinnigen Traum noch nicht verwirklichen, aber bei der nächsten Wahl könnten sie eine Mehrheit im Unterhaus bekommen, und dann würde es sehr ... unangenehm werden.«

»Aber, Vater, niemand, der halbwegs bei Verstand ist, unterstützt doch ...«

»Wenn du den Leuten weismachst, dass etwas in ihrem eigenen Interesse ist, dann unterstützen sie es, auch wenn es gelogen ist. Und vergiss nicht, dass die Expansionistische Partei von den habgierigen Elementen der Föderation unterstützt wird – von denen, die immer der Meinung waren, Zweck aller Planeten läge einzig und allein darin, Terra mit jedem Luxus zu versorgen, selbst wenn dafür Menschen hungern müssen, und schon hast du eine wahrhaft teuflische Mischung. Diese Männer kennen keine Religion außer Gier, und sie haben nicht mehr Moral als ein Banshee. Die meisten Leute haben ein sehr schlechtes Gedächtnis und denken schon nicht mehr an die Weltenzerstörer. Wir hier auf Darkover erinnern uns noch sehr wohl daran, weil sie uns beinahe vernichtet hätten.«

»Wünschst du dir denn, du wärst wieder im Senat?«

»Nein. Ich würde mich wahrscheinlich täglich duellieren oder irgendwann zu Tode trinken. Ich hatte damals das Gefühl, dass es an der Zeit war, die Fackel an Hermes Aldaran weiterzugeben, der ebenso listig ist, wie sein Name vermuten lässt.«

»Hoffentlich hast du Recht. Am Raumhafen ist etwas vorgefallen, das mich sehr beunruhigt. Sie wollten mich nicht hineinlassen – vermutlich hätte ich meine Uniform anlegen sollen statt bequemer Kleidung, aber ich hatte die richtigen Papiere dabei. Sie haben etwas von Sabotage auf Ephebe gefaselt. Und der Gardist durfte mich nicht in den Raumhafen begleiten, ich nehme an, weil er Darkovaner ist. Der Mann, der mich aufhielt, beschuldigte mich sogar, die Papiere gestohlen zu haben. Ich habe eine solche Behandlung zwar schon auf einigen anderen Planeten von einheimischen Offizieren erlebt, aber das terranische Personal ist in der Regel nicht so grob und auch nicht so paranoid.

Lew nickte. »Ich wusste von der Sache auf Ephebe, aber ich habe es erst einige Tage vor deiner Ankunft erfahren und wieder vergessen.«

»Was ist denn passiert?«

»Das ist mir auch nicht ganz klar, denn ich bekam nur einen kurzen Bericht von Herm. Er konnte mir nicht die ganze Angelegenheit erklären und musste zudem einen ziemlich dürftigen Code verwenden, den wir kurz vor meiner Abreise noch schnell ausgearbeitet hatten. Anscheinend waren die Einheimischen über eine neue Regel erbost, die man ihnen auferlegt hatte – du weißt ja, dass Ephebe beinahe vollständig im Besitzt von Transplanetary ist; sie haben die Sache selbst in die Hand genommen und es geschafft, den wichtigsten Raumhafen fast völlig zu zerstören. Transplanetary verlangt, dass jetzt Truppen zur ›Wiederherstellung der Ordnung‹ hingeschickt werden, und der gesamte Senat spielt auf Zeit.«

»Das verstehe ich nicht. Wieso konnte dir Herm nicht alles erzählen?«

Lew trank seinen Tee aus, verzog fürchterlich das Gesicht und stellte den Becher weg. »Es hätte ihm als Hochverrat ausgelegt werden können, wenn er Regis und mir die Einzelheiten mitgeteilt hätte. Weil wir nämlich ein geschützter Planet sind und keine Mitgliedswelt.«

»Und das macht einen Unterschied?«

»Und ob. Die Expansionisten stehen den Protektoraten äußerst misstrauisch gegenüber und wünschen nichts sehnlicher, als ihnen den Status von Mitgliedern zu verleihen, um so besseren Zugriff auf ihre Ressourcen zu haben. Hast du nicht gewusst, dass wir nach den Weltenzerstörern einige vorsichtige Vereinbarungen getroffen haben, unsere Matrixwissenschaften mit der Föderation zu teilen? Es war ein großer Fehler, und wir haben ihn erkannt, bevor es zu spät war. Regis hat einiges an Lauferei hinter sich und ich ebenfalls, und es ist uns gelungen, den Schaden wieder gutzumachen. Ich war noch nie so dankbar für die Alton-Gabe wie damals, als ich einige entscheidende Leute davon überzeugen konnte, dass die Behauptungen über die Matrixwissenschaft gewaltig übertrieben waren und dass sie kaum Beachtung verdienten. Aber hinterher verabscheute ich mich dafür, denn der Einsatz des erzwungenen Rapports, und sei es auch für einen guten Zweck, erinnerte mich doch zu sehr an Dyan-Gabriel Ardais' frühere Taten.« Der Kopf sank ihm auf die Brust, und er sah niedergeschlagen aus. »Was ich schon alles für Darkover getan habe!«, schloss er bitter.

»Wurden denn damals die Informationen über Darkover zurückgehalten?«

Lews Miene hellte sich ein wenig auf. »Ja. Es gelang mir, einen kleinen Zusatzartikel zu einem Handelsgesetz anzubringen, eine scheinbar derart geringfügige Sache, dass kaum jemand Notiz davon nahm, die aber den Status der Protektorate in der Föderation auf raffinierte Weise änderte. Bis jemand dahinter kam, was wirklich passiert war, konnten sie nichts mehr dagegen tun, außer das Gesetz rückgängig zu machen, doch es gab dringendere Angelegenheiten. Die Föderation bekommt langsam Risse, Marguerida. Sie ist zu groß, als dass sie noch regiert werden könnte, und wer sich tatsächlich einbildet, sie führen zu können, täuscht sich gewaltig. Was wir brauchen, ist nicht die Rückkehr zu der habgierigen Politik der Vergangenheit, sondern eine völlig neue Form der Regierung. Das Durcheinander, das derzeit herrscht, dieses Flickwerk von Verträgen, erfüllt seinen Zweck schon lange nicht mehr. Es mangelt nur an einer guten Vision. Die Terraner haben ihren Horizont erweitert, ohne ihre Vorstellungskraft zu vergrößern. Dagegen kann ich nichts machen. Ich kann nur zu verhindern versuchen, dass Darkover von Transplanetary oder einer anderen Gesellschaft verschlungen wird.«

»Da fällt mir ein, dass Ida eine Menge Schwierigkeiten hatte, die Papiere für die Reise zusammenzubekommen. Gehört das etwa auch dazu?«

»Unbedingt! Die Expansionisten wollen, dass die Raumschiffe Waren befördern und keine Personen und schon gar keine Informationen über andere Welten. Durch eine Einschränkung des Austausches von Wissen hoffen sie, die Föderation beherrschen zu können. Ihr Angriff gegen die Universität ist nur der erste Schritt. Ich glaube allerdings nicht, dass sie einen ausgefeilten Plan haben. Nachdem sie seit fast einer Generation nicht mehr an der Macht waren, hat ihre Mehrheit im Senat sie wohl ein bisschen berauscht. Das sind keine besonnenen Leute, Marguerida. Sie sind ehrgeizig und aus ihrer Sicht nicht böse. Und ich glaube, niemand ist gefährlicher als ein mächtiger Mensch, dem nicht bewusst ist, dass er zum Bösen fähig ist.«

Sie fielen in ein geselliges Schweigen, wie sie es in Arilinn begonnen hatte, wenn beide zu müde zum Sprechen waren und zu sorgenvoll, um allein sein zu wollen. Es war sehr angenehm, das Feuer knisterte, und der Wind draußen frischte auf. Margaret dachte, dass ihr Vater endlich seinen inneren Frieden gefunden hatte, und sie freute sich für ihn. Was die Föderation anging, so schien sie immer weniger Margarets Sorge zu sein, und sie gestattete sich, an andere Dinge zu denken, etwa an Mikhail und den seltsamen Traum, den sie beide ein paar Wochen zuvor gehabt hatten.

Ida Davidson gesellte sich zu ihnen, sie sah sehr erfrischt aus und trug ein seltsames Kleidungsstück, wie Margaret es noch nie gesehen hatte. Gleichzeitig kam es ihr sehr bekannt vor, und nach einer Weile fiel ihr ein, dass das Gewand dem ähnelte, das Ida in ihrer kurzen Vision getragen hatte. Es bestand aus einer gestrickten Jacke über weiten wollenen Hosen, wie sie auch die Männer aus den Trockenstädten trugen, und darüber ein gestreifter Umhang in verschiedenen hellen Farben. Piedra hatte einen kleinen Schleier in Idas dünnem Haar befestigt, da es zu kurz war, um es zu flechten oder hochzustecken. Sie machte alles in allem einen exotischen und interessanten Eindruck.

Woher, fragte sich Margaret, hatte Ida diesen seltsamen Aufzug? Margaret hatte Ida bei wichtigen Anlässen immer nur in ihren Gelehrtengewändern gesehen und in der üblichen Bekleidung von Frauen der Föderation, die kein offizielles Amt innehatten – Blusen, Röcke oder Kleider – aber das hier war etwas völlig anderes.

»Ja, ich weiß, ich sehe ziemlich komisch aus. Das habe ich auch gedacht, als ich vor dem Spiegel stand, und dein Dienstmädchen hatte große Mühe, nicht laut loszulachen. Aber ich hatte dieses Zeug noch in einer Truhe, und ich dachte, da es auf Cottman so kalt ist, müssten meine alten Sachen vom Planeten Doris, die ich seit Jahrzehnten nicht getragen habe, genau richtig sein. Zum Glück habe ich nicht so viel zugenommen, deshalb passen sie mir noch ganz gut. Außerdem habe ich dieses Gewand immer geliebt. Ivor sagte einmal, es würde ihn an Josef aus der Bibel erinnern. Der vielfarbige Mantel. Und ich bin froh, dass ich die Sachen mitgebracht habe, weil ich das stinkende Zeug, in dem ich gereist bin, nie mehr wieder sehen will!«

»Du siehst wundervoll aus, Ida. Aber wenn es das Wetter erlaubt, gehen wir morgen zu meinem Schneider in die Nähnadelstraße und besorgen dir einheimische Kleidung.« Sie deutete auf ihre Sachen. »Wie das hier. Wir werden wahrscheinlich einen kleinen Jungen mitnehmen müssen, meinen Vetter Donal. Der ist acht und ein helles Bürschchen. Ich habe ihm eine neue Jacke zu Mittwinter versprochen.«

Lew hatte sich erhoben, als Ida eintrat, und jetzt schlenderte er zu den Fenstern hinüber, sah hinaus und lauschte gespannt. »Ich glaube, das wird bis übermorgen warten müssen – es hört sich an, als stünde uns heute Nacht ein kleiner Sturm bevor, und die Straßen werden unpassierbar sein.

Außerdem glaube ich, ihr solltet eine kleine Kutsche nehmen, es sei denn, Sie reiten, *Mestra* Davidson.«

»Bitte nennen Sie mich doch Ida, Senator. *Mestra* Davidson klingt so alt, und ich will mich im Augenblick eigentlich nicht alt fühlen.«

»Dann müssen Sie mich Lew nennen. Ah, hier kommt auch schon etwas zu essen. Ich habe Linsensuppe, Brot, Honig und Glühwein bestellt. Ich hoffe, das findet Ihre Zustimmung.«

»Linsensuppe klingt wunderbar!«

An einer Wand des Salons stand ein kleiner runder Tisch, auf den der Diener das Tablett stellte, bevor er das irdene Geschirr auszuteilen begann. Bald darauf saßen sie alle drei um den Tisch und aßen. Ida berichtete Margaret die neuesten Skandale von der Universität, und Margaret fragte nach den Leuten, die sie noch kannte. Lew hörte die meiste Zeit nur zu, es schien ihn nicht zu langweilen, Geschichten von wildfremden Leuten zu hören. Margaret wusste, dass er Ida eingehend musterte, und glaubte, dass er sie mochte.

Es tat unglaublich gut, Ida hier zu haben – und gleichzeitig war es ein komisches Gefühl. Sie wirkte wie jemand von einer anderen Welt auf Margaret, nicht die Welt der Universität, aber noch weniger Darkover. Als das Mahl beendet war und Ida verkündete, sie wolle ein Nickerchen machen, war Margaret fast erleichtert und zugleich schuldbewusst. Sie schaute der kleinen, grell gekleideten Gestalt beim Hinausgehen hinterher, dann sah sie ihren Vater an.

»Ich weiß, Marguerida. Manchmal ist es anstrengend, Gäste zu haben, auch wenn man sie noch so sehr mag. Aber ich bin froh, dass ich die Gelegenheit hatte, sie kennen zu lernen, und ich denke, sie wird ihren Aufenthalt hier genießen.«

»Das hoffe ich doch. Zumindest ist sie sprachbegabter als Ivor und wird sich mit *Casta* wahrscheinlich sehr bald gut zurechtfinden. Ivor benahm sich an einem neuen Ort immer wochenlang wie ein Trottel, bis er dann eines Morgens aufwachte und losschnatterte, wie ein Eichelhäher. Aber bis dahin musste ich jedes Wort übersetzen, und das war ganz schön anstrengend.«

»Du hast ihn sehr geliebt, nicht wahr?« In Lews Stimme lag eine Spur Kummer und vielleicht auch ein wenig Neid.

»Ja. Und ich vermisse ihn jeden Tag.«

21

Erst drei Tage später brachen Margaret, Ida und Donal Alar in einer kleinen Kutsche ins Dorf auf. Ida trug Kleider, die Piedra irgendwo für sie aufgetrieben hatte: eine blaue Jacke mit passendem Rock, dazu mehrere Unterröcke und über allem einen herrlichen, blassgrünen Wollumhang. Ihr dünnes graues Haar war unter einer Strickmütze verborgen, von der sie steif und fest behauptete, es handle sich um eine dorische Kuhhirtenkappe, und wenn sie auch sonderbar aussah, war sie nach darkovanischen Maßstäben angemessen sittsam gekleidet und warm obendrein. Ida schien keine Angst davor zu haben, exzentrisch zu wirken, was Margaret sehr erleichterte.

Wie Margaret vorausgesehen hatte, begann Ida, nachdem sie sich ausgeruht hatte, einigermaßen fließend *Casta* zu sprechen. Sie fragte, ohne zu zögern, nach den Namen von Dingen, ihr vorläufig beschränkter Wortschatz war ihr keineswegs peinlich. Sie beherrschte schon eine Menge Hauptwörter, nur die Verbformen brachte sie noch ein bisschen durcheinander. Margaret würde nie Regis Hasturs Gesichtsausdruck vergessen, als ihn Ida nach dem Namen des Holzes fragte, aus dem ein bestimmter Stuhl geschnitzt war, und ihm anschließend mitteilte, dass er von einem alten terranischen Dialekt abgeleitet war.

Donal unterhielt Ida mit einem Bericht über einen Falken, den er dressiert hatte. Er begann in dem Terranisch, das ihm Margaret in Arilinn beigebracht hatte, dann wechselte er zu *Casta*, als ihm zunehmend die Wörter ausgingen. Ida hörte gespannt zu, aber Margaret war sich nicht sicher, wie viel sie über die Falknerei lernte. Die vielen Jahre im Umgang mit den Studenten hatten Ida große Erfahrung mit jungen Menschen vermittelt, und Margaret bemerkte, dass sie Donal gelegentlich unterbrach und ihm das entsprechende terranische Wort vorsagte. Die beiden unterrichteten sich gegenseitig!

Ihr erster Halt war jedoch nicht die Nähnadelstraße, sondern der kleine terranische Friedhof, auf dem Ivor beerdigt war. Sie erreichten ihn eine Stunde nachdem sie von Burg Comyn aufgebrochen waren. Obwohl es zu Fuß nicht weit war, musste die Kutsche mehrere Umwege durch die engen und vereisten Straßen fahren.

Der Friedhof lag unter einer dicken Schneedecke, es war sehr still, und die vereisten Grabsteine reflektierten das blasse Sonnenlicht. Als sie Ivors letzte Ruhestätte erreichten, stellten sie fest, dass sie größtenteils vom Schnee befreit und ganz mit Immergrün bedeckt war. Diese Fürsorge ließ die anderen Gräber trostlos und vernachlässigt aussehen.

»Wie hübsch. Das war wirklich nett von dir, Marguerida.« Ida hatte sich angewöhnt, die darkovanische Version von Margarets Namen zu verwenden, wenngleich sie gelegentlich auch noch den Spitznamen ›Maggie‹ gebrauchte. »Danke.«

»Das war ich nicht, Ida. Das muss Meister Everard oder sonst jemand aus der Gilde gewesen sein. Ich habe ihm ausrichten lassen, dass ich dich heute hierher führe. Ich hoffe, der Stein gefällt dir.«

»Ja. Aber warum sollten die Leute von der Gilde bei dieser Kälte hier herauskommen und ...«

»Aus Respekt, nehme ich mal an. Als ich vor einigen Monaten hier war, lagen frische Blumen auf dem Grab, und es war gesäubert. Dieser Friedhof ist ausschließlich für Terraner, und vielleicht betrachtet die Gilde es als ihre Pflicht, sich um das Grab eines Musikerkollegen zu kümmern.«

»Das ist sehr rücksichtsvoll«, sagte Ida nachdenklich und starrte auf das Grün.

Margaret trat auf dem kalten Boden von einem Fuß auf den anderen. Sie war unruhig, allerdings nicht wegen der Kälte, sondern wegen eines Ansturms von Gefühlen, die sie kaum bezwingen konnte. »Ich habe im Herbst ein Klagelied geschrieben, nur die Musik«, fing sie an und dachte daran, wie sie es bei ihrer Rückkehr nach Thendara auf ihrer kleinen Harfe gespielt hatte. In Neskaya hatte sie es eines Abends erneut gespielt und zu ihrer großen Freude und Überraschung auch die passenden Worte dazu gefunden. »Die Worte kamen erst später. Es ist das erste Stück, das ich seit Jahren komponiert habe.«

»Wirklich? Würdest du es für mich singen?« Ida wirkte ein bisschen still und angestrengt und auch nicht mehr so guter Laune.

»Ich kann es versuchen. Hier ist nicht der beste Ort zum Singen.«

Donal war zurückgeblieben und hatte mit einem der Gardisten geredet, die der Kutsche gefolgt waren, nun kam er über den Friedhof gestapft. Seine kleinen Stiefel knirschten im Schnee, und Margaret fiel ein, dass er dringend größere brauchte. Er schaute sich interessiert um, offenbar zu Späßen aufgelegt.

Nachdem Margaret nach einer guten Ausrede gesucht hatte, um das Stück nicht darbieten zu müssen, und sich wünschte, sie hätte erst nachgedacht und dann geredet, holte sie ein paar Mal tief Luft, um ihre Stimmbänder aufzuwärmen. Wieso hatte sie das Lied bloß erwähnt? Sie war so unsicher wie seit Jahren nicht mehr.

Schließlich begann sie zu singen und wurde von der Melodie und den Worten fortgerissen; sie war so tief versunken, dass sie das Rascheln von Stoff hinter sich nicht hörte. Ihre Stimme dehnte sich beim Singen aus, sie wurde mit jeder Strophe lauter, und der Klang ihrer Worte glitt über die Grabsteine und erfüllte sie von neuem mit einem traurigen Gefühl von Verlust und Frieden. Es hatte dringend der Worte bedurft, wie sie nun erkannte, und sie hatte gute Arbeit geleistet und irgendwie die richtigen gefunden.

Ida weinte leise, und Margaret fühlte sich sofort schrecklich schuldbewusst. Der Anblick der trauernden alten Frau zerriss ihr das Herz. Was sollte sie nur tun? Sie war zu keiner Bewegung fähig, brachte es nicht einmal fertig, die Ältere zu umarmen. Der Schmerz in ihrer Brust war beinahe unerträglich.

Nach einigen Minuten trocknete Ida ihre Tränen mit einem Zipfel ihres Umhangs. »Ich hatte bisher nicht geweint, nicht eine einzige Träne. Danke, Margaret.«

»Wie bitte?«

»Ich konnte es einfach nicht. Bis jetzt war alles so unwirklich.« Ida räusperte sich. »Du scheinst Publikum angelockt zu haben«, brachte sie heraus, bevor eine neue Flut von Tränen einsetzte.

Margaret sah sich um und entdeckte, dass Meister Everard und einige andere Leute mit respektvollem Abstand im Schnee warteten. Sie erkannte einen großen Mann namens Rodrigo, der Everard als Zunftmeister nachfolgen würde, und mehrere andere, die an Ivors Begräbnis im Frühjahr teilgenommen hatten. Eine der Frauen weinte offen, und Margaret bemerkte zu ihrem größten Erstaunen, dass es sie freute, die Frau gerührt zu haben, während ihr dieser öffentliche Gefühlsausbruch gleichzeitig Unbehagen bereitete. In ihrem tiefsten Inneren hielt sie Tränen für eine private Angelegenheit.

Rodrigo sah sie an und schüttelte den Kopf. »Es ist bedauerlich, dass Eure Position Euch nicht erlaubt, Mitglied in der Gilde zu werden, *Domna*. Ihr habt eine ausgezeichnete Stimme. Und der Text war wunderschön.«

Meister Everard nickte zustimmend. »Ich sehe allerdings keinen Hinderungsgrund, sie als inoffizielles ...«

»Eine gute Idee, Meister«, dröhnte Rodrigo.

Ida blinzelte heftig, und Margaret sah ihr an, dass sie um

die Ablenkung durch die Mitglieder der Gilde froh war. Das gab ihr die Gelegenheit, sich wieder zu fangen. »Das war wirklich wunderschön, meine Liebe, auch wenn ich nur ein Zehntel davon verstanden habe. Danke. Ich hatte ihn bis jetzt nicht wirklich gehen lassen, weißt du. Ich habe immer noch erwartet, dass Ivor eines Tages heimkommt und über seinen Magen murrt. Jetzt weiß ich, dass er tatsächlich tot ist.«

Das war nicht für ihren Meister, sondern für Domenic. Oder vielleicht für beide. Wenn sie das Lied doch nur Mutter vorsingen könnte – vielleicht würde es helfen. Aber wahrscheinlich würde es sie bloß wieder aufregen. Ich wünschte sehr, Mutter wäre mehr wie Marguerida und würde nicht wegen jeder Kleinigkeit aus dem Häuschen geraten. Dann sah Donal zu Margaret hinauf. »Das hier ist doch der Mann, der immer dem Gesang der Sterne gelauscht hat, oder?« Er sprach leise.

»Ja, Donal.«

»Ich erinnere mich, dass du mit ihm gesprochen hast, als du ... du weißt schon.«

»Wovon redet er, Marguerida?«

»Ich erzähle es dir später, Ida. Jetzt sollte ich dich lieber Meister Everard und den anderen vorstellen, bevor wir hier alle noch zu Statuen erstarren.«

»Natürlich.« Ida stampfte mit den Füßen auf. »Er ist wirklich gegangen«, flüsterte sie. *Und ich kann ihn nicht zurück nach Hause bringen. Es war dumm von mir, das zu glauben. Man kann in dieser Kälte unmöglich einen Sarg ausgraben, außerdem wäre es auch schrecklich. Aber ich kann doch nicht ohne ihn wieder nach Hause fliegen. Ich bin mir sicher, Donal sagte gerade, dass Ivor dem Gesang der Sterne gelauscht hat – das würde ihm ähnlich sehen! Wie sehr ich ihn vermisse! Margarets Lied ist so traurig und doch so tröstend. Wenn ich doch nur den ganzen Text verstanden hätte ...*

Margaret fing die Gedanken auf, die durch Idas Kopf fluteten, und spürte, wie sie errötete. Sie wollte nicht mithören! Ida hatte schließlich keine Ahnung, dass ihr früherer Schützling eine Telepathin war. Wie sollte sie ihr das alles erklären? Es war einfach zu viel für den Augenblick. Ihre Nerven lagen blank von Idas Kummer und ihrem eigenen, sie konnte keinen klaren Gedanken fassen. Stattdessen drehte sich Margaret um, begrüßte den alten Musikmeister, versuchte die diversen Knickse und Verbeugungen zu übersehen, die man vor ihr machte, und begann mit der Vorstellung der Anwesenden.

Ida Davidson hatte nicht umsonst ihr ganzes Erwachsenenleben in akademischen Zirkeln verbracht. Sie wusste genau, wie sie sich den verschiedensten Umständen entsprechend zu benehmen hatte. Ida beherrschte *Casta* noch nicht gut genug, um sich fließend mit Meister Everard unterhalten zu können, auch wenn sie einen ehrenwerten Versuch startete. Margaret beobachtete staunend, wie gut Ida ihre Trauer beherrschte. Doch die Kälte machte die Sache nicht angenehmer, und nach einer kurzen Weile und dem Versprechen eines baldigen Besuchs kehrten sie zur Kutsche zurück und setzten ihre Fahrt fort.

Eine kleine Kohlenpfanne auf dem Boden hatte die Kutsche während ihrer Abwesenheit einigermaßen warm gehalten. Nachdem sie sich wieder auf ihre Plätze gesetzt hatten, sagte Ida: »Marguerida, ich glaube, es wird noch mehrere Monate dauern, bis man Ivors Sarg ausgraben kann. Diesen Aspekt hatte ich absolut nicht berücksichtigt, als ich die Reise plante.«

»Ich auch nicht. Und du hast Recht. Der Boden ist total gefroren. Und selbst wenn wir ihn ausgraben könnten, bin ich mir nicht sicher, ob man dir erlauben würde, ihn nach Hause zu transportieren. In der Föderation herrscht gerade ein großes Durcheinander!«

»Verdammt!«

Margaret war überrascht, denn sie hatte Ida noch nie fluchen gehört. Donal beobachtete die Mienen der beiden und tätschelte Ida freundlich die Hand. »Ich habe dich noch gar nicht gefragt, wie lange du bleibst, Ida«, sagte Margaret. »Ich muss den Kopf in letzter Zeit wirklich in den Wolken haben.«

»Mein Rückflug ist in einem Monat gebucht, aber vielleicht lässt sich das noch ändern. Falls es die Bürokratie erlaubt!«

»Zumindest dabei kann ich dir vielleicht behilflich sein. Mein Onkel, Captain Rafe Scott, arbeitet im Terranischen Hauptquartier, und er scheint ein geschicktes Händchen zu haben, wenn es darum geht, etwas zu regeln.«

»Ich möchte nicht ohne Ivor zurück.« *Ich will eigentlich überhaupt nicht mehr zurück! Ohne Ivor ist es nicht dasselbe. Und bei all den Mittelkürzungen finde ich mich wahrscheinlich bald auf der Straße wieder. Er ist nicht dort – er ist hier! Nein, er ist nirgendwo! Verflucht seist du, Ivor, weil du mich wieder einmal verlassen hast! Es kommt mir vor, als wäre er ständig ohne mich weggegangen!*

Margaret überhörte diese Gedanken, so gut sie konnte. »Du bist von so weit hergekommen, nur um enttäuscht zu werden. Aber du weißt, dass du hier willkommen bist, solange du magst. Was mich angeht, kannst du auch für immer hier bleiben. Wir haben eine Menge Zimmer, und ehrlich gesagt, würde es mir sogar sehr gefallen. Willst du wirklich zurück an die Universität, bei allem, was dort gerade vor sich geht?« Margaret zitterte ein wenig und fragte sich, ob sie tatsächlich das Recht hatte, Ida einen Platz auf Darkover anzubieten, ohne ihren Vater oder Regis Hastur um Erlaubnis zu bitten. Sie fragte sich außerdem, wie viel von ihrem Großmut auf dieser kurzen Vision beruhte und wie viel auf echter Zuneigung zu der alten Frau. Wenn die menschlichen Angelegenheiten doch nur so klar wären wie die Musik!

»Eigentlich nicht. Es ist einfach nicht dasselbe ohne Ivor,

und auch wenn er die meiste Zeit unterwegs war und ich die Last mit unseren Studenten allein hatte, so wusste ich doch immer, dass er irgendwann zurückkommen würde. Es ist sehr lieb von dir, mir ein Zuhause anzubieten, Margaret. Vielleicht könnte ich sogar seine Arbeit hier zu Ende bringen.«

»Bestimmt könntest du das. Oder du könntest dich einfach nur der Muße hingeben. Die Domäne Alton würde dich herzlich willkommen heißen.« *Du könntest hier am Feuer von Armida bleiben und dieses schöne Mädchen unterrichten. Ich frage mich nur, wer sie ist? Vielleicht Alanna Alar? Hör sofort auf damit, Margaret Alton! Du mischst dich schon wieder ein.*

»Ich werde allerdings nicht sofort eine Entscheidung treffen. Aber dein Angebot ist sehr verlockend, Maggie. Nie mehr mit irgendwelchen dummem Bürokraten streiten zu müssen hört sich wundervoll an. Ich war ein paar Mal kurz davor, den Verstand zu verlieren, als ich die Reise nach Darkover vorbereitet habe. Die Föderation scheint komplett den Verstand zu verlieren. Meine Taschen wurden viermal durchsucht!«

»Deine Taschen! Wenn ich mit Ivor unterwegs war, haben sie das nie gemacht.«

Ida verstummte für eine Weile, und Donal schaute aus dem Fenster der Kutsche. Dann nickte die alte Frau bedächtig. »Nein, wahrscheinlich nicht. Der Kampf mit den vielen neuen Bestimmungen ... Ich war wütend, und ich glaube, damit konnte ich mich schon immer gut beschäftigen. Um meinen Kummer in Schach zu halten.« Sie seufzte, tupfte eine Träne weg und straffte sich. »Sag mal, Margaret, wie würde ich denn leben, wenn ich hier bliebe?«

»Leben?«

»Womit würde ich mein Brot verdienen, sozusagen.«

Margaret lachte. »Ich bin eine sehr reiche Frau nach darkovanischen Maßstäben, und du hättest nichts zu tun, außer so wundervoll zu bleiben, wie du bist. Oder du könntest, wie du selbst vorgeschlagen hast, die Musik auf Darkover weiter erforschen. Ich habe so viel Material gesammelt, dass du ein ganzes Jahrzehnt damit beschäftigt wärst, und ich habe nicht einmal an der Oberfläche gekratzt. Hier gibt es Lieder, die aus dem alten Schottland auf Terra stammen, aus einer Zeit, lange bevor die Terraner in den Weltraum flogen, und auch neue Lieder, die sehr interessant sind. Soweit ich sehen kann, hat niemand die symphonische Form erfunden, aber es gibt eine gewaltige Menge an Vokalmusik zu analysieren. Die Musikergilde würde dir mit Freuden helfen und dein Wissen mit dir teilen. Du wärst gewiss nicht untätig hier, es sei denn, du willst es sein.«

»Ich bin inzwischen so daran gewöhnt, um Gelder zu kämpfen, dass mir die Vorstellung noch ein wenig fremd ist, es nicht mehr tun zu müssen. Mehr noch, ich begreife gerade erst, dass es eigentlich nichts gibt, zu dem ich zurückkehren könnte. Das Haus gehört der Universität, und obwohl ich dort lebenslanges Mietrecht habe, weiß ich nicht, ob das bei all dem Unsinn mit der Streichung der Pensionen weiterhin gilt. Ich habe nicht gescherzt, als ich sagte, dass ich vielleicht bald auf der Straße lande.«

»Ich weiß, Ida. Mein Vater und ich diskutieren dieses Thema schon seit Tagen. Er hat sich zwar aus dem Senat zurückgezogen, aber er hat immer noch Kontakt mit unserem derzeitigen Senator Herm Aldaran und einigen anderen Leuten. Er meint, es wird alles erst einmal noch schlimmer werden, bevor sich die Lage wirklich bessert.«

»Falls sie sich überhaupt jemals bessert«, murmelte Ida verbittert.

Es war beinahe Mittag, als die Kutsche auf die Kreuzung Nähnadel- und Fingerhutstraße fuhr; näher kamen sie nicht an Meister Aaron MacEwans Geschäft heran. Zum Glück war es fast windstill, und nur wenige Stellen auf dem Kopfsteinpflaster waren vereist. Die drei gingen dennoch vorsichtig die Straße entlang und erreichten endlich ihr Ziel.

Manuella, Aaron MacEwans Frau, faltete mit ernster Miene einen Stoffballen auf dem großen Schneidetisch in der Mitte des Ladens. Margaret dachte daran, dass sie am Tag vor Ivors Tod auf diesem Tisch aufgewacht war. Sie schauderte, jedoch nicht vor Kälte; Ivor war heute allgegenwärtig.

Die Frau des Schneiders strahlte, als sie Margaret sah, und kam lächelnd auf sie zu. *»Vai Domna!* Wie schön, Euch zu sehen. Aaron wird in ein paar Minuten zurück sein. Er ist nur auf einen Sprung zu den Stickerinnen gegangen, um sie zu schikanieren, obwohl ich ihm gesagt habe, er soll es bleiben lassen.«

»Seid gegrüßt, Manuella. Darf ich Euch meine Lehrerin Ida Davidson und meinen Vetter Donal Alar vorstellen. Donal möchte eine blaue Jacke für das Mittwinterfest, und ich brauche wohl eine Anprobe für das Meisterstück, an dem Aaron für mich arbeitet. Und ich möchte einige Sache für *Mestra* Davidson nähen lassen, die bei mir zu Besuch ist. Ida, das ist Manuella MacEwan, und auch wenn ihr Mann hier der Meisterschneider ist, führt sie eigentlich den ganzen Laden.«

Die kleine Frau strahlte über dieses Lob. »Natürlich! Willkommen, *Mestra* Davidson.« Dann sah sie Ida unsicher an und überlegte, ob die alte Frau ihre Worte auch verstanden hatte.

»Danke für den freundlichen Empfang, *Mestra.*« Den Satz konnte Ida inzwischen wie am Schnürchen. Manuella war sichtlich erleichtert. »Ich freue mich auf meinen Besuch hier, seit mir Margaret von Ihrem Geschaft erzählt hat.« Ida benutzte ein Wort, das eigentlich so viel wie ›Anwesen‹ bedeutete, und Manuella runzelte leicht die Stirn, aber der Sinn war dennoch klar. »Ich trage Sachen, die auf Burg Comyn vergessen wurden, aber sie sind ein bisschen zu groß, und ich kann keinen Stich nähen.« Ihre Verbformen waren noch nicht perfekt, und sie benutzte gern den Infinitiv, statt das Verb zu konjugieren, aber man verstand sie dennoch. Offensichtlich war es Ida nicht in den Sinn gekommen, eine der Dienerinnen zu bitten, die Kleider zu ändern, die sie sich geliehen hatte. Ebenso wie Margaret wusste sie nicht recht, wie sie mit den Dienern und Zimmermädchen umgehen sollte.

»Warum solltet Ihr auch? Überlasst das ruhig den Fachleuten. Hierher, Nella! Wo steckt das Mädchen bloß? Ah, da bist du ja. Führe *Mestra* Davidson bitte nach hinten und nimm Maß. Dann schick Doevid in den Speicher um den Ballen taubengrauen Wollstoff, den grünen aus Ardais und ...«

»Vielleicht diesen malvenfarbigen, den wir neu reinbekommen haben«, unterbrach das Mädchen. Sie war etwa fünfzehn, rundlich und frech – ein hübsches Kind.

»Hmm. Vielleicht, obwohl ich mir nicht sicher bin, ob die Farbe *Mestra* Davidson stehen wird. Das Violett, das wir seit Sommer hier haben, ist möglicherweise besser.«

»Ja, Manuella.« Nella und Ida verschwanden hinter den Vorhängen im hinteren Teil des Ladens.

»So, junger Mann. Welches Blau hast du dir denn vorgestellt?«

»Haben Sie vielleicht etwas sehr dunkles, wie der Himmel nach Sonnenuntergang, beinahe purpurn?« Er schien genau zu wissen, was er wollte, und Margaret war leicht überrascht. Seine Eltern waren beide sehr unentschlossen, und sie konnte sich nicht erklären, wo er diese Sicherheit gelernt hatte.

»Und warum willst du genau diese Farbe?«

Donal sah Manuella an, runzelte die Stirn und zuckte dann die Achseln. »Ich weiß nicht – sie kommt mir einfach geeignet vor, oder so.«

Die Schneiderfrau sah Margaret an, als wollte sie sagen, dass junge Burschen, die eine neue Jacken wollen, ein seltsames Ereignis für sie waren. Dann lächelte sie Donal wieder an.

»Ich glaube, wir haben tatsächlich einen kurzen Ballen in einer Farbe, die dir zusagen dürfte – er liegt seit langem auf dem Speicher, weil sie niemandem recht gefiel.«

»Vielleicht hat er auf mich gewartet«, verkündete Donal, als rechnete er mit solchen Begebenheiten.

Margaret merkte erst, wie angespannt sie gewesen war, als sie sich in der ruhigen Atmosphäre des Ladens allmählich entspannte. Ida glaubte, sie hätte das Lied für Ivor geschrieben, aber Donal hatte sofort gewusst, dass es für Domenic war, und sich angenehm diskret verhalten. Sie fragte sich, was für ein Mann wohl einmal aus diesem gescheiten kleinen Jungen werden würde, und wollte es sehr gern miterleben.

Dennoch hatte der Vorfall recht widersprüchliche Gefühle bei Margaret ausgelöst. Der Geruch von Wolle, Seide und Leinen, vermischt mit Staub und dem Duft nach Tee umwehte sie. Die Gerüche ließen sie wieder an ihren ersten Besuch hier denken, und der Schmerz über Ivors Tod schien sie von neuem zu erfassen. Doch die beruhigende Stimmung des Ladens nahm ihrem Kummer die Schärfe und dämpfte ihn auf ein erträgliches Maß. Sie musste sich im Augenblick über nichts den Kopf zerbrechen, keine streitenden Herrscher von Domänen, keine Gisela Aldaran, die an Mikhails Arm hing.

Aaron stampfte mürrisch in den Laden und murmelte leise vor sich hin, dann blieb er stehen und lächelte, als er Margaret sah. Er war ein breitschultriger Mann mit schwarzem Haar, der eher wie ein Fuhrmann aussah als wie ein Schneidermeister. Nur die Fasern und Fusseln, die an seinem Ärmel klebten, deuteten auf seine Beschäftigung hin. Er verbeugte sich kurz, sah Donal neugierig an und sagte: »*Domna* Alton! Welche Freude, Euch zu sehen. Hat Euch das weiße Kleid gefallen, das Euer Vater kürzlich für Euch bestellt hat?«

»Ich liebe es, Aaron. Es ist wunderschön, und ich habe schon unzählige Komplimente dafür bekommen. Der Schnitt ist fantastisch, und ich glaube, Lady Linnea und *Domna* Aillard waren fast neidisch. Zweifellos werden sie selbst etwas in der Art haben wollen.«

»Also, wenn sie darauf schon neidisch waren, dann werden ihnen erst die Augen aus dem Kopf fallen, wenn sie Euch beim Mittwinterball sehen.«

»Aaron! Wie kannst du nur so etwas sagen«, bemerkte Manuella und fuchtelte mit den Armen, als wollte sie ausdrücken, dass ihr Mann leider unverbesserlich war.

»Unsinn! Du hast selber gesagt, dass es eine bemerkenswerte Arbeit ist. Ich muss gestehen, *Domna*, dass mir seit Jahren nichts mehr so viel Spaß gemacht hat wie das Schneidern von diesem Kleid. Ich war schon langsam aus der Übung, weil ich nur noch gewöhnliche Kleider für diese und jene geschneidert habe. Wusstet Ihr, dass Rafaella hier war und ein Kleid für den Ball bestellt hat? Ich habe mich sehr gewundert, aber sie scheint ernsthaft zu glauben, dass sie daran teilnimmt.«

»Sie hat mir auf dem Rückweg von Neskaya erzählt, dass sie mit einem Freund zum Ball gehen wird.« Margaret wollte nicht erwähnen, dass der Freund ihr Onkel Rafe Scott war, weil sie fand, das ging niemanden etwas an. Sie wünschte ihnen das Beste für ihre ungewöhnliche Verbindung. Wenn doch nur ihr eigenes Leben so einfach wäre.

»Ach so. Ich muss gestehen, ich habe ihr nicht ganz geglaubt. Entsagende besuchen nicht gerade häufig die Bälle auf der Burg«, schloss Aaron. Er war eindeutig der Ansicht, dass man wissen sollte, wo man hingehörte, und auch dort bleiben. »So, jetzt wollen wir mal sehen, ob das neue Kleid passt. Ihr scheint ein wenig abgenommen zu haben, *Domna.* Und ich sollte Euch lieber warnen: Ich werde mich auf der Stelle in meine Schere stürzen, wenn Euch das Kleid nicht gefällt.«

Donal, der die ganze Zeit interessiert zugehört hatte, schaute zu dem groß gewachsenen Schneider hinauf und fragte: »Wieso würdet Ihr das denn tun?«

»Weil es mir das Herz brechen würde«, antwortete Aaron scherzhaft.

»Seid nicht albern, Aaron«, sagte Margaret, bevor Donal weitere Fragen stellen konnte. »Alles, was Ihr bisher für mich gemacht habt, war wundervoll.«

Manuella kehrte mit einem in weißes Papier gehüllten Packen zurück. Sie trug ihn auf den Unterarmen und bewegte sich, als transportierte sie etwas sehr Kostbares. Dann legte sie das Paket auf den Schneidertisch und wickelte es langsam aus.

Im schwachen Tageslicht und der flackernden Ladenbeleuchtung sah Margaret auf den ersten Blick nur eine glitzernde Masse Gold in einem Bett aus Violett. Dann hob Aaron das Kleid auf, schüttelte es aus und hielt es am Kleiderbügel hoch.

Obwohl sie auf etwas sehr Schönes vorbereitet war, stockte Margaret dennoch vor Freude der Atem. Das Unterkleid war eine lange Säule aus violetter Seide, die im Licht seidig glänzte, mit einem tiefen Ausschnitt, wenn auch nicht im Geringsten unanständig. Von den Ärmeln abgesehen war das Unterkleid ziemlich schlicht, fast schon streng im Schnitt, und Margaret wusste, es würde sich wie eine zweite Haut an ihren Körper schmiegen. Nachdem sie monatelang nur weit geschnittene Kleider getragen hatte, die den Körper verhüllten, fand sie die Vorstellung fast frevelhaft, doch sie gefiel ihr bösartigerweise.

Margaret wunderte sich ein wenig über ihre rebellischen Gefühle. Dann wurde ihr beim Betrachten des wundervollen Kleidungsstückes klar, dass Gisela Aldaran entweder schockiert oder neidisch sein würde und dass sie sich auf beide Reaktionen freute. *Ich wusste gar nicht, dass ich so boshaft sein kann!*

Die Ärmel waren weit und gerafft, bauschig an der Schulter

und zur Mitte des Armes hin schmaler, wo eine weite Rüsche armabwärts fiel und die seidenen Handschuhe verdeckte, die sie tragen würde. Einen solchen Schnitt hatte Margaret auf Darkover noch nie gesehen. Die Ränder der Rüschen und der Saum des Kleides waren mit goldener Seide in einem Muster aus winzigen Ranken und Blumen bestickt.

Die Überjacke war aus einem feinen, hauchdünnen Stoff, durchwirkt mit goldenen Fäden, die selbst im düsteren Licht des Ladens wie die Sonne leuchteten. Sie war ärmellos, wodurch das Violett des Unterkleides sichtbar blieb. Der Kragen der Jacke war hoch geschlossen und endete in einer Rüsche, die Margaret genau bis ans Kinn reichen würde. Sie war sehr schlicht geschnitten und vermittelte dennoch den Eindruck von Opulenz. Margaret verliebte sich auf der Stelle in das Gewand und fragte sich zugleich, ob sie sich überhaupt trauen würde, ein so gewagtes Kleid zu tragen.

»Aaron, es ist hinreißend! Ihr habt einen völlig neuen Stil kreiert, und die feinen Damen Thendaras werden Euch am Morgen nach dem Ball die Tür einrennen, selbst wenn die Mutter aller Schneestürme wehen sollte.«

»Und diese Gisela wird mächtig sauer sein«, fügte Donal an und schaute selbstzufrieden drein. Margaret warf dem kleinen Jungen einen raschen Blick zu – viel entging ihm offenbar nicht, wie es aussah.

Aaron achtete nicht weiter auf Donal, er sah erfreut und zugleich eingebildet aus. »Ich bin froh, dass es Euch gefällt, *Domna*. Der Handschuhmacher hat ebenfalls ein neues Paar gefertigt, aus derselben feinen Seide wie das Unterkleid, aber einen Ton heller, und er hat versprochen, sie rechtzeitig in die Burg zu bringen. Und der Schuster arbeitet sogar in diesem Augenblick an den Schuhen. Wir müssen gleich um ihn schicken, um sicherzugehen, dass sie nicht zwicken. Ihr werdet bestimmt nicht in zu engen Schuhen tanzen wollen.«

»Ihr habt wie üblich an alles gedacht, Aaron. Wenn der Schuster schon mal hier ist, möchte ich, dass er bei Donal für ein Paar neue Stiefel Maß nimmt. Lasst es mich nicht vergessen.«

»Marguerida!« Donal schien verblüfft.

»Wenn du gewachsen bist, müssen deine Füße doch auch länger geworden sein.«

»Danke!« Der Junge errötete heftig.

Aaron nickte Margaret zu. »Ich möchte, dass Ihr ebenso schön gekleidet seid, wie Ihr ausseht. Ich bekomme nicht allzu oft die Gelegenheit, feine Damen einzukleiden, aber wie Ihr schon sagtet, werde ich keine Ruhe mehr haben, wenn man dieses Kleid einmal gesehen hat.« Er seufzte schwer, aber das Glitzern in seinen Augen strafte seinen scheinbaren Unmut Lügen.

Margaret musste lachen, über Aarons Miene ebenso wie über Manuellas leicht schockiertes Gesicht. »Ich weiß, Aaron. Es ist eine fürchterliche Last, ein Genie zu sein. Aber irgendwer muss es tun.«

»Bitte, *Domna*«, protestierte Manuella, die ein Lächeln unterdrückte. »Ermutigt ihn nicht noch. Er ist schon schwierig genug.«

»Schwierig? Ich bin der netteste und geduldigste Mensch, Frau. Und jetzt begleite die Dame bitte nach hinten und sieh nach, ob alles passt. Ich glaube, wir werden das Unterkleid ein bisschen enger machen müssen. Ihr müsst wirklich mehr essen, *Domna*.«

»Wenn ich noch mehr essen würde, Aaron, käme ich zu sonst nichts mehr.« Sie hörte ihn beim Weggehen lachen.

»So viel Glück möchte ich auch mal haben«, rief er ihr nach, und sie hörte, wie er seinen Bauch tätschelte.

Margaret folgte Manuella in den rückwärtigen Bereich des Ladens. Ida kam gerade hinter dem Vorhang hervor, im

Schlepptau Nella, die sich ein Lachen kaum verkneifen konnte. Ida sah Margaret an und zuckte die Achseln. *Die Sprache hier ist sehr schlüpfrig, und ich habe wohl etwas Merkwürdiges gesagt – und wenn schon.* Sie wirkte nicht im Mindesten verlegen wegen ihres Fauxpas, und Margaret hatte das Gefühl, dass sie sich sogar darüber amüsierte. Margaret empfand eine plötzliche Freude darüber, dass Ida hier war, dass sie sich so gut mit *Casta* zurechtfand und hauptsächlich, weil alles so gut verlief.

Doevid, der Junge, der auf den Speicher gegangen war, kam die enge Treppe herab und balancierte mehrere Stoffballen, als wären es Streichhölzer. Er ließ sie auf den Tisch plumpsen. Margaret überlegte einen Moment, ob sie für Ida übersetzen sollte, dann entschied sie, dass ihre Freundin ganz gut allein zurechtkam und dass Donal schließlich auch noch hier war, um zu helfen.

Im hinteren Teil des Ladens war es ziemlich warm. Der Teeduft aus dem Samowar, der auf einem kleinen Tisch stand, machte Margaret den Mund wässrig. Sie hatte gar nicht bemerkt, dass sie durstig war, aber sie wusste, dass Tee und feine Seide nicht zusammengingen, deshalb zog sie sich bis auf die Unterwäsche und die Handschuhe aus und ließ sich von Manuella das violette Unterkleid mit der Innenseite nach außen überstreifen. Die Frau steckte entlang der Nähte Nadeln ein, wobei sie Margaret gelegentlich pikste. Margaret fühlte sich unbehaglich, und sie wünschte, sie wäre nicht so dürr. Es war, als würde die Matrix auf ihrer Haut mehr Energie verbrauchen, als sie zu sich nehmen konnte.

Es müsste eine Möglichkeit geben, die Matrix zu regulieren, dachte sie und bemühte sich stillzuhalten. *Alles ist Energie, sagen die Physiker – aber warum sind wir dann vollständig von Essen als Energiequelle für die Matrixfunktion abhängig? Weil wir Menschen sind,* dachte sie reumütig, *und keine Ma-*

schinen oder Engel. Sie ließ ihre Spekulationen fallen und wackelte mit den Zehen in den Stiefeln. Die Seide auf ihrer Haut fühlte sich sehr angenehm an, und sie dachte eine Weile an nichts Besonderes.

Als Manuella mit ihren Änderungen zufrieden war, streifte sie Margaret – wiederum verkehrt herum – die Jacke über, während sie leise vor sich hin murmelte. Sie hatte den ganzen Mund voll Nadeln, deshalb war eine Unterhaltung unmöglich, aber Margaret war ohnehin nicht nach Reden zu Mute. Sie genoss auf eine fast sinnliche Art den stillen Augenblick. Hier wollte niemand etwas von ihr. Sie ließ die Schultern ein wenig sinken, bevor ihr einfiel, dass sie aufrecht stehen musste.

Einen Moment lang war sie wieder ein kleines Mädchen in einer langen Reihe anderer Mädchen, und sie hörte, wie die Vorsteherin ihnen befahl, die Schultern zu straffen, die Hände vor der Brust zu falten und die Füße geschlossen zu halten. Beinahe konnte sie sogar die trockene, kalte Luft des Schlafsaals im John-Reade-Waisenhaus riechen. Dann war der Augenblick vorüber, und sie war wieder sie selbst, erwachsen und müde.

»Ihr könnt jetzt zum Spiegel kommen, *Domna.* Die volle Wirkung werdet Ihr zwar erst sehen, wenn das Kleid geändert ist, aber die Farben stehen Euch hervorragend. Aaron meinte, das Gold der Gaze sei wie Eure Augen.«

Margaret trat zögerlich vor den Spiegel und musterte ihr Bild, blass und rothaarig. Das Kleid saß wie angegossen, und die kleine Rüsche unter ihrem Kinn war schicker, als sie gedacht hätte. »Ich sehe ganz gut aus, oder?«

»Ja. Eure gute Figur ist natürlich von großem Vorteil. Aaron rauft sich immer die Haare, wenn eine Kundin, die nur aus prallen Kurven und Wölbungen besteht und drall wie eine Taube ist, ein maßgeschneidertes Kleid wünscht.«

»Habe ich denn gar keine Rundungen?«

»Na, na. Ihr habt schon welche, aber nur an den passenden Stellen.«

»Meine Brust ist viel zu flach!«

Manuella lachte leise. »Seid froh. Üppige Brüste hängen sowieso nach ein paar Kindern. Ich ziehe Euch das Kleid jetzt wieder aus. Möchtet Ihr vielleicht einen Tee?« Manuella begann sanft, die Kleidungsstücke über Margarets Kopf zu streifen.

»O ja, danke. Mein Mund ist völlig ausgetrocknet, und mein Hals ... Ich habe vorhin auf dem Friedhof gesungen, und ich glaube, die kalte Luft hat ihm nicht gut getan.«

Manuella sagte nichts dazu, als wäre Singen auf dem Friedhof eine ganz normale Sache, und hängte das Kleid auf den gepolsterten Bügel. Während sich Margaret wieder anzog, goss sie Tee in eine dickwandige Tasse und tat zwei Klumpen Honig dazu. Der Tee war heiß, aber nicht brühheiß und sehr süß, aber Margaret trankt die Tasse vor Durst in einem Zug aus. Der Tee rann sanft ihre Kehle hinab und besänftigte ihre überstrapazierten Stimmbänder.

Sie gingen wieder in den vorderen Teil des Ladens, wo inzwischen der Schuster eingetroffen war, ein kleines Bündel unterm Arm. Margaret freute sich, dass sie für diesen Teil der Anprobe sitzen musste. Sie sank auf eine Bank neben der Treppe zum Speicher, ließ sich vom Schuhmacher die Stiefel ausziehen und wärmte sich die Hand an der Teetasse.

Aaron und Ida standen am Schneidetisch, Ida befühlte die verschiedenen Stoffe und plapperte in einem Kauderwelsch aus *Casta* und Terranisch drauflos, die den dicken Schneider nicht im Geringsten zu verwirren schien.

Sie gaben ein lustiges Bild ab: der große Aaron über die zierliche Ida gebeugt, aber sie kamen gut miteinander aus.

Margaret sah sich nach Donal um, und ihr Herz schlug schneller vor Angst, sie könnte ihn verloren haben. Sie wusste, dass ihm in Aarons Laden nichts passieren konnte, aber immer wenn sie ihren bezaubernden kleinen Vetter ansah, dachte sie daran, wie sie ihn versehentlich in die Oberwelt geschickt hatte und dass er dort hätte sterben können. Aber da stand er ja, bei dem breiten Regal am Fenster, in dem bei schönem Wetter die Waren ausgestellt wurden. Doch er war nicht allein, eine dunkel gekleidete Gestalt beugte sich zu dem Jungen hinab, das Gesicht abgewandt, so dass Margaret nicht erkannte, wer es war.

Doch dann erhaschte sie einen Blick auf das rötlich-braune Haar und sah eine schnelle, vertraute Geste. »Ethan? Bist du das?«

Der Schuster hielt ihren Fuß in den Händen und streifte ihm gerade etwas über, aber Margaret achtete kaum darauf. »Wie fühlen sie sich an?«

»Ja, *Domna*, ich bin es. Ich habe gerade mit Eurem Vetter geredet, er hat eine Menge Fragen.« Ethan richtete sich auf und kam strahlend auf Margaret zu, um sie zu begrüßen. »Er wollte über die großen Schiffe Bescheid wissen, genau wie ich, als ich Euch zum ersten Mal begegnet bin.«

»Wie fühlen sie sich an?«, wiederholte der Schuster, der völlig in seine Kunst vertieft war.

Folgsam bewegte Margaret die Zehen und stellte fest, dass die weichen Halbschuhe nicht drückten. Sie stellte ihre Tasse auf die Bank, stand auf und machte ein paar Schritte. Ethan kam näher. Er war noch immer ein schmächtiges Bürschchen, schien aber ein paar Zentimeter gewachsen zu sein, seit sie ihn zuletzt gesehen hatte. Er hatte auch nicht mehr den hungrigen Gesichtsausdruck eines frustrierten Jungen. Margaret dachte daran, wie sie mit ihm zu dem Schreiber auf dem Pferdemarkt gegangen war, bevor sie mit Rafaella in die Kilghards aufbrach, und ein Empfehlungsschreiben an Rafe Scott für ihn diktiert hatte.

Sie bückte sich spontan und umarmte Ethan. Zu ihrer Freude und Überraschung erwiderte er die Geste. Seine Umarmung war heftig und voller unausgesprochener Gefühle, an denen jedoch nichts Kompliziertes war, seine Empfindungen waren klar und einfach. Margaret wünschte, alles ginge so leicht, wie Ethan auf seinen Weg zu den Sternen zu bringen.

Der Schuster war ein sehr zielstrebiger Mensch, wenn auch ein Künstler, er zupfte Margaret am Ärmel, um ihre Aufmerksamkeit zu erlangen. »Sie drücken nicht, aber mit der Sohle des Linken scheint etwas nicht zu stimmen, ich glaube, die Wölbung ist ein bisschen zu flach.« Sie wippte von den Zehen auf die Fersen. »Ja, das ist es.«

»Sehr gut. Ich wünschte, alle meine Kunden würden solche Dinge bemerken. Sie holen die Schuhe einfach ab, und dann beschweren sie sich, dass sie ihnen nicht passen, obwohl sie sich gar nicht die Zeit genommen haben, sie anzuprobieren.«

»Ich hab bereits vor langer Zeit gelernt, auf meine Füße zu achten, da ein drückender Schuh mir sehr schnell die Laune verdirbt.« Sie kehrte zur Bank zurück und sah zu, wie der Schuster ein kleines Lineal mit geheimnisvollen Markierungen hervorholte, an ihren Füßen Maß nahm und nickte. Schließlich war er zufrieden, zog Margaret die Schuhe wieder aus und steckte sie in einen weichen Stoffbeutel. Er versprach, sie am nächsten Tag auf Burg Comyn liefern zu lassen. Bevor der Schuster verschwinden konnte, bat ihn Margaret noch, Donals Füße abzumessen, und der Junge grinste sie zufrieden an.

Margaret saß nur in Strümpfen auf der Bank, zu müde, um ihre Stiefel wieder anzuziehen. Ethan setzte sich neben sie, während bei Donal Maß genommen wurde. »Du bist ganz schön gewachsen, oder?«, fragte sie Ethan.

»Ja, das stimmt. Sowohl mein Körper als auch mein Verstand. Ich lerne sogar Mathematik, wie Ihr vorgeschlagen habt. Das ist sehr schwer, aber es macht mir Spaß. Der Captain sagt, ich habe viel Talent. Und wenn die Terraner den Raumhafen nicht schließen, fange ich im Frühjahr dort ein paar technische Kurse an.«

»Den Raumhafen schließen?«

»Im Terranischen Hauptquartier kursieren mehr Gerüchte als auf ganz Darkover zusammen, und eins davon besagt, dass sie den Raumhafen schließen. Aber der Captain sagt, ich soll mir keine Sorgen machen, also mache ich mir keine. Jedenfalls nicht viele.« Die Verehrung in seiner Stimme war unüberhörbar, wenn er Rafe Scotts Titel aussprach, und Margaret hatte das Gefühl, es war eine gute Idee gewesen, Ethan zu ihrem Onkel zu schicken.

»Ist denn auch alles so, wie du es dir erhofft hast, Ethan?«

Der Junge antwortete nicht sofort, sondern musterte sie nachdenklich. »Es ist ganz anders, als ich es mir vorgestellt habe«, sagte er schließlich. »Vollkommen anders. Aber es ist interessant – Mathematik ist einfach wunderbar. Ich lerne jetzt Differenzialrechnung, weil der Captain sagt, ich brauche sie, um die Beziehungen im Raum zu verstehen.«

»Differenzialrechnung? So weit bin ich nie gekommen.«

Ethan grinste. »Es strengt mein Hirn ganz schön an.« Er war offenkundig stolz auf seine Leistungen, und Margaret wurde schmerzhaft bewusst, dass wahrscheinlich niemand in seiner näheren Umgebung sie richtig zu würdigen wusste.

»Was sagt denn deine Familie zu all dem?«

»Am Anfang gefiel es ihnen nicht so sehr, aber Vater meinte, ich müsste tun, was das Richtige für mich ist. Mutter wollte mir das Versprechen abnehmen, dass ich nie mit einem Raumschiff fliege, sondern nur im Hauptquartier sitze und Berichte schreibe, aber Vater sagt, ich soll nicht so dumm sein. Falls ich das Angebot bekomme zu reisen, dann wäre es eben mein Schicksal, zu reisen. Mutter hat viel geweint, aber irgendwann hat sie wieder aufgehört. Jetzt ist sie auf der Suche nach einem Mädchen für mich, damit ich meine Meinung ändere oder so. Mütter!«

»Wie geht es Geremy?« Margaret dachte daran, wie Ethan und sein Vetter sie am Tag ihrer Ankunft auf Darkover zum Haus von Meister Everard geführt hatte. Seit diesem Tag war erst ein halbes Jahr vergangen, doch in dieser Zeit war so viel geschehen, dass sie das Gefühl hatte, ein völlig anderer Mensch geworden zu sein – einer, den sie kaum kannte und dem sie nicht ganz traute. Der Gedanke war sehr entmutigend, und sie ließ ihn schnell wieder fallen.

Ethan verdrehte die Augen spaßig zu den schweren Balken an der Decke und hob die Arme in einer hilflosen Geste. »Geremy hat sich verliebt und läuft den ganzen Tag wie ein Dussel herum und träumt von Rachel MacIvan. Es ist wirklich abstoßend! Rachel laufen noch ein paar andere Kerle hinterher, wie die Gänseküken ihrer Mutter, sie ist nämlich sehr hübsch. Aber ziemlich eitel und wirklich dumm.«

»Hast du Geremy das gesagt?« Margaret war amüsiert, und sie merkte, dass Donal neben ihr aufmerksam zuhörte. Für ihren kleinen Vetter musste das hier ein sonderbares Erlebnis sein. Er hatte sein gesamtes junges Leben im Schatten seiner nervösen Eltern verbracht und vermutlich keine Vorstellung davon, wie sich andere Jungen in seinem Alter benahmen. In ein paar Jahren würde er alt genug für die Kadettenschule sein, falls Ariel Alar es erlaubte. Was sie möglicherweise nicht tun würde, wie sie nun einmal war. Wenigstens wusste Margaret, dass Ethan vollkommen vertrauenswürdig war und dass er Donal garantiert nicht zu Dummheiten anstiften würde.

»Nein, ich habe es ihm nicht gesagt. Er wäre nur beleidigt. Ich höre mir stattdessen seine Poesieversuche an und seine Beschreibungen von Rachels Haar und Haut und der Form ihrer Nase, und ich tue so, als würde es mich interessieren. Ich bin sowieso zu beschäftigt mit meinen Studien, deshalb sehe ich ihn nicht so häufig, dass er mich ernsthaft damit langweilen könnte, aber ich vermisse den alte Geremy. Wir haben immer alles zusammen gemacht, und jetzt tun wir fast nichts mehr, weil die Terraner alle Besucher abschrecken und selbst braven Jungen nicht mehr erlauben, sich am Eingang des Raumhafens herumzutreiben.«

»Ja, als ich *Mestra* Davidson abholte, ist mir auch aufgefallen, dass keine Jungen da waren, aber ich dachte, das sei wegen der Kälte.«

»*Mestra* ... Ist diese Frau dort die Witwe von Eurem Professor Doevidson? Sie und Onkel Aaron haben miteinander geplaudert wie alte Freunde, und ich habe gar nicht bemerkt, dass sie Terranerin ist. Ihr Akzent ist ein bisschen seltsam, aber ich dachte, sie kommt aus den Bergen.«

»Komm, ich stelle dich ihr vor.«

Margaret machte Anstalten, aufzustehen, aber Ethan hielt sie sanft zurück. Er kniete vor ihr nieder und zog ihr die Stiefel an die Füße. »Ich habe Euch noch gar nicht gedankt für alles, was Ihr für mich getan habt, *Domna.*«

Ein wenig verlegen antwortete Margaret: »Natürlich hast du mir gedankt, Ethan.«

»Aber nicht genug. Meine Familie glaubt, ich habe den Verstand verloren, sie denken, ich werde irgendwann die Lust verlieren und wieder zu ihnen zurückkommen. Ihr wart der erste Mensch, der mich je ernst genommen hat, und das bedeutet mehr, als Ihr Euch vorstellen könnt, *Domna.*«

»Sie kann gut zuhören, stimmt's?«, mischte sich der kleine Donal ein. Er fasste Margarets Handgelenk mit seiner kleinen Hand. »Sie ist meine Lieblingsverwandte, sogar noch vor Mik.«

»Vielen Dank, Donal.« Margaret war sehr gerührt, aber sie versuchte es zu verbergen. Die beiden Jungen hatten sie ihre

Zuneigung und ihr blindes Vertrauen spüren lassen, und Margaret fühlte sich ganz seltsam dabei. Sie fragte sich, ob ihre eigenen Kinder, falls sie je welche haben sollte, ebenfalls einmal so großzügig von ihr denken würden.

Dann erhob sie sich und führte Ethan zum Schneidetisch. Sie wartete auf eine Pause in der angestrengten Unterhaltung zwischen Ida und dem Schneider und stellte Ethan vor.

Der Junge verbeugte sich. »Ich habe Euren Mann nur für einen Tag gekannt, *Mestra*, aber er war ein guter Mensch, und ich betrauere Euren großen Verlust.«

Ida betrachtete den jungen Mann aufmerksam. Margaret merkte, wie sie seine Worte für sich übersetzte. Schließlich füllten sich ihre Augen mit Tränen, und sie sagte: »Ja, das war er.« Sie blinzelte ein paar Mal und lächelte Ethan an. »Ich bin froh, dass du ihn kennen lernen durftest, wenn auch nur kurz.«

»Es war mir eine Ehre, *Mestra*.« Ethans jugendliche Stimme, die bereits eine erwachsene Färbung annahm, klang aufrichtig klar. Was für ein guter Junge er doch war, und was für ein großartiger Mann er einmal werden würde. Margaret lächelte die beiden an und vergaß ihre Sorgen für den Augenblick. Die würden später auch noch da sein.

22

Mikhail Hastur stand vorm Spiegel. Es war der Abend des Mittwinterballs, und er war voller Besorgnis. Daran waren jedoch nicht die vielen bedeutenden Persönlichkeiten schuld, die auf Burg Comyn Quartier bezogen hatten und die alle höflich miteinander zankten. Das war zwar ärgerlich, und gelegentlich machte es ihn auch wütend, aber es war nicht der wahre Grund für seine Unruhe. Sein Magen zog sich zusammen, und er hatte das Gefühl, als würde sich die Luft um ihn herum verdichten oder gerinnen wie Milch. Irgendetwas würde heute Abend geschehen, und wie oft er sich auch sagte, dass der Traum, den er und Marguerida gehabt hatten, eben nur ein Traum gewesen war, er glaubte es nicht.

Er musterte seinen neuen Überrock und zupfte beinahe ärgerlich den Saum zurecht. Der Rock war tiefblau, die Farbe von *Kiriseth*-Blüten, und mit einem Muster jener Blume in Gold bestickt. Er fühlte sich steif und kratzig an, aber Mikhail wusste, dass er sich das nur einbildete. Er trug eine weiße Hose, und neue Schuhe, deren Leder passend zum Überrock gefärbt war. Er glaubte zu spüren, dass sie an den Zehen drückten, doch wiederum wusste er, dass es nicht sein konnte. War es richtig gewesen, für heute Abend die Hasturfarben zu wählen statt die Elhalynfarben? Es war zu spät, sich darüber den Kopf zu zerbrechen. Er hasste diesen Aufzug und wünschte, er könnte seine bequemen Reitstiefel und seine verwaschene alte Lieblingsjacke anziehen.

Aus dem angrenzenden Raum waren Stimmen zu hören. Seine Brüder besprachen wohl etwas. Er hörte außerdem Javannes Stimme, schneidend und ungehalten. Die Tage seit ihrer Ankunft waren für Mikhail ein einziger Seiltanz gewesen, der vergebliche Versuch, die Risse zwischen sich und seinen

Eltern zu kitten, ohne Regis dabei zu hintergehen. Der Druck war gewaltig. Er hatte sich sowohl Marguerida als auch Gisela gegenüber förmlich und höflich verhalten und hatte zu beiden Abstand gewahrt. Marguerida verstand seine Handlungsweise, aber Gisela versuchte weiterhin, seinen Panzer zu durchbrechen. Zum Glück waren seine Mutter und die beiden Mädchen gute Anstandsamen gewesen. »Wachhunde« kam der Wahrheit wesentlich näher. Er gestattete sich ein Grinsen, bemüht, die zunehmende Anspannung zu lockern.

Es klopfte an der Tür. »Herein.«

Liriel steckte den Kopf ins Zimmer, bevor sie eintrat. Mikhail drehte sich zu ihr um und fand, dass sie absolut großartig aussah. Sie trug ein grünes Kleid, das in anmutigen Falten um ihren Körper fiel und ihre Größe und ihr Gewicht verbarg. Es war sehr schön und schlicht, ohne aufwendige Verzierungen außer einem schmalen Goldband an Ärmeln, Kragen und Saum. Ihr rotes Haar hatte sie gebürstet, bis es glänzte, und über die Ohren gekämmt, so dass einige bronzefarbene Strähnen auf ihre Wangen fielen. Die Schmetterlingsspange war fast versteckt, gerade mal die Spitzen lugten hervor.

»Bist du fertig, oder willst du dich noch eine Weile bewundern?«

»Willst du etwa andeuten, ich sei eitel, Liriel?«

»Ganz und gar nicht, aber du bist seit einer halben Stunde da drin, und ich weiß, dass du nicht so lange brauchst, um dich anzukleiden. Wenn ich dich dann auch noch vor dem Spiegel stehen sehe, wie soll ich da nicht denken, dass du gerade deine eindrucksvolle Gestalt bewunderst?«

»So war es aber nicht. Ich hasse diesen verdammten Überrock – er kommt mir viel zu protzig vor, auch wenn ich anfangs gar nicht den Eindruck hatte. Und ich freue mich nicht eben darauf, einen ganzen Abend lang tanzen und höfliche Konversation mit Leuten betreiben zu müssen, die ich mit Freuden der kältesten Hölle Zandrus überantworten würde.«

»Du meinst die liebe Gisela?« Die Ironie in Liriels Worten war unüberhörbar, und Mikhail grinste.

»Gisela ist eine echte Landplage, und ihr Vater ist noch schlimmer. Der einzige Aldaran, den ich je wieder sehen will, ist Robert, der den gesamten Verstand der Familie zu besitzen scheint. Wenn Regis es sich doch nur nicht in den Kopf gesetzt hätte, sie wieder in den Rat der *Comyn* zu holen. Sollen sie doch oben in den Hellers ihre Intrigen oder was auch immer spinnen. Mir tut schon das Gesicht weh vom vielen Lächeln.«

»Armer Mik! Soll ich dich vor ihren Aufmerksamkeiten beschützen?«

»Das ist nicht notwendig. Valenta wird das schon erledigen – das kleine Biest. Sie genießt es geradezu, Gisela zu vertreiben. Ich glaube, sie weiß genau, dass Gisela keine Kinder mag, und das reizt Valenta. Sie wird einmal zu einer sehr interessanten Frau heranwachsen.«

»Falls sie nicht irgendwer vorher erwürgt«, antwortete Liriel todernst. »Ich war auf der Reise mehrmals selbst in Versuchung.«

Trotz seiner schlechten Laune und des unerklärlichen Unbehagens musste Mikhail lachen. »Ja, sie kann einen wirklich rasend machen, aber es ist fantastisch, wie sie aufgeblüht ist, seit sie dieses fürchterliche Haus verlassen hat. Ich wünschte nur, Emun wäre auch so unverwüstlich.« Obwohl das gute Essen und ungestörte Ruhe schon viel zur Wiederherstellung des Jungen beigetragen hatten, wirkte er immer noch sehr zerbrechlich. Mikhail schob seine beständige Sorge um Emun beiseite und versuchte, an angenehmere Dinge zu denken. Er würde auf einem Tanz mit Marguerida bestehen – und darauf konnte er sich wirklich freuen.

»Du magst die Kinder wirklich sehr, oder?«

Liriels Frage riss ihn aus seinen Gedanken. »Ja, auch wenn ich das zunächst nie gedacht hätte.«

»Du wirst bestimmt einmal ein guter Vater.«

»Falls ich je Gelegenheit dazu bekomme – was im Moment nicht sehr wahrscheinlich ist. Gisela würde ich nicht für alles Gold von Carthon heiraten, und Marguerida darf ich anscheinend nicht heiraten. Soll ich warten, bis Valenta erwachsen ist?«

»Mik! Wie kannst du nur so etwas sagen? Sie könnte deine ...«

»Ich weiß, aber sie ist es noch nicht. Im Augenblick ist sie ein wenig verliebt in mich, so wie es Mira war, bevor sie Dani zu Gesicht bekam, aber das wird nicht anhalten. Außerdem ist ihr neuestes Ziel, Bewahrerin im Turm von Arilinn zu werden und die anderen Telepathen auf dem Planeten herumzukommandieren. Komm mit, Mutter ordnet gerade ihre Truppen, und ich will sie nicht verdrießen. Das tue ich sowieso schon durch meine bloße Existenz.«

Kurze darauf führten Javanne und *Dom* Gabriel ihre Familie in den riesigen Ballsaal von Burg Comyn. Mikhail, der mit den beiden Elhalyn-Mädchen und Emun das Schlusslicht bildete, hörte die Musik schon lange vorher auf dem Flur. Die Kinder waren ganz aus dem Häuschen vor Aufregung, und Mikhail ließ sich von ihrer Begeisterung anstecken. Sein hartnäckiges Unbehagen verblasste, und er vergaß es sogar beinahe.

Es gab zwei Ballsäle auf Burg Comyn, einen im unteren Geschoss, der auf mehrere Terrassen hinausführte und nur im Sommer benutzt wurde, und diesen hier, der für die festlichen Anlässe im Winter reserviert war. Auf der Westseite befanden sich hohe, blank geputzte Fenster. Man konnte die Lichter des Raumhafens in der bemerkenswerten klaren Nacht sehen. Vereinzelte Wolken huschten über den dunklen Himmel. Bald würde von den Hellers ein Sturm herabfegen, aber wahrscheinlich nicht vor dem Morgen.

Die Bodenfliesen bildeten das Muster einer gewaltigen Sternenexplosion, ganz im Blau und Silber der Hastur gehalten. Man hatte ihn geschrubbt, bis er glänzte. Aber nicht gewachst. Die Empore der Musiker war auf der linken Seite, und auf der rechten stand ein langer Tisch mit Süßigkeiten, kleinen Fleischpasteten und winzigen, bunt glasierten Kuchen. Dort gab es auch Wein, und Mikhail spürte ein starkes Verlangen nach einem Glas, nicht weil er durstig war, sondern um sich Mut anzutrinken.

Mikhail ließ seinen Blick auf der Suche nach einem bestimmten Gesicht in der Menschenmenge rasch durch den Raum schweifen. Er sah Regis mit ernster Miene in ein Gespräch mit Robert Aldaran vertieft, nicht weit von ihm Lady Linnea und Gisela. Giselas Miene drückte Langeweile und Ungeduld aus, als wollte sie möglichst rasch von Linnea wegkommen, musste der Höflichkeit halber jedoch bleiben. Danilo Syrtis-Ardais stand wie üblich eine Armlänge von Regis entfernt, starrte ins Leere und war offensichtlich bemüht, die verschiedenen Gespräche zu überhören. Mikhail sah, wie Regis die Stirn runzelte und den Kopf schüttelte, und fragte sich, worüber er und Robert wohl mit solchem Ernst redeten. Ein Ball war doch nicht der geeignete Ort, wenn man wichtige Angelegenheiten zu besprechen hatte.

In diesem Moment warf ihm Danilo unvermittelt einen nicht deutbaren Blick zu. *Was auch geschieht, Mik – bleib ruhig!*

Das klingt aber nicht gerade sehr beruhigend.

Nein. Regis sitzt ein bisschen in der Patsche, aber ich glaube, er hat schon einen Ausweg gefunden.

Manchmal wünschte ich, mein Onkel wäre nicht so verdammt schlau.

Ich auch, Mikhail, ich auch.

Wie es seit Jahren der Sitte entsprach, waren viele der unbedeutenden Familien Darkovers nach Thendara gekommen, um in dem weniger rauen Klima zu überwintern, und der Saal war zum Bersten gefüllt. Die Burg platzte aus allen Nähten, und alle Häuser und Herbergen Thendaras waren überbelegt. Mikhail entdeckte Rufus d'Asturien und seine hübsche Tochter Darissa, eins der vielen Mädchen, die man ihm im Laufe der Jahre vorgeführt hatte. Mikhail war mit Rufus' Sohn Emile bei den Kadetten gewesen, deshalb sah er sich suchend nach ihm um und erspähte ihn schließlich mit bedrückter Miene unter der Empore der Musiker. Emile verabscheute Tanzen, und Mikhail war erfreut und überrascht, ihn hier zu finden.

Mikhail entschied, dass es ein guter Schachzug wäre, die Elhalyn-Mädchen den d'Asturiens vorzustellen, und sei es auch nur, damit er noch ein paar Minuten außerhalb Giselas Reichweite blieb. Doch bevor er dazu kam, erschien Danilo Hastur in einem schönen blauen und silbernen Überrock, der fast wie Mikhails eigener bestickt war. Er nahm Miralys bei der Hand und sah ihr tief in die eisgrauen Augen.

»Ich hoffe, wir können den *Pafan* zusammen tanzen, Mira«, sagte der Junge.

Mira lächelte ihn fröhlich an. »Da ich ihn die ganze Woche geübt habe, hoffe ich das ebenfalls. Es wäre schade um den ganzen Unterricht.«

»Komm – wir sagen den Musikern, sie sollen einen spielen. Im Moment fiedeln sie bloß ein wenig herum, damit die Zeit vergeht, aber ich sehe keinen Grund, warum wir nicht mit dem Tanzen beginnen sollten. Dafür sind wir schließlich hier.« Er nahm Miras Hand so zärtlich, als könnte sie brechen, und führte sie weg.

Emun sah ihnen nach, in seinen Augen lag ein wenig Trauer. »Stimmt etwas nicht, Emun?«, fragte Mikhail.

»Nein, nein. Es ist nur, weil Dani so … unbeschwert ist. Ich wäre auch gern so.«

»Ach was«, warf Valenta ein. »Er hat genauso feuchte Hände wie du auch, Emun.«

»Aber man sieht es ihm nicht an!«

»O doch, Mira sagt, seine Hand zittert wie eine Schüssel Rotbeerpudding, wenn sie sich berühren, und ist nass wie ein Fisch.«

Diese spöttischen Worte schienen Emun ein wenig zu trösten. Mikhail staunte einmal mehr über Valentas Fähigkeit, Dinge, die aus jedem anderen Mund grausam klingen würden, so auszusprechen, dass sie sich absolut vernünftig anhörten. Emun zupfte kurz an seinem Rock und straffte seine schmalen Schultern.

Mikhail spürte mehr, als dass er es hörte, dass jemand hinter ihn getreten war, und drehte sich um. *Dom* Aldaran war gerade hereingekommen, er trug den großartigen Kilt, den seine Domäne gelegentlich vorführte. An seinem breiten Gürtel hing eine schwarzweiße Felltasche, und ein Schwert baumelte an der linken Seite. Alles in allem wirkte sein Äußeres kriegerischer, als es dem Fest angemessen war.

Dom Damon lächelte Mikhail an, ein Entblößen der Zähne, das nicht viel mit einem echten Gruß gemein hatte, und nickte den Kindern zu. Er musterte Mikhail mit seinen blassen Augen von Kopf bis Fuß und runzelte die Stirn. »Das ist ja ein reizender Aufzug, Mikhail, aber ich wette, er wird ganz schön jucken, bevor der Abend um ist.«

»Da habt Ihr wahrscheinlich Recht«, stimmte Mikhail zu. Es war bereits sehr warm im Saal, und je mehr Leute hineindrängten, desto heißer würde es werden.

»Deshalb bevorzuge ich meine Aufmachung – keine aufwendigen Nähereien, die an jeder Kleinigkeit hängen bleiben. Aber du, meine junge Frau, bist ein hübscher Anblick. Ich finde, Stickereien gehören an Frauenkleider, nicht an die von Männern, und dieses Kleid ist sehr anziehend.«

Valenta sah *Dom* Damon an, als vermutete sie, dass er sie nur aufziehen wollte, und machte einen Knicks. Sie trug ein rosafarbenes Seidenkleid mit silberner Stickerei. Ihre helle Haut wirkte rosig, und man sah ihr an, dass sie mit sich zufrieden war. »Danke, *Dom* Damon.« Sie brachte ein affektiertes Lächeln zu Stande, wobei sie Mikhail einen ironischen Blick zuwarf.

In diesem Augenblick sah Mikhail Marguerida und Lew Alton hereinkommen. Er nahm Ida Davidsons kleinere Gestalt neben Marguerida zwar wahr, aber er schenkte ihr kaum Beachtung. Sein Herz machte einen riesigen Satz in seiner Brust. Nur mit Mühe unterdrückte er einen Laut des Entzückens und merkte an dem goldenen Funkeln in den Augen seiner Geliebten, dass sie sich ihrer Wirkung sehr wohl bewusst war und jede Sekunde genoss.

Mikhail fiel auf, wie eng sich das Kleid an Margarets schlanken Körper schmiegte, so dass es beinahe unanständig war, wenngleich der weite Faltenwurf der Überjacke ausreichend viel verhüllte. Er nahm auch die Seidenhandschuhe wahr und die weichen violetten Schuhe an ihren Füßen und fand, dass sie noch nie schöner war.

Dom Damon bemerkte, dass er nicht mehr im Mittelpunkt von Mikhails Interesse stand, und drehte sich ebenfalls um. Er sah Marguerida und ihren Vater an und gab einen knappen Brummton von sich, der alles bedeuten konnte. Dann wandte er den Kopf wieder Mikhail zu, und das zornige Funkeln in seinen Augen war unübersehbar.

Mikhail ignorierte den Alten, schlüpfte an ihm vorbei und verbeugte sich vor seiner Base. »Du siehst wundervoll aus, Marguerida. Dani und Mira bitten die Musiker gerade, einen *Pafan* zu spielen, vielleicht tanzen wir ihn zusammen.«

Du liebe Güte. Ich blamiere mich wahrscheinlich bis auf die Knochen, Mik. Ich kann überhaupt nicht gut tanzen.

Unsinn. Du bist so anmutig wie eine Feder, und du hast den besten Tanzpartner in ganz Thendara mit Ausnahme von Danilo Ardais. Hier – so geht die Schrittfolge, die musst du dir nur einprägen und auf die Musik achten. Das kannst du doch spielend.

Aha, ich verstehe. Warum hat mir nur früher niemand so gezeigt, wie man tanzt? Bei dir ist es glasklar. Wenn nur Dom *Aldaran mich nicht so ansehen würde, als wollte er mich am liebsten erwürgen.*

Zur Hölle mit Damon Aldaran!

Dem kann ich nur zustimmen.

Ruhig, wenn auch mit klopfendem Herzen, legte sie die Finger der rechten Hand in Mikhails und sah *Dom* Damon in einer Weise an, dass der den Blick abwenden musste. Neben den beiden hatte Lew Alton Mühe, nicht in Lachen auszubrechen, während Ida Davidson die Szene interessiert verfolgte. Mikhail fragte sich, wieviel Margaret ihr erzählt hatte, und ob sie wusste, dass sich Telepathen im Raum befanden.

Sie passen so gut zusammen, ein wunderbares Paar. Genau wie Ivor und ich vor Jahren. Ich weiss gar nicht, wieso Maggie meinte, es gäbe ein paar Probleme, denn nur ein kompletter Dummkopf würde nicht merken, wie sehr sie verliebt sind! Diese Welt ist sehr verwirrend, und da ist immer etwas ... wieso kann ich den Finger nicht darauf legen? Unterschwellige Strömungen, natürlich, aber da sind immer diese ... O je, die Frau hier, die aussieht, als könnte sie einen Mord begehen, muss Gisela Aldaran sein! Zum Glück hat mir Maggie alles über ein paar Leute, die ich hier treffen werde, und ihren Hintergrund erzählt ... Idas ungeordnete Gedanken warnten Mikhail vor. Als Gisela ihn und Margaret erreicht hatte, war er auf alles vorbereitet.

Jedenfalls dachte er das, bis Gisela Aldaran stehenblieb und Marguerida einen Blick zuwarf, als wäre die eine Milchkuh, die sich irgendwie in die Burg verirrt hatte. Ihre Augen musterten Marguerida von Kopf bis Fuß und wurden gefährlich schmal. Dann kräuselte sie die Lippen und sagte in Terranisch mit leichtem Akzent: »Was für eine bemerkenswerte Aufmachung. Ich hätte nie den Mut, in so etwas Ausgefallenem zu erscheinen.«

Mikhail nahm wahr, dass sowohl Lew als auch Ida die Bemerkung gehört hatten und im Begriff waren, Marguerida zu verteidigen. Bevor sie dazu kamen, antwortete Margaret jedoch in ihrem ruhigsten und würdevollsten Tonfall: »Nein, den hättest du natürlich nicht.« Es klang, als hielte sie Gisela für keine besonders tapfere Person.

Hau ab, du Miststück!

Mikhail war einen Moment lang schockiert, denn er hätte nie vermutet, dass Margaret so heftig werden konnte. Dann wurde ihm klar, dass der Gedanke gar nicht von ihr stammte, der Ton war ganz anders. Er sah Ida an, denn er hatte eine Frau gehört, aber Ida war es auch nicht. Schließlich erkannte er, dass Valenta den Gedanken nahezu herausgeschrien hatte, und er sah das Mädchen neugierig an.

Gisela war ebenfalls verblüfft, und ihre Wangen röteten sich. Sie zitterte leicht, so dass die silberne Spitze über ihrem Busen bebte. Doch sie fing sich sofort wieder und starrte Valenta wütend an. Das Mädchen grinste schamlos zurück, ihre Augen leuchteten vor Bosheit.

Als die Musiker die Einleitung zu einem bekannten *Pafan* anstimmten, nahmen die Anwesenden in den langen Reihen des Tanzes Aufstellung. Mikhail zog Marguerida mit sich weg. Er führte sie zu einem Platz in der Mitte der Reihe, zwischen Dani und Mira Elhalyn auf der einen Seite und Dyan Ardais und Darissa d'Asturien auf der anderen. Mikhail merkte, dass er die Luft anhielt, und atmete tief durch. Falls sich aus Giselas Benehmen Rückschlüsse ziehen ließen, würde der Abend in der Tat sehr lange werden.

Mikhail sah, wie Robert Aldaran zu seiner Schwester schlenderte und etwas zu ihr sagte. Noch nie im Leben hätte Mikhail so gern gelauscht wie in diesem Augenblick. Doch Robert nahm Gisela nur am Arm und führte sie an die Spitze des Zuges, da setzte auch schon die erste Strophe der Musik den eigentlichen Tanz in Gang. Es war ein langsames Stück, bei dem ein kleiner Tambour gleichmäßig den Takt schlug, während die Violen in dem kleinen Orchester sich das Thema gegenseitig zuspielten.

Die Tänzer standen sich in zwei Reihen gegenüber, verbeugten sich oder machten einen Knicks und bewegten sich dann zur Mitte, um sich die Hände zu reichen und zunächst vier Schritte in Richtung der Empore zu marschieren. Dann beugten sie die Knie und machten vier weitere Schritte, bevor sie sich erneut an den Händen fassten und jedes Paar einen Kreis beschrieb, der die Tänzer gegenüber von ihrer Ausgangsposition platzierte.

Sie begegneten sich erneut in der Mitte und wiederholten die Bewegungen in der umgekehrten Richtung, nun mit dem Rücken zu den Musikern. Es wirkte beruhigend und unkompliziert, wie sie die Seiten wechselten und in dem langsamen Rhythmus hin und her wogten. Nach einigen Wiederholungen sah Mikhail, dass Marguerida allmählich Gefallen an dem Tanz fand.

Siehst du, ich habe dir doch gesagt, dass es einfach ist.

Du hattest Recht. Ich komme mir zwar immer noch sehr unbeholfen vor, aber wenigstens blamiere ich mich nicht – oder dich.

Nein, ich finde, du bist hinreißend – aber ich bin auch ein vernarrter Idiot und absolut nicht objektiv!

Schließlich endete die Musik, und der Tanz brach ab. Mikhail legte Margueridas Hand auf seinen Arm und führte sie zum Tisch mit den Erfrischungen. »Ich glaube, wir brauchen beide einen Becher Wein.«

»O ja, ich bin sehr durstig.« Sie strich sich eine feine Strähne ihres roten Haares aus der Stirn. »Und ich wünsche Gisela Aldaran auf den Mond, auch wenn ich das nicht sollte. Wieso begreift sie eigentlich nicht, dass ...«

»Sie hat mir erzählt, sie hätte vorausgesehen, dass sie einen Hastur heiraten wird, und sofort gewusst, wer das sein würde: ich.«

»Oh. Du meinst, sie besitzt die Aldaran-Gabe?«

»Das wollte sie damit wohl andeuten, aber ich glaube, eine rege Fantasie ist wahrscheinlicher. Als ich die Aldarans vor ein paar Jahren besuchte, zeigte sie jedenfalls keine Anzeichen für die Gabe.«

»Sag, Mik, gibt es eigentlich noch weitere Frauen in deiner Vergangenheit, von denen du mir nichts erzählt hast? Nicht dass ich eifersüchtig wäre, aber ich will vorbereitet sein.«

Mikhail nahm zwei Becher Wein und reichte einen davon Margaret. Dann blickte er im Saal umher, wo die Leute sich plaudernd zu einem neuen Tanz formierten. »Ich würde mal sagen, dass sich im Augenblick ein Dutzend Frauen im Raum befinden, die mir irgendwann angeboten wurden. Die Dame da drüben in dem braunroten Kleid, das ist Ysabet MacRoss, die Großnichte von Camilla MacRoss in Arilinn, sie ist sehr nett, aber furchtbar langweilig. Sie fand mich wahrscheinlich zu verwirrend. Sie ist jetzt mit MacGowan verheiratet, und ich glaube, er passt auch gut zu ihr. Und die hübsche Frau in Rosa ist Darissa d'Asturien, jetzt sicher verheiratet mit einem Vetter zweiten Grades. Mit ihr habe ich hin und wieder ein bisschen geflirtet. Aber es gibt keine außer dir für mich.«

»Schade, dass es deine Eltern nicht auch so sehen. Schau

mal, da sind Rafaella und Onkel Rafe. Weißt du, dass ich sie noch nie zusammen gesehen habe? Was für ein hübsches Paar sie doch sind. Und ich habe ihn noch nie in etwas anderem als seiner Uniform gesehen.«

Mikhail folgte ihrem Blick zum Eingang, durch den Rafaella n'ha Liriel und Captain Rafe Scott soeben den Saal betraten. Das unvermutete Erscheinen einer Entsagenden, die an ihrem kurz geschnittenen Haar sofort erkannt wurde, löste eine leichte Unruhe im Ballsaal aus. Der Blässe ihrer Haut nach, auf der sich einige Sommersprossen abzeichneten, war sich Rafaella der hochgezogenen Augenbrauen sehr wohl bewusst. Sie sah Scott von der Seite her an, schluckte heftig und nahm offenbar ihren ganzen Mut zusammen.

Doch Mikhail fand ebenfalls, dass die beiden ein gut aussehendes Paar waren. Sie waren beide grün gekleidet, Rafaella trug ein helles, frühlingshaftes Kleid mit aufgestickten silbernen Blättern und Scott einen dunklen, maßvoll bestickten Überrock. Und abgesehen von ihrem kurz geschnittenen Haar war nichts Ungewöhnliches an Rafaella. Mit ihrer feuerroten Lockenpracht hätte man sie durchaus für die Tochter einer Domäne halten können.

»Die arme Rafi! Sie sieht aus, als würde sie vor Angst gleich ohnmächtig. Ich glaube, sie braucht einen Schluck Wein, Mik.« Mit diesen Worten nahm Margaret einen Becher vom Tisch und machte sich auf den Weg durch den Saal, wobei sie elegant den Tänzern auswich. Mikhail dachte, dass Rafe Scott ebenfalls eine Erfrischung gebrauchen könnte, deshalb folgte er Margaret mit einem zweiten Becher.

Die Erleichterung auf Rafaellas Gesicht, als sie Marguerida auf sich zukommen sah, hätte unter anderen Umständen komisch gewirkt. Mikhail wusste, dass sie ihr Erscheinen wahrscheinlich zutiefst bedauerte, und beschloss, den Versuch zu unternehmen, sie zu beruhigen.

»Du siehst wundervoll aus, Rafi!« sagte Marguerida und reichte ihr das Weinglas.

»Wirklich? Ich fühle mich sehr mulmig, denn ich war zwar schon auf einer Reihe Tanzveranstaltungen in meinem Leben, aber noch nie in solcher Gesellschaft. Einige der Damen sehen mich an, als wäre ich ein Gespenst.«

»Hier, Scott, ein bisschen Mut in flüssiger Form.«

»Ich stehe auf ewig in Eurer Schuld, Mikhail. Ich war seit Jahren nicht mehr hier und hatte ganz vergessen, wie schön dieser Raum ist. Und es sieht aus, als wären die Wandgemälde nachgefärbt worden. Jedenfalls hatte ich die Farben lange nicht so strahlend in Erinnerung.« Er nahm den angebotenen Wein und trank das halbe Glas in einem Zug aus. Dann lächelte er seine Nichte an. »Das ist ein wunderbares Kleid, Marja – Verzeihung, Marguerida. Ich vermute, du wirst damit einen neuen Trend in Thendara auslösen, und wenn du eine alte Großmutter bist, werden sie etwas in dieser Art in Neskaya und Dalereuth tragen und es für den letzten Schrei halten. Die Dinge ändern sich hier so langsam.« Er wirkte traurig und irgendwie leicht beunruhigt.

»Danke, Onkel Rafe. Mir gefällt es selbst sehr gut, obwohl ich beim ersten Anziehen dachte, ich sehe eine fremde Person vor mir. Das Kleid passt weder zu Margaret Alton, der Mitarbeiterin der Universität, noch zu Marguerida, der Schülerin in Neskaya.«

»Aber es ist genau das Richtige für die Erbin einer Domäne, *Chiya.*«

»Vielleicht. Aber manchmal denke ich, ich werde nie in ein solches Kleidungsstück passen.« Sie räusperte sich und wechselte das Thema. »Ich habe den kleinen Ethan vor ein paar Tagen in Aarons Laden getroffen, und er scheint seine Studien im Hauptquartier mit großem Spaß zu betreiben.«

Scott stöhnte kurz auf. »Dieser Bengel! Er stellt mehr Fragen, als ich beantworten kann; ich komme mir oft unglaublich alt neben ihm vor. Aber ich bin froh, dass du ihn zu mir geschickt hast, denn er wird ein ausgezeichneter Raumfahrer werden, immer vorausgesetzt, dass ...«

»Was?«, unterbrach Mikhail scharf.

»Das kann ich nicht sagen, jedenfalls sollte ich es nicht.«

Im Hauptquartier wird die Lage immer unfreundlicher – jetzt, da die Föderation alle paar Stunden neue Befehle erlässt, neue Formulare und Pässe herausbringt. Es mag vielleicht der erotische Traum eines Bürokraten sein, aber für uns Übrige ist es der reinste Albtraum. Vielleicht mache ich mir ja auch unnötige Sorgen, und in ein paar Monaten hat sich alle Aufregung wieder gelegt.

Das hört sich aber ziemlich ernst an.

Ist es auch. Die Föderation mag keine geschützten Planeten, die sie nicht herumkommandieren kann, und es gibt Gerüchte, wonach sämtliche Protektorate bald verändert werden. Es ist eine List, um Welten wie Darkover zu zwingen, ihren Status aufzugeben und Vollmitglieder zu werden – und das liegt durchaus in ihrer Macht.

Wie denn?

Ganz einfach. Kein Handel mehr, die Wirtschaft von einer Generation zur nächsten zu Grunde richten und dann ankommen und die Macht übernehmen.

Weiß Regis Bescheid?

Von mir nicht. Rafe Scott machte ein Gesicht, als hätte er einen schlechten Geschmack im Mund, und trank seinen Wein mit wenigen Schlucken aus. *Ich sitze zwischen den Stühlen, weil ich halb Darkovaner und halb Terraner bin, und meine Treueversprechen zerren mich in alle Richtungen. Wenn ich Regis direkt informiere, breche ich meinen Diensteid, und wenn ich es nicht tue, verrate ich Darkover. Aber solange ich im Terranischen Dienst bleibe ...*

Das hört sich an, als würdet Ihr möglicherweise nicht mehr lange bleiben.

Ich werde im Hauptquartier bleiben, solange es geht, weil ich Darkover dort am ehesten nützen kann. Aber wenn es dazu kommt, dass ich den Planeten verraten müsste, gebe ich mein Amt auf. Es wäre, ehrlich gesagt, eine große Erleichterung.

Armer Onkel Rafe!

Captain Scott musste lachen, und Rafaella, die merkte, dass gerade eine Unterhaltung stattfand, von der sie ausgeschlossen war, sah ihn strahlend an. Es schien sie nicht im Mindesten zu stören, dass sie als Einzige in der Gruppe keine Telepathin war. »Komm, alter Knabe, ich bin zum Tanzen hier, nicht zum Herumstehen.«

Alter Knabe? Marguerida sah ihren Onkel an.

Sie behauptet, es ist ein Ausdruck der Zuneigung, und das stimmt wohl auch. Verglichen mit ihr bin ich alt, und ich fühle mich mit jedem Tag älter.

Dann steig aus, solange du kannst, lieber Onkel. Opfere dich nicht!

Der Terranische Dienst war mein Leben, Chiva.

Dann wird es eben Zeit für ein neues Leben. Du und Rafi könntet euch selbstständig machen, als Fremdenführer oder was auch immer.

Die schönsten Routen auf Darkover als unsere Spezialität?

Genau!

Scott lachte leise, gab Mikhail seinen leeren Becher und führte Rafaella zur Mitte der Tanzfläche, wo sich gerade eine neue Aufstellung formierte.

Valenta Elhalyn tauchte neben Mikhail auf, sah mit ihren strahlenden Augen zu ihm auf und fragte: »Tanzt du mit mir? Ich habe tagelang geübt und will nicht, dass es umsonst war. Du hast doch nichts dagegen, Marguerida, oder?«

»Natürlich nicht, Val.« Dann sah sie, dass Mikhail auf die

beiden Becher in seiner Hand schaute, als wären sie ihm gerade aus dem Ärmel gewachsen. »Nein, ich habe absolut nichts dagegen, Valenta. Ein langsamer Tanz ist vorläufig alles, was ich zu Stande bringe. Ich denke, ich gehe solange ans Fenster, wo es kühler ist. Ich bin ein bisschen erhitzt. Hier, gib mir die Becher, Mik. Du siehst ulkig aus damit.«

Marguerida nahm ihm die Becher ab, die ihr ein Diener, der mit einem Tablett vorbeikam, augenblicklich aus der Hand riss. Mikhail beobachtete die Szene aus den Augenwinkeln und unterdrückte ein Lachen. So anpassungsfähig Margaret auch war, an Diener würde sie sich vermutlich nie richtig gewöhnen.

Mikhail wandte sich ab und wäre um ein Haar mit Gisela Aldaran zusammengestoßen. Er konnte gerade noch stehen bleiben. Sie lächelte ihn wild an, als wüsste sie, dass sie ihm Unbehagen bereitet hatte. »Willst du mich nicht zum Tanzen auffordern?«

»Nein, Giz, das will ich nicht!«

»Was werden die Leute denken, wenn du nicht mit mir tanzt?«

»Es ist mir völlig egal, was die Leute denken, und wenn du nicht aufhörst, dich mir an den Hals zu werfen, werden sie dich bald für ein Flittchen halten. Verschwinde endlich. Du langweilst mich.« Er wunderte sich über sich selbst, denn er hatte noch nicht so viel getrunken, um derart grob zu werden. Aber seine Laune war mehr als schlecht, und er merkte, dass er sich seit Wochen danach sehnte, diese Worte auszusprechen.

Flittchen! Das gefällt mir, Mik! Aber Miststück ist mir noch lieber.

Valenta!

Ich bin doch nur ein kleines Mädchen, und ich kann nichts dafür, oder?

O doch, und das weißt du ganz genau.

Ja, aber ich liebe deinen Gesichtsausdruck, wenn ich böse war.

Und wie ist der?

Du saugst die Backen ein, als hättest du eine Zitrone im Mund, und deine Augen treten hervor.

Du bist eine verdorbene Göre, Val.

Was erwartest du schon von einer verrückten Elhalyn?

Auf diese Frage wusste Mikhail keine Antwort. Er ging um die verdutzte Gisela herum und nahm seinen Platz in der Reihe der Tanzenden ein. Liriel hatte Valenta geprüft und festgestellt, dass sie einmal eine sehr fähige Telepathin werden würde. Dennoch war Mikhail überrascht und auch ein wenig beunruhigt von der Kraft ihrer geistigen Stimme. Sie schien ihr *Laran* fast zu früh zu entwickeln.

Mikhail schauderte, denn selbst mit der besten Pflege der Welt überlebte ungefähr ein Drittel aller Kinder die Schwellenkrankheit nicht.

Die Musik hob an und vertrieb die Sorgen aus seinem Kopf. Es war ein ziemlich ausgelassenes Stück, bei dem man viel stampfen und steppen musste, und es gehörte zu Mikhails Lieblingstänzen. Er ließ sich ganz von den Klängen forttragen. Valenta hob ihre Röcke ein wenig und ahmte seine Gesten nach, wobei sie ihn schelmisch angrinste. Dann war der Tanz vorbei, und Mikhail beugte sich über ihre winzige sechsfingrige Hand.

»Das war aber lustig. Habe ich es denn gut gemacht?«

»Du bist eine ausgezeichnete Tänzerin, Valenta.«

»Das freut mich. Du hast vorher so besorgt ausgesehen, und jetzt scheinst du fröhlicher zu sein.«

»So?« Seine Stimmung schien alle fünf Minuten zu wechseln, und er spürte, wie das bohrende Unbehagen zurückkehrte.

»Ja. Vielen Dank. Jetzt suche ich Danilo Ardais und finde heraus, ob er wirklich der beste Tänzer auf Darkover ist! Du hast mich zwar nicht gesehen, aber vorhin stand ich Francisco Ridenow gegenüber, und der hat nicht mehr Ahnung vom Tanzen als eine Kuh.«

Mikhail lachte unwillkürlich. »Ja, aber es wäre nicht sehr klug, es ihm zu sagen.«

»Ich hab es ihm auch nicht gesagt. Ich habe ihm höflich gedankt und gesagt, dass es mir ein Vergnügen war. Ach herrje!«

»Was ist?«

»Gisela Aldaran redet mit Marguerida, und sie sieht nicht gerade sehr fröhlich aus. Drüben beim Fenster.«

Mikhail drehte den Kopf so rasch, dass er sich fast den Hals verrenkt hätte. Er konnte seine Geliebte und Gisela nur undeutlich erkennen, sie hatten die Köpfe zusammengesteckt wie Verschwörer. Was er von ihren Mienen ausmachen konnte, versetzte ihn in Schrecken. Feindschaft auf Giselas Seite und Distanz auf Margueridas. Er kannte diesen Gesichtsausdruck nur zu gut.

Mikhail durchquerte mit schnellen Schritten den Saal und erreichte die beiden, als Gisela gerade sagte: »Du kannst nicht gewinnen, musst du wissen.«

»Ich habe bereits gewonnen«, hörte er Marguerida antworten, und ihre sonst so angenehme Stimme klang kalt und distanziert, als wäre sie weit entfernt. Sie wandte den Kopf und sah aus dem Fenster.

Der Himmel war sehr dunkel über den Lichtern des Raumhafens, und die wenigen Wolken hatten sich verzogen. Die Sterne leuchteten über der Stadt. Das sanftere Licht der Lampen und Fackeln in Thendara verlieh der Stadt einen warmen Schein. Alles war sehr schön und sehr friedlich.

Dann bemerkte Mikhail, dass drei der Monde fast in einer Linie über dem Horizont standen, ihre Farben vermischten sich leicht. Mormallor, der kleinste und hellste, stand an einem Ende und der malvenfarbene Idriel am anderen; dazwischen, blau und grün, Kyrrdis. Mikhail fuhr zusammen. Der Traum fiel ihm wieder ein, lebhaft und plötzlich.

»Du kannst nicht gewinnen! Heute Abend wird unsere Verlobung bekannt gegeben!« Giselas sonst so seidige Stimme wurde schrill.

»Das spielt keine Rolle«, antwortete Marguerida so ruhig, als wäre sie aus Stein. »Du täuschst dich, Gisela. Du hast aufs falsche Pferd gesetzt.«

Gisela Aldaran stampfte mit dem Fuß auf und knirschte mit den Zähnen. Mikhail zögerte, ob er eingreifen sollte oder nicht. Er spürte die Wut, die Gisela verströmte, und eine Gelassenheit bei Marguerida, die ihn überraschte. Ihr Blick wirkte leicht unscharf, als würde sie von einer inneren Vision überwältigt.

Das blaue Licht von Liriel, dem vierten Mond, stieg über den Horizont, nur ein winziger Teil war zu sehen. Mikhail fühlte ein Grollen in sich, ein Geräusch, als würde die Erde beben. Und eine Stimme wie Donnerschlag dröhnte durch seinen Geist und lähmte seinen Willen.

»NACH HALI! SOFORT!«

23

Eben noch sprach Margaret mit Gisela und hörte das ärgerliche Zischen ihrer Stimme, und im nächsten Augenblick spürte sie, wie sich ein riesiges Gewicht in ihren Geist drängte. Es war entsetzlich und machte ihr große Angst, aber dennoch blieb ein Teil von ihr völlig ruhig. Sie erlebte einen Moment der Orientierungslosigkeit, als wäre sie an zwei Orten gleichzeitig. Was immer sie gerade sagen wollte, es löste sich in nichts auf. Sie wollte sich losreißen, aber die unbekannte Kraft war zu stark. Dann spürte Margaret die Stimme aus ihrem Traum, mehr als dass sie sie hörte, ein überwältigendes Beben lief durch ihren Körper. NACH HALI! SOFORT!

Sie wandte sich vom Fenster ab, ihre Hände zitterten. Die Ungewissheit, unter der sie seit dem Traum litt, war verschwunden, ersetzt durch einen unwiderstehlichen Drang. Ihre Knie schlotterten, und sie hatte das Gefühl, als würde sie an einem Halsband vom Fenster weggezogen.

Margaret sah Mikhail in die Augen und wusste, dass er es ebenfalls spürte. Sie schluckte heftig, nahm ihn bei der Hand und sagte: »Komm, Liebster. Wir haben eine Verabredung mit dem Schicksal.«

Erst als sie den Saal zur Hälfte durchquert hatte, fiel Margaret auf, dass sich außer ihnen niemand bewegte. Die Musiker saßen erstarrt über ihren Instrumenten. Regis Hasturs Mund stand offen, als hätte er mitten im Wort innegehalten.

Margaret hatte kaum die Zeit, es wahrzunehmen, bevor die Kraft in ihrem Kopf sie an Mikhails Hand weiterzwang. Sie spürte, wie sich Mikhail ihrem Zerren widersetzte und die unbeweglichen Gestalten im Saal betrachtete. Schließlich schüttelte er den Kopf und passte sich Margarets entschlossenen Schritten an.

»Eine Verabredung mit dem Schicksal? Musst du denn so melodramatisch sein?« Er klang verärgert, und sie spürte seinen Widerwillen trotz des unwiderstehlichen Zwangs, dem sie folgten.

Margaret lächelte, obwohl sie glaubte, jeden Augenblick zu zerspringen. Sie wollte nur endlich von diesem unablässigen Hämmern in ihren Knochen wegkommen. Es gab kein Entrinnen, aber die Bewegung schien den Druck leicht zu mindern. »Dio hat mir beigebracht, nie ein gutes Schlusswort zu verschenken. Jetzt beeile dich, Mik. Wir müssen weg sein, bevor sie wieder zu sich kommen!«

Margaret spürte, wie sie innerlich gespalten war. Der Teil, der sich fest im Griff der Stimme befand, war fast wahnsinnig vor Angst. Das war die kleine Marja in ihr, die Ashara damals überschattet hatte. Der andere Teil hatte keine Mittel, um ihrem jüngeren Ich zu helfen, außer ihrem verdrehten Humor. Das Ganze war sehr merkwürdig, und Margaret wagte nicht, genauer darüber nachzudenken. Sie konnte jeden Augenblick nur so akzeptieren, wie er war, und einfach weitergehen. Sonst würde sie den Verstand verlieren, und das wollte sie nicht.

»Du schlägst doch nicht ernsthaft vor, dass wir mitten in der Nacht in unserer Tanzkleidung nach Hali stürzen, oder?« Mikhails Zorn war nicht mehr zu überhören, aber Margaret wusste, dass sich dahinter große Angst verbarg. Sie versuchte ihn zu verstehen. Furcht schien angebracht, aber Wut? Dann fiel ihr plötzlich ein, dass die Ereignisse in Haus Halyn jetzt in seinem Kopf widerhallen mussten und mit ihnen all die Machtlosigkeit, die er dort empfunden hatte.

Leider blieb Margaret keine Zeit für Erklärungen – sie mussten um jeden Preis in Bewegung bleiben. »Nein. Wir müssen uns umziehen, dann treffen wir uns umgehend in den Ställen.«

»Aber!«

»Geh weiter und hör endlich auf, mit mir zu streiten! Ich hatte wieder eine Vision!« Sie rannte eine Treppe hinab, so schnell es ihre Röcke erlaubten, und hörte seine Schritte dicht hinter ihr.

»Was hast du gesehen?« Er stieß sie beinahe um, sie spürte seinen Atem im Haar.

»Später, du Idiot!«

»Ja ... also gut.« Sie eilten eine weitere Treppe hinab, außer Hörweite des Ballsaals.

Schließlich erreichten sie den Korridor, der zur Alton-Suite auf der einen Seite und zur Lanart-Suite auf der anderen führte, und trennten sich. Margaret sah Mikhail kurz nach, wie er zu seinen Gemächern eilte, dann öffnete sie hastig die Tür zu ihren eigenen. Sie keuchte vor Anstrengung, ihre Stirn war feucht, und in ihrem Kopf hämmerte es unaufhörlich. Sie war allein in der Suite, deshalb musste sie sich ihrer Gewänder ohne Hilfe entledigen. In ihrer Hast zerriss sie den feinen Stoff. Sie lauschte angestrengt auf Verfolger. Bestimmt würde bald jemand kommen. Ihre Finger rissen unbeholfen an den Verschlüssen. »Ich mach, so schnell ich kann«, antwortete sie der dröhnenden Stimme in ihrem Kopf.

Hektisch zog sie eine dicke Strumpfhose, ihre Reitkleidung und die abgenutzten Stiefel an. Dann hielt sie kurz inne und überlegte, was sie sonst noch mitnehmen sollte. Ein Messer schien eine gute Idee zu sein, dazu der Beutel mit dem Feuerstein. Sie riss ihren Umhang aus dem Schrank und stürzte auf den Gang.

Mikhail kam ebenfalls gerade aus seinem Zimmer, er trug einen schlichten braunen Überrock und eine Hose und hielt einen grünen Umhang über dem Arm. Er wirkte angespannt, als wäre seine gesamte Aufmerksamkeit auf einen einzigen Punkt konzentriert. Es war ein schmerzlicher Anblick, und

Margaret war froh, dass sie keine Empathin war, vermutlich waren seine Gefühle genauso verworren wie ihre eigenen. Mikhail war kein Mensch, der sich zu etwas zwingen ließ, entschied sie, und fragte sich, wie Regis ihn jemals für einen halten konnte.

»Was immer uns vorwärts treibt, hält anscheinend die anderen davon ab, uns zu folgen«, murmelte Mikhail undeutlich. »Komm – sie werden nicht ewig stillhalten.«

Sie stürmten die Treppe zum Stallhof hinab, rempelten sich in ihrer Eile gegenseitig an und wären mindestens zweimal beinahe gestürzt. Als sie unten auf dem Pflaster waren, schnappten sie nach Luft.

In diesem Augenblick stolperte Margaret und schauderte von Kopf bis Fuß. »Was ist?«, fragte Mikhail.

»Ich glaube, Ariels Wehen haben gerade eingesetzt«, antwortete Margaret, und ihr Herz schlug schneller.

»Aber der Termin ist doch erst in zehn Tagen, oder?«

»Ich weiß. Ariel ist vielleicht noch nicht so weit, aber das Baby sieht das anders. Und sei froh, das wird die anderen von unserer Flucht ablenken!« Männer konnten manchmal wirklich dumm sein, dachte sie, selbst Mikhail. »Ich sagte doch, dass das Kind zu Mittwinter geboren wird!«

»Ja, und ich werde nie wieder an dir zweifeln. Komm jetzt!«

In den Ställen hielt sich nur ein verschlafener Bursche auf, der die beiden dümmlich ansah, als sie ihre Pferde holten. Es stand ihm nicht zu, Mitgliedern der Domänen Fragen zu stellen. Mik brachte die Sättel, und Margaret machte sich inzwischen mit dem Zaumzeug zu schaffen. Es kostete sie ihre ganze Willenskraft, nicht aus dem Stall und die kalte Straße entlangzurennen, hinaus aus der Stadt. Nach einer halben Ewigkeit, wie es Margaret schien, waren sie bereit zum Aufbruch.

Als sich Margaret in den Sattel schwang, tänzelte Dorilys nervös und warf sie beinahe ab. Sie hörte, wie Stürmer in die

Nacht wieherte. Dann ritten sie los, auf den Eingang des Stallhofes zu.

Sie bemerkten einen Luftstrom und ein Flügelschlagen, und Margaret sah aus den Augenwinkeln, wie sich Mikhails Krähe heiser krächzend auf seiner Schulter niederließ, bevor sie mit einem Satz auf den Sattelknauf hüpfte.

Der Hufschlag auf den Pflastersteinen hallte in den engen Straßen wider. Margaret hätte Dorilys gerne zu größerem Tempo gedrängt, um das drückende Gewicht in ihrem Innern loszuwerden, aber die Steine waren für einen schnellen Ritt denkbar ungeeignet. Sie musste wohl oder übel das Pferd die Geschwindigkeit wählen lassen. Margaret wusste nicht, ob sie mehr Angst davor hatte, dass man sie einholte oder dass man sie nicht einholte.

In der Stadt war es einigermaßen still, aber aus manchen Häusern, an denen sie vorüberritten, drang der Lärm von fröhlichen Feiern. Der kleine Marktplatz, auf dem Margaret das fahrende Volk gesehen hatte, war von Fackeln hell erleuchtet, und ein ansehnliches Publikum verfolgte eine Vorstellung auf der herabgesenkten Seitenwand eines Wagens. Margaret erhaschte in dem flackernden Licht einen Blick auf bunte Kostüme und hörte, wie eine Stimme etwas deklamierte.

Das Geräusch der Hufe ließ einige der Zuschauer den Kopf wenden und den beiden Reitern nachsehen, die über den Marktplatz galoppierten. Margaret sah aus den Augenwinkeln ein paar erstaunte Gesichter und hörte einen fragenden Ruf. Dann waren sie auch schon auf dem Weg zum Tor, das zur alten Nordstraße führte.

Die Luft war kalt und frisch und ließ Margaret frösteln, sie wusste allerdings nicht, ob vor Kälte oder vor Aufregung. Es roch, als würde es bald schneien, aber noch war der Himmel sternenklar. Margaret blickte hinauf, denn klare Nächte waren eine Seltenheit. Sie ließ Dorilys freien Lauf, und die kleine

Stute reckte den Hals vor und lief wie der Wind. Mikhails Pferd, das längere Beine hatte, führte um ein, zwei Längen. Das Ganze erschien Margaret wie ein Traum, abgesehen von dem gleichmäßigen Druck in ihrem Kopf.

Nachdem sie vielleicht eine Stunde lang scharf geritten waren, ließen sie ihre Pferde in einen lockeren Trab fallen. Dorilys schien nicht einmal außer Atem zu sein, aber sie schwitzte. Margaret tätschelte mit der rechten Hand die glatte Schulter des Pferdes und erhielt ein freudiges Wiehern als Antwort. Die Stute fand es anscheinend sehr aufregend, in die Nacht hinauszureiten, und Margaret wünschte, ihr ginge es genauso.

»Ich würde viel darum geben, wenn ich an zwei Orten gleichzeitig sein könnte«, bemerkte Mikhail. Seine Stimme war ein wenig heiser und trocken vom Reiten, und Margaret wusste, dass seine scheinbare Ruhe ebenso gespielt war wie ihre eigene. Sie wurden gehetzt und standen unter einer gewaltigen Anspannung, die sich nur lösen ließ, indem sie über etwas anderes sprachen als das, was sie vorwärts zwang.

»Du meinst, du wärst im Augenblick tatsächlich gern auf Burg Comyn?«

»Ja und nein. Falls du Recht hast und Ariel mitten im Ballsaal in den Wehen liegt, herrscht wahrscheinlich ein großes Chaos. Vielleicht vermisst uns sogar noch niemand. Bist du dir sicher, dass sie ...?«

»Ja, absolut. Ich wusste, dass sie heute zur Welt kommen würde, so sicher wie ich meinen Namen weiß. Trotz allem, was gerade geschieht. Ich fühlte die Schmerzen deiner Schwester. Und eins habe ich über die verfluchte Aldaran-Gabe gelernt: Ich sehe nur meine eigene Zukunft, nicht die von anderen. Deshalb weiß ich, dass Alanna Alar wohlauf sein wird, denn ihr und mir ist es bestimmt, dass wir uns einmal kennen lernen – auch wenn ich im Moment nicht weiß, ob wir diesen Wahnsinn überleben werden. Ich weiß, das klingt alles sinnlos. Ich kann dir auch nicht sagen, ob Ariel wohlauf sein wird, nur Alanna.« Sie fügte nicht an, dass die Zukunft, in welcher sie Alanna sah, eine sehr unruhige sein würde.

»Es klingt so sinnvoll, wie es im Augenblick eben klingen kann. Mein Kopf fühlt sich an, als wäre er drei Nummern zu groß, und mein Kiefer schmerzt, so sehr beiße ich die Zähne zusammen. Sag, was hast du eigentlich gemeint, als du zu Gisela sagtest, sie hätte auf das falsche Pferd gesetzt – ich muss gestehen, dass ich es nicht gerade sehr schmeichelhaft fand, mit einem Hengst verglichen zu werden.« Seine Stimme klang ruhig in der Dunkelheit, als hätte ihn die Anstrengung der letzten Stunden so sehr ermüdet, dass er nicht länger wütend sein konnte.

Margaret lachte. »Ich stand nur da, schaute zu den Sternen und dachte an nichts Bestimmtes, als Gisela ankam und auf mich losging. Bevor ich wütend werden und ihr auf die Zehen treten konnte, hatte ich noch eine Vision, es war nur ein kurzes Aufblitzen. Sie weiß es noch nicht, aber sie wird Rafaels Frau und deine Schwägerin werden, egal, was sonst noch geschieht. Sie hatte Recht – sie wird einen Hastur heiraten, nur nicht den, den sie sich ausgesucht hat. Ich vermute mal, *Dom* Damon hat versucht, Regis das Versprechen abzuringen, heute Abend die Verlobung zwischen euch bekannt zu geben, aber Regis war so schlau, eine andere Lösung zu finden.«

»Ich verstehe. Das war es also, was Danilo vorhin gemeint hat.« Er seufzte leise. »Wird sie glücklich sein?«

»Keine Ahnung. Und es ist mir auch schnurzegal!«

»Ich habe Regis neulich daran erinnert, dass ich nicht der einzige unverheiratete Mann in der Familie bin, von daher könnte es gut sein. Armer Rafael. Mit so einer Frau geschlagen zu sein!«

»Ich würde nicht allzu sehr hadern. Dein Bruder ist ein ausgeglichener Mensch, und ich glaube, Gisela braucht jemanden, der gegen ihre Launen immun ist. Sie kommt mir ziemlich verzogen vor, als einziges Mädchen und Augapfel ihres Vaters. Wir sollten lieber wieder schneller reiten, Mik. Der Sog wird wieder stärker.«

»Du hast Recht. Nett, dass wir eine kleine Verschnaufpause hatten, wem auch immer wir sie zu verdanken haben.« Mit dieser ironischen Feststellung verfielen sie wieder in ein schnelleres Tempo. Die einzigen Geräusche waren das Trommeln der Pferdehufe und das Seufzen des Windes auf den leeren Feldern. Sie durchquerten einen verschlafenen Weiler, dann noch einen, und immer näher rückte der Augenblick, von dem sie beide gewusst hatten, dass er ihnen bevorstand, als sie seinerzeit den Geist des Turms von Hali sahen.

Es war ein sonderbares Gefühl, zwanghaft zu etwas zu eilen, von dem man nicht genau wusste, was es war. Margaret empfand keine Bedrohung, keine Furcht, außer der normalen menschlichen Angst vor dem Unbekannten. Irgendetwas wartete in den Ruinen des Turms von Hali auf sie, und es war wundervoll und schrecklich zugleich. Doch tief in ihren schmerzenden Gliedern spürte sie, dass sie das Richtige tat.

Dann dachte sie plötzlich an ihren Vater, und all ihre Gelassenheit war dahin. Er würde außer sich sein. Was für eine törichte und gedankenlose Frau sie doch war! Was fiel ihr eigentlich ein, mitten in der Nacht davonzurennen? Sie hatte keine Wahl gehabt, aber das linderte ihr Schuldgefühl auch nicht. Sie hatte selbstsüchtig gehandelt, oder?

Vater! Sie sandte den Gedanken ohne große Hoffnung, dass er Lew Alton erreichte. Es war unglaublich schwer, sich beim Reiten zu konzentrieren, und sie war überrascht, als sie einen Antwortgedanken fühlte.

Marguerida! Geht es dir gut?

Ja, und Mikhail auch. Wir werden nicht durchbrennen,

ehrlich, obwohl das wahrscheinlich alle denken. Sie war gewaltig erleichtert über seine telepathische Anwesenheit.

Man hat euch am Anfang nicht einmal vermisst. Alle waren zu sehr damit beschäftigt, sich um Ariel zu kümmern – bis sie losschrie, standen wir alle herum wie Statuen. Ich kann nur raten, wie lange. Aber Gisela bemerkte schließlich euer Fehlen und schlug Alarm. Für eine Frau mit einer so schönen Stimme kann sie sehr durchdringend schreien. Und ich werde große Mühe haben, mir eine glaubhafte Erklärung für deine Ida einfallen zu lassen. Aber das ist nun wirklich mein geringstes Problem.

Es tut mir Leid, Vater. Wir hatten nicht vor, so davonzustürzen, ehrlich nicht.

Ich weiß, Marguerida. Und im Augenblick haben wir hier alle Hände voll zu tun. Was immer euch gerufen und den Rest von uns verhext hat, es hatte eine verheerende ...

Was! Margaret merkte, dass er wegen etwas besorgt war, das er ihr nicht sagen wollte.

Mehrere Leute wurden schwer verletzt, Marguerida. Ich kann nur hoffen, dass sie wieder geheilt werden. Das wird eine denkwürdige Nacht, falls ich sie überlebe.

Margaret begriff, dass er ihr keine Einzelheiten erzählen würde, und sie wusste nicht, ob sie sich darüber freuen oder ärgern sollte. Aber sie kannte Lew inzwischen gut genug, um zu wissen, dass er sich von seinem Entschluss nicht würde abbringen lassen.

Was ist mit Gisela?

Sie ist natürlich außer sich. Und Dom *Damon hat sich noch nicht entschieden, ob er empört oder beleidigt sein soll. Aber denk nicht weiter über die nach. Zerbrich dir lieber den Kopf über die Truppe der Palastgarde, die hinter euch her ist.*

Keine Angst. Die holen uns nicht ein.

Woher willst du das wissen?

Ich weiß es einfach. Margaret war zu müde, um mehr zu erklären.

Wohin reitet ihr? Weißt du das?

Zum Turm von Hali – und das ist alles, was ich im Moment sagen kann. Aber ich weiß, dass ich zurückkommen werde, Vater. Ich weiß es, und ich schwöre es.

Woher weißt du, dass du wirklich zurückkommst?

Ich weiß es einfach. Sie verdrängte ihre Zweifel.

Hölle und Verdammnis! Also gut – ich werde mich wohl damit zufrieden geben müssen. Gute Reise, meine Tochter, komm möglichst schnell zurück. Und gib auf dich Acht. Ich könnte es nicht ertragen, dich zu verlieren, jetzt, da ich dich gerade erst gefunden habe.

Ich weiß, lieber Vater. Und ich verspreche dir, ich werde heil zurückkommen – du hast mein Wort darauf!

Dann war Lew Alton verschwunden, und Margaret trieb ihr Pferd noch schneller durch die Nacht.

Als Margaret und Mikhail die Ruine des Turms von Hali erreichten, war es bereits weit nach Mitternacht, und am Himmel zogen dicke Wolken auf. Der Wind roch schwer nach Schnee, aber noch war keiner gefallen. Die unheimlichen Nebel über dem See leuchteten hell im Licht der vier Monde, die jetzt etwa in der Mitte des Himmels standen. Es war totenstill. Die Pferde waren müde, und selbst der stolze Braune ließ erschöpft den Kopf hängen, als sie anhielten.

Sie stiegen steifbeinig ab und zogen ihre Umhänge zum Schutz vor der zunehmenden Kälte fest um den Körper. Margaret streichelte Dorilys' Flanke, sie spürte das Heben und Senken und den Schweiß auf den mächtigen Muskeln. »Braves Mädchen.« Margaret wusste, dass sie sich eigentlich um das Pferd kümmern, es bewegen sollte, bis es sich richtig abgekühlt hatte, doch dafür war jetzt keine Zeit.

»Und nun?« Mikhail klang müde.

»Keine Ahnung. Ich denke, wir müssen einfach abwarten.« Margaret konnte sich kaum noch auf den Beinen halten.

»Kommt dir das alles auch so verrückt vor wie mir, Marguerida? Ich meine, wir sind mitten in der Nacht draußen, ohne Essen, und allein die Götter wissen, wieso. Wir sind an unserem Ziel angekommen, aber hier ist nichts außer rußgeschwärzten Steinen – keine Spur von dem Turm, den wir im Sommer gesehen haben. Ich habe noch nie etwas so Idiotisches getan. Ich meine, was machen wir, wenn nichts passiert?«

Margaret war zu müde, um zu streiten. Sie zuckte die Achseln, legte den Arm um Mikhail und bettete den Kopf an seine Schulter. Er roch nach Pferd und Wein, dazu der inzwischen vertraute Duft, an dem sie ihren Liebsten überall in der Galaxie erkennen würde. »Dann passiert eben nichts, die Garde findet uns, wir reiten zurück nach Thendara und sind auf Jahre das Gespött der Leute. Ich kann damit leben – du nicht?«

Sie standen da, hielten sich leicht umarmt und sprachen weder, noch berührten sie einander im Geist. Eine tiefe Zufriedenheit lag in ihrer Umarmung, ein zärtliches Gefühl, völlig frei von Verlangen. Von der zunehmenden Kälte abgesehen, wäre Margaret gern für immer so verharrt.

Die Geräusche von Männern und Pferden ganz in der Nähe durchbrach plötzlich den Zauber. Sie hörten das Bimmeln von Zaumzeug, das Schnauben von erschöpften Gäulen und näher kommende Stimmen. Margaret sah Mikhail an, er erwiderte ruhig ihren Blick, und beide lächelten. Dann küsste sie ihn sanft auf den Mund und spürte seinen warmen Atem auf den Lippen.

JETZT!

Der geistige Befehl erschreckte sie, Margaret sah über Mikhails Schulter. Die weißen Steine des Turms von Hali erhoben sich schimmernd im gesammelten Licht aller Monde Darkovers. Der Turm waberte einen Moment undeutlich, dann festigte er sich, gerade als die Garde in Sichtweite kam.

»Sieh nur!«

Mikhail drehte sich um, erblickte den Turm und schauderte. »Das ist er, ich weiß es.«

»Ja. Hast du Angst, Liebster?«

»Ja. Aber gleichzeitig spüre ich, dass alles seine Richtigkeit hat. Sonderbar.«

Sie näherten sich gerade dem Turm, als jemand nach ihnen rief. Man hörte Hufgetrampel, Mikhails Pferd ließ einen Kampfschrei ertönen und griff die sich nähernden Reiter an, dass sie nur so auseinander stoben. Dorilys drehte sich, bäumte sich auf und verfehlte nur knapp den nächsten Gardisten, der an ihr vorbeirannte.

»Bei den Götter, was ist das?«

»Es ist der Turm! Wie das?«

»Ergreift sie – um den Turm können wir uns später kümmern. Sonst entwischen sie uns noch!«

»Regis reißt uns den Kopf ab, wenn ...«

»Zum Teufel mit Regis, und zum Teufel mit Mikhail Hastur! Packt sie!«

Margaret stolperte und rutschte hinter Mikhail her, während sie auf das leuchtende Gebäude zurannten. Aus einer offenen Tür ergoss sich ein Lichtstrahl. Jemand stand am Eingang; der Schatten einer Frau fiel auf die Erde vor dem Turm.

Mikhail nahm Margaret an der Hand und schob sie hektisch vor sich her. Sie langte mit ausgestrecktem Arm in das Licht und traf auf einen leichten Widerstand, als stünde dort ein Schleier, unsichtbar und doch unnachgiebig. Margaret drückte dagegen, dann hielt sie inne. Über ihrem Kopf hörte sie ein Flügelschlagen, und die große Seekrähe flog durch den Widerstand, den Margaret gespürt hatte, in das gelbe Licht dahinter.

Margaret fühlte, wie sie durch den Schleier ging, als würde sie in Honig treten. Es herrschte völlige Stille – nicht mal der Wind war zu hören. Die Frau, deren Schatten sie gesehen hatten, wich mit weit aufgerissenen Augen zurück, im gleichen Augenblick trat Mikhail neben Margaret durch den Schleier.

Margaret blickte über die Schulter zurück. Sie konnte die Umrisse der Pferde und Männer zwar noch erkennen, aber sie konnte sie nicht mehr hören. Sie sah, wie sich Dorilys einer unbekannten Hand widersetzte und wie Stürmer ausschlug. Sie sah Münder, die sich bewegten, und wusste, dass sie nach ihr riefen, und dann waren sie plötzlich verschwunden.

TEIL DREI

24

Mikhail schüttelte den Kopf und versuchte, Verwirrung und Benommenheit zu vertreiben, die ihn zu überwältigen drohten. Ein Blick auf Marguerida verriet ihm, dass sie ebenfalls völlig durcheinander war. Was hatten sie nur getan? Waren sie denn vollkommen verrückt? Dann bemerkte er, dass der große Druck in seinem Kopf, dieser fürchterliche Zwang, mit einem Mal verschwunden war. Doch Mikhail war nach drei Stunden scharfen Reitens so müde, dass er sich kaum darüber freuen konnte.

Er sah sich in dem Raum um, den er und Margaret betreten hatten, und sein Blick fiel auf die Frau, die ihnen die Tür geöffnet hatte. Sie hatte dünnes, rotes Haar und Augen, so golden wie die von Marguerida. Die Frau war grau gekleidet, und der Umhang auf ihren Schultern wirkte so willkürlich übergeworfen, als hätte sie das erstbeste Stück genommen, das ihr in die Hände gefallen war. Ihr Alter schätzte Mikhail auf dreißig bis vierzig. Sie strahlte Autorität aus, aber sie hatte auch etwas Niedergeschlagenes an sich. Wer war sie? Mikhail betrachtete ihre nervösen Augen und die ruhelosen Hände. Ihre Schultern waren hochgezogen und wirkten verspannt.

Die Wände der Eingangshalle waren aus Stein und bar jeden Schmucks. Selbst in dem düsteren Licht erkannte Mikhail, dass der Mörtel an vielen Stellen schwarz war, außerdem roch es sehr stark nach Rauch. Hier hatte es eindeutig gebrannt, allerdings nicht erst kürzlich.

Noch etwas stieg ihm in die Nase, aber es war nicht der vertraute Ozongeruch der Matrixschirme. Es dauerte eine Weile, bis er es als den Gestank nach verbranntem Fleisch erkannte, und er schluckte schwer. Fast schien es, als würden die Steine den Geruch bewahren.

Neben ihm stand zitternd Margaret. Irgendwie wusste Mikhail, dass es nicht der Anblick der verbrannten Steine war, der sie so beunruhigte, aber er konnte auch nicht feststellen, was es war. Ihr Geist war verschlossen, als versuchte sie sich unsichtbar zu machen. Sie fürchtete sich, doch wovor?

Nur die Krähe wirkte unbesorgt. Sie saß auf einem schmalen Wandvorsprung und blickte mit rot leuchtenden Augen umher. Sie gab einen heiseren Laut von sich, breitete die Flügel aus und legte sie wieder an, dann begann sie in aller Ruhe ihr Gefieder zu putzen.

Mikhail machte ein paar flache Atemzüge, er nahm den Geruch nach Schweiß und Pferd an seinem Körper wahr und fragte sich, was er tun sollte. Lady Linnea hatte einmal zu ihm gesagt, im Zweifelsfall sollte er es immer mit Höflichkeit versuchen. Guter Rat. Mikhail spürte einen unwiderstehlichen Drang zu handeln, er hatte zwar den Willen, war aber nahezu gelähmt vor Beklommenheit.

Schließlich löste sich seine Zunge. »Seid gegrüßt, *Domna.*« Er verbeugte sich. »Ich bin ...« Seine Stimme verlor sich. Wer war er, an diesem Ort, zu dieser Zeit? Wenn das tatsächlich der Turm von Hali war, dann befanden er und Marguerida sich weit in der Vergangenheit, und ein Mikhail Hastur musste erst noch geboren werden. Für den Augenblick war ihm das alles zu kompliziert.

Marguerida zog neben ihm den Umhang fester um die Schultern, denn in der Eingangshalle war es sehr kalt. »Schön, dass wir uns treffen, *Domna*, hoffe ich jedenfalls. Danke, dass Ihr uns die Tür geöffnet habt.«

»Ich hatte doch keine andere Wahl, oder?« Die Stimme der Frau war schrill und die Worte unfreundlich. Ihre Augen traten vor Anspannung fast aus den Höhlen. »Willkommen im Turm von Hali. Ich heiße Amalie El Haliene, und ich bin die Bewahrerin hier. Stellvertretende Bewahrerin, um genau zu sein, aber da ich die einzige anwesende *Leronis* bin, dürfte es nur recht sein, wenn ich mir den Titel verleihe, den ich schon längst verdient habe.« Sie wies mit ihrer sechsfingrigen Hand auf die Hallendecke, und ein bitteres Lachen entschlüpfte ihren schmalen Lippen.

Zunächst ergaben ihre Worte nur wenig Sinn. Amalies Gesichtsausdruck nach zu schließen, erwartete sie offenbar, dass Mikhail und Margaret wussten, wovon sie sprach. Doch Mikhail konnte sich nicht richtig konzentrieren. Irgendetwas stimmte nicht mit dem Turm, und er hätte gerne genau gewusst, was, bevor die Frau weiterredete. Dann wusste er plötzlich irgendwie, dass der Turm, von ihnen mal abgesehen, völlig leer war. Mikhail kam das sehr merkwürdig vor, denn er war noch nie in einem Turm gewesen, in dem es nicht vor menschlichen Gedanken wimmelte. Es war gar nicht die Stille in dem Gebäude, die ihm eine Gänsehaut verursachte, sondern das geistige Schweigen.

»Ich bin Margarethe, und das hier ist Mikhalangelo.« *Weißt du noch, Mik, das waren die Namen, mit denen wir in dem Traum gerufen wurden.*

Mikhail war so erleichtert, Margarets Stimme in seinem Kopf zu hören, dass er ihre Worte kaum verstand. Sie war einige Minuten lang nicht da gewesen und hatte mit einer unbestimmten Angst gerungen, aber offenbar hatte sie ihre Furcht überwunden. Wenn ihm das doch nur auch gelingen würde. *Ja? Ich erinnere mich nicht mehr daran. Und wie hießen wir mit Familiennamen? Verdammt! Wenn wir behaupten ...*

Ich weiß! Das alles ist viel komplizierter ... obwohl ich wirklich nicht weiß, was ich eigentlich erwartet habe. Die Hasturs und die Altons dürften wohl bekannte Familien für sie sein, deshalb behalten wir diese Namen lieber für uns. Sie hat Angst vor uns, und sie ist wütend. Und wo sind die anderen alle?

Vielleicht sagt sie es uns, wenn wir ihre Furcht besänftigen können. Ich wüsste nur zu gern, in welcher Zeit wir hier sind.

Ich auch, Mik.

»Warum hattet Ihr keine anderen Wahl, als uns die Tür zu öffnen, *Domna* El Haliene?‹ Mikhail vermutete, dass dieselbe Kraft, die ihn und Margaret getrieben hatte, ebenso die Frau beeinflusste.

»Das ist eine interessante Frage. Aber wir wollen nicht ewig hier unten herumstehen. Oben in meinem Salon brennt ein Feuer. Kommt mit. Aber behaltet Eure Umhänge lieber an, der Turm ist ... Und lasst diesen Vogel hier. Er erinnert mich an das Meer und an meine Kindheit, und das macht mir keine Freude.« Sie richtete die Augen auf Mikhail und ignorierte Marguerida, so gut es irgendwie ging.

»Wie Ihr wünscht, *Domna.* Ich kann aber leider nicht für den Vogel sprechen. Er fliegt, wohin er will.«

Amalie seufzte, es war ein beruhigend menschlicher Laut, und ihre Steifheit schien ein wenig nachzulassen. »Na gut. Wenn schon alle anderen tun, was sie wollen, kann die Krähe auch tun, was sie will.« *Wer ist er, und warum kommt dieser Unglücksvogel mit ihm? Mikhalangelo? Es kann doch wohl nicht – aber der ist vor über zwanzig Jahren in den Kerkern von Storn gestorben. Sie ließ ihn töten, so wie alle anderen auch, die sich ihr widersetzten.* Die Frau drehte sich um, während ihr diese Gedanken durch den Kopf gingen, als wäre sie zu entmutigt, um sie zu verbergen. Sie ging zur Treppe voran, ihre Hausschuhe schlurften leise über den kalten Steinboden.

Mikhail warf Marguerida einen Blick zu und sah, dass sie die Gedanken der *Leronis* ebenfalls gehört hatte, dann folgte er ihr achselzuckend. Die kalten Wände der Wendeltreppe fühlten sich an, als würden sie Eis atmen. Es roch außerdem feucht und modrig. Und nach etwas anderem. *Schmerz* dachte Mikhail. Die Steine strömten den Dunst von Leiden aus. Sein

Magen krampfte sich vor neuer Furcht zusammen, und er biss sich auf die Unterlippe.

Mik!

Was ist?

Ich glaube, wir sind am falschen Ort – aber zur richtigen Zeit, wann immer die sein mag.

Hast du wieder eine Vision?

Nicht ganz. Es ist nicht so deutlich wie eine richtige Vision. Aber ich glaube, was immer uns hierher zog, hatte keinen anderen Eingang zur Verfügung. Hali ist nur ein Tor, nicht unser wahres Ziel. Mehr kann ich leider nicht erkennen. Eine armselige Gabe, dieses Aldaran-Erbe. Mik, irgendetwas stimmt hier ganz und gar nicht.

Das Gefühl habe ich auch. Ich weiß, dass sie jemanden erwartet hat, aber ich bin nicht sicher, ob wir es sind. Und dich mag sie offensichtlich überhaupt nicht.

Nein, und das beruht auf Gegenseitigkeit. Ich glaube, ich erinnere sie an jemanden, den sie hasst, aber ich bin so müde und entnervt, dass ich mir selbst nicht mehr trauen kann. Im Augenblick erschrecke ich vor jedem Schatten.

Nur zu, Liebste – unser Instinkt ist im Moment das Einzige, worauf wir uns verlassen können.

Sie erreichten das Ende der Treppe, und Amalie führte sie in einen kleinen Raum, in dem ein Kaminfeuer brannte. Bequeme Sofas und mehrere Sessel standen davor. An den Wänden hingen Teppiche mit den Bildern von Hastur auf der einen und Cassilda auf der gegenüberliegenden Seite, so dass sie einander über den Raum hinweg ansahen. Die beiden historischen Gestalten waren anders dargestellt, als es Mikhail bisher gesehen hatte, weniger menschlich, sondern mythischer, aber auf eine Art, die er nicht genau beschreiben konnte. Und die Teppiche waren neu, denn Mikhail sah die schwachen Umrisse eines größeren Wandbehangs, der wohl erst vor kurzem entfernt worden war. An den Wänden verliefen außerdem schwarze Linien, unverkennbare Spuren von Feuer, dunkler als die im unteren Stockwerk, und der Geruch eines lange zurückliegenden Brandes war hier ebenfalls stärker. Würziger Glühweinduft stieg aus einem Kessel auf, der über dem Feuer hing, aber er vermochte die anderen Gerüche nicht zu verdecken. Der Raum war kühl, als könnte der Kamin nicht einmal ein so kleines Zimmer heizen, und Mikhail war froh, dass er noch seinen Umhang trug. Sein Magen knurrte, und ihm fiel wieder ein, dass er den Festschmaus versäumt und sich nur von einigen Bechern Wein und etwas gefülltem Gebäck ernährt hatte. Und selbst das war schon einige Stunden her. Dazwischen lagen außerdem Jahrhunderte.

»Ich kann euch leider nicht großartig bewirten«, begann Amalie El Haliene. »Ich lebe allein hier.« Ihr Tonfall war verbittert, aber er enthielt auch Furcht. Sie nahm einen schweren Becher von einem kleinen Tisch beim Kamin, schöpfte Glühwein hinein und reichte ihn Mikhail. Erst wollte sie sich wieder hinsetzten, dann gab sie sich jedoch einen Ruck. Widerwillig füllte sie einen zweiten Becher und stellte ihn auf den Tisch neben Margueridas Sessel, bevor sie sich ängstlich rückwärts entfernte.

»Wo sind denn all die anderen – Eure Überwacher und Techniker?«

»Weg, alle weg.« Amalies Gesicht war völlig ausdruckslos. *Wer sind die beiden? Was wollen sie von mir? Das sind nicht die, die ich gerufen habe – und falls doch, muss ich vollkommen verrückt gewesen sein ... Wenn ich doch nur nicht so allein wäre hier, und die anderen ... ich darf gar nicht daran denken!*

Als sie nicht fortfuhr, fragte Mikhail: »Wohin sind sie denn gegangen?«

Amalie starrte ihn einen Augenblick lang ausdruckslos an,

als hätte sie seine Frage nicht ganz begriffen. Sie blieb stumm, und Mikhail spürte die Verwirrung in ihren Gedanken, als würde sie mit etwas ringen, das sie nicht ganz erfassen konnte. »Ihr müsst sie aufhalten! Man darf ihnen nicht erlauben, dass sie ...«, platzte es schließlich aus ihr heraus.

»Wen aufhalten?«

»Der Turm von Hali darf nicht zerstört werden!« Ihre Stimme war nun rau vor Hysterie, aber ihr Gesicht blieb weiterhin ausdruckslos. Es klang, als hätte sie sich die Worte im Geiste wieder und wieder vorgesagt und würde sie nun ohne jede Hoffnung auf Erleichterung äußern.

»Weshalb sollte denn der Turm zerstört werden?«, fragte Mikhail, und ihm lief ein Schauer über den Rücken. Die Zerstörung des Turms von Hali war ein wichtiges Ereignis in der darkovanischen Geschichte, aber es war Mikhail nie in den Sinn gekommen, dass er dabei sein könnte.

Amalie sah ihn mit offenem Mund an. »Die Kriegsherren – wisst Ihr denn nicht, was Ihr hier tut? Seid Ihr denn nicht hier, um mir zu helfen?« Sie war völlig auf sich und ihren Turm fixiert, und Mikhail wusste, dass sie sich kein anderes Ziel für ihn und Marguerida vorstellen konnte.

»Welche Kriegsherren? Und warum sollten sie den Turm zerstören wollen?« Mikhail wusste, dass diese Frau ihn und Margaret nicht in die Vergangenheit gezogen hatte, aber er fragte sich, ob man sie nicht vielleicht doch geholt hatte, damit sie ihr halfen. Was, wenn der Turm von Hali tatsächlich gerettet wurde? Er unterdrückte einen Schauder, als er sich die Auswirkungen dieser Möglichkeit auf die ihm bekannte Welt vorstellte.

Die Augen der Frau funkelten zornig, und sie verzerrte das Gesicht. »Ich sehe, Ihr wisst überhaupt nichts! Ihr seid völlig nutzlos für mich!«

»Warum erzählt Ihr uns nicht einfach schön langsam, was

ihr genau meint? Verzeiht bitte unsere Unwissenheit, *Domna*, und beginnt am besten ganz von vorne.« Marguerida sprach leise, ihre Stimme strahlte eine unglaubliche Ruhe aus. Mikhail wurde bei ihrem Klang von einer augenblicklichen Heiterkeit durchflutet, von der er wünschte, sie würde ewig währen.

Margueridas Bemühungen hatten allerdings nicht die erhoffte Wirkung auf Amalie El Haliene. Ihre goldenen Augen wurden schmal vor purem Hass, und sie ballte die Fäuste. Ihr Körper krümmte sich vor unterdrückter Wut, und dieses Gefühl war so mächtig, dass es Mikhail fast überwältigte. Es war eine überaus unangemessene Reaktion auf Margueridas Frage.

»Wer seid Ihr?« Die Frage kam gepresst und ängstlich aus ihrem Mund.

»Ich weiß nicht, was Ihr meint, *Domna*«, sagte Mikhail hilflos.

»Ihr seid nicht diejenigen, die ich erwartet habe, nicht im Geringsten.«

»Und wen habt Ihr erwartet?«

»Einen Krieger. An Euch ist nichts, was ...«

Mikhail schüttelte den Kopf. »Ich kann ganz gut mit einem Schwert umgehen, aber Krieger, wie Ihr sie kennt, gibt es in meiner ... in meiner Zeit nicht mehr.« Es kam ihm komisch vor, das so zu sagen, wenn er an Darkovers blutige Geschichte dachte, aber es stimmte. Sie benutzten die Schwerter mehr aus Gründen des Brauchtums als aus Notwendigkeit. Der verstorbene Dyan-Gabriel Ardais, dem nun wirklich niemand nachweinte, war vielleicht der letzte echte Krieger Darkovers gewesen. Alle anderen waren noch vor Mikhails Geburt aus dem Leben geschieden.

»Ich verstehe. Aus welcher schäbigen und ehrlosen Zeit kommt Ihr denn?«

»Ich komme aus einer Zeit des Friedens, nicht des Kriegs, *Domna* El Haliene.«

»Frieden? So etwas hat es in der gesamten Geschichte Darkovers nicht gegeben. Die Vergangenheit ist ein riesiges Schlachtfeld.«

Die Vergangenheit? Sie glaubt, wir kommen aus ihrer Vergangenheit, Mik, nicht aus der Zukunft.

Ja, das sehe ich. Und ich bin mir nur nicht sicher, ob es etwas nützt, wenn wir sie aufklären. Sie scheint sich in den Kopf gesetzt zu haben, dass wir ihr helfen müssen, den Turm von Hali vor der Zerstörung zu bewahren. Ich weiß nicht, wozu uns diese verfluchte Stimme hierher geschickt hat, aber das hier war es nicht, so viel weiß ich sicher.

Dem stimme ich zu. Außerdem hält sie uns ganz nett hin. Sie weiß etwas, das wir nicht herausfinden sollen.

»Es tut mir Leid, dass ich Euch enttäuschen muss, *Domna* El Haliene. Aber ich bin so wenig freiwillig vor Eurer Tür erschienen, wie Ihr sie mir geöffnet habt.«

»Ja. Vielleicht habe ich mich geirrt. Nein, das ist unmöglich. Ich irre mich nie. Es muss einen Weg geben, wie Ihr dieses Unglück aufhalten könnt, wie Ihr verhindern könnt, dass *Dom* Padraic und *Dom* Kieran alles in Stücke hauen. Keiner von beiden darf die Herrschaft über Hali erlangen ... und mich benutzen, wie sie es vorhaben!«

»Und wie wäre das?«

»Beide wollen natürlich, dass ich die Kraft des Turmes gegen den jeweils anderen einsetze. Seid Ihr wirklich so dumm?« Sie klang wie eine Frau, die am Ende ihrer Geduld angelangt ist.

»Ich bin nicht dumm. Ich weiß nur nicht, wovon Ihr redet. Wer sind *Dom* Padraic und *Dom* Kieran?« Mikhail hielt seine Verärgerung nur mit Mühe zurück und befahl seinem knurrenden Magen zu schweigen.

Amalie seufzte wieder. »*Dom* Padraic ist mein Vetter, Padraic El Haliene, und er rechnet fest damit, dass ich ihm den Turm übergebe, weil ... weil wir verwandt sind. Er hat bereits ...« Ihre Augen weiteten sich vor Schreck, und sie schluckte schwer. »*Dom* Kieran ist der Streiter des Königs, Kieran Castamir.« Sie hielt inne und sah Mikhail an, als erwartete sie, dass die Namen eine Reaktion bei ihm auslösten.

Sie war drauf und dran, uns etwas Wichtiges zu sagen, Mik, aber dann hat sie es sich wieder anders überlegt. Ich frage mich, was Padraic wohl bereits getan hat. Und da ist noch etwas – ich kann es spüren, und es läuft mir kalt über den Rücken dabei.

Was denn?

O Gott! Ashara! Sie war hier, und es ist noch nicht lange her. Ich spüre ihre Gegenwart hier im Turm. Warum ist mir das denn nicht früher klar geworden? Bring mich bloß weg von hier!

Schluss damit, Marguerida! Nimm dich zusammen! Wir brauchen erst noch mehr Informationen, und wenn du mir jetzt hysterisch wirst, finden wir nie heraus, was wir wissen müssen.

Ja, Mik. Ich werde mir Mühe geben. Aber es ist so ...

Mikhail spürte, wie sie ruhiger zu atmen versuchte, und sah, wie sie den Becher mit dem Glühwein in einem Zug leerte. Als er glaubte, dass sich Marguerida wieder im Griff hatte, fragte er Amalie: »Was ist aus der Bewahrerin hier geworden?«

»Es war ein Mann!« Sie lachte höhnisch. »Sobald er merkte, dass Varzil ihn nicht beschützen konnte, lief er weg, als wären alle Dämonen hinter ihm her.« *Zur Hölle mit diesem nutzlosen Karl Ridenow, weil er sich genommen hat, was mir zustand! Und verflucht sei auch Varzil, weil er ihm den Posten des Bewahrers gegeben hat und gestorben ist. Er ist noch nicht tot, aber er könnte es ebenso gut sein! Zur Hölle mit allen Män-*

nern! Sie sind schwach, wenn sie stark sein müssten, und dumm, wenn sie sich für schlau halten. Der Vertrag wird ohne Varzil keinen Bestand haben. Falls Hali fällt …

In diesem Augenblick schien Amalie bewusst zu werden, dass ihre Gedanken hörbar waren, und zwei rote Flecken überzogen ihre Wangen. Sie starrte die beiden zornig an, es war ein goldenes Funkeln, dem Marguerida allerdings standhielt.

»Das ist alles wirklich sehr interessant, *Domna*, aber es beantwortet unsere Fragen nicht.« Margueridas Stimme war angespannt, und Mikhail wusste, dass der Grund dafür in der tatsächlichen oder eingebildeten Anwesenheit Asharas lag.

»Versteht Ihr mich denn noch nicht?« Amalie richtete ihre Frage an Mikhail, als wäre Marguerida gar nicht da.

»Nein, *Domna*. Wir verstehen nichts. Ihr habt uns bis jetzt nichts Brauchbares erzählt. Ist Euer Verstand vielleicht etwas getrübt?« Damit zahlte er ihr heim, dass sie ihn vorhin dumm genannt hatte.

»Ganz und gar nicht!« Hinter der Bestimmtheit ihrer Worte lag Angst, ein kurzes Aufflackern von Besorgnis, über die sie allerdings rasch hinwegging. Doch Mikhail wusste plötzlich, dass sie fürchtete, den Verstand zu verlieren, und tatsächlich nicht weit davon entfernt war.

Amalie räusperte sich, warf Marguerida einen hasserfüllten Blick zu und begann zu reden. »Also gut. Ich werde mich um Klarheit bemühen. Vor siebzig Jahren gelang es Varzil Ridenow, ein Abkommen unter den Königreichen zu erzwingen, und er zerstörte mit seiner Macht die großen Matrixschirme. Ich bin natürlich viel zu jung, um mich an diese Zeit zu erinnern, aber mein Vater hat mir davon erzählt. Er war damals ein junger Mann und Mechaniker in Arilinn. Es muss einfach wundervoll gewesen sein!« Ihr schmales Gesicht leuchtete bei der Erinnerung.

»Haftfeuer und Knochenwasserstaub sollen wundervoll gewesen sein?«, fragte Marguerida in scharfem Ton. »Wohl kaum!«

»Ich wäre Euch dankbar, wenn Ihr dieses unnatürliche Wesen zum Schweigen bringen könntet. Wie könnt Ihr es nur mit ihr aushalten?«

»Wie meint Ihr das?« *Halt einen Moment still, Marguerida. Ich weiß, du würdest sie am liebsten am Schlafittchen packen, aber hab bitte Geduld.*

Ja, Liebster, aber das wird nicht leicht. Ich würde viel dafür geben, wenn ich jetzt explodieren dürfte!

»Sie strömt das *Laran* der Oberwelt aus. Was für ein Geschöpf ist sie überhaupt?«

»Margarethe ist ein ganz normaler Mensch, Amalie. Wieso sollte sie etwas anderes sein?«

»Ein Mensch?« Amalie schauderte und blickte ins Feuer. »Das bezweifle ich doch sehr! Sie erinnert mich ... ach, was soll's.«

»Also schön. Ihr sagtet, Varzil zwang die Königreiche dazu, sich nicht mehr zu bekriegen, und er zerstörte die großen Matrixschirme. Das hört sich gut an.«

»Die Türme können ohne Matrizen nicht existieren. Man fand schließlich neue, kleinere als vorher, allerdings nicht ohne Macht. Doch die ganze Sache hat nicht besonders gut funktioniert, denn auch wenn Männer vom Frieden faseln, bereiten sie doch heimlich den Krieg vor. Es stimmt, man schickt kein Haftfeuer mehr gegeneinander, aber bald wird man es wieder tun. Damals wurden nicht die gesamten Bestände vernichtet, ebenso wenig wie alle großen Schirme. Es gibt viele geheime Verstecke, die nicht einmal Varzil entdecken konnte.«

»Verstehe.« Mikhail hatte immer den Eindruck gehabt, dass nach Abschluss des Vertrags der Friede Einzug auf Darkover gehalten hatte. Doch im Laufe der Jahrhunderte waren zahlreiche Aufzeichnungen verloren gegangen. Er kannte nicht einmal den genauen Zeitpunkt, zu dem der Turm von Hali vollständig zerstört wurde. Er konnte nur hoffen, dass es nicht gerade jetzt passierte, während er und Marguerida dort waren.

»Das ist jedoch nicht das einzige Problem. Unbedeutende Königreiche, die um die Macht wetteifern, sind noch das geringste Übel. Varzil ermöglichte es Frauen wie mir, Bewahrerin zu werden, weil er entdeckte, dass wir fähiger sind als die Männer. Allerdings traf er keine gute Wahl.« Es war, als ob ihre Zunge, die sie zuvor so gut gehütet hatte, sich endlich lösen würde.

»Nein?«

»Seine Favoritin war ein Geschöpf namens Ashara Alton. Sie war die stellvertretende Bewahrerin in Neskaya und nach Varzils Weggang von dort Bewahrerin, und sie kam schließlich für einige Zeit nach Hali. Nachdem Varzil den See wiederhergestellt hatte, beschloss er, sich zur Ruhe zu setzen, und Ashara wurde hier in Hali zur Bewahrerin berufen. Sie war sehr mächtig, auch wenn ihr keine großen Schirme zur Verfügung standen. Als ich hierher kam, war sie seit dreißig Jahren Bewahrerin, und ich wurde unter ihr ausgebildet. Aber sie ist verderbt. Irgendetwas in ihrer Natur ist böse.«

»Ist?«, kreischte Marguerida unwillkürlich. »Wollt Ihr damit sagen, sie lebt noch?« *Ich wusste es! Es war keine Einbildung! Sie lebt, jetzt, in dieser Zeit, und sie wird mich finden und töten!* Mikhail konnte Margueridas schreckliche Angst spüren, und er wusste, dass auch Amalie sie spürte.

Amalie sah Marguerida ernst und argwöhnisch an. »Halte deine Zunge im Zaum, du abscheuliche Hexe! Bist du etwa mit ihr im Bunde? Ich hätte es mir gleich denken können! Sobald ich deine Stimme hörte, hätte ich es wissen müssen.«

»Ashara Alton war meine ärgste Feindin«, sagte Marguerida langsam.

»War?« Amalie schien einen Moment verwirrt. »Das behauptest du, aber ich glaube dir nicht, denn du bist ihr zu ähnlich. Dieselbe Kälte, dieselbe eisige Art. Du bist ihr Geschöpf!«

O Gott, Mik. Was, wenn sie Recht hat?

Sie hat nicht Recht. Wenn du anders wärst, als du glaubst, würde es Istvana wissen.

»Ihr scheint Ashara noch mehr zu fürchten als *Dom* Padraic und *Dom* Kieran.«

»Wir haben Ashara aus Hali vertrieben – wir alle hier und mit uns noch die Hälfte aller *Laranzu* der Welt. Wir konnten es nur mit vereinten Kräften schaffen, denn sie ist eins von Zandrus ureigenen Geschöpfen. Mein Bruder starb hier, sein Blut spritzte auf diese Steine, und vielen anderen erging es ebenso. Sie hat jedoch überlebt, und auch ihre Kräfte wurden nicht zerstört. Jetzt sitzt sie in Thendara wie eine Spinne, webt an ihrem Verrat und wartet darauf, dass sie nach Hali zurückkehren kann. Oh, sie gibt natürlich vor, nur als Ratgeberin beim Bau der neuen Burg und in Staatsangelegenheiten tätig zu sein, aber sie hat die Hasturs fest in ihrer Gewalt, und es ist völlig gleichgültig, ob Hali an meinen Vetter oder an den Streiter des Königs fällt. Sie wird ihren Platz so oder so zurückfordern.«

Amalie kniff die Augen zusammen, die Pupillen waren so klein, dass sie im flackernden Licht des Kamins kaum zu sehen waren. Sie zitterte beim Gedanken an jene Ereignisse, die sie offensichtlich noch mehrmals erlebt hatte. Mikhail fing grauenvolle Bilder von aufgedunsenen Leichen auf, die vor Verwesung stanken, aber er hatte keine Ahnung, ob sie aus der Vergangenheit oder aus der Zukunft stammten. Zweifellos hatte die arme, verängstigte Amalie allen Grund, um ihren Verstand zu fürchten.

»Aber wenn Ashara den Turm haben will, wieso seid Ihr dann so sehr davon überzeugt, dass er zerstört wird?«

»Weil sie ihn niemand anderen überlassen wird, wenn sie ihn nicht selbst beherrschen kann! Und Varzil lebt nicht mehr lange. Er hält seit Wochen durch, als würde er noch auf etwas warten, aber er wird bald sterben, und dann bin ich endgültig verloren. Sie wird mich foltern, wie sie es mit den anderen auch gemacht hat.« Die Bewahrerin schauderte, und Tränen liefen ihr über die hageren Wangen.

Mikhail merkte, wie sich Marguerida neben ihm regte, ihre Angst schwand langsam, und ihr Entschluss festigte sich. Sie öffnete und schloss die linke Hand, wie eine Katze, bevor sie mit den Krallen zuschlägt. Mikhail stand auf. Er kam sich gefangen vor zwischen diesen beiden Frauen, die so außer sich waren, dass er weder die Gedanken der einen noch der anderen klar lesen konnte. Amalie versuchte offenkundig etwas zu verbergen, und Marguerida stand kurz vor einer Verzweiflungstat.

»Ich muss unbedingt Varzil sehen.« Kaum hatte Mikhail es ausgesprochen, empfand er tiefe Erleichterung und wusste plötzlich, dass er und Marguerida hier waren, um Varzil zu suchen. Er spürte ein Kribbeln unter dem Brustbein, eine Wärme, die sich in seinem ganzen Körper ausdehnte und beruhigend auf ihn wirkte.

»Nein!« Amalie sah nicht ihn an, sondern Marguerida. »Das darf nicht geschehen!«

»Wenn ich mich nicht irre«, begann Mikhail in besonnenem Ton, »war es Varzil, der uns über die Jahre hinweg nach Hali gerufen hat. Ich denke deshalb, dass er uns zu sehen wünscht.«

»Das ist eine List! *Sie* hat Euch hierher geschickt – Euch und dieses Ding!«

»*Wo ist Varzil*? Sagt es mir!« Margueridas Befehlsstimme hallte von den kalten Steinen des Turms wider. Sie war zwar nicht an Mikhail gerichtet, aber er zuckte dennoch zusammen.

Die Wirkung auf Amalie war noch eindrucksvoller. Sie machte sich ganz klein in ihrem Sessel, hob die Hände über den Kopf und schrie: »Nein, nein – nicht wieder wehtun!«

»Niemand will euch wehtun, *Domna*«, sagte Mikhail ruhig zu der hysterischen Frau.

Mik, was für eine Bewahrerin war Ashara nur, dass sie solche Angst auslöst?

Eine sehr schlechte offensichtlich.

Amalie scheint der Befehlsstimme widerstehen zu können – als hätte sie große Übung darin.

Ja. Und wir müssen unbedingt zu Varzil gelangen.

Warum versuchen wir ihn nicht einfach auf telepathischem Weg zu erreichen? Das sollte nicht so schwer sein, selbst wenn er im Sterben liegt – falls das überhaupt stimmt. Die Stimme, mit der er uns rief, hat mich im Innersten erbeben lassen, und sie hörte sich nicht gerade wie ein Todesröcheln an.

Ich weiß nicht. Wir haben die Stimme nicht mehr gehört, seit wir hier sind, und das legt die Vermutung nahe, dass er in irgendeiner Weise abgeschirmt wird – vielleicht, um ihn ebenfalls vor Ashara zu schützen.

Sprich diesen Namen nicht aus! Ich könnte schreien, wenn ich ihn höre! Wie sollen wir Amalie nur dazu bringen, dass sie uns ...

Mir fällt nur ein Weg ein, und der wird dir nicht gefallen.

Ich habe den erzwungen Rapport noch nie angewandt, Mik!« Er ist der Teil, den ich an der Alton-Gabe am meisten hasse – und am meisten fürchte.

Wir könnten natürlich auch ihre Füße ins Feuer halten, bis sie es uns sagt.

Das finde ich gar nicht komisch! Verdammt noch mal, Mikhail Hastur! Sie fürchtet mich zu Recht, oder? Ich bin wohl tatsächlich ein widerliches Geschöpf!

Nein, Liebste, das bist du nicht. Du hast nicht die geringste

Ähnlichkeit mit deiner Vorfahrin, um genau zu sein. Du bist weder grausam noch machthungrig. Aber wir müssen jetzt erst einmal Varzil finden, und ich glaube nicht, dass uns noch sehr viel Zeit bleibt.

Und dabei dachte ich, ich wäre hier für das logische Denken zuständig. Also gut – aber ich verabscheue, was ich gleich tun werde.

Mikhail sah, wie Marguerida ihre goldenen Augen schloss und tief und langsam atmete. Er spürte, wie sich die Energie in ihrem angespannten Körper wandelte, und obwohl die Schattenmatrix auf ihrer Hand abgeschirmt war, spürte er die Kraft, die entlang der Linien unter dem Handschuh verlief.

Dann öffnete Marguerida die Augen und sah Amalie direkt an, die immer noch die Hände vors Gesicht hielt und weinte. Mit einem kläglichen Schreckenslaut hob die Frau den Kopf. Zwei goldene Augenpaare trafen sich, und Amalie El Haliene versuchte dem Blick auszuweichen, der durch ihr Bewusstsein drang.

Wo ist Varzil?

Bitte, bitte, tut mir nicht weh! Ich darf es Euch nicht sagen – Ihr dürft ihn nicht sehen.

Ich werde Euch nicht wehtun.

Ihr seid ihr Geschöpf! O Gottheit – warum bin ich nur so schwach? Wenn Ihr ihn bekommt, wird die Welt nie mehr heil sein!

Wenn ich was bekomme?

Mikhail hörte aufmerksam zu und gewährte Marguerida, wie schon bei früheren Gelegenheiten, seine schweigende Unterstützung, weil er wusste, sie hatte sie dringend nötig. Er fühlte ihren Selbsthass, während sie Amalie bedrängte. Dafür, dass sie so wenig Übung im Umgang mit der Alton-Gabe hatte, war sie unglaublich sanft. Sie drang nicht völlig in Amalies Bewusstsein ein, wie es eine weniger moralische Person vielleicht getan hätte, und ignorierte die Erinnerungsbruchstücke, die im Kopf der Bewahrerin umherschwirrten. Es gab Gefühle in Amalies Vergangenheit, deren sie sich schämte, peinliche Erfahrungen, und Mikhail wurde bei dem wenigen, das er sah, äußerst unwohl zu Mute.

Dann sah er etwas aufleuchten, riesig und facettiert, es konnte sich nur um einen Sternstein von bemerkenswerter Größe handeln. Der Stein strahlte und glitzerte, und Mikhail fühlte ein Zerren in seinem Geist, als wäre ein Teil von ihm an diesen riesigen Stein geknüpft worden. Für einen Moment hatte er das Gefühl, sein Herz würde zusammengepresst, dann war alles vorbei.

Die Frau sackte in ihrem Sessel zusammen, ihr Kopf rollte leblos nach hinten.

»Ist sie ...?«

»Sie ist nur vor Angst ohnmächtig geworden, Mik. Sie wird schon wieder, so gut es ihr eben möglich ist. Sie wurde seit Jahren auf diese Weise gefoltert. Aber ich glaube, wir gehen lieber, bevor sie wieder zu sich kommt. Ich hasse diesen Turm fast so sehr wie sie.«

»Hasst sie ihn denn auch?«

»Amalie will den Turm unbedingt behalten, aber er wird immer ein Ort der Qual für sie sein.«

»Verstehe. Und ich glaube, du hast Recht. Wir haben getan, was wir konnten. Aber was ist eigentlich aus den übrigen Leuten hier geworden? Ich habe etwas gespürt, während du ... aber es ging zu schnell.«

»Sie wurden von einem dieser Kriegsherren gefangen genommen, die Armen. Amalie ist aufrichtig betrübt darüber. Komm mit.« Margaret ging zur Tür, und Mikhail folgte ihr.

»Warum haben sie Amalie nicht erwischt?«

»Sie beherrscht ein paar Tricks, wie ich herausgefunden habe.« Der Ekel in ihrer Stimme traf Mikhail bis ins Mark, und er wusste, Marguerida hasste sich für das, was sie eben getan hatte. »Amalie hat gelernt, sich auf telepathischem Weg fast unsichtbar zu machen – und das hat ihr wahrscheinlich das Leben gerettet, während Ashara hier Bewahrerin war. Was für eine Tragödie!«

Mikhail wusste nichts darauf zu sagen und ging stumm hinter Marguerida die Treppe hinab. Er war todmüde, aber auch äußerst aufgeregt. Gleich würde er Varzil dem Guten begegnen, dem vielleicht größten Mann in der Geschichte seines Planeten – falls er nicht vorher auf der Treppe ausrutschte und sich das Genick brach! Vorsichtig setzte er einen Fuß vor den anderen, bis sie den Ausgang erreicht hatten.

25

Am Ende der Treppe wurden sie von der Krähe begrüßt; sie flog sofort auf Mikhails Schulter und rieb den Schnabel zärtlich an seinem Ohr. Mikhail streichelte ihr sanft über das glänzende Gefieder, während die Krähe von einem Bein aufs andere trat.

Marguerida hatte den Turm bereits verlassen, sie stand in einem kleinen Hof und schaute in die Dunkelheit. Die Luft war kalt und frisch, aber sie fühlte sich nicht winterlich an. Mikhail warf einen Blick zum Himmel. Er war klar, von einigen wenigen Wolken mal abgesehen, und Mikhail erkannte die Sternbilder, die er sich vor langer Zeit eingeprägt hatte. Außer dass man die Bewegung der Monde verfolgte, wurde auf Darkover nicht viel Astronomie betrieben, aber Mikhails Verlangen, zu anderen Welten zu reisen, hatte seine Neugier geweckt, und er hatte unter anderem gelernt, wann das Sternbild namens Aldones auf- und unterging, das bis Frühlingsbeginn zu sehen war. Das Sternbild Zandru mit dem unheilvollen roten Stern, den die Terraner Antares nannten, in der Mitte, wurde erst zu Beginn des Winters sichtbar. Diese beiden, dazu Avarra im Herbst und Evanda im Sommer bildeten den nächtlichen Kalender.

Mikhail blickte zum östlichen Horizont und entdeckte den Kopf und die Schultern von Aldones, er verfolgte ihn bis zu dem hellen weißen Stern hinab, der an seinem Gürtel hing. Ja, es war schon fast Frühling hier. Er sah den Mond Idriel aufgehen und wusste, der neue Tag würde ihm bald folgen.

Mikhail ging zu Marguerida, die tief durchatmete und ihre Lungen mit Luft füllte, als tränke sie einen seltenen Wein. »Hier riecht es nicht einmal nach Darkover, Mik.« Sie hatte dunkle Ringe unter den Augen und ließ die Schultern hängen.

»Was?« Er schnüffelte. »Hmm. Du hast Recht. Aber wieso?«

»Ich habe diesen Aasgeruch noch nie wahrgenommen; es ist, als wäre ein Feld voller Kadaver in der Nähe. Und da ist noch ein Geruch – bäh! Heiß und kalt zugleich. Komm, lass uns von hier verschwinden. Ich spüre Ashara noch immer in den Steinen dieses Orts, denn sie ist hier entlanggelaufen und hat sogar auf dieser kleinen Bank gesessen. Ich spüre sie überall im Turm, als hätte sie sich in die Wände eingenistet.«

»Offensichtlich hat sie ein Talent dafür, sich Steine gefügig zu machen, findest du nicht?«

Marguerida schauderte. »Ich wünschte, wir hätten unsere Pferde dabei, auch wenn ich nicht weiß, ob sie überhaupt durch die Zeit reisen können. Hoffentlich geht es Dorilys gut.«

»Mach dir keine Sorgen, Dorilys und Stürmer sind bei den Männern von der Garde bestimmt in guten Händen. Wahrscheinlich hat man sie zu einem Gasthaus in der Nähe von Hali geführt. Dort stehen sie vermutlich in einer warmen Scheune und schlagen sich den Bauch voll. Weil wir gerade davon sprechen, es müsste hier doch auch eine Art Stall geben.«

»Ich würde sogar auf einem Esel reiten, um endlich von hier wegzukommen! Wir müssen uns beeilen, Mik. Ich glaube nicht, dass Ashara mich schon bemerkt hat, aber bald wird sie von meiner Anwesenheit wissen.« Ihre schöne Stimme klang belegt vor Angst und Erschöpfung. Mikhail konnte nur schweigend ihre Kraft bewundern, denn er wusste, welche Anstrengung es Marguerida gekostet hatte, in Amalies Geist einzudringen.

»Wieso glaubst du das?«

»Sie hat meine Existenz vorausgesehen, wenn ich auch nicht genau weiß, wie. Sie war entschlossen, mich zu vernichten, bevor ich sie vernichte. Nichts davon ist bisher geschehen. Aber ich beginne mich zu fragen, ob sie vielleicht deshalb auf mich gewartet hat, weil sie mir hier schon begegnet ist.«

»Das ergibt doch überhaupt keinen Sinn, Marguerida.«

Sie lächelte schwach und verdrückte eine Träne. »Deshalb nennt man es ja auch ein Paradoxon, Liebster.«

Sie verließen den kleinen Hof und folgten einem ausgetretenen Pfad und ihren Nasen. Der charakteristische Mistgeruch führte sie zu den Ställen, und sie fanden zu ihrer Freude und Überraschung mehrere Pferde in den Boxen vor, die zufrieden Heu malmten und mit den Hufen schlugen. Zwei riesengroße Tiere waren darunter, eindeutig zu dem Zweck gezüchtet, Kutschen oder Wagen zu ziehen, und eine alte Stute, die um das Maul herum schon ganz grau war.

Aber es gab noch drei andere, ein rotbrauner Wallach und zwei graue Stuten, die jung und gesund aussahen. Der Wallach streckte neugierig den Kopf aus seiner Box und stellte beim Anblick der Fremden die Ohren auf. Dann hörte man ein leises Rascheln, und ein junger Mann tauchte im Halbdunkel der Scheune auf. Er hatte Heu im strähnigen Haar und rieb sich den Schlaf aus den Augen. Seine Kleidung war verdreckt und abgetragen, und er stank selbst auf zehn Schritte Entfernung.

»Und?« Der Mann starrte sie ausdruckslos an und kratzte sich verwundert am Kopf.

»Wir brauchen Pferde«, sagte Mikhail leise.

Der Bursche lachte gackernd, dass es Mikhail eiskalt den Rücken hinablief, ein grauenhaftes Geräusch. »Sons gibs eh nix hier.« Er machte eine täppische Handbewegung zu den Tieren. »Banditen?«, fügte er an und schnalzte mit den Lippen. »Seid ihr Banditen?«

»Nein, wir sind keine Diebe.« Mikhail hasste es selbst unter diesen außergewöhnlichen Umständen, für einen Pferdedieb gehalten zu werden.

»Ihr seid aber nich von hier.«

»Mik, ich glaube, er ist ein bisschen schwer von Begriff.« Marguerida hatte bisher im Halbdunkel gestanden, aber nun trat sie vor, und der Mann blieb mit offenem Mund stehen. Sie hatte die Kapuze ihres Umhangs nicht auf, und man sah ihr üppiges, vom Wind zerzaustes rotes Haar, das teilweise aus der Spange, die sie zum Ball getragen hatte, geglitten war.

Der Stallbursche starrte Marguerida einen Augenblick lang sprachlos an, dann verbeugte er sich unbeholfen. »Hab noch nie von einem weiblichen Bandit gehört.« Damit drehte er sich um und schüttelte den Kopf, als könnte er sich keinen Reim auf die Situation machen. Mikhail sah ihm nach, dann öffnete er den hölzernen Riegel an der Boxentür des Wallachs und führte das Pferd heraus.

Auf ein schleifendes Geräusch hin drehte er sich um und stellte fest, dass der Mann wieder zurückgekehrt war und zwei Sättel hinter sich herzog. Einer hatte eine hohe Hinterpausche und war eindeutig für die Schlacht bestimmt, der andere hingegen war erkennbar ein Damensattel.

»Ich werde unter keinen Umständen auf diesem Ding reiten – ich würde ja nach zwanzig Schritten vom Pferd fallen!«

»Nein, natürlich nicht.« Mikhail gab ihr Recht, obwohl er sich sicher war, dass Frauen in dieser Zeit ganz bestimmt nicht mit gespreizten Beinen auf dem Pferd saßen, oder jedenfalls keine weiblichen Angehörigen der *Comyn*. »He, du – bring einen anderen Sattel für die Dame, aber einen für Männer, nicht für Frauen.«

Der junge Mann starrte Mikhail mit offenem Mund an und ließ beide Sättel mit einem dumpfen Laut zu Boden fallen. Dann kratzte er sich erst am Kopf und dann am Zwickel und blieb sichtlich verwirrt einfach stehen.

»Schon gut, ich suche mir selbst einen, Mik. Wir müssen so schnell wie möglich von hier weg! Ich kann diesen Ort nicht länger ertragen!« Sie lief durch die Scheune und wischte sich dabei ungeduldig eine Haarsträhne aus dem Gesicht. »Ich sollte die verdammten Fransen endlich abschneiden«, hörte Mikhail sie murmeln.

Der Wallach hatte Mikhails Geruch aufgenommen, während der ihn sattelte und dabei leise mit dem Tier sprach. Es schien ein sehr ruhiges Pferd zu sein. Mikhail warf eine abgenutzte Decke über den Rücken des Tieres und hievte den Sattel darauf. Der Sattel war viel schwerer als die, die er kannte, und er war umständlich und schwierig anzubringen.

Als Mikhail den Sattel endlich an Ort und Stelle hatte und sich an den ungewohnten Riemen und Gurten zu schaffen machte, hörte er, wie Marguerida zurückkam. Sie schleifte einen zweiten hochpauschigen Sattel hinter sich her und fluchte leise in einer Mischung aus Darkovanisch, Terranisch und einigen Sprachen, die er nicht kannte; eine bemerkenswert breite Palette an Beschimpfungen.

Mikhail ließ den Wallach stehen, holte eine der braunen Stuten aus dem Verschlag und sattelte sie. Marguerida war zwar stark, aber sie hätte das schwere Ding unmöglich alleine heben können. Sie legte der Stute das Zaumzeug an, während Mikhail die Riemen festzurrte.

Bevor sie aufsaßen, überlegte er, ob sie noch etwas brauchten. Ein paar zusätzliche Decken wären vielleicht ganz nützlich; er fand schließlich welche im Sattelraum. Mikhail war zwar auch hungrig, und der Glühwein hatte ihn ein wenig benebelt, dennoch konnte er sich nicht überwinden, in den Turm zurückzugehen und Amalie um etwas zu essen zu bitten. Er band die Decken am Sattel fest und schwang sich aufs Pferd.

Marguerida saß bereits auf der Stute, sie wirkte mit einem Mal ängstlich und schwach. »Wohin?«

»In Richtung See. Varzil ist irgendwo nördlich von uns –

mehr weiß ich nicht. Ich spüre seine Anwesenheit, aber er ist irgendwie verborgen.«

»Ich weiß. Er will schließlich nicht, dass Ashara ihn findet.« Margueridas düsterer Tonfall, in dem sie den verhassten Namen ihrer Nemesis aussprach, ließ Mikhail schaudern. »Er stirbt, aber er ist immer noch stärker als sie und vor allem stark genug, um sich vor ihr zu verbergen. Und noch etwas lenkt Ashara ab, da bin ich mir sicher – und dankbar dafür.«
Wenn ich mich verstecken könnte, würde ich es auch tun. Ich habe das Gefühl, dass sie mich jeden Moment entdeckt.

Sie brachen vom Turm auf, als die Dämmerung langsam in den Tag überging. Mikhail bemerkte eine Gruppe von Balsambäumen und daneben einige Sträucher, die er noch nie zuvor gesehen hatte. Wie sehr sich Darkover doch seit dem Zeitalter des Chaos verändert hatte! Wie viele Pflanzen und Tiere waren in den verheerenden Kriegen jener Epoche wohl verloren gegangen?

Sie waren vielleicht einen Kilometer nach Norden geritten, dort wo Armida liegen müsste, falls es bereits existierte, als sie an einen Krater kamen, der auch im blassen Tageslicht noch leuchtete. In seinem Inneren stank es abscheulich. Mikhail wollte erst gar nicht hineinsehen, aber er konnte nicht anders.

Der Boden des Kraters bestand aus geschmolzenem, schlierigem Glas. Darauf lagen zerschmetterte Leichenteile und Ausrüstungsgegenstände. Die verrenkten Glieder der Skelette waren völlig verkohlt. Anhand der darüber verstreuten Schicht aus Laub und Schutt folgerte Mikhail, dass das Unglück bereits vor langer Zeit passiert sein musste – vor mindestens fünf Jahren, wahrscheinlich mehr. Der Anblick war entsetzlich, und Mikhail war froh, dass er fast nichts im Magen hatte. Dennoch würgte er einen Mund voll Galle vermischt mit Wein hoch und spuckte angewidert aus.

»Wenn dieses Haftfeuer eine solch verheerende Wirkung

hatte, dann kann ich beim besten Willen nicht nachvollziehen, was die Menschen dazu brachte, es anzuwenden«, sagte Marguerida sehr leise.

»Ich auch nicht. Ich habe mein ganzes Leben lang Geschichten darüber gehört, aber mir war nie bewusst, wie schrecklich es ist. Ich dachte immer, sie hätten nach Abschluss des Vertrages aufgehört, es zu verwenden.«

»Ich hoffe aufrichtig, wir sehen das Zeug nie in Aktion, Mikhail.« Sie ritten weiter. Nach einer Weile sagte Marguerida: »Wir müssen uns noch eine glaubhafte Geschichte ausdenken, für den Fall, dass uns Leute begegnen.«

»Ich weiß, aber mir will keine einfallen.« Mikhail versuchte seine Gedanken zu ordnen. »Varzil nannte uns Margarethe und Mikhalangelo. Ich wünschte, wir wüssten ein wenig mehr, aber der Traum war nicht sehr deutlich, habe ich Recht? Vielleicht ist es schwierig, durch die Zeit zu sprechen.« Mikhail ließ die Schultern hängen.

»Amalie hat unsere Namen erkannt, oder jedenfalls dachte sie das. Sie glaubte aber, dass man uns getötet hätte. Verdammt. Im Augenblick würde ich die ganze Alton-Domäne für einen Becher frisches Wasser und einen Kanten Brot eintauschen. Ich kann mit leerem Magen nicht richtig denken.«

»Wir versuchen einfach, niemandem zu begegnen – so verwüstet, wie dieser Landstrich ist, dürfte das auch nicht allzu schwer sein. Ich bin ebenfalls verdammt hungrig! Und durstig. Rede bitte nicht davon, das macht es nur schlimmer!« Mikhail spürte ein leichtes Jucken, ein lästiges Kratzen auf seiner Brust. Er blickte an sich hinab und erwartete, ein Insekt zu sehen, doch dann merkte er, dass das Gefühl gar nicht äußerlich war, sondern von innen kam. Es war wieder dieses seltsame Gefühl, das ihn schon beim Verlassen des Turms von Hali in Richtung Norden gezogen hatte. Er blieb stehen und horchte kurz in sich hinein, dann sagte er: »Wir nehmen den kleinen Pfad hier entlang.«

Marguerida nickte schwach und lenkte ihr Pferd auf einen schmalen Weg zwischen einigen dürren Sträuchern. Sie war offenbar völlig erschöpft, und Mikhail kamen Zweifel, wie sie überleben sollten. All die Dinge, an die er vorher hätte denken müssen, nagten nun an ihm. Aber tief im Innern empfand er eine seltsame Ruhe und Gelassenheit, und das verwunderte ihn so sehr, dass er allmählich an seinem Verstand zweifelte. Doch das Schicksalhafte an seiner Lage hatte ihn fest und unerschütterlich im Griff, und es gab kein Entkommen.

Die Sonne war längst über den Horizont gestiegen und sandten einen roten Schein über die gemarterte Erde. Die Landschaft war trist und öde. Mikhail hielt nach vertrauten Pflanzen Ausschau und entdeckte nur vereinzelt Unkraut, das sich aus dem verbrannten Boden kämpfte, traurige, unförmige Strünke an stehenden Wasserlöchern. Dicker Schaum schwamm auf den Tümpeln, ein hellblaues Zeug, das ebenso ungesund aussah wie die Gewächse daneben.

Mikhail reckte sich im Sattel und hielt nach etwas Vertrautem Ausschau. Schließlich fiel ihm auf, dass ihn die große Stille beunruhigte. Das Vogelgezwitscher des frühen Morgens fehlte, und das Schweigen war so unheimlich und bedrückend wie die Landschaft selbst.

Eine leichte Brise hob den Saum seines Umhangs und brachte den Geruch von Wasser mit sich. Mikhail schluckte, er hatte gewaltigen Durst. Allerdings roch es nicht gerade angenehm, sondern eher widerlich faul. Sie passierten eine weitere Grube am Wegesrand, einen zweiten Glaskrater, in dem eine fürchterliche Explosion stattgefunden hatte. Diesmal sah man keine menschlichen Skelette, sondern tote Enten, deren Federn längst vertrocknet waren und zu Staub zerfielen. Sie waren jedoch nicht verbrannt, und Mikhail vermutete, dass das

Wasser, das in dem flachen Loch glänzte, sie vergiftet hatte. Ihm wurde weh ums Herz. Wie hatten seine Vorfahren Darkover nur so etwas antun können!

Sie ritten jetzt in Richtung Westen, mit der Sonne im Rücken; linker Hand stieg Nebel aus den seltsamen Wassern des Sees von Hali. Er glänzte rosa und silbern im Morgenlicht, ein Anblick, den Mikhail durchaus schön gefunden hätte, wäre ihm nicht so bange gewesen.

»Na, wie findest du das alles, alter Freund?«, fragte er die Krähe, die auf dem Sattelhorn saß, um so die zunehmende Verzweiflung zu zerstreuen, die sich seiner bemächtigte. Die Krähe trat von einem Bein aufs andere und gab ausnahmsweise mal keine Antwort. Stattdessen funkelte sie Mikhail aus einem roten Auge an, ein nicht zu deutender Blick, der sein Gefühl, am falschen Ort zu sein, nicht im Geringsten linderte.

»Mikhail, wie viele Menschen lebten eigentlich zur Zeit Varzils auf Darkover?«

»Wenn ich das nur wüsste. Nach den Schätzungen der Terraner sind es inzwischen höchstens zwanzig Millionen. Regis hat sich immer geweigert, eine Volkszählung durchzuführen. Ich bezweifle sehr, dass es in der Vergangenheit mehr waren. Bei der geringen Fruchtbarkeit und den vielen Kriegen, ganz zu schweigen von den größeren noch davor, würde ich schätzen, es waren damals nicht mehr als sieben oder acht Millionen, die sich über den ganzen dünn besiedelten Kontinent verteilten. Wieso fragst du?«

»Ich glaube, ich will einfach nur möglichst viel wissen. Ich versuche, die Chancen vorauszusehen, dass wir jemanden treffen, den wir kennen müssten; außerdem lenkt es mich von meinem knurrenden Magen ab. An der Universität habe ich früher manchmal Karten gespielt, und ich habe immer gewonnen, weil ich mir genau merken konnte, welche schon ausgespielt waren. Ich hätte wahrscheinlich einen guten Spieler auf

Vainwal abgegeben, wenn ich an so etwas Gefallen finden würde.«

»Davon wusste ich ja gar nichts. Eigentlich weiß ich überhaupt nicht viel von dir, Marguerida.«

»Nein, da hast du wohl Recht. Andererseits kenne ich dich auch nicht richtig. Du kommst mir ganz anders vor als im Sommer, aber wir hatten noch nicht die Zeit, uns darüber zu unterhalten.« Sie seufzte.

»Wie meinst du das eigentlich – jemanden, den wir kennen müssten?«

Der Wind wechselte die Richtung und wehte feuchten Nebel vom See von Hali zu ihnen. Mikhails Gesicht war ganz feucht, und er leckte sich den Nebel von den Lippen, trotz seiner Furcht, er könnte giftige Stoffe enthalten. Hatte jemals ein Mensch das Wasser von Hali getrunken? Mikhail konnte sich an keine entsprechende Erzählung erinnern. Jedenfalls schmeckten die Tropfen, die auf seine Zunge fielen, wie ganz normales Wasser, und darüber war er froh in seinem Durst.

»Soviel ich in den Aufzeichnungen in Arilinn herausfand, kannten sich die wichtigsten Familien jener Zeit untereinander sehr gut – sogar noch besser als heute. Und sie kannten sich nicht nur gegenseitig, sondern auch die jeweiligen Stammbäume waren ihnen auf mehrere Generationen zurück geläufig. Deshalb traue ich mich zum Beispiel gar nicht, mich als Margarethe Alton vorzustellen. Die Gefahr wäre zu groß, dass ein Fremder darauf sagt: ›Das kann nicht sein, denn sie ist eine kleine, dicke Frau von Mitte fünfzig und eine Tante zweiten Grades mütterlicherseits von mir.‹«

»Ich verstehe, was du meinst. Dann werden wir eben hoffen müssen, dass wir nur Händlern und Bauern begegnen.«

»Du elender Optimist«, knurrte sie. Dann sah sie ihn beschämt an. »Ich wollte dich nicht anfahren, aber … du wirkst nicht gerade sehr besorgt.«

»Du machst dir schon genug Sorgen für uns beide, Marguerida.« Plötzlich war Mikhail fast leicht ums Herz. Sein anfängliches Gefühl von Sicherheit war mit der Zeit immer stärker geworden, als würden sie sich einem Ziel nähern, nach dem er schon immer gesucht hatte. Das Gefühl war so merkwürdig, dass er ihm nicht recht zu trauen wagte, auch hätte er es auf keinen Fall erklären können.

Seine Geliebte drehte sich im Sattel um, streckte ihm die Zunge heraus und gab einen sehr unhöflichen Ton von sich. »Ich sorge mich nicht, sondern ich versuche, vorausschauend zu sein.« Es gelang ihr, gleichzeitig empört und würdevoll auszusehen, und Mikhail konnte sich ein Grinsen nicht verkneifen. Ob glücklich oder traurig, sie war einfach wundervoll. »Wie willst du nur erklären, dass wir beide ohne Eskorte unterwegs sind? Soviel ich weiß, ritten Frauen damals für gewöhnlich auch nicht selbst, sie bewegten sich überhaupt kaum in der Öffentlichkeit. Sie wurden barfuß und schwanger im Haus gehalten, oder etwa nicht? Wir gehen nicht als Bruder und Schwester durch, und verheiratet sind wir auch nicht.« Sie streckte das Handgelenk vor, um auf das Fehlen des *Catenas*-Armbands hinzuweisen, das den Status einer verheirateten Frau angezeigt hätte.

»Gutes Argument. Du könntest meine *Barragana*-Hure sein.«

»Stimmt. Was für eine tolle Geschichte für unsere Enkel. Ich sehe mich schon tatterig und grauhaarig, mit einem kleinen Kerlchen auf dem arthritischen Knie dasitzen: ›Damals, lieber Amos, als dein Großvater und ich einen Pauschalurlaub im Zeitalter des Chaos verbrachten, habe ich mich als seine Mätresse ausgegeben.‹ Ein amüsanter Gedanke, aber leider nicht sehr praktikabel. Und gefährlich dazu. Wir sind hier absolute Niemande, Mik, aber wir sehen aus wie Persönlichkeiten – man sieht uns von weitem an, dass wir den *Comyn* angehören.«

Mikhail musste so sehr über die Geschichte mit dem erdachten Enkel lachen, dass er den Rest ihrer Worte kaum mitbekam. Doch bevor er antworten konnte, hörte er auch schon das schwache Klingen von Messingringen und leises Hufgetrampel durch den Nebel. Die Krähe spreizte die Flügel, ein weiteres Alarmsignal.

Mikhail und Marguerida hielten an. Dichte Nebelschwaden vom See zogen vor ihren Augen vorbei und ließen die verkümmerte Vegetation ringsum noch düsterer aussehen. Das rote Sonnenlicht verwandelte den Dunst in einen blutigen Schleier. Den Geräuschen nach kam ein einzelner Reiter näher; die beiden hielten den Atem an.

Margueridas Sorgen dehnten sich bis in Mikhails Geist aus, bis ihm selbst noch eine einfiel: Was, wenn er jemanden töten musste – inwiefern würde das die Vergangenheit beeinflussen? Was, wenn er einen Vorfahren von Regis und Javanne Hastur umbrachte und nie geboren wurde?

Der Reiter tauchte aus dem Nebel auf, ein wohlbeleibter Mann auf einem armseligen alten Pferd. Er trug ein rotbraunes Hemd unter einem Lederwams, einen Filzhut mit einer einzigen blauen Feder daran und einen schäbigen Umhang, so alt, dass seine ursprüngliche Farbe nicht mehr zu erraten war. Der Mann hatte ein großes Schwert auf den Rücken geschnallt, ein *Claithmhor*, wie Mikhail sie auf Burg Aldaran gesehen hatte, der geflochtene Säbelkorb war feucht vom Nebel.

Der Mann riss an den Zügeln, schaute erschrocken drein und rieb sich die Augen, als glaubte er ein Gespenst zu sehen. »*Dom* Mikhal Raven?« Seine dünne Stimme zitterte. Dann erblickte er Marguerida und blinzelte, offenkundig traute er seinen Augen nicht. »*Domna* Margarethe von Windhaven? Es hieß, Ihr wärt tot.«

Das löst zumindest das Problem unserer Identität. Margueridas Gedanke war beißend und erleichtert zugleich.

Oder schafft ein neues. Vielleicht hält er uns für Geister und reitet einfach weiter, wenn wir uns nicht bewegen.

In diesem Augenblick schnaubte der braune Wallach und zerstörte jede Hoffnung der beiden, als Gespenster durchzugehen. »Nein, noch sind wir nicht tot.« Mikhails Antwort klang gedämpft im Nebel.

»Aber wie seid Ihr aus den Kerkern von Storn entkommen? Das ist fast zwanzig Jahre her ... und das Lösegeld wurde nie gezahlt. Und Ihr seid keinen Tag gealtert.« Der Mann wurde immer aufgeregter, seine Augen weiteten sich.

»Das ist eine lange Geschichte«, antwortete Marguerida, »und wir können sie Euch leider nicht erzählen, weil wir bei der Flucht das Gedächtnis und fast den Verstand verloren haben. Wir wissen kaum noch, wer wir sind.«

Seltsamerweise schien sich der Fremde mit dieser lächerlichen Erklärung zufrieden zu geben. »Wisst Ihr denn noch, wer ich bin?«

Mikhail schüttelte den Kopf, froh um Margueridas raschen Verstand. »Ich muss gestehen, ich weiß es nicht. Du?« Er warf seiner Begleiterin einen fragenden Blick zu und bemerkte ihre Anspannung. Sie zuckte die Achseln.

»Das hätte mich auch gewundert, da wir uns nur zweimal begegnet sind, einmal, als Gabriella Leyniers Heirat besiegelt wurde, und dann wieder bei der Beerdigung von *Dom* Estefan Aillard, als der junge Darien Ardais damals Melor Lanart erschlug. Ich bin Robard MacDenis.« Er sah Mikhail hoffnungsvoll an, als glaubte er, sein Name könnte dem Gedächtnis seines Gegenübers auf die Sprünge helfen. »Ich stand damals in den Diensten von *Dom* Aran MacAran. Er ist inzwischen tot, und seine beiden Söhne mit ihm.« Die dünne Stimme war voller Bitterkeit und Bedauern.

»Es tut mir Leid, das zu hören, auch wenn ich mich überhaupt nicht an *Dom* Aran erinnere.« Mikhail spürte eine zunehmende Verwirrung bei Robard – Verwirrung und auch Angst.

»Ihr habt immer noch diesen verdammten Vogel, wie ich sehe. Oder ist es inzwischen ein anderer?«

»Nein, es ist noch derselbe Vogel.«

»Niemand wird mir glauben, dass ich Mikhal Raven, den Engel der Serrais, und Margarethe von der Goldenen Stimme bei den Wassern des Sees von Hali getroffen habe.« *Sie werden denken, ich bin verrückt geworden. Vielleicht stimmt es sogar. Es hat so viel Tod gegeben, so viel Kampf und Sterben. Alles, was der Vertrag bewirkt hat, war, dass* Knochenwasserstaub *und* Haftfeuer *nicht mehr eingesetzt werden ... Und jetzt ist auch noch Varzil verschwunden, und niemand glaubt, dass der Vertrag ihn überleben wird.*

Mikhail fing Robards Gedanken auf und fühlte den tiefen Schmerz in ihnen, ebenso wie die Wunden an Leib und Seele, die die turbulenten Zeiten dem Mann zugefügt hatten. Er wünschte, der könnte den alten Krieger trösten, ihn irgendwie wissen lassen, dass der Pakt letzten Endes erfolgreich gewesen war. Aber er wagte es nicht.

Wie seltsam, für diesen anderen, diesen Mikhal Raven gehalten zu werden. Es gab im heutigen Darkover keinerlei Aufzeichnungen über ihn, ebenso wenig wie von dieser Margarethe von Windhaven. Mikhail hatte nie auch nur von Windhaven gehört, er nahm an, es musste irgendwo in den Hellers liegen. Amalie hatte ebenfalls etwas über diesen Mikhal gesagt – nämlich, dass er in den Kerkern von Storn gestorben war. Dennoch wünschte Mikhail, er würde die Geschichte dieser beiden kennen, und sei es auch nur, damit er jetzt nicht zu viele Fehler machte.

Dann spürte er ein neuerliches Ziehen in seiner Brust, es war dieselbe Verbindung, die sich auch im Turm aufgebaut hatte. Varzil, falls er es denn war, drängte weiter. Sie mussten los. Mikhail wusste, dass ihnen nicht mehr viel Zeit blieb, wenn er auch keine Ahnung hatte, wieso er es wusste. Er musste es einfach als gegeben hinnehmen. Es fiel ihm schwer und strapazierte seine ohnehin geringe Zuversicht, sich allein auf ein unbestimmtes Gefühl zu verlassen.

Mikhail, wir können ihn nicht einfach mit irgendeiner Erinnerung an uns zurücklassen! Das ist für uns gefährlich und für ihn auch. Es wäre nicht fair! Wenn er in ein Gasthaus geht – gibt es die hier schon? – und beschwipst erzählt, dass er uns getroffen hat, wird sich das in Windeseile herumsprechen, und man wird nach uns suchen. Und ich glaube, das ist das Letzte, was wir gebrauchen können.

Ja, du hast Recht. Nur zu – befiel ihm, diese Begegnung zu vergessen!

Ich? Natürlich! Zum Teufel mit dieser elenden Befehlsstimme und der Alton-Gabe und mit Varzil gleich dazu!

Marguerida schloss kurz die goldenen Augen, und Mikhail spürte ihre innere Abneigung gegen das, was sie gleich tun würde. Dann sah sie Robard an, holte tief Luft und sagte: »Du wirst alles vergessen, was du seit deinem Aufbruch gesehen hast. Wir sind gar nicht hier, und du bist uns nie begegnet! Du wirst an dein Ziel kommen und dich nur an einen ereignislosen Ritt entlang des Sees erinnern.«

Robard MacDenis bewegte sich nicht. Dann wurde sein Gesicht schlaff und seine Augen glasig, und er schien mitten durch Mikhail und Marguerida hindurchzusehen. Er schnalzte mit der Zunge, gab seinem alten Gaul einen freundlichen Klaps und ritt an den beiden vorbei, als existierten sie nicht.

Mikhail und Marguerida warteten, bis sich die Geräusche des Reiters im Nebel verloren. Ihr Gesichtsausdruck weckte in ihm den Wunsch, sie in die Arme zu schließen und ihr zu sagen, dass sie so etwas nie wieder tun musste. Er wusste, dass sie sich schmutzig und besudelt vorkam, wenn sie die Befehlsstimme benutzte, und er konnte nichts dagegen tun. Sie hatten keinen Schaden angerichtet, aber das machte keinen Unterschied für sie.

Mikhail wagte auch nicht, sie zu trösten, denn sie kochte vor Wut und hatte ihre Gefühle kaum im Griff. Er kannte Marguerida inzwischen gut genug, um zu wissen, dass sie ihn nur anfauchen würde, wenn er es versuchte. Mikhail seufzte. Sie würde allein damit fertig werden müssen, aber sie tat ihm Leid wegen der Qualen, die sie ausstand. Er trieb seinen Wallach an, und sie ritten weiter durch den Nebel auf das Ziel zu, das er nicht sehen, sondern nur fühlen konnte.

Mikhail drängte sein Pferd zur Eile, und Marguerida tat es ihm gleich. Die Stille wurde immer unheimlicher, doch keiner der beiden hatte die Energie, sie zu durchbrechen. Es war ein scheußliches Gefühl, eine von der Erde ausgehende Beklemmung, und Mikhail konnte nur hoffen, dass es irgendwo da vorn endlich besser wurde.

26

Es ging bereits auf Mittag zu, als Mikhail sein Pferd schließlich vom Seeufer weg in Richtung Norden lenkte und einem Energiefaden folgte, der in seinem Herzen begann und ihn vorwärts zog. Er war zwar nicht so stark wie der Ruf, aber immer drängend genug.

Marguerida hatte seit der Begegnung mit Robard MacDenis kaum mehr gesprochen. Mikhail konnte nicht sagen, ob sie zu verärgert oder schlicht zu müde war. Nach seiner Schätzung waren sie fast sechs Stunden geritten, drei davon ohne richtige Rast, seit ihrem Aufbruch von Hali.

Der Landstrich, durch den sie gerade ritten, war weniger verwüstet als die Gegend um den Turm. Vereinzelt wuchsen vertraute Bäume und andere Pflanzen, und hier und da sang sogar ein Vogel. Vor ihnen flitzte ein kleines Tier über den Pfad. Mikhail erhaschte nur einen kurzen Blick auf das braune Fell und die dunklen Augen, er konnte nicht einmal daran denken, das Tier zu fangen. Dennoch war er sehr erleichtert. Er hatte schon geglaubt, die Landschaft sei völlig verödet. Der Anblick bekannter Pflanzen – hellgrüne Triebe von wilder Hirse und die blauen Blüten von Flachs – war beruhigend.

Mikhail spürte, wie sich auch Margueridas Stimmung wieder besserte. Ein sanfter Wind wehte, der nach feuchter Erde und Wachstum roch, und die Sonne schien ihnen warm auf den Rücken. Mikhail sah dunkle Wolken im Norden aufziehen und wusste, dass es noch vor dem Abend regnen würde. Bis dahin mussten sie unbedingt etwas zu essen und ein schützendes Dach gefunden haben. Sein Magen hatte es aufgegeben, sich zu beschweren, und Mikhail war zwar noch immer hungrig, aber das war nicht sein vordringlichster Gedanke. Er dachte nur noch an das Ziel, das sie erwartete.

»Hast du eigentlich eine Ahnung, wohin wir reiten, oder folgst du einfach nur deiner Nase, Mik?«

»Ich habe ein Gefühl, wo es langgeht, Marguerida, aber nicht mehr.«

»Gut. Ich hoffe nur, dort gibt es auch etwas zu essen. Ist es denn noch weit?«

»Keine Ahnung, ich kann nicht einmal raten. Es tut mir wirklich Leid, dass du ...«

»Du brauchst dich nicht zu entschuldigen, Mik. Es musste sein, und auch wenn ich es sehr ungern tat, habe ich inzwischen wenigstens genug Übung im Umgang mit der Befehlsstimme. Wäre das vor meiner Zeit in Neskaya passiert, hätte ich Amalie und den netten alten Mann leicht töten können. Oder sie den Verstand verlieren lassen. Es erinnert mich nur immer daran, wie ich damals überschattet wurde. Das stört mich am meisten dabei.«

»Ich kann dir nicht ganz folgen.«

»Bemerkst du denn nicht, dass die Befehlsstimme nichts anderes ist als die zeitweilige Überschattung einer anderen Person? Ich meine, im Wesentlichen habe ich doch mit Donal im Sommer nichts anderes gemacht: Ich habe seinen Geist überschattet und ihn dadurch in die Oberwelt geschickt. Istvana zufolge gibt es verschiedene Wege, jemanden zu überschatten, aber die Befehlsstimme ist der schnellste, einfachste und wirkungsvollste.« Marguerida hielt kurz inne. »Das Schlimmste ist für mich nur, dass es mit jedem Mal einfacher wird. Es könnte irgendwann so einfach werden, dass ich ständig in Versuchung komme, die Stimme zu gebrauchen, ob es notwendig ist oder nicht. Ich vermute, genau das ist auch *ihr* widerfahren. Sie gewöhnte sich so sehr daran, dass man ihrem Willen folgte, und dann wurde sie vielleicht ... süchtig danach? Jedenfalls habe ich vorhin, als ich mich in Amalies Geist drängte, deutlich gespürt, dass Ashara während ihrer

Zeit in Hali alle Leute herumkommandierte, ohne jedes Gefühl für Recht oder Unrecht. Irgendetwas kam ihr wohl abhanden ... ich weiß nur leider nicht, was. Und ich glaube fast, ich muss es herausfinden, damit ich nicht versehentlich in ihre Fußstapfen trete.«

»Soweit wir wissen, war sie die erste weibliche Bewahrerin, Marguerida. Und ich glaube, sie hat auch eingeführt, dass Bewahrerinnen unverheiratet bleiben mussten. Vielleicht ist ihr genau das abhanden gekommen, die Möglichkeit, eine Frau zu sein, zu lieben und Kinder zu haben.«

»Ich bitte dich!« Margarets Stimme war schrill, gereizt und barsch. »Du hörst dich schon an wie Ariel!« Sie beruhigte sich gleich wieder und dachte angestrengt nach. »Ich gestehe ihr immerhin zu, dass der Zeitpunkt außergewöhnlich war.« Plötzlich lachte sie bellend, ganz wie Lew Alton, aber es wirkte nicht echt. »Du könntest allerdings Recht haben, dass der Kampf um den Posten der Bewahrerin sie rücksichtslos werden ließ. Wieso vermutest du überhaupt, dass ...«

»Leonie Hastur, die letzte jungfräuliche Bewahrerin in Arilinn, war allen Überlieferungen zufolge eine sehr unglückliche Frau. In Armida existiert noch eine Denkschrift, die Damon Ridenow als alter Mann geschrieben hat. Es ist schmerzhaft, sie zu lesen, denn er empfand große Schuldgefühle wegen seiner Taten, hauptsächlich wegen des Schadens, den er der von ihm verehrten Leonie zufügte.«

»Ich wusste gar nicht, dass Damon außer dem Journal, das ich in Arilinn gelesen habe, noch etwas verfasste. In dem Journal stand nur wenig Persönliches. Onkel Jeff ließ mich mal einen Blick hineinwerfen, ich fand es interessant, aber nicht sehr lebendig. Jeff hat nie erwähnt, dass es noch mehr Aufzeichnungen gibt.«

»Das wundert mich nicht. Der Text in Arilinn ist für die Öffentlichkeit bestimmt, denn er handelt von Damons Entdeckungen über die Natur von Matrizen – ich würde allerdings viel dafür geben, wenn ich erfahren könnte, was er von deiner Matrix gehalten hätte, Liebste. Die Denkschrift in Armida ist dagegen etwas ganz anderes. Ich weiß nicht, warum er sie schrieb oder für wen, außer für sich selbst. Ich fand sie durch reinen Zufall in der Bibliothek, zwischen einem Zuchtstammbuch aus Kennard Altons Zeit und einem terranischen Geografiebuch, das vermutlich Andrew Carr dort gelassen hat. Die Schrift hatte nicht mal einen Titel, es waren einfach nur einige zusammengeheftete Seiten in Damons Handschrift. Ich las sie, oder jedenfalls einen Großteil, dann zeigte ich sie Liriel. Sie bewahrt die Schrift nun in ihrer Höhle in Armida auf, zusammen mit ihren restlichen Schätzen. Frag sie doch einfach mal danach, wenn wir zurück sind.« Während er diese Worte aussprach, wurde es Mikhail plötzlich kalt. Was, wenn sie nie wieder zurückkämen?

Er wusste, dass Margaret das Gleiche dachte, aber sie fragte nur: »Was hat er denn über Leonie Hastur geschrieben?«

»Lass mich überlegen. Man hat sie seiner Meinung nach der Möglichkeit beraubt zu tun, was sie tun wollte. Er meinte, sie hätte nie die Wahl gehabt, etwas anderes als eine *Leronis* zu werden, weil sie in so jungen Jahren schon damit anfing. Wir neigen selbst heute noch dazu, zunächst an *Laran* und erst in zweiter Linie an die Menschen zu denken, wie du weißt.«

»Nur zu gut, Mik, nur zu gut.« Die Bitterkeit in ihren Worten entging ihm nicht. »Ich bin dieser Denkweise in Arilinn begegnet, und ich habe sie gehasst. Manchmal schien es, als zählte an mir nur, dass ich die Alton-Gabe besitze – als wäre davon abgesehen nichts, was ich je tat oder noch tun würde, von Bedeutung. Ich kam mir manchmal vor wie ein Fußschemel!«

Ungeachtet ihres ernsten Tonfalls musste Mikhail lachen.

»Du bist aber ein sehr dürftiger Fußschemel, Marguerida. Wie kommst du denn ausgerechnet auf dieses Möbelstück?«

Sie überlegte einen Augenblick. »Wahrscheinlich, weil ein Fußschemel Füße hat, aber trotzdem nicht gehen kann. Er bleibt, wo er ist, und lässt sich benutzen! Er wirft nie jemanden mit dreckigen Stiefeln oder stinkenden Füßen ab. Er ist ein Gegenstand, und genauso fühlte ich mich in meiner glücklicherweise kurzen Zeit dort. Ich war ein Gegenstand der Neugier oder des Neides, aber nie, niemals war ich ein Mensch mit eigenen Zielen und Vorstellungen. Das klingt vielleicht stark übertrieben, aber genauso habe ich mich gefühlt.«

»Gefesselt?«

»Und wie! Meine Möglichkeiten waren sehr beschränkt: Ich konnte entweder den Rest meines Lebens in einem Turm verbringen oder heiraten und mich meinem Nachwuchs widmen, damit die Alton-Gabe und was sonst noch alles in meinen Genen lauern mag, auch erhalten bleibt. Ich fühlte mich schon gar nicht mehr als Mensch, sondern wie ein Vehikel zum Übermitteln von *Laran*.«

»Und in Neskaya?«

»Istvana ist eine sehr subversive Frau.« Marguerida bemerkte seinen erstaunten Blick.

»Komische Wortwahl.«

»Mir fällt kein besserer Ausdruck ein. Sie erwartet nie, dass alle Welt genau das tut, was sie sagt, und sie hat ein paar sehr eigenwillige Ideen, über die man in Arilinn wahrscheinlich schockiert wäre. Ich habe nicht genug Informationen, um mehr dazu sagen zu können, ich weiß nur, dass zwischen Neskaya und Arilinn Welten liegen.«

»Kannst du mir mal ein Beispiel nennen?« Mikhail war fasziniert und froh, dass er von der beständigen Sorge, die an ihm nagte, abgelenkt wurde.

»Istvana ist sehr für Erneuerungen und Diskussionen.

Kannst du dir vielleicht vorstellen, dass Camilla MacRoss ihre Schützlinge dazu auffordert, über ihre Studien zu sprechen?«

»Nein.«

»In Neskaya wurde eine Menge diskutiert, über alles Mögliche, so wie früher an der Universität. Ich erinnere mich an ein Streitgespräch, das sich über drei Abende hinzog, zwischen mir, Caitlin Leynier und Baird Beltran. Es ging um die Ethik der Telepathie. Wir kamen nie zu irgendwelchen einvernehmlichen Schlüssen, aber wir haben das Problem gründlich erörtert. Eines Abends vertrat Beltran den Standpunkt, dass jede Form von gedanklichem Austausch eine Verletzung der Privatsphäre darstellt, selbst wenn beide Teilnehmer der Kommunikation zugestimmt haben! Er verfolgt gerne sehr extreme Ideen. Aber es hat mir sehr zu denken gegeben, da die Alton-Gabe andere sehr stark unter Druck setzt.«

»Wie konnte er seine Ideen denn verteidigen?« Mikhail war neugierig, aber auch ein wenig verblüfft. Was für einen Turm leitete Istvana da oben eigentlich? Er war sich sehr wohl darüber im Klaren, dass er die Ethik von *Laran* bis zu seiner Begegnung mit Emelda stets für eine sehr einfache Angelegenheit gehalten hatte. Seine Unwissenheit und Naivität ärgerten ihn nachträglich sehr.

»Indem er argumentierte, niemand würde sein eigenes Bewusstsein so gut kennen, dass er eine sachlich begründete Zustimmung zur Telepathie geben könne. Es sagte, Telepathie sei immer zu einem gewissen Teil ein erzwungener Akt, ob offen oder versteckt. Und das Interessanteste war, dass nur die Hälfte der Diskussion verbal geführt wurde. Caitlin und ich waren uns übrigens einig, dass Beltran uns zu einer gründlichen Überprüfung unserer Einstellung zu *Laran* veranlasst hat.«

Mikhail spürte einen kurzen Stich von Eifersucht. Er kannte diesen Baird nicht, aber er beneidete ihn um die interessante Diskussion mit Margaret. Doch eigentlich spielte es keine

Rolle. Sie waren nun zusammen, und nur das zählte. Warum war er nur so unglücklich?

»Schade, dass ich die Diskussion verpasst habe.«

»Finde ich auch, denn ich habe mehrmals daran gedacht, wie schön es wäre, dich dabeizuhaben. Manchmal frustriert es mich wirklich sehr, wie engstirnig die meisten Darkovaner sind. Und wie reaktionär«, fügte sie düster hinzu.

»Wir hatten Tausende von Jahren Zeit, unser *Laran* zu erforschen, aber wir fürchten uns immer noch ein wenig davor, weil wir auch wissen, wie man damit Missbrauch betreibt. Deshalb versuchen wir immer nur das zu tun, was bisher gut funktioniert hat, und meiden ausgefallene Ideen.« Er räusperte sich und fuhr fort. »Wir würden uns gerne für zivilisiert halten und nicht für Barbaren, wie uns die Terraner bezeichnen, nur weil wir es ablehnen, ihre viel gerühmte Technologie anzunehmen. Wir sind fast immer höflich, weil eine telepathische Gemeinschaft andernfalls gar nicht überleben könnte.« Er deutete in die Ferne. Rund hundert Meter neben dem schmalen Pfad lag ein Krater, der selbst im rötlichen Sonnenlicht noch schwach glühte. »Das kann passieren, wenn wir nicht höflich sind. Die schlichte Wahrheit ist, dass wir einfach nur wohlerzogen sind und nicht zivilisiert im idealen Sinne. Alle Menschen sind Wölfe, die sich als artige Hündchen ausgeben.«

»Das ist wirklich ein deprimierender Gedanke, Mik. Und er kommt manchen Ansichten sehr nahe, die an der Universität vertreten wurden. Vielleicht stimmt es sogar!«

»Ja. Aber ich werde nicht mehr so düsterer Stimmung sein, wenn wir endlich unser Ziel erreichen oder wenn ich etwas im Bauch habe – was auch zuerst geschieht.«

Sie ritten eine halbe Stunde in erschöpftem Schweigen, und der Gedanke an ein warmes Essen ließ beide nicht mehr los. Dann sagte Marguerida: »Ist das ein Haus da vorn?«

»Wo?« Mikhail stellte sich in die Steigbügel, damit er einen besseren Blick hatte. »Sieht eher aus wie eine Ruine.«

»Verdammt!« Sie legte ihre gesamte Enttäuschung in das Wort.

»Still!« Mikhail spähte voraus, seine Augen begannen zu tränen. In einem Moment sah er ein ausgebranntes Gerippe, im nächsten war er überzeugt, dass eine dünne Rauchsäule aus einem intakten Kamin stieg. Das Ding schien beim genauen Hinsehen von einer Form in die andere zu wechseln.

Mikhail schnupperte, aber er roch nichts von einem Feuer. Immer noch sah er für kurze Momente ein Gebäude mit weißen Steinwänden. Es musste sich um eine Illusion handeln, aber er hatte keine Ahnung, ob nun die Ruine oder das massive Gebäude das Trugbild war.

Mikhail hatte schon von solchen Dingen gehört, es waren durch Matrizen erzeugte Schleier, die Licht und Schatten verzerrten. Allerdings hatte er noch nie einen gesehen und neigte dazu, sie für Märchen zu halten. Sich mit einer alten Matrixfalle herumzuschlagen fehlte ihm gerade noch. Und in diesem Hier und Jetzt waren die Fallen nicht alt, sondern aktiv und gefährlich.

Plötzlich wusste Mikhail, dass sie ihren Bestimmungsort erreicht hatten. Die Gewissheit durchströmte ihn wie warmes Wasser und besänftigte all seine Ängste. Dennoch musste er schlucken. Es sah nicht gerade sehr einladend aus hier.

Er lenkte den Rotschimmel vom Pfad auf das Gebäude zu. Je näher sie kamen, desto leerer und verlassener wirkte es. Mikhail sah Unkraut zwischen den rußgeschwärzten Steinen wachsen, zerstörte Mauern, einen eingestürzten Kamin und zerbrochene, verkohlte Töpferware.

Mikhail hatte einen schweren Stein im Magen, und seine Knöchel waren weiß vor Anspannung. Trotz des kühlen Tages lief ihm der Schweiß nur so über den Rücken. Hatte man sie etwa dafür quer durch die Zeit geschleift? Er fühlte sich gefangen zwischen seinen Zweifeln und einem schicksalhaften Gefühl. Es war, als würde er zwischen zwei Steine gepresst, und von diesem Druck wollte er sich befreien. Der einzige Weg führte nach vorn.

Sie ritten zu der zerfallenen Mauer, die das Gebäude einmal umgeben hatte und die jetzt nur noch wenige Steine hoch war. Als Mikhail darüberschaute, entdeckte er nur einen leeren Fleck Erde mit einem Schutthaufen. Dann schoss eine Maus aus dem Unkraut, das am Fuß der Mauer wuchs, sauste durch das Laubwerk und *verschwand.* Mikhail empfand eine unbeschreibliche Trostlosigkeit.

Es war viel zu still. Die fehlenden Geräusche verliehen dem Ort etwas Unheimliches. Und er hatte nicht das Gefühl, dass das Gebäude leer war. Der ganzen Szene mangelte es an Realität, oder was Mikhail darunter verstand, und das verwirrte ihn sehr. Bevor er entscheiden konnte, was er als Nächstes tun sollte, flog die Krähe vom Sattelknauf über die niedrige Steinmauer hinweg und verschwand wie die Maus zuvor.

Eben noch war sie da gewesen, und im nächsten Augenblick schien es, als hätte sie nie existiert. Nichts deutete darauf hin, dass der Vogel den Schleier einer Matrixfalle durchquert hatte. Mikhails Herz raste, und eine kalte Angst kroch ihm unter die Haut.

Als die Krähe kurz darauf mit einem rauen Krächzen wieder über die Mauer geflogen kam, war Mikhail zunächst sehr erleichtert und dann wütend auf sich selbst. Er hasste es, wenn er Angst hatte, wenn sich ihm die Kehle zuschnürte und er eine Gänsehaut bekam, und vor allem verabscheute er das Gefühl der Hilflosigkeit, das mit der Angst einherging.

Die Krähe landete auf Mikhails Schulter und knabberte zärtlich mit ihrem großen Schnabel an seinem Ohr. Dann hörte sie plötzlich auf und brummte etwas in sich hinein.

»Ich glaube, sie will, dass wir die Mauer überqueren.« Mikhails Stimme klang nervös, sein Mund war staubtrocken. Er spürte wieder das Ziehen in seinem Herzen, die seltsame Energieverbindung, die ihn seit dem Aufbruch des Turms von Hali nicht mehr losließ. Es wurde immer unerträglicher und war inzwischen eine brennende Stelle in seiner Brust, nicht direkt schmerzhaft, aber dennoch unangenehm. Sie waren am Ziel. Doch warum widerstrebte es ihm so sehr weiterzugehen?

Er stieg mit steifen Gliedern vom Pferd, stand flach atmend neben dem Rotschimmel und kämpfte gegen die Angst an, die ihn zu ersticken drohte. Mikhails Knie schlotterten, und er hatte das Gefühl, keinen einzigen Schritt mehr gehen zu können.

Marguerida saß ebenfalls ab und trat neben ihn. Mikhail roch das Parfüm auf ihrer Haut, vermischt mit warmem Pferdegeruch, Schweiß und Sonne. Er betrachtete ihr unordentliches Haar und die Schmutzstreifen auf der Stirn, wo sie mit der Hand darüber gefahren war. Es war ein beruhigender Anblick, sehr real und normal. »Worauf warten wir? Auf eine schriftliche Einladung?«

Trotz seiner großen Anspannung musste Mikhail über die Frage lachen. So kannte er Marguerida, seine Geliebte! Er wusste, dass auch sie alles andere als furchtlos war, der bloße Name Ashara Alton ließ sie immer noch erbeben. Aber dennoch stand sie neben ihm, neugierig und bereit, in Zandrus Gruben zu springen, wenn nötig.

»Nein, ich bin nur ... ich wollte sagen, vorsichtig, aber das ist es nicht, Marguerida. Ich habe das Gefühl, dass ich nicht mehr derselbe sein werde, sobald ich mich bewege, und ich bin mir nicht ganz sicher ...«

»Zweifel?«

»Allerdings. Es ist nicht direkt Angst. Ich kann es nicht beschreiben.«

Sie legte ihm die rechte Hand auf den Arm und schmiegte sich an ihn. »Auf Zeepan gibt es einen berühmten Ort namens Garten der Verwandlung. Es heißt, wenn man ihn betritt, ist man hinterher nicht mehr derselbe Mensch. Die Leute pilgern dorthin, aber viele wagen sich dann doch nicht in den Garten, sondern kehren im letzten Augenblick um, aus Angst vor dem, was aus ihnen werden könnte. Und diejenigen, die tatsächlich hineingehen, sind nicht in der Lage, ihre Erfahrungen zu beschreiben.«

»Du scheinst für jede Gelegenheit ein Lied oder eine Geschichte parat zu haben. Und du hast Recht. Genauso fühle ich mich im Moment. Woher wusstest du das?«

Sie zuckte die Achseln. »Ich habe im Nebenfach Volkskunde studiert«, murmelte sie, als erklärte das alles. Mikhail spürte, wie sehr sie zitterte. Sie holte tief Luft. »Denk daran, was auch passiert, du wirst immer noch Mikhail Hastur sein, und ich werde noch Margaret Alton sein.« *Und ich werde dich immer lieben, was auch geschieht.*

»Dann komm.« Mikhail ging zur Mauer. Sie war so niedrig, dass er mit seinen langen Beinen problemlos darüber steigen konnte. Er hatte dabei das Gefühl, als würde er sich durch Leim kämpfen, jede einzelne Bewegung schien Stunden zu dauern. Der Widerstand wollte gar kein Ende nehmen, doch schließlich stand er keuchend auf der anderen Seite der Mauer.

Einen Augenblick später tauchte Marguerida neben ihm auf, sie wirkte ein bisschen außer Atem. Schweiß stand ihr auf der Stirn, und sie hatte sich auf die Unterlippe gebissen. Ein einzelner Tropfen Blut quoll heraus. Sie wischte sich mit der Hand über die Stirn und fuhr sich durch die zerzausten roten Locken. »Puh! Das war ja schlimmer als in Hali!«

Mikhail nickte und sah sich um. Er stand auf einem gepflegten Rasen, der allerdings nicht grün war. Er hatte eine seltsame rosafarbene Tönung, und kleine Blumen wippten auf zarten Stängeln im Wind hin und her. Mikhail wusste, dass ein Gewächs von dieser Farbe nur rund um die *Rhu Fead* wuchs, die Kapelle in der Nähe des Turms von Hali, und das war meilenweit von hier entfernt. Er hatte diesen heiligen Ort nie besucht, aber genügend darüber gehört, und die Sache war ihm ein großes Rätsel.

Vor ihnen lag weder die ausgebrannte Ruine noch das Bauernhaus, das er aus der Ferne gesehen hatte. Stattdessen standen sie vor einem flachen, runden Gebäude aus weißem Feldstein, das mit Torfplatten bedeckt war. Schlingpflanzen wuchsen aus der Erde und rankten sich um die gebogenen Wände, und die Luft roch nach Balsam und Lavendel. Einige Nadelhölzer standen in einer kleinen Gruppe um das Gebäude, ihre dunkelgrünen Zweige warfen tiefe Schatten auf die Steine und den Boden.

Mikhail sah über die Schulter und suchte nach den Pferden, aber er entdeckte nur ein schwaches Schimmern, das wie silberner Nebel in der Luft hing. Die Krähe zwickte ihn wieder ins Ohr. »Ich hoffe sehr, dass du weißt, wohin du uns führst«, sagte er zu dem Tier. Als Antwort erhielt er nur ein Flügelschlagen.

Langsam näherten sie sich dem Gebäude, beide waren sie nicht besonders versessen darauf, es zu betreten. Marguerida hatte ihre Hand in Mikhails geschoben, und er spürte, wie sie in seinem Griff leicht zitterte. Er kam sich sehr klein vor, wie ein Kind. Das Ganze wirkte wie eine Illusion, aber er roch die Vegetation, den unverwechselbaren Geruch von Steinen und Moos. Wie konnte etwas gleichzeitig real und eingebildet sein.

Zumindest gibt es hier keine Hühnerbeine.

Was? Margueridas plötzlicher Gedanke ergab keinen Sinn, aber Mikhail spürte den humorvollen Unterton.

In einer alten Geschichte ist von einer Hütte voller Geflü-

gelbeine die Rede. Dort wohnt eine Hexe namens Baba Yaga, die in einem Mörser durch die Gegend fährt, und mit ihrem Stößel böse Kinder zermalmt.

Na, das ist aber mal ein lustiger Einfall. Manchmal wünschte ich, du hättest nicht so viele interessante Fakten auf Lager, meine Liebste. Manche davon sind sehr beunruhigend!

Ich weiß, aber ich fürchte, ich kann nichts dagegen tun.

Der kuppelförmige Bau hatte keine Fenster, und trotz des rosafarbenen Grases unter ihren Füßen war Mikhail überzeugt, dass sie sich nicht in der *Rhu Fead* befanden. Er hatte das Gefühl, dass seine Augen immer noch irregeführt wurden. Aber sie waren am Ziel, und das beruhigte ihn ein wenig. Trotzdem war es unheimlich, und er wünschte, es wäre nicht so.

Sie gingen langsam um das Gebäude herum und entdeckten schließlich einen schmalen Spalt in den Steinen. Ein dünner Rauchfaden drang heraus, zusammen mit dem Geruch nach Essen. Mikhails Mund füllte sich mit Speichel, und er schluckte heftig.

Sollen wir klopfen oder rufen?

Woran denn klopfen? Da ist doch gar keine Tür. Der Geruch macht mich wahnsinnig!

Mich auch, Mik. Ich hoffe nur, da drin ist keine Hexe, die in ihrem Kessel rührt und uns zum Abendessen erwartet – als ihre Mahlzeit!

Sei nicht albern.

Tut mir Leid, Mik. Ich bin nur müde und fürchte mich, und wenn ich Angst habe, geht nun mal meine Fantasie mit mir durch.

Mikhail bewunderte sie, wie offen sie ihre Angst eingestand, und wünschte, er könnte dasselbe tun. Er kam sich in diesem Augenblick weder besonders tapfer noch männlich vor, aber das konnte er kaum vor sich selbst zugeben, geschweige denn vor Marguerida. Immerhin ließ er seine eigenen Gefühle für einen Augenblick mit denen von Marguerida übereinstimmen, dann drängte er sie unbarmherzig zurück.

Mikhail zwang sich, durch die schmale Öffnung zu treten, und erwartete, in der Dunkelheit zu stehen. Stattdessen betrat er eine strahlende Kugel und war im ersten Moment völlig geblendet. Er spürte, wie Marguerida neben ihm stolperte, und hielt sie an der Hand fest.

Seine Augen gewöhnten sich rasch an die Helligkeit, und er sah einen einzigen Raum mit einem Steinboden und nackten Wänden. Es handelte sich jedoch nicht um gewöhnliche Steine. Sie sahen aus wie Glas, und ein blaues Licht leuchtete aus ihnen. Mikhail spürte, wie Marguerida an seiner Seite zitterte.

Mir gefällt es hier nicht, Mik! Es ist hier fast genauso, wie dieser Raum ... wie ihr *Raum in dem alten Turm aussah. Es brennt! Meine linke Hand fühlt sich an, als würde sie brennen.*

Ich weiß. Mein ganzer Körper fühlt sich an, als würde er gleichzeitig in verschiedene Richtungen gezogen.

Mikhail fasste sie am Arm und sah sich um. Er bemerkte eine Liege am anderen Ende des Raums. Während er hinsah, verschwand sie und tauchte an anderer Stelle wieder auf. Die Wirkung war Schwindel erregend. Alles war in Bewegung, und Mikhail musste sich fast übergeben. Stattdessen schloss er fest die Augen.

Durch die Augenlider nahm er wahr, wie sich das Licht im Raum änderte. Er hatte den Eindruck, dass die Helligkeit abnahm. Schließlich öffnete er die Augen und sah sich um. Es stimmte – das Licht war wesentlich gedämpfter als zuvor.

Das Gefühl der Orientierungslosigkeit verschwand. Die Liege bewegte sich nicht mehr im Raum umher, sondern blieb an Ort und Stelle stehen. Mikhail entdeckte eine Feuerstelle an einer Wand und daneben eine Person, die sich über einen Kessel beugte. Die Szene ähnelte für seinen Geschmack zu sehr den Geschichten, die Marguerida durch den Kopf gegangen waren, aber er empfand keine Angst mehr. Er musste seinen Instinkten trauen und stellte fest, dass es schwieriger war, als er für möglich gehalten hätte.

Der angenehme Geruch des Holzfeuers und des kochenden Essens beunruhigte ihn. Mitten im Raum stand ein wackliger Tisch mit Geschirr darauf und einige ziemlich instabile Stühle. Alles war sehr merkwürdig.

Auf der Liege bewegte sich jemand, und Mikhail schauderte. Er blinzelte ein paar Mal, und schließlich erkannte er einen in Decken gehüllten Mann. Nur das leichte Heben und Senken der Brust verriet ihm, dass es sich um eine lebendige Person und keine Leiche handelte.

Mikhail näherte sich der Liege, er wurde förmlich zu ihr gezogen, bevor er zum Nachdenken kam. Seine Stiefel machten kein einziges Geräusch auf den glänzenden Steinen. Ihm fiel auf, dass er zwar das Feuer roch, aber kein Knistern der Flammen hörte, und dass es bis auf das raue Geräusch seines eigenen Atems äußerst still im Raum war. Er hatte kaum einen Gedanken für Marguerida übrig, obwohl er ihre zunehmende Hysterie spürte, ebenso wie ihre Anstrengung, sie zu bekämpfen.

Mikhail stand vor der zugedeckten Gestalt und blickte in ein altes und müdes Gesicht. Der Mann hatte die Züge der Ridenows, das helle Haar und die verhältnismäßig kurze Nase. Die Haut war dünn wie Pergament und voller Falten, die Wangen eingefallen. Er schien tief und fest zu schlafen.

Dann öffnete er langsam die Lider, und Mikhail sah direkt in ein Paar hellblaue Augen, klar wie Wasser. Der welke Mund verzog sich zu einem Lächeln und ließ große Zähne und rosa Zahnfleisch sehen. »Schön, dass wir uns treffen, Mikhalangelo. Hab keine Angst, liebe Margarethe – das hier ist nicht der

Ort deiner Qual.« Die Worte durchbrachen die Stille im Raum, und plötzlich war auch das Knistern des Feuers zu hören.

Es war die Stimme, die sie durch die Jahrhunderte gerufen hatte, aber sie wirkte nicht mehr so tief. Mikhail musterte das uralte Gesicht eingehend und versuchte sich jeden Zug einzuprägen. War der Mann wirklich da? Instinktiv begann er die Gestalt auf der Liege zu überprüfen und stellte fest, dass dort wirklich ein Mensch lag und nicht eine neuerliche Illusion.

»Seid gegrüßt, *Dom.*«

»Ich würde ja gerne aufstehen, aber ich kann es nicht. Ich habe den Rest meiner Kraft dafür aufgewandt, euch hierher zu holen, und ich war mir nicht sicher, ob ich es bis zu Ende ...« Seine Stimme versiegte kraftlos.

Marguerida schob Mikhail plötzlich zur Seite, ihre Stirn war gefurcht. Sie kniete sich vor die Liege, streifte den Lederhandschuh von der linken Hand und legte die Finger um die Kehle des Mannes. Es sah aus, als wollte sie ihn erwürgen. Mikhail war verblüfft und machte Anstalten, sie wegzuziehen.

Nein, Mik! Sag jetzt nichts – ich weiß, was ich tue!

Widerstrebend nahm Mikhail die Hand von ihrer Schulter und trat einen Schritt zurück. Er sah jetzt, dass Margueridas Finger die faltige Haut am Hals des Mannes gar nicht wirklich berührten, und nach einer Weile stellte er fest, dass sich die Energie veränderte. Der Mann atmete leichter, und er hatte wieder ein wenig Farbe im Gesicht.

Marguerida zog ihre Hand zurück, sie war so bleich, dass sie völlig blutleer wirkte, und versuchte aufzustehen. Mikhail fing sie auf, bevor sie auf den Steinboden fiel. »Das würde ich mit leerem Magen niemandem empfehlen«, murmelte sie und lehnte ihren Kopf an seine Schulter. Sie rieb sich die Stirn. »Obwohl ich glaube, dass es mit vollem Magen auch nicht viel besser ist.«

Was für eine Kraft! Das hätte ich nie gedacht.

Der Mann auf der Liege blickte auf, seine Augen strahlten beinahe. »Ich danke dir, Margarethe – auch wenn deine Methoden ziemlich grob sind.«

Marguerida hob den Kopf von Mikhails Schulter und funkelte den Mann an. »Ich wusste kaum, was ich da tat«, murmelte sie barsch und sah gleichzeitig zufrieden und irritiert aus. Dann streckte sie ihm die Finger ihrer linken Hand entgegen. »Ich habe noch nicht gelernt, wie man dieses Ding richtig benutzt.«

»Du machst das besser, als du denkst.« Der Mann seufzte. »Mir bleibt nur noch wenig Zeit, und es gibt noch so viel zu tun.«

»Dann solltet Ihr lieber sofort damit anfangen«, fuhr ihn Marguerida an.

Der Mann lachte leise über ihren Rüffel. »Ich bin Varzil Ridenow, und ich habe euch durch die Zeit hierher geholt.«

»So viel haben wir bereits erraten. Aber wieso?«

Mikhail wartete auf eine Antwort, während Varzil eine Hand unter der Decke hervorschob. Ein prächtiger Ring glitzerte an seinem Finger, die größte Matrix, die Mikhail je an einem Menschen gesehen hatte. Ihr Licht blendete ihn, und er musste den Blick abwenden. »Deshalb.«

»Eure Matrix?«

»Ja. Ich muss sie dir geben, bevor ich sterbe.«

»Ihr könnt mir Eure Matrix nicht geben! Sie würde uns alle beide umbringen!«

»Wirklich?« Varzil schien belustigt zu sein. »So wie der Schlussstein deine Begleiterin umgebracht hat?«

»Das ist etwas anderes! Marguerida hat ... ich weiß nicht, was genau passiert ist, obwohl ich dabei war, als sie den Stein aus dem Spiegelturm gezogen hat. Er stammt aus der Oberwelt, nicht aus ...« Mikhail geriet ins Stocken.

Wie das Schwert von Aldones war auch der Matrixring von

Varzil dem Guten Gegenstand von Legenden. Und das Schwert war nichts als eine Legende gewesen, bis Regis Hastur es gegen die Sharra-Matrix schwang. Doch Varzils Ring war verschwunden, und es gab verschiedene Versionen über seinen Verbleib, aber niemand kannte die Wahrheit.

Mikhail zermarterte sich ergebnislos das Gehirn. Er musste zu viel gleichzeitig aufnehmen und spürte, dass er nicht in Ruhe nachdenken konnte. Von dem darniederliegenden Varzil empfing er verzweifelte Hilferufe. Widerwille regte sich in Mikhail – das hier war ja noch schlimmer als die Regentschaft, die ihm Regis ohne zu fragen aufgehalst hatte. Das hier konnte ihn umbringen!

»Ganz recht.« Varzils Worte ließen ihn aufschrecken. »Das könnte es, aber das wird es nicht!«

Die Krähe hüpfte von Mikhails Schulter und flatterte auf das Kissen über Varzils Kopf. Mikhail hatte das Gefühl, als summte ein ganzer Schwarm Bienen in seinem Kopf, wütende Bienen. Er wurde einfach nicht schlau aus dem Ganzen. »Warum wollt Ihr mir Eure Matrix geben?«, brachte er schließlich heraus.

»Weil sie nicht zurückbleiben darf, wenn ich sterbe – Ashara Alton würde sie für sich beanspruchen, und wenn sie damit Erfolg hätte, könnte sie nach Hali zurückkehren. Das ist ihr größtes Ziel, und sie darf es unter keinen Umständen erreichen!«

»Wieso denn nicht?« Mikhail war nicht gewillt, lockerzulassen, bevor er eine befriedigende Antwort bekam.

»Wenn Hali stehen bleibt, wird die Welt, die ihr kennt, nie existieren.«

»Ich glaube, ich verstehe«, sagte Marguerida leise. »Als ich Ashara damals im Geiste begegnet bin, wollte sie mich mit aller Macht daran hindern, dass ich sie zerstöre – und wenn ich nie existierte, hätte sie nichts zu befürchten. Obwohl ich sie seinerzeit in ihrer Oberwelt besiegt habe, könnte sie jetzt, in dieser Zeit, dennoch ... mein Kopf schmerzt!« Ihre Ruhe war dahin, zu viele Gedanken rasten durch ihren Geist. Mikhail erkannte, dass sie kurz vor einer Ohnmacht stand.

Er nahm sie in die Arme und trug sie zum Tisch. Dann setzte er sie auf einen schiefen Stuhl und drückte ihr den Kopf zwischen die Knie. »Atme tief durch!« Er hörte gedämpften Protest. »Hör auf zu widersprechen. Du da, bring der *Damisela* etwas zu essen!«

Gehorsam schlurfte das alte Weib mit einer Schüssel köstlich duftendem Eintopf und einer Scheibe Brot herbei. Mikhail half Marguerida, sich aufzusetzen, und hielt ihr einen geschnitzten Löffel hin, der auf dem Tisch gelegen hatte. Sie führte einen Esslöffel Eintopf an den Mund. »Autsch! Das ist ja heiß!«

Die alte Frau stellte einen Krug auf den Tisch, über dessen Rand Wasser schwappte. Mikhail goss zwei Becher ein. Das Wasser schmeckte süß und frisch und war das Beste, was er je getrunken hatte. Er trank den Becher in wenigen Zügen leer, das Wasser lief ihm an den Mundwinkeln hinab. Er wischte sich mit dem Ärmel über den Mund und sah zu dem Mann auf der Liege hinüber.

Varzil beobachtete ihn, seine alten Augen waren wachsam und klar. »Nun, Varzil, wie wollt Ihr dieses Wunder der Matrixwissenschaft zu Stande bringen?« Durch das Wasser war Mikhails Kopf wieder klar, aber er kochte immer noch vor Wut auf den alten *Tenerézu*.

Der Alte lächelte bedächtig, als würde er einen heimlichen Scherz auskosten. »Als Erstes müsst ihr beide heiraten.«

27

Im ersten Moment wollte Mikhail seinen Ohren nicht recht trauen. Hinter ihm verschluckte sich Marguerida und hustete rau. »Heiraten?« Wovon redete der Mann bloß?

»Ihr müsst euch verbinden, eins werden, damit ich euch meine Bürde übergeben kann.«

»Bürde?« Mikhail wurde zunehmend verärgerter. Der alte Mann sprach in Rätseln!

»Ich glaube, er meint, dass er uns seinen Ring nicht geben kann, bevor wir nicht verheiratet sind, Mik.« *Um Himmels willen. Wer soll uns denn hier draußen im Nirgendwann verheiraten, und warum habe ich plötzlich dieses Gefühl, als würde etwas fehlen. Ich wollte doch nie Blumen und Schleier und ausgefallene Zeremonien. Und mein alter Herr ist auch nicht hier, um mich ... in die Ehe zu geben – was für eine lächerliche Sitte, als würde ich mir nicht selbst gehören! O verdammt! Aber vielleicht ist das die einzige Möglichkeit – der einzige Weg, wie wir zusammenkommen können, und zum Teufel mit den ewigen Machtkämpfen der Comyn!*

Margueridas Gedanken strömten wie Quecksilber durch Mikhails Geist. Die Gefühle dahinter waren widersprüchlich und chaotisch. Mikhail empfing Freude, Erleichterung, Wut und eine grenzenlose Enttäuschung, die ihm das Herz zerriss.

»Margarethe hat Recht«, antwortete Varzil leise. »Und es tut mir Leid, dass ich euch darum bitten muss – eine Heirat sollte ein freudiger Anlass sein und nicht aus einer Notwendigkeit heraus stattfinden.«

»Ich verstehe das Ganze immer noch nicht,« murmelte Mikhail. »Und Ihr könnt mir unmöglich Euren Ring geben – das würde uns beide das Leben kosten.«

Mikhail war in seinen eigenen Gefühlen gefangen. Zorn

und Angst schienen ihn im Griff zu haben, sosehr er sie auch zurückzudrängen versuchte. Er wollte den Ring nicht, und noch viel weniger wollte er sich in die Pläne dieses Fremden hineinmanövrieren lassen – auch wenn es sich dabei um den mächtigsten *Laranzu* aller Zeiten handelte. Es war einfach zu viel – sein Verstand verweigerte plötzlich den Dienst.

Varzil lächelte und wirkte plötzlich um Jahre jünger. »Zeitreisen sind unmöglich – mein Vorschlag ist hingegen nur sehr schwierig.«

Mikhail registrierte Varzils Aussage, aber er begriff sie nicht. Doch dann ging ihm plötzlich der Witz daran auf, und er empfand nur noch Überraschung. Es wäre ihm nie in den Sinn gekommen, dass Varzil der Gute Scherze machte! Und statt sich zu beruhigen, steigerte sich Mikhails Wut. Wie konnte es dieser Mann nur wagen, mit ihm zu spielen! »Kompletter Blödsinn«, dröhnte er und legte seine gesamte Enttäuschung in diese Worte.

Varzil schien nicht im Mindesten beleidigt zu sein. Er räusperte sich und fuhr mit trockener Stimme fort. »Hast du dich denn nie über den Brauch des *di Catenas* gewundert? Warum wir uns Ringe um die Handgelenke schmieden? Vielleicht ist der Sinn der Zeremonie mit den Jahren verloren gegangen oder wurde zu einem bloßen Sinnbild für die Verbindung zweier Menschen.«

In Mikhail regte sich gegen seinen Willen Interesse. Sein Zorn verblasste, und seine lebhafte Neugier brach sich eine Bahn. »Ich habe nie viel darüber nachgedacht, Varzil. Und ehrlich gesagt, halte ich es für ziemlich ... barbarisch, zwei Menschen aneinander zu ketten.« Tatsächlich hatte Mikhail so gut wie nie über dieses Thema nachgedacht, bevor er Marguerida kennen lernte. Sie hatte ihn mit ihren forschenden Fragen und ihrem Wissen über andere Welten verändert. Sein ganzes Leben war durch ihre Anwesenheit wie zweigeteilt.

»Ja, das kann ich gut verstehen. Aber am Anfang war der Reif mehr als ein Symbol, denn er verschmolz die *Laran*-Energien der beiden, machte sie so stärker, als jeder für sich war, und erlaubte ihnen eine einzigartige Verbindung, die sonst nicht hätte existieren können.«

Mikhail starrte Varzil an. Er kannte keine Ehe *di Catenas,* die auch nur annähernd den Andeutungen des alten Mannes entsprach. Weder seine Eltern noch Onkel Regis und Lady Linnea kamen ihm so vor, als wären sie auch nur ansatzweise in ihren geistigen Kräften vereinigt. Und das hatte Varzil doch offenbar gemeint. Der Gedanke war bemerkenswert, aber Mikhail war sich nicht sicher, ob er ihm tatsächlich gewachsen war.

Marguerida stand auf und gesellte sich zu den beiden. Mikhail spürte, wie ihr scharfer Verstand Varzils Aussage verarbeitete, wie er zunächst das Konzept erfasste, es dann in Stücke riss und schließlich wieder zum ursprünglichen Ganzen zusammensetzte.

Dass sie in Sekunden fertig brachte, wofür sein eigener Verstand eine halbe Ewigkeit brauchte, erfüllte ihn mit Stolz, doch er ärgerte sich auch darüber. Margueridas Geist war wie ein leuchtender Pfeil, sein eigener dagegen eher wie ein schwerer Hammer, der auf die Dinge einschlagen musste, bevor er sie verstand.

»Ich kann nachvollziehen, was Ihr wollt, und es klingt sinnvoll.«

Marguerida blickte zu der Gestalt auf der Liege hinab. »Aber wie wollt Ihr es anstellen? Lauert hier vielleicht irgendwo ein Priester zwischen den Steinen?«

Mikhail lächelte. »Wir haben es nicht so mit Priestern auf Darkover, Marguerida. Es sei denn, du zählst die *Cristoforos* dazu. Jedes Familienoberhaupt der *Comyn* kann das Ritual vollziehen – mein Vater hätte dich und Gabriel ganz rechtmäßig zusammenschließen können, wenn er den Mut gehabt hätte, dich knebeln zu lassen.«

»Oder unter Drogen zu setzen«, murmelte sie.

»Für beide Möglichkeiten fehlt es ihm an Fantasie. Und selbst wenn er die besäße, hätte er es wahrscheinlich nicht getan, weil es zu viel Gerede verursacht hätte, und mein Vater mag es nicht, wenn die Leute über ihn reden.« Die beiden vergaßen bei ihrem Gespräch über *Dom* Gabriel fast den alten Mann auf der Liege.

Er meldete sich mit einem Hüsteln wieder zu Wort. »Wisst ihr, warum der Armreif der Frau stets größer ist als der des Mannes?«

»Nein, Varzil. Das gehört zu den vielen Dingen auf Darkover, von denen jeder annimmt, dass ich sie weiß, deshalb erklärt sie mir auch niemand.« Marguerida klang barsch und ungeduldig.

»Ich weiß es auch nicht«, gab Mikhail zu. Marguerida erstaunte ihn. Wahrscheinlich würde sie selbst Zandru noch anfauchen. Er wusste, dass sie es nicht aus Furchtlosigkeit tat; Marguerida war so müde, dass ihr alles egal war. Dann bemerkte er, dass seine Verwirrung abnahm. Er fürchtete sich, aber auf eine unpersönliche Art. Was hatte dieses Wasser enthalten? Er war mit einem Mal klarer im Kopf, und selbst sein Hunger war vergangen.

Der Gedanke, dass er tatsächlich seine Geliebte heiraten würde, setzte sich langsam in seinem Kopf fest und breitete sich dort aus. Es erschien ihm richtig und falsch zugleich. Erst fragte er sich noch, warum, doch dann fiel ihm ein, dass sie zu dieser Ehe gedrängt wurden und dass ihre Gefühle gar keine Rolle spielten. Sie mussten heiraten, und zwar sofort.

Bevor Mikhail seine komplizierte Gefühlslage entwirren konnte, fuhr auch schon Varzil fort: »Die Frau trägt das größere Armband, weil sie die größere Kraft besitzt – die Kraft,

Kinder zur Welt zu bringen. In einem ganz besonderen Sinn ist die Frau die Größere in einer Ehe, Margarethe, nicht die Geringere.«

»Ich verstehe. Und deshalb habt ihr eure Frauen jahrhundertelang eingesperrt, mit Schwangerschaften umgebracht und als Dienerinnen gehalten.« Mikhail zuckte bei der Bitterkeit ihres Tonfalls zusammen.

»Es gibt keine vollkommenen Systeme, Margarethe«, sagte Varzil unberührt von ihrer Kritik.

»Nein, vermutlich nicht.« Sie klang wütend und traurig zugleich. »Machen wir weiter, bevor ich ...« Sie sah Mikhail aus goldenen Augen an, und ihre Züge wurden weicher. »Wir sind füreinander bestimmt, das weißt du. Wir waren es immer. Aber ich kann nichts dafür, dass ich mir saubere Kleidung, ein heißes Bad und eine Menge Blumen wünsche. Und meinen Vater, ich möchte meinen Vater dabeihaben.« Mikhail sah Tränen in ihren Augen glitzern.

Er zog sie an sich. *Nicht traurig sein, Liebste. Ich weiß, das hier ist nicht, was du dir vielleicht gewünscht hast, aber ich liebe dich von ganzem Herzen.*

Ich weiß, Mik, und ich liebe dich auch. Aber ich komme mir trotzdem gehetzt vor. Ich hätte nie gedacht, dass ich eine romantische Ader besitze, aber ich scheine gleich mehrere davon zu haben, und die wünschen sich Musik und ein schönes Kleid. Du hast die Prozessionshymne von Kotzwold wahrscheinlich nie gehört, und es gibt ohnehin auf ganz Darkover keine einzige Orgel. Aber irgendwie hätte ich sie gerne gehört, mit den Flöten für den Bräutigam, die die Braut rufen, und den antwortenden Violen. Es klingt am Anfang sehr leise, aber dann schwillt es an, wenn sich die Stimmen vereinen und das Hauptthema beginnt. Zuletzt hört man nur noch eine einzige Stimme, und die Flöte und die Viole sind nicht mehr zu unterscheiden.

Das klingt wundervoll! Mikhail war tief bewegt von Margueridas Sehnsucht, und er hörte die Klänge der Musik in ihrer Erinnerung. Er war auch überrascht, denn er hätte solche Sehnsüchte nie bei ihr vermutet. Sie hatte ihm, wie ihm nun klar wurde, ihre weibliche Seite bisher nicht enthüllt, außer in einigen Träumen. Jenen verletzlichen Teil von ihr, den sie zum Schutz vor Kränkung gut verborgen hielt. Er kannte ihre Stärke und ihre Angst vor Ashara, aber über ihre weiche Seite wusste er bisher nichts.

Ich hätte dir alles von Herzen gewünscht – das Kleid, die Brautjungfern, die Musik – alles.

Schon gut. Ich bin nur sehr müde, und alles stürzt auf mich ein. Und irgendetwas kommt mir hier komisch vor, ich fühle mich ganz benebelt. Dieses Wasser, das ich getrunken habe, scheint mich irgendwie betrunken gemacht zu haben!

Mich auch!

Mikhail musterte den alten Mann auf der Liege. Varzil hatte die Augen geschlossen, und die Hand mit dem großen Ring lag schlaff auf der Decke. Doch der Atem, der seine Brust hob und senkte, war kräftig und gleichmäßig. »Nun gut, wir sind einverstanden, da Ihr uns offenbar deshalb hierher gerufen habt.«

»Es muss euch sehr gefühllos erscheinen, dass ich euch durch die Jahrhunderte geschleift habe, damit ihr meine Bedürfnisse erfüllt – und tatsächlich habe ich dieses Ereignis viele Jahre lang vorbereitet. Doch es handelt sich nicht um einen Akt der Selbstsucht. Ich schwöre, die Zukunft Darkovers hängt von dieser Heirat ab. Die Macht, die ich euch hinterlasse, werdet ihr zur rechten Zeit nötig brauchen.«

»Wir haben keine andere Wahl, als Euch zu trauen, Varzil.«

»Ach, Mikhalangelo ... Ich werde dich nicht noch einmal enttäuschen!«

»Noch einmal?« Mikhail zuckte zusammen.

»Er meint jenen anderen Mikhalangelo – den Robard für tot hielt. Dem du so ähnlich siehst, während ich dieser Margarethe gleiche – nur dass deren Augen nicht so golden waren wie meine.«

»Ja. Wenn alles gut gegangen wäre, hätten sie geheiratet, wie sie es vorhatten.«

»Aber sie sind gestorben, nicht wahr, Varzil?«

»Ja.« Das müde, alte Gesicht drückte unendlich große Trauer aus.

Mikhail sah von Marguerida zu Varzil und wieder zurück. »Wollt Ihr damit etwa andeuten, wir haben schon einmal gelebt?«

»Nein, so kann man es nicht sagen. Die Seelen in euren Körpern sind eure eigenen, nicht die von anderen Menschen. Aber in der Oberwelt gibt es eine Art Schablone für jede Seele, die je existiert hat oder zukünftig existieren wird, und aus der entsteht von Zeitalter zu Zeitalter ein ähnliches Wesen. Selbst mit all meinem Wissen kann ich dieses Phänomen nicht erklären, sondern nur akzeptieren.«

Mikhail war erleichtert. Er hätte den Gedanken nicht ertragen, nur die Reinkarnation eines Fremden aus der Vergangenheit zu sein. Er wäre sich wie eine schlechte Kopie vorgekommen, ein verwischtes Abbild seiner selbst, statt des Mannes, der er tatsächlich zu sein hoffte.

»Wie machen wir es denn nun?« Marguerida wurde langsam ungeduldig, als müsste sie gleich eine grässlich schmeckende Arznei einnehmen und wollte es so schnell wie möglich hinter sich bringen. Mikhail roch ihren Atem und den erdigen, weiblichen Moschusduft ihres Körpers, und er kam zu dem Schluss, dass er sie auch mit zerzaustem Haar, schmutzigem Gesicht und Pferdegeruch in den Kleidern mochte.

Die alte Frau, die schweigend im Hintergrund gewartet hatte, schlurfte mit einer kleinen, mit Schnitzereien verzierten

Holzkiste herbei. Als sie vor ihnen stand, öffnete sie die Kiste, und auf dem weichen Tuch, mit dem die Kiste ausgeschlagen war, lagen zwei schöne Armreifen aus Kupfer. Das Metall glänzte nicht mehr, sondern war zu einem grünlichen Farbton oxydiert.

»Die waren für die beiden anderen Leute bestimmt, oder?«

»Ja, Margarethe. Ich habe ihre Herstellung persönlich überwacht, obwohl ich damals bereits wusste, dass sie wahrscheinlich nicht benutzt werden. Ich spüre, dass euch nicht ganz wohl dabei ist, sie zu tragen. Ich kann euch nur sagen, dass die Liebe, die Mikhalangelo und Margarethe füreinander empfanden, sehr groß war, ebenso groß wie eure Liebe. Diese beiden tapferen Seelen trugen ein großes Versprechen in sich, das leider nie erfüllt wurde.«

»Das hört sich nach einer unendlich traurigen Geschichte an.«

»Ja, teilweise ist sie sehr traurig. Aber sie enthält auch Hoffnung. Und Triumph.« Er verstummte nachdenklich. »Die Geschichte ist noch nicht vorüber, und ich werde euch nicht erzählen, was ihr nur zu gerne wüsstet.«

»Das habe ich auch nicht erwartet, Varzil.«

»Du bist eine sehr kluge Frau, Margarethe, du hast eine rasche Auffassungsgabe.«

»Ach, wirklich? Ich komme mir mit jedem Augenblick mehr wie eine Marionette vor.«

Varzil seufzte tief und richtete sich langsam auf seinem Lager auf. Die Decken rutschten hinab und gaben den Blick auf ein graues Gewand frei. Er war nicht sehr groß, und seine Knochen wirkten zerbrechlich unter der Kleidung.

Er nahm die Kiste von der alten Frau entgegen und betrachtete stumm die mit Grünspan überzogenen Armreife. Er wirkte gedankenverloren und schien völlig vergessen zu haben, dass er nicht allein war.

»Sagt, Varzil, wolltet Ihr diesem Mikhalangelo wirklich Euren Ring geben?« Mikhail wusste nicht genau, warum ihm diese Frage plötzlich in den Sinn kam, aber da es nun einmal so war, wollte er auch die Antwort erfahren.

»Nein. Ich habe leider erst nach seiner Gefangennahme erkannt, was ich zu tun hatte, und es kostete mich große Mühe, das Wissen und das Warten zu ertragen.«

»Das Warten worauf?«

»Darauf, dass du den Spiegelturm zerstörtest, Margarethe, denn ohne die Schattenmatrix in deiner Hand wäre mein Plan null und nichtig. Du weißt noch gar nicht, was du da besitzt, und ich kann es dir auch nicht sagen, außer dass die Matrix – und nicht ich – die Zeit zu deinem Spielzeug gemacht hat. Und ich kenne die Zeit, so gut sie ein Sterblicher nur zu kennen vermag. Außerdem hat die Matrix Asharas Pläne ebenfalls zunichte gemacht.«

Marguerida lachte. »Ich mache diesem Miststück nur zu gern einen Strich durch die Rechnung, zu jeder Zeit und an jedem Ort. Sie hat es verdient nach allem, was sie mir und all den anderen armen Frauen, die sie überschattet und missbraucht hat, antat. Ich glaube allerdings, dass Ihr Euch irrt. Ich komme mir vor, als wäre ich ein Spielzeug der Zeit und nicht andersherum.«

Varzil nickte. »Manchmal ist es schwer, ein Ende des Stabs vom anderen zu unterscheiden. Doch lasst uns nun beginnen. Zieh bitte deinen seidenen Handschuh aus, Margarethe, und du, Mikhalangelo, hol deine Matrix hervor.«

Widerstrebend griff Mikhail unter sein Hemd und zog den Matrixstein heraus. Aus den Augenwinkeln sah er, wie Marguerida den fingerlosen Handschuh abstreifte und die blauen Linien bloßlegte, die von den Fingerspitzen bis zum Handgelenk liefen. In der düsteren Beleuchtung wirkten sie dunkler und kräftiger, als er sie in Erinnerung hatte. Mikhail überlegte, ob es nur an seinen Augen lag oder ob die Ausbildung in Arilinn und Neskaya die Kraft der Linien verstärkt hatte.

Mikhail wickelte seine Matrix aus und betrachtete sie. Es war ein bescheidener Stein, wie es sich für sein bescheidenes *Laran* schickte. Er schielte zu dem Ring, der an Varzils Finger glitzerte.

Das Ganze war purer Irrsinn. Niemand konnte den Sternstein eines anderen berühren, ohne einen Schock – manchmal sogar einen tödlichen – für beide Beteiligte zu riskieren. Mikhail war überzeugt, dass er nicht stark genug war, um die Energien zu beherrschen, die zwischen den funkelnden Facetten von Varzils außergewöhnlichem und gefährlichem Juwel verliefen.

Er holte tief Luft und formulierte in Gedanken einen Einspruch, seine Gedanken überschlugen sich förmlich. Wenn er Varzils Bitte nachkam, würde er mit Sicherheit sterben. Wozu sollte es eigentlich gut sein, dass er Marguerida heiratete, wenn er sowieso dabei umkam?

Mikhail öffnete den Mund, um zu sprechen, und stellte fest, dass seine Kehle schon wieder völlig ausgetrocknet war. Er versuchte zu schlucken, doch er vermochte es nicht. Das Blut hämmerte in seinen Schläfen, und er fragte sich, ob er wohl kurz vor einer Ohnmacht stand. Doch der Schwächeanfall ging vorüber, und er spürte stattdessen eine plötzliche und unerklärliche Kraft durch seine Adern fließen, als hätte er eine Woche durchgeschlafen und zwei Dutzend Mahlzeiten verspeist.

Und obwohl er sich körperlich erneuert fühlte, verzagte er angesichts der Angst, die noch immer quälend an ihm nagte. Er dachte daran, wie Emelda ihn wochenlang in ihren Bann geschlagen, wie sie ihn an der Nase herumgeführt hatte, die kleine Kräuterhexe. Er hatte seine Schwester rufen müssen, damit sie ihn rettete – die Schande nagte immer noch an ihm.

Mikhail trat im Geiste einen Schritt zurück und betrachtete seine Lage mit einer kühlen Distanz, die ihn selbst überraschte. Warum sollte er diesem tattrigen Alten oder selbst seiner geliebten Marguerida trauen – einer halb ausgebildeten Frau, der in der Oberwelt ein rätselhaftes Machtinstrument in die Haut gebrannt worden war. Darauf gab es keine Antwort und keine Sicherheit, nur eine schwache Hoffnung, die ihm zerbrechlich und unzuverlässig erschien.

Varzil beobachtete ihn mit feuchten Augen und voller Mitgefühl, als spürte er, welcher Kampf in Mikhails Seele tobte. Natürlich – Varzil war ein Ridenow, und deren Gabe war die Empathie! Mikhail wollte kein Mitleid! Er wollte nur weg von dieser Zeit und diesem Ort, irgendwohin, wo seine Möglichkeiten nicht so beschränkt waren, wo er nicht das Gefühl hatte, dass seine Seele in Stücke gerissen wurde.

In diesem Augenblick bewegte Marguerida ihre Hand, eine Geste, die Mikhails Aufmerksamkeit weckte, und er sah die Linien wie Blitze über ihre blasse Haut zucken. Margueridas Augen waren verschwommen und blickten ins Leere, ihr Mund war verzerrt, als hielte sie einen fürchterlichen Laut zurück. Kleine Schweißperlen traten auf ihrer Stirn unter dem Wirrwarr von Locken hervor und glitzerten feucht in dem weichen Licht, das von ihrer Hand ausging und flackernde Schatten über ihre Nase und den fest verschlossenen Mund warf.

Mikhail erkannte, dass sie gegen ihre eigenen Dämonen ankämpfte, wie er selbst es noch einen Augenblick zuvor getan hatte. Der Anblick ihres lautlosen Kampfes raubte ihm den Mut – er wollte gar nicht wissen, was sie so quälte. Aber wenn sie ihrem Dämon ins Auge sehen konnte, dann musste es ihm ebenfalls gelingen, wenn er Margueridas würdig sein wollte. Nein – wenn er seiner selbst würdig sein wollte.

Achtung jetzt, Kinder!

Mikhail versuchte, sich dem Befehl zu widersetzen, doch er

konnte es nicht. Sein Blick wurde von Marguerida abgelenkt und kam schließlich auf dem friedlichen Gesicht des alten Mannes zu ruhen, dessen Züge irgendwie anders waren, jünger, glatter und markanter, als wäre er rückwärts durch die Zeit gereist.

Hinter Varzil sah er die alte Dienerin. Sie stand am Ende der Liege und legte die Hände auf seine Schultern. Mikhail spürte fast, wie sich ihre Kraft auf den Alten übertrug, dessen Gesicht mit jeder Sekunde jünger wurde. Irgendetwas an der Art, wie sie ihm half, kam ihm sehr bedeutsam vor, und er sehnte sich regelrecht danach, es zu verstehen. Und vor seinen Augen verschwamm das Gesicht des alten Weibs und verwandelte sich. Die Frau wurde jung und schön, wie Varzil auch, und ihre Haut glänzte hell.

Mikhail musste den Blick senken, weil die Strahlung, die von der Frau ausging, zu stark wurde. Nicht dass seine Augen das Licht nicht ertragen konnten – seine Seele konnte es nicht. Und während er auf den Boden sah, bekam er zu fassen, was er die ganze Zeit zu verstehen suchte: Es war keine Schande und kein Verlust von Männlichkeit, die Hilfe einer Frau anzunehmen – aber man durfte sie auf keinen Fall für selbstverständlich halten oder missbrauchen. Die Hilfe einer Frau war ein Geschenk, eins, von dessen Existenz er bisher nichts gewusst hatte und das ihn bis ins Mark erschütterte.

Das Licht der Frau erfüllte den Raum, und Mikhails Knie beugten sich ohne sein Zutun. Er kniete auf dem kalten Steinboden nieder, so sehr von Ehrfurcht erfüllt, dass er glaubte, sein Herz müsste jeden Moment zu schlagen aufhören. Er hob die Augen zu der unheimlichen Helligkeit und sah in ein weiches Lächeln, das seine Angst und sämtliche Zweifel beiseite fegte. Er hätte sich bis ans Ende aller Zeiten in diesem Blick sonnen können.

Mikhail hatte die Hand fest um den Sternstein geschlossen,

der ihm wie billiger Flitter erschien, unwürdig der Erscheinung, die ihn in ihrem Griff hielt. Er zitterte am ganzen Leib. Undeutlich war sich Mikhail der Leere in seiner Magengrube bewusst, der kalten Steine unter seinen Knien und seiner schmerzenden Muskeln. Doch diese ganz profanen Sorgen schienen zu einem anderen Mann in einer anderen Zeit zu gehören.

Dann spürte er Margueridas rechte Hand auf seinem Arm, ihre kühlen, weichen Finger auf seiner Haut. Sein Körper hörte bei ihrer Berührung auf zu beben, und er fühlte, wie ihre Ehrfurcht ihn durchströmte und seine durch sie. In diesem Augenblick waren sie einander näher, als er es je für möglich gehalten hätte.

Marguerida kniete neben ihm, mit einem raschen Blick erfasste er ihre unbeschreibliche Freude, die seine eigene widerspiegelte. Ihre Augen glänzten feucht von den Tränen, die ihr über die Wangen liefen und dann auf den Kragen ihres Gewandes tropften.

Wir sind hier versammelt, um diese Frau, Margarethe von Windhaven, und diesen Mann, Mikhail Raven von Ridenow, zu einer Seele, einem Geist und einem Herz zu verbinden. Wir erflehen den Segen der Götter für diese Verbindung. Margarethe, willst du diesen Mann mit Leib und Seele ehren, solange du lebst?

Mikhail wartete, denn von Marguerida kam – eine Ewigkeit, wie ihm schien – keine Antwort. Währenddessen fiel ihm auf, dass er die Zeremonie, die Varzil abhielt, noch nie zuvor gehört hatte, und dass sie Worte ausließ, die ihm vertraut waren. Auch die Namen waren falsch. Doch dann fiel ihm ein, dass Varzil sie mit keinen anderen Namen kannte. Oder vielleicht gab es auch einen komplizierteren Grund, ihre Identität zu verschleiern.

Ich will ihn ehren, solange ich lebe.

Und gelobst du, Mikhal Raven von Ridenow, dieser Frau mit Leib und Seele zu dienen, solange du lebst?

Ihr dienen? Das kam ihm sehr merkwürdig vor, es war eine Umkehrung des Ehegelöbnisses, wie er es kannte, und er zögerte einen Moment. Doch dann überwältigte ihn die plötzliche Erkenntnis, dass er sich nichts sehnlicher wünschte, als dieser Frau zu dienen. Die Worte spielten keine Rolle, nur die Absicht zählte. *Ich gelobe, dieser Frau mit Leib und Seele zu dienen, solange ich lebe.*

Die Antwort löste ein tiefes Gefühl in Mikhail aus, dass es so sein solle, und Varzils Helferin lächelte noch süßer, so dass er sich für einen Augenblick leicht wie eine Feder fühlte. Er spürte, wie Margueridas Finger sich fester um seinen Arm schlossen, sie waren ganz warm auf seiner Haut.

Varzil nahm den breiteren Armreif aus dem Kästchen auf seinem Schoß und legte ihn um Margueridas Handgelenk. Dann machte er dasselbe bei Mikhail, und das kühle Gewicht des Ringes wog schwerer, als er erwartet hatte.

Ich, Varzil von Ridenow, Herr über Hali, bezeuge diese Schwüre und erkläre sie für verbindlich für alle Zeiten. Diese beiden Menschen sind nicht nur durch Worte, sondern durch das Blut der Erde miteinander verbunden. Sie sind vereint in Leib und Seele, wie es von Anbeginn der Zeiten bestimmt war. Ich schwöre, sie sind eins, verschmolzen, vereint, unzertrennlich, bis ans Ende aller Tage.

Für einen Augenblick fühlte sich Mikhail befreit, als würde ein Faden gelöst, der ihn bis eben gefangen gehalten hatte. Er wusste, dass Marguerida das Gleiche empfand, als er ihr das Gesicht zuwandte, und er traf ihre Lippen, als hätte er nie zuvor eine Frau geküsst. Sie schmeckte nach Eintopf und Schweiß, und unglaublich, beinahe schmerzhaft süß; er wusste, er würde sich bis zu seinem letzten Atemzug an diesen Augenblick erinnern.

Gib mir nun deinen Matrixstein, Mikhal Raven von Ridenow. Hab keine Angst!

Mikhail öffnete seine schwitzende Hand bedächtig und wunderte sich, warum er keine Furcht empfand. Wenn Varzil seinen Stein berührte, konnte das Leben für ihn zu Ende sein. Aber er fühlte sich wie verzaubert und bewegte sich wie in einem Traum.

Mikhails kleiner Sternstein entschwebte seiner Hand, ein Sonnenstäubchen, das sogar noch das helle Licht, das von der lächelnden Frau hinter Varzil ausging, überstrahlte. Er überbrückte den Raum zwischen Mikhail und Varzil mit der Geschwindigkeit eines abendlichen Insekts und sank auf die gewaltige Matrix, die immer noch die Hand des *Laranzu* zierte. Mit einem Aufblitzen war der Stein verschwunden, und Mikhail wurde trotz Varzils Beteuerungen starr vor Angst.

Doch es folgte kein Schock, kein Trauma. Mikhail verspürte lediglich ein momentanes Schwindelgefühl, und dann hatte er den Eindruck, in den Stein einzutauchen. Er schwamm in dessen leuchtenden Facetten herum, geschüttelt von unsichtbaren Kräften, die ihn zu durchdringen schienen. Jede Zelle seines Körpers schien durchbohrt zu werden, ebenso wie jener andere Teil von ihm, von dessen Vorhandensein er bisher nichts gewusst hatte, die innere Flamme seines Wesens.

Als Mikhail Varzil ansah, blickte er in sein eigenes Gesicht, in seine eigenen blauen Augen, die in einem überirdischen Licht glänzten, auf seine goldenen Locken, die ihm lose in die Stirn fielen. Es war schockierend, schlimmer noch als der Verlust seiner Matrix, und sein Geist wollte sich dagegen auflehnen.

Die Vision verging jedoch, und plötzlich war Varzil wieder er selbst, alt und gebrechlich. *Nun, Margarethe, nimm den Ring von meiner Hand und erfahre etwas über deine eigenen Kräfte – die Hand, die für diese Gelegenheit gezeichnet ist!*

Aber das würde Euch töten!

Schnell, mein Kind! Ich kann die Energien nicht mehr lange in Schach halten. Tu, was ich dir sage!

Vorsichtig streckte Marguerida die linke Hand aus, und Varzil hielt seine schräg, so dass der Ring von seinem Finger in Margueridas ausgestreckte Handfläche fiel. Sie bewegte sich nicht, sondern ließ den funkelnden Ring in der Hand liegen, und ihre Augen leuchteten. Plötzlich erstarrten ihre Gesichtszüge, dann wurde ihr ganzer Körper steif. Da sie Mikhail immer noch berührte, spürte er die Energie, die durch Marguerida floss und sich wild und brutal neue Kanäle schuf. Es war fürchterlich, selbst wenn man es nur aus zweiter Hand erlebte, und Mikhail wusste, dass Marguerida den Akt ohne die Anwesenheit der zweiten Frau nicht durchgestanden hätte, jene Frau, die inzwischen nur noch aus Licht zu bestehen schien. Er fühlte, dass die leuchtende Frau seine Geliebte abschirmte und beschützte.

Gib deinem Mann den Ring, Margarethe.

Mit Freuden! Die Antwort kam von ganzem Herzen und vermittelte Mikhail mit ihrem Eifer ein beruhigendes Gefühl von Realität, einen gewöhnlichen Moment inmitten eines außergewöhnlichen Ereignisses.

Behutsam, als wäre sie aus Glas, drehte sich Marguerida zu Mikhail, der Ring lag noch immer in ihrer ausgestreckten Handfläche. »Gib mir deinen Finger, und beeile dich, mein Liebster. Jetzt!«

Mikhail streckte die linke Hand aus, und Marguerida schob ihm den Ring über den Finger, wobei sie nur das Metall, nicht den Stein selbst berührte. *Mit diesem Ring nehme ich dich zum Mann, Mikhail Hastur.*

Dann dröhnte ein Donnerschlag durch Mikhails Kopf, der Raum drehte sich, und er spürte, wie er in die Dunkelheit stürzte.

28

Margaret Alton saß unter den Zweigen eines immergrünen Baumes, der Regen tropfte ihr ins Gesicht und durchnässte ihren zitternden Körper. Mikhails Kopf war in ihren Schoß gebettet. Zunächst hatte sie versucht, Mikhail vor dem Regen zu schützen, aber das war unmöglich. Der Wind blies zwar nicht heftig, aber unablässig, er trieb die kalten Tropfen unter die ausladenden Äste, drang durch den Stoff von Margarets Kleidern und kühlte sie aus.

Margaret spähte unter dem Baum hervor. Die Pferde standen Kopf an Kopf und sahen resigniert drein. Margaret wusste, dass sie eigentlich aufstehen und ihnen die Sättel abnehmen sollte, aber sie war zu müde. Sie sah zu den Ästen des Baumes hinauf und hielt nach der Krähe Ausschau. Gerade eben war sie noch da gewesen, nun war sie verschwunden. Margaret gestattete sich einen Seufzer und veränderte ihre Stellung ein wenig unter dem Gewicht von Mikhails Kopf.

Sie wunderte sich, dass sie nicht todunglücklich war, und kam sich ein wenig verrückt vor. Sie fror, war hungrig und völlig erschöpft. Mikhail hatte mit Sicherheit genauso empfunden, aber er war noch immer bewusstlos. Jeder normale Mensch in ihrer Lage wäre verzweifelt. Aber für Verzweiflung war sie einfach zu müde und zu betäubt.

Margaret fuhr mit eisigen Fingern über die nassen Locken auf Mikhails Stirn und überdachte ihre Lage zum wiederholten Mal. Und sie kam zu dem Schluss, dass sie einfach viel zu wütend war, um richtig unglücklich zu sein – auf Varzil und seine namenlose Begleiterin, auf Mikhail, weil er das Bewusstsein verloren hatte, und auf sich selbst, weil sie so hilflos war. Wenn sie doch nur genügend Kraft hätte, Mikhail auf ein Pferd zu schaffen!

Zum vielleicht hundertsten Mal ging sie die einzelnen Momente durch, nachdem Mikhail den Ring aus ihrer zitternden Hand empfangen hatte. Es war alles so unglaublich schnell gegangen. In der einen Sekunde hatte er ihr noch in die Augen gesehen, und in der nächsten lag er schon ausgestreckt am Boden. Und dann war plötzlich der Boden verschwunden, und das runde Gebäude ebenfalls, und Margaret hatte sich auf der Erde kniend wieder gefunden, um sie herum nichts als Schutt. Von dem rosa Gras war nichts mehr zu sehen, an seine Stelle war wucherndes Unkraut getreten, dazu die verkohlten Reste einiger Dachbalken und ein paar rostige Stangen, die früher ein Pflug gewesen sein könnten. Der Regen hatte Margaret ins Gesicht gepeitscht und sie wieder ins Bewusstsein zurückgeholt. Irgendwie war es ihr gelungen, den schlaffen Körper ihres Mannes unter den Baum zu zerren, bevor sie ihre Kräfte verließen. Er war schwer, und sie hatte ihn sogar verflucht.

Nur das reich verzierte Armband an ihrem Handgelenk gab ihr die Gewissheit, dass die Hochzeitszeremonie in jener anderen Welt tatsächlich stattgefunden hatte. Margaret betrachtete das funkelnde Ding an Mikhails Hand. Es sah nicht aus wie Varzils Ring, denn es war nicht besonders groß. Es machte wirklich nicht viel her – sicher war es all den Ärger nicht wert. Doch während Margaret zusah, änderte das Ding seine Form. Es dehnte sich aus und zog sich wieder zusammen. Was hatte das zu bedeuten? Und was sollte sie jetzt tun?

Einer ihrer Professoren hatte in einer Vorlesung einmal gesagt: »Es gibt Dinge, die sind mit dem Verstand einfach nicht zu erfassen, wie sehr wir uns auch anstrengen.« Margaret hatte die Worte pflichtbewusst auf ihren Notizblock geschrieben, sie jedoch für reichlich dumm gehalten. Als sie jetzt an den Ausspruch des Professors dachte, musste sie einräumen, dass er doch Recht gehabt hatte. Wie sehr sie sich auch bemühte, für die Ereignisse der letzten Nacht gab es keine logische

Erklärung. Sie wünschte, sie könnte den Versuch ganz aufgeben, aber ihr müdes Gehirn wollte einfach nicht lockerlassen.

Mit einem Teil ihres Bewusstseins fuhr sie fort, Mikhail zu überwachen, und sie war sehr dankbar, dass sie zumindest die grundlegenden Überwachungstechniken in Neskaya erlernt hatte. Sein Puls war gleichmäßig, die Temperatur niedrig, aber noch nicht im gefährlichen Bereich. Doch dort, wo Mikhails Persönlichkeit sein sollte, die sie in den turbulenten Monaten auf Darkover kennen und lieben gelernt hatte, herrschte nur wirbelndes Chaos. Varzil musste verrückt gewesen sein, wenn er tatsächlich dachte, er könnte seine Matrix einfach an Mikhail übergeben, und von ihnen beiden war es purer Wahnsinn gewesen, sich einverstanden zu erklären.

Im Augenblick konnte sie nur hoffen, dass Mikhail wieder ganz der Alte wurde und dass er sich keine Lungenentzündung holte. Es schien eine eitle Hoffnung zu sein, und die Verzweiflung begann an ihr zu nagen. Rasch ermahnte sie sich streng, Ruhe zu bewahren. Aber das war leichter gedacht als getan. Für einige Minuten konnte sie sich jeweils beruhigen, aber hatte sich ihr Geist entspannt, fielen alle Ängste und Sorgen sie erneut an und nagten an ihr wie hungrige Ratten.

Anstatt bei den Dingen zu verweilen, die sie nicht verstehen oder bewältigen konnte, untersuchte Margaret lieber ihre Matrixhand. Sie fühlte sich anders an, und sie bot auch nicht den gewohnten Anblick. Die Linien waren sehr schwach, nicht mehr so deutlich sichtbar wie vorher. Es sah fast so aus, als hätten sie sich tiefer in ihr Fleisch gegraben. Margaret hatte das verfluchte Ding schon so viele Stunden lang angestarrt, dass sie jede Linie und jeden Schnittpunkt in- und auswendig kannte. Ja, sie hatte sich verändert. Der kurze Kontakt mit Varzils Ring hatte etwas bewirkt – das Muster war nicht mehr als der einstige Schluss-Stein erkennbar. Verdammt! Gerade hatte sie sich an das Ding gewöhnt, und schon verwandelte es sich wieder.

Margaret runzelte die Stirn. Vielleicht gereichte es ihr zum Vorteil. Sie hoffte, die Veränderung könnte sie der Aufmerksamkeit Asharas entziehen. Aber worin genau bestand die Änderung? Oder vielleicht musste sie fragen, inwiefern sie selbst sich verändert hatte? Frierend, den nassen Stoff ihrer Kapuze ins Gesicht gedrückt, konnte Margaret die Gewissheit nicht abschütteln, dass ihr ureigenstes Wesen verwandelt worden war.

Sie rief sich den Augenblick des Kontakts zwischen ihrer Hand und dem Ring in Erinnerung. Margaret hatte keinen deutlichen Eindruck mehr davon, aber in ihren Muskeln bebte das Ereignis noch immer nach. Für einen kurzen Augenblick war sie von Eindrücken überschwemmt worden. Nein, nicht von Eindrücken – von Informationen! Doch inwiefern hatte das ihre Matrix verändert?

Tief in Margaret regte sich ein Wissen. Es war noch sehr schwach, undeutlich und flüchtig. Aber es hatte mit ihren Händen und mit ihrer Stimme zu tun. Und da war noch etwas – Dio! Ihr Herz machte einen Sprung. Konnte sie tatsächlich ihre Stiefmutter heilen? Durfte sie zu hoffen wagen? Und wenn sie das vermochte, konnte sie dann auch Mikhail helfen?

Eine Träne kullerte ihr über die kalte Wange. Nein, sie konnte es nicht, noch nicht. Sie musste erst noch lernen, was sie bereits wusste. Die Information war da, kristallklar und vollständig. Aber es gab keinen Weg, an sie heranzukommen. Margaret fühlte sich, als hätte sie einen riesigen Schatz in einer Truhe und keinen Schlüssel dazu. Wenn sie doch nur nicht so entsetzlich frieren würde!

Margaret hielt den Gedanken fest. Sie hatte einen Feuerstein in ihrem Gurtbeutel und ihr kleines Messer. Theoretisch könnte sie ein Feuer machen. Sie hatte unterwegs ein paar Mal mit Rafaella zusammen eins angefacht. Aber sie hatte ja gar nichts zum Verbrennen! Das Holz, das herumlag, war völlig durchnässt. Der Baum, der ihr Schutz bot, half ebenfalls nichts – grünes Holz brannte schlecht, selbst wenn sie trockenen Zunder gehabt hätte. Abgesehen davon hatte sie keine Axt, und wie sonst sollte sie die Äste vom Baum bringen. Müde wie sie war, bezweifelte sie, dass sie mehr als einige kleine Zweige abbrechen konnte.

Es musste eine andere Möglichkeit geben, warm zu werden. Margaret wusste, dass es auf jedem von Menschen bewohnten Planeten Methoden zur Erzeugung von Wärme gab. Die Yogis auf Terra praktizierten diese Methoden seit Jahrtausenden, und soviel sie wusste, hatten auch die *Cristoforos* oben in Nevarsin welche entwickelt. Unglücklicherweise hatte Margaret sie nie studiert.

Wärme war nichts anderes als Energie, oder? Und *Laran* war ebenfalls Energie. Wenn sie so furchtbar klug war, wieso fiel ihr dann kein Weg ein, wie sie mit Hilfe ihrer Matrix Wärme erzeugen konnte?

Margaret starrte wütend auf ihre Hand und wünschte, sie hätte in Physik besser aufgepasst. Die mathematische Seite der Physik hatte ihr keine Schwierigkeiten bereitet, sie fand immer schon, dass Gleichungen der Musik sehr ähnlich waren, und wunderte sich sogar, dass man keine Wege fand, diese eleganten Fakten in Melodien zu verwandeln. Aber die praktischen Aspekte der Physik – Schwerkraft, Kernfusion und selbst Elektrizität – blieben ihr stets ein Rätsel. Sie hatte eben nicht den Verstand eines Ingenieurs.

Gleichzeitig war ihr klar, dass Überwachung nichts anderes war als die Beobachtung der Energie eines Körpers. So hatte es ihr Liriel einmal erklärt und Istvana ebenfalls. Aber wo kam die Energie zum Überwachen her? Steckte sie in den Sternsteinen, oder bezog der Überwacher sie aus sich selbst? Ein guter Kreisüberwacher konnte nämlich die Energien der anderen regulieren und dadurch verhindern, dass sie sich verletzten oder völlig verausgabten. Es war ein Jammer, dass sie nur die Grundlagen gelernt und nicht die richtigen Fragen gestellt hatte, als die Gelegenheit dazu war. Wenn doch nur Istvana jetzt hier wäre – allerdings war die noch nicht geboren, und zwei Zeitreisende waren nun wirklich genug!

Woher kam Wärme? Von der Sonne, logischerweise, aber die war auch keine Hilfe. Darkovers blutrote Sonne lag hinter dichten Wolken verborgen. Wie lange waren sie wohl in diesem runden Haus gewesen? Es war Margaret nicht sehr lange vorgekommen, aber soviel sie wusste, waren auch schon mehrere Tage und Wochen vergangen, ohne dass es ihr bewusst geworden wäre.

Was noch? Essen. Das war für Menschen eine der Hauptenergiequellen. Vielleicht war es nicht sehr klug, jetzt daran zu denken, denn Margaret war sehr hungrig, und es schien unendlich lange her zu sein, dass sie den Eintopf hinuntergeschlungen hatte – falls er überhaupt Wirklichkeit gewesen war. Waren auch schon Wolken am Himmel gewesen, als sie hierher geritten waren? Sie konnte sich nicht mehr erinnern, sosehr sie ihr Hirn auch zermarterte. Aber wahrscheinlich schon, denn auf Darkover regnete oder schneite es ja fast immer.

Kurzzeitig hatte sie den wunderbaren Einfall, ein gutes Mahl aus der dünnen Luft zu zaubern, ließ ihn aber mit großem Bedauern sofort wieder fallen. Wenn sie telekinetische Fähigkeiten gehabt hätte, dann vielleicht, aber soviel sie wusste, war dem nicht so. Istvana sagte, dass es mittels *Laran* vereinzelt Leuten gelang, kleine Gegenstände zu bewegen, und dass es im Zeitalter des Chaos möglich gewesen war, mit Hilfe der riesigen Relaisschirme sogar Menschen zu transportieren. Diese Technik hätten die Terraner sicher nur zu gern in ihre feisten Finger bekommen. Ein Glück, dass diese Kunst im Laufe der Jahre verloren gegangen war. Sonst würden die Elitesoldaten der Föderation nur eines Tages vor Regis Hasturs Tür stehen und verlangen, dass er sie herausrückte.

Womit konnte sie noch Wärme erzeugen, wenn sie kein Essen hatte und die Sonne außer Reichweite war? Sollte sie vielleicht versuchen, den geschmolzenen Kern des Planeten zu erreichen?

Kaum war ihr dieser respektlose Einfall durch den Kopf geschossen, blieb ihre Aufmerksamkeit auch schon an ihm hängen. Gedanken von Wärme und Trockenheit huschten wie Glühwürmchen durch ihren Kopf und versprachen etwas, das sie jedoch einfach nicht zu fassen bekam. Enttäuscht und wütend ballte Margaret die Faust und hieb auf den Schlamm und die verfaulenden Kiefernnadeln auf dem Boden.

Sie war jedoch zu müde, um diese unproduktive Tätigkeit lange fortzusetzen, deshalb hörte sie widerstrebend auf und wischte sich die Hand an ihrer durchnässten Hose ab. Sie zwang sich, langsam und ruhig zu atmen, untersuchte Mikhail noch einmal und kehrte wieder zu ihrem Problem zurück.

Das Blut der Erde. Die Worte schwebten durch ihren Geist, und sie erinnerte sich, dass Varzil sie gebraucht hatte, um die kupfernen *Catenas*-Armbänder zu beschreiben. Und Kupfer, fiel ihr plötzlich aus dem Physikunterricht ein, war ein ausgezeichneter Wärmeleiter!

Margaret betrachtete das wulstige Objekt, das ihr rechtes Handgelenk umschloss. Trotz allem musste sie lächeln, als sie diesen unwiderruflichen Beweis für ein Ereignis sah, nach dem sie sich insgeheim gesehnt hatte, auch wenn sie es sich nie ganz eingestand. Sie waren verheiratet, eins, und obwohl sie die Freuden eines Hochzeitsfestes vermisste – das Essen (das vor allem!), die Musik, das Brautkleid, das Aaron bestimmt mit Freude für sie genäht hätte – so war die Zeremonie jedenfalls vollzogen.

»Eine wunderbare Art, den Tag zu verbringen, der eigentlich der glücklichste meines Lebens sein sollte«, brummte sie missmutig vor sich hin.

Beim Klang ihrer Stimme rührte sich Mikhail ein wenig, murmelte etwas Unverständliches und verstummte wieder. »Wach auf! Komm schon, Mik! Du verpasst deine Hochzeitsnacht, wenn du nicht aufwachst!«

Die Hochzeitsnacht. Margaret fuhr ein Schauder über den Rücken. Die Jahre der Überschattung durch Ashara zogen an ihrem geistigen Auge vorbei. Die Ermahnung, allein zu bleiben, war so eindringlich gewesen, dass sie bis zu Mikhails Umarmung im Sommer noch nicht einmal einen Mann geküsst hatte. Fast war sie froh, dass Mikhail nicht in der Verfassung war, die Ehe zu vollziehen. Doch dann wurde sie plötzlich unglaublich wütend auf ihn. »Wach auf, verdammt!« Sie rüttelte ihn an der Schulter, um ihn aus seiner Betäubung zu wecken.

Mikhail zeigte keine Reaktion, und Margaret seufzte. Sie nahm den Arm von seiner Schulter und betrachtete das Armband. Es war reich verziert, mit einem noch aufwendigerem Muster als der Reif an Lady Linneas Handgelenk. Es stellte wohl ein in die Länge gezogenes Tier dar, das sich in den Schwanz biss. Sie hielt das Schmuckstück näher an ihr Gesicht, um herauszufinden, worum es sich handelte. Keine Schlange jedenfalls, auch wenn sie wusste, dass dieses Tier oft derart abgebildet wurde. Eher ein Panter oder ein anderes katzenähnliches Wesen.

Die Augen des Tieres funkelten, und Margaret erkannte nun, dass kleine Sternsteine ins Metall eingelassen waren, nicht nur als Augäpfel, sondern auch entlang des gebogenen

Schwanzes, wie feiner, glitzernder Staub. Es war eine sehr schöne Arbeit, und der Grünspan glänzte vor Nässe.

Margaret streckte die Finger der linken Hand und drehte das Armband langsam, wobei sie zum ersten Mal die vielen Kleinigkeiten wahrnahm. Wenn sie Daumen und Zeigefinger auf eine Seite des Reifs legte, fühlte er sich an, als würde er unter ihrer Berührung lebendig. Sie riss die Finger erschrocken zurück. Aber das war es nicht. Das Armband reagierte vielmehr auf die Energie ihrer Schattenmatrix.

Eine Weile sinnierte sie über das Wunder, dass ein träges Stück Metall mit Steinen auf ihre Berührung reagierte. Darin lag etwas von großer Bedeutung, sie konnte es nur nicht genau deuten. *Kupfer ist ein ausgezeichneter Leiter,* wiederholte ihr müdes Gehirn. *Das weiß ich,* schrie sie sich im Geiste selbst an, *aber was bedeutet es?*

Bevor Margaret wusste, was sie da tat, legte sie ihre rechte Hand flach in den Schlamm und fasste mit der linken so fest um das Armband, dass es kleine Einkerbungen in ihren eiskalten Fingern hinterließ. Nichts geschah. Was sollte auch schon geschehen? Margaret fluchte, aber sie zog ihre Hand nicht zurück. Sie spürte, dass sie etwas übersah. Nur was? Ein Musikstück – nicht sehr wahrscheinlich. Wieso dachte sie an Musik, wenn sie Wärme haben wollte! Es war nicht Musik, sondern etwas Ähnliches – eine Gleichung?

Der Regen peitschte ihr noch immer ins Gesicht, ließ sie blinzeln, dann heftig den Kopf schütteln, dass die Tropfen nur so von ihrem zerzausten Haar spritzten. Es lag ihr förmlich auf der Zunge. Was war eine Gleichung? Die symbolische Darstellung eines Gedankens, ein mathematisches Konzept davon, wie das Universum funktionierte. $E = m \times c^2$ und all diese anderen knappen Darstellungen von Wirklichkeit. Und eine Notenschrift war wie eine Gleichung und drückte das Konzept einer Melodie aus.

Solange sie die erforderlichen Physikkurse belegte, hatte sie bis zur Prüfung unzählige Gleichungen im Kopf behalten. Es gab eine für Fusion und eine für Spaltung und sogar eine ziemlich komplizierte, die elektrischen Strom beschrieb. Margaret fragte sich, was wohl geschehen würde, wenn ihr die Letzte genau jetzt einfiele. Es war sicher keine besonders gute Idee, es zu versuchen, solange sie mitten in einer Pfütze saß. Wenn es funktionierte, würde sie sich und Mikhail durch einen Stromschlag töten. Außerdem wollte sie Wärme und keinen Strom. Bestimmt konnte sie sich an die Formel erinnern, wenn sie sich genug anstrengte. Doch leider schien ihr ungeordneter Geist im Augenblick nicht dazu in der Lage zu sein.

Ich nehme das zu wörtlich. Ich vergesse, dass dieses ganze Zeug nur symbolisch ist – nicht die Gleichung zählt, sondern die Idee. Die Gleichung ist nicht die Sache selbst, sondern nur die Vorstellung von einer Sache. Dieses Zeug hat mir schon vor Jahren Kopfschmerzen bereitet und tut es immer noch!

Margaret drehte den Kopf hin und her, um die Verkrampfung im Nacken zu lösen. Sie atmete tief, konzentrierte sich auf die Idee von Wärme und schloss ihre Matrixhand um das Armband. Der kritische Teil ihres Bewusstseins teilte ihr mit, dass sie dumm und unfähig war, dass sie nichts tun konnte und vor Hunger und Kälte sterben würde, und sie gab sich große Mühe, diese Stimme zum Schweigen zu bringen.

Die Zeit schien stillzustehen, als verharrte Margaret am Rande eines Abgrunds, unfähig, den Sprung in die Tiefe zu wagen. Sie hatte das Gefühl, von Watte umgeben zu sein, die alles dämpfte. Und plötzlich spürte Margaret, wie sie sich in diesem zeitlosen Raum bewegte und zwischen Orten hin und her glitt, die sie nie beschreiben konnte, und schließlich in ein unvorstellbares Wärmegefühl stolperte.

Sie zuckte leicht zusammen, als diese plötzliche Wärme durch ihren Körper jagte und sie zu versengen drohte. Es dauerte nur einen Augenblick, doch der reichte! Sie riss die Matrixhand von dem Armband weg und stieß einen Schrei aus. Er klang verblüffend, eine schriller Ruf, der durch den strömenden Regen und über den steinigen Boden hallte und wie ein Blitz in die Luft fuhr, bevor er verstummte. Beide Pferde hoben mit einem Ruck den Kopf und sahen Margaret nervös an.

Sie betrachtete ihre Hände und erwartete, dass sie verbrannt waren, aber sie sahen ganz normal aus. Dann bemerkte sie, dass das Armband nicht mehr grün war, sondern seine natürliche, glänzende Kupferfarbe wiederhatte, als hätte ihr Experiment den Grünspan weggebrannt und den Originalzustand wiederhergestellt.

Margaret lehnte sich an den Baumstamm, sie war völlig erschöpft und musste sich ausruhen. Sie bemerkte, dass ihr Körper nicht nur warm war, sondern stark aufgeheizt, als hätte sie leichtes Fieber, und ihre Kleidung war fast trocken. Sie fühlte sich sehr merkwürdig und kam zu dem Schluss, sie und Mikhail hatten großes Glück gehabt, dass sie nicht verbrannt waren.

Mikhail lag immer noch in ihrem Schoß, aber seine Locken waren trocken, und er schien mehr Farbe im Gesicht zu haben als noch vor einigen Minuten. Sie strich ihm sanft übers Haar, tätschelte seine Wange und sah ihn lange an; das Herz quoll ihr fast über vor Zuneigung. Ihre Gefühle waren so lange eingesperrt gewesen, dass Margaret sie nun kaum ertrug. Sie musste einen klaren Kopf behalten, aber das war kaum möglich.

Zärtlichkeit war offenbar eine wesentlich stärkere Empfindung, als sie je für möglich gehalten hätte. Das und noch viel mehr dachte sie, als sie eine goldende Locke zwischen den Fingern drehte – einen Frieden, der ihr bisher nur in der Musik begegnet war. Sie beschloss, den Augenblick zu genießen, solange er anhielt, da sie sehr wohl wusste, dass sich Gefühle oft von einem Moment zum anderen ändern. Gern hätte sie diese Stimmung noch weiter genossen, aber sie war klug genug, um sich keine falschen Hoffnungen zu machen.

Mit einem lauten Flügelschlagen ließ sich die Seekrähe auf Mikhails Hüfte nieder und krächzte zur Begrüßung. »Wo zum Teufel hast du gesteckt?«, fauchte Margaret. Die Krähe sah sie aus einem roten Auge an und schnarrte eine Antwort, die Margaret auch nicht schlauer machte. Gleichzeitig legte der verdammte Vogel ein unglaublich affektiertes, hochnäsiges Gehabe an den Tag.

In diesem Augenblick hörte Margaret Hufschläge, das Bimmeln von Pferdegeschirr und das Quietschen von Ledersätteln durch den anhaltenden Regen. Ihr Mund wurde trocken vor Angst. Was, wenn das Ashara war?

Sie deckte Mikhail mit seinem noch durchnässten Umhang zu und hoffte, dass der braune Stoff ihn verbergen würde. Dann zog sie die Kapuze wieder auf, um ihre blasse Haut zu verstecken. Die Angst hämmerte in ihren Adern, und sie hielt die Luft an, bis ihr die Ohren klangen und sie ganz benommen wurde. Sie schnappte nach Luft. Wenn sie sich doch nur unsichtbar machen könnte!

Die Krähe verriet sie mit einem Flügelschlag und einem Schrei, sie flog unter dem Baum hervor, den ankommenden Reitern entgegen. Margaret kauerte sich über Mikhail, um ihn zu schützen, auch wenn sie nicht genau wusste, wovor. Einen Augenblick lang vergaß sie völlig, dass sie über gefährliche Waffen verfügte und sich durchaus verteidigen konnte. Dann fielen ihr die Banditen wieder ein. Die Hilflosigkeit schwand, an ihre Stelle trat eine grimmige Entschlossenheit, ihren Mann notfalls bis zum Tod zu verteidigen.

Margaret hielt wieder die Luft an und hörte, wie mehrere Leute von den Pferden stiegen, hörte Schritte von schweren

Stiefeln im Schlamm und das Klatschen nasser Kleidung. Sie vernahm eine Frauenstimme, die zu der Krähe sprach, und hörte deren Antwort. Sie fröstelte am ganzen Leib. Sie biss sich auf die Unterlippe und hielt Mikhails Schulter unter dem Umhang umklammert.

Die Geräusche kamen näher, und nach einigen Augenblicken sah Margaret mehrere Hosenbeine und dunkelrote Stiefel, wie sie in den Trockenstädten getragen wurden. Die Stiefel waren voller Schlamm, und die Hosenbeine waren über und über mit Dreck bespritzt.

Das runde Gesicht einer Frau spähte neugierig und vorsichtig unter den Baum. Sobald Margaret das kurz geschnittene Haar, das ungeschminkte Gesicht und die Schwertscheide an der Hüfte der Fremden sah, wusste sie, dass es sich um eine Entsagende handelte. Die Luft, die sie angehalten hatte, entfuhr mit einem erleichterten Seufzer. Die Krähe hatte sie nicht verraten, sondern Hilfe geholt.

Zu dem ersten Gesicht gesellten sich weitere erstaunte Mienen, die Haut von Sonne und Schnee schon ganz rau. Dann lächelte die erste Frau, wobei sie mehrere Zahnlücken entblößte, und kauerte sich nieder, so dass sie auf Augenhöhe mit Margaret war. »Seid gegrüßt, *Domna.*« Sie schien Margarets Misstrauen zu verstehen, denn sie machte keine Anstalten, näher zu kommen.

»Seid gegrüßt, und ich freue mich, Euch zu sehen.« Hoffentlich zu Recht, dachte sie, denn sie wusste von Rafaella, dass die Entsagenden vor dem Inkrafttreten des Vertrags als Söldner für die vielen kleinen Königreiche auf Darkover Dienst getan hatten.

»Ich bin Damila n'ha Bethenyi. Wir kamen gerade vorbei, und Euer hübscher Vogel flog auf die Schulter unserer *Breda* Morall und erzählte ihr von Eurer Notlage.« Sie lachte leise. »Er hätte sie beinahe aus dem Sattel geworfen.«

»Das macht er gelegentlich, aber, *Mestra* Damila – er hat es ihr *erzählt*?«

»Morall hat das *Laran*, um mit Tieren sprechen zu können, *Domna*. Dürfen wir Euch helfen? Ihr scheint in einer Pfütze zu sitzen, und das kann nicht bequem sein.«

»Das stimmt wohl.« Sie zog den Umhang von Mikhails Gesicht. »Mein Mann ist krank.« Es war das erste Mal, dass sie ihn laut so nannte, und es war ein sonderbares Gefühl.

Mikhails rechte Hand rutschte nach unten, sie war zur Faust geballt, und der große Stein war verborgen, nur das Metall des Ringes war am Finger sichtbar. Margaret unterdrückte einen Schauder, als sie daran dachte, dass Varzils Matrix Mikhails Haut berührte, doch sie beruhigte sich schnell wieder. Das war nicht mehr Varzils Stein, sondern eine erstaunliche Verbindung aus zwei Matrizen, von denen eine völlig auf Mikhail abgestimmt war. Aus diesem Grund war er auch nicht tot, sondern nur bewusstlos. Und vielleicht um den Verstand gebracht, aber daran wagte sie kaum zu denken.

Eine der anderen Frauen lachte schallend. »Na, wir dachten uns schon, dass Ihr kein Stelldichein im Regen habt!« Die Reisegruppe schien die Bemerkung höchst lustig zu finden, und Margaret musste zu ihrer eigenen Verwunderung selbst lachen. Die Angst und Verzweiflung, die sie beherrscht hatten, ließen nach, und es blieben nur noch Kälte, Hunger und Erschöpfung zurück.

Zwei der Entsagenden krochen unter die tief hängenden Äste, wälzten Mikhail von Margarets Schoß und zogen ihn unter dem Baum hervor. Während Margaret ihnen mit steifen Gliedern folgte, beugte sich eine der Frauen über ihn. Sie schob ein Augenlid zurück und ließ ein Brummen hören. »Was fehlt ihm denn?«

»Matrixschock, vermutlich.« Wie sonst sollte Margaret beschreiben, was vorgefallen war.

»Verstehe.« Die Fremde schien mit der Antwort zufrieden zu sein, und Margaret war erleichtert. »Wir müssen eine Trage bauen und ihn so schnell wie möglich unter ein schützendes Dach bringen. Jonil, schneid ein paar gerade Äste ab, und du, Karis, reiß ein paar Decken auseinander.«

Margaret sah benommen zu. Sie begriff kaum, was vor sich ging, nur dass man sich um Mikhail kümmerte. Sie wollte mithelfen, hatte jedoch nicht die Kraft, sich zu bewegen.

Erst als die Frauen Mikhail auf eine hastig gebaute Trage gehoben hatten, erwachte Margaret aus ihrer Erstarrung. Sie trat neben Mikhails leblose Gestalt, schob seine Hände mit auf die Trage und machte sich dann an den Decken zu schaffen, um ihre wahre Absicht zu verbergen. Mikhail rührte sich und stöhnte bei ihrer Berührung, als versuchte er aus jenen Tiefen zu klettern, in die er gefallen war. Sie beugte sich zu ihm hinab und küsste ihn auf die kalte Wange. »Alles wird gut werden, mein Liebster«, flüsterte sie.

»Wir reiten am besten zur alten Festung der El Haliene«, sagte Damila.

Margaret fuhr beim Klang dieses Namens zusammen.

»Wohin?« Sie wollte keinesfalls irgendwelchen Verwandten von Amalie begegnen.

»Ich sehe, Ihr kennt die Festung nicht – sie wurde vor Jahren aufgegeben, als *Dom* Padraics Vater den neuen Turm gebaut hat. Außer uns Schwestern benutzt sie niemand mehr.«

»Danke, *Breda*.« Sie redete die Frau mit ›Verwandte‹ an und hoffte, dass sie richtig lag. Das kleine Wort hatte mehr Bedeutungen als eine Katze Leben, und einige waren vertraulicher als andere. »Ist es noch weit?«

Damila sah Margaret überrascht an. Offensichtlich hatte sie nicht mit dieser Anrede gerechnet. »Etwa fünfzehn, sechzehn Kilometer. Die Gegend ist rau, aber wir kennen uns gut aus.«

Margaret nickte. Dann setzte sie sich in den triefend nassen

Sattel, zitterte am ganzen Leib und wappnete sich für einen langen Ritt durch den Regen. Die Krähe ließ sich auf ihrem Sattelknauf nieder. »Du bist ein braver Bursche, ein König der Krähen«, sagte sie, »und ich werde dafür sorgen, dass du ein, zwei frische Mäuse zum Abendessen bekommst, und wenn ich sie eigenhändig fangen muss!«

Eine der Frauen auf dem Pferd neben Margueridas grinste. »Er dankt für den Einfall, aber Fisch wäre ihm lieber.«

»Natürlich. Wie dumm von mir.« Es war äußerst beruhigend, über nichts Aufregenderes als die Mätzchen von Mikhails Vogel zu sprechen, und die Anspannung in Margaret löste sich langsam. Sie holte einige Male tief Luft und dehnte den Hals, um die verkrampften Muskeln zu lockern.

Margaret sah sich um und hielt nach Anzeichen des runden Steinhauses Ausschau, das noch vor wenigen Stunden hier gestanden hatte. Doch sie entdeckte nur Unkraut und ein paar Steine, die Überreste verbrannter Balken und das zerbrochene Glas eines vor langer Zeit verschwundenen Fensters. Von der niedrigen Mauer, die sie und Mikhail überquert hatten, war nichts mehr zu sehen. Ein weiteres Rätsel, das sie wahrscheinlich nie lösen würde.

Sie zwang ihre klammen Hände um die Zügel und bereitete sich darauf vor, ihren Retterinnen zu folgen. Zum einen war sie erleichtert, zum anderen ließ sie die Sorge um Mikhail nicht los. Damila, offenbar die Anführerin der Frauen, lenkte ihr Pferd neben Margaret. »Alles wird gut, *Domna.*«

»Danke, dass ihr gekommen seid«, murmelte Margaret, fast zu müde zum Sprechen. Sie sehnte sich nur noch nach trockener Kleidung und etwas zu essen. Und danach, Mikhail in Sicherheit zu bringen. Und das schien ihr im Augenblick mehr als genug. Sie überließ ihren Geist der Erschöpfung, trieb die graue Stute vorwärts und ritt den Frauen nach.

29

Kurz vor Einbruch der Dämmerung ritten sie auf die Ruine zu. Margaret warf nur flüchtige Blicke auf die verstreuten Steinbauten. Der Ort strahlte Einsamkeit und Verfall aus, aber die Wände der noch stehenden Gebäude wirkten einigermaßen stabil.

Margaret stieg rasch vom Pferd, doch ihre Knie gaben nach, und sie landete der Länge nach in einer Pfütze. Schnell rappelte sie sich wieder auf. Sie war bereits so nass und voller Schlamm, dass es keine Rolle mehr spielte.

Eine der Schwestern führte Margarets Stute weg, zwei andere schleppten die Trage durch einen dunklen Eingang. Margaret eilte ihnen nach und stolperte beinahe erneut über den durchnässten Saum ihres Umhangs.

Dann stand sie in einer riesigen Küche, nicht unähnlich der in Armida. Es gab zwei Feuerstellen, eine an jedem Ende des Raums und beide so groß, dass man einen ganzen Ochsen darauf braten konnte. Oben an den Wänden waren Fensterschlitze, und als sich Margarets Augen an das schwache Licht gewöhnt hatten, entdeckte sie einen Ofen in der Form eines Bienenkorbs an einer Wand. In der Mitte des Raums stand ein langer Tisch, dessen Holzoberfläche mit einer dicken Staubschicht bedeckt und hier und da gesprungen war. An beiden Seiten des Tisches standen Bänke. Früher musste es hier sehr anheimelnd gewesen sein, jetzt wirkte die Küche nur noch feucht und düster.

Von den Dachbalken hoch über Margaret kamen unablässig leise Geräusche, und der Boden war über und über mit Exkrementen bedeckt. Margaret blickte nach oben und folgte dem Aufblitzen von weißem und grauem Gefieder auf den vom Rauch geschwärzten Balken.

Morall, die mit den Tieren sprechen konnte, folgte Margarets Blick. Sie schmatzte mit den Lippen und sagte: »Abendessen!« Sie starrte mit gefurchter Stirn auf die Dachbalken. Ein rundes Dutzend Tauben flog herab, und Margaret wandte sich ab, als ihnen Morall geschickt den Hals umdrehte. Es mochte kindisch sein, aber sie zog es vor, ihr Essen nicht vorher lebendig zu sehen.

Minutenlang stand sie einfach nur reglos neben dem Eingang, während die Frauen geschäftig hin- und hereilten. Die Schwestern gingen ihre Aufgaben forsch an, und der angenehme Duft eines Holzfeuers vertieb allmählich den feuchten und modrigen Geruch des alten Turms. Sie hatten Mikhail auf den Boden nahe einer der Feuerstellen gelegt und ihm die durchnässten Decken abgenommen. Die Frau, die ihn untersucht hatte, zog ihm die Stiefel aus und breitete trockene Decken über ihn.

Schließlich bemerkte Margaret, dass sie zitterte. Mit großer Anstrengung nahm sie den Umhang ab und hängte ihn an einen Nagel an der Wand. Ihre Kleider waren klamm, und von den Haaren tropfte es in ihren Nacken. Sie zog die Lederhandschuhe aus und nahm die Schmetterlingsspange aus dem Haar. Dann steckte sie die Spange in ihren Beutel und zog die Haarnadeln heraus, die noch in ihren Locken hingen. Nachdem sie ihr Haar ausgewrungen hatte, steckte sie es am Hinterkopf zusammen. Es war ihr egal, ob es unschicklich war – sie ertrug keine nassen Haare im Nacken!

Die Frau, die sich um Mikhail kümmerte, trat auf Margaret zu. »Ihr müsst endlich aus den nassen Sachen heraus. *Domna.* Kommt mit.«

Margaret folgte ihr benommen zu einer kleinen, kalten Kammer, in der man vor langer Zeit einmal Wurst und Käse aufbewahrt haben musste. Sie hatte das Gefühl, als ging sie das alles nichts an. Die Frau öffnete ein Stoffbündel und zog etwas Langes und Weißes hervor. Sie schüttelte die Falten aus und lächelte. »Raus aus den Klamotten, *Domna*. Sonst holt Ihr Euch den Tod.« Sie sprach wie zu einem Kind, und Margaret fühlte sich auch wie eins.

Es kostete sie fast zu viel Mühe, der Aufforderung nachzukommen. Die Schnalle an ihrem Gürtel erschien ihr wie ein ungeheures Rätsel, und selbst die Knoten in den Zugbändern bereiteten ihr Schwierigkeiten. Eins nach dem anderen fielen Margarets Kleidungsstücke zu Boden, eine triefende Lage nach der anderen. Der noch namenlosen Frau schien es gleichgültig zu sein, dass die *Domna* schließlich fast nackt vor ihr stand, und Margaret selbst war zu müde, um sich zu schämen.

Als sie nur noch die Unterwäsche anhatte, bemerkte sie, dass sie immer noch den seidenen Handschuh an der rechten Hand trug. Die Innenseite war ganz schmutzig, und wo sie den linken gelassen hatte, wusste sie nicht mehr. Es war sowieso egal. Außerdem war es zu kalt, um noch länger hier in der Speisekammer herumzustehen, und sie nahm das weiße Gewand, das die Frau ihr hinhielt, und zog es über den Kopf. Es war ein dickes, wollenes Nachthemd, das sauber roch und weich auf Margarets eiskalte Haut fiel. Sie lehnte sich an die Wand, zog die Stiefel aus und wackelte mit den Zehen in der Strumpfhose. Die war zwar feucht, aber nicht richtig nass, deshalb beschloss Margaret, sie vorläufig anzubehalten. Der Küchenboden lud nun wirklich nicht zum Barfußlaufen ein.

Erschöpft lehnte sie sich für einen Moment an die Wand und gewöhnte sich langsam daran, dass sie es vergleichbar warm und trocken hatte. Schließlich nahm sie ihre Stiefel und den Gürtel mit dem Beutel daran und ging zurück in die Küche.

Nachdem Margaret die Stiefel neben den Herd gestellt hatte, beugte sie sich über Mikhail. Er fühlte sich warm an und hatte schon mehr Farbe im Gesicht, aber er war immer noch bewusstlos. Margaret überlegte kurz, ob sie ihn mit Hilfe ihrer Hand wecken sollte. Dann hielt sie den Gedanken für dumm. Mikhail brauchte Zeit, um sich von seinem Matrixschock zu erholen, und sie war zu müde, um ihm nützen zu können, so gerne sie es auch wollte.

Aber sie musste sich irgendwie beschäftigen, damit sie nicht immerzu vor sich hin grübelte. Margaret entdeckte einen Besen, der in der Ecke lehnte. Sie nahm ihn und begann zu fegen. Die gleichmäßige Bewegung beruhigte sie, und nach einer Weile verloren sich ihre Ängste.

Sie arbeitete sich an einer Seite des Tisches entlang und um das Ende herum, bevor ihre Kräfte schwanden. Sie ließ sich auf die nächstbeste Bank fallen und bebte am ganzen Körper. Trotz der Wärme im Raum und der körperlichen Anstrengung fror sie. Aber sie war nicht nur körperlich erschöpft, alles, was sie in den letzten Stunden erlitten hatte, brach nun über sie herein und überwältigte sie völlig. Tränen liefen ihr über die Wangen, und sie hielt mühsam ein lautes Schluchzen zurück, das bereits in ihrer Kehle aufstieg.

Margaret wusste nicht, wie lange sie dort gesessen und lautlos geweint hatte. Irgendwann nahmen ein Paar raue Hände ihr den Besen weg, und nach einer Weile stieg ihr ein verlockender Essensgeruch in die Nase. Der Mund wurde ihr wässrig. Essen. Sie schnupperte und versuchte, mit dem Weinen aufzuhören, aber es gelang ihr nur für kurze Zeit. Dann ging es wieder von vorn los, und zu Margarets Hungergefühl kam auch noch die Scham über die eigene Schwäche.

Die Frau, die ihr das Nachthemd gegeben hatte, brachte ihr nun eine kleine irdene Schale, die dampfte und nach Kräutern duftete. »Trinkt das, und bald werdet Ihr neuen Mut fassen, *Chiya.*«

»Danke«, flüsterte Margaret. Sei umfasste die Schale mit

beiden Händen und spürte, wie die gesegnete Wärme in ihre Finger kroch. Sie kostete und erwartete einen grässlichen und sehr gesunden Kräutertrunk, doch stattdessen hatte sie eine angenehm nach Minze schmeckende und mit Honig gesüßte Flüssigkeit im Mund, die ihre Kehle wie Seide hinablief. Sie spürte, wie die Wärme des Getränks ihren Magen erreichte und ihren schmerzenden Körper entspannte. Als sie fast ausgetrunken hatte, fiel ihr ein, dass sie das Getränk kannte, sie hatte es auf der Reise nach Neskaya mit Rafaella getrunken. Wie hatte Rafaella es genannt – Reisetee? Die Hauptzutat war Bitterwurz, ein starkes Stimulans. Mit Honig und Bergminze ließ es sich allerdings trinken.

Der Geschmack und die Erinnerung ließen ein Gefühl der tiefen Verbundenheit mit ihrer Freundin entstehen. Sie wünschte, Rafaella wäre jetzt bei ihr, und fragte sich, was die Entsagende von diesen früheren Mitgliedern ihres Ordens gehalten hätte. Margaret war sich sicher, dass es ihrer Freundin gefallen hätte, Damila und die anderen zu treffen, und sie hoffte, ihr eines Tages davon erzählen zu können.

Der Reisetee rüttelte Margaret wach, sie begann plötzlich vor Munterkeit zu vibrieren. Sie registrierte alles gleichzeitig, ein Zustand, den sie zu gleichen Teilen der Erschöpfung und dem Zeug in der Schale zu verdanken hatte. Sie empfand eine trügerische Klarheit, alles, was sie ansah, wirkte heller als sonst. Während sie darauf wartete, dass diese Empfindung nachließ, bemerkte sie, dass der Tisch sauber geschrubbt und an einem Ende mit einem Tischtuch gedeckt war. Sie roch eine beißende Mischung aus gebratenen Vögeln, Kräutern, Gewürzen, Rauch und ihrem eigenen Schweiß.

Eine Frau stand am anderen Ende des Tisches und schlug etwas in einer großen Schüssel, offenbar knetete sie einen Teig. Margaret stieg ein Hauch von Natrium in die Nase, und sie lächelte. Ein Hefebrot würde allerdings erst in Stunden fertig sein, und ihr lief jetzt bereits in freudiger Erwartung das Wasser im Munde zusammen. Margaret sah, wie die Frau den Teig geschickt auf ein mit Mehl bestäubtes Brett klatschte und ihre Finger in die Masse grub. Sie formte zwei runde Laibe, dann ging sie zum Ofen hinüber, streckte die Hand in die Öffnung und nickte. Anschließend nahm sie einen hölzernen Gegenstand mit einem langen Griff und einem flachen Ende, schob ihn unter die beiden Laibe und trug sie zum Ofen.

Die Frau wischte sich die vom Mehl weißen Hände an der Hose ab. Dann hievte sie eine schwere Tasche auf den Tisch und leerte Zwiebeln, goldgelbe Karotten und die kartoffelähnlichen Knollen darauf, von denen Margaret nicht genug bekommen konnte.

»Kann ich Euch helfen?«

Die Entsagende sah sie scharf an. »Sind Eure Hände denn ruhig genug, dass Ihr mit einem Messer umgehen könnt?«

»Ich weiß es nicht, aber ich will es gerne versuchen. Ich glaube nicht, dass es zum Schälen reicht, aber Schneiden müsste möglich sein.«

Die Frau grinste. »Ich bin Jonil n'ha Elspeth, und ich wäre froh, wenn mir jemand beim Schneiden helfen würde. Dann geht es schneller. Nicht dass ich etwas gegen die Arbeit hätte, aber sie erinnert mich immer an meine arme Mutter, wie sie am Feuer saß und aus einer Zwiebel und ein wenig Hirse einen Eintopf zu zaubern versuchte. Sie war immer müde, und das Essen reichte nie für alle.«

Jonil nahm zwei Messer aus ihrem Gürtel, reichte das längere über den Tisch und schabte geschickt die Haut von dem Wurzelgemüse. Die geschälten Knollen schob sie zu Margaret hinüber, und sie schnitt sie erst in Würfel und dann in noch kleinere Stücke. Die beiden arbeiteten eine Weile schweigend, bis ein kleiner Berg geputztes und geschnittenes Gemüse zwischen ihnen lag. Um sie herum plauderten die anderen

Frauen leise, während sie Bettzeug ausbreiteten und aus der verlassenen Küche einen bewohnbaren Ort machten. Der Duft von gebratenen Tauben mischte sich mit dem Rauch, und vom Backofen wehte der köstliche Brotgeruch durch den Raum.

»Als ich mich den Schwestern anschloss«, sagte Jonil leise, »dachte ich eigentlich, ich müsste nie wieder kochen – denn ich wollte vor allem nicht werden wie meine arme Mutter.« Sie lachte schnaubend. »Ich weiß nicht, was ich mir da eingebildet habe, schließlich müssen die Schwestern essen wie alle anderen auch. Ich lernte mit dem Schwert umzugehen, aber ich bin nicht sehr geschickt darin, und so bin ich schließlich bei den Tätigkeiten gelandet, die ich eigentlich umgehen wollte. Aber ich habe meistens genug zu essen.«

Margarets Augen tränten vom Zwiebelschneiden, und sie blinzelte. Sie war immer noch sehr müde, aber dank des Reisetees konnte sie darüber hinweggehen. Sie wischte sich mit dem Ärmelende des Nachthemds über die Augen und spürte das schwere, kalte Armband über ihre Wange streifen. Sie hatte es fast schon vergessen. Erschrocken warf sie einen kurzen Blick auf die funkelnden Augen des Tieres. »Ja, Essen gehört sicherlich zu den großen Freuden des Lebens.«

»Ich hätte nie gedacht, dass ich einmal mit einer feinen Dame an einem Tisch sitzen und Eintopf schneiden werde. Wir hatten schon einige bei uns, aber die meisten waren in der Küche nicht zu gebrauchen.«

Die Frau namens Karis kam mit einem Kessel, stellte ihn auf den Tisch und füllte ihn mit Gemüse. Sie arbeitete langsam, und Margaret musste keine Telepathin sein, um zu wissen, dass beide Frauen sehr neugierig waren, was sie und Mik betraf, und dass ihnen nur die Höflichkeit verbot, sie rundheraus auszufragen. Margaret fiel ein, dass sie bisher nicht einmal ihren Namen genannt hatte, allerdings hatte sie auch noch niemand danach gefragt.

Sie wollte sich gerade vorstellen, doch dann zögerte sie. Wie sollte sie sich nur nennen? Margarethe von Windhaven, die Frau, für die Robard MacDenis sie gehalten hatte, war tot. Margaret unterdrückte einen Schauder. Sie wollte niemand anderer sein als sie selbst, schon gar nicht eine Tote. Außerdem musste sie sicher sehr vorsichtig sein, mit dem was sie sagte. Sie befand sich weit außerhalb ihrer eigenen Zeit, und je weniger sie redete, desto besser. Sie brauchte einen netten, unschuldigen Namen, mit dem sie unerkannt blieb.

»Ich heiße Marja ... Leynier «, sagte sie schließlich. Es gab tatsächlich Leyniers in ihrer Linie, dennoch ließ die Lüge sie zusammenfahren. Und der Rückgriff auf den Spitznamen, den sie seit Jahren nicht mehr benutzt hatte, kam ihr ebenfalls komisch vor.

» Marja – also den Namen habe ich ja noch nie gehört«, antwortete Jonil fröhlich. »Aber er ist hübsch, wie seine Trägerin.«

Margaret lachte. »Hübsch! Ich fühle mich wie eine ertränkte Ratte.«

»Am Anfang habt Ihr auch so ausgesehen, *Domna.*« Beide Frauen kicherten über Jonils Bemerkung.

Karis nahm den Kessel und trug ihn zur Feuerstelle. Margaret beobachtete, wie sie Wasser aus einem hölzernen Eimer hineingoss, ein paar Brocken Trockenfleisch dazuwarf und den Kessel an einem Haken über die Flammen hängte. Jonil blickte über die Schulter. »Ich kümmere mich lieber schnell um die Gewürze, sonst wirft Karis noch eine Hand voll Pfefferschoten hinein, und es wird so scharf, dass man es nicht mehr essen kann. Sie ist eine tüchtige Frau, aber man darf ihr beim Würzen nicht trauen. Wenn sie Sängerin wäre, würde ich sagen, sie ist nicht in der Lage, zwei Töne voneinander zu unterscheiden.« Mit diesen Worten stand Jonil auf und ging zur Feuerstelle. Margaret blieb am Tisch zurück und starrte auf den Berg von Schalen.

Sie klaubte das Ende einer Karotte aus dem Haufen und steckte es sich in den Mund. Es war zäh und holzig, schmeckte aber leicht süß und nach Erde. Margaret kaute, bis ihr der Kiefer wehtat, und schließlich schluckte sie.

Damila setzte sich gegenüber von Margaret an den Tisch und fuhr sich mit den Fingern durch das kurz geschnittene Haar. »Euer Mann scheint jetzt zu schlafen, aber ich fürchte, er könnte Fieber bekommen, bevor die Nacht um ist. Vanda brüht für alle Fälle etwas Fieberwurz auf. Man trinkt es am besten kalt, deshalb müssen wir es jetzt schon zubereiten.« Sie hielt inne, sah verlegen aus und räusperte sich. »Wie seid Ihr eigentlich ... unter diesen Baum geraten?«

»Ich weiß es nicht mehr«, versuchte Margaret Zeit zu gewinnen. »Alles ist so verschwommen.«

»Und wie hat er diesen Matrixschock bekommen?«

»Er hat etwas berührt ...« Das war so weit nicht gelogen, und Margaret beschloss, es nicht weiter auszuführen. Sie versuchte sich dumm zu stellen und hoffte, dass Damila bald zu fragen aufhörte. Es ging ihr kurz durch den Kopf, dass sie die Frau zwingen könnte, sie in Ruhe zu lassen, und sie schauderte bei dem Gedanken.

Glücklicherweise schien Damila ihren Schauder für völlig normal zu halten. »Was hat er denn berührt?«

»Ich glaube, es war eine Matrixfalle, aber ich bin mir nicht sicher. Ich wurde ebenfalls ein wenig in Mitleidenschaft gezogen. Da war ein sehr helles Licht, und das ist eigentlich alles, woran ich mich erinnere.« Sie wunderte sich selbst, dass sie flunkern konnte, ohne rot zu werden.

»Ach so, das erklärt alles. Dieser Varzil Ridenow, Herr von Hali, hat versucht, alle Matrixfallen zu finden und zu vernichten, aber es gibt immer noch so viele in alten Häusern und an anderen Orten. Und seine beste Zeit ist vorüber. Er liegt seit über einem Monat in wahrscheinlich sehr schlechtem Gesundheitszustand in der *Rhu Fead*. Das erzählt man sich jedenfalls. So besagt es eins von vielen Gerüchten. Einem anderen zufolge ist er bereits tot, und manche Leute behaupten sogar hartnäckig, er hält sich versteckt und ist gar nicht in der *Rhu Fead*. Ich weiß nicht, was ich davon glauben soll. Ich weiß nur, dass der Vertrag wackelt wie ein alter Greis. Das ist gut für uns, denn es bedeutet, dass viele Herren Krieger suchen, selbst Frauen. Als hätte es nicht schon genug Kriege gegeben.« Damila zögerte. »Ihr erzählt mir nicht alles, hab ich Recht?«

Margaret hörte kaum zu, weil sie sich zu erinnern versuchte, was die *Rhu Fead* war. Schließlich rückte ihr müdes Gehirn die Antwort heraus: Es war eine Art Kapelle in der Nähe des Turms von Hali, ein Ort der Macht. Das ergab irgendwie Sinn, denn Varzil hatte sie nach Hali geholt. Aber warum waren sie dann zuletzt in diesem imaginären Haus gelandet?

Sie wusste nicht, wieso, aber es war ihr sehr wichtig, und sie wünschte, Mikhail wäre wach, damit sie ihn danach fragen konnte.

»Nein, ich erzähle Euch nicht alles, und es tut mir Leid.« Sie zuckte die Achseln. »Ihr würdet mir wahrscheinlich sowieso nicht glauben.«

»Ihr und dieser Mann, Ihr seid gar nicht von hier, oder?«

Margaret lachte beinahe hysterisch. Mehrere Schwestern drehten sich um und schauten sie neugierig an. »Das könnte man so sagen, Damila. Das könnte man allerdings sagen!« Als sich ihr Heiterkeitsausbruch wieder gelegt hatte, fragte sie: »Woher wisst Ihr das?«

»Ich habe noch nie solche Kleider gesehen, und Ihr sprecht so merkwürdig.« Sie hielt inne und runzelte die Stirn. »Es ist fast, als würdet Ihr in einer anderen Sprache denken.«

»Ich danke Euch, dass Ihr mir dennoch vertraut. Ich habe Euch alles gesagt, was ich zu erzählen wage.« *Ich will nicht ir-*

gendeine zufällige Bemerkung machen, die womöglich die Zukunft verändert.

Damila nickte ernst. »Als ich von zu Hause wegging und mich den Schwestern anschloss, hat mich mein Vater verflucht. Er sagte, ich wäre verrückt, ein dummes Mädchen, das nicht wüsste, was es tut. Und ich habe mir geschworen, niemals einer anderen Frau zu unterstellen, dass sie nicht weiß, was sie tut, auch wenn es mir dumm oder unüberlegt erscheint. Ich muss mich jetzt zum ersten Mal an diesen Schwur erinnern, aber ich denke, es ist am besten, ich bleibe dabei. Wohin geht Ihr und Euer Mann?«

Margaret seufzte schwer. »Wenn ich das nur wüsste.«

Jonil zog nun die Laibe aus dem Ofen, und der warme Duft nach frischem Brot erfüllte den Raum. Sie trug die goldenen Brote zum Tisch und setzte sie auf einem Brett ab. Margaret musste sich sehr beherrschen, um nicht sofort ein Stück abzubrechen und es sich in den Mund zu stopfen.

Hölzerne Schüsseln und Löffel wurden verteilt, dazu einige abgenutzte Schneidebretter. Margaret und Damila standen auf und gingen ans andere Tischende, wo sie sich einander gegenübersetzten. Jemand stellte kleine Holztassen auf das Tuch, ein Wasserkrug aus Birkenholz stand bereits in der Mitte. Die Mitglieder der Gruppe nahmen Platz, wobei sie sich leise unterhielten und sich die Hände an ihren Kleidern abwischten.

Damila streckte Margaret eine Hand über den Tisch entgegen, und die Frau neben ihr wollte nach der anderen greifen. Rasch zog Margaret die Hand zurück. Die unbekannte Frau starrte sie entsetzt an.

»Wir müssen den Segen sprechen, und dazu ...«

»Was ist denn los?« Damilas Tonfall war schroff und fordernd.

Das Misstrauen und die Feindseligkeit in Damilas Stimme

ließen Margaret zusammenfahren. Ihre linke Hand war unbedeckt, aber an der rechten trug sie immer noch den fingerlosen Handschuh. Er roch nach Zwiebeln, die sie gehackt hatte, und war überhaupt in einem bedauernswerten Zustand für ein so elegantes Accessoire. Sie war so müde, dass sie alles vergaß und fast eine Dummheit begangen hätte.

Margaret zog den Handschuh aus, stülpte ihn um und zog ihn eilig über die linke Hand. Als sie aufblickte, starrten sie acht Augenpaare erstaunt und feindselig an. Margaret errötete bis in die Haarspitzen. Was sollte sie ihnen nur erzählen?

Die Frau neben ihr sagte: »Beleidigt Euch meine Berührung etwa?«

»Nein, auf keinen Fall. Aber ich weiß nicht, ob Ihr es überlebt hättet, meine bloße Hand zu berühren. Ich tat es, um Euch zu schützen, nicht um Euch zu beleidigen.«

Morall, die mit den Tieren sprechen konnte, nickte zustimmend. »Sie hat einen *Laran*-Glanz auf der Hand, sehr schwach nur, aber ich erinnere mich, dass ich ihn gesehen habe, als wir hierher kamen. Sie hat richtig gehandelt, Dorys, also beruhige dich wieder. Und nun lasst uns den Segen sprechen! Ich habe den verdammten Vögeln nicht den Hals umgedreht und sie gerupft, damit sie jetzt kalt werden, während wir spitzfindige Debatten führen.«

Sie reichten sich die Hände, und Dorys berührte Margarets sehr vorsichtig, mit großen Augen. *Du meine Güte, das war aber knapp! Ich hätte sterben können!*

Margaret fing die Angst der Frau auf und versuchte, die Gedanken zu überhören, die rund um den Tisch hervorsprudelten. Sie konnte das unaufhörliche geistige Geplauder schon ganz gut aussperren, das menschliche Gehirne üblicherweise aussandten, aber wenn sie müde war, fiel es ihr bedeutend schwerer. Sie hörte hier und da einen Gedankenfetzen – Vanda fragte sich, ob Mikhail Fieber bekommen würde,

Jonil dachte an das Hefebrot, das sie vorhin gebacken hatte. Doch Damilas Gedanken konnte sie nicht ganz ignorieren. Die Anführerin machte sich große Sorgen und bereute sehr, die beiden gerettet zu haben. Sie wollte ihre ungebetenen Gäste möglichst schnell wieder loswerden.

Vanda begann zu sprechen. »Wir danken der Göttin, die uns führt und beschützt, für das Geschenk dieser Mahlzeit und für das schützende Dach. Wir danken den Tieren, die uns ihr Fleisch gaben, und den Pflanzen, die uns ihre Nährstoffe gaben. Wir danken dem Regen, weil er uns Wasser gibt, und der Erde, die uns trägt, jetzt und für immer.«

Es war ein schlichter Segen, wie ihn Margaret schon öfter gehört hatte. Doch das aufrichtige Gefühl der Frauen berührte sie tief, und sie wünschte, sie müsste sie nicht belügen. Sie schluckte heftig und verdrückte ein paar Tränen.

Dorys zog ihre Hand zurück, sobald die Worte gesprochen waren. Während das Tablett mit den Tauben um die Tafel gereicht wurde, überlegte Margaret, welche Göttin wohl gemeint war. Hatte ihr Rafaella nicht etwas darüber erzählt? Nachdem sie eine Weile in ihrem müden Gehirn umhergetastet hatte, fiel ihr ein, dass es sich um Avarra, die Dunkle Göttin, handeln musste. Sie rief sich das Gemälde dieser Gottheit an der Decke des großen Speisesaals auf Burg Comyn ins Gedächtnis und jene andere Gestalt auch: Evanda, die Herrin des Frühlings und des Lichts. Mit leichtem Erschrecken wurde ihr bewusst, dass Evandas Bildnis der leuchtenden Frau ähnlich sah, die Varzil bei dieser unglaublichen Hochzeitszeremonie unterstützt hatte.

Eine leichte Hysterie machte sich in ihr breit. Hatte sie tatsächlich Eintopf und Brot aus der Hand Evandas gegessen? Das war ihr beinahe zu viel. Doch dann scheute ihr Geist. Schluss jetzt mit den Spekulationen! Der Reif um ihr Handgelenk bewies das Ereignis. Alles andere war unwichtig. Auch wenn alle Götter des Universums dabei gewesen wären, es würde nichts ändern. Außerdem gab es genügend reale Dinge, über die sie sich Sorgen machen konnte!

Margaret beobachtete, wie Jonil mit starken Händen einen Laib Brot in Stücke brach. Der Anblick gab ihr Halt, sie beruhigte sich und ihre Gefühlsregungen wieder. Sie war immer noch sie selbst, ob sie nun Margaret Alton oder Marguerida Alton-Hastur hieß, und sie hatte großen Hunger. Alles andere war im Augenblick unwichtig.

Damila reichte ihr ein Stück Brot über den Tisch, und schon traf auch die Platte mit den Tauben ein. Margaret nahm eine herunter und riss ein Bein von dem Vogel ab. Es schmeckte dunkel, herb und nach Wild. Die Haut war vor dem Braten mit Kräutern und Öl eingerieben worden, ein köstlicher Geschmack, dem Margaret noch nie begegnet war.

Margaret kaute und kaute, denn der Vogel war ziemlich zäh, aber die feinste Küche Thendaras hätte ihr nicht besser geschmeckt. Sie nahm die anderen am Tisch kaum wahr, so sehr war sie in den sinnlichen Genuss des Essens vertieft. Das Brot schmeckte leicht säuerlich.

»Das Brot ist einfach wunderbar, Jonil, und der Vogel schmeckt köstlich!« Es platzte einfach aus Margaret heraus, und sie wunderte sich, wie müde ihre Stimme klang.

»Danke, Marja.« Jonil lächelte und deutete mit ihrer fettigen Hand um den Tisch. »Meine Schwestern sind schon so sehr an meine Kochkünste gewöhnt, dass sie manchmal vergessen, mir zu sagen, dass es ihnen schmeckt.«

Diese Bemerkung ließ zwei der Entsagenden erröten und verlegen auf ihre Teller blicken. Aber Morall lachte nur. »Mich lobt auch niemand, weil ich das Essen besorgt habe, warum sollten wir dir dann sagen, dass es uns schmeckt? Sei einfach zufrieden, wenn wir uns nicht beschweren.«

»O nein, Mora. Wir würden es nie wagen, uns zu beschweren, sonst mischt Jonil uns noch Pferdeminze in den Eintopf, und wir würden es bereuen, den Mund überhaupt zum Essen oder zum Reden geöffnet zu haben.« Das kam von einer Frau in Margarets Alter mit hellem Haar und schalkhaften Augen.

»Würdest du denn so etwas tun?« Morall beugte sich vor und schaute die Tafel hinab zu Jonil.

»Vielleicht, wenn man mich genügend ärgert. Und es gibt noch Schlimmeres als Pferdeminze«, fügte sie düster, aber mit einem Augenzwinkern hinzu. »Bei einer Prise *Densa* würdest du alle paar Minuten vom Pferd springen und hinter die Büsche rennen.«

Alle lachten, bis auf Morall. Die furchte die Stirn, bevor sie sich wieder entspannte. »Ich werde daran denken, wenn ich das nächste Mal Durchfall habe.«

Als die Vögel verspeist waren, stand Jonil auf und holte den Kessel zum Tisch. Sie verteilte den Eintopf auf die Holzschüsseln. Margaret stellte überrascht fest, dass ihr Magen schon beinahe voll war, doch sie nahm ein wenig Eintopf und aß ihn langsam. Er schmeckte vertraut, wie etwas, das Rafaella auf ihrer Reise gekocht hatte, und wieder sehnte sich Margaret nach ihrer lieben Freundin. Die Karotten und Zwiebeln waren nicht verkocht, sondern besaßen noch Biss und Aroma, und das Fleisch in dem Eintopf schmeckte angenehm salzig. Margaret leerte beinahe die ganze Schale, bevor sie zu essen aufhören musste.

Mit Käse und Apfelscheiben wurde das Mahl beendet. Alle standen auf, misstrauisch wie zuvor, und ließen Margaret allein auf der Bank sitzen. Sie konnte es ihnen kein bisschen verübeln, obwohl es sie sehr traurig stimmte. Karis brachte einen Eimer und stellte ihn auf den Tisch. Sie wusch das Geschirr ab und sang dabei leise vor sich hin.

Margaret lauschte dem Lied und versuchte es sich einzuprägen. Das Essen hatte sie bis zu einem gewissen Grad wiederbelebt, sie tat es fast automatisch. Die Sprache klang altertümlich, aber die Melodie war sehr eingänglich. Das Lied war in Moll komponiert, was ihm einen wunderbaren, unvergesslichen Ton verlieh. Der Text handelte von zwei Schwestern, ihrer Liebe zueinander und ihrer schmerzlichen Trennung. Margaret konzentrierte sich, um die Geschichte zu verstehen, denn sie hatte sie weder als Lied noch als Erzählung vorher je gehört.

Sie fragte das wogende Schilf
Am Ufer des Valeron
Nach der geliebten Schwester Maris.
Sie fragte das Gras und den Fels
Am Ufer des Valeron
Nach ihrer teuren Schwester Maris.
Sie fragte das rauschende Wasser
Und erfuhr nur
Zum Meer, zum Meer, zum Meer ...

Die Verse wogten immer weiter, wie der Fluss und das Meer selbst, bis die Suchende alles und jeden, ob Strauch oder Tier gefragt hatte, wo Maris denn geblieben war. Das Lied hatte einen sanften, unheimlichen Rhythmus, wie der Wellenschlag am Strand bei Ebbe, leise und ein wenig traurig. Schon als das Lied begann, wusste Margaret, dass es keinen glücklichen Schluss haben würde. Und als die Verse sich dem Ende näherten, warf sich die namenlose Schwester in die rauschenden Fluten des Valeron und trieb dem kalten Meer von Dalereuth entgegen, während sie immerzu nach Maris rief, ohne eine Antwort zu erhalten. Der Refrain *›Ahm Maree‹, ›zum Meer‹, der mit dem Klang des Namens Maris spielte, jagte Margaret kalte Schauer über den Rücken.*

»Das war sehr schön«, sagte sie leise.

»Hm? Ach, das Lied? Das singe ich immer beim Abspülen – es passt zu der Arbeit.«

»Ja, das stimmt.«

Die Bank unter Margaret wirkte hart und unnachgiebig, nachdem das Lied verklungen war, und sie ließ die Schultern hängen. Ihre Augen brannten vor Müdigkeit. Sie raffte sich auf, taumelte halb bis zur Feuerstelle und ließ sich neben Mikhail fallen. Ihre Strümpfe waren abstoßend schmutzig, aber sie hatte nicht die Kraft, sie auszuziehen.

Margaret wappnete sich. Dann überprüfte sie die bewusstlose Gestalt neben sich. Mikhails Lebensfunktionen schienen alle normal zu sein, aber sein Geist blieb unerreichbar. Verzweiflung stieg in ihrer Kehle auf, doch sie drängte sie energisch zurück. Sie war jetzt zu erschöpft zum Denken. Später, wenn sie ausgeruht war, würde ihr sicher etwas einfallen.

Margaret ordnete die Decken neu, ohne auf den Pferdegeruch zu achten, der ihnen anhaftete. Sie kuschelte sich ein, spürte Mikhails Körper neben sich und nahm den männlichen Geruch wahr, den sie gelegentlich aufgeschnappt hatte, wenn sie ihren Vater umarmte. Bei dem Gedanken an Lew fragte sie sich, was wohl gerade auf Burg Comyn geschah, aber sie konnte sich nicht konzentrieren.

Sie drehte sich zur Seite und bettete den Kopf an Mikhails Schulter. Eine Weile blieb Margaret einfach so liegen und hatte zugleich ein komisches und äußerst stimmiges Gefühl. Dann legte sie die rechte Hand über Mikhails linke und hörte die Armbänder aneinander klirren. Sie schloss die Augen. So ist also das Eheleben, dachte sie und lächelte.

30

Mikhail wachte abrupt auf, kein Halbschlaf, kein Träumen wie sonst. Im einen Augenblick stürzte er noch durch einen unendlichen Raum, im nächsten blickte er zu dunklen Balken empor, auf denen sich gurrende Tauben drängten. Wo war er?

Er drehte vorsichtig den Kopf und sah Marguerida, leise schnarchend in tiefem Schlaf an seiner Seite. Ein Wirrwarr von Bildern raste durch seinen Kopf; rosa Gras, ein großer Edelstein, eine leuchtende Frau und ein Mann auf einer Liege. Varzil der Gute! Er war tatsächlich in die Vergangenheit gereist und hatte mit dem alten *Tenerézu* gesprochen. Aber da war noch etwas. Mikhail tastete eine Weile nach dem flüchtigen Gedanken. Dann spürte er das Gewicht von Metall an seinem Handgelenk, und er erinnerte sich. *Wir sind verheiratet. Endlich! Mutter wird uns nie verzeihen!* Dann unterbrachen die Bedürfnisse seines Körpers seine Gedanken.

Mikhail setzte sich rasch auf, und ihm wurde schwindelig. Seine Blase war kurz davor zu bersten, und er hatte einen Bärenhunger. Er stand mühsam auf und stolperte zur Tür, wobei er unterwegs das Zugband seiner Hose löste. Er schaffte es gerade noch einige Schritte aus der Tür hinaus in eine schlammige Wagenspur, wo er stehen blieb und sich erleichterte. Dann schnürte er seine Hose wieder zu und stand leicht schwankend einfach nur da, während kaltes Wasser durch seine Strümpfe drang. Wenn er doch nur ein trockenes Plätzchen finden könnte! Er lehnte sich an eine Wand, atmete tief durch und stemmte sich mit aller Kraft gegen den Wunsch, sich einfach in die Pfütze zu setzen.

Als seine Beine aufhörten zu zittern, ging er zurück ins Haus. Wo war er? Er kam sich schwach und schrecklich dumm vor. Dann merkte er, dass er in einer riesigen Küche stand und keiner sehr sauberen obendrein. Wieso schliefen sie in einer Küche, und wieso erinnerte er sich dunkel an andere Leute? Außer Margaret, die immer noch schlief, schien niemand hier zu sein. Er hatte bestimmt nur geträumt.

Mikhail sank auf eine Bank und entdeckte einen Laib Brot vor sich auf dem Tisch. Daneben lagen Käse, ein paar getrocknete Äpfel und Rosinen und zwei gebratene Vögel. Er starrte alles lange an, dann steckte er sich ein Stück Käse in den Mund. Er schmeckte sehr salzig, und Mikhail spürte, dass sein Mund völlig ausgetrocknet war. Auf dem Tisch stand auch ein hölzerner Krug und eine kleine runde Holztasse. Er versuchte Wasser in die Tasse zu gießen, aber seine Hände zitterten so stark, dass er das meiste danebenschüttete.

Mikhail trank langsam und behielt den süßen Geschmack des reinen Wassers erst einen Augenblick im Mund, bevor er schluckte. Er glaubte sich zu erinnern, dass jemand seinen Kopf angehoben und ihm eine widerliche Flüssigkeit in den Mund geträufelt hatte. Wann war das nur gewesen, und woher kamen das Brot und die gebratenen Vögel? Marguerida hatte wohl kaum Brot gebacken in dieser ... war es nur eine Nacht oder mehrere? Er wusste es nicht, und das ließ ihn schaudern.

Das Wasser hatte ihn wieder belebt, sein Kopf schien klarer zu werden. Er konnte sich nur sehr schwach erinnern: viele Stimmen, alle weiblich, und ein langer holpriger Ritt. Das jedenfalls hatte er nicht geträumt. Doch wo waren die Retterinnen? Ein Flügelschlagen von der Decke und das leise Knistern des Feuers waren die einzigen Geräusche im Raum. Anstatt sich weiter Sorgen zu machen, riss er ein Bein von einem der Vögel ab und begann zu essen. Dazu trank er zwischendurch Wasser, und allmählich fühlte er sich weniger hohl.

Er wusste, dass er sich an etwas erinnern musste, aber er

kam einfach nicht darauf, was es sein konnte. Es nagte die ganze Zeit an ihm, während er aß. Nach nur einem Bein und einem kleinen Stück Brust stellte er fest, dass er satt war, und goss sich noch eine Tasse Wasser ein. Tauben und Käse waren vielleicht nicht die beste Wahl gewesen, dachte er, denn er bekam plötzlich heftige Magenkrämpfe. Oder war das Wasser nicht sauber?

Mikhail stand unsicher auf und schleppte sich zurück zur Liegestatt, wobei seine nassen Socken ekelhaft auf dem kalten Steinboden quietschten. Das Feuer war inzwischen heruntergebrannt, aber er entdeckte einige aufgestapelte Scheite und Äste neben der Feuerstelle. Mikhail sank auf den Boden und griff nach einem Ast. Es kostete ihn große Anstrengung, aber er schaffte es, einige Zweige abzubrechen und auf die glühenden Kohlen zu werfen. Er beobachtete, wie die Flammen an dem Holz züngelten. Dann begann er plötzlich unglaublich zu frieren. Daran mussten seine durchnässten Füße schuld sein. Er zerrte sich einen triefenden Strumpf vom Fuß, doch der zweite überforderte bereits seine schwindenden Kräfte. Er blieb einfach auf der warmen Umrandung der Feuerstelle sitzen, zu müde, um sich zu bewegen, einen baumelnden Strumpf in der Hand.

Seine Augenlider kamen ihm unendlich schwer vor, und der Kopf sank ihm auf die Brust. Er glitt in einen unruhigen Halbschlaf, dann schreckte er wieder hoch und starrte in die Flammen. Er stöhnte und versuchte, ein kleines Holzscheit in die Feuerstelle zu wälzen. Die Wärme tat so gut, und er wollte mehr davon!

»Was ...?«

Der Klang einer verschlafenen Stimme schreckte Mikhail auf, und er ließ das Holzscheit los. Es fiel auf seinen ungeschützten Fuß. Er schrie vor Schmerz auf und hörte, wie hinter ihm Decken zur Seite geschoben wurden. Kurz darauf stand

Marguerida neben ihm und beugte sich mit kalkweißem Gesicht zu ihm herab.

Sie fasste Mikhail an den Schultern, und er lehnte sich zurück. Er ruhte an ihrer Brust und spürte die Wärme ihrer Haut. Was für wohl geformte Brüste sie unter diesem Nachthemd hatte. Schade, dass er so schwach war und sich nur an sie lehnen konnte. Wieso war überhaupt ihr Haar in dieser aufreizenden, liederlichen Weise hochgesteckt? Wollte sie ihn mit dem Anblick ihres schlanken Halses etwa zum Wahnsinn treiben?

»Was hast du gemacht?«

»Gepinkelt«, murmelte er. Das Sprechen fiel ihm schwer.

»Ach so. Du musst dich ausruhen, Mik. Komm, ich bringe dich wieder ... Wo sind die Schwestern?« Mikhail spürte Margueridas Angst. Dann straffte sie die Schultern, und er wusste, sie zwang sich zur Ruhe.

Mikhail ließ sich zu dem Berg von Decken geleiten. Marguerida zog ihm den zweiten Strumpf vom Fuß, deckte Mikhail zu und schob die Decke rundum unter seinen Körper. Dann warf sie ein paar Scheite ins Feuer und trat an den Tisch. Mikhail hatte den Eindruck, als würde er sie aus großer Entfernung beobachten. Er kämpfte gegen das Gefühl der Gleichgültigkeit an, das ihn einhüllte, doch es gelang ihm nicht.

Marguerida betrachtete die Lebensmittel auf dem Tisch, runzelte die Stirn und zuckte schließlich die Achseln. Sie ging zu Mikhail zurück, kniete neben ihn und strich ihm die Haare aus dem Gesicht. »Wie geht es dir?«

»Kalt. Schwach. Müde.« Die Worte kosteten eine gewaltige Anstrengung.

»Bald wirst du nicht mehr frieren – deine Stirn ist ziemlich heiß, und ich fürchte, sie wird bald noch heißer. Hoffentlich haben sie uns ein wenig Fieberwurztee hier gelassen. Wären sie doch nur nicht weggegangen ... o Mik!«

»Wer?«

»Wir wurden von einer Gruppe der Schwestern des Schwerts gerettet – jedenfalls glaube ich, dass man sie so nennt. Sie brachten uns hierher. Wahrscheinlich hielt es Damila für gefährlich, mit uns zusammenzubleiben. Verdammt!«

»Wo ...?« Seine Brust fühlte sich nun an, als würde sie von einem gewaltigen Gewicht zusammengedrückt, und jedes einzelne Gelenk in seinem Körper war kochend heiß, seine Haut hingegen eiskalt.

»Wo? Ach, wo wir sind? Sie nannten es die alte El-Haliene-Festung. Damila sagte, sie sei verlassen und nur die Schwestern benützten sie noch. Wir haben hier unser Lager aufgeschlagen, sie machten etwas zu essen und ... Vermutlich haben sie sich davongeschlichen, während wir schliefen. Vernünftig von ihnen, aber ich bedauere es sehr. Wenigstens haben sie uns etwas zu essen hier gelassen.«

»Ich habe ...«

»Ja, ich habe es gesehen.« Sie tätschelte ihm sanft die Hand, aber er wünschte, sie hätte es nicht getan, denn seine Haut war so empfindlich, dass selbst diese zarte Berührung schmerzte. Er zuckte unwillkürlich zusammen. »Wir werden das Beste aus unserer Lage machen müssen. Wir haben Wasser – irgendwo in der Nähe muss ein Brunnen sein, ich werde ihn schon finden. Und wir haben ein wenig Essen, so dass wir erst einmal nicht verhungern.«

Mikhail liefen Schauder über den ganzen Körper, und sein Rücken tat ihm höllisch weh. Muskelkrämpfe quälten ihn, er krümmte sich vor Schmerz und schrie laut auf. Vergeblich versuchte er, die fürchterlichen Laute zu unterdrücken. Weit entfernt hörte er Marguerida vor Sorge stöhnen und fluchen.

Das wenige Essen, das er zu sich genommen hatte, wollte seinem Magen entfliehen, und sein Mund schmeckte bitter. Er fühlte, wie zwei starke Hände ihn an den Schultern packten und aufrichteten, damit er nicht erstickte, und zum Glück musste er auch nicht spucken. Er bebte, die Gelenke schmerzten, Feuer lief durch seine Adern.

»Deine Hand«, brachte er keuchend hervor.

Was ist damit, Mikhail?

Die Krämpfe hören auf, wenn du sie ...

Was? Ja, natürlich. Dein linker Arm zuckt schon weniger als dein rechter. Ich frage mich ...

Mikhail spürte, wie sein Körper gegen Margueridas geschoben wurde, dann legte sie ihre Hand auf seine Brust. Zwar musste er nach Luft schnappen, doch er fühlte eine leichte Veränderung, als würde sich sein Herzschlag zu einem normalen Tempo verlangsamen. Undeutlich begriff er, dass Marguerida mit Hilfe ihres eigenen Herzschlags seinen Puls steuerte und mit ihrer Matrix neue Kanäle für seine Energie schuf.

Was geschah mit ihm? Mikhail sah einen hell strahlenden Edelstein vor sich, und plötzlich war alles wieder da. Er trug den Matrixring von Varzil Ridenow! Er spürte sogar das Metall auf seiner Haut. Und der Stein drückte in seine geschlossene Handfläche. Matrixschock!

Mikhail öffnete gewaltsam die Hand. Kalter Schweiß stand ihm auf der Stirn, während er angestrengt die Finger ausstreckte. Dann drehte er unter starken Zuckungen den Ring herum, bis der Stein schließlich auf dem Finger saß. Das alles schien eine Ewigkeit zu dauern, obwohl Mikhail wusste, dass es unglaublich schnell ging.

Er atmete nun leichter. Sein Puls beruhigte sich. Mikhail hörte Marguerida leise vor sich hin murmeln, während sie ihre Hand hin und her bewegte. In ihrem Geist keimte leichte Panik auf, die sie jedoch dank ihrer Ausbildung mit einer unglaublichen Entschlossenheit unter Kontrolle hielt.

Der Heilungsprozess war eine unglaublich schöne, bewundernswerte Sache, und etwas in Mikhail versuchte mit Marguerida zu verschmelzen, gebannt von ihrer Schönheit und Kraft. Gleichzeitig registrierte er halb, dass sie sehr ungewöhnlich vorging und ihr *Laran* in einer Weise benutzte, die er nicht kannte. Kein Überwacher oder Heiler hatte je so etwas getan. War das etwa eine von Istvanas Neuerungen?

Das Feuer in seinen Gedanken ließ nach, und die Gliederkrämpfe verebbten. Er hatte das Gefühl, in einem warmen Bad zu treiben, einem freundlichen Meer, das seinen Körper trug. Es war, als würde er in ein Lied fallen. Die Energie umspülte weich seine Muskeln, anstatt sie zu martern.

Was tust du da?

Psst.

Mikhail gehorchte, da er ihr mehr vertraute als jedem anderen Menschen. Sie hatte dasselbe schon einmal getan – als er dachte, sie wolle Varzil erwürgen. Doch diese Erinnerung war zu viel. Er wagte nicht zu denken. Der Wahnsinn schien nur einen Atemzug entfernt auf ihn zu lauern, und Mikhail durfte sich nicht von ihm überwältigen lassen. Er musste Marguerida trauen, sonst nichts. Aber das fiel ihm unsagbar schwer.

Seine geschundenen Muskeln erschlafften vor Erschöpfung. Er konnte weder denken noch sonst etwas empfinden. Nichts war jetzt von Bedeutung – außer Ruhe.

Ruhe? Eine kalte, unbarmherzige Stimme erklang in ihm. *Dich hinter einem Weiberrock verstecken? Sie die ganze Arbeit allein machen lassen?* Die wundervolle Lethargie, die in seine Glieder gekrochen war, verschwand mit einem Schlag. An ihre Stelle traten Angst und Abscheu.

Mik, hör endlich auf, dich gegen mich zu wehren!

Der Ruf kam von weit her, und er versuchte ihn zu überhören. Er wollte ihre Hilfe und ihre Heilkraft nicht. Er konnte es nicht ertragen, ihr noch mehr zu schulden, als es bereits der Fall war. Er war ihrer Herrlichkeit nicht würdig.

Nein, nein – es war schließlich Marguerida! Aber ... sie war nichtsdestotrotz eine Frau, wie Javanne, die stets intrigierte und manipulierte und ihm das Gefühl von Minderwertigkeit gab. Wenn Marguerida ihm half, ihn rettete, würde er nur umso unwürdiger sein. Sie würde ihn sicherlich immer spüren lassen, was er ihr verdankte.

Selbstverständlich – Frauen gaben nie nach. Seine Mutter gab auch nie nach.

Und Marguerida war so herrlich, so wunderbar. Er war ihr einfach nicht gewachsen. Kein Ring machte ihn dieser Frau ebenbürtig. Er konnte diesen Wettstreit nicht gewinnen.

Mikhail schaute tief in sich hinein, und ein verzerrtes Gesicht starrte zurück. Es war das traurigste Gesicht, das er je gesehen hatte, ein entsetzlich verhungertes Antlitz. Und doch blickte ihm seine eigene vertraute Miene aus einsamen, hungrigen Augen entgegen. Er hasste seine Schwäche, seine widerwärtige Furcht! Tot wäre er sicher besser dran.

Aus einem winzigen Punkt, dessen Existenz Mikhail nicht einmal geahnt hatte, wuchs eine Ranke des Mitleids hinter dem Abscheu hervor. Sie war so klein, dass er die warme Spur, die sie durch das Eis seiner Seele zog, kaum bemerkte. Armes Ding, ganz allein im Dunkeln. Armer Mikhail – nicht gut genug, um seiner Mutter zu gefallen und um ihre Zuneigung zu gewinnen. Nicht gut genug, um in Regis‘ Fußstapfen zu treten. Und sicherlich auch nicht gut genug, um diesen Edelstein an der Hand zu tragen.

Seine Brust wurde wieder schmerzhaft gequetscht, und sein trauriger, düsterer Zwilling lag in der Haltung einer Geliebten über ihm. Er fühlte den heißen, stinkenden Atem an seiner Wange. Er wollte sich wehren, sich dem Gewicht seiner selbst entwinden. Er kämpfte seit Jahren gegen dieses jammernde Ungeheuer und konnte es einfach nicht besiegen. Er konnte ebenso gut aufgeben und sich von ihm aussaugen lassen.

In diesem Moment verschwand das Gespenst, und ein anderes Gesicht schwebte über ihm. Es war ein alter Mann, würdevoll und weise. Augen voller Mitgefühl sahen ihn an, und das verletzte und ärgerte ihn ebenfalls. Er brauchte kein Mitleid – er wusste schließlich, wer er war! Doch Varzils blaue Augen drangen in ihn.

Ich bin zu fehlerhaft. Ich kann das Ding, das Ihr mir gegeben habt, nicht tragen.

Wir alle haben Fehler, Mikhalangelo. Und du hast die Kraft, mit der Matrix umzugehen, wenn du nur ein wenig netter zu dir selbst bist.

Netter – als wäre ich nicht schon schwach genug! Er spuckte die Worte voller Selbsthass und Wut aus.

Das ernte Gesicht über ihm lächelte. *Du stellst Anforderungen an dich selbst, die sogar einen Gott einschüchtern würden, mein Sohn. Die kleinste Unvollkommenheit bauschst du zu einem monströsen Versagen auf. Spürst du das Gewicht all dieser Dinge auf dir lasten?*

Ja!

Zu viel Gewicht lastet auf deinem Herz, Mikhalangelo. Es ist nicht mein kleiner Ring, der dich bedrückt, sondern nur deine Angst.

Ich will sterben!

Das wirst du auch, aber nicht heute. Lass los! Das ist kein Schatz, den du da festhältst, sondern nur Müll.

Müll?

Das schien Mikhail eine interessante Umschreibung für das Elend zu sein, das er gerade empfand.

Kleine Fehler, die zu einem großen Versagen aufgebauscht werden, sind der Müll der Seele. Lass dieses Ungeheuer los, zu dem du dich selbst gemacht hast. Du bist deiner Margarethe würdig, aber vor allem bist du deiner selbst würdig!

Wirklich?

Du wirst meinem Urteil in dieser Frage trauen müssen.

Mikhail kämpfte lange, wie es schien, aber zuletzt erlahmte er. Was für einen großen Tribut es doch erforderte, mit sich selbst zu ringen. Und wie töricht es zugleich war.

Eine riesige Woge von Gefühlen brach über Mikhail herein – hell und dunkel, gut und böse. Er hätte nie gedacht, dass so viele Empfindungen in ihm steckten und dass sie so gewaltig sein könnten. Sie liefen zusammen, bildeten Tümpel, bis er die eine nicht mehr von der anderen unterscheiden konnte. Er ließ sich in diesen beruhigenden Strudel aus alten, abgetragenen Ängsten und Wünschen hineinziehen, in dem seine Verzweiflung und seine Hoffnung zugleich ertränkt wurden. So war es am besten.

Mikhail spürte, wie sein Körper erschlaffte, sein Herz hörte auf, in der Brust zu schlagen, das Blut stockte ihm in den Adern. Mikhail wartete auf den Tod, er nahm ihn an, betrauerte sich selbst ohne schlechtes Gewissen. Bald würde alles vorbei sein. Zumindest würde er als Ganzes zu Grunde gehen anstatt in kleinen Stücken.

Verdammt noch mal, Mik! Lass mich jetzt nicht im Stich! Mikhail spürte einen leichten Schlag ins Gesicht. Es war, als würde man ihm eiskaltes Wasser einflößen, klar und erfrischend.

Eine Faust hämmerte auf seine Brust, und sein Herz machte einen Satz. Die Angst verschwand, aber die Erinnerung daran blieb wie ein salziger Geschmack auf seiner Zunge zurück. Er lag in Margueridas Schoß und blickte zu einer sehr wütenden Frau empor. Auf ihrer Stirn stand kalter Schweiß, und das feine Haar hatte sich zum Teil aus den Nadeln gelöst, was ihr ein wildes Aussehen verlieh. Ihre goldenen Augen funkelten wie kleine Flammen.

»Au«, sagte Mikhail und rieb sich das Brustbein. »Das hat wehgetan.«

»Gut so! Wenn du es noch einmal mit Herzstillstand versuchst, schlage ich fester zu!«

»Ich habe keinen Herzstillstand *versucht*«, murmelte Mikhail und fühlte sich missverstanden. »Du stellst es hin, als hätte ich es absichtlich getan.«

Marguerida lachte zittrig, und die Röte wich aus ihrem Gesicht. »Da hast du wohl Recht. Du hast mich nur gerade zehn Jahre meines Lebens vor Angst gekostet, und das ... macht mich so wütend!« Eine Träne kullerte ihr unbemerkt über die Wange. »Bis jetzt war unser Eheleben nur schrecklich.«

Marguerida begann zu schluchzen, und Mikhail wünschte, er hätte die Kraft, sie zu trösten. Er konnte ihr nur schwach die Hand tätscheln, die auf seiner Brust lag, und ein paar bedeutungslose Worte murmeln. Irgendetwas bohrte an seinem verwirrten Geist, und nach einer Minute fragte er: »Unser Eheleben?«

Das Schluchzen ging abrupt in ein Husten und Prusten über. Marguerida packte Mikhails Arm und riss ihn hoch, so dass er das Armband sah. »Willst du damit etwa sagen, du hast vergessen, dass du versprochen hast, mir bis ans Lebensende zu dienen, du Dummkopf!«

»Hab ich das?« Er konnte sich an ein Versprechen erinnern, aber nur sehr vage und verschwommen. Trotzdem – ihr *dienen*? »Wieso weiß ich das denn nicht mehr – war ich betrunken?«

»Du hast nur Wasser getrunken! Reiz mich nicht, Mikhail Hastur! Meine Nerven sind dünn genug. Erinnerst du dich denn an gar nichts mehr? Dass Varzil uns verheiratet hat, oder an ... *sie*?«

»Sie?«

Margaret zögerte ungewöhnlich lange mit der Antwort. »Evanda, glaube ich.«

Eine Erinnerung blitzte in Mikhail auf, das Gesicht einer

Frau, schön und strahlend, der Geruch von Stein und Eintopf, eine Stimme. Er erinnerte sich an das Gewicht des Armbands, als es um sein Handgelenk gelegt wurde, und daran, wie Marguerida sagte: »Mit diesem Ring ...« Und dann war die reale Welt verschwunden, und er war an einem lichtlosen Ort umhergewandelt.

»O Mik, ich hatte solche Angst um dich. Kannst du dich denn wirklich nicht erinnern?«

»Es ist alles noch sehr verworren, aber doch, die Frau sehe ich wieder vor mir.« Er hielt inne. Er fühlte seine Erschöpfung, aber auch eine Art ruhige Lebenskraft, als hätte er in kurzer Zeit eine weite Strecke zurückgelegt. »Das wird uns Amos garantiert nie glauben.«

»Amos?« Marguerida schaute verwirrt und besorgt drein, als würde er fantasieren.

»Unser imaginärer Enkel, weißt du denn nicht mehr?«

»Ach so.« Sie lachte erleichtert. »Wenn wir so weitermachen, werden wir nie Kinder haben, von Enkeln ganz zu schweigen.« Marguerida wurde rot und wandte schnell den Blick ab. Ihre Haltung war angespannt und ängstlich.

»Arme Marguerida. Ich kann mich praktisch an nichts erinnern, nachdem du mir diesen Ring angesteckt hast. Ich bin einfach über den Rand der Welt gekippt oder so ähnlich.«

»Ich weiß auch nicht genau, was passiert ist. Plötzlich war das Gebäude verschwunden – ich vermute, dass es nie wirklich existiert hat –, und wir saßen im strömenden Regen. Du warst bewusstlos, aber ich konnte dich unter einen Baum schleifen. Irgendwann waren wir völlig durchnässt, und ich stand kurz vorm Wahnsinn. Deshalb habe ich, klug und vernünftig, wie ich nun mal bin, ein Experiment mit Hitzeaustausch unternommen, und ich glaube, ich hätte uns beide um ein Haar gegrillt. Spätestens jetzt weiß ich, dass Halbwissen eine gefährliche Angelegenheit ist.«

»Aber wie sind wir hierher gekommen?«

»Das war die Krähe.«

»Was?«

»Nein, sie hat uns nicht hierher geflogen. Sie hat ein paar Frauen aufgespürt, die Schwestern des Schwerts, sie haben dich auf eine Trage geladen, und so sind wir in dieses Haus gekommen.« Margaret blickte sich im Halbdunkel der Küche um und seufzte. »Sie kamen wahrscheinlich zu dem Schluss, dass sie uns nicht trauen können, und sind auf und davon. Ich weiß nicht, wie sie es angestellt haben, aber ich habe so tief geschlafen, wahrscheinlich hätte eine ganze Armee an mir vorbeitrampeln können, ohne dass ich auch nur einen Mucks von mir gegeben hätte. Ich hoffe doch sehr, sie haben unsere Pferde im Stall zurückgelassen, oder was in dieser Ruine als Stall dient.«

»Ach so. Es tut mir Leid, dass ...«

»Sei nicht albern! Du kannst doch nichts dafür, dass du krank wurdest. Ich war nur halb wahnsinnig vor Sorge, und in solchen Fällen neige ich dazu, alles sehr persönlich zu nehmen. Das ist kein sehr erstrebenswerter Zug, aber anscheinend kann ich nichts dagegen tun.« Sie runzelte die Stirn. »Vielleicht ist es erblich bedingt, denn mein alter Herr macht es genauso. Was gäbe ich nicht dafür, wenn er jetzt hier wäre! Ich würde mich sogar freuen, deinen Vater zu sehen! Oder deine Mutter oder selbst Gisela Aldaran, die alte Nervensäge.« Mikhail hörte die Müdigkeit in Margueridas Stimme und wusste, dass sie sich nur noch mit purer Willenskraft aufrecht hielt.

»Erklär mir bitte, was du gerade getan hast, Liebste. Ich habe so etwas noch nie erlebt.«

»Das ist schwer zu erklären, weil ich, offen gestanden, ohne nachzudenken gehandelt habe, als würde ich ein Musikstück komponieren.« Sie hielt stirnrunzelnd inne und dachte einige

Augenblicke nach. »Ich glaube, man könnte sagen, ich habe dich kräftig gestriegelt.«

»Wie bitte?«

»Wie bei einem Pferd – striegeln. Ich habe einfach mit meiner Matrix die Knoten und Knäuel in dir glatt gekämmt. Aber da war noch etwas.« Marguerida schwieg einen Augenblick. »Als ich Varzils Matrix nahm, um sie dir zu geben, habe ich sie kurz berührt. Dabei habe ich etwas entdeckt, über das ich mir noch nicht ganz im Klaren bin, aber es könnte sein, dass ich im Begriff bin zu entdecken, wie man heilt. Ich lerne schon die ganze Zeit, wie man das verdammte Ding richtig benutzt – als ich die Banditen getötet habe, als ich Varzils Kanäle freilegte ... Wie fühlst du dich?«

»Mir tut alles weh, und ich bin sehr müde. Aber ich fühle mich auch rein und klar. Ich brauche jetzt nur eine Woche Schlaf, eine Menge Essen, ein Bad und frische Kleider. Am schlimmsten ist, wie ich rieche ... pfui!«

»Wir stinken beide gewaltig. Und ich wette, es gibt im Umkreis von hundertfünfzig Kilometern kein Bad. Und alles, was wir noch zu essen haben, liegt hier auf dem Tisch, es sei denn, ich kann noch ein paar Tauben fangen.«

Mikhails Augen wurden schwer, und er merkte, wie er in einen Halbschlaf glitt. »Bis jetzt habe ich nicht sehr gut für dich gesorgt, *Caria*. Verzeih mir.« Dann schlief er binnen Sekunden ein.

Lieblicher Gesang weckte Mikhail. Er glitt langsam aus einem Traum ins Wachsein, und die plätschernden Töne schienen zu beiden Zuständen zu gehören. Er lag ganz still da und lauschte. Außer dem Singen hörte er das gleichmäßige Fegen eines Besens auf den Steinen, das Gurren der Tauben an der Decke und das leise Prasseln des Regens auf das Dach – ein Klangteppich, der sich nahtlos mit der Musik verwob.

Vorsichtig richtete sich Mikhail in seinen Decken auf. Er war heiß, aber nicht fiebrig. Seine feuchtkalten Kleider verrieten ihm, dass er im Schlaf geschwitzt hatte. Er sah sich in der Küche um und entdeckte Marguerida am anderen Ende mit einem Besen in der Hand. Sie hatte das weiße Nachthemd abgelegt und trug nur ihr Hemd und einen ihrer Unterröcke. Das Haar hatte sie mit einem Kopftuch hochgebunden, so dass ihr Nacken frei lag. Keine darkovanische Frau hätte so etwas getan, und Mikhail staunte, wie erotisch sie wirkte und wie heftig sein Körper darauf reagierte.

Eine Minute lange beobachtete er sie reglos. Mikhail hatte Marguerida noch nie so zufrieden gesehen. Er vermutete, dass die Hausarbeit nach allem, was sie durchgemacht hatte, eine nette Abwechslung für sie war. »Was singst du da?«, fragte er leise, um sie nicht zu erschrecken.

»Was? Ach, du bist wach!« Sie drehte sich lächelnd zu ihm um, das Gesicht erhitzt von der Arbeit, und sie war die schönste Frau, die er je gesehen hatte. »Das ist nur ein altes Seefahrerlied von Thetis, das sie singen, damit die Ruderer im Takt bleiben.«

»Es ist sehr hübsch. Aber wozu fegst du?« Mikhail deutete zu den Vögeln hinauf. »Die machen ohnehin nur alles wieder schmutzig.«

»Solange wir hier sind, möchte ich es einigermaßen wohnlich haben«, antwortete Marguerida leicht gereizt. »Während du geschlafen hast, habe ich den Brunnen ausfindig gemacht, die Reste in der Vorratskammer entdeckt und einen großen Topf ausgegraben, den sie übersehen haben. Und ich habe Wasser heiß gemacht, damit du dich waschen kannst.«

»Gut! Genau das brauche ich jetzt!«

»Ich habe mich bereits gewaschen, es war wunderbar.« In diesem Moment schien Marguerida zu bemerken, wie unschicklich sie angezogen war, sie sah an sich hinab und zuckte die Achseln. »Ich habe sogar noch Brennholz gefunden, wir werden also nicht frieren.«

Mikhail spürte die Verlegenheit, die plötzlich entstand, die Spannung, weil sie zwar verheiratet, aber noch nicht wirklich vermählt waren. Er brauchte keine telepathischen Fähigkeiten, um ihr Unbehagen zu spüren, aber ihm selbst ging es nicht besser. Sie waren beide gehemmt.

Mikhail hatte seit jener Zeit, als er ein junger Bursche war, keine Hemmungen mehr in der Gegenwart von Frauen gehabt. Er war verwirrt. Dann wurde ihm klar, dass Marguerida schließlich nicht irgendeine Frau war, sondern die eine, die er über alles liebte, und das machte einen großen Unterschied. Hier ging es nicht um eine beiläufige Verführung. Sicher würden sie sich beide ihr Leben lang an das erste Mal erinnern. Er musste behutsam und zärtlich sein, egal wie groß seine Begierde war, wie verzweifelt er sie brauchte.

Mikhail schlug die Decken zur Seite und ging zur Feuerstelle. Dort stand der Topf mit warmem Wasser, in dem etwas schwamm. Er schnupperte vorsichtig und roch Lavendel und Seifenkraut. Wo hatte sie das nur wieder gefunden?

Er zog seinen übel riechenden Wams und das Unterhemd aus und öffnete den Gürtel seiner Hose. Neben dem Wassertopf entdeckte er einen noch feuchten Lappen. Während er sich säuberte, bewunderte er Margarets enorme Anpassungsfähigkeit. Er konnte sich weder Gisela Aldaran noch eine andere Frau seiner Klasse dabei vorstellen, wie sie den Boden fegte oder Wäsche wusch. Er wusste aus Margarets Erzählungen, dass sie auf verschiedenen Welten zum Teil unter ein fachsten Bedingungen gelebt hatte. Sie hatte in Hütten gewohnt, wenig außer Federn und Blumen getragen, rohes Fleisch gegessen und einige andere Dinge getan, die er sich nicht einmal vorstellen konnte. Wahrscheinlich hatte sie diese Hütten ebenfalls ausgefegt.

Über diese Seite Margueridas hatte Mikhail früher nie nachgedacht, und er hätte ihr sicher weniger Achtung gezollt, wenn er nicht jene Monate in Haus Halyn verbracht hätte, als er Ställe ausmisten und Holzbretter vor zugige Fenster nageln musste. Ein gewöhnlicher Besen hatte vermutlich weder die Hand seiner Mutter noch die Giselas je geziert. Um solche Dinge hatten sich stets Diener gekümmert, und einmal mehr wurde ihm bewusst, wie gut es ihm ging.

Das warme, duftende Wasser perlte über Mikhails Haut, und er fühlte sich gleich viel besser, wenn auch ein wenig hohl im Bauch. Der unangenehme Gestank seines Schweißes verschwand. Er hätte gern richtige Seife gehabt, aber das wäre zu viel verlangt gewesen, und das Seifenkraut erfüllte denselben Zweck, wenn auch auf etwas grobe Weise.

»Ich war draußen, als der Regen eine kurze Pause einlegte, und habe mich ein wenig umgesehen«, unterbrach Marguerida seine Gedanken. »Die Pferde stehen in einem Raum, der einmal eine Speisekammer gewesen sein muss. Die Schwestern haben genügend Hafer für die nächsten Tage hier gelassen, und an Wasser wird es auch nicht fehlen. Wir können also losreiten, sobald du dich dazu in der Lage fühlst. Wenn uns das Essen ausgeht, werden wir sowieso aufbrechen müssen.« Sie klang besorgt.

»Ja, ich weiß.« Er beendete seine Morgenwäsche, ballte das Unterhemd zusammen und warf es in den Topf. Er schwenkte und rubbelte es, bis es an dem Ring hängen blieb. Varzil wusch wahrscheinlich nie selbst. Der Gedanke erheiterte ihn, während er das tropfnasse Kleidungsstück loshakte, aus dem Wasser zog und, so gut es ging, auswrang. Dann hängte er es an einen Haken neben der Feuerstelle und hörte, wie das restliche Wasser auf die warmen Steine tropfte. Er sah, dass Marguerida ihm im Schlaf die Strümpfe ausgezogen, sie gewaschen und zum Trocknen neben ihre eigenen gehängt hatte.

Das Gefühl, dass sich jemand um ihn kümmerte, wärmte ihn, und zum ersten Mal war er nicht verstimmt darüber.

Neben der Feuerstelle stand ein voller Wassereimer. Mikhail leerte den Topf auf den Küchenboden, füllte ihn neu und stellte ihn auf die Flammen. Diese einfache Aufgabe machte ihm große Freude. Wenn doch nur alles so leicht wäre. Zufrieden drehte er sich um und fragte: »Wo ist denn unsere Krähenfreundin?«

»Sie war vorhin bei den Pferden, ich glaube, sie verkleinert gerade die Zahl der Mäuse im Haus. Ich wusste gar nicht, dass Krähen jagen – aber sie ist überhaupt ein sehr bemerkenswerter Vogel.« Marguerida hörte auf zu fegen, lehnte den Besen an die Bank und setzte sich plötzlich, totenbleich im Gesicht.

»Was ist los?«

»Ashara! Ich spüre sie. Sie sucht nach etwas – nach nichts Bestimmtem, glaube ich. Aber ich habe ein Gefühl, als würde gerade jemand über mein Grab gehen!«

Mikhail setzte sich neben sie und nahm ihre rechte Hand in seine linke, so dass ihre Armbänder sich berührten. »Ich würde gerne behaupten, dass ich dich vor ihr beschützen werde, aber ich weiß wirklich nicht, ob ich das kann.«

Marguerida schüttelte den Kopf und nahm ihr Tuch ab. Sie hatte Schmutzflecke im Gesicht, und sie verteilte sie nur noch mehr, indem sie mit dem Handrücken darüber wischte. »Ich bin nicht mehr das Kind, das sie damals überschattet hat, außerdem habe ich jetzt das hier.« Sie beugte und streckte die linke Hand. »Die Sache ist nur die, dass sie mich töten könnte, und dennoch wage ich es nicht, sie zu töten, weil das alles verändern würde. Ich habe beim Kehren darüber nachgedacht. Wir müssen uns wie die Mäuse in den Mauerritzen verhalten, damit sie uns nicht bemerkt.«

Mikhail legte ihr den Arm um die Schultern und zog sie an

sich. »Mit Varzils Ring am Finger wird das gar nicht so einfach. Ich fühle mich etwa so unauffällig wie ein Leuchtturm.«

»Sie rechnet nicht mit dir, Mikhail. Außerdem gehört der Ring nicht mehr Varzil. Er ist halb deiner und halb seiner – etwas ganz Neues. Ich würde nur zu gerne wissen, wie lange wir uns verstecken müssen und wie wir es anstellen sollen.«

Mikhail roch ihren Körper, den süßen Lavendelduft, und er spürte ihren Pulsschlag unter seinen Fingern. »Das kann ich dir möglicherweise beantworten, es wird dir allerdings nicht gefallen. Ich habe vorhin im Traum mit Varzil geplaudert – soweit ich mich jedenfalls erinnere. Wenn ich es recht verstanden haben, müssen wir in etwa vierzig Tagen an der *Rhu Fead* sein. Darüber hinaus wird alles irgendwie verschwommen.«

»Vierzig Tage?« Margaret klang verblüfft. »Vierzig ... Was sollen wir denn so lange machen – Däumchen drehen?« Ihre Stimme war schrill, und sie zitterte an Mikhails Seite. Ihre Ruhe war nur vorgetäuscht. Sie war einem Zusammenbruch näher, als er gedacht hatte.

»Selbst Varzil kann den Monden nicht befehlen, meine Liebste.« Mikhail bedauerte seine Worte augenblicklich.

»Zum Teufel mit den Monden und zum Teufel mit Varzil! Bis dahin wird mich Ashara finden, das weiß ich. Und wir können uns nicht so lange hier verstecken. Wir werden verhungern.«

»Das stimmt. Und deshalb werden wir bald von hier weggehen.« Mikhail hielt inne und suchte nach den richtigen Worten. »Das ist dir jetzt vielleicht peinlich, aber ich glaube, Ashara sucht nach einer Jungfrau, Marguerida ...« Er hielt inne, um zu sehen, ob sie verstand, was er meinte.

»Was? Ach so, ich verstehe – du meinst, wir sollten ... und dann bin ich ein anderer Mensch! Mikhail Hastur, das ist ungefähr das Unromantischste, was ich je gehört habe! Nicht dass ich Rosen und Violinen erwartet hätte, aber ...« Marguerida hielt stotternd inne, sie verzog das Gesicht, aber ihre Augen funkelten.

Er strich ihr das zerzauste Haar aus der Stirn und küsste sie sanft. Dann zog er ihr die Haarnadeln heraus. Die seidene rote Lockenpracht glitt durch seine Finger. Er hätte ewig so weitermachen können. »Ich kann dir keine Rosen schenken, aber du hast bereits mein Herz, Marguerida«, flüsterte er. Sie fürchtete sich sehr, dennoch spürte Mikhail, wie sich Gefühle in ihr regten. Ihr Geruch und die Berührung ihrer weichen Haut waren für ihn fast unerträglich. Doch er musste sich Zeit lassen. Sie würde Panik bekommen, wenn er sie drängte.

Marguerida kicherte an seinem Hals, ihr warmer Atem kitzelte ihn. »Das ist ein guter Anfang – mach weiter.«

»Außerdem bist du der beste und mutigste Mensch, den ich kenne.« Sie bewegte sich nicht, und Mikhail wusste, er hatte noch nicht die richtigen Worte gefunden. »Du bist die schönste Frau, die ich je gesehen habe. Ich liebe das Glitzern deiner Augen im Feuerschein und dass dein Haar immer so unordentlich ist. Vom ersten Moment an, als ich dich sah, Marguerida Alton, wollte ich dir alle Kleider vom Leib reißen und dich glücklich machen! Dein zarter Mund lässt mein Herz schneller schlagen, und wenn du lachst, frohlockt es, und wenn du weinst, schmerzt es.« Er schob die Haare in ihrem Nacken zur Seite, bis die weiche Haut frei lag. Dann drückte er seine Lippen sanft auf ihre samtweiche, heiße Haut.

Mikhail spürte die Spannung in ihrem Körper, die Starrheit ihrer Glieder und dass sie sich ihm entziehen wollte. Gleichzeitig stieg ein heftiges Verlangen in ihm auf, ein Sehnen, süß und zaghaft, aber sehr real. Er spürte, wie ihre linke Hand auf seine nackte Brust glitt, und ihre Finger leicht über seine Haut strichen, als hätte sie vor etwas Angst.

In diesem Augenblick wurde Marguerida bewusst, was sie tat, und sie riss die Hand rasch weg und betrachtete sie. Dann sah sie Mikhail mit großen Augen an. Sie schluckte und legte die linke Hand auf seine Brust, und Mikhail erwartete, dass ein Energiestoß in sein Herz traf. Doch außer einem leichten Kitzeln, als würde er durch einen Schleier gehen, bewirkte die Berührung nichts.

»Du bist der einzige Mensch, den ich gefahrlos umarmen kann.« Ihre Stimme klang ehrfurchtsvoll. »Das hätte ich nie gedacht. Ich wundere mich ...«

»Wundere dich später, Liebste.«

Marguerida schlang die Arme um Mikhails Hals und drückte ihren Mund auf seine Lippen. Sie schmolz an seiner Brust dahin, als hätte sie es schon tausend Mal getan. Beide waren ein wenig außer Atem, als sie sich voneinander lösten, ihre Hände verschränkten und gleichzeitig aufstanden.

Sie ließen sich auf die zerknüllten Decken neben der Feuerstelle sinken, ohne mit dem Streicheln und Küssen aufzuhören. Mikhail konnte das unbarmherzige Fordern seines Körpers kaum noch bändigen, aber er zwang sich zur Langsamkeit, so schwer es ihm auch fiel. Er fuhr sanft mit den Lippen über ihre Brust, hörte ein leises Stöhnen und spürte, wie sie sich vor Erregung anspannte. Dann wanderten seine Lippen hinab bis zu ihren Hüften, und Marguerida zitterte unter seiner Berührung.

Endlich fiel eine unsichtbare Schranke, und alle Leidenschaft, die Margaret versagt geblieben war, brach aus ihr heraus. Sie überflutete Mikhails Körper und Seele, warm und gierig, unsicher und verlangend. Für einen winzigen Augenblick spürte er einen Widerstand, dann nur noch ihre zärtliche Hingabe, die alles übertraf, was Mikhail je zu träumen gewagt hatte.

31

Am Morgen des übernächsten Tages brachen sie bei Nieselregen von der verlassenen Ruine auf und ritten nach Süden. Das Essen war nicht nur ihnen ausgegangen, es gab auch kein Futter mehr für die Pferde, und das hatte die Entscheidung erzwungen. Mikhail lächelte beim Gedanken an Margueridas dämonisches Grinsen, als sie gesagt hatte: »Von Liebe werden wir nun mal nicht satt – sooft wir es auch versuchen.«

Mikhail war verblüfft, wie sehr sich Marguerida verändert hatte, nachdem die erste, noch etwas unbeholfene Vereinigung vollzogen war. Und ihm fiel nur ein Wort dazu ein: Wollust. Er hätte ihr niemals so viel Fantasie und Freizügigkeit zugetraut. Und das alles gehörte allein ihm – falls sie ihn nicht vorher erschöpfte. Versucht hatte sie es jedenfalls.

Dennoch hatte er sich seit Jahren nicht mehr so wohl gefühlt, als hätte seine Heirat mit Marguerida einen Mangel behoben, der ihm gar nicht aufgefallen war. Wenn er jetzt noch eine Idee hätte, wie sie bis zu ihrer Flucht aus der Vergangenheit überleben sollten, wäre er vollkommen glücklich. Mikhail hatte nicht im Entferntesten einen klaren Plan, und das störte ihn. Tatsächlich hatte er eher den Eindruck, als würde er zu einem unsichtbaren Ziel hingezogen – und dass seine Bestimmung unvollendet blieb. Er wehrte sich dagegen, dass dieser Verdacht seinen Geist überschattete, aber eine dunkle Knospe der Sorge begann dennoch in ihm zu sprießen.

Marguerida gab plötzlich einen leisen Schmerzenslaut von sich, der ihn von seinen Grübeleien ablenkte. »Was ist los?«

Sie bedachte ihn mit einem leuchtenden Blick unter ihrer Kapuze hervor, und sein Herz hüpfte vor Freude. »Ich weiß nicht. Mir ist ein bisschen komisch – schwindlig. Und ich habe Hunger und gleichzeitig ist mir übel. Vielleicht war der letzte Vogel schon leicht verdorben oder das Brot verschimmelt. Wird schon nicht so schlimm sein.«

»Mir geht es gut, also ist es wahrscheinlich nicht das Essen. Wirst du etwa krank?« Es hätte ihn sehr überrascht, da er wusste, dass die terranischen Impfungen, die sie vor ihrer Reise bekommen hatte, beinahe Wunder wirkten.

»Das glaube ich eher nicht. Hauptsächlich bin ich wund.« Marguerida errötete. »Und meine Brüste sind extrem empfindlich.«

Mikhail dachte an ihre wundervollen Brüste und verspürte gegen seinen Willen heftige Erregung. Das war nicht sonderlich angenehm, wenn man gerade auf einem Pferd ritt, und eigentlich müsste er seine Lust inzwischen längst gesättigt haben. War er zu grob mit ihr gewesen? »Es tut mir Leid, *Caria.*«

»Ich glaube nicht, dass es von etwas kommt, das wir getan haben, Liebster.« Sie seufzte leise und sah sehr glücklich aus. »Na ja, vielleicht waren wir ein bisschen zu begeistert. Ich weiß nur, dass ich mich anders fühle, so wie noch nie in meinem Leben. Als ich Varzils Ring berührte, habe ich gespürt, wie sich etwas in mir verändert hat. Und als wir uns liebten, hat es sich wieder verändert. Vermutlich dauert es einfach eine Weile, bis sich mein Körper umgestellt hat, so wie damals, als ich mein Matrixmuster bekam. Ich habe ganz schön viel durchgemacht in den letzten Monaten.«

»Allerdings.« Mehr gab es offenbar nicht zu sagen. Mikhail dachte an seinen eigenen Körper, der sich durch die Annahme von Varzils Matrixring in noch unbekannter Weise verändert haben musste. Er wünschte, sie könnten jemanden fragen, denn Marguerida schien auch nicht viel mehr zu wissen als er selbst. Vielleicht sollten sie zum Turm von Hali zurückkehren und schauen, ob man Amalie nicht dazu bewegen konnte, einige unbarmherzige Fragen zu beantworten. Dann schüttelte er den Kopf – das kam ihm nicht richtig vor.

Sie ritten eine Weile schweigend weiter, über ein neues Stück kahle Erde, auf dem außer einigen verkümmerten Pflanzen kein Lebewesen zu sehen war. Sie begegneten dieser Verwüstung nicht zum ersten und wahrscheinlich auch nicht zum letzten Mal, und Mikhail trauerte um das Land, um seine Welt und die Zerstörung, die seine Vorfahren auf ihr angerichtet hatten. Es erstaunte ihn, dass seine Welt das Zeitalter des Chaos überlebt hatte, und er war froh, dass er nicht in diese Zeit hineingeboren wurde.

Weiter vorn, gleich hinter dem verwüsteten Stück Land, stand eine Gruppe Koniferen und Hartholz. Mikhail fragte sich, wie es sein konnte, dass manche Stellen brachlagen und das Land daneben vollkommen gesund aussah. Der Regen dämpfte alle Geräusche, und Mikhail lauschte angestrengt nach Vogelstimmen.

Es war totenstill! Mikhail sehnte sich zwar nach dem Schutz jener Bäume, aber er spürte plötzlich ein gefährliches Prickeln. Er lenkte sein Pferd nach links, an dem Wäldchen vorbei, und Marguerida folgte ihm, ohne Fragen zu stellen.

Mikhail blickte zu der Krähe auf seinem Sattelknauf hinunter. Der große Vogel hatte den Kopf eingezogen, die roten Augen schauten wachsam. Mikhail wünschte, er besäße das *Laran*, die Gedanken der Krähe hören zu können, denn er wusste, dass ihre Sinne seinen eigenen weit überlegen waren.

Plötzlich galoppierten acht bewaffnete Männer unter den Bäumen hervor. Sie gaben ihren Pferden die Sporen und wollten Mikhail und Marguerida eindeutig abfangen. Sie waren ganz in Grau gekleidet und ritten mit militärischer Präzision. Mikhail sah, dass sie Stahlhelme und Schwerter trugen.

Sie hielten an und umringten Mikhail und Marguerida. Sie sprachen nicht, sondern saßen nur auf ihren Streitrössern und starrten die beiden ausdruckslos an. Und sie sahen alle genau gleich aus.

Mikhail – das sind keine Menschen. Was?

Es können keine sein – ich kann ihre Gedanken nicht lesen. Es gibt nicht die geringste Spur von der Energie eines menschlichen Gehirns.

Was sind sie deiner Meinung nach dann?

Vielleicht eine Art Klone. Oder Roboter, nur dass sie aus Fleisch und Blut sind, statt aus Metall. Ich weiß es nicht.

Bevor sie ihren Austausch fortsetzen konnten, kam ein weiterer Reiter unter den Bäumen hervor, und die anderen teilten sich und ließen ihn passieren. Er war schlank und blass, und seine Augen leuchteten bernsteinfarben im rötlich grauen Licht, das durch die Wolken drang. Mikhail schätzte ihn auf etwa dreißig, und seiner prächtigen Kleidung und der Ehrerbietung nach, die man ihm zollte, musste er eine Respektsperson sein.

Der Mann zügelte sein Pferd und sah Mikhail und Marguerida lange nur schweigend an. Vor allem starrte er auf ihre Umhänge, als würde ihn irgendetwas daran stören. Dann verzog er leicht den schmalen Mund. »Seid gegrüßt«, sagte er schließlich tonlos. Eine große Kälte lag in seinen Worten, und Mikhail unterdrückte einen Schauder.

»Seid gegrüßt, *vai Dom*«, antwortete er.

»Ich bin Padraic El Haliene.« Der Mann sah von einem zum anderen und runzelte die Stirn, als er das schwere Armband an Margueridas Handgelenk bemerkte. In sein hochmütiges Gesicht trat ein verwirrter Ausdruck, als hätte er zwar etwas Bestimmtes erwartet, aber nicht das. »Woher kommt ihr?«

»Vom Norden.« Das war so weit richtig. Mikhail und Marguerida hatten besprochen, was sie auf die Fragen von Fremden antworten wollten, und versucht, eine Geschichte zu erfinden, die einer oberflächlichen Prüfung standhielt. Sie wollte sich für Marja Leynier ausgeben, und er hatte sich für den Namen Danilo entschieden; so hatte man ihn genannt, als er Regis Hasturs Erbe wurde, bevor Dani Hastur zur Welt kam. Aber Danilo wer? Mikhail war noch kein passender Nachname eingefallen, sosehr er sich auch anstrengte. Es war, als würde sich etwas in ihm gegen einen anderen Namen sträuben, oder vielleicht war es auch wichtiger, als er dachte, wie er sich nannte.

Dom Padraic schwieg einen Augenblick. Mikhail war sich sicher, dass er nicht wirklich nachdachte, sondern eher jemandem zuhörte. »Wessen *Leroni* seid ihr?« Die Frage kam wie ein scharfes Bellen, das kein Leugnen duldete.

Mikhail zögerte, unsicher, wie er reagieren sollte. Er hatte sich bis zu diesem Augenblick nicht klar gemacht, wie verschieden das Zeitalter des Chaos von seiner eigenen Zeit war, denn die Frage des Mannes ergab in Mikhails Tagen keinen Sinn mehr. Sie unterstellte Besitz statt Untertanentreue, Mikhails *Laran* machte ihn offenbar zu einer Art Eigentum. Das erschien ihm unvorstellbar, und er war wütend und bestürzt zugleich. Wären die acht schweigenden Gestalten nicht gewesen, die sie aus leeren Augen beobachteten, hätte er *Dom* Padraic gern aus dem Sattel geholt und ihm eine tüchtige Tracht Prügel verabreicht.

Mik, das ist der Mann, der Amalies Leute aus Hali vertrieben hat – dessen bin ich mir ganz sicher! Und da ist noch jemand …

»Wem dient ihr?« fuhr *Dom* Padraic sie an, als er keine Antwort bekam.

Mikhail blieb stumm und sinnierte über Margueridas Gedanken. Dann spürte er einen leichten Druck in seinem Kopf und hatte den Impuls, seinen richtigen Namen zu nennen. Es war ein ekelhaftes Gefühl und erinnerte ihn nur zu sehr an Emelda. Ein Wahrheitszauber! Mikhail unterdrückte einen

Schauder und bemühte sich, ruhig zu bleiben. Das war eine Form von Zwang, die in seiner Zeit fast unbekannt war, aber er hatte während seines Aufenthalts in Arilinn davon gehört.

Man vernahm einen Ruf, und ein kleiner Esel trottete unter den Bäumen hervor. Auf ihm saß unbeholfen eine Frau, deren Beine fast über den nassen Boden streiften. Sie ritt an *Dom* Padraics Seite und sah ihn wütend an.

Er erwiderte den Blick mit funkelndem Hass, dann hob er seine Reitpeitsche und ließ sie auf die Schulter der kleinen Frau niedersausen. Die schwere Wolle ihres Überrocks dämpfte den Schlag, dennoch wäre sie fast aus dem Sattel gerutscht, in dem sie mehr hing als saß. »Unfähige Schlampe! Wem gehören die beiden? Warum kannst du sie nicht zu einer Antwort zwingen?« Die kleine *Leronis* sagte nichts, sondern schaute nur unglücklich drein, während der Regen auf ihr rundes Gesicht tropfte.

»Es tut nichts zur Sache«, zischte sie schließlich. »Sie sind stark genug, um bei dem Werk von Nutzen zu sein.« Sie sah Mikhail an und machte große Augen. Dann schüttelte sie den Kopf, als wollte sie einen beunruhigenden Gedanken verscheuchen. Mikhail hörte förmlich, wie sie sich weigerte, zu glauben, was sie da sah.

Bevor er sich ihren Blick erklären konnte, unterbrach ihn Marguerida. *Mik, ich habe wieder eine meiner verfluchten Visionen. Unser beider Geschick ist irgendwie mit dieser komischen kleinen Dame verknüpft und mit Dom Padraic ebenfalls. Mach vorläufig einfach mit.*

Es bleibt uns wohl ohnehin nichts anderes übrig, oder? Mikhail hatte das Gefühl, dass ihm seit dem Ruf nach Hali selten eine Wahl geblieben war, und er empfand plötzlichen Groll.

Nein. Diese Männer – na ja, genau genommen sind es keine Männer – würden uns gefangen nehmen. Und die Frau ver-

sucht ständig, in meine Gedanken einzudringen, und in deine ebenfalls. Sie ist sehr neugierig in Bezug auf uns, hat aber zu viel Angst vor ihm, um etwas zu sagen.

Ich weiß.

Dom Padraic schnaubte und zuckte die Achseln. »Ihr werdet tun, was ich sage, und zwar ohne Fragen zu stellen. Haben wir uns verstanden?« Dann wendete er sein Pferd, ohne eine Antwort abzuwarten, offenbar daran gewöhnt, dass man ihm auf der Stelle gehorchte.

Mikhail fügte sich für den Augenblick und gab seinem Pferd die Sporen. Dann bemerkte er, dass die Krähe verschwunden war, und blickte sich suchend um. Als sie an dem Gehölz vorbeiritten, nahm er eine dunkle Gestalt und ein Aufblitzen von weißen Federn wahr. Der Vogel konnte gut für sich selbst sorgen, entschied er und hoffte nur, dass er es ebenfalls konnte.

Nach einem zweitstündigen Ritt kam ein Gebäude in Sicht, eine Burg von solchen Ausmaßen, dass Mikhail nur noch staunen konnte, auch wenn ihm zugleich der Mut sank. Es gab nicht eine Festung auf Darkover, die dieser hier gleichkam. Was Mikhail jedoch zutiefst erschütterte, war der Umstand, dass er nicht einmal von den Überresten eines solchen Baus wusste. Sicher, er hatte die Ländereien der Domäne Elhalyn nie vollständig erforscht, aber wenn die Ruinen dieses ungeheuren Steinhaufens dort irgendwo zu finden wären, hätte er mit Sicherheit davon gehört. Selbst wenn die Bauern die Steine jahrhundertelang geplündert hätten, wäre er nicht ganz abgetragen worden.

Das konnte nur bedeuten, das Gebäude wurde gänzlich zerstört, komplett aus der Erinnerung und der Geschichte gelöscht. Mikhail betrachtete niedergeschlagen die beiden mächtigen Türme, die sich hoch über der Burgmauer erhoben.

Ein seltsam schicksalhaftes Gefühl ergriff von ihm Besitz. Auch ohne ein Körnchen der Aldaran-Gabe wusste er in seinem tiefsten Innern, dass er mit der Zerstörung dieses Ortes zu tun hatte. Das stand so fest wie die Burg selbst. Hatte Varzil sie etwa nur von so weit hergeholt, um sie hier sterben zu lassen?

Er sah Marguerida an. Ihr Gesicht wurde zur Hälfte von der Kapuze verdeckt, aber was er davon sehen konnte, war sehr düster. Mikhail spürte, wie sie sich angestrengt konzentrierte. Offenbar setzte sie sich gegen die *Leronis* auf dem Esel zur Wehr. Und da war noch etwas. Aber was?

Mikhail blickte auf seine Hand hinab, an der Varzils Ring unter einem Handschuh verborgen war. Er spürte die Kraft, die dort ruhte, aber er wusste auch, dass er nicht die Fähigkeit besaß, sie zu nutzen. Noch nicht. Immer wenn Mikhail schlief, fühlte er den Ring, als würde er zu ihm sprechen. Beim Aufwachen war er jedes Mal verwirrt, als hätte jemand zu viele Informationen in seinen Kopf gepackt, mehr als er begreifen konnte. Er hatte so etwas noch nie erlebt, und es erschreckte und belebte ihn zugleich. Es würde wahrscheinlich Jahre dauern, bis er das Wesen dieses Vermächtnisses wirklich verstand. Zuerst musste er jedoch überlegen, was ihn hinter jenen drohend aufragenden Mauern erwartete, und dann sich und Marguerida zum richtigen Zeitpunkt irgendwie heil zur *Rhu Fead* schaffen. Entmutigende Aussichten, die durch einen leeren Magen und nasse Kleider nur noch verschlimmert wurden.

Mikhail zwang sich, diese niederschmetternden Gedanken fallen zu lassen. Stattdessen betrachtete er aufmerksam die Burg. Er sah die finsteren Zinnen, auf denen Männer standen. Er bemerkte das verriegelte Tor und wie viele Männer nötig waren, um den gewaltigen Sicherungsbalken zu entfernen. Möglicherweise musste er diese Dinge nicht wissen, andererseits war es vielleicht die letzte Gelegenheit, die Festung zu studieren, die leicht zu ihrem Gefängnis werden konnte.

Stallburschen flitzten in den Regen hinaus, echte Menschen, keine unheimlichen, identischen Geschöpfe wie Padraics Reiter. Die ganze Bande sah ungesund und nervös aus. Mikhail stieg vom Pferd und wollte gerade Marguerida helfen, aber *Dom* Padraic war vor ihm da und reichte ihr seine weiche Hand. Marguerida blieb im Sattel und sah zu Padraic hinab, als wäre er gerade unter einem Stein hervorgekrochen. Ihre Miene war königlich, streng und würdevoll. Sie erinnerte Mikhail an Javanne in ihren stolzesten Momenten, und er entschied, dass seine Geliebte vorläufig ganz gut auf sich selbst aufpassen konnte.

Mikhail schlüpfte an dem mit offenem Mund dastehenden Padraic vorbei und streckte die Hand aus. Marguerida ergriff sie und stieg vom Pferd. Dann drehte sie sich zu *Dom* Padraic um, und ihre goldenen Augen funkelten vor kaum verhüllter Wut. »Ich wusste gar nicht, dass man im Süden so ungehobelt ist. Niemand außer meinem Mann darf mich berühren!«

Dom Padraics Gesicht wurde kreidebleich. Er verzog den schmalen Mund, und man sah ihm deutlich an, dass er es nicht gewohnt war, in dieser Weise angeredet zu werden, besonders nicht von einer Frau. Seine Hand griff zur Reitpeitsche, und für einen Augenblick dachte Mikhail, er wolle Marguerida schlagen wie die bedauernswerte Frau auf dem Esel.

Doch dann beruhigte sich Padraic wieder, seine Selbstsicherheit kehrte zurück, und er grinste kalt und höhnisch. »Ich kann berühren, wen ich will«, begann er geschmeidig. »Ich glaube, ihr habt noch nicht begriffen, dass ihr mir jetzt gehört, und dass ich mit euch tun kann ...«

Die rundliche *Leronis* glitt von ihrem Esel, huschte zu *Dom* Padraic und zupfte ihn am Ärmel. »Lasst sie!«, zischte sie. Ihre

Augen weiteten sich, und ihr Gesicht drückte reines Entsetzen aus.

»Was!«

Der erboste Herr wandte sich zu der Frau um. Obwohl sie sichtbar zitterte, hielt sie die Stellung. »Bitte, Herr – seid vorsichtig. Ich bin jemand wie ihr noch nie begegnet, sie besitzt zweifellos ein neues *Laran,* das sie im Norden gezüchtet haben.« Die Frau hatte nun Padraics volle Aufmerksamkeit. »Und sagt man nicht, dass sich nur ein Narr seine *Leroni* zu Feinden macht?«

»Feinde?« *Dom* Padraic dachte einen Augenblick darüber nach. »Sagt man das? Ich kann mich nicht erinnern, es schon mal gehört zu haben. Aber vielleicht hast du Recht.« Dann schüttelte er den Kopf. *Ein Haufen Schmarotzer, das sind diese* Leroni. *Sie erwarten, dass man sie wie Prinzen behandelt, dass sie das beste Essen und die wärmsten Zimmer bekommen. Sie haben uns von ihrem faulen Zauber abhängig gemacht. Ich würde sie mit Freuden umbringen, wenn ich nur könnte, jeden Einzelnen. Und wenn ich erst den Turm von Hali eingenommen und die Hastur Brut endlich aus ihm vertrieben habe, dann tue ich es vielleicht sogar. Wir wären ohne sie besser dran – selbst ohne sie hier!*

Mikhail hörte die Gedanken wie das Flüstern vom Ende eines langen Flurs, aber die Absicht dahinter war unmissverständlich. Während er auf dem rutschigen Pflaster stand, kehrte das bedrohliche Gefühl von vorhin zurück. Er hoffte, sein Schicksal beinhaltete die Möglichkeit, diesen Mann zu töten.

Der Wind wechselte die Richtung, und Mikhail drehte sich der Magen um. Der grüne Schaum unter seinen Füßen stank zwar ebenfalls, aber dieser widerliche Geruch kam von woanders. Er war Ekel erregend. Schlimmer noch: Es war der *falsche* Geruch, nicht der unangenehme Modergeruch, den altes

Gemäuer oft verströmt, sondern etwas entschieden Ungesundes. Kein Wunder, dass die Stallburschen alle so kränklich aussahen.

Mikhail wurde mit jeder Minute verwirrter. Die ganze Situation war grotesk. *Dom* Padraic hatte nie nach ihren Namen gefragt, wofür Mikhail sehr dankbar war. Man hatte ihn und Marguerida entführt und wollte sie zwingen, an der Vernichtung von Mikhails eigenen Vorfahren mitzuwirken, wenn er den Gedanken richtig verstanden hatte. Wieso? Und wie? Mikhail wusste, er verfügte so langsam über die meisten Teile, konnte sie jedoch zu keinem Bild zusammensetzen.

Der Hof lag im Schatten der beiden Türme, und es gab auch noch weitere Gebäude. Ein kleines Steinhaus mit roten Türen und ein anderes, aus dem ein Geruch wie aus einer Gerberei zu Mikhail wehte. Neben dem Gestank der Pflastersteine war es geradezu ein angenehmer Geruch.

In diesem Moment ging die Tür am Fuß eines der Türme auf, und eine Frau trat heraus. Sie war noch jung, etwa zwanzig, und ihr rotes Haar glänzte im grauen Tageslicht. Die kecke Nase war von Sommersprossen gesprenkelt, und ihr Mund schien wie zum Lächeln gemacht. Stattdessen presste sie die Lippen jedoch fest aufeinander, und ihre Augen waren schmal und misstrauisch. »Ihr habt sie tatsächlich gefunden!« Die Frau streifte Mikhail mit einem kurzen Blick, aber ihre gesamte Aufmerksamkeit galt Marguerida. Sie forschte in deren Gesicht, und ihre dunkelgrauen Augen schienen sich zu trüben. Ein Ausdruck tiefster Besorgnis huschte über das Gesicht der jungen Frau, und sie schaute zu der untersetzten *Leronis* hinüber. Mikhail bemerkte, wie die beiden Frauen einen ängstlichen Blick tauschten. Sie fürchteten sich vor Marguerida, so viel war sicher. Und mehr noch, sie trauten sich nicht, ihrem Herrn zu sagen, wieso.

Dom Padraic nickte knapp. »Ja, ich habe sie gefunden, wie

ich es dir gesagt habe, Schwester. Ich hoffe, du bist jetzt zufrieden, denn ich habe noch etwas Besseres zu tun, als im Regen auf irgendwelche *Leroni* zu warten, wie nützlich sie auch sein mögen.«

»Ja, natürlich, Padraic.« Ihre Stimme war lieblich und schmeichelnd, aber sie enthielt auch eine gewisse Spannung. Die Frau klang, als würde sie sich aus alter Gewohnheit über ihren Bruder lustig machen, und Mikhail hatte den Eindruck, in einen Konflikt zwischen den beiden zu geraten. »Kommt mit, ihr zwei. Ich sehe, ihr braucht ein Bad und saubere Kleidung. Und eine warme Mahlzeit.«

»Sie müssen gleich morgen früh zu arbeiten beginnen«, drängte Padraic. »Wir können nicht länger warten.«

»Ja, mein Bruder. Ich weiß schon, was ich tue. Wir bringen sie zu den Schirmen, und alles wird nach deinem Plan verlaufen.« Sie klang entgegen ihren Worten nicht im Geringsten sicher. Ihr Tonfall und ihre Körperhaltung drückten Angst und tiefe Verzweiflung aus.

Mir scheint, wir sind vom Regen in die Traufe geraten, Mik. Ich habe kein gutes Gefühl bei der Sache.

Passend ausgedrückt, aber ich wüsste im Augenblick nicht, was wir dagegen tun könnten.

Ich bin nicht das, was sie und Padraic erwartet haben.

Das habe ich auch schon bemerkt. Hoffen wir, dass sie dieser Umstand so lange beschäftigt, bis wir herausgefunden haben, was hier vor sich geht. Padraic hat großes Unrecht vor, und diese Frauen helfen ihm dabei.

»Willkommen im Turm von El Haliene. Kommt mit«, sagte die Frau leise, als ging sie davon aus, dass die beiden ihr augenblicklich gehorchten. »Ich bin Amirya Haliene. Ich zeige euch jetzt euer Quartier.« Sie drehte sich um und ging zurück zum Turm. Nach kurzem Zögern folgten ihr Mikhail und Marguerida.

Sie betraten eine düstere Eingangshalle von der Kargheit einer Kaserne. Zwei Fackeln beleuchteten dürftig den Raum, die Wände waren nackt. Es war kalt und ungemütlich, und es roch schlecht. Marguerida schauderte und drückte sich dichter an ihren Mann.

Mikhail sah im hinteren Teil des Raums eine enge Treppe, die sich ins obere Stockwerk wand. Überall waren der beißende Geruch der Matrixschirme, und es stank nach feuchtem Schimmel. Die Stille war unheimlich, doch Mikhail spürte die Nähe von Leuten.

Sie folgten der Frau schweigend. Wieder erstaunte es Mikhail, dass auch sie nicht nach ihren Namen fragte. Er wunderte sich außerdem über die sonderbare Abweichung ihres Namens – Haliene hatte er noch nie gehört – und fragte sich, ob sie wohl eine richtige Schwester von Padraic war. Sie sahen sich ähnlich, aber sie konnten leicht auch nur Halbgeschwister sein.

Amirya führte sie an der Wendeltreppe vorbei in einen schmalen Gang, der zur Rückseite des Gebäudes führte. Er war düster und bedrückend und stank ebenfalls nach Moder. Außerdem war es recht kühl hier, und Mikhail war froh über seinen Umhang, wenngleich der vom Regen feucht war. Er spürte, wie sich Marguerida an ihn drückte und sich bei ihm einhakte. Er nahm ihren Lavendelgeruch wahr und fühlte sich irgendwie weniger beklommen. Solange Marguerida an seiner Seite war, wurde er mit allem fertig.

Von dem Flur gingen mehrere Türen ab, und Amirya öffnete eine davon. »Das ist dein Zimmer«, sagte sie zu Marguerida, und an Mikhail gewandt: »Deines ist am Ende des Flurs.«

»Wir sind Mann und Frau, und wir schlafen nicht getrennt«, fuhr Mikhail sie an. Er wollte nicht, dass Marguerida von ihm getrennt wurde, und sei es auch nur durch eine Wand, geschweige denn durch mehrere.

Amirya starrte ihn nur an. Sie sah auf sein Handgelenk und bemerkte das Armband, dann betrachtete sie stirnrunzelnd das Gegenstück an Margueridas Arm. »Verheiratet? Aber ...«

»Aber was?«

»Wie ist das nur möglich? Das wird alles zunichte machen. Ich verstehe das nicht – so habe ich das nicht vorausgesehen! Kein Wunder, dass Padraic ... O verdammt!«

»Was wird es zunichte machen?«, fragte Marguerida gespannt.

»Nichts. Es hat nichts zu bedeuten. Bald ist sowieso alles vorbei.«

»Hört endlich auf, in Rätseln zu sprechen, Amirya!« Margueridas Stimme hatte einen leichten Befehlston, der die andere Frau aufhorchen ließ.

»Wir ... mein Bruder ...« Sie hielt inne, holte tief Luft und begann von neuem. »Ich bin Bewahrerin hier im Turm von El Haliene, und ich habe euch entdeckt, als ich ein Mittel suchte, um den Krieger des Königs zu vernichten. Ich wäre nicht Bewahrerin, wenn unsere Base Amalie nicht so schlau gewesen und uns entkommen wäre. Sie hätte uns in den Turm von Hali einlassen sollen, als wir dorthin kamen, und sich uns anschließen, aber sie ist treulos.« *Ich bin Padraic treu und werde meinen Lohn erhalten. Und ich bin froh, dass Amalie geflohen ist, denn wäre sie hier, wäre ich nicht Bewahrerin.*

»Ich habe nie vom Turm von El Haliene gehört«, bemerkte Mikhail bedächtig.

»Das überrascht mich nicht, denn wir arbeiten hier seit mehr als einem Jahr unter größter Geheimhaltung, wir haben die Schirme geschaffen und bereiten ... Es hat nie einen Turm wie unseren gegeben. Ich bin mir sicher, er ist sogar noch größer als der von Hali.«

»Du klingst aber nicht sehr sicher, Amirya«, sagte Mikhail.

»Du klingst eher, als würdest du dir etwas vormachen. Und bist du nicht ziemlich jung für eine Bewahrerin?«

Zu seiner Überraschung grinste Amirya. »Das ist das Beste daran, denn niemand rechnet damit, dass jemand so Junges wie ich die Energien handhaben kann, deshalb konnten wir arbeiten, ohne einen Verdacht zu erwecken. Fast, jedenfalls. Ich glaube, Varzil Ridenow hat etwas bemerkt, aber der war zu alt und zahnlos, um etwas dagegen zu tun.«

In diesem Augenblick fühlte Mikhail entferntes Gelächter. Er wusste, was immer Amirya vorausgesehen hatte, Varzil hatte seine Hand im Spiel. Der alte *Laranzu* mochte im Sterben liegen oder vielleicht schon tot sein, aber zahnlos war er nicht.

Mikhail spürte den Ring an seinem Finger kribbeln, und sein Mund dehnte sich zu einem wölfischen Grinsen. Er spürte, wie sich etwas Starkes und Dunkles in ihm regte und wie ein mächtiges Tier die Muskeln spielen ließ. Er wollte es nur zu gern freilassen, wusste aber, er musste seinen Drang, diesen Ort zu zerstören, vorläufig bezähmen. Dennoch machte ihm die Aussicht darauf auf wunderbare Weise Mut.

Marguerida warf einen Blick in das Zimmer. »Ich glaube, wir kommen hier schon zurecht. Das Bett ist zwar ein bisschen schmal, aber wir sind ja beide nicht dick.«

Amirya war empört. »Ihr wollt doch nicht etwa ... – während ihr an den Schirmen arbeitet! Ich bestehe darauf, dass ...«

»Du kannst bestehen, worauf du willst, es ist uns egal«, antwortete Marguerida lächelnd. »Außerdem leisten wir die beste Arbeit während wir ... nicht wahr, *Cario*?« Sie warf Mikhail einen viel sagenden Blick zu. Für eine Frau, die bis vor zwei Tagen noch mit keinem Mann zusammen gewesen war, hatte sie nach anfänglicher Unsicherheit eine große und erschöpfende Begeisterung für die Sache entwickelt.

Die Frau sah von Marguerida zu Mikhail. »Wer seid ihr?«

»Im Augenblick sind wir zwei sehr müde Menschen. Wenn ich mich recht entsinne, habe ich etwas von einem Bad gehört.« Bei Margueridas kühlem Tonfall fröstelte es sogar Mikhail, obwohl er sie so gut kannte.

»Ihr verschiebt euch ständig vor meinen Augen – wer seid ihr?«

Du bist besser dran, wenn du es nicht weißt. Mikhail spürte, wie seine Frau zum erzwungenen Rapport wechselte, er konnte die Kraft und die Drohung darin fühlen.

Wir verschieben uns? Was meint sie wohl damit, Marguerida? Ich bin mir nicht sicher, aber ich vermute, wir sind in dieser Zeit nicht fest verankert, und für jemanden, der die Gabe des Gesichts hat, könnte es so aussehen, als würden wir ständig kommen und verschwinden.

Amiryas Miene wirkte sorgenvoll und unsicher. Sie biss sich auf die Unterlippe und ballte die zierlichen Hände zu Fäusten. »Ich werde euch zwingen, es mir zu sagen! Ich kann es nicht riskieren, meinen Bruder zu enttäuschen. Dann wenden wir eben den Wahrheitszauber an, wenn es sein muss.«

»Ich glaube nicht, dass das klug von dir wäre«, entgegnete Marguerida. »Es könnte für jeden, der es versucht, tödlich enden. Aber das ist deine Entscheidung, Amirya, nicht meine. Du hast uns hierher geholt, also musst du auch mit den Folgen fertig werden.«

»Was soll ich denn bloß tun?« Die junge Frau war offensichtlich überfordert. »So war das alles nicht geplant. Ihr seid nicht, was ihr zu sein scheint, und wenn ich das Padraic erzähle, dann macht er mir die Hölle heiß. Wenn er nicht bekommt, was er will ... ich darf gar nicht daran denken!«

»Vielleicht solltest du dir dann überlegen, ob es eine so gute Idee ist, deinem Bruder zu geben, was er glaubt, unbedingt haben zu müssen. Einen geheimen Turm bauen, *Leroni* zum Dienst zwingen – nichts von alldem kommt mir sehr klug vor.

Dieser Ort riecht nach Verderben, und ich glaube, du weißt es auch, Amirya. Ich glaube, du weißt, dass du nicht das Richtige tust, und es macht dir zu schaffen.«

»Wenn ich doch nur … wenn ich nur Gewissheit hätte«, flüsterte sie, und ihr schlanker Körper bebte.

»Es gibt keine Gewissheit, höchstens die, dass die Sonne am Morgen aufgeht und dass es im Winter schneit. Alles andere ist eine Frage von Entscheidungen und deren Folgen. Ich weiß, dass unsere Geschicke vorläufig miteinander verknüpft sind und dass du deines ändern kannst, wenn du es wirklich willst. Aber deinen Bruder dabei weiter zufrieden zu stellen, wird vielleicht nicht möglich sein.«

Tränen glitzerten in Amiryas dunklen Augen und liefen ihr schließlich über die Wangen. »Ich habe solche Angst. Ich dachte, ich hätte mich bisher schon gefürchtet, aber …«

»Ich weiß. Wir wissen es beide. Aber wenn wir nicht bald etwas zu essen bekommen, fallen wir auf der Stelle tot um, und das wird deinen Bruder mit Sicherheit verstimmen.«

Mikhail wusste, dass Marguerida im Augenblick nicht die Befehlsstimme benutzte, das verletzliche Mädchen aber dennoch irgendwie beeinflusste. Er bemerkte, dass ihre linke Hand eine kleine Bewegung vollführte, und hätte laut gelacht, wenn er sich getraut hätte. Sie wandte eine Art Heilverfahren an und besänftigte die Ängste der unglücklichen Kleinen. Und er besaß genügend Menschenkenntnis, um zu wissen, dass sich Amirya umgehend einreden würde, sie habe überreagiert oder sich nur eingebildet, dass sich die beiden vor ihren Augen verschoben.

Die Anspannung in Amiryas Körper löste sich langsam. »Natürlich. Ich werde euch von einem Diener gleich etwas zu essen bringen lassen. Das Badezimmer ist die zweite Tür rechts – öffnet bitte keine von den anderen Türen! Ich will nicht, dass die anderen bei ihrer Ruhe gestört werden. Sie brauchen ihre Kraft. Und ich kümmere mich darum, dass ihr saubere Kleider bekommt.«

Amirya drehte sich um und floh den Gang entlang, so schnell sie konnte. *Ich lasse sie vorerst in ihrem Zimmer – ich wage es nicht, sie zu benutzen, noch nicht. Was soll ich bloß tun?*

Marguerida betrat die enge, düstere Kammer, legte ihren Umhang ab und ließ sich auf das Bett fallen. Mikhail setzte sich neben sie. »Wenigstens regnet es hier nicht«, murmelte sie niedergeschlagen.

Die Stille schien zu wachsen, und Mikhail entspannte sich zusehends. Vorläufig konnte er nichts tun, und Marguerida hatte Recht: Es war gut, dass sie dem schlechten Wetter entronnen waren.

Er spürte, wie seine Sinne zu kribbeln begannen, als würden sie aus seinem Körper herauswachsen wie feine Lichtfäden. Es fing langsam an, und zunächst bemerkte er es kaum, bis er der Erscheinung einer anderen Person begegnete. Es war nicht Marguerida, sondern ein fremder Mann, und er war obendrein krank. Wo war dieser Mann?

Nach einer Weile wusste Mikhail, dass die Person, die er wahrnahm, nur zwei Türen entfernt war. Er empfing nichts außer der Wahrnehmung einer schrecklichen Müdigkeit und Krankheit – keine Persönlichkeit. Er konnte nicht einmal sagen, ob der Mann jung oder alt war.

Er ließ es zu, dass sein Bewusstsein sich ausdehnte und frei umherschweifte. Doch was er fand, gefiel ihm nicht. Überall im Gebäude waren erschöpfte Menschen, alle besaßen *Laran*, und viele waren nicht nur müde, sondern in verschiedener Weise verwundet. Er spürte mehrere Brandwunden, eine Person, die am Rande des Wahnsinns stand, und eine, die dem Tode sehr nahe war. Er riss sich schnell los.

Mikhail fuhr zusammen. Das hatte er früher nie gekonnt,

einfach die Sinne ausstrecken und beobachten. Theoretisch unterschied es sich nicht sehr von der Überwachung eines Kreises. Was ihn dabei am meisten verblüffte, war die Wirklichkeitstreue. Er wusste, er konnte mühelos den ganzen Turm erkunden, vom Keller bis zum Dachboden. Aber nicht jetzt. Er musste vorsichtig sein.

Was wurde aus ihm? Als ihm die Frage in den Sinn kam, stellten sich seine Nackenhaare auf. Er drehte sich um und wollte etwas zu Marguerida sagen, musste aber feststellen, dass sie auf das Kissen gesunken und eingeschlafen war. Er betrachtete eine Weile ihr entspanntes Gesicht. Er sollte ebenfalls ein wenig schlafen, bis das Essen kam. Aber er war nicht richtig müde. Außerdem wollte er wissen, in was er sich gerade verwandelte.

Nein, das war nicht die richtige Frage. In was sie *beide* sich verwandelten, das war besser. Es hatte auch mit Marguerida zu tun und mit der unerklärlichen Art und Weise, in der sich ihrer beiden Energien bei diesem absonderlichen Hochzeitsritual ineinander verwoben hatten. Mikhail war sich ziemlich sicher, dass er zwar Varzils Matrix geerbt hatte, nicht jedoch dessen *Laran*. Jedenfalls gab es in den Schriften, die er kannte, keine Hinweise darauf, dass sich *Laran*-Kräfte von einer Person auf eine andere übertragen ließen.

Wie viel von Varzils großem Wissen steckte an Mikhails Finger? Und wie konnte er die Geheimnisse des Rings entschlüsseln? Oder kannte er sie bereits und konnte sie nur nicht in Gedanken fassen? *Jetzt habe ich meine eigene Schattenmatrix.*

Mikhail sah auf Margueridas Hand hinab, die in dem abgetragenen Seidenhandschuh steckte. Durch den Stoff fühlte er die Linien, die auf ihrer Haut verliefen, ebenso wie deren Widerhall in seinem eigenen Körper und der Matrix, die er trug.

Ja, sie waren wirklich zwei Hälften eines Ganzen. Die Erkenntnis erschütterte ihn, aber er wusste, dass sie zutraf. Er begann zu verstehen, wieso die ganze Sache von Marguerida und ihrer ungewöhnlichen Matrix abhängig gewesen war. Ihn schwindelte leicht, als er versuchte, die Auswirkungen dieser Sache zu begreifen, und bald musste er aufgeben. Es war zu viel, um alles im Kopf zu behalten. Gleichzeitig wusste er in seinem tiefsten Innern, dass er nun eine Macht besaß, die größer war, als er es je für möglich gehalten hätte, ganz zu schweigen davon, dass er ihr Meister war. Nein – nicht ihr Meister. Das kam vielleicht noch. Vorläufig war er immer noch er selbst, Mikhail Hastur, und er musste noch eine Menge lernen.

Ein schlurfendes Geräusch näherte sich auf dem Flur, und dann erschien ein Diener in der noch immer offenen Zimmertür. Er war ein Mann mittleren Alters, und er trug ein voll beladenes Tablett, von dem verlockende Düfte aufstiegen. Mikhail sah gebratenes Geflügel, eine Schüssel gekochtes Getreide und fast einen ganzen Laib Brot. Daneben lagen hölzerne Löffel und ziemlich schmutzige Servietten.

Der Diener sagte nichts, sondern stieß lediglich Mikhail das Tablett entgegen. Der nahm es und setzte es an den Fuß des Bettes ab, da auf dem einzigen Tisch im Zimmer schon ein Wasserkrug und eine Waschschüssel standen. Der Diener schlurfte davon; sein Benehmen hatte etwas Beunruhigendes, aber Mikhail kam nicht dahinter, woran es lag.

»Aufwachen, du Schlafmütze. Es gibt Essen.«

»Hmm?«

Marguerida schlug die Augen auf und sah ihn an wie eine Eule. Sie schnupperte und lächelte. »Riecht gut.«

Mikhail stellte das Tablett zwischen sie, Marguerida breitete sich eine Serviette über den Schoß und griff nach einem der Vögel. Sie riss ihm ein Bein aus und schlug ihre Zähne in das Fleisch. Fett triefte von ihrem Kinn, sie wischte es mit dem

Handgelenk ab und berührte ihr Gesicht dabei mit dem Armband. Mikhail achtete kaum darauf, weil er zu beschäftigt war, seinen eigenen Hunger zu stillen. Als ein zweiter Diener mit frischen Kleidern kam, war er schon über und über mit Fett verschmiert, und es war ihm egal. Gleich nach dem Essen würde er sowieso baden, und darauf freute er sich.

Die Diener kamen und gingen in völligem Schweigen, und Mikhail fragte sich, ob sie etwa den Befehl hatten, nichts zu sagen. Es verwirrte ihn, aber er war immer noch zu hungrig, um lange darüber nachzudenken. Er brach ein Stück Brot ab und biss kräftig hinein. Es schmeckte irgendwie seltsam, und Mikhail verzog das Gesicht. Das Brot hatte einen säuerlichen Beigeschmack, und unter anderen Umständen hätte er es wieder ausgespuckt. Stattdessen kaute und schluckte er und wünschte, er könnte es mit ein wenig Wein oder Bier hinunterspülen. Er dachte einen Augenblick an das vorzügliche Bier, das *Mestra* Gavri in ihrem Gasthaus nahe der Burg Ardais braute, in einem alten Gebäude, das jetzt noch nicht einmal gebaut war, und zuckte die Achseln. Er nahm einen Löffel und probierte das Getreide. Es hatte zu lange gekocht, war dick und breiig und schmeckte fad, außerdem erinnerte es Mikhail an die fürchterlichen Mahlzeiten, die er in Haus Halyn erduldet hatte.

Marguerida hatte ihr Geflügel halb aufgegessen und probierte ebenfalls das Getreide. Sie verzog das Gesicht. »Der Koch muss heute seinen freien Tag haben«, brummte sie.

Mikhail wischte sich mit dem Handrücken über den Mund.

»Oder aber die Elhalyns stellen nie einen Koch ein, der sein Handwerk versteht. Ich frage mich, warum die Diener nicht mit uns gesprochen haben.«

»Ja, das ist mir auch aufgefallen. Ich glaube, sie wurden zum Schweigen gezwungen – jedenfalls habe ich etwas in diese Richtung gefühlt, als der Mann uns das Essen brachte. Ich glaube, diese komische Frau, die bei *Dom* Padraic war, tut Dinge, die Istvana sehr wütend machen würde, wenn sie davon wüsste.«

Während du ein Nickerchen gemacht hast, habe ich mich ein wenig umgesehen – ohne den Raum zu verlassen. Um uns herum sind überall Leroni, und sie sind zum Großteil in einer schrecklichen Verfassung. Hier geht etwas Furchtbares vor sich; wenn ich doch nur wüsste, was es ist.

Du hast dich umgesehen, ohne den Raum zu verlassen?

Ein neues Kunststück, das anscheinend durch Varzils Ring möglich ist.

Kannst du es mir beibringen? Hört sich nützlich an. Pfui! Dieses Getreide schmeckt widerlich. Ist dir eigentlich je in den Sinn gekommen, dass ein Vorteil der Telepathie ist, dass man sich mit vollem Mund unterhalten kann?

Nein, und wenn du mich weiterhin beim Essen zum Lachen bringst, ersticke ich noch. Was hältst du eigentlich von der ganzen Sache hier, Marguerida?

Nein, du kannst es mir nicht beibringen, oder nein, du hast noch nie darüber nachgedacht?

Dir ist etwas eingefallen, und du willst mir nicht sagen, was.

Wie hast du das denn erraten?

Weil du mich mit deinen Scherzen immer von unangenehmen Dingen abzulenken versuchst, Caria.

Ich fürchte, du hast Recht. Ein bedauernswerter Charakterfehler. Also gut. Ich glaube, dass Dom *Padraic versucht, an spaltbares Material zu kommen.*

Was! Wie kommst du denn auf diese Idee?

Aus mehreren Gründen. Beim Hereinkommen bemerkte ich ein leichtes Glimmen auf den Stufen. Das hat mich nachdenklich gemacht. Und dann ist mir eingefallen, dass ich in Arilinn auf einige Dokumente gestoßen bin, die nahe legten, dass zu einer bestimmten Zeit – zufällig genau die, in der wir uns jetzt befinden – schwach radioaktive Geräte auf Darkover benutzt wurden. Es war eine von Varzils Leistungen, dass er dem ein Ende setzte, aber das Wissen existiert noch, und ich glaube fast, Dom Padraic beabsichtigt, es zu verwenden.

Aber wieso? Mikhail wusste, dass es einige Orte auf Darkover gab, die nachts immer noch glühten und die von allen Leuten gemieden wurden. Und seine terranische Erziehung hatte ihm ein solides Grundwissen in Physik vermittelt. Es wunderte ihn nicht, dass Marguerida mehr davon begriff. Er kannte sich mit der Matrixwissenschaft aus und nicht mit Chemie oder Physik, wie in der Föderation gebräuchlich.

Aus dem wenigen, was uns Amalie erzählt hat, folgere ich, dass Padraic Streit mit den Hasturs in Thendara hat. Mik, wenn dein Feind sich an einem bestimmten Ort befindet, und du hast die Möglichkeit, diesen Ort zu zerstören, was würdest du tun?

Mikhail war im ersten Moment zu bestürzt, um antworten zu können. Das widersprach allem, woran er glaubte. Einem Gegner aus der Ferne einen Schlag zu versetzen war feige und ehrlos.

Aber Marguerida hatte Recht. Während des Zeitalters des Chaos, noch vor dem Vertrag, hatten sich die kleinen Krieg führenden Königreiche in der Tat feige und ehrlos verhalten.

Das ist ja schrecklich! Wenn das geschehen wäre ... müsste es doch sicher irgendwelche Aufzeichnungen ...

Mik, ich behaupte nicht, es zu verstehen – aber wir wissen, dass es nicht geschehen ist, und der Grund dafür ist möglicherweise, dass wir beide es verhindert haben. Aber zunächst einmal müssen wir in Erfahrung bringen, was in diesem Turm tatsächlich vor sich geht, und uns dann überlegen, was wir tun sollen. Die eigentliche Frage ist, ob unser Eingreifen die Zukunft verändert oder sie bewahrt.

Mikhail sank der Mut. Doch dann sah er Marguerida an, mit ihrem fettverschmierten Kinn, ihrem zerzausten Haar und den dunklen Ringen unter den Augen, und er spürte, wie er wieder Zuversicht gewann. Er beugte sich über das Tablett und drückte ihr einen schmuddeligen Kuss auf den Mund. Solange Marguerida bei ihm war, konnte er jede Aufgabe meistern.

Mikhail biss wieder in sein Brot und spürte, wie sich sein Mund zusammenzog. War das Getreide etwa schimmelig? Und warum fühlte er sich so komisch, seit er wieder etwas im Magen hatte? Schwach und dumm. Er spuckte das Getreide aus, dann stand er auf, goss sich ein wenig Wasser aus dem Krug in die Hand und trank.

Marguerida starrte ihn an, dann warf sie einen Blick auf das Essen. »Ich erwürge die Hexe mit ihren eigenen Eingeweiden!« Sie sprach terranisch, nicht *Casta*, und Mikhail hatte Mühe, es zu übersetzen. »In dem Essen sind Drogen! Oder Gift!« Sie gab ein ersticktes Geräusch von sich, rappelte sich hoch und beugte sich würgend und spuckend über die Schüssel.

Mikhail packte sie an den Schultern und hielt sie fest. Sie hatte Recht, und einen winzigen Augenblick lang war er wütend. Dann spürte er, wie seine Hand unter dem Ring warm wurde und ein Wohlbefinden durch seinen Körper floss. Was immer in dem Brot und vielleicht auch im Getreide gewesen war, es verwandelte sich, und Mikhail nahm die Verwandlung staunend und fasziniert zur Kenntnis.

Marguerida wurde starr unter seinem Griff, und er wusste, auch sie verspürte die unglaubliche Empfindung der Reinigung. Und diesmal ging es von ihm aus, nicht von ihr. Er konnte ebenfalls heilen. Aus irgendeinem Grund freute sich Mikhail maßlos darüber. Marguerida spuckte noch einmal in die Schüssel, spülte sich den Mund aus und lehnte sich an seine Schulter. »Ich weiß zwar nicht, was du gerade getan hast, aber es geht mir schon viel besser.«

»Mir auch. Und was die Eingeweide dieser Frau angeht, die wirst du mit mir teilen müssen!«

Marguerida lachte und legte den Arm um ihn. Er spürte, wie aufgewühlt sie war, und wusste, sie lachte nur, um Wut und Hilflosigkeit zu bekämpfen. »Da haben wir nun Hunger wie die Wölfe, und dann ist das Essen vergiftet. Und wir sitzen in dieser entsetzlichen Burg fest. Warum fürchte ich mich eigentlich nicht zu Tode?«

»Ich weiß es nicht, Liebste, aber ich bin froh, dass du es nicht tust. Und ich glaube, ich kann wegen des Essens etwas unternehmen. Das Geflügel ist in Ordnung, nur Brot und Getreide waren vergiftet. Wir schaffen es schon irgendwie.« Mikhail wusste, er müsste sich hüten, und ein Teil von ihm hatte sogar Angst. Aber zusammen konnten sie das Problem lösen – nicht getrennt, sondern als eins. Wie es ihre Bestimmung war. Irgendwie mussten sie ja überleben.

32

Ich frage mich, ob Amirya uns bis ans Ende aller Tage hier sitzen lassen will, damit wir uns den Bauch voll schlagen und uns langweilen«, beschwerte sich Marguerida am vierten Nachmittag ihrer Gefangenschaft.

»Vor einer Stunde hast du dich doch alles andere als gelangweilt«, entgegnete Mikhail und lächelte sie an.

»Wir können nicht den Rest unseres Lebens im Bett verbringen, Mik!«

»Ich kann mir schlimmere Schicksale vorstellen, aber du hast Recht. Es ist ein Wunder, dass wir uns noch nicht auf die Nerven gehen. Das Zimmer scheint mit jedem Tag kleiner zu werden. Aber während du vorhin geschlafen hast, habe ich wieder ein wenig Kartografie betrieben. Ich werde immer besser darin.«

»Hast du etwas Nützliches herausgefunden oder wieder nur gelauscht?«

Mikhail suchte eine bequemere Stellung auf dem schmalen Bett. Er saß im Schneidersitz mit dem Rücken an die Wand gelehnt und sehnte sich nach Freiheit. Er hatte während ihrer Gefangenschaft viel gelernt, auch wenn er noch nicht alles davon verstand. »Ich habe eine große Kiste mit Sprengstoff auf der anderen Seite des Turms entdeckt – in dem Steingebäude mit der roten Tür, das wir bei unserer Ankunft gesehen haben.«

»Wie hast du das denn geschafft? Ich verstehe immer noch nicht, wie du diese kartografische Erfassung zu Stande bringst – weißt du es inzwischen?«

»Nein. Ich vermute, es ist eine von vielen Funktionen der Matrix, und ich nehme es einfach hin, wie es ist. Ich weiß nur, dass ich Räume erfühlen kann, was ich vorher nicht konnte, und manchmal nehme ich sogar wahr, was sich in ihnen befindet. Zum Beispiel weiß ich, dass es im anderen Turm einen richtigen Bankettsaal gibt - sehr imposant, wenn auch ein bisschen kalt. *Dom* Padraic verbringt viel Zeit dort und träumt wahrscheinlich davon, Thendara zu zerstören. Ich habe mich nicht lange dort aufgehalten, weil ich Angst hatte, meine Anwesenheit könnte bemerkt werden.«

»Ich bin mehr daran interessiert, endlich hier herauszukommen.«

»Das wird aber nicht so einfach. Die Tür am Ende des Flurs, die zur Küche führt, ist von außen abgesperrt. Es gibt einen Koch und mehrere Diener, aber sie reden nicht viel, deshalb konnte ich bisher keinen Klatsch aufschnappen. Ich habe allerdings eine Atmosphäre der Erwartung wahrgenommen, eine Art allgemeine Aufgeregtheit, deshalb glaube ich, dass sich die Dinge zuspitzen. Wenn wir irgendwie durch diese Tür und an der Küche vorbeikämen, wären es noch etwa hundert Meter bis zu den Ställen. Dann kommt allerdings ein Tor, das wir selbst zu zweit nicht öffnen könnten.«

»Ach, ich weiß nicht.« Marguerida öffnete und schloss die linke Hand. »Ich glaube, wenn wir tatsächlich bis zu dem Tor gelangten, könnte ich eventuell etwas tun.«

Mikhail betrachtete seine Frau lange. Sie schlief eine Menge und war über lange Phasen still, was ihn zunächst beunruhigte. Die Marguerida, die er kannte, war viel wacher und aktiver. Jetzt träumte sie die meiste Zeit vor sich hin. Doch er wusste, dass sie in irgendeiner Weise arbeitete, denn während er schlief, erhielt er oft Eindrücke von ihrem Geist, die sehr kompliziert waren. Der Kontakt mit Varzils Matrix hatte offenbar große Veränderungen bei Marguerida bewirkt, die sie erst noch verarbeiten musste. Mikhail hatte das gleiche Problem, und er war froh, dass Amirya sie links liegen ließ, anstatt sie zur Arbeit einzusetzen, wie sie es ihrem Bruder versprochen hatte.

»Ja, wahrscheinlich könntest du das sogar. Falls wir wirklich bis zum Tor kämen. Woran im Moment nicht zu denken ist.« Er rutschte auf dem Bett herum. »Ich habe versucht, eine Karte von dem ganzen Gebäude zu zeichnen, aber es gibt einen Bereich, in den ich nicht vordringen kann, er liegt genau über unseren Köpfen. Ich spüre sehr viele Schirme da oben, aber der Raum ist so gut gedämpft, dass die Kristallkammer dagegen wie ein Sieb wirkt. Und ich weiß, dass die Leute in den anderen Zimmern da hinaufgehen und dass sie krank sind. Ich habe so etwas noch nie gesehen, Marguerida. Sie siechen förmlich dahin.«

In der zweiten Nacht hatte Mikhail vor der Tür das Scharren vieler Füße gehört. Er hatte die Krankheit der Leute deutlich gespürt und auch das Schweigen ihrer Seelen. Sie schienen ihre eigenen Namen nicht zu kennen, und er hörte nichts von dem üblichen Summen von Gedanken. Sie sprachen auch nicht, was noch beunruhigender war.

Er folgte ihnen mental und war überrascht, als sie einige Minuten darauf alle vollständig zu verschwinden schienen. Bei dieser Gelegenheit hatte er entdeckt, dass die oberen Stockwerke des Gebäudes von telepathischen Schirmen abgedeckt wurden, an denen man nicht vorbeisehen konnte. Fast so, als wären die Obergeschosse unsichtbar, obwohl er wusste, dass sie existierten.

»Ich weiß, und es macht mich sehr wütend. Man hat sie mit Drogen willenlos und folgsam gemacht, und vermutlich hat Amirya das Gleiche mit uns vor. Aber ich glaube nicht, dass sie nur von den Drogen so krank werden. In diesem Gebäude steckt irgendein Gift, und ich bin mir nicht sicher, ob wir nicht auch bald erkranken, wenn wir noch lange hier bleiben. Nur schade, dass wir uns den Weg nicht einfach freisprengen können.«

»Ich weiß, aber *Laran* hat seine Grenzen, selbst dieses hier.«

Er blickte auf den glitzernden Ring an seiner Hand und fragte sich, ob er wohl lange genug leben würde, um jemals zu lernen, wie man ihn benutzte. Immerhin hatte er bereits entdeckt, wie man mit seiner Hilfe den Plan eines Gebäudes erfasste und seine Sinne verlängerte. Aber die Informationen, die er dabei gewann, waren oft dunkel und verschwommen, zwar interessant, aber nicht von unmittelbarem Nutzen. Es verlangte ihn nach Taten, je früher, desto besser.

Sie hörten ein leises Klopfen, und die Tür ging auf. Einer der schweigsamen Diener stand im Flur und machte ihnen ein Zeichen, ihm zu folgen. Mikhail stand auf und stellte fest, dass ihm ein Fuß eingeschlafen war. Seine Zehen kribbelten, als er in die Hausschuhe schlüpfte. Man hatte sie außerdem mit bequemer, wollener Kleidung versorgt, und sie waren froh gewesen, ihre schmutzigen Sachen endlich ablegen zu können.

»Endlich ruft man uns.«

»Ja – wird auch Zeit.«

Der blasse Diener legte einen Finger an den Mund und forderte sie mit einem Kopfschütteln auf zu schweigen. Der Mann war dürr, beinahe ausgemergelt, und er sah zu Tode verängstigt aus. Mikhail achtete nicht auf ihn. »Wie fühlst du dich, Liebste?«

»Grässlich. Dieser Ort bedrückt mich. Egal, wie viel ich schlafe, ich fühle mich nie ausgeruht. Andererseits bin ich nicht krank oder so. Wenn ich meinen Zustand beschreiben müsste, würde ich sogar sagen, dass ich völlig grundlos glücklich bin.« Dann lächelte sie Mikhail an. »Na ja, mit dir verheiratet zu sein ist eigentlich Grund genug.«

Mikhail lachte leise. »Wenn du unter den gegenwärtigen Umständen glücklich sein kannst, *Caria*, dann bist du ein noch erstaunlicherer Mensch, als ich dachte.«

Wir sollten lieber still sein, bevor dieser Bursche noch einen Anfall bekommt, Mik.

Bursche? Ach, den hatte ich ganz vergessen. Du hast Recht. Vielleicht entdecken wir ja gleich, was genau hier vor sich geht. Irgendwelche Zukunftsvisionen?

Keine, bei der ich gerne dabei wäre – irgendetwas mit Feuer, und es gefällt mir überhaupt nicht!

Feuer! Das klingt nicht sehr einladend. Wenn ich doch nur wüsste, warum hier keiner redet. Ich habe noch nie Diener erlebt, die nicht tratschen wollten. Im Kopf von diesem Mann befindet sich nichts außer seiner unmittelbaren Aufgabe. Mikhail spürte Margueridas unausgesprochene Angst. Es musste die Hölle sein, kurze Einblicke in die Zukunft zu haben und erst dann zu erfahren, was sie bedeuteten, wenn es zu spät war.

Wenn sie nicht reden dürfen, Mik, dann können sie sich auch nicht verschwören. Ich vermute, dass Dom *Padraic ohne diese Methoden der Unterdrückung eine Revolution am Hals hätte. Und Amirya hatte wahrscheinlich alle Hände voll zu tun, ihn zufrieden zu stellen und dieses teuflische Werk der beiden zu vollenden.*

Aber wie können diese Leute dann in den Schirmen arbeiten?

Ich glaube, das werden wir jetzt gleich erfahren.

Die Sache scheint dich ja ziemlich kalt zu lassen.

Findest du? Das sieht nur so aus. Aber – spürst du es denn nicht?

Was?

Dass alles auf ein Ende zusteuert, und zwar schnell.

Nein. Ich kann nur eines mit Sicherheit sagen, nämlich, dass ich hier sein und tun muss, was zu tun ist, ob es mir gefällt oder nicht. Ich habe kein Zeitgefühl, und zwar absichtlich.

Natürlich! Jetzt verstehe ich, was mir seit Tagen zu schaffen macht. Ich fühle die Zeit, und du weißt, was wir tun müssen.

Mikhail spürte ihre Erleichterung und Freude, weil sie dieses Problem endlich gelöst hatte. *Das muss Varzil gemeint haben, als er sagte, dass wir zu einer Person werden müssen.*

Der Flur füllte sich mit Männern und Frauen, die sich langsam und steif wie Maschinen bewegten. Es war beunruhigend. Ihre Gesichter waren völlig ausdruckslos, und Mikhail brauchte keine Telepathie, um zu sehen, dass diese armen Kreaturen keinen eigenen Willen mehr hatten.

Blinder Zorn begann sich in Mikhail zu regen. Er spürte Magueridas Hand, die seinen Arm drückte.

Versuche, möglichst dumpf auszusehen, Mik, sonst landen wir wieder in unserem Zimmer.

Wie meinst du das?

Amirya und Padraic halten diese Leute in Leibeigenschaft, damit sie das Werk nicht sabotieren können. Deshalb hat sie uns nicht früher nach oben geholt – sie wollte sichergehen, dass wir genügend Drogen intus haben, um brav und fügsam zu sein.

Fügsam? Du?

Gut, dass du daran gedacht hast, alles, was wir nicht essen, aufs Klo zu schmuggeln! Ich hätte es unter dem Bett versteckt, und wahrscheinlich würde uns inzwischen einiges von Ungeziefer Gesellschaft leisten.

Höchstwahrscheinlich.

Diese armen Kerle hier sind wie ein Haufen Zombies.

Zombies? Das Wort kenne ich nicht.

Geister, Mik. Lebende Tote, und so, wie sie aussehen, ist ›Tote‹ das Wort, auf das es hier ankommt. Ich würde ihnen gern helfen, sie heilen. Mich juckt es in den Fingern, mich an die Arbeit zu machen, und das ist sehr unangenehm! Aber lass uns lieber dumpf und unterwürfig aussehen, bis wir in den oberen Teil des Turms gelangen. Komm – heute ist die entscheidende Nacht, hoffe ich.

Sie gingen durch eine Tür und stiegen eine enge Wendeltreppe hinauf. Man hörte kein Geräusch, außer dem Schlurfen von Füßen auf dem Stein und einem gelegentlichen Stöhnen. Die Frau vor Mikhail blieb einmal kurz stehen, lehnte sich an die Wand und rang keuchend nach Luft. Sie blickte ihn aus trüben, aber angsterfüllten Augen an.

Marguerida beugte sich vor und sah die Frau scharf an. Dann machte sie mit der linken Hand eine schnelle, kratzende Bewegung vor dem Gesicht der Fremden. Die Frau fuhr zusammen, als hätte man ihr einen Stoß versetzt, und ihre Augen wurden eine Idee klarer. Ein Lächeln spielte um ihren welken Mund, und sie schüttelte den Kopf, wie um ihn wieder freizubekommen. Schließlich fiel sie in ihre niedergeschlagene Haltung zurück und ging weiter. Nur eine gewisse Energie in ihren Schritten verriet die vollzogene Änderung.

Der beißende Ozongeruch wurde immer aufdringlicher, je weiter sie nach oben kamen. Mikhail sah seine Frau an, doch die Nähe der vielen Matrizen schien sie ausnahmsweise nicht zu stören. Tatsächlich erweckte sie den Eindruck, als könnte sie diese Umgebung tatsächlich ertragen, was in Arilinn nie der Fall gewesen war.

Im dritten Stockwerk kamen sie in einen riesigen Saal, in dem die größten Matrixschirme leuchteten, die Mikhail je gesehen hatte. Der Raum schien vor Energie zu vibrieren, und der erste Eindruck war der von geballter Kraft. Bei näherem Hinsehen bemerkte Mikhail jedoch, dass die Schirme viele Schwachstellen hatten, Unreinheiten im Kristall und Ausrichtungsfehler, die jeden ordentlichen Techniker zum Weinen gebracht hätten.

Amirya wartete in der Mitte des Raumes, sie hatte sich die Unterlippe blutig gebissen, und ihre Pupillen waren klein wie Stecknadeln. Unter den Augen hatte sie dunkle Ringe, als hätte sie tagelang nicht geschlafen, und ihre Hände waren zu

Fäusten geballt. Sie schien sich einzig und allein durch Willenskraft aufrecht zu halten, und einen Augenblick lang tat sie Mikhail sogar Leid. Er konnte ihre Angst beinahe riechen. Dann sah er die kranken *Leroni* an, die wartend um Amirya herumstanden, und das Mitgefühl schwand.

Der Westschirm funktioniert schon wieder nicht richtig. Repariert ihn!

Zwei von den betäubten *Leroni* machten sich schlurfend auf den Weg. Mikhail spürte ihren inneren Widerstand, obwohl sie unter Drogen standen. Eine der beiden war die Frau, der Marguerida geholfen hatte, sie warf ihnen einen raschen Blick zu und deutete ein Lächeln an. Mikhail überlegte, ob es eine Möglichkeit gab, wie seine Frau auch den anderen helfen könnte, ohne dass es Amirya bemerkte. Sein Plan nahm langsam Gestalt an.

Er beobachtete, wie sich die beiden *Leroni* dem Schirm näherten. Unbeholfen zogen sie dicke Schutzhandschuhe an, dann nahmen sie den Schirm in Augenschein, und die Frau tat etwas, das Mikhail nicht sehen konnte. Als sie sich wieder umdrehte, hielt sie einen großen Matrixstein in den Händen.

Amirya fluchte zischend, als wäre sie kurz davor, völlig die Beherrschung zu verlieren. *Nein, nein. Reparieren, sagte ich!*

Dieser Kristall hat einen Sprung, Domna.

Gestern Abend hatte er aber noch keinen Sprung! Selbst mit ihrer mentalen Stimme klang sie schrill und einer Hysterie nahe. *Wir müssen heute Nacht mit dem Schürfen fertig werden!*

Der Kristall ist kaputt, Domna.

Amirya stürzte zu der Frau und schlug sie ins Gesicht, wobei sie vor Wut und Enttäuschung einen Schrei ausstieß. Es wurde totenstill im Raum. Amirya fing sich wieder und wurde ein wenig ruhiger.

Setz einen neuen Kristall ein!

Wir haben kein Werkzeug, Domna. Sie sprach träge, ohne jede Gefühlsregung, aber Mikhail war überzeugt, dass es sich dabei um eine List handelte. Amirya war zu erschöpft, um zu bemerken, dass die Frau nicht mehr völlig hilflos war.

Es sieht so aus, als hätten diese armen Sklaven selbst schon ein bisschen Sabotage betrieben, Mik.

Ja, ich glaube, du hast Recht. Und Amiryas Problem ist, dass sie die Leute unter Drogen setzen musste, damit sie widerstandslos weiterarbeiten, aber voll gepumpt, wie sie sind, machen sie natürlich lauter dumme Fehler. Außerdem hat sie nicht die Erfahrung, einen Kreis richtig zu führen – sieh dir nur mal an, wie die anderen herumstehen, wie Attrappen. Sie ist kurz davor, die Kontrolle zu verlieren. Könnten wir das nicht zu unserem Vorteil ausnutzen?

Arme Amirya. Margueridas Miene drückte aufrichtige Anteilnahme aus, aber in ihren Augen lag ein kaltes, schreckliches Licht. Mikhail hoffte, sie würde diesen Blick nie gegen ihn richten, denn er war Furcht erregend und – schlimmer noch – völlig unpersönlich. Er wusste, sie würde tun, was sie tun musste, und sich über die Folgen erst nachher Gedanken machen.

Mikhail beschloss, diesen und einen angrenzenden Saal, den er hinter einer geschlossenen Tür spürte, geistig zu erkunden, solange Amirya abgelenkt war. Es waren die einzigen Räume, in die er bei seinen früheren Exkursionen wegen der starken Abschirmung nicht hatte vordringen können. Wäre die arme Bewahrerin nicht durch die Umstände gezwungen gewesen, ihn und Marguerida nach oben zu holen, hätte er die Gelegenheit nie gehabt. Amirya fürchtete sich immer noch vor ihnen und hätte sie wahrscheinlich am liebsten in ihrem Zimmer vermodern lassen.

Ich nehme an, du hast auch keine zündende Idee, wie wir

weiter vorgehen können, Marguerida. Siehst du das Zeug im nächsten Raum?

Welches Zeug? Ach, das. Ich sehe es nur durch dich, aber es könnte schwach radioaktives Uran sein. Ich habe keine Ahnung, ob es auf Darkover überhaupt Uran gibt. Weißt du es? Kein Wunder, dass Amalie so aus dem Häuschen war. Das ist schlimm, sehr schlimm, denn es gibt keine sichere Möglichkeit, das Zeug wieder loszuwerden. Ich bin aber nicht einmal ansatzweise ein Nuklearingenieur, Mik.

Kann man es ... umwandeln?

Umwandeln? Hmmm. Theoretisch lässt sich jedes Element in etwas anderes umwandeln, aber die Energiemenge, die man dazu benötigt, steht uns Menschen nicht annähernd zur Verfügung. Ich glaube, ich habe einmal davon gehört, dass es mit nuklearem Material möglich ist, Blei in Gold zu verwandeln, der alte Traum der Alchimisten. Aber das hilft uns jetzt überhaupt nichts. Ich kann nicht auf subatomarer Ebene arbeiten – und du?

Ich könnte es vielleicht, wenn ich ein Dutzend Jahre Zeit hätte, meine Matrix zu studieren.

Wenn wir eine Rakete hätten, könnten wir sie in die Sonne schicken. Mikhail wusste, dass sich Marguerida bemühte, nicht den Mut zu verlieren, aber er fühlte auch, wie die Verzweiflung an ihr zu nagen begann. Sie fürchtete sich vor dem strahlenden Zeug im anderen Saal, und er war beinahe froh, dass ihn seine Unwissenheit davor bewahrte, ihre Angst zu teilen.

Und wenn wir Flügel hätten, könnten wir davonfliegen!

Dann waren sie still und sahen wieder den *Leroni* zu, die mürrisch und unbeholfen irgendwelche Aufgaben verrichteten. Ihr Geist mochte überschattet sein, aber ein Teil ihrer Willenskraft musste noch vorhanden sein, sonst hätten sie überhaupt nicht arbeiten können, wie Mikhail plötzlich bewusst wurde. Amirya musste ihnen genügen Willen lassen, dass sie noch funktionierten, und wahrscheinlich kostete es sie größte Anstrengungen, dieses Gleichgewicht zu wahren.

Der Mann und die Frau am Westschirm hatten die beschädigte Matrix weggelegt und hoben nun eine neue aus einer Kiste. Als der Mann brummend sein Gewicht verlagerte, fiel der große Stein zu Boden und zersprang in mehrere Stücke. Daraufhin warf der müde Mann Mikhail einen kurzen Blick zu, und der nahm ein Blitzen in den traurigen Augen wahr, einen Funken von Rebellion. Es war ebenso schnell vorüber, wie es gekommen war, und der Mann schaute überrascht auf den kaputten Stein hinab.

Die Bewahrerin drehte sich um und kreischte. Mikhail durchquerte den Saal, ohne sich darüber bewusst zu sein, was er tat. Als er Amirya erreicht hatte, versetzte er ihr einen Faustschlag ans Kinn.

Amirya taumelte einen Moment lang, dann sank sie zu Boden. Mikhail stand vor der bewusstlosen Gestalt und rang mit widerstreitenden Gefühlen. Er war äußert zufrieden mit sich. Amirya hatte nicht mit einem körperlichen Angriff gerechnet, nur mit Angriffen von *Laran*. Und sie war davon ausgegangen, dass sie Mikhail durch Drogen gefügig gemacht hatte. Er schüttelte seine Hand. Der Schlag hatte wehgetan.

Die Atmosphäre im Raum schlug um. Die *Leroni* wurden unruhig. Sie betrachteten Mikhail aus trüben Augen, und ein grauhaariger Mann verzog das Gesicht zu einem langsamen Grinsen. »Wieso ist bloß keiner von uns bisher auf diese Idee gekommen?«, fragte er mit heiserer Stimme.

Eine Frau brach zusammen, und eine andere musste sich übergeben.

Der Mann, der gesprochen hatte, schüttelte sich, als wollte er sich von den Drogen in seinem Körper befreien. Die meisten standen jedoch hilflos und erschöpft herum. Aus ihrem

Schweigen schloss Mikhail, dass sie vor ihm und Marguerida ebenfalls Angst hatten.

Marguerida, wir müssen sie zum Funktionieren bringen.

Ja. Nimm du den Mann, der den Kristall fallen ließ, ich fange mit der Frau an.

Mikhail stieg über die bewusstlose Bewahrerin hinweg und ging zu dem Mann am Schirm. Ihm war ein wenig mulmig zu Mute, denn er wusste zwar, wie er Maguerida heilen konnte, aber er hatte es noch nie bei einem fremden Menschen versucht. Marguerida hatte den Schutz ihrer eigenen Matrix, und Mikhail war besorgt, er könnte den Mann töten. Dennoch – es musste sein, und zwar sofort.

Er hob langsam die Hand und fühlte eine wohlige Wärme durch seinen Körper strömen. Marguerida hatte ihm, so gut sie konnte, erklärt, wie es sich angefühlt hatte, als sie ihn in der verlassenen Küche heilte, und er konnte nur hoffen, dass er alles richtig verstanden hatte. Ein Wohlgefühl floss durch seine Adern, und es kam ihm vor, als würde er glühen. Dann streckte er die Hand aus und versuchte die Eigenenergie des Mannes wahrzunehmen, sich mit ihr zu vermischen. Es war sehr schwierig, und er begann zu schwitzen. Er kannte den Mann nicht so gut, wie er seine Frau kannte.

Sein ganzes Bewusstsein konzentrierte sich zu einem einzigen Punkt, durch den er die Energie leitete. Es fühlte sich sonderbar an, und er hätte am liebsten damit aufgehört. Es war viel intimer als die Arbeit in einem Kreis, und da der Mann ihm völlig fremd war, erregte sein Tun großen Widerwillen in Mikhail. Es erinnerte, wie er plötzlich erkannte, für seinen Geschmack zu sehr an Sex. Mikhail hatte noch nie etwas mit einem Mann gehabt und auch nie ein Verlangen danach gespürt.

Dann keuchte der Mann plötzlich, sein blasses Gesicht wurde rosig, und er sah Mikhail mit einem Blick an, der Bände sprach – er musste das gleiche Gefühl haben. Es war keine Vergewaltigung, aber ähnlich genug, um peinlich zu sein.

»Wer immer du bist, danke. Ich heiße Davil Syrtis.«

»Was sollen wir jetzt mit *ihr* tun?«, fragte die Frau, der Marguerida geholfen hatte. »Ich würde ihr liebend gern den Hals umdrehen, aber der Tod ist fast noch zu gut für sie.«

»Nein, Betha – hat es nicht schon genug Tote gegeben?«

»Sie hat meine Schwester Clarinda an ihren Verbrennungen sterben lassen«, entgegnete Betha und fletschte die Zähne. »Und sie hat uns hier eingesperrt mit diesem fürchterlichen Gelbstein, und es war ihr egal, ob wir dabei draufgehen. Sie ist ein Ungeheuer.«

»Amirya ist durchaus ein Problem, aber nicht das größte«, sagte der Mann, der zuvor schon gesprochen hatte und den Marguerida offensichtlich rasch wiederhergestellt hatte. »Wir sind hier eingeschlossen, und wir müssen fliehen. Aber wir können den Gelbstein nicht einfach hier lassen – er ist zu gefährlich.« Er sah von Mikhail zu Marguerida. »Ich hoffe, ihr habt uns nicht aus dem Kochtopf geholt, um uns ins Feuer zu werfen, Fremde.«

Die Frau namens Betha lachte leise. »Stört euch nicht an Marius – er sieht immer nur schwarz. Aber was machen wir jetzt?« Sie legte die Hand an die Stirn. »Mein Kopf fühlt sich an, als wäre er mit Watte ausgestopft. Seit sie uns von Hali hierher geschleppt haben, geben sie uns irgendein Dreckszeug. *Aphroson* und noch etwas. Sie hat zwar herausgefunden, dass wir damit nicht mehr richtig arbeiten können, weil wir zu schusselig wurden, und deshalb gab es mit der Zeit weniger von dem Zeug, aber ich fühle mich immer noch sehr ... geistesschwach.« Ihre Empörung war unüberhörbar, und die Art, wie sie die bewusstlose Bewahrerin ansah, verhieß nichts Gutes für Amirya.

Mikhail zögerte, seine Heilung Davils bereitete ihm immer

noch Unbehagen. Diese Leute hier erwarteten Hilfe von ihm und Marguerida, dabei hatten sie doch gar keinen Plan. Er spürte, wie sich große Selbstzweifel in ihm regten, seine ungeliebten ständigen Begleiter. Würde er seine Ängste je ablegen? Was konnten sie nur tun? Er und Marguerida waren jünger als die meisten Anwesenden. Sie befanden sich an einem unbekannten Ort außerhalb ihrer eigenen Zeit, und sie verfügten beide über neue Kräfte, mit denen sie noch nicht richtig umgehen konnten. Aber sie durften diese Menschen nicht enttäuschen. Sie mussten eine Möglichkeit finden, die anderen und sich selbst zu retten.

Mikhail zwang sich zur Konzentration. Er zählte an den Fingern ab. »Wir müssen Amirya ausschalten, die Schirme vollständig vernichten und diesen Gelbstein loswerden. Und von hier fliehen«, fügte er noch hinzu, bezweifelte allerdings, dass sie überhaupt so weit kommen würden.

Marius lachte höhnisch. »Wir können kaum ohne fremde Hilfe aufstehen. Amirya hat uns gerade so viel Kraft gelassen, dass wir arbeiten konnten.«

»Was für eine Sorte *Laran* ist das eigentlich?«, fragte Davil. »Bist du ein Heiler oder ein Engel?«

Bevor Mikhail eine Antwort einfiel, bemerkte er, dass Amiryas Augenlider zuckten. Ihre Hand griff nach dem Sternstein, der zwischen ihren Brüsten hing. Mikhail hatte diese Geste schon einmal gesehen, und er hatte dabei eine so starke Empfindung seines eigenen Schicksals, dass ihm fast schlecht wurde. Er hatte sich auf diesen Moment vorbereitet, ohne es auch nur zu ahnen. Wenn er Emelda nicht begegnet wäre, könnte er jetzt nicht tun, was er tun musste.

Mikhail überwand seinen Ekel, streckte die Hand aus und nahm den Lederriemen zwischen die Finger. Ihre Blicke begegneten sich kurz, Amiryas war flehend, fragend. Als sich seine Hand um das schmale Band schloss, kämpften zwei starke Willen gegeneinander, und in Mikhail bekriegten sich Mitleid und Zorn. Amirya stieß einen dünnen Schrei aus, einen klagenden Ton der Verzweiflung, und sank zurück auf den Boden. Sie verdrehte die Augen, so dass nur noch das Weiße zu sehen war, und dann zuckte ihr ganzer Körper in wilden Krämpfen. Angewidert von seiner Tat, konnte Mikhail nur mit der Matrix in der Hand reglos dastehen, sich selbst hassen und sich gleichzeitig sagen, dass er keine andere Wahl hatte.

»Wieso weinst du um diese Kreatur?« Davils Frage riss ihn aus seiner Erstarrung, und er stellte überrascht fest, dass ihm Tränen übers Gesicht liefen.

»Ich weiß es nicht«, antwortete Mikhail und wischte sich mit dem Ärmel über die Wangen. Und er wusste es wirklich nicht, überwältigt von Gefühlen, wie er war. Er musste sich beruhigen, und zwar schnell. Später, wenn sie diesen verhassten Ort verlassen hatten, konnte er immer noch sich selbst, Varzil und sein Geschick verfluchen. Aber nicht jetzt.

»Es ist auch nicht schlimmer als das, was sie uns angetan hat«, murmelte Marius verbittert.

Betha hatte sich einem der in Betrieb befindlichen Schirme zugewandt, während Marguerida ihren Rundgang fortsetzte und die drogenverseuchten Körperzellen der Arbeiter reinigte. Mikhail sah, wie Betha, die wahrscheinlich Mechanikerin war, den Schirm fachkundig studierte. Dann baute sie vorsichtig die Kristalle aus, wobei die dicken Handschuhe sie behinderten. Einer der Männer, der bisher noch nicht gesprochen hatte, schloss sich ihr an, nachdem Marguerida ihre Arbeit beendet hatte, und gemeinsam hatten sie den Schirm im Nu funktionsuntüchtig gemacht.

Mikhail war immer noch äußerst aufgewühlt, und die Bewegungen der Leute ringsum kamen ihm sehr weit entfernt vor. Er versuchte sich auf die vor ihm liegenden Aufgaben zu konzentrieren, wohl wissend, dass Amirya noch der leichteste

Punkt auf seiner Liste gewesen war. Auch das Zerlegen der Schirme war dank kompetenter Techniker kein großes Problem. Aber die dicken Brocken standen ihm noch bevor, und Mikhail verzweifelte fast bei dem Gedanken.

Was konnte er wegen des Gelbsteins unternehmen? Und wie sollten sie von diesem fürchterlichen Ort entkommen? Zehn erschöpfte *Leroni* konnten es mit der Baracke voll bewaffneter Männer, die er auf seinen mentalen Spaziergängen entdeckt hatte, nicht aufnehmen, trotz Margueridas Fähigkeiten als Heilerin.

Mikhail schüttelte sich und verbannte die Ängste aus seinen Gedanken. Diese Leute erwarteten, dass er die Führung übernahm, und sicherlich ahnte keiner von ihnen, wie wenig er sich dieser Aufgabe gewachsen fühlte. Mikhail erkannte, dass er es einfach riskieren musste, dass er so gerissen sein mußte wie noch nie in seinem Leben. *Laran* war ja gut und schön, aber hier brauchte es mehr – zum Beispiel hundert Berittene, die die Festung angriffen. Er lachte leise über sich selbst.

»Dieser Raum da hinten – ich nehme Gelbstein in ihm wahr. Wie wird er aufbewahrt?«

Davil sah Mikhail interessiert an. »Es gibt Schirme, die den Stein an Ort und Stelle halten, aber er sickert dennoch durch, und wir haben schon mehrere Leute durch sein Gift verloren. Niemand, nicht einmal die Frau«, er deutete auf Amirya, »kann den Raum ohne Gefahr betreten, und wir alle haben uns vor dem Tag gefürchtet, an dem der Stein die Kraft der Schirme, die ihn zurückhalten, übersteigen wird.«

»Dann habt ihr also von diesem Raum aus gearbeitet, um das Zeug aus der Erde zu ziehen?«

»Genau.«

Marguerida – könnte Feuer das Zeug vernichten?

Wohl kaum. Ich vermute, es handelt sich um niedrig ange-

reichertes Uran, was ein gelbes Erz ist, wenn ich mich recht entsinne. Wir können noch von Glück reden, dass es kein radioaktives Kobalt ist – das wäre noch ekelhafter. Ich bin sehr verwundert, dass hier alle glauben, sie könnten gefahrlos mit dem Zeug spielen.

Ja. Und wenn wir es komprimieren?

Schlechte Idee. Wir könnten höchstens versuchen, das Stagnationsfeld zu verstärken, das es bereits umgibt – ich habe allerdings keine Ahnung, wie man das anstellen könnte. Ich meine, als sie Dio in Kälteschlaf versetzten, hat Onkel Jeff versucht, mir das Verfahren zu erklären, aber ich muss zugeben, dass ich es nicht richtig verstanden habe – wie so vieles, was mit Laran *zu tun hat.*

Ich wünschte, wir könnten das Zeug einfach dorthin zurückschicken, wo es herkommt.

Daran hätten wir denken sollen, bevor sie anfingen, die Schirme zu zerlegen.

Verdammt!

Marguerida musterte die Menschen im Raum und sah ganz zufrieden mit sich und ihrer Arbeit aus. Ihre Stirn glänzte leicht, und ihre Locken waren feucht. Sie setzte sich auf eine niedrige Bank an der Wand und zog ihren Handschuh wieder an, offenkundig ohne die besorgten Blicke der Menschen zu bemerken, denen sie soeben geholfen hatte.

Sie verfiel in den Trancezustand, den Mikhail inzwischen schon gut kannte, das Gesicht völlig ausdruckslos, die Augen zusammengekniffen.

Er konnte nur raten, was sie in diesem Geisteszustand sah, aber er vertraute ihr. Und er fühlte, wie er sich beruhigte, während er sie beobachtete.

Nach vielleicht einer Minute richtete sie sich gerade auf, und der leere Blick verschwand aus ihren Augen, die nun klar und golden leuchteten.

Zeit, dass du die Antwort herausfindest?

Nein. Zeit ist die Antwort.

Das verstehe ich nicht – wenn Zeit die Antwort ist, was war dann die Frage?

Tut mir Leid, Mik. Ich drücke mich nicht absichtlich so undeutlich aus, aber die Sache ist unglaublich schwer zu erklären. Ich verfüge nicht über die richtigen Worte, und du ebenfalls nicht. Ich kann nur sagen, dass uns eine Möglichkeit einfallen muss, wie wir den Gelbstein aus der Gegenwart entfernen – wohin oder in welche Zeit er dann gehen wird, weiß ich nicht.

Du hörst dich nicht sehr logisch an, Caria.

Ich weiß. Es hat mit dem Wesen meiner Schattenmatrix zu tun. In gewisser Weise existiert dieses Muster weder hier noch dort. Ich will damit sagen, es ist gleichzeitig Teil der Oberwelt und der stofflichen Welt. Und Varzil sagte, Zeit ist etwas, das ich ... manipulieren kann. Hätte ich doch nur mehr Zeit mit ihm herausschlagen können! Aber wenn seine Worte etwas bedeuten, und das müssen sie, dann ist meine besondere Fähigkeit das Manipulieren von Zeit.

Das ist eine starke Annahme, Caria.

Ja, und ich hätte sie nicht getroffen, wenn ich die Menschen hier nicht geheilt hätte.

Jetzt verstehe ich gar nichts mehr – was hat das Heilen dieser Menschen mit Zeit zu tun?

Sehr viel! Verdammt, ist das schwierig. Es ist nicht nur, dass man Kanäle reinigt – das ist der mechanische Teil. Die eigentliche Heilung entspringt der Erinnerung an ein Wohlergehen, an eine Zeit, da der Körper noch gesund war.

Mikhail prüfte diesen Gedanken. Er dachte daran zurück, wie Marguerida ihm durch den Matrixschock geholfen hatte, und erkannte, dass es fast genauso war, wie sie es eben beschrieben hatte. Er verstand nur nicht, was all dies mit dem

Problem zu tun hatte, dass sie das dreckige Zeug im angrenzenden Saal loswerden mussten.

»Gibt es hier in der Nähe einen Verbotenen Ort?« Margueridas Frage traf zunächst nur auf verständnislose Blicke. Dann nickte Davil langsam.

»Etwa fünfzehn Kilometer westlich, würde ich sagen, ist ein altes Leuchten, zu dem sich niemand hinwagt. Es ist nicht sehr groß, und an seinen Rändern wachsen sehr merkwürdige Dinge.«

»Fünfzehn Kilometer.« Marguerida sah sehr nachdenklich aus. Dann schüttelte sie den Kopf. *Ich wünschte, ich hätte bei meinem Kurs in Matrixmechanik in Arilinn besser aufpassen können. Oder ich hätte telekinetische Fähigkeiten – nicht, dass ich noch mehr* Laran *bräuchte, aber es wäre sehr nützlich.*

Mikhail beobachtete sie stumm und bewunderte ihre Gelassenheit. Es wurde sehr still im Raum, die *Leroni* schienen zu wissen, dass etwas vor sich ging, das absolute Ruhe erforderte. Mikhail wartete, dass Marguerida fortfuhr.

Plötzlich hatte er das Gefühl, als würde ihn jemand im Genick packen und seinen Kopf nach unten stoßen. Der Ring an seinem Finger glitzerte und tanzte vor seinen Augen auf und ab, die Facetten wurden abwechselnd größer und kleiner. Mal war seine kleinere Matrix ein Schatten innerhalb der größeren, dann wieder schienen sie die Plätze zu tauschen, und Varzils Matrix war der nahezu unsichtbare Teil. Die Wirkung war betäubend, und Mikhail zitterte vor Angst. Er schien jegliches Gefühl für sich selbst, für die Gegenwart zu verlieren und völlig in der Betrachtung des Ringes zu versinken.

Was wusste er über Varzils Stein? Mikhail durchkämmte sein Gehirn. Er wusste, dass ihn ein großer Empath dazu benutzt hatte, den See von Hali zu heilen. Diese beiden Tatsachen waren offenbar von entscheidender Bedeutung, aber Mikhail konnte sich nicht sofort einen Reim darauf machen.

Empathie war die Gabe der Ridenows, und er besaß sie nicht. Aber dieser Ring hatte fast ein Jahrhundert lang an Varzils Hand gesteckt, und vielleicht enthielt er die Erinnerung an die Gabe des *Laranzu*.

Erinnerung ... Marguerida hatte doch irgendetwas gesagt ... ja, die Erinnerung an ein Wohlergehen! Das war ihm zu poetisch. Vielleicht nahm er es zu wörtlich, um wirklich zu begreifen, was der Ausdruck beinhaltete. Doch er musste es verstehen, und zwar schnell.

Zeit, Raum und Erinnerung. Die Worte klangen in seinem Kopf wie ein tiefer Glockenton und riefen zahlreiche Bilder wach. Mikhail bemühte sich, nicht lockerzulassen, nicht vom Strudel der Bilder, die durch sein Bewusstsein rauschten, mitgerissen zu werden. Wenn er doch nur etwas festhalten könnte.

Durch Zeit und Raum. Mikhail holte tief Luft. Er spürte eine Beschleunigung in seinem gemarterten Geist, ein Verschmelzen von Elementen zu einem Bild, das sich allen Begriffen entzog. Er starrte das Bild in seinem Kopf an, versuchte es festzuhalten, in seine Erinnerung zu zwingen. Es schimmerte und bewegte sich, doch zuletzt fühlte er eine gewisse Festigkeit. Der Anblick raubte ihm fast das Bewusstsein, denn es war ein schreckliches Gebilde. Und er hatte keine Ahnung, was er damit anfangen sollte.

Mikhail hob den Kopf, und das Bild blieb vor seinen Augen stehen. Er streckte sein Bewusstsein aus, wie er es bei der Erkundung des Turms schon getan hatte, und drang in den angrenzenden Saal. Die Schilde, an denen er bei seinen früheren Versuchen gescheitert war, schienen nun durchlässig zu sein. Das Stagnationsfeld, in dem das Erz ruhte, wurde instabil und würde bald versagen, wenn er nichts dagegen unternahm. Aber was konnte er tun?

Gab es eine Möglichkeit, das Feld in der Zeit zurückzudrehen, es zu dem Moment zurückkehren zu lassen, in dem es nichts als leeren Raum enthalten hatte? Es wirkte nicht sehr einleuchtend, aber er hielt auf Grund einer plötzlichen Eingebung an dem Gedanken fest.

»Marguerida, kannst du dir eine Methode vorstellen, diesen Raum oder alles, rückwärts in der Zeit zu bewegen?«

Mikhail fand sich im Mittelpunkt von zehn Augenpaaren wieder. Die Mienen der versammelten *Leroni* drückten deutlich aus, dass sie ihn für verrückt hielten. Er hätte auch nicht behaupten können, dass sie sich irrten. Doch trotz aller Zweifel war er sich seiner Sache sicher. Er musste dem vorgegebenen Weg folgen, sich von der Matrix führen lassen, und er durfte seine Entschlusskraft nicht von seinen Ängsten untergraben lassen.

Nein, Mik. Selbst wenn wir zehn Teleports hätten, wäre es wahrscheinlich unmöglich. Warte! Vergiss das verdammte Uran und denk an das Stagnationsfeld, an die Schirme.

Die Schirme? Die Schirme hier im Raum bauen bereits ab und werden bald den Geist aufgeben – egal, was wir tun.

Hör mir zu. Zerbrich dir nicht den Kopf über das Erz. Matrizen haben eine zeitliche Funktion, die niemand je erforscht hat, es sei denn Varzil selbst. Sie müssen sie haben. Je größer die Matrix, desto mehr Zeit kann sie enthalten. Auf diese Weise konnte Ashara all die Jahrhunderte überdauern – weil sie einen Weg gefunden hatte, die Zeit zu wechseln.

Was schlägst du vor?

Können wir diese Schirme zurückbilden – die Zeit aus ihnen herausnehmen?

Sie aus der Zeit herausnehmen ...?

Nein – die Zeit aus ihnen herausnehmen!

Mikhail war wie vom Donner gerührt. Das Bild, das sich zuvor in seinem Geist gebildet hatte, kehrte zurück, und nun verstand er es. Die Macht des Bildes war gewaltig, und er hatte keine Ahnung, wie er sie steuern sollte. Allein konnte er es nicht, auch nicht mit Hilfe von Marguerida. Er musste sich auf die Fähigkeiten von zehn Fremden verlassen, alle müde und ausgelaugt von ihrer langen Gefangenschaft. Wie konnte er sie führen oder sich selbst? Es war zu viel verlangt.

Mikhail ballte die Fäuste, löste sie wieder. Kalter Schweiß lief an ihm hinab. Schließlich riss er sich zusammen, holte einige Male tief Luft und sagte: »Wir werden für diese Sache einen Kreis bilden müssen, und ihr müsst mir vertrauen. Ich habe noch nie als Bewahrer fungiert, aber ich werde es jetzt tun müssen.« Dann huschte ein Lächeln über sein Gesicht. Alles Wissen, das er brauchte, funkelte an seinem Finger, und er musste jetzt nur noch seinen Willen dem Ring unterwerfen.

Davil sah ihn scharf an. »Du hast dich bereits als sehr tüchtig erwiesen – obwohl wir nicht einmal deinen Namen kennen. Was hast du vor?«

»Ich will das Stagnationsfeld im nächsten Raum zurückbilden, es zwingen, rückwärts zu gehen, wenn man so will.«

»So etwas konnte nur Varzil tun«, sagte Marius.

»Woher weißt du das?«

»Ich war dabei, als er den See wiederherstellte.«

»Gut.« Das machte Mikhail Mut, wenngleich Marius sehr skeptisch aussah. »Kannst du mir genau beschreiben, wie er das tat?«

»Nein. Er versteht die Zeit, und er ... es ist schwer zu sagen.« Marius kaute auf der Unterlippe. »Er hat sie zurückgedreht, wie es schien. Ah, jetzt weiß ich, was du vorhast. Du glaubst, wenn du diesen Raum zurückdrehen kannst ... ja, das könnte sogar funktionieren. Oder wir kommen alle dabei um.«

»Diese Möglichkeit lässt sich nie ganz ausschließen«, räumte Mikhail ein, blickte er der Angst ins Auge, die an ihm fraß. »Entweder das, oder wir lassen das Zeug hier, damit es D*om* Padraic benutzt.«

»Ich glaube nicht, dass er ohne seine Schwester viel ausrichten kann, aber es ist natürlich gut möglich, dass er jemand anderen findet, der ihm zu Willen ist.« Marius sah wütend zu der Frau auf dem Boden. Das Heben und Senken ihrer Brust zeigte an, dass sie noch lebte. Dann hob er die dunkel umrandeten Augen zu Mikhail. »Doch bevor wir beginnen – aber wer bist du? Du hast sie Marguerida genannt, aber wer bist du?« Marius schien sehr hartnäckig zu sein.

Mikhail war bestürzt. Es war ihm nicht bewusst gewesen, dass er Margueridas Namen ausgesprochen hatte. Er spürte, wie sich sein Magen wieder zusammenzog, ihm war klar, dass er an einem springenden Punkt in der Zeit stand, in der Geschichte, wie man sich einmal erinnern würde, wenn die *Leroni* überlebten. Wenn er nur wüsste, wie er sich nennen sollte. Alle Namen, die er mit Marguerida durchgespielt hatte, waren ihm falsch erschienen. Es musste ein Name sein, der richtig klang, aber er durfte keinesfalls von einer Person sein, die in jener Zeit gelebt hatte.

Er wollte gerade den Mund öffnen, als ihm eine bruchstückhafte Erinnerung aus seinem Traum einfiel. Varzil hatte ihn Mikhalangelo genannt. Dieser Mann war tot. Und Teil der Geschichte. »Nennt mich Angelo«, sagte er schließlich.

Marguerida riss die Augen auf und musste sich ein Lachen verkneifen. *Also wirklich, Mik! Wie konntest du nur!*

Schließlich bin ich einer von den Lanart-Engeln, meine Liebe.

Lanart-Teufel trifft wohl eher zu.

»Nun gut«, sagte Marius vorsichtig, als wüsste er, dass er gerade angelogen wurde, und hätte jedoch entschieden, die Sache nicht weiter zu verfolgen.

Die *Leroni* setzten sich in einem Kreis hin; trotz ihrer Erschöpfung und der Fragen, die sie beunruhigten, machte sich ihr langjähriges Training bemerkbar. Mikhail beobachtete, wie sie sich ordneten, und ihr Mut und die Bereitschaft, seine Führung zu akzeptieren, bewegten ihn tief. Unwillkürlich fragte er sich, woran sie sich hinterher wohl noch erinnern und was sie erzählen würden. Seines beschränkten Wissens nach wurde in der Geschichte kein Angelo erwähnt und auch keine Marguerida. Aber da so viele Überlieferungen vernichtet worden waren, konnte es durchaus ein Dutzend über die beiden gegeben haben.

Der Mut und das Vertrauen der *Leroni* gaben Mikhail Kraft. Während es still im Raum wurde, fühlte er seine Zweifel schwinden. Er hoffte, er würde nicht versagen, und er konnte seiner Intuition ebenso trauen, wie die Anwesenden ihm trauten, und sie alle heil aus dieser gefährlichen Lage befreien.

Mikhail stand reglos da. Er fühlte, wie die Menschen um ihn herum ihre verschiedenen Energien sammelten, und auch ohne einen Hinweis von ihr wusste er, dass Marguerida Stellung bezogen hatte, um den Kreis zu überwachen. Das war die bestmögliche Verwendung ihrer Kräfte und beruhigte Mikhail.

Dann blickte er in seine Matrix und verband die Kräfte der Anwesenden zu einem Netz. Er ordnete die Energien und begegnete sofortigem Widerstand. Machte er etwas falsch? Einige Augenblicke zuvor war alles viel leichter und klarer gewesen. Dann erkannte er, dass er seinen Willen zurückstellen und sich einzig vom Wissen in seiner Matrix führen lassen musste. Er war nur ein Gefäß, ein Mittel, um die Seelen und Geister zu einem einzigen Zweck zusammenzuführen. Er empfand große Macht, begleitet von großer Demut und einer enormen Achtung vor dem, was er im Begriff stand zu tun.

Die Menschen im Kreis hörten auf, Einzelpersonen zu sein, als die Kraft weiter anwuchs. Mikhail spürte, wie Marguerida von einem zum anderen ging, die Energien ausbalancierte und darauf achtete, dass alle richtig ausgerichtet blieben. Das

Bild, das er zuvor gesehen hatte, veränderte sich allmählich. Es sah aus wie ein Feld aus lauter Funken, kleine glitzernde Teilchen in der Dunkelheit. Erst schwankte es, dann festigte es sich wieder.

Mikhail versuchte mit aller Kraft, dieses Bild ruhig zu halten, denn er wusste, das dies seine Aufgabe war. Er vergaß alles, außer dem Muster aus Lichtern.

Seine Wahrnehmung änderte sich, und er ahnte, dass gleich etwas geschehen würde. Die Zeit blühte in seinen Zellen. Er betrachtete das Muster in seinem Geist. All die Glitzerteilchen sahen identisch aus, aber er wusste, dass nur eins den Schlüssel enthielt. Er starrte die Lichter abwechselnd an, bis er wie geblendet war.

Eine schreckliche Furcht ergriff ihn. Er war nicht stark genug, er war noch nicht bereit! Er hatte nicht die Fertigkeit, auch nur sich selbst zu führen. Das Bild zitterte vor seinem geistigen Auge, und er zwang seinen Willen wieder zurück. *Lass die Matrix die Arbeit tun,* sagte er sich.

Seine Atmung versagte, dann sein Herz. Mikhail fühlte, wie sein Körper allmählich starb. Dann wurde er plötzlich gestützt, und die Luft floss wieder in seine Lungen. Sein Herz hämmerte, als er sich zurück in das Muster trieb. Da war es! Es war nur ein Lichtpfeil, identisch mit allen anderen, und doch wusste Mikhail, dass er genau danach suchte.

Mikhail starrte den Funken an. Die anderen verblassten währenddessen, und er wusste, dass er sich gedulden musste, aber nicht, wieso. Bis auf eines waren alle blendenden Teilchen schließlich bis zur Unkenntlichkeit verblasst. Die Ewigkeit umgab Mikhail, und die Matrix hielt ihn regungslos in ihr.

Und jetzt? Mikhail wartete einen endlosen Augenblick. Dann streckte er die Hand aus und gab dem Funken mit einem für ihn unvorstellbaren Feingefühl einen winzigen Stoß.

Der Funken zitterte, dann bewegte er sich plötzlich mit rasender Geschwindigkeit und sauste ins Nichts. Mikhail hörte ein fürchterliches Krachen und das Geräusch von brechenden Steinen. Jemand schrie. Sein Körper gehörte wieder ihm, und er war derjenige, der heulte und schrie. Mikhail sank auf den kalten Boden, fast leblos.

Sein Körper fühlte sich wie Eis an, und sein Kopf schmerzte. Dann hörte er eine vertraute Stimme, heiser vor Jubel. *»Du hast es geschafft!«*

33

Rings um Mikhail herrschte lautes Stimmengewirr. Er hätte den Leuten gern gesagt, dass sie ruhig sein sollten, aber seine Kehle tat fürchterlich weh, und seine Zunge fühlte sich an, als sei sie zu groß für seinen Mund. Und so brachte er nur ein leises Stöhnen heraus.

Marguerida beugte sich über ihn, ihre Augen waren weit aufgerissen. Dann strich ihre Hand über seinen Körper und linderte den Schmerz in seinen Muskeln ein wenig. Er spürte kräftige Hände auf seinen Schultern, die ihn nicht gerade sanft stützten. Mikhail drehte sich um und entdeckte Davil. »Hat es funktioniert?« Er krächzte wie eine Krähe.

»Ja, aber fragt mich bitte nicht, wie. So etwas habe ich noch nie ...«

»Wir müssen sofort weg von hier«, verkündete einer der anderen. »Der Saal nebenan ist explodiert, und jeden Moment wird das Dach einstürzen. Außerdem werden im Nu die Wachen und dieses Weibsstück hier sein.«

Während Davil und Jonathan Mikhail auf die Füße halfen, hörte er Marguerida fragen: »Wer?«

»Leonora, die *Leronis* des *Dom*.«

»Verdammt. Die hatte ich ganz vergessen. Wir brauchen dringend ein Ablenkungsmanöver.«

»Ich könnte etwas tun, um sie abzulenken«, sagte Betha grimmig, und ihre Augen verengten sich zu schmalen Schlitzen. »Auch wenn es mir gegen den Strich geht und ich geschworen habe, es nie wieder zu tun.« Sie wirkte besorgt, unsicher, aber dennoch fest entschlossen.

Alles ging wahnsinnig schnell, und Mikhail wusste, dass sein Part vorläufig beendet war. Dennoch wollte er weitermachen, irgendwie helfen. Was für ein Idiot er doch war – er konnte kaum auf den Beinen stehen. Er sah, wie Betha sich auf ihren Matrixstein konzentrierte. Sie bebte am ganzen Körper, und von irgendwoher in der Burg drang ein tiefer Ton, ein dröhnender Lärm, der die Mauern erzittern ließ.

Was ...?

Betha ist eine Feuerlegerin, Angelo, ich fürchte allerdings, sie ist ein bisschen zu weit gegangen.

Davil stützte Mikhail, der mühsam schluckte und dem das bloße Stehen schon schwer fiel. Bethas *Laran* war eine echte Seltenheit und sehr gefährlich, denn es verzehrte häufig auch diejenigen, die es benutzten. Mikhail war noch nie jemandem begegnet, der es besaß, und er warf besorgte Blicke in Bethas Richtung.

Alle liefen zur Treppe. Marguerida schob ihre Schulter unter Mikhails Arm, und Davil löste seinen Griff. Die Explosionen dauerten an. Mikhail stützte sich mit einer Hand an der Wand ab, mit der anderen auf seine Frau. Trotz Margueridas Bemühungen war er noch immer verwirrt. Er hatte Angst, sie könnten bei lebendigem Leibe verbrennen.

Am Fuß der Treppe hörten sie Rufe und das furchtbare Krachen eines Feuers. Es wütete auf der anderen Seite der Eingangstür, deshalb bogen sie in den Flur ein. Ein erneuter Knall ertönte, und die Steine um sie herum bebten. Dann hörten sie ein ohrenbetäubendes Krachen, und die Decke über ihnen fing zu wackeln an. Sie rasten den Flur entlang, an ihren Zimmern vorbei, und hinter ihnen stürzte die Decke ein, größere und kleinere Mauerstücke prasselten von allen Seiten herab.

Die Tür am Ende des Korridors war verschlossen, und Mikhail wusste, dass von der anderen Seite ein Riegel vorgeschoben war. Marius zog am Türgriff, sein Gesicht war verzerrt vor Wut und Enttäuschung. Nun waren sie alle auf engstem Raum zusammengedrängt und versuchten, dem herabfallenden Schutt auszuweichen. Sie schrien und riefen verzweifelt.

Ein Deckenbalken krachte herab und erwischte einen der Männer an der Schulter.

Marius wurde bleich und geriet in Panik, Mikhail sah ihn mit bloßen Fingern am Holz der Tür kratzen. Vergeblich. Die Tür war solide gebaut. Marguerida lehnte sich an Mikhail, und er fühlte, wie ihr Verstand fieberhaft arbeitete. Sie hatte die Augen zusammengekniffen, ihre Miene war düster. In diesem Moment hörte Mikhail, wie der Riegel zurückgeschoben wurde.

Die Tür ging auf. Einer der schweigsamen Diener starrte ihnen entgegen. Er versuchte erst gar nicht, ihnen den Weg zu versperren, sondern stand einfach nur teilnahmslos da. Mikhail sah Marguerida an. Sie musste die Alton-Gabe benutzt haben, um den Mann zum Öffnen der Tür zu zwingen. Eine weitere Explosion folgte, ihm blieb keine Zeit, um lange nachzudenken. Sie rannten den nächsten Flur entlang, und der Mann, der die Tür geöffnet hatte, folgte ihnen.

Die riesige Küche war nahezu verlassen. Nur ein Diener erhob sich neben der Feuerstelle und sah sehr verwirrt aus. Das ganze Gebäude bebte.

Eine der *Leroni* schubste den Diener vor sich her. Von der Küche gelangte man, wie Mikhail von seinen Erkundungen der letzten Tage bereits wusste, in einen kleinen Hof, der an die Ställe grenzte. Sie traten in flackerndes orangefarbenes Licht und schwarze Rauchschwaden hinaus. Funken stoben durch die Luft. Man hörte Männer nach Wasser schreien und Pferde panisch wiehern. Der Rauch brannte in Mikhails Lungen, aber da war noch ein anderer, ein beißender Geruch, den er wieder erkannte. Sprengstoff! Der markerschütternde Knall vor einigen Minuten musste von der Explosion der Waffenkammer stammen.

Sie stürzten in den Stall und öffneten alle Boxen. Die Pferde waren außer sich, aber die Anwesenheit von Menschen schien sie ein wenig zu beruhigen, und nur einige bäumten sich gefährlich auf. Mikhail fand seinen großen Wallach, ergriff irgendein Zaumzeug und zog ihn mit sich.

Dann sah er sich nach Marguerida um und entdeckte sie direkt hinter sich. Er schwang sich flink auf das Pferd und half anschließend ihr hinauf. Tief über den Hals des Tieres gebeugt ritten sie zum Ausgang des Stalles.

Im Hof wimmelte es von verängstigten, hysterischen Tieren, mehr oder weniger bekleideten Wächtern und *Leroni*. Einige hatten es Mikhail gleichtun können und waren beritten, gleich hinter ihm saßen Marius und Betha auf einem Pferd. Er konnte in diesem Chaos allerdings seine Leute nicht zählen, sondern trieb den Wallach zwischen zwei glotzenden Wachen hindurch, die im letzten Moment zur Seite springen konnten.

Neben ihm bäumte sich ein Pferd in wilder Panik auf und schlug nach einem der Männer aus. Mikhail wich aus und riskierte einen Blick über die Schulter. Marguerida klammerte sich fest an ihn, und in ihren weit geöffneten Augen spiegelte sich das orangefarbene Licht der Flammen. In diesem Augenblick explodierte das obere Stockwerks des Turms, wodurch die restliche Energie in den Matrixschirmen mit einem ohrenbetäubenden Knall freigesetzt wurde, der die Erde erschütterte und Mikhail und Marguerida beinahe vom Pferd warf.

Die Druckwelle sog ihnen die Luft aus den Lungen, bevor sie den zweiten Turm erfasste. Das Mauerwerk stürzte donnernd herab, und der Boden erzitterte unter dem Pferd. Mikhails einziger Gedanke war Flucht, solange sie noch möglich war. Er ritt auf die hohe Mauer zu, von der die Festung umgeben war. Die *Leroni* um sich herum nahm er zwar wahr, aber er konzentrierte sich so sehr darauf, sein Pferd zu lenken, dass er nicht feststellen konnte, ob alle entkommen waren.

Mehrere Gestalten rannten auf Mikhail zu, und er sah Schwerter im rötlichen Schein des Feuers aufblitzen. Unter ihnen erkannte er *Dom* Padraic, dessen Gesicht wutverzerrt war. Er rannte direkt auf Mikhails Pferd zu, offensichtlich mit der Absicht, das Tier aufzuspießen, und Mikhail konnte ihm gerade noch ausweichen.

Dom Padraic machte eine elegante Drehung, und Mikhail riss am Zügel, um den Schwertstreichen zu entgehen. Er spürte, wie die Schwertspitze an seinem Bein vorbeizischte, und wünschte sehnlichst, er wäre nicht unbewaffnet. Mit zwei Reitern mangelte es dem Pferd an Beweglichkeit, so dass Padraic zu Fuß leicht im Vorteil war.

Scheinbar aus dem Nichts tauchte Davil auf und stürmte auf den Angreifer zu. Er hob einen länglichen Gegenstand über den Kopf und ließ ihn auf *Dom* Padraics Schädel hinuntersausen, streifte ihn jedoch nur. Mikhail sah, dass es ein Nudelholz aus der Küche war. Wie schändlich, dachte er belustigt.

Dom Padraic taumelte, und seine Knie gaben leicht nach. Dann schüttelte er den Kopf, packte das Schwert fester und ging erneut auf Mikhail los, wobei er etwas rief. Im Prasseln des Feuers und dem Kreischen der Tiere gingen seine Worte jedoch unter.

Ein Luftzug streifte Mikhails Kopf, und etwas Dunkles flog mitten in Padraics Gesicht. Im Feuerschein erkannte Mikhail, wie die Seekrähe ihre Krallen in das hochmütige Gesicht schlug und ein Auge mit dem scharfen Schnabel aushackte. Aus *Dom* Padraics Worten wurde ein zusammenhangloses Kreischen, er fuchtelte mit der freien Hand wild nach der Krähe und schlug schließlich mit dem Schwert nach ihr. Der Schlag traf den großen Vogel am Flügel, und selbst in dem spärlichen Licht erkannte Mikhail eine Blutspur auf dem schwarzen Gefieder.

Die Krähe flatterte mühsam. Sie stieß ein raues Krächzen aus und grub die Fänge in den Hals von *Dom* Padraic El Haliene. Blut spritzte heraus und ergoss sich über den sterbenden Vogel. Einen Augenblick blieb Padraic noch stehen. Er packte die Krähe und schleuderte sie auf das Pflaster. Dann starrte er Mikhail und Marguerida mit seinem verbliebenen Auge an, stieß einen gurgelnden Laut aus und stürzte der Länge nach neben den toten Vogel.

Mikhail brach der Verlust seines gefiederten Freundes schier das Herz. Er zwang sich, auf die Menschen zu achten, die sich überall tummelten, auf die *Leroni*, die sich wie eine Ehrengarde um ihn scharten. Er lenkte seinen Wallach wieder in Richtung Tor und sah die Wachen beim Anblick ihres toten Herrn zögern.

Erneut hörte man das Poltern von einstürzendem Mauerwerk, das Feuer breitete sich immer weiter aus und verzehrte auch die restlichen Stockwerke. Einer der Männer, der einsichtiger war als die Übrigen, drehte sich zu seinen Kameraden um und sagte: »Verschwinden wir von diesem verfluchten Ort. Öffnet die Tore!«

»Aber, Raol«, protestierte ein anderer.

»Der *Dom* ist tot – wir sind fertig. Oder willst du auch sterben, Fredrik?«

Mehrere Männer warteten keine Antwort ab, sondern rannten zu dem gewaltigen Tor und schoben den hölzernen Riegel zurück. Sie zogen das Tor mit Seilen auf und drängten hinaus, ohne noch einen Blick zurückzuwerfen. Mikhail füllte die Lungen mit der verrauchten Luft und trieb den Wallach energisch an. Er hustete, als er unter dem Torbogen hinaus in die Dunkelheit ritt.

Die Nacht war bewölkt und kühl, aber für Mikhail war es die schönste Nacht seines Lebens. Er war nicht dick genug angezogen und spürte die angenehme Wärme von Margueridas Körper, der dicht an seinen gepresst war.

Sie ritten einige Minuten lang, ohne dass Mikhail wusste,

in welche Richtung. Er war unendlich müde und traurig. Die Krähe war tot. Sie hatte ihn ein letztes Mal gerettet. Niedergeschlagenheit löste nach und nach sein Hochgefühl ab. Dann spürte er, wie Marguerida ihren Griff um seine Mitte verstärkte.

Mik – jemand folgt uns.

Freund oder Feind?

Ich glaube, es ist diese Frau, diese Leonora, und sie ist sehr wütend. Sie und ihre Leute sind nicht weit hinter uns.

Genau in diesem Augenblick begann Davil zu sprechen. »Wir werden verfolgt. Es sieht aus, als hätte es die Alte geschafft, ihre verfluchten Reiter zu retten. Die würden ihr selbst bis in die Hölle folgen. Sie war immer schon ein zäher Knochen.« In seinen Worten lag eine Art widerstrebende Bewunderung.

»Wer ist sie?« fragte Marguerida.

»*Dom* Padraics Mutter, *Domna* Leonora. Sie war zu alt, um Bewahrerin werden zu können, als der Herr von Hali seinen Turm besetzte, außerdem war sie bereits Mutter. Aber dennoch sehr ehrgeizig, sagt man.«

»Wir können es mit Bewaffneten nicht aufnehmen«, jammerte Marius. Aus seiner Stimme war mühsam unterdrückte Furcht herauszuhören.

»Nein«, stimmte ihm Mikhail zu. »Aber sie muss verrückt sein, wenn sie glaubt ...«

»Verrückt und gerissen, *Dom* Angelo. Mein Vater behauptete immer, an ihr sei ein Mann verloren gegangen, und er musste es wissen, schließlich war er ihr jüngerer Bruder.« Davil zuckte die Achseln. »Sie war ein sehr wildes Mädchen, sagte er, und wuchs zu einer merkwürdigen Frau heran. Voller Hass, weil mein Großvater sie an *Dom* Rakhal El Haliene verheiratet hat, ein gemeiner Kerl, der seine schlechten Charakterzüge alle an seinen Sohn weitergab.«

Was sollte Mikhail tun? Er spürte, wie seine Erschöpfung ihn einhüllte. Wenn er auch nur versuchte, einen Rest von Energie aufzubringen, spürte er nichts als seine Leere. Er brauchte Ruhe und ein Versteck für sich und Marguerida.

Reite zum See, mein Sohn.

Zum See?

Hali wird dich verbergen.

Der Befehl erklang bestimmt und tröstend in seinem Geist. Er konnte sich nicht vorstellen, wie der See von Hali ihn verbergen sollte, aber er stellte die Stimme in seinem Kopf nicht in Frage. Stattdessen empfand er eine große Erleichterung, weil ihm die Entscheidung abgenommen wurde.

Mikhail räusperte sich. »Ich glaube, wir sollten uns am besten aufteilen. Es dürfte ihnen schwerer fallen, mehrere Gruppen zu verfolgen anstatt nur eine.«

Davil sah Mikhail verwundert an. »Für uns wäre das gut, aber sie sucht nach dir, Angelo.«

»Dann müssen wir eben hoffen, dass sie uns nicht erwischt. Falls sie es doch tut, wird sie es bedauern.«

»Zweifellos.« Davil zögerte. »Also gut, teilen wir uns auf. Ich reite mit ein paar Leuten nach Norden und Marius mit den Übrigen nach Süden. Welcher Gruppe schließt ihr euch an?«

»Keiner, Davil. Unsere Wege trennen sich hier für immer. Es war mir eine Ehre, euch alle kennen zu lernen, aber mein Ziel ist ein anderes.« Er sprach zuversichtlicher, als ihm zu Mute war.

Davil sah leicht betrübt aus, wie auch einige andere *Leroni*. Aber er akzeptierte Mikhails Entscheidung und nickte. »Dann leb wohl, Angelo – oder wer immer du bist! Der Name passt zu dir!« Er lächelte und teilte die *Leroni* in zwei Gruppen ein.

Mikhail trieb den Wallach an. Er hatte seine Orientierung wieder gefunden und sah am Horizont das erste Schimmern der Morgenröte, das die Wolken rosa färbte. Ein leichter Nieselregen setzte ein, und der Wind frischte ein wenig auf. Bald hatte der Regen ihre Kleider völlig durchnässt, und das Rosa der Dämmerung wurde zu einem Grau.

Marguerida hatte den Kopf auf Mikhails Rücken gebettet und die Arme um seine Taille geschlungen. Er fühlte, wie ihre heilende Schattenmatrix erfrischend und belebend durch seinen Körper plätscherte. Das Pferd ging ein anständiges Tempo, wenn man das Gewicht von zwei Reitern bedachte, und Mikhail wollte es nicht zu größerer Geschwindigkeit zwingen. Er atmete die frische Luft tief ein und wartete auf Hufgetrappel hinter ihnen.

Die blutrote Sonne erschien gerade über dem Horizont, als er es endlich hörte. Vor ihm lag das Ufer des Sees, in rosigen Dunst gehüllt. Es war nicht mehr weit, aber er trieb das müde Pferd energisch an und sah den Nebel auf sich zukriechen. Der Wallach schnaubte und fiel in einen mühsamen Galopp. Die Verfolger waren ihnen dicht auf den Fersen.

»Da sind sie! Ergreift sie!«, rief eine schrille Frauenstimme.

Der Wallach strauchelte und ging zu Boden. Mikhail und Marguerida rollten sich ab und rappelten sich gerade mühsam auf die Beine, als der erste Reiter auf sie zusprengte. Es war einer jener identischen Gebilde, von denen sie gefangen genommen wurden, stumm und völlig ausdruckslos.

Mikhail half Marguerida auf, und sie blieben einen Augenblick nebeneinander stehen. Dann stieß sie sich von ihm weg, schluckte und gab einen unheimlichen Ton von sich, der ihm das Blut in den Adern gefrieren ließ. Das heranstürmende Pferd blieb mit einem Ruck stehen, bäumte sich auf und warf seinen Reiter ab; dann jagte es zu der kleinen Baumgruppe am See.

Zwei weitere Reiter erschienen, und schließlich sahen sie Leonora, die rittlings im Sattel saß, sich am Knauf festklammerte und ebenso entschlossen wie erschrocken aussah. Ihr rundes Gesicht war rußverschmiert und ihr Haar zerzaust. Sie hatte die Augen weit aufgerissen, der Mund war verzerrt vor Wut.

Marguerida wiederholte ihren seltsamen Schrei, und die vordersten Pferde scheuten. Eins warf seinen Reiter vornüber, ein anderes bäumte sich auf, und der Mann auf ihm krachte in das hohen Rückenteil des Sattels. Das Pferd, auf dem Leonora ritt, wieherte kreischend und drehte den Kopf, als hätte es Schmerzen.

Die Frau schwang sich vom Pferd und ging mit ausgestreckten Armen auf Mikhail und Marguerida los. Mikhail konnte die Kraft ihrer Persönlichkeit selbst auf diese Entfernung wahrnehmen. Etwas versuchte, nach ihm zu greifen, aber es war nur wie das harmlose Summen einer Mücke.

Neben ihm wurde Marguerida plötzlich starr. Mikhail spürte, dass zwischen den beiden Frauen ein lautloser Kampf stattfand, aber es dauerte einen Moment, bis ihm klar wurde, dass er gerade das Aufeinanderprallen zweier Personen mit der Alton-Gabe des erzwungenen Rapports beobachtete.

Domna Leonora hielt verblüfft inne. Sie schnaubte verstimmt, straffte die Schultern und schloss die Augen. Im gleichen Augenblick sah Mikhail, wie ein Lächeln über Margueridas Gesicht glitt, und er hatte das komische Gefühl, dass sie sich gut amüsierte. Ihre goldenen Augen glänzten im Licht des frühen Morgens.

Dann stolperte *Domna* Leonora und landete mit dem Hintern in einer kleinen Pfütze. Sie riss die Augen auf, und einer der Bewaffneten trieb sein Pferd vorwärts. Sein Gesicht war so ausdruckslos, dass Mikhail nicht einmal erahnen konnte, was der Mann vorhatte.

»Los ... lauf!«

Margueridas Stimme riss ihn aus seinem Grübeln, und ihre Hand griff nach seiner. Er drehte sich um und rannte los. Marguerida war neben ihm, sie keuchte schwer, aber sie hielt sein Tempo. Hinter sich hörten sie Leonora wütend schreien.

Der Nebel vom See legte sich um die beiden wie feuchte, weiche Finger, die ihre bereits nasse Haut berührten, als sie eine unsichtbare Grenze überschritten. Der See von Hali umfing sie, zog sie in seine Tiefen, in Schweigen, Stille und eine große Leere. Mikhail schwebte und schwebte. Er hatte eine große Entfernung zurückgelegt, so groß, dass er nicht mehr wusste, wo er überhaupt angefangen hatte. Nichts existierte hier, nicht einmal er selbst – kein Name, kein Ort. Einzig eine gewaltige Sehnsucht. Sie brannte, und ein Stäubchen schien sich im Nichts zu rühren. Was war das? Er sehnte sich nach Licht oder nach Dunkelheit – alles, nur nicht diese Leere. Der Funke dehnte sich aus, doch er konnte die endlose Leere nicht teilen.

Wärme durchströmte ihn. Wenn er sie doch nur festhalten, benennen könnte ... Zorn? Das Wort war ohne Bedeutung hier. Es gehörte an einen anderen Ort. Er selbst gehörte ebenfalls an einen anderen Ort. Aber an welchen? Die Wärme ging vorbei, er schwebte durch die Leere, wartete auf Erlösung, innerlich leer. Es war still. So still ...

War das ein Geräusch? Er versuchte es zu fühlen, aber es war schon wieder weg. Ein Beben durchlief seine Leere, eine Erscheinung durchdrang sie, stach mitten durch ihn hindurch.

Die Leere lockerte ihren Griff, und blinde Wut sauste durch sie hindurch. Eine Stimme sprach, ein tiefes Grollen. Er lauschte, ohne zu hören, fühlte, wie Worte ohne jede Bedeutung ihn bedeckten, ihn erstickten.

Hier ist nichts, nicht einmal ... wer bin ich? Allein. Keine Zeit. Kein Ort. Niemand ... Allein. Aber da müsste doch jemand sein, oder etwas ... Erinnere dich. Zeit und Raum und Erinnerung. Keine Bedeutung.

Änderung, etwas ändert sich. Die Bewegung ist anders –

nein. Was dann? Ja, ich fühle etwas. Ein Wort – weg, alles weg. Muss es fassen. Fassen? Greifen? Packen? Was ist damit? Wer bin ich?

Besser jetzt. Heiß bleiben! Brennen! Flammen! Wohin? Was? Kann nirgendwo hin. Nur hier, ohne Bedeutung hier. Treibe jenseits von Bedeutung. Ich WILL ...

Kreiseln in der Leere, keine Richtung, kein Punkt, hoffnungslos. ANGST.

Festhalten, die Angst! Kalte Angst bringt Helligkeit! Weg ist sie. Sehr schwierig. Zeit wird knapp! Was ist Zeit? Wo ist Zeit?

Wo bin ich? Wo ist ... das Andere? Was ist das? Fehlendes Stück ... von was? Ich? Das Ich ist das Andere? Nichts außer Funken, Stäubchen von nichts.

GIB ES ZURÜCK! Gib mich mir selbst zurück!

Allein, allein, allein. Wärme weg. Kälte weg. Funken weg. Stille.

Was ist das? Die Stille bewegt sich. Wo? Schrecklicher Lärm – suche ihn! Suche! Packe ihn!

Mikhail spürte eine Hand in seiner, die so fest zupackte, dass sich etwas in seine Finger bohrte. Es schmerzte. Etwas quetschte seine Finger, und etwas anderes zerrte an seinem Kragen! Etwas wollte ihn töten!

Er keuchte und wehrte sich kraftlos. Er fühlte, wie er sich losriss, und dann war plötzlich ein Stein in seiner Hand. Er schloss die Finger um ihn und wollte ihn hochheben, aber er hatte keine Kraft im Arm.

»Verdammt noch mal, Mik!« Etwas packte ihn an den Schultern und schüttelte ihn heftig. Seine Zähne klapperten.

»Au! Hör auf damit!« Er öffnete die Augen. Zunächst war alles verschwommen. Dann sah er Marguerida, und alles flutete zurück, ein überwältigender Strom von Erinnerungen und Empfindungen, und er würgte kraftlos. Ihr warmer Atem streifte seine Wange, und ihre Hand auf seiner Schulter kribbelte.

»Schnell!« Sie zog ihn auf Beine, die sich wie Strohhalme anfühlten.

»Schnell?«

»Hast du deinen Verstand etwa in dem verdammten See gelassen?« Sie war wütend auf ihn, und er begriff nicht, wieso. In seinem Kopf war zu vieles, und es war ein einziges Durcheinander.

»Was ist passiert?«

»Wenn ich das nur wüsste, aber wir haben jetzt keine Zeit, darüber zu reden. Reiß dich zusammen! Ich kann dich nicht tragen, und wir müssen uns beeilen!«

»Warum?« Er wusste, sie hatte bestimmt Recht, aber er war zu benommen.

Dann hörte er Stimmen, Männer, die flüsterten, und das leise Wiehern von Pferden. Sie waren nicht zu sehen, aber sehr nahe. Zu nahe. Waren sie etwa nicht entkommen?

Die Angst kam zurück, so stark, dass sie ihn fast in die Knie zwang. Mikhail bebte und zitterte und hätte am liebsten geweint. *Sie* war kurz davor, ihn zu erwischen! Nein! Neue Kraft strömte durch seine Glieder, eine Mischung aus Entsetzen und Willenskraft. Seine Hand mit dem Ring zitterte. Seine Beine setzten sich in Bewegung, und plötzlich stürmte er über rosafarbenes Gras auf ein leuchtendes Gebäude zu, das auf einer kleinen Anhöhe stand.

Mikhail hörte sich keuchen und fühlte Marguerida neben sich. Er wusste, dass sich seine Beine bewegten, aber er hatte das deutliche Gefühl, dass ihn noch etwas anderes trug.

»Da sind sie! Ergreift sie!« Eine Frauenstimme, schneidend und gebieterisch, und ihr Klang ließ ihn beinahe stolpern. Er hörte, wie Marguerida neben ihm einen Schreckensschrei ausstieß.

Donnernde Hufschläge ließen den Boden unter ihren Füßen erzittern, und Mikhail griff nach der unsichtbaren Quelle seiner Kraft. Sie schien ihn vorwärts zu zerren, obwohl seine Angst ihn immerzu innehalten lassen wollte.

Sie erreichten das weiße Gebäude, als die Reiter nur noch wenige hundert Schritte hinter ihnen waren. Mikhail drehte sich rasch um und sah die Männer und mitten unter ihnen die Frau, eine kleine Frau mittleren Alters mit starrem Gesichtsausdruck. Ihre Augen trafen sich nur für eine Sekunde, aber das reichte, um sein Herz einen Schlag aussetzen zu lassen. Ashara Alton, das Geschöpf, auf das er nur in der Oberwelt einmal einen Blick geworfen hatte – leibhaftig. Seine Kehle wurde trocken.

Mikhail nahm Marguerida bei der Hand und schob sie vor sich her. Das Gebäude wirkte sehr massiv, er entdeckte keinen Eingang, aber er spürte ein Ziehen, das ihn nach rechts führte. Er stieß Marguerida in die entsprechende Richtung und beschützte sie mit seinem Körper.

Sie rannten an der runden Mauer entlang, Mikhails Herz hämmerte in der Brust, und er war schweißgebadet. Er roch die erhitzten Muskeln der Tiere. Sie würden es nicht schaffen!

In diesem Augenblick steigen Wut und Empörung in ihm auf. Er drehte sich um und sah, dass ein Reiter ihn beinahe erreicht hatte. Hinter diesem drängten sich weitere. Mikhail brülle vor rasender Wut, hob, ohne nachzudenken, die Hand und entlud all seinen aufgestauten Zorn in einer Geste. Sie schien direkt aus seinem Herzen in seine Hand zu fließen.

Eine Wand aus Helligkeit erhob sich vor den Reitern, die Pferde bäumten sich auf und schlugen dagegen. Mikhail hörte das schrille Wiehern der Tiere und sah, wie die Männer stürzten. Er roch verbranntes Gras, wie nach einem Blitzeinschlag.

Nur zwei Reiter blieben auf den Pferden, die Frau und ein

Mann. Der Mann warf einen Blick auf die in der Dunkelheit flammende Schranke und lenkte sein Pferd zur Seite. Die Frau jedoch blieb stehen und starrte in ohnmächtiger Wut. Sie hob die geballte Faust. »Du wirst mich nicht zerstören!«

Mikhail drehte sich rasch um. Marguerida sah die Frau reglos vor Entsetzen an. Ihr Gesicht war kalkweiß, und ihr Blick ging ins Leere. Mikhail zog sie am Arm, und als sie sich nicht bewegte, warf er sie über seine Schulter, wo sie schlaff liegen blieb.

Vor sich fühlte er den Schleier der *Rhu Fead*, der nur wenige Schritte entfernt war. Und über sich fühlte er, wie sich die vier Monde vereinigten. Wie das? Sie waren doch gar nicht so lange hier gewesen ... wie lange waren sie von den seltsamen Wassern des Sees von Hali umschlossen gewesen? Nicht jetzt, tadelte er sich. Selbst Marguerida war eine Last, die er nicht ewig tragen konnte, und er zwang sich weiterzugehen. Er hörte Ashara hinter sich schreien, aber er konzentrierte sich darauf, die Pforte zu erreichen, die ein Entkommen versprach.

Der Schleier schimmerte, und Mikhail warf sich durch ihn hindurch.

34

Die Kälte traf ihn wie ein Faustschlag, und eisiger Schnee brannte in seinem Gesicht. Die Hauskleidung, die Mikhail immer noch trug, schützte ihn nicht ausreichend vor dem Wind. Er konnte Marguerida in der Dunkelheit gerade noch erkennen. Sie saß ein kleines Stück entfernt in einer Schneewehe und schaute sich verdutzt um.

Mikhail zog sie auf die Beine. Sie richtete sich taumelnd auf, dann beugte sie sich vor und erbrach sich in den Schnee. »Ich hasse Zeitreisen«, stieß sie zwischen klappernden Zähnen hervor.

»Komm, wir müssen uns einen Unterschlupf suchen.«

»Aber wo?«

»Wenn wir wieder an unserem Ausgangspunkt sind, dann gibt es ein Gasthaus ganz in der Nähe der Turmruine.« Mikhail hoffte, dass seine Annahme zutraf, denn er wusste nicht, was sie tun sollten, falls sie in einer anderen Zeit oder an einem anderen Ort gelandet waren. Er drückte Marguerida fest an sich und marschierte mit dem Wind im Rücken los.

Nach wenigen Minuten waren die leichten Schuhe, die er trug, von Eis bedeckt, und er fror wie noch nie in seinem Leben. Sein Atem ging in kurzen Stößen, und er konnte sich kaum noch bewegen. Marguerida presste sich an ihn, stumm in ihrem Unglück, und hielt aus reiner Willenskraft Schritt. Es war in der Kälte unmöglich zu sprechen, aber er hörte ihre Gedanken.

Weißt du, wohin wir gehen? Oder hast du eine Ahnung, wo wir sind?

Willst du die Wahrheit hören? Nein. Ich gehe davon aus, dass dieser Sturm, in dem wir gelandet sind, aus den Hellers kommt, wie im Winter üblich. Dann müssten wir jetzt nach

Süden, in Richtung Thendara unterwegs sein, wenn wir den Wind im Rücken haben.

Wir brauchen dringend Hilfe, Mik. So wie wir angezogen sind, kommen wir nicht mehr weit, bevor wir völlig unterkühlt sind. Nach allem, was wir durchgemacht haben, können wir doch jetzt nicht einfach erfrieren!

Mikhail fühlte sich hilflos. Marguerida hatte Recht, aber er wusste nicht, wie er Hilfe rufen sollte, wenn er nicht einmal erkannte, wo sie waren. Aber er hatte immer noch Varzils Matrix. Er musste sie einfach nur benutzen.

Bevor er diesen Gedanken in die Tat umsetzen konnte, spürte er, wie sich Margueridas Körper wieder anspannte, als streckte sie sich nach jemandem.

Was tust du?

Ich spüre, dass jemand in der Nähe ist. Ich hoffe nur, es ist ein Telepath. Hilfe! Hilfe!

Chiya! *Wo bist du?* Lew Altons mentale Stimme war unverwechselbar, selbst im Heulen des Windes.

Woher soll ich das wissen – ich sehe keine zwei Meter weit. Ich irre im Schnee umher und erfriere gerade. Margueridas Gefühlsausbruch wärmte Mikhail das Herz. Aber wie sollte sie jemand in diesem wirbelnden Schneesturm finden? Sie mussten weitergehen, bis sie gerettet wurden, auch wenn Mikhail am liebsten in den Schnee gesunken wäre. Jeder Schritt wurde zur Qual, die Kälte schien sie zu verzehren. Sie waren dem Ziel so nahe, aber sie konnten leicht sterben, bevor man sie fand. Mikhail achtete nicht auf die altbekannte Verzweiflung und versuchte, eine Lösung zu finden.

Der Ring! Mikhail öffnete unter Schmerzen seine Hand. Er blieb stehen, schloss die Augen und konzentrierte sich auf die Matrix. Nachdem er den Kontakt mit dem Sternstein hergestellt hatte, fühlte er, wie er in ihn hineinschlüpfte. Wind und Kälte verschwanden mit einem Mal. Mikhail spürte, wie sich

Marguerida dichter an ihn drängte und fühlte ihr unmittelbares und bedingungsloses Verstehen. Er wusste, sie standen in einer Kugel aus Energie, die jetzt die Elemente in Schach hielt und wie ein Leuchtturm in die Nacht strahlte. Er musste die Kugel nur so lange aufrechterhalten, bis man sie gefunden hatte.

Dann hob Marguerida ihre linke Hand, und Mikhail merkte, wie die Müdigkeit von ihm abfiel. Ihre Schattenmatrizen griffen perfekt ineinander, und sie standen warm und sicher in einer Säule aus blauem Licht.

Wie lange können wir das wohl aufrechterhalten?

Sehr lange, Mik.

Bist du dir sicher?

Nein, ich bin mir natürlich nicht sicher! Aber ich habe nicht den Eindruck, als würde sich deine oder meine Energie aufbrauchen.

»Bei Aldones! Was ist das?« Aus dem Schneegestöber erklang eine Männerstimme, gefolgt vom Klagelaut eines Pferdes. Mikhail löste seine Konzentration und trat hinaus in das Schneetreiben und die bittere Kälte. Ein halbes Dutzend Gestalten ritt auf sie zu. Kurz darauf waren sie umringt, geschützt von den Leibern der Pferde. Lew Alton stieg steifbeinig ab.

Er sagte nichts, sondern zog nur Marguerida in die Falten seines riesigen Umhangs. Mikhail nahm eine Decke von einem der Gardisten entgegen und fragte sich, wie Lew wohl hierher gekommen war und wie lange er nach ihnen gesucht hatte.

Lew Alton zog Mikhail an sich, drückte die Lippen an die Wange seiner Tochter und murmelte etwas. Mikhail schnappte zärtliche Worte auf, dann spürte er zu seiner Überraschung, wie Lew auch sein Gesicht küsste. Der bärtige Mund war nass, und Mikhail bemerkte, dass Lew weinte.

»Ich war fast wahnsinnig vor Sorge. Wir suchen euch schon seit Stunden!«

»Stunden?«

»Müssen wir diese tränenreiche Wiedervereinigung im Freien begehen? Ich bekomme noch Frostbeulen!« Marguerida's Stimme war barsch, aber der Wind dämpfte ihren Klang.

»Du hast ganz Recht, mein Kind!« Lew drehte sich um, und ein Gardist stieg ab. Mikhail sah, dass er seinen Braunen und Dorilys am Zügel führte. Ein weiterer Reiter band eine Decke hinter seinem Sattel los. Er reichte sie hinab, und Mikhail legte sie um Marguerida.

Kurz darauf saßen sie hoch zu Ross und trabten von der Ruine des Turm von Hali weg. Mikhail fror trotz des Umhangs wie ein Schneider, und es kostete ihn sein ganzes Durchhaltevermögen, im Sattel zu bleiben. Er merkte, dass Marguerida dieselben Schwierigkeiten hatte, denn sie versuchte ständig zugleich die Decke festzuhalten und Dorilys zu führen. Schließlich nahm ihr einer der Männer die Zügel aus der zitternden Hand.

Gerade als Mikhail dachte, er würde es nicht weiter schaffen, sah er die Lichter des Gasthauses schwach durch den Schnee leuchten. Im Osten war ein rötlicher Schein zu sehen, und Mikhail begriff, dass es gerade zu dämmern begann. Ging die Mittwinternacht eben erst zu Ende? War kaum eine Nacht in ihrer eigenen Zeit vergangen, während sie mehrere Tage im Zeitalter des Chaos zugebracht hatten? Mikhail fühlte sich seltsam orientierungslos. Lew Alton hatte von Stunden gesprochen.

Die Tür des Gasthauses ging auf, und freundliches Licht ergoss sich auf den platt getretenen Schnee im Hof. Mikhail schaffte es gerade noch, allein von Stürmer abzusitzen, dann gaben seine Beine nach. Zwei Gardisten packten ihn an den Armen und schleppten ihn hinein. Lew hatte Marguerida bereits vom Pferd geholfen und in den gesegneten Unterschlupf gebracht.

Mikhail spürte die Wärme im Gasthaus an den eiskalten Wangen. Er roch Holzfeuer und Haferbrei. Das Wasser lief ihm im Mund zusammen. Dann begann er am ganzen Leib zu zittern, denn seine Kleider waren völlig durchnässt von schmelzendem Schnee. Er war unendlich müde.

Gleichzeitig fühlte er sich abseits der Gegenwart, als befände er sich zum Teil noch immer in der Vergangenheit. Er versuchte das Gefühl abzuschütteln, aber er wurde die Vorstellung nicht los, dass ein ganzes Leben für ihn vergangen war – ein anderes Leben in einer anderen Zeit. Er blickte auf den Ring an seiner Hand und seufzte. Es würde lange dauern, bis er sich einen Reim auf alles machen konnte.

Die Gardisten halfen Mikhail in die Gaststube, schleiften und trugen ihn zum lodernden Kaminfeuer und setzten ihn in einen geräumigen Sessel. Er beobachtete teilnahmslos, wie Lew Marguerida neben ihm absetzte. Ihre Hand hing schlaff über die Stuhllehne, das Metall des *Catenas*-Ambands glänzte im Schein des Feuers.

»Ziehen wir ihnen die nassen Sachen aus! Samel!«, rief Lew und erhob sich mit leicht gerötetem Gesicht. »Wir brauchen trockene Kleider – sofort!« Der Gastwirt nickte und eilte davon, um fast augenblicklich mit einigen seiner Bediensteten wieder zu kommen.

Mikhail wurde auf die Füße gezerrt, und dann streifte man ihm die triefend nasse Hauskleidung über den Kopf. Aus gedämpften Protestlauten folgerte er, dass man Marguerida ebenfalls entkleidete. Er hörte ein empörtes Kreischen von Samels Frau und dann Lews Befehlston: »Zum Teufel mit der Schamhaftigkeit!«

Mikhail sackte auf seinem Stuhl zusammen, erleichtert, dass er keine Verantwortung mehr übernehmen musste. Als man ihm einen dickwandigen Becher in die Hand drückte, hob er ihn an den Mund und trank. Es war heißer Apfelwein, so süß, dass seine Zähne schmerzten, und er nahm undeutlich noch ein anderes Aroma wahr. Ein wahrer Energiestoß fuhr durch seinen Körper, und er wusste es, es war Blasenwurz, ein starkes Stimulans. Obwohl sein Körper nach Schlaf schrie, würde er jetzt nicht schlafen können, aber er wusste, dass der Trank ihm half, die Auswirkungen der Kälte zu überwinden.

Wärme sickerte in seinen Körper. Erschöpfung und Abgestumpftheit schwanden, als der Blasenwurz in seinen Blutkreislauf gelangte. Wenn er jetzt nur noch die Kraft hätte, seine eiskalten Schuhe auszuziehen!

Doch bevor er sich dazu aufraffen konnte, kniete Lew vor ihm nieder und zog ihm die Schuhe aus. Mikhail war schockiert und seltsam berührt. Das war gewiss keine Tätigkeit für den Herrn einer Domäne, und doch hielt er sie für richtig. Sein Schwiegervater – der Ausdruck brachte ihn für einen Augenblick ins Wanken – hatte sich noch nie viel um Konventionen geschert.

Mikhail sah zu seiner Frau hinüber. Marguerida trug nun einen dicken blauen Hausmantel. Sie war kalkweiß im Gesicht und zitterte. Eine der Dienerinnen versuchte mit einem Handtuch ihr zerzaustes Haar zu trocknen. Seine Liebste stieß einen leisen Schmerzensschrei aus und schob die Frau mit einer kraftlosen Handbewegung zur Seite.

Der Blasenwurz tat weiterhin seine Wirkung, und Mikhail wünschte fast, es würde aufhören. Er hatte plötzlich eine gesteigerte Wahrnehmungsfähigkeit – als könnte er jede einzelne Faser seiner Kleider spüren. Das Feuer, das er vor wenigen Minuten noch als so angenehm empfunden hatte, schien ihn nun zu versengen. Er fühlte sich, als würden Feuerameisen auf ihm und in ihm herumlaufen, und er glaubte beinahe ihre trippelnden Füße und die zuschnappenden Kiefer zu spüren. Er wäre mit Freuden aus seiner Haut gefahren.

Das Gefühl dauerte nur einige Minuten, dann war es vorbei. Seine Wangen waren heiß, und er hatte grässliche Kopfschmerzen. Er rieb sich mit der zitternden Hand über die Stirn, und der Schmerz ließ sofort nach. Er hatte, ohne nachzudenken, die Hand mit dem Ring benutzt. Wie sollte er mit diesem Ding nur leben? Wie hatte Varzil es fertig gebracht? Er seufzte, als sich auch noch die verspannten Muskeln in seinem Nacken lockerten.

Ein grauhaariger Kopf tauchte vor seinem Gesicht auf, und ein Löffel bewegte sich auf seinen Mund zu. Der Gastwirt grinste ihn an, und Mikhail öffnete wie ein Kind den Mund und schmeckte Mehlbrei auf der Zunge. Damit fütterte man Kleinkinder nach dem Entwöhnen und sehr kranke und alte Menschen. Das Zeug war schleimig und nicht sehr schmackhaft, aber er schluckte es und ließ sich von Samel weiterfüttern, während Lew Marguerida versorgte.

Nach einer Weile schüttelte Mikhail den Kopf. »Ich kann nicht mehr, Samel. Danke.«

»Wie Ihr wollt, *vai Dom*. Ruft einfach, wenn Ihr noch etwas braucht.«

»Ich hätte gerne einen Tee, Pfefferminztee mit Honig. Mein Hals tut fürchterlich weh.«

»Gewiss, gewiss.« Samel eilte geschäftig davon, und kurz darauf reichte man Mikhail einen zweiten Becher, Bergminze, gesüßt mit dem berühmten Honig von Hali. Mikhail schüttete den halben Becher gierig hinunter.

Er blickte auf und sah Lew Alton am Kamin sitzen, der ihn aufmerksam betrachtete. Dann bemerkte er, dass Lew nicht ihn ansah, sondern den Ring, der an seiner Hand funkelte. Mikhail folgte dem Blick.

Das Objekt an seinem Finger veränderte sich laufend, es

wurde größer und kleiner, fast pulsierte es. Es blieb keine zwei Sekunden gleich. Mikhail sah den Ring an und spürte, wie sein Bewusstsein in die glänzenden Facetten des Edelsteins fiel und sich dann wieder zurückzog. Er spürte, dass der Stein eine riesige Menge an Informationen enthielt. Jedes Mal, wenn er ihn ansah, schien er in einem Ausbruch von Energie etwas zu lernen. Mikhail schüttelte den Kopf und hob den Blick. Im Augenblick war er zu erschöpft. Er würde Jahre brauchen, bis er den seltsamen Stein wirklich verstand. Jahrzehnte.

Mikhail runzelte die Stirn. Etwas war im See von Hali mit ihm geschehen – er und Marguerida mussten lange Zeit dort gewesen sein. Er hatte keine Zeitwahrnehmung gehabt, doch er erinnerte sich, dass sich die vier Monde erst vierzig Tage nach dem Traum in der verlassenen Küche wieder vereinigen sollten. Wenn er die zwei Tage dort mitzählte und die vier, die sie als Gefangene bei Padraic verbracht hatten, blieben vierunddreißig unerklärt. Und er glaubte, dass eine Stimme ihm Anweisungen gegeben hatte, während er an diesem sonderbaren Ort schwebte.

»Faszinierend«, unterbrach Lew seine Gedanken. Dann zog er eine Augenbraue hoch und wartete, dass Mikhail zu reden begann. Als das nicht der Fall war, fügte Lew hinzu: »Ich habe schon einige bemerkenswerte Dinge gesehen in meinem Leben, darunter auch die Sharra-Matrix, aber keine war wie die hier.«

»Ja, sie ist einzigartig, und ich fühle mich eigentlich gar nicht würdig, sie zu tragen, aber ich konnte es mir nicht aussuchen.« Der Tee hatte Mikhails Hals gut getan, und er hörte sich nicht mehr an wie eine Krähe. Die Krähe! Aller Schmerz, für den er bisher keine Zeit gehabt hatte, stieg in seiner Brust auf. Doch er war immer noch zu benommen und verwirrt zum Trauern.

»Nicht aussuchen?« Lew klang erheitert, als würde er diesen Zustand nur zu gut kennen.

Mikhail zwang sich, auf diesen spielerischen Ton zu reagieren. »Man könnte sagen, dass ich mein Schicksal freiwillig angenommen habe und es mittlerweile sogar ein wenig bereue.«

Lew ließ sein wundervolles dröhnendes Lachen hören. »Ich glaube, ich weiß, wie du dich fühlst, Mikhail.«

»Ich bin froh, dass es jemand versteht, denn ich bin mir nicht ganz sicher, ob ich selbst es tue. Die Freude, hier zu sein, Trauer, Verwunderung, das sind einige meiner greifbaren Gefühlszustände. Wären nicht der Ring und das hier« – er hob den Arm, so dass man den Reif sah – »könnte ich mir wahrscheinlich einreden, dass ich die ganze Geschichte nur geträumt habe. Ich hoffe, du hast keine Einwände, Lew – es spielt allerdings auch überhaupt keine Rolle, falls du doch welche hast.«

»Einwände? Dass du zu Wege gebracht hast, was mir nicht gelang? Nein, ich habe keine Einwände, allerdings bin ich ein bisschen neugierig, wie ihr an diese Armbänder gekommen seid. Sie wirken sehr alt, und ich frage mich außerdem, wer die Eheschließung vorgenommen hat.«

»Würdest du glauben, dass es Varzil der Gute war? Im Zeitalter des Chaos?«

Lew hatte gerade einen tiefen Schluck aus seinem Becher getrunken. Er verschluckte sich, seine Augen traten hervor. Nachdem er eine Weile gehustet hatte, sah er Mikhail verärgert an. »Nein, das würde ich nicht glauben!«

»Das habe ich auch nicht erwartet«, entgegnete Mikhail, zufrieden über Lews Erstaunen. Es war ein erfrischend klares, eindeutiges Gefühl.

»Und Evanda, glaube ich«, fügte Marguerida hinzu. »Sie war die Trauzeugin, und sie hat einen ausgezeichneten Eintopf gekocht, von dem ich gegessen habe. Ein Jammer, dass Mik nicht dazu kam, ihn zu probieren, denn wie oft kann man schon damit prahlen, vom Mahl der Götter gespeist zu haben.«

Lew sah verwirrt und leicht erbost aus. »Wenn ich euch beide nicht so gut kennen würde, dann müsste ich annehmen, ihr habt euch das ausgedacht, um mich zu ärgern. *Varzil? Evanda?*«

»Nun, ich bin mir nicht absolut sicher, dass sie es war, aber sie sah dem Deckengemälde im großen Speisesaal auf Burg Comyn sehr ähnlich, jedenfalls nachdem sie ihre Verkleidung als alte Frau abgelegt hatte, nur ihr Haar war heller, und ihre Augen waren ... unbeschreiblich.« Marguerida seufzte. »Und ehrlich gesagt war die Begegnung mit Evanda nicht einmal unser bemerkenswertestes Erlebnis, nicht wahr *Cario*?«

»Nachdem sie aufgehört ... *Chiya*! Kannst du meinem alternden Verstand zuliebe nicht wenigstens von vorn beginnen?« *Es scheint den beiden ja ganz gut zu gehen, aber sie sind so anders. Ich möchte ihnen gern glauben, aber das alles klingt so unglaublich, und* Dom *Gabriel wird gewiss keine Geschichten über Varzil schlucken. Sie haben beide in wenigen Stunden beträchtlich abgenommen, und ... verdammt!*

Marguerida sah zu Mikhail, und ihre Blicke trafen sich. Er spürte ihre Müdigkeit und ihre Leidenschaft, ihre Standhaftigkeit und eine Veränderung, die ihm schon früher aufgefallen war, deren Bedeutung er im Strudel der Ereignisse jedoch nicht gleich erkannt hatte. Sie war anders, ruhiger, und sie besaß ein gewisses Leuchten. Instinktiv machte er eine eilige Überprüfung mit seiner Matrix.

Liebling – du bist schwanger!

Ach ja? Ist mir deshalb vielleicht so komisch?

Aber wie ...?

Wir haben uns tagelang geliebt, weißt du noch? Und ich habe gerüchteweise gehört, dass diese Betätigung häufig zu Kindern führt. Ich war so ausgelaugt und beschäftigt, dass ich mich selbst nicht richtig angesehen habe, aber jetzt sehe ich es. Ja, ich sehe Domenic Alton-Hastur ganz deutlich vor mich.

Kerngesund und groß, wenn man bedenkt, dass er erst eine Woche alt ist.

Mikhail war überwältigt. Die Gefühle, die sich in seiner Brust erhoben, verschlugen ihm die Sprache. Er ging auf unsicheren Beinen zu Marguerida hinüber, strich ihr das Haar aus der Stirn und küsste sie. Das Gefühl stiller Glückseligkeit, das sie ausstrahlte, war mehr als überwältigend. Er hätte sich gerne für immer darin gesonnt.

Marguerida schmiegte ihren Kopf an seine Brust und lächelte. *Anscheinend hat er unsere Abenteuer alle gut überstanden, Mik. Ich hätte nie gedacht, dass ich einmal froh über meine Aldaran-Gabe sein würde, aber im Augenblick bin ich es, denn dadurch weiß ich, dass unser Sohn wohlauf sein wird. Domenic Gabriel-Lewis Alton-Hastur wird ein Sohn sein, auf den wir stolz sein können.*

Mit dieser ganzen Last auf dem Buckel sollte es mich wundern, wenn er nicht ein echtes Problemkind würde. Danke, meine Liebste. Und er ist wahrscheinlich etwa vierzig Tage alt, nicht sieben oder acht.

Wie kommst du denn darauf, Mik?

Wir waren länger im See von Hali, als du denkst, Marguerida.

Aha – das erklärt alles. Sie wirkte nicht im Mindesten überrascht. *Die Zeit ist ein großes Rätsel, selbst für mich, die ich angeblich mit ihr spielen kann.*

Lew räusperte sich leise, und Mikhail wurde sich seiner Anwesenheit wieder bewusst. Er ließ Marguerida los und stolperte glücklich und erschöpft zu seinem Platz zurück. Er sah, wie sich seine Frau zufrieden im Sessel zurücklehnte und ein kleines Lächeln um ihren Mund spielte. Sie war ihm nie schöner erschienen, trotz der dunklen Ringe unter den Augen und dem unordentlichen, wilden Haar.

Mikhail ließ sich nieder, nahm den inzwischen lauwarmen

Becher mit Minztee zur Hand und grinste Lew Alton an. Er streckte seine langen Beine zum Feuer hin aus, legte den Kopf zurück und sagte: »Wir werden dich in etwa acht Monaten, ungefähr zu Mittsommer, zum Großvater machen. Ich hoffe, du freust dich.«

»Natürlich freue ich mich! Aber wieso in acht Monaten? Ich wünschte doch sehr, ihr würdet mir endlich erklären, was zum Teufel hier vor sich geht.« Der Ausdruck auf Lews vernarbtem Gesicht war verdutzt, erfreut und überaus verwirrt, als wäre ihm alles zu viel.

»Wir hatten vor einigen Monaten beide denselben merkwürdigen Traum. Damals begann alles.«

Mikhail legte Lew die Geschichte dar, wobei Marguerida den Teil über die Schwestern des Schwerts erzählte oder hier und da eine Einzelheit beisteuerte, wenn er ins Stocken geriet. Lew hörte zu, ohne Fragen zu stellen, und hatte die Stirn vor Konzentration in Falten gelegt. Ab und zu öffnete er zwar den Mund zu einer Frage, aber dann überlegte er es sich jedes Mal anders. Nach einer Weile war alles erzählt. Die Geschichte klang auch nicht glaubwürdiger, wenn sie in eine gewisse Ordnung gebracht war, und Mikhail hatte ein dumpfes Gefühl in der Magengegend, als er zu reden aufhörte.

»Das ist zweifellos die absurdeste Erzählung, die ich je gehört habe!«, sagte Lew. »Niemand wird euch glauben. Ich kann euch selbst kaum glauben, und ich bin immerhin ein wohlwollender Zuhörer.«

Mikhail streckte die Hand aus. »Das hier müsste doch alle überzeugen, auf die es ankommt.« Der Ring glitzerte im Feuerschein.

»Vielleicht. Aber manche Leute wie etwa deine Mutter, Mikhail, werden große Probleme machen.« Lew seufzte und grinste hintertrieben. »Regis andererseits wird sehr erfreut sein.«

»Ja? Wieso das?«

»Nun, zunächst einmal, weil ihr beide wohlauf und gesund seid – wenngleich viele Leute Letzteres bezweifeln werden –, und zweitens, weil ihr ihn davor bewahrt habt, *Dom* Damon Aldarans Bedingungen für eine Rückkehr in den Rat der *Comyn* zu akzeptieren. Gisela wird entsetzlich wütend sein, möglicherweise ist Regis' Plan, die Aldarans an den Ratstisch zu holen, damit überhaupt zunichte gemacht. Ich kann nicht in die Zukunft schauen. Wir werden einfach abwarten und sehen müssen, wie sich die Dinge entwickeln. Aber es wird sicherlich sehr interessant.« Lew schien sich schon darauf zu freuen.

Marguerida gähnte ausgiebig. »Ich bin so schläfrig ... kann ich jetzt zu Bett gehen?«

»Verzeih mir. Ich hätte dich vor einer Stunde schon ins Bett bringen sollen. Aber ich konnte meine Neugier nicht bis zum Morgen zügeln.«

»Es ist bereits Morgen«, murmelte Marguerida. »Und es gibt da noch etwas, das du uns noch nicht erzählt hast, etwas sehr Wichtiges.«

»Stimmt. Ich wollte einen günstigeren Zeitpunkt abwarten, wenn ihr nicht so erschöpft seid.« Lew sah äußerst unbehaglich aus. »Wisst ihr, dieser Befehl im Ballsaal hatte einige schreckliche Folgen. Mehrere Leute erlitten einen Schock, und zwei sind sogar gestorben.« Er hielt wieder inne und sah Mikhail mit einem kummervollen Blick an. »Einer davon war der kleine Emun.«

»O nein!« Mikhail fühlte Tränen aufsteigen und über seine Wangen rinnen. Sein Herz schmerzte – er trug die Verantwortung für Emuns Tod. Nun endlich begriff er, wie sich Marguerida nach Domenics Unfall gefühlt haben musste. Er schaute sie aus tränenverschleierten Augen an und sah den tiefen Schmerz in ihrem Gesicht.

Lew schüttelte den Kopf. »Ich glaube, er war zu geschwächt von allem, was er im Haus Halyn durchgemacht hatte, und er konnte diese Erfahrung nicht überleben. Dich trifft keine Schuld, Mikhail.«

»Dann werde ich also doch der Elhalyn-König.« Mikhails Worte klangen rau und bitter.

»Nein, das glaube ich nicht.« Lew sah die beiden an. »Das hier ändert alles.« Er deutete auf Mikhails Hand und sah ernst und bedrückt aus. »Es wird ein fürchterliches Durcheinander auslösen.«

Mikhail sah seinen frisch gebackenen Schwiegervater verständnislos an. Dann blickte er auf den Ring hinab, und die weit reichenden Folgen, die seine neue Matrix beinhaltete, drangen allmählich in seinen leicht benebelten Verstand. Er hatte bisher nicht darüber nachgedacht, da er zu sehr damit beschäftigt gewesen war, am Leben zu bleiben. Wie hatte er bloß nicht bedenken können, wie sehr der Besitz dieses Artefakts das Gleichgewicht der Macht auf Darkover verändern könnte? Es mochte ja eine gute Idee von Varzil gewesen sein, die Matrix vor Ashara Alton in einer Zukunft in Sicherheit zu bringen, in der die Bewahrerin nicht mehr existierte, aber der alte *Tenerézu* hatte nicht vorhergesehen, welche Probleme er damit verursachte.

Marguerida blickte finster drein, als ihr die Konsequenzen klar wurden. »Ja, und alle werden ab sofort auf Tische hauen und mit Türen knallen und einen Riesenspaß dabei haben, sich anzuschreien, bis sie blau im Gesicht sind!«

Mikhails Hochstimmung über die Nachricht, dass er Vater wurde, löste sich plötzlich in nichts auf. Ein Gefühl der Unwürdigkeit überwältigte ihn. War er jetzt wirklich der mächtigste Mann auf ganz Darkover? Das war mehr, als er ertragen konnte. Er hätte den verhassten Ring am liebsten vom Finger gestreift und in den Kamin geworfen. Der Ring gehörte nicht in die Zeit, in der Mikhail lebte. Er war das Relikt einer anderen Epoche, einer schrecklichen Vergangenheit, deren Wiedergeburt Mikhail auf keinen Fall erleben wollte.

Er schauderte von Kopf bis Fuß. Seine Augen brannten. Wenn er doch nur schlafen und einfach alles vergessen könnte. Er wollte diese Macht nicht – oder doch? Dann spürte er ein Lachen in seiner Brust aufsteigen. Was stellte er sich eigentlich vor – dass er jetzt nur mit der Hand winken musste, um Wunder zu vollbringen? Was für ein Narr er doch war!

»Ich werde nicht zulassen, dass der Ring alles ändert«, murmelte er.

»Du wirst was?« Lew lachte bitter. »Ich bewundere deine Haltung, mein Sohn, aber jetzt ist nicht die Zeit, darüber zu sprechen. Ins Bett mit euch beiden! Ich kann es kaum erwarten, Regis' Gesicht zu sehen, wenn ihr eure Geschichte erzählt – allerdings fürchte ich, dass ich auf dieses Vergnügen wohl noch eine Weile warten muss.«

»Regis' Gesicht? Denk lieber an das von Tante Javanne!«

»Wie wahr, Marguerida. Man wird sie anbinden müssen. Als wäre nicht alles bereits schlimm genug für sie, nachdem ihr beide mitten in der Nacht weggerannt seid. Mein Leben hier wird aufregender sein, als ich gedacht habe.« Lew schien sich über diese Aussicht merkwürdigerweise zu freuen.

»Vater ... ich weiß jetzt, was ich für Dio tun kann.«

Margueridas Stimme war schleppend vor Schläfrigkeit, und das Kinn sank ihr auf die Brust. »Ich kann sie nicht heilen, aber ich kann ihr mehr Zeit verschaffen ...mehr Zeit«, flüsterte sie, dann fielen ihr die Augen zu.

Lew Alton starrte seine Tochter an, und sein Gesicht wandelte sich von ernst und verblüfft über ungläubig zu hoffnungsvoll. Er stand auf, und einen Augenblick schien es, als wollte er Marguerida wieder wachrütteln. Stattdessen hob er ihren erschlafften Körper hoch und trug sie zu der Treppe, die ins obere Stockwerk des Gasthofs führte. Ihr Kopf ruhte an seiner Schulter, und Mikhail versetzte es vor Eifersucht einen kleinen Stich, weil er zu kraftlos war, um zu helfen. »Glaubst du, sie weiß, wovon sie redet, Mik?«

Mikhail erhob sich unsicher. »Ja, ich habe das Gefühl, sie weiß es genau. Sie kann mit dieser Hand heilen oder schaden. Sie meint wirklich, was sie da sagt, Lew.«

»Das stimmt allerdings. Jetzt aber ins Bett mit euch beiden!« *Ich habe mein Kind zurück und vielleicht sogar meine Diotima. Das ist alles zu viel. Den Göttern sei Dank für dieses Wunder.*

Drei Tage später rollte eine große Kutsche knarrend in den Gasthof, begleitet von mehreren Angehörigen der Garde.

Mikhail saß in der Schankstube und nahm den Lärm nur undeutlich wahr. Er fühlte sich immer noch sehr matt und hatte außer Essen und Trinken nur wenig getan. Marguerida war oben im Zimmer und schlug sich mit einer Erkältung herum.

Mikhail stand langsam auf und ging in Richtung Tür. Für einen Mann von achtundzwanzig Jahren kam er sich uralt vor. Sie würden zurück nach Thendara fahren, aber Mikhail war nicht sonderlich begierig darauf. Hätte er die Wahl gehabt, dann wäre er lieber mit seiner Frau im Gasthof geblieben, bis sie sich vollständig wieder erholt hatten, und dadurch den Intrigen, die ihnen unweigerlich bevorstanden, aus dem Weg gegangen. Doch er fügte sich in den Tumult, der auf sie wartete, wenngleich es ihm schwer fiel, seine Besorgnis mit einem Achselzucken abzutun.

Mikhail hörte ein leises Schlurfen hinter sich, und als er sich umdrehte, sah er Marguerida die Treppe herabkommen. Ihre Nase war rot von der Erkältung, aber ihre Haare waren gebürstet, dass sie glänzten, und sie trug ein braunes Wollkleid, das der Tochter des Wirts gehörte. Sie lächelte Mikhail an, schniefte und hustete. »Ich wünschte, ich hätte Lungenentzündung«, murmelte sie.

»Wieso denn das, meine Liebste?«

»Weil man Lungenentzündungen heilen kann«, antwortete sie übel gelaunt und sah ihn an, als er lachte. »Das einzig Gute ist, dass ich Gisela einfach anhusten kann, wenn sie mir Schwierigkeiten macht.«

»Du würdest ihr sicher gern etwas Heftigeres anhängen als einen Schnupfen.«

Marguerida hakte sich bei ihm ein. »Eigentlich nicht. Ich habe keine echten Rachegefühle. Ich bin nur ein ganz klein wenig boshaft heute Morgen.«

»Du siehst jedenfalls wundervoll aus – trotz deiner roten Nase.«

»Ich fühle mich aber alles andere als wundervoll.«

Die Tür des Gasthofs ging auf, und Liriel rauschte dick vermummt herein. Sie schlug die Kapuze von ihrem leuchtend roten Haar zurück und streifte die Handschuhe ab. Marguerida ließ Mikhail los und rannte regelrecht auf seine Schwester zu. Sie wollte Liriel gerade umarmen, als sie an ihre Erkältung dachte und enttäuscht stehen blieb.

Liriel löste die Klammer ihres Umhangs und zog ihn von den breiten Schultern. Sie hängte ihn über einen Arm, legte den freien Arm um Margueridas Taille und gab ihr einen leichten Kuss auf die Wange. Einen Augenblick lang standen die beiden hoch gewachsenen Frauen Mikhail gegenüber, jede auf ihre Weise großartig. Dann ließ Liriel Marguerida los und umarmte ihn.

»Mutter ist der Meinung, sie hätte dich nach der Geburt besser ertränken sollen, *Bredu*«, sagte sie mit einem fröhlichen Lächeln. »Und ich würde ihr sogar Recht geben, wenn ich nicht so froh wäre, dich zu sehen!«

»Das ist aber eine angenehme Überraschung, Liri. Ich hatte nicht erwartet, dass du mit der Kutsche kommst.«

»Onkel Lew hat mich darum gebeten, und ich habe es gern getan, obwohl ich langsam eine ernste Abneigung gegen alle Arten von Fahrzeugen mit Rädern entwickle. Aber ich hatte keine andere Wahl. Wenigstens ist der Weg von Thendara in diese Richtung nicht ganz so beschwerlich wie nach Westen. Ihr scheint ja keinen Schaden bei euren Abenteuern genommen zu haben – seid ihr wirklich in die Vergangenheit gereist?«

»Ja, allerdings erwarten wir nicht, dass uns das jemand glaubt.«

»Das ist auch gut so, denn die anderen werden nur schwer zu überzeugen sein. Vater und Mutter sind sich beide sicher, dass ihr nur weggerannt seid, um sie zu ärgern, und offen gestanden geht es Regis mehr oder weniger genauso. Wenn nicht diese merkwürdige Stimme beim Ball gewesen wäre, würden alle glauben ... na, egal. Ihr seid beide wohlauf, und alles andere ist unwichtig, hab ich Recht?«

»Was mich angeht, ja, aber ich erwarte nicht, dass alle Leute diese Meinung teilen. Ich bin sehr froh, dass du mitgekommen bist, Liri. Aber wieso eigentlich?«

»Mik, du Idiot – sie ist wegen mir mitgekommen.« Marguerida tätschelte ihren noch flachen Bauch. »Sie ist natürlich hier, um nachzusehen, wie es dem kleinen Domenic geht. Du hast doch erlebt, wie Vater ist. Er hat mich fast wahnsinnig gemacht vor lauter Fürsorge, und er wusste, dass ich meinen heiklen Zustand nicht von einer Fremden beurteilen lassen will.« Sie grinste boshaft. »Man könnte meinen, er bekommt dieses Kind.«

»Na, na, meine liebe Tochter«, dröhnte Lews Stimme vom Treppenabsatz. »Ich bin nur vorsichtig.«

»Du benimmst dich wie eine alte Glucke!«

Lew zuckte die Achseln. »Wie ein alter Gockel, wenn schon. Und, wie steht's in Thendara, Liriel?«

»Es ist schrecklich! Ich war so froh, endlich dort wegzukommen, dass ich fast losgeheult hätte. Es ist uns gelungen, die Abenteuer von Mikhail und Marguerida größtenteils geheim zu halten – bis jetzt. Niemand weiß, dass sie verheiratet sind, außer Regis und Linnea, Danilo Syrtis-Ardais und unseren Eltern. Aber das reicht auch schon, denn Mutter tobt wie eine Verrückte, und Vater überlegt, wie er das Geschehene wieder rückgängig machen könnte.«

»Und Onkel Regis?«, fragte Mikhail.

Liriel sah nachdenklich aus. »Er verhält sich sehr ... undurchsichtig.«

»Was ist mit den Aldarans?«, wollte Marguerida wissen.

»*Dom* Damon hat sich in seine Gemächer zurückgezogen, zweifellos, um heftig zu trinken, und Gisela hat mehrere Wutanfälle durchlebt.« Ein merkwürdiger Ausdruck huschte über Liriels Gesicht. »Dabei hat ihr unser Bruder Rafael Gesellschaft geleistet«, fügte sie geheimnisvoll hinzu.

Siehst du, Mik! Ich hab's dir doch gesagt.

Ja, aber es ist nicht nett, mich daran zu erinnern. Hast du denn vor, immer Recht zu behalten? Fünfzig, sechzig Jahre Ehe mit einer Frau, die immer Recht hat, könnten ein bisschen anstrengend werden.

Dann werde ich versuchen, mich wenigstens einmal pro Woche zu irren! Ich kann doch nicht zulassen, dass ich dir lästig werde!

Niemals, nicht in einer Million Jahre, Caria.

Falls Liriel dieses kleine Zwischenspiel verfolgen konnte, ließ sie es sich zumindest nicht anmerken. Sie fuhr mit ihrer Schilderung fort. »Robert Aldaran war die Stimme der Vernunft, wodurch sein Ansehen in meinen Augen gewaltig gestiegen ist. Möglicherweise ändert Robert jedoch sein Verhalten, wenn er die Einzelheiten eurer Abenteuer erfährt. Wenn ich ganz offen sein soll, würde ich sagen, dass alle ihren Spaß dabei haben, sich ein wenig aufzuregen – alle außer Ariel, die sich nach Alannas Geburt brav ausruht. Ich kann euch jedenfalls versichern, dass sich niemand langweilt!« Liriel lächelte breit, und ihre Augen blitzten.

»Das überrascht mich nicht«, bemerkte Lew. »Wir sind schließlich eine sehr leidenschaftliche Familie.«

»Mutter ist übrigens überzeugt, dass alles deine Schuld ist, Onkel Lew. Sie macht ständig düstere Andeutungen über eine terranische Verschwörung und behauptet, dass die Stimme nur ein technischer Trick war, um Mik und Marguerida verschwinden zu lassen.«

»Meine Schuld ...? Eine terranische Verschwörung?«, stotterte Lew, und ein interessierter Blick trat in seine Augen. »So viel Fantasie hätte ich nicht einmal Javanne zugetraut.«

Marguerida hakte sich bei ihm ein. »Na, na, Vater. Nimm es dir nicht zu sehr zu Herzen. Am Ende werden wir alles schon wieder gerade biegen.«

Lew sah seine Tochter mit einem merkwürdigen Blick an. »Du scheinst ja sehr gelassen zu sein, mein Kind. Das ist fast ... unnatürlich. Ich hätte erwartet, dass du als werdende Mutter, ein wenig gefühlsbetonter bist. Aber sag, wie genau hast du dir das eigentlich vorgestellt? Wie werden wir denn alles wieder gerade biegen?«

Marguerida zuckte nur die Achseln und sah überglücklich aus, bis sie einen kurzen Hustenanfall bekam.

Lew hob den Blick zur Decke. »Frauen! Ich werde sie wohl nie verstehen, und die Götter wissen, dass ich es versucht habe!« Dann lächelte er Marguerida an. »Aber wenn du mir tatsächlich meine Diotima zurückgeben kannst, werde ich auf immer in deiner Schuld stehen, mein Kind.«

»Das werde ich, Vater, das werde ich«, versprach Marguerida.

35

Mikhail und Marguerida waren zehn Tage nach Mittwinter nach Thendara zurückgekehrt und sehr kühl empfangen worden. Die Stimmung hatte sich auch in der darauf folgenden Woche nicht wesentlich gebessert, in der sie Regis, *Dom* Gabriel und Javanne sowie Danilo Syrtis-Ardais ihre Abenteuer mehrmals erzählten. Alle anderen hatten sie im Unklaren gelassen, einmal abgesehen von der nicht zu leugnenden Tatsache, dass sie nun Mann und Frau waren. Das hatte für Mikhail zu mehreren qualvollen Begegnungen mit Gisela Aldaran geführt, die er schnellstmöglich wieder vergessen wollte.

Das Problem bestand seiner Ansicht nach darin, dass einfach zu viele starke Persönlichkeiten auf Burg Comyn wohnten, die alle ohne Rücksicht auf ihre Mitmenschen ihren Kopf durchsetzen wollten. Die Phase der Ruhe in Samels Gasthaus hatte Mikhail einigermaßen wiederhergestellt, und er neigte dazu, die Dinge eher von der heiteren Seite zu sehen, aber die Nerven seiner Frau wurden von den ständigen Spannungen bis zum Zerreißen strapaziert.

Es gab im Grunde nur wenig, worüber sie sich freuen konnten, außer dass sie jetzt in Sicherheit waren. Javanne hatte sich anfänglich geweigert, mit Mikhail zu sprechen, aber als sie es dann doch wieder tat, hörte sie nicht mehr auf. Sie flehte, tobte, schmeichelte. Es war, als würde die aufgestaute Verbitterung eines ganzen Lebens aus ihr herausbrechen, wild und bösartig. Marguerida warf sie vor, ihn vom rechten Weg abgebracht zu haben – jedenfalls war das die am häufigsten geäußerte Peinlichkeit.

Selbst die Frage, wo Mikhail und Marguerida ihr Haupt betten sollten, war Anlass zu Streitereien gewesen. Mikhails

Mutter, die hartnäckig dabei blieb, dass die Ehe ungültig sei, wollte ihn weiterhin in der Familiensuite beherbergen und Marguerida in der Alton-Suite. Die Angelegenheit war mehr als kindisch, und Mikhail hatte ihr ein Ende gesetzt, indem er verkündete, er sei immer noch der Regent vom Elhalyn und werde mit seiner Frau in den ihm zustehenden Teil der Burg ziehen. Darüber freuten sich jedoch nur Miralys und Valenta, die beide tief betrübt über den Tod ihres Bruders waren. Sie weinten viel und klammerten sich in einer Weise an Mikhail, die ihm sehr nahe ging.

Nun wartete er in Regis' Arbeitszimmer darauf, zu erfahren, warum man ihn gerufen hatte. Sein Onkel hatte das Treffen ohne Vorwarnung angesetzt, und Mikhail hatte keine Ahnung, was er von ihm wollte. Die Luft in dem normalerweise angenehmen Raum war aufgeladen von unausgesprochenen Emotionen – und Mikhail rechnete mit dem Schlimmsten.

Javanne, dachte er, sah zum ersten Mal, solange er zurückdenken konnte, alt und verhärmt aus. In ihren Augen funkelte ein Hass, wenn sie ihn und Marguerida ansah, der zu einer anderen Person zu gehören schien. Das machte Mikhail trauriger als alles andere. Er wollte sich gerne mit ihr versöhnen, denn er wusste nun, dass er diese Frau aufrichtig liebte und achtete, aber in ihrer gegenwärtigen Stimmung war die Hoffnung auf Versöhnung ein abwegiger Gedanke.

Lew hatte Recht gehabt – Varzils Geschenk änderte alles. Allerdings nicht zum Besseren, dachte Mikhail grimmig und musterte seine Eltern. Javanne kochte vor Wut, und *Dom* Gabriel wirkte wie ein Mann am Abgrund. Mikhail empfand ein seltsames Mitgefühl für seinen Vater. Er hatte sich nie ausgemalt, wie schwer es gewesen sein musste, all die Jahre mit Javanne verheiratet zu sein. Er hatte ihn lange für einen ziemlich dumpfen Burschen gehalten, aber nun sah er ihn in einem völlig neuen Licht und erkannte einen Menschen in ihm, der intelligenter und mutiger war, als Mikhail je gedacht hätte.

Regis saß hinter seinem Schreibtisch und trommelte mit den Fingern aufs Holz. Die Anspannung der letzen Tage zeigte sich auch auf seinem Gesicht. Die Stirn unter dem weißen Haar war zerfurcht, und seine Augen sahen müde aus. Regis, der kaum je die Stimme hob, hatte zuletzt ein paar Mal sogar laut geschrien, und Mikhail wusste, dass er mit seiner Geduld am Ende war. Lady Linnea saß neben ihrem Mann und wirkte äußerst mürrisch. Dann jedoch warf sie Mikhail einen Blick zu, und ein Anflug von Lächeln spielte um ihren lebhaften Mund.

Lew Alton betrat den Raum und nahm neben Mikhail Platz. Er wirkte entspannt, und Mikhail fasste neuen Mut bei seinem Anblick. Marguerida, die auf Mikhails Seite saß, beugte sich vor und wechselte einen langen Blick mit ihrem Vater, dann lehnte sie sich völlig gelöst zurück. Mikhail fragte sich, was die beiden wohl gerade ausgetauscht hatten. Dann betrachtete er Danilo Syrtis-Ardais, der ruhig und distanziert hinter Regis' Stuhl stand. Er hatte ein kleines Glitzern in den hellen Augen, als würde er ein erfreuliches Geheimnis bereits kennen.

Mikhail begriff, dass endlich etwas entschieden wurde, und war erleichtert. Wenigstens war keiner von den Aldarans anwesend, nur Familienmitglieder. Er hätte mit Freude auf weitere Begegnungen mit Angehörigen des Aldaran-Clans verzichtet, mit Ausnahme von Robert, der sich als Einziger vernünftig benahm. Mikhail segnete ihn im Stillen und seinen Bruder Rafael ebenfalls. Hätte Rafael nicht Gisela Gesellschaft geleistet, sie wäre zweifellos mit einem Messer auf Mikhail oder Marguerida losgegangen.

Javanne Hastur räusperte sich und begann zu sprechen. »Ich bin auf eine Lösung für diesen ganzen Unsinn gestoßen und wundere mich nur, warum sie nicht schon früher jemandem eingefallen ist. Lasst diese Farce von einer Heirat umgehend annullieren. Wenn Marguerida wirklich seit fast zwei Monaten schwanger ist – und Liriel hat mir versichert, dass es so ist –, dann kann Mikhail gar nicht der Vater sein. Marguerida ist schließlich erst zu Mittwinter in Thendara eingetroffen. Das macht die Hochzeit ungültig – was sie ohnehin bereits ist, da weder ich noch Gabriel unser Einverständnis gegeben haben.« Sie funkelte Lew wütend an, als argwöhnte sie, dass er hinter der ganzen Sache steckte. Lew erwiderte ihren Blick so feierlich, dass Mikhail beinahe lachen musste. Sein Schwiegervater hatte sich in den letzten Tagen als wertvoller Verbündeter und guter Freund erwiesen.

Regis sah seine Schwester gelangweilt an. »Sei nicht albern! Von allen Leuten behauptest du als Einzige hartnäckig, dass die Geschichte ein Märchen ist und Mikhail und Marguerida nicht die Wahrheit sagen.«

»Dann bin ich eben die Einzige, die erkennt, dass sie alles nur geschickt eingefädelt hat – vielleicht mit der Hilfe von Rafe Scott!« Javannes Stimme klang schrill, auf ihrem Gesicht erschienen roten Flecken. Mikhail sah, wie sie die zitternden Hände ballte.

»Bitte, meine Liebe«, unternahm *Dom* Gabriel einen erfolglosen Versuch, sie zu beruhigen.

»Ich lasse mich nicht mundtot machen! Dich mögen sie mit dieser unglaubwürdigen Geschichte vielleicht täuschen, aber mich nicht! Marguerida ist zu ehrgeizig, um ...«

»Ich glaube, du sprichst gerade von deinem eigenen Ehrgeiz, Javanne, nicht von Margueridas«, sagte Regis ruhig.

Bei dem Blick, den seine Schwester ihm daraufhin zuwarf, hätte er eigentlich zu Stein erstarren müssen. »Begreifst du denn nicht, dass sie Mikhail um den Finger gewickelt hat? Wir dürfen nicht zulassen, dass sie durch ihn regiert!«

»Hör endlich auf, Mutter! Du beleidigst mich genauso wie

meine Frau. Das Königtum der Elhalyn besitzt keine wirkliche Macht, das Argument wäre nicht einmal stichhaltig, wenn ich tatsächlich der rückgratlose Schwächling wäre, als den du mich hinstellst.« Die Bitterkeit in seiner Stimme überraschte Mikhail, und er schämte sich dafür. Er sollte sich besser beherrschen.

Javanne drehte sich zu ihm um und spuckte förmlich vor Wut. »Du kannst nicht mit diesem *Ding* an der Hand hier sitzen und vorgeben, du würdest später selbstzufrieden auf dem Elhalyn-Thron vor dich hin dösen. Regis muss dich zu seinem rechtmäßigen Erben erklären, und du musst durch klugen Rat darauf hingeführt werden, ihm würdig nachzufolgen.« Ihre Wut verschwand, und sie lächelte gerissen, als hätte sie die Angelegenheit damit zu ihrer Zufriedenheit geregelt, und setzte eine allgemeine Zustimmung voraus.

Zunächst waren alle völlig entgeistert und dann sehr betreten. Javanne Hastur hatte endlich die Maske fallen lassen und ihren Plan enthüllt, Darkover mittels ihres Sohnes zu regieren. Mikhail schüttelte den Kopf. »Ich wurde noch nie von dir geführt, Mutter. Du kannst dir unmöglich einbilden, dass dies jemals der Fall sein wird.«

»Es wäre sehr wohl der Fall, wenn dich Marguerida nicht verführt hätte.«

Das war zu viel. Marguerida begann schallend zu lachen, bis ihr Tränen über die Wangen kullerten. Sechs Leute sahen sie erstaunt an, während Mikhail Mühe hatte, nicht in ihre Fröhlichkeit einzustimmen. Als sie sich schließlich wieder in der Gewalt hatte, wischte sie sich mit dem Ärmel über die Augen und sagte: »Verzeih mir, liebe Tante. Ich habe in meinem ganzen Leben noch niemanden verführt, und die Worte trafen mich ... ach du meine Güte.« Sie brach in einen neuen Lachanfall aus, während Javanne auf ihrem Stuhl kochte.

»Du hältst nicht viel von mir, Mutter, hab ich Recht?«

»Doch, natürlich – du bist mein Sohn!«

»Aber du glaubst nicht, dass ich ohne deine Führung in der Lage bin zu regieren.«

Javannes Miene verhärtete sich, und in ihre Augen trat ein gefährliches Glitzern. »Ich weiß genau, was getan werden muss – im Gegensatz zu euch allen.«

»Du hast jahrelang auf die Gelegenheit gewartet, die Macht hinter dem Thron zu werden, nicht wahr, Mutter? Es ist dir zwar bei deinem Bruder missglückt, aber du dachtest, du könntest mit mir Erfolg haben. Deshalb hast du Regis auch nicht von seinem Eid entbunden und so verhindert, dass er Dani sein rechtmäßiges Erbe übergibt. Doch als Marguerida auftauchte, waren alle deine Intrigen zunichte gemacht. Es tut mir Leid, wirklich.« Nichts von dem, was er sagte, schien seine Mutter zu erreichen.

»Mikhail, das ist das Klügste, was ich je von dir gehört habe«, bemerkte Regis, bevor Javanne antworten konnte.

»Ja, wahrscheinlich.« Mikhail hob die Hand, die zur Vermeidung von unabsichtlichem Kontakt nun ebenfalls in einem Handschuh steckte. »Varzil war ein Ridenow und ein Empath, und davon habe ich anscheinend einiges abbekommen, seit ich diesen Ring trage. Allerdings braucht man nicht unbedingt eine besondere Gabe, um den krankhaften Ehrgeiz meiner Mutter zu erkennen.« Er fing den verzweifelten Blick seines Onkels auf. »Nein, der Ring hat mich nicht freundlicher werden lassen. Tut mir Leid, Onkel Regis, aber zu vieles ist passiert.«

»Ja, das ist wahr. Ich hatte meinen großen Augenblick, als ich das Schwert des Aldones trug, aber mehr war es nicht – ein Augenblick. Ich habe meine Bürde abgelegt, aber du kannst deine nicht loswerden, niemals. Ich weiß, du wirst mich nicht herausfordern, dafür bist du zu ehrenhaft, egal was meine Schwester hoffen mag. Aber wir müssen die Angelegenheit klären, denn es gibt andere, sogar hier in der Burg, die Intrigen spinnen würden, um dich in einen Aufstand zu verwickeln. Ich darf nicht voraussetzen, dass du weise genug bist, ihnen zu widerstehen.« Regis schüttelte den Kopf. »Das ist keine Mutmaßung über deinen Charakter, Mikhail, sondern lediglich Verständnis für die menschliche Natur.«

»Ich habe nicht um diese Matrix gebeten, aber ich glaube, wir alle müssen akzeptieren, dass ich sie besitze, jetzt und für immer. Ich kann sie schlecht einfach wegwerfen, oder?« Mikhail ließ die Schultern ein wenig hängen. Dann blickte er in die Runde, und ihm wurde klar, dass die unmittelbare Zukunft Darkovers von den Leuten in diesem Raum entschieden wurde. Zuerst fühlte er sich viel zu jung und überfordert, aber das verging schon bald, und eine gewisse Ruhe überkam ihn. Was immer bei der Sache herauskam, er würde es ertragen, auch wenn es wahrscheinlich bedeutete, dass er den Rest seines Lebens auf dem Elhalyn-Thron verbrachte.

»Das ist das Vernünftigste, was ich je gehört habe, seit ich hier bin«, knurrte *Dom* Gabriel. »Halt deine Dämonen zurück, Frau! Du quälst uns alle.«

Javanne zuckte zusammen und sah plötzlich sehr alt aus. Heftige Gefühlsregungen schienen in ihr zu toben, Enttäuschung, Wut und tiefe Sorge. Mikhail war gerührt und konnte nicht verhindern, dass seine Mutter ihm Leid tat, auch wenn er wusste, dass sein Mitleid sie nur noch zorniger machte. Sie war völlig in ihren eigenen Gefühlen gefangen, und anstatt den Verstand einzusetzen, den sie zweifellos besaß, tobte sie in hilfloser Wut.

Marguerida, die mit ihrem Armband gespielt hatte, blickte auf. »Du benimmst dich wie ein verzogenes Kind, Tante Javanne, und das passt nicht zu dir. Ja, ich weiß, ich sollte so etwas nicht sagen. Aber seit Mittsommer intrigierst du und schmiedest heimlich Pläne. Hast du Mikhail deshalb nach

Haus Halyn geschickt, Regis? Damit er außer Sichtweite von Javanne ist?«

»Du hast mich durchschaut, Marguerida. Das war tatsächlich mit ein Grund. Danilo wollte mich davon abhalten, aber ich habe nicht auf ihn gehört. Ich brauchte Zeit, um den Rat der *Comyn* wieder ins Leben zu rufen und die Aldarans einzubinden. Es war ein großer Fehler, und Danilo hatte Recht.« Er sah seinen Friedensmann an und erhielt ein Lächeln und ein anerkennendes Nicken als Antwort. »Natürlich konnte ich nicht wissen, dass ihr beide euch in die Vergangenheit davonmacht und mit etwas zurückkommt, das alles nur noch schlimmer macht.«

»Wieso schlimmer, Onkel?«

»Ich kann dir schwerlich meinen Thron verwehren, solange du dieses Ding trägst. Und das bringt meinen eigenen Sohn in eine schmerzliche Lage.« Er sah Linnea an. »Das Gleichgewicht der Macht, um das ich mich immer so bemüht habe, ist zerstört. Selbst wenn du die Matrix nicht erhalten hättest, wäre durch deine Heirat mit Marguerida alles sehr schwierig geworden – aber da beides zusammenfällt, gibt es keine Lösung, ohne dass jemand sehr enttäuscht sein wird.«

Danilo Syrtis-Ardais räusperte sich, und alle sahen ihn fragend an. Seine hellen Augen blitzten schalkhaft, und Mikhail fragte sich, was an der Situation so komisch war. Regis' Gesichtsausdruck verriet ebenfalls Verwunderung.

Nachdem er sich der allgemeinen Aufmerksamkeit sicher war, begann Danilo zu sprechen. »Sind denn nun alle ihre Beschuldigungen und Klagen losgeworden? Sind wir uns einig, dass unser vordringlichstes Problem die Erbfolge in den Domänen Hastur und Elhalyn ist? Oder wollen wir untereinander streiten, bis die Terraner von unserer Schwäche Wind bekommen? Sie warten nämlich seit Jahren auf eine günstige Gelegenheit, sich unseren Planeten einzuverleiben.«

»Nett gesagt, aber wie sollte deiner Meinung nach alles geregelt werden – was dich ohnehin nichts angeht!«, fauchte Javanne auf der Suche nach einem Ziel für ihre Wut.

»Ich habe nicht die Absicht, irgendetwas anderes zu regeln als mein eigenes Leben«, antwortete Danilo trocken, »ein Vorgehen, das ich auch anderen empfehlen würde. Ich bin kein Königsmacher und habe auch nicht den Ehrgeiz, einer zu werden. Aber wir haben es mit Tatsachen zu tun, so unangenehm sie sein mögen. Mikhail ist erwachsen und wurde zum Regieren ausgebildet, und er verfügt nun über ein Werkzeug, das ihm gewaltige Macht verleiht. Er war außerdem Regis' ursprünglicher Erbe.«

»Aber ...«, begann Javanne.

Danilo hob die Hand mit einer anmutigen Bewegung, die jedoch seine Kraft nicht verbarg. »Bitte, erlaubt mir, zu Ende zu sprechen, Lady Javanne. Wir haben ein Problem – zwei Erben für einen Posten. Und, liebe Javanne, Ihr könnt nicht beides haben. Ihr könnt nicht darauf bestehen, dass Regis seinem Schwur treu bleibt, und Euch gleichzeitig Mikhails rechtmäßigen Ansprüchen widersetzen. Die Nachfolge ist ein Problem der Familie, aber sie ist auch ein Problem der Welt, auf der wir leben. Und wir müssen unsere Vorbehalte beiseite lassen und es unter diesem Blickpunkt sehen.«

»Und was schlagt Ihr nun eigentlich vor?« Lew Alton stellte die Frage, die allen Anwesenden auf der Zunge lag, und erntete einen dankbaren Blick von Mikhail.

»In Wahrheit ist es nicht mein Vorschlag, sondern der von jemand anderem.« Danilo lachte in sich hinein, offenbar amüsierte er sich prächtig. Er durchquerte mit großen Schritten den Raum und öffnete die Tür.

Dani Hastur, das Gesicht bleich vor Aufregung, betrat den Raum und zupfte den Saum seines Gewandes zurecht. Er hatte Schweißperlen auf der Stirn und kniff ängstlich die Augen zusammen. Dennoch wirkte er entschlossen und schob das kleine Kinn, das er von seiner Mutter geerbt hatte, so bestimmt vor, wie er nur konnte. Er verbeugte sich zuerst vor seinem Vater, dann vor den übrigen erstaunten Versammelten.

»Nur zu, Dani. Erzähl ihnen deine Idee.« Danilo platzte beinahe vor unterdrücktem Lachen, aber auch vor Stolz.

»Jawohl.« Der Junge stand da, stumm und nervös, und schluckte. Schließlich platzte es aus ihm heraus: »Vater – ich will nicht der nächste Hastur werden!«

»Was!« Regis erhob sich halb von seinem Stuhl, dann ließ er sich verblüfft wieder fallen.

»Ich will dir nicht nachfolgen. Ich wäre der Aufgabe niemals gewachsen! Selbst wenn Mikhail nicht existieren würde, könnte ich die Verantwortung nicht tragen.«

»Aber du bist noch jung, mein Sohn und ...«

»Nein! Ich lebe seit Jahren in der Furcht, du könntest sterben und ich würde versuchen müssen, in deine Fußstapfen zu treten. Ich war froh, dass du mich nie zu deinem Erben ernannt hast! Ich bin von meiner Persönlichkeit her nicht geeignet, der Hastur von Hastur zu werden.«

»Dani«, begann Lady Linnea freundlich, »komm und setz dich zu mir. Das ist alles sehr tapfer von dir, aber du bist zu jung, um zu begreifen, was du da sagst!«

»Zu jung, um mich selbst zu kennen, meinst du«, sagte Dani unglücklich und schlüpfte auf einen Stuhl. »Aber ich weiß, wer ich bin. Ich habe nicht das Zeug zum Herrscher, Mikhail dagegen hat es. Natürlich hast du dir große Mühe mit meiner Ausbildung gegeben, Vater, aber das ist, als würde man einem Pferd beibringen, den *Pafan* zu tanzen. Der Wille mag vorhanden sein, aber es fehlt an der Fähigkeit.«

Trotz der Spannung im Raum mussten alle außer Javanne lachen. Der Friedensmann reichte Danilo Hastur ein Glas Wein, unterdrückte ein Lachen und bemühte sich, ernst zu bleiben. Der junge Mann trank einen Schluck und errötete, weil ihm ein wenig Wein über die Mundwinkel lief.

»Rede weiter, Dani. Erzähl ihnen, weswegen du gestern Vormittag bei mir warst.« Danilo Ardais' Stimme war leise und ruhig, und die Nervosität seines jungen Namensvetters schien allmählich nachzulassen.

»Was unser Blut angeht«, begann Dani stockend, »sind Mikhail und ich gleichzeitig in unseren Ansprüchen auf die Domäne Elhalyn. Beide haben wir Alanna Elhalyn als Großmutter, wie alle Kinder von Tante Javanne. Ich fände es gut, wenn ich ...« Die Stimme versagte ihm, und die blauen Augen sprangen wild hin und her.

»Was, mein Sohn?« Regis sprach sehr sanft; er schien zu wissen, dass er seinen Sohn nicht noch mehr verängstigen durfte, als er es bereits war.

Dani warf seinem Vater einen raschen Blick zu, dann sah er stur geradeaus, so dass seine Augen Mikhails begegneten. »Ich habe folgende Idee.« Er holte tief Luft. »Ich schlage vor, dass ich Miralys Elhalyn heirate, sobald sie alt genug ist, und Elhalyn-König werde und dass meine Söhne mir nachfolgen.« Als niemand etwas sagte, wich alle Farbe aus seinem Gesicht, und er schaute wild umher. Er schien sich nicht klar zu machen, dass außer Danilo Ardais alle Anwesenden zu verdutzt waren, um reagieren zu können. Nach einigen Augenblicken stürmte er weiter. »Ich bin, soweit ich das beurteilen kann, geistig und körperlich gesund, wenn auch mehr an Lyrik interessiert als an der Regierungskunst. Mein Freund Emun ist tot, und seine Brüder können den Thron unmöglich übernehmen. Und Mira liebt mich – erzählt mir nicht, wir seien zu jung, um zu wissen, was wir wollen. Wir passen zueinander. Du, Tante Javanne, warst nicht viel älter, als du *Dom* Gabriel geheiratet hast!«

»Ich habe keine Einwände gegen eine Heirat zwischen dir und Miralys«, antwortete Javanne, der man ansah, dass ihr

Geist fieberhaft arbeitete. »Aber ich glaube nicht, dass dir bewusst ist, was du da aufgibst.« Mikhail spürte, dass sie die Möglichkeiten eines Richtungswechsels abwog. Sollte sie darauf bestehen, dass Dani Regis' Nachfolger wurde, mit dem Hintergedanken, den jungen Mann zu ihren Zwecken zu beeinflussen? Dieser Einfall war Mikhail bisher nie gekommen, vermutlich sogar nicht einmal seiner Furcht einflößenden Mutter.

»Und ob ich das weiß! Ich gebe eine Menge Kopfschmerzen und Sorgen auf, die ich nie haben wollte! Vater ist ein Gefangener hier. Er hat Thendara seit Jahren nicht verlassen, und er verlässt kaum je die Burg. Selten kann er einmal an etwas anderes denken als an Darkover. Wer wollte so leben?«

»Aus dem Mund von Kindern ...«, murmelte Lew. Er bemerkte, dass Javanne ihn wütend anstarrte, und erwiderte den Blick. »Das ist eine elegante Lösung, Regis – wenn auch ein wenig ungewöhnlich. Danis Lebenskraft wird die Elhalyn-Linie erneuern, und ...«

»Und deine verrückte terranische Tochter kann treiben, was ihr gefällt«, fauchte Javanne.

»Ich würde nie etwas tun, was Darkover in Gefahr bringt, Tante Javanne.« Mikhail spürte, wie seine Frau sich mühsam beherrschte und trotz der beträchtlichen Provokation ruhig zu bleiben versuchte.

»Oh, ich bin mir sicher, dass du das glaubst. Aber man kann dir nicht trauen und meinem Sohn ebenso wenig. Ihr habt bewiesen, als ihr mitten in der Nacht ...«

»Du bist besessen, Mutter. Du hast jegliches Maß und Ziel verloren.« Mikhail wurde rot vor Zorn. »Schließlich ist Regis noch nicht senil!«

»Vielen Dank, Mikhail«, bemerkte sein Onkel sarkastisch. »Ich hoffte, dass es auch jemandem auffällt. Und natürlich ist das nicht das eigentliche Problem, nicht wahr?«

»Ich verstehe nicht ganz«, antwortetet Mikhail.

»Die eigentliche Frage ist, wie ich Darkover weiterhin regieren soll, wenn du der mächtigste Mann auf dem Planeten bist.« Er schüttelte den Kopf und sah zugleich müde und belustigt aus.

»Du begreifst es nicht, Mikhail, oder? Nein, sicher nicht. Du stellst jetzt eine Bedrohung für mich dar, und das warst du vorher nicht. Und ich muss mich fragen, ob du geduldig warten wirst, bis ich irgendwann eines natürlichen Todes sterbe.«

»Onkel Regis!« Mikhail war entsetzt und gekränkt. Es kostete ihn seine ganze Beherrschung, nicht vor Wut über diese falsche Beurteilung loszubrüllen. Wie konnte man nur an seiner Loyalität zweifeln? Er drängte seine Gefühle mühsam beiseite. »Die Hasturs sind eine langlebige Familie, und ich erwarte, dass du noch mindestens ein halbes Jahrhundert lang durchhältst.«

»Und was genau gedenkst du in der Zwischenzeit zu tun?« Regis' Augen durchbohrten ihn förmlich.

»Meinen Sohn aufziehen und alle anderen Kinder, die wir noch bekommen werden. Lernen und studieren. Ich werde Jahrzehnte brauchen, bis ich diese Gabe von Varzil wirklich verstanden habe.« Während Mikhail diese Worte sprach, wurde ihm bewusst, wie wahr sie doch waren. Er hatte eine Aufgabe, und die war wichtig. Er musste diese Kräfte, die ihm so unvermittelt zugefallen waren, unbedingt verstehen. Es kam ihm in den Sinn, dass er mit dem, was er bereits erfahren hatte, das Bild der Matrixwissenschaften verändern konnte. Beinahe hatte er laut gelacht. Nun, da er endlich der Herrscher sein könnte, der er als junger Mann werden wollte, hatte er kein Verlangen mehr danach. Und um alles noch schlimmer zu machen, würde ihm wahrscheinlich kein Mensch glauben, dass er auch wirklich meinte, was er sagte.

»Du glaubst wirklich, was du sagst, oder? Angenommen,

ich würde dir vorschlagen, dich an einen abgelegenen Ort zurückzuziehen – Dalereuth, zum Beispiel. Es liegt nahe am Meer, das könnte Marguerida gefallen.« Auf Regis' Gesicht lag nun ein verschlagener Ausdruck, und Mikhail bekam einen lebhaften Eindruck davon, wie sein Onkel Darkover in den vergangenen zwei Jahrzehnten verwaltet hatte.

Gleichzeitig schäumte er insgeheim vor Empörung. Was Regis konnte, das konnte er auch! »Oder ich verlasse Darkover ganz. Ich wollte immer schon reisen, und Marguerida würde nur zu gern an die Universität zurückkehren und ihre Arbeit beenden. Vielleicht könnte ich Herrn Aldarans freien Platz im Unterhaus des Senats der Föderation einnehmen.«

Der Gesichtsausdruck seines Onkels spiegelte Schock und Entsetzen wider, diese Möglichkeit hatte er anscheinend nicht bedacht. Aber Mikhail war klar, dass Regis nur wieder improvisierte und nicht ernsthaft die Absicht hegte, ihn und Marguerida nach Dalereuth oder woandershin zu verbannen. Er stellte Mikhail nur auf die Probe, und der verstand zumindest die Logik darin, auch wenn es ihm nicht gefiel. Und er wusste im selben Augenblick, dass man ihm nie gestatten würde, Darkover zu verlassen, solange er Varzils Ring trug.

Regis starrte seinen Neffen an, und seine Miene bot eine interessante Studie widerstreitender Gefühle. Mikhail starrte zurück, bis Regis mit einem Ausdruck des Unbehagens die Augen senkte.

Regis und Danilo Syrtis-Ardais wechselten nun einen Blick und verständigten sich lautlos. Die Stille im Raum war beinahe unerträglich, und das Aufleben des Windes vor der großen Burg schien die aufgewühlten Gefühle in ihr widerzuspiegeln. Schließlich ließ Regis den Blick durch den Raum schweifen, bis er auf Danis ängstlichem Gesicht zu ruhen kam. »Die Idee meines Sohnes – von der ich vollkommen überrascht wurde – ist nicht ohne Vorzüge. Ganz zu schweigen von seinem Großmut, den ich mir häufiger wünschte, besonders bei einigen der Anwesenden!«

Dani wurde rot bei diesem Lob, und Mikhail lächelte seinen jungen Vetter an. Neben Mikhail rutschte Marguerida auf ihrem Stuhl umher und nahm eine steifere Haltung ein. Ihr Gesicht war ruhig und vornehm, und Mikhail vermutete, dass sie wieder einen ihrer kurzen Einblicke in die Zukunft gehabt hatte. Er legte seine Hand auf ihre, so dass die beiden Armbänder sich mit einem lieblichen Ton berührten.

»Du hast Mikhail dazu ausgebildet, dir nachzufolgen, Regis«, begann Marguerida. »Aber nun beginnst du ihn zu fürchten. Das ist vermutlich ganz natürlich. Aber wenn du dich von deiner Angst beherrschen lässt, dann wird das Ding, wovor du dich fürchtest, so gut wie alles zerstören, was du mühsam geschaffen hast. Du hast die wunderbare Gelegenheit, dein Werk fortzusetzen, und zwar mit Mikhails Unterstützung! Die Frage ist nur, nimmst du seine Hilfe an, oder lehnst du sie ab?«

»Siehst du? Marguerida intrigiert bereits, um meinen Sohn an die Macht zu bringen!« Javanne starrte Lew Alton zornig an. »Sie ist durch und durch dein Kind!«

»Danke, Javanne«, fauchte Lew. »Das ist sie in der Tat, und ich bin sehr stolz auf sie.«

»Du hast einmal zu mir gesagt, der Mann, der Marguerida zur Frau erhält, wird in ihr eine kluge Beraterin haben, Mikhail, und du hattest Recht.« Regis seufzte und sah Lady Linnea zärtlich an. »Danke, Marguerida. Du hast meine Problem nur zu deutlich beschrieben. Du hast wirklich ein Talent dafür, zum Kern der Dinge vorzustoßen.«

»Gern geschehen. Bitte glaub mir, dass ich nur die besten Absichten für Darkover habe, Regis. Wenn mein Vater Recht hat, und ich glaube das, dann wird die Föderation ein größeres Problem als je zuvor, und wir können ihm nur vereint begegnen. Deine Politik war stets klug. Aber die Zukunft wird einen starken Führer verlangen, und wenn Mikhail nicht der richtige Mann für diese Aufgabe ist, wer dann?«

»In der Tat«, antwortete Regis. Er sah seinen Sohn an. »Es war sehr tüchtig von dir, an all diese Dinge zu denken, Dani, aber wieso bist du mit deiner Idee nicht gleich zu mir gekommen?« Er klang leicht gekränkt.

»Ich ... konnte es nicht. Du bist immer zu sehr mit wichtigen Dingen beschäftigt!«

»Zu beschäftigt?« Regis war betroffen. Er sah seinen Friedensmann wieder an. »Lass dir das eine Lehre sein, Mikhail, und dich nicht von der Führung eines Planeten davon abhalten, mit deinen Kindern zu reden. Ich bin froh, dass du dich Danilo anvertrauen konntest, mein Sohn.«

»Ach, mit dem kann ich immer reden«, antwortete Dani und wirkte plötzlich sehr kindlich. »Er hat nämlich Zeit für mich, und du hast keine. Das war immer schon so.«

»Soso. Ich werde versuchen, mich zu bessern, das verspreche ich dir, Dani.« In Regis' Stimme lag so viel Bedauern, dass Mikhail einen Schauder unterdrücken musste.

»Darf ich wohl davon ausgehen, dass du vorhast, Mikhail zu deinem Nachfolger zu ernennen und deinem Sohn zu erlauben, Elhalyn-König zu werden?«, schnarrte Javanne.

»Das hast du dir doch immer gewünscht?« Bruder und Schwester sahen einander an, und Javanne senkte den Blick zuerst.

»Ja«, flüsterte sie. Dann setzte sich ihr unbeugsamer Geist durch. »Und ich werde erleben, dass du diesen Tag bereust. Ich werde die anderen Domänen dazu drängen ...«

»Du wirst nichts dergleichen tun«, brauste *Dom* Gabriel auf. »Du wirst endlich Ruhe geben, Javanne. Nimm dich wenigstens einmal in deinem Leben zusammen.«

Lady Javanne Hastur erhob sich, bedachte die Versammlung mit einem giftigen Blick, verließ den Raum und schlug die Tür hinter sich zu. Nach einem Augenblick ging ihr *Dom* Gabriel mit zorngerötetem Gesicht und eingezogenem Kopf nach.

»Sie wird Ärger machen«, bemerkte Lew.

Regis lachte. »Meine liebe Schwester ist wahrscheinlich auf der Welt, um Ärger zu machen. Nun denn, wir müssen entscheiden, wie es weitergehen soll. Ich bin für alle Vorschläge offen.«

Niemand sagte etwas. Es wurde wieder still im Raum, aber die Spannung war gewichen. Mehrere Minuten vergingen schweigend, und der kleine Dani krümmte sich auf seinem Stuhl.

Schließlich sah Mikhail seine Frau an, und ihm wurde klar, dass alle so mit seiner Zukunft beschäftigt waren, dass sie an die Zukunft Margueridas keinen einzigen Gedanken verschwendeten, als spielte sie keine Rolle mehr. Das ärgerte ihn und brachte ihn gleichzeitig auf eine Idee. »Ich glaube, wenn das Wetter besser wird, sollten Marguerida und ich nach Neskaya zurückgehen und mit Istvana Ridenow arbeiten.« Das Leuchten in Margueridas Augen besagte, dass ihr diese Idee gefiel.

Regis schüttelte den Kopf. »Neskaya ist zu weit, und Marguerida wird während ihrer Schwangerschaft nicht durch die Gegend sausen. Mein Sohn hatte Recht – wenn du mein Erbe bist, musst du in Thendara bleiben oder darfst dich jedenfalls nicht weiter als bis Arilinn entfernen. Du wirst eine Art Gefangener sein, so wie ich es war. Aber ich glaube auch, dass Istvana die richtige *Leronis* ist, um euch zu führen. Ich werde sie bitten, hierher zu kommen. Es gab früher mal einen Turm in Thendara, und es könnte durchaus wieder einen geben.« Er lächelte Marguerida an. »Ja, ich weiß, du hast keine glücklichen Erinnerungen daran, aber wir könnten einen neuen Anfang machen – es ist bereits ein Neubeginn für uns alle, selbst für mich!«

»Ja, das kann es sein, wenn wir die Kraft haben, ihn zu wagen.« Marguerida hob leicht die Stimme, als würde sie Regis auf eine Weise herausfordern, die Mikhail nicht verstand. Es dauerte nur einen Augenblick, aber Mikhail sah, wie sich die Blicke der beiden begegneten, und er wusste, dass sie eine lautlose Vereinbarung getroffen hatten. »Und was machen wir mit der Domäne Alton?« Marguerida sah erst ihren Vater an, dann Regis. »Ich glaube, es wäre das Beste, wenn ich meinen Anspruch zu Gunsten von *Dom* Gabriel oder einem seiner Söhne aufgeben würde. Falls du nichts dagegen hast, Vater.«

»Das ist eine sehr vernünftige Entscheidung, da ich die Domäne nicht haben will, *Dom* Gabriel dagegen schon«, antwortete Lew. »Aber ich möchte einen Sitz im Rat der *Comyn*. Ich werde *nicht* eine Macht hinter dem Thron sein, weder bei Regis noch bei meinem Schwiegersohn. Ich will, dass mich alle sehen können und wissen, was ich vorhabe. Alles andere wäre verdächtig.«

»Nun gut, damit wäre alles geklärt. *Dom* Gabriel wird Inhaber der Domäne Alton bleiben«, sagte Regis, und im selben Augenblick ging die Tür auf, und der Angesprochene kam ins Arbeitszimmer zurück. Beim Anblick seines Gesichtes hätte Mikhail am liebsten einen Freudenschrei ausgestoßen. *Dom* Gabriels wettergegerbte Züge wirkten zehn Jahre jünger, als er die Worte vernahm. »Und seine Söhne werden ihm nachfolgen.«

»Das habe ich nun davon, weil ich hinter meiner armen Frau herrennen musste«, knurrte er heiser vor Rührung. »Javanne tobt. So habe ich sie noch nie erlebt, und ich fürchte um ihren Verstand. Ich habe versucht ...ich konnte nur befehlen, dass man ihr einen Schlaftrunk verabreicht.« Er sah traurig aus, doch dann gewann die Freude wieder die Oberhand. »Lew, hast du diesem Vorschlag zugestimmt?«

»Vorbehaltslos, lieber Vetter. Du bist seit Jahrzehnten Herr der Domäne, und es wäre dumm, das jetzt zu ändern. Wozu etwas reparieren, das nicht kaputt ist?«

Gabriel seufzte und lächelte, was sein Gesicht völlig verwandelte. »Du wirst immer willkommen sein auf Armida, Lew.«

»Ich bitte darum.«

Dom Gabriel richtete den Blick auf seinen Sohn. Er räusperte sich einige Male verlegen, bevor er etwas herausbrachte. »Ich habe dich nie verstanden, Mikhail. Du bist mir ein Rätsel, und ich mag keine Rätsel. Aber ich gestehe, dass ich dich lange Zeit falsch eingeschätzt habe. Ich habe dir misstraut, weil du anders bist als ich.«

»Vater!«

»Unterbrich mich nicht! Es fällt mir schwer genug. Ich habe deine Fähigkeiten nicht bemerkt, weil ich zu dickköpfig war. Du bist ein treuer Mann und ein loyaler Sohn – es bedurfte der Torheit deiner Mutter, mich das erkennen zu lassen. Ich kann nur hoffen, du kannst einem alten Narren wie mir verzeihen.«

Mikhail stand auf und umarmte seinen Vater, wie er es seit Jahren nicht mehr getan hatte. »Es gibt nichts zu verzeihen.« Er spürte *Dom* Gabriels rauen Atem an seiner Wange und wusste, dass der Alte nur mit Mühe seine Tränen zurückhielt. »Ich habe dich ebenfalls nicht verstanden.«

»Dann müssen wir uns in Zukunft eben mehr anstrengen.« Gabriel seufzte schwer und ließ seinen Sohn los. Er ging mit ausgestreckter Hand auf Marguerida zu. »Und du, liebe Tochter, die ich nie in der Familie willkommen geheißen habe – kannst du mir auch verzeihen?«

Marguerida ignorierte die Hand und stand rasch auf. Sie umarmte ihren Schwiegervater innig und drückte ihm einen Kuss auf die Wange. In ihren Augen glänzten Tränen. »Du bist der netteste Mensch der Welt. Danke!«

»Nach allem, was ich letzten Sommer getan habe ...«

»Ach was. Das ist Vergangenheit. Lass sie ruhen, so wie ich es tue.«

Mikhail schwoll das Herz. Er hatte schon befürchtet, er würde sich nie gut mit seinem Vater verstehen, und der würde Marguerida auch nie als Schwiegertochter akzeptieren. Nun erkannte er, dass ein guter Teil von *Dom* Gabriels Widerstand Javannes Schuld gewesen war. Vielleicht konnten sie mit ein bisschen Anstrengung auf beiden Seiten doch noch eine echte Vater-Sohn-Beziehung zu Stande bringen.

»Wenn nur all unsere Probleme so leicht zu beheben wären«, bemerkte Regis sichtlich bewegt, hielt aber seine Gefühle in Schach. »Wie zum Beispiel die Aldarans.« Alle Anwesenden außer Dani stöhnten. »Aber ich glaube, für heute haben wir genug getan. Ich jedenfalls hätte jetzt gern etwas Ruhe und Frieden. Und Zeit, um meinen erstaunlichen Sohn besser kennen zu lernen«, fügte er mit einem Blick auf Dani an.

Danilo Hasturs Gesicht erhellte sich. Seine Augen glänzten feucht vor Tränen, die er rasch verdrückte. Dann strahlte er seine Eltern an.

»Ruhe und Frieden, Regis?« Gabriel schüttelte den Kopf. »Ich fürchte, da wirst du auf eine andere Welt ziehen müssen, denn auf Darkover findest du das wahrscheinlich nicht.«

Während alle darüber lachten, löste sich die große Spannung in Mikhail.

Sein Herz schlug schneller, und er nahm Margueridas unbedeckte Hand in seine. Er hatte die Stellung inne, die er vor Monaten bereits aufgegeben hatte, und er würde den Rest seines Lebens damit verbringen, den Gebrauch seiner Matrix zu erlernen, und Regis dabei helfen, sämtliche Gefahren von Darkover abzuwenden. Und er war mit seinem Vater versöhnt, jedenfalls bis zur nächsten Sitzung des Rat der *Comyn*, bei der sie vermutlich wieder aneinander gerieten. Das allein war schon mehr, als er zu hoffen gewagt hatte. Er hatte Marguerida an seiner Seite, und bald würden sie einen Sohn aufziehen. Das Leben erschien Mikhail in diesem Augenblick einer Vollkommenheit so nahe, wie man es sich nur wünschen konnte.

Epilog

Lew Alton beobachtete, wie seine Tochter das Zimmer betrat, in dem Diotima Ridenow umgeben von einem Stagnationsfeld lag. Marguerida bewegte sich anmutig, trotz ihres bereits leicht sichtbaren Bauches. Sie strahlte eine Sicherheit aus, die mit jedem Tag größer zu werden schien. Die unglückliche junge Frau, die Lew vor Monaten aus Arilinn abgeholt hatte, war verschwunden, vermutlich für immer. Falls die Anwesenheit der Schirme sie störte, ließ sie es sich nicht anmerken. Neben ihr ging mit ernstem Gesicht Mikhail Hastur. Lew konnte die Intensität und Harmonie ihrer aufgeladenen Gefühle spüren.

Er war so dankbar, seine Tochter endlich wiederzuhaben. Er hatte ihr nie erzählt, wie schreckliche Angst er beim Mittwinterfest ausgestanden hatte. Dass sie zu ihm zurückgekommen war, noch dazu verheiratet und schwanger, war ein wahres Wunder. Und nun beabsichtigte sie ein zweites zu vollbringen und seiner geliebten Diotima den Anschein von Gesundheit wiederzugeben. Wie konnte ein Mensch nur so viel Glück haben? Lew traute sich kaum, darüber nachzudenken, aus Angst, es könnte etwas schief gehen.

Marguerida hatte ihm versprochen, dass sie bei der beabsichtigten Heilung nicht in Gefahr war, aber er war sich nicht sicher, ob er ihr glauben konnte. Sie hatte nur gesagt, sie wüsste, was sie tue, und sie würde Dio mehr Zeit schenken. Wie, das war ihm ein Rätsel und würde auch eines bleiben. Er wollte Dio so sehr wiederhaben!

Seine kleine Marja machte ihn zum Großvater, bevor er sich richtig daran gewöhnt hatte, ein Vater zu sein. Was für ein Kind würde dieser Domenic Alton-Hastur wohl sein? Wenn er der Familientradition folgte, dann wurde er wahrscheinlich ein rechter Halunke, der Margueridas schönes Haar schnell grau werden ließ. Eine schöne Aussicht!

Lew betrat das Krankenzimmer hinter seiner einzigen Tochter. Marguerida beugte sich über den sargähnlichen Apparat, während das Lied aus dem Recorder zu seinem Höhepunkt anschwoll. Lew erkannte es – eine thetische Liebesballade, die ihm jedes Mal das Herz brach, wenn er sie hörte. Dann schaltete Marguerida das Gerät ab, und es wurde still im Raum.

Die plötzliche Stille war unheimlich, und Liriel und Jeff Kerwin, die bereits gewartet hatten, wurden ebenfalls von dem abrupten Ende der Musik erschreckt, die so viele Monate lang in Dios Kammer erklungen war. Wahrscheinlich hatten die Steine von Arilinn Margueridas Melodien inzwischen in sich aufgenommen – eine Vorstellung, die Lew sehr gefiel.

Marguerida nickte Jeff zu. Der alte Bewahrer zögerte geraume Zeit, dann schaltete er das Feld ab, und das flackernde Licht, das Dio monatelang umgeben hatte, verschwand. Marguerida bewegte die Hand über den Körper, der dort reglos lag und scheinbar nur schlief. Diotima wirkte verbraucht, dünn und älter, als sie war. Ihr einst so glänzendes Haar sah struppig und trocken aus, und ihrer hellen, zarten Haut fehlte die Geschmeidigkeit, die Lew so gut kannte. Er ließ sich für einen Moment von seiner Angst verzehren. Wie sollte er es nur ertragen, wenn Marguerida scheiterte und Dio starb?

Einige Minuten lang geschah gar nichts. Marguerida fuhr fort, Dios Gestalt mit der Matrixhand zu untersuchen, wobei sie gelegentlich zu Mikhail blickte, um sich wortlosen Rat zu holen. Lew sah zu Liriel, die sowohl seine Frau als auch seine Tochter überwachte, und sagte sich, dass den beiden nichts zustoßen konnte. So war es jedenfalls in der Theorie, aber auf die hatte Lew noch nie viel gegeben.

Wenn er doch nur etwas tun könnte! Lews Ungeduld war

wie ein heftiges Jucken, wie ein Brennen auf der Haut. Was tat Marguerida da eigentlich? Wieso hatte er diesem Versuch überhaupt zugestimmt?

Er beobachtete, wie seine Tochter die Hand über Dios Brust hielt. Die schwachen Linien auf ihrer Hand wurden heller und leuchteten schließlich. Lew konnte die Form der Schattenmatrix jetzt deutlich erkennen. Dann pulsierte ein Licht um Marguerida herum, bis sie nur noch eine helle Lichtgestalt war. Was war das? Lew sah nun, wie Mikhail mit seinen eigenen Kräften Marguerida unterstützte und beschützte. Die beiden funktionierten als Einheit, und nach Liriels Gesichtsausdruck zu urteilen, musste etwas sehr Bemerkenswertes vor sich gehen.

Der Lichtzauber wurde schwächer, als sich Marguerida mit ruhiger Miene aufrichtete. Sie lächelte Lew aufmunternd zu. Dann zuckten Dios Augenlider. Lew vergaß alles andere, er stürzte zu dem Apparat und beugte sich über seine Frau. Dio zeigte ihr vertrautes, katzenhaftes Gähnen, blinzelte ein paar Mal und räkelte sich behaglich.

Dann öffnete sie die Augen und starrte Lew einen Moment lang an, als wüsste sie nicht, wer er ist. Doch schließlich erschien ein strahlendes Lächeln auf ihrem Gesicht, und sie griff nach Lews Hand. Sein Herz hämmerte wie wild, und vor Freude stockte ihm schier der Atem.

Lew schloss die Hand um die Finger seiner Frau, er spürte die lederne Haut und das Blut, das darunter pulsierte. Dio schluckte und verzog das Gesicht, als hätte sie einen unangenehmen Geschmack im Mund. Dann flüsterte sie mit vor Staunen runden Augen: »Ach, Lew! Da war so eine Musik ...!«

HAS
UND DIE NÆ
NEVARSIN PASS
HELLERS
KADARIN
BARRENSCLAE
CYRILLONS BURG
GROSSE NORDSTRASSE
MAC ARAN FALKENHOF
RAVENSMARK PASS
SEE DES SCHWEIGENS
NESKAYA
FEUERW
KILGHARD BERGE
EDELWEISS
ARMIDA
HALI
HASTU
BURG HASTUR
THENDARA RAUMHAFEN
ELHAL
DIE DOMÆNEN
DARKOVERS
ZU BEQUEMEM GEBRAUCH VORGESTELLT VON
P. SCHIZEON HELLERI
NACH INVESTIGATIONEN VON
KERSTIA NEBELSIECUS